James Douglas
Des Teufels Botschafter

James Douglas

Des Teufels Botschafter

Thriller

Herbig

»Am Ende siegen die Mikroben«
Anonym

Besuchen Sie uns im Internet unter:
http://www.herbig-verlag.de

Schutzumschlag: Parzhuber & Partner, München
Umschlagbilder: Zefa-Bildagentur, München
Herstellung und Satz: VerlagsService Dr. Helmut Neuberger
& Karl Schaumann GmbH, Heimstetten
Gesetzt aus der 11,8/13,65 Adobe Garamond
Druck und Binden: GGP Media, Pößneck
Printed in Germany
ISBN 3-7766-2363-2

Am 28. Juni 2002 meldete die Neue Zürcher Zeitung:

Die Staumauer des Sihlsees muss saniert werden.
Ein 24 Meter langer Haarriss in der Staumauer des Sihlsees muss im nächsten Jahr saniert werden. Grund zur Sorge bestehe für die Bevölkerung nicht; der Riss existiere bereits seit dem Bau der Mauer 1937, bestätigte ein SBB-Sprecher am Donnerstag. Die Schweizerischen Bundesbahnen sind Eigentümer der Stauwerks mit sieben Turbinen am Sihlsee oberhalb der Stadt Zürich.

Prolog

Harry Berry, ein Schlaks in tief hängenden Schlabberjeans, einem T-Shirt, die Baseballkappe schräg auf dem Kopf, schlenderte auf dem Gehsteig den schwarzen, massiven Gitterzaun entlang.

Weiter vorne, nicht weit vom Küchentrakt und den Lagerräumen des Weißen Hauses, wogten kräftige Zweige japanischer Kirschblüten in der kühlen Nachmittagsbrise. Harry schaute sich um, blieb stehen, begaffte demonstrativ den Verkehr, der ziemlich stark über die Pennsylvania Avenue brandete. Ganz beiläufig nahm er eine Kartonschachtel unter dem Arm hervor und lehnte sich gelangweilt an die Gitterstäbe.

Ein paar Leute spazierten vorbei. Vorsichtig, seinen Körper als Deckung nutzend, schob Harry die Schachtel erst langsam, dann mit raschem Ruck, durch den Zaun ins Gebüsch, schlenderte weiter. Er sah schon nicht mehr, wie ein Schwarm schwarzer Ameisen aus dem Behälter strömte, im dürren Laub verschwand.

Während das Gros des Schwarms nach Nahrung und Unterschlupf Ausschau hielt, wirr durcheinander krabbelte, scherten die Späherinnen aus, um die Duftspur aufzunehmen, die aus der Küche des Weißen Hauses drang. Es dauerte weniger als eine Stunde – Harry Berry biss zu Hause bereits in seine Vorabend-Pizza –, da rückte der Stoßtrupp der ambulanten Ameisenkolonie aus, begleitet von Kundschafterinnen und geschützt von Soldaten, die ein feindliches Ameisenvolk sofort totbeißen würden.

Der Stoßtrupp überwand die Schwelle der äußeren Tür, bezwang die innere über ein loses Scharnier und fiel in die Küche ein, die um diese Zeit blank geputzt und verlassen allein bereit war, dem Präsidenten oder der First Lady ein Sandwich zu liefern.

Der Schweizer Küchenchef döste, keine Gedanken an Insekten verschwendend, im Office über einer Zeitung. Die Ameisen krabbelten über die Anrichte, überrannten die unter einem weißen Tuch verborgenen Brotscheiben und ließen ihre Last fallen, sobald sie den vertrauten Duft des dunklen Brots einsaugten.

Eine andere Abteilung forschte nach dem Käse, der aber im Eiskasten unzugänglich verbunkert war. Doch die emsige Anführerin fand auf dem Tisch ein großes Messer, an dessen Klinge winzige Emmentalerreste klebten, führte rasch ihre Kriegerinnen über das neu entdeckte Schlachtfeld.

Alle legten sie innerhalb weniger Minuten ihre Parasiten planmäßig in der Küche ab, brachen dann zum geordneten Rückzug auf, bevor der Herr der Küche auch nur eine Chance hatte, die Invasion zu entdecken.

Dem Vizepräsidenten der Vereinigten Staaten, Dick Chambers, gebührte die zweifelhafte Ehre, als erster in ein von Mikroben belegtes Käse-Sandwich zu beißen. Nicht ganz unpassend. Dick war dick, sein Bauch hing über den Gürtel, verlangte ständig nach Food. Ein Fress-Sack, raunten seine Mitarbeiter. Doch die Fresslust war Kompensation. Dick Chambers strebte nach der Macht. Und während er untätig zusehen musste, wie der Präsident seine Show abzog, flüchtete er sich ins Fressen.

Tomahawk, wie alle den Secretary of Defense, Tom Ronaldson, nannten, hatte sich eben zum Arbeitslunch mit dem Vizepräsidenten eingefunden. Gewohnt, das Maul voll zu nehmen, biss er dezidiert in ein Sandwich, zermalmte es gründlich, wobei auf seinem listig verdrießlichen und kantigen Gesicht die Muskeln der Kiefern hervortraten, schluckte ebenso mürrisch wie ahnungslos eine gehörige Portion Mikroorganismen – eben jene Kleinstkörper, die bald als berüchtigte Kampfmikroben in die Geschichte eingehen würden.

Der Ameisenforscher Jack Frosh hatte von diesen Vorgängen keinen blassen Dunst. Zusammen mit seiner hübschen Kollegin Ruth Ross hatte er das Experiment leichtfertig ausgeheckt, im angemessenen Rahmen einer dunkel getäfelten Bar in Georgetown, nach ungefähr dem dritten Scotch on the Rocks. Beide Molekularbiologen machten sich noch keine Gedanken über die Dimension ihres Wurfs. Jacks Mikroben hatten zudem noch nicht die nötige Reife erlangt, um ihre phänomenalen Wirkungen voll erkennen zu lassen.

So kam es, wie es kommen musste: Die Welt geriet an den Rand des Abgrunds, weil Vizepräsident und Verteidigungsminister der Vereinigten Staaten ein paar heimtückische Mikroben über ihr Käsebrot verschlangen.

Wie sich später herausstellen sollte, veränderten jene gentechnisch manipulierten Bakterien aus Jack Froshs Labor das menschliche Gehirn. Langsam zwar, aber beharrlich, unterdrückten sie die positiven Zellen im Stammhirn, jene, die für Sanftmut und Gelassenheit zuständig sind; im Gegenzug förderten sie die Aggressivität, den Jähzorn, die bösartige Verschlagenheit und den kriminellen Trieb.

Jedoch damals, als alles anfing, wussten weder Harry Berry, das ahnungslose Werkzeug, noch Jack Frosh, oder die später zum Shooting Star der Forschung aufsteigende Ruth Ross, von solch verheerenden Wirkungen.

1

Yael Matar, auch Die Wilde genannt, sah alles gestochen scharf. Sie schwebte und blickte dabei hinunter auf das Gebäude, einen historischen Prachtbau am Fluss, massiv, grandios in den Ausmaßen die Kuppel, wo zuoberst eine bunte Flagge munter wehte.

Plötzlich erkannte sie das Unfassbare. Der ganze Bau war in riesige metallische Tücher, die sich im Wind aufblähten, eingehüllt, sodass Grautöne und gespenstische Schatten über die milchige Haut huschten. Warum war auf der Einsatzbesprechung kein Wort über diesen lächerlichen Schlafrock gefallen?

Trotzdem wirkte das Ganze majestätisch.

Die Nase ihrer Angriffsmaschine senkte sich. Ein Fadenkreuz drehte sich aus dem Rumpf hervor, ihre Hand umfasste den Steuerknüppel fester, der Daumen suchte automatisch nach dem Schieber zur Freigabe des roten Knopfs.

Jetzt sah sie die Menschen. Wie erbärmliche Miniaturen standen sie oben auf der Dachterrasse. Die Fahne hing schlaff.

Dunkle Anzüge, kahle Köpfe, runde, massige Leiber, gescheckte Röcke, blonde Wuschelköpfe, und alle Hände umklammerten Sektgläser, die Gesichter verströmten Heiterkeit. Lachen. Eine Party ging ab.

Die Erkenntnis traf sie wie ein Schlag: Der Reichstag zu Berlin! Sie flog schnurstracks auf das Parlamentsgebäude zu, das von Christo verpackte Herz der bundesdeutschen Demokratie.

Die Abgeordneten feierten den Einzug ins neue Haus.

Yael Matars lautlose Maschine schien in der Luft hängen zu bleiben.

Die Fahne auf dem Reichstag bäumte sich auf, wehte jetzt nach Osten. Yael Matar staunte über die ständig wechselnden Flaggenfarben. Einmal gelbrotschwarz, dann das Grün der Palästinenser, jetzt der blaue Davidstern im blutigen Ringen mit dem Hakenkreuz.

Aber die Abgeordneten lachten weiter, hielten die Sektgläser hoch.

Sie blinzelte, kniff die Augen zu.

Das Hakenkreuz blieb. Es war Krieg. Sie *musste* die Bombe abwerfen.

Doch der Daumen am Auslöser erstarrte, ohne Gefühl. Die Maschine geriet in Schräglage, sank auf den Reichstag hinunter. Einige Köpfe blickten verwundert empor, auch der Bundeskanzler und seine Geliebte – nein, es war seine Frau.

Jetzt reckten sich Bündel von Händen in den Himmel, alle zeigten aufgeregt auf das Flugzeug.

Yael Matar war wie paralysiert. Die Maschine schmierte ab, die Leute flüchteten in Panik, der Fahnenmast knickte, die Dachterrasse war leer gefegt, ein paar zerbrochene Gläser glitzerten, da schlug sie auch schon auf. Im Wasser.

Die Maschine reagierte wieder, sanft wasserte sie den Rumpf, hüpfte flussaufwärts. Vom Ufer sprangen nackte Rettungstaucherinnen in die Fluten.

Die Wilde marterte ihr Gehirn: *Warum war sie eigentlich nach Berlin geflogen?*

Da ertönte schrill das Schiffshorn, ein unförmiger Kahn schob sich heran, der Steuermann brüllte von der Brücke. Aus seiner Stirn wuchsen zwei Hörner. Was zum Teufel sollte sie tun?

Wieder heulte durchdringend das Horn.

In Schweiß gebadet wachte Yael Matar auf, hörte Poltern an der Tür, die lästige, schrille Klingel.

Die drahtige Figur Uri Leichenfelds platzte durch den Türspalt. Sichtlich verstimmt fragte er gehässig: »Warum machst du nicht gleich auf?«

Sie runzelte die Stirn – und bekam einen kurzen, zerknirschten Blick von ihm zurück.

»Ich war ... ich habe geträumt ...«

»Aha. Vom Feuer in Bethlehem?«, fragte er angewidert.

»Nein. Berlin. Ich konnte es nicht tun. Es lag an dieser läppischen Verkleidung. Das Ziel, das ich mir eingeprägt hatte, sah anders aus, und seither quält mich das Bild schlimmer als …«

»Du hast in Berlin versagt, Yael«, unterbrach Uri ungeduldig. »Du bist weich geworden. Hier in Jerusalem kannst du diese Scharte auswetzen.«

Yael federte locker auf und ab, boxte blitzschnell vor Uris Nase in die Luft, während der Partner sie über die Zutrittsberechtigung ins Bild setzte, ihr den Sonderausweis in die Hand drückte und ihr hektisch die letzten Informationen eintrichterte. Nachdem Uri sich vergewissert hatte, dass draußen die Luft rein war, schlossen sie ab und verließen getrennt die gemietete Absteige.

Yael Matar lechzte lüstern nach dem befreienden Akt: Sie fühlte den glühenden Drang, sich vor dem Kill mit Blut zu berauschen. Vielleicht, dachte sie, war es in Berlin deshalb schief gelaufen, weil sie den Steuerknüppel in der Hand, Teil der Maschine geworden, sie ihr geliebtes Stilett nicht in einen warmen Leib stoßen durfte.

Eine Stunde später schlenderte sie mit laszivem Schwingen ihrer einladenden Hüften den eleganten Boulevard hinunter, und wieder befiel sie dieser schrecklich schöne Wahn. Sie wusste, sie musste töten, wollte es. Ein scharfer, fast ekliger Duft drang aus ihren Poren, Schweiß triefte vom Rücken. Das unmissverständliche Zeichen, dass die Tat bevorstand. Wie Ameisen krabbelte die Erregung über ihren bebenden Leib, kräuselte die Haut an ihren Armen. In Abständen jagte ein wonniger Schauer den andern, ihr Körper schien zu bersten, den prickelnden Drang zu töten empfand sie als das höchste der Gefühle. Und das Sensationellste daran war, dass ihr Gehirn präzis und rasend schnell schaltete. Die Nerven formten sich zu sehnigen, harten Strängen, machten Yael Matar unbesiegbar kühl.

Niemand hatte den geringsten Anlass, den Mann näher zu beachten, der ohne Eile, die ausgewaschene Golfmütze ins

Gesicht gezogen, locker den Boulevard hinunter spazierte. Jerusalem pulsierte an diesem helllichten Tag mit der gewohnten emsigen Geschäftigkeit. Auf der Luxusmeile tummelten sich Eleganz und jugendliche Unbekümmertheit. Die Läden, die sich nahtlos aneinander reihten, glänzten herausgeputzt, übertrafen einander mit stilvollen, verführerischen Auslagen.

Der Mann steckte die Hände in die Hosentaschen, was nicht auffiel, und hielt den Kopf tief, denn Luca Lunazzi hatte als abgesetzter Konzernchef einer der größten Schweizer Banken keine Lust, von Reportern aufgescheucht zu werden. Er genoss den freien Nachmittag vor seinem Rückflug in die Schweiz. Die Besichtigung der Xsyron-Werke, eines Zweigbetriebs des Patumbah Forschungsinstituts in Zürich, hatte ihn im Entschluss bekräftigt, seinem Auftraggeber eine öffentliche Anleihe zur Finanzierung der neuen Produktionslinie vorzuschlagen.

Erkannt zu werden, war an diesem Nachmittag nicht zu befürchten, denn mit seiner lässigen Aufmachung suchte niemand einen Blickkontakt. Die offen getragene Freizeitjacke, von seinen schmalen Schultern nur knapp gefüllt, deutete auf einen der zahlreichen Touristen, die ohne den geringsten Zeitdruck durch die Stadt bummelten.

Der Atem stockte ihm, als er den streng geformten, prallen Hintern sah. Fasziniert hielt er darauf zu.

Sie blieb vor einem Schaufenster stehen. Halblanges rostrotes Haar lag auf ihrem entblößten Nacken, und die nackten Knöchel, die zwischen ihren schwarzen Slacks und den dunkelroten Turnschuhen blass aufleuchteten, erregten ihn heftig.

Er befand sich jetzt hinter ihr. Lustvoll zog er den herben Duft ihres Parfums ein. Unverhofft drehte sie sich um. Ihre Blicke trafen sich.

Lunazzi erschauderte. Es war eine wilde Schönheit, die ihn kühl musterte und auf einmal mit lächelndem Kopfnicken ein Zeichen gab. Er folgte ihr ohne Skrupel, als sie voran auf eine schattige Arkade zusteuerte, sich dabei halb umdrehte, ihm zweideutig zuzwinkerte. Wieder erschauderte Lunazzi, süß zog es an ihm. Blindlings folgte er der Schönen.

Der Kerl ist ein Schädling, ein verkommener Lustmolch, dröhnte es in ihrem Schädel.

Sie betrat das dunkle Gewölbe, ein stiller Ort, keine Menschenseele. Ein Brunnen plätscherte einsam in einer Nische. Ideal! Sie zog ihn hinein, fest an sich, schlang das Bein um seine Schenkel. Es ging rasend schnell.

Das Messer im Bauch, sackte der Mann zu Boden. Sein Schrei erstickte. Ein Schwall Blut klatschte an die Wand, überschwemmte die erbsensuppenfarbenen Fliesen, färbte sie rot.

Yael Matar ließ kaltes Wasser über ihre Hände rinnen, strich sich durchs Haar, zupfte zufrieden die Hose zurecht, trat wieder auf die Straße hinaus, tauchte in die Menge.

Erleichtert atmete sie durch. Der köstliche Aperitif, den sie zu besonderen Anlässen brauchte, war ihr geradezu hinterher gelaufen. Jetzt hätten sie keine zehn Hengste mehr aufhalten können. Sie blickte auf die Armbanduhr. *Zeit für den Hauptgang!* Wie immer war sie gründlich vorbereitet.

2

Nicht, dass sie diesen Secretary of State besonders hasste, immerhin standen seine Chancen nicht schlecht, im Nahen Osten endlich Frieden zu stiften. Vermutlich sollte er deshalb sterben. Politik war Yael Matar eigentlich herzlich egal, es ging hier bloß um ihren Job.

Sie war stämmig, maskulin, ein forsches Energiebündel, trug an diesem Tag das rote Haar, das Männer in Wallung brachte, was meistens bewirkte, dass diese Armen ihre Pflichten etwas lockerer nahmen.

Darin waren die Sicherheitsleute, die das David Citadel Hotel in Jerusalem abschirmten, keine Ausnahme. Sie glotzten auf Yael Matars laszive Pose, streiften ihren Presseausweis mit demonstrativer Lässigkeit, von den grünen, schäkernden Augen in Bann geschlagen.

Einzig die fette Matrone, Schweißperlen auf der braunen Stirn, musterte die aufreizende Journalistin mit unverhohlener Abneigung. Die Fette trug die Rangabzeichen eines Sergeant Major, durchwühlte zuerst Yael Matars Kameratasche, dann wollte sie noch den Ausweis sehen. Die rassige Killerin streckte ihr ernsten Blickes den gefälschten Schweizer Pass mit dem weißen Kreuz auf dem roten Umschlag entgegen.

»Okay, Red Cross!«, stellte der Sergeant Major fest und wies Yael Matar zum hinteren Aufzug, der speziell für Penthouse-Gäste und VIPs reserviert war.

Red Cross! Wer kennt denn schon im tiefen Süden Amerikas den Unterschied zwischen dem Emblem des Roten Kreuzes und dem Schweizer Wappen mit weißem Kreuz auf rotem Feld, konstatierte Yael Matar belustigt, während eine Hand am ausziehbaren Stativ fingerte.

Es wird kein leichter Job werden. Aber die Ungewissheit über den Erfolg macht das Töten zum sportlichen Wettkampf, bei dem du auch nicht weißt, ob du die Ziellinie als Erste durchläufst. Ihre Gedanken endeten mit dem sanften Ruck des Aufzugs, als der unerwartet im dritten Stock zum Stehen kam.

Der eintretende Hüne schaute abwechselnd in ihre schillernden Augen und auf den Besucherausweis an ihrer Bluse, bemerkte dann lächelnd: »Miss Ross? BBC?«

Mit der Rechten das Kamerastativ umklammernd nickte sie höflich zurück.

»Ah, Mister Secretary. Man trifft sich im Lift. So ganz ohne Bodyguards heute?«

Er winkte mit einer alles erklärenden Gebärde ab, den Blick bewundernd auf ihre vollen, vom Tragriemen der Tasche gespannten Brüste heftend.

Yael Matar knipste das Stilett vom Stativbein, stand jetzt völlig abgeklärt vor dem mächtigen Amerikaner. Die Ruhe selbst, ballte sie ihre Faust um den silbern verzierten Griff der tödlichen Waffe. Ihre Beine suchten sicheren Stand. Wie beim Ballwerfen, dachte sie. Locker und sportlich.

»Hätte nichts dagegen, wenn der Lift jetzt stecken bliebe«, lächelte der US-Außenminister so charmant wie nichts sagend.

Yael Matar setzte ihr verführerischstes Grinsen auf und erwiderte: »Lässt sich arrangieren, Sir!«

Keck drückte sie auf den roten Halteknopf. Der Fahrstuhl stoppte ruckend. Gleichzeitig benutzte sie die Bewegung, um mit dem andern Arm Schwung zu holen.

Leicht belustigt runzelte der Außenminister die Stirn.

Das Interview hätte oben in seiner Suite stattfinden sollen. Doch die gut trainierte Yael wusste den Augenblick blitzschnell zu nutzen. Neue Situationen verlangen nach neuen Lösungen, das kannte sie nur zu gut.

Einen Sekundenbruchteil verharrte sie reglos, witterte wie ein Jagdhund die Beute.

Der Außenminister spürte die Spannung, die förmlich in der Luft vibrierte. Er streckte eine Hand aus, um den Fahrstuhl wieder in Gang zu setzen. »War nur so eine Redensart, Madam.«

Haargenau zielte sie auf das Herz, dort, unter dem kurzärmeligen weißen Hemd des Politikers.

Der heftige Stich mit der scharfen langen Klinge traf den schweren Mann gänzlich unvorbereitet. Wuchtig und tief, bis zum Heftanschlag, stieß sie in den Brustkorb – mitten ins pochende Herz.

Der Außenminister grunzte kurz gurgelnd auf, griff mit seinen Pranken nach ihrem Arm. Sie entzog sich ihm geschickt, riss die Waffe zurück, hieb ein zweites Mal zu – diesmal in die Halsschlagader.

Der Außenminister der Vereinigten Staaten sackte lautlos zusammen, in den Augen den Blick eines waidwunden Hirsches.

In Yael Matar tobte ein Vulkan, spie ihr seine Glut in alle Fasern. Vom Rausch überwältigt löste sie sich nur mit Mühe aus der ekstatischen Erstarrung, fand schließlich den Knopf für das Untergeschoss. Der Lift glitt an der Lobby vorbei und kam im Basement rumpelnd zum Stehen. Die Tür rollte zur Seite.

Die Killerin sprang hinaus, spähte scharf in den matt erleuchteten Korridor, in beide Richtungen. Eine Putzfrau schob einen Servicewagen heran. Yael Matar zerrte ein Bein des Toten aus der Kabine in den Flur heraus, versperrte damit die ruckende Schiebetür. Der Lift war blockiert.

Die Putzfrau starrte sie über einen Berg Wäsche entgeistert an. Yael Matar nahm lächelnd ein Handtuch vom Wagen, wischte sich das noch warme Blut von ihrem entblößten Unterarm, steckte der wie zur Mumie Erstarrten einen Hundertdollarschein zu und hastete zu den Treppen.

Zwei Minuten später war die Ausgangskontrolle passiert und bemessenen Schrittes erreichte sie ihr abgestelltes Motorrad im Schatten der Einkaufsarkade. Sie kickte die Maschine an und verschwand im Gewimmel des Verkehrs – von ihrem Partner nirgends eine Spur!

3

In der winzigen Kammer des schäbigen Hotels auf der Ostseite der Stadt schlüpfte die Wilde aus ihren Sachen, schnürte mit den schmutzigen Kleidern ein Bündel. Mit den Kosmetika aus ihrem Rucksack färbte sie sich das Haar schwarz ein. Die Prozedur dauerte weniger als eine Viertelstunde. Befriedigt begutachtete sie das Resultat im Spiegel, klebte zum Abschluss zwei passende Prince Wimpern auf. Notdürftig gewaschen stieg sie in blaue Jeans und zog sich ein graues T-Shirt über.

Yael Matar war nicht wiederzuerkennen.

Das Kleiderbündel übergoss sie mit Benzin aus dem bereitgestellten Plastikkanister. Nach einem letzten prüfenden

Blick, ob nichts zurückgeblieben ist, steckte sie das von Treibstoff triefende Bündel in Brand. Eine Stichflamme schoss hoch und griff rasch um sich.

Sie hatte nicht mit den Männern gerechnet. Nach wenigen Schritten sah sie sich auf der von Müll übersäten Straße plötzlich von allen Seiten umringt. Junge, finster dreinblickende Burschen umkreisten sie, drängten zu einem bereitstehenden Kastenwagen. »Polizei«, schrie da einer, dass es die umstehenden Gaffer nicht überhören konnten.

Ein Schuss krachte. Die Männer erstarrten. Ein drahtiger, schlanker Mann schlägt zu. Wie ein Wirbelwind. Hände und Beine treffen haargenau. Die Überrumpelten krümmen sich vor Schmerz. Wieder und wieder schlägt der Angreifer zu. Eine Pistole fliegt durch die Luft, Knochen brechen hörbar. Nach kurzen zwei Minuten war der Kampf entschieden.

Ihr Partner nahm sie am Arm. Die Flucht führte durch eine schmale Seitengasse, behände kletterten sie auf einen Dachvorsprung und verschwanden in einem Schuppen, der mal als Reparaturwerkstätte gedient hatte.

Der ausgemusterte leichte Militärlaster sprang sofort an. Ihr Partner schenkte ihr ein verschwörerisches Grinsen und fuhr los. Sie durchbrachen das lottrige Holztor und rumpelten die Straße hinunter.

»Wo sind wir hier, Uri?«, fragte die Frau keuchend.

Ihr Partner nannte den Namen eines Außenbezirks im Nordosten der Stadt, noch ziemlich weit vom Flughafen Tel Aviv entfernt – dort parkte ihre einmotorige Bonanza mit den frischen Kleidern, mit Geld, Lebensmitteln im Gepäckraum.

Uri drückte das Gaspedal bis auf die Schonmatte durch. Sie zweifelte keinen Augenblick am Gelingen. Ist sie etwa nicht die Beste? Einfach unbesiegbar. Ein Genie. Ihr schönes Gesicht entspannte sich. Sie lächelte Uri aufmunternd zu.

4

In seinem kahlen, fensterlosen Büro im Hauptquartier der Central Intelligence Agency in Langley, Virginia, schob Special Agent Ken Custer die unscharfen Satellitenbilder der Südspitze Jemens mit dem Handrücken unwirsch zur Seite, starrte entgeistert auf das drastische Schwarzweißbild des ermordeten Secretary of State. Mit obszöner Deutlichkeit glotzte der Tote ins Leere, die Augen entsetzlich weit aufgerissen, am Hals die klaffende Wunde – forensisch exakt in schonungsloser Nahaufnahme festgehalten.

Der blutige Anschlag in einem abgeschirmten Hotel von Jerusalem auf den bedächtig überlegten Außenminister gab Ken Rätsel auf. Erst vor ein paar Tagen noch hatte er sich mit dem SOS getroffen, vor Energie strotzend hatte der sich Kens Analyse über den Jemen angehört. Jetzt lag der pragmatische Mittler, der Visionär, das Abbild des amerikanischen Traums, gemetzelt in seinem eigenen Blut. Custer schüttelte sich angewidert, drehte das Bild um. Er war müde.

Gähnend schwor er, nach durcharbeiteter Nacht morgens nie wieder stur auch noch seine Jogging-Runden abzulaufen. Er schmiss die Satellitenaufnahmen in den Abfallkübel, das Telefon summte. Der Direktor möchte ihn sehen, meldete Custers Assistentin in sanftem Tonfall.

Custer streckte sich, massierte sein kerniges Kinn.

Ted Jones, der fähige Direktor der Central Intelligence Agency, stand seit dem Angriff vom 11. September unter Druck. Die gegenwärtige Geheimdienststruktur sei ein ausgesprochenes Flickwerk mit überlappenden Verantwortlichkeiten, hieß es.

Der Direktor hatte seine ganze Überzeugungskraft gebraucht, um Ken für einen Beraterjob zu gewinnen; denn sich für ein Trinkgeld zwischen Versorgungsräumen und der kleinen Leichenhalle im Untergeschoss des riesigen Verwaltungsgebäudes in Langley abzurackern, schien dem alten Haudegen ungefähr so attraktiv wie das Berühren einer Computermaus.

Ken Custer hatte lange genug im Einsatz gestanden. Ganze 25 Jahre stand er im Dienst für das FBI und die CIA. Er war im Drogenkrieg in Lateinamerika, erlebte 1981 hautnah den Angriff auf Gaddhafi in Tripolis, leitete später geheime Aktionen im Irak. Als Chef der Abteilung Operationen und Analysen kämpfte er in vorderster Front gegen den Terrorismus, als die meisten Leute noch gesagt hätten, al-Qaida sei ein Badeort am Persischen Golf.

Ken hatte großen Gefallen an seinem gegenwärtigen Job als Geheimdienstexperte eines Nachrichtensenders gefunden. Die Aussicht, sich, wenn auch nur kurze Zeit, für die CIA einzuspannen, riss ihn unter diesen Umständen kaum aus den Socken. Nur die lange Freundschaft mit dem Direktor und sein Berufsstolz hatten ihn dann doch bewogen, seine Routine im Spionagebusiness für kurze Zeit zur Verfügung zu stellen. Er dachte dabei an die Hunderten von Agenten, von denen er einmal einer gewesen war, die draußen auf den Operationsfeldern verlässliche Unterstützung brauchten, nicht zuletzt weil oft ihr Leben davon abhing.

»Es läuft total verkehrt«, hatte Ken dem Direktor damals vor einem halben Jahr erklärt. »Die Geheimdienste liefern haufenweise E-Mail-Mitschnitte, Satellitenbilder, Stichwortanalysen, belanglose Berichte über verdächtige Vorfälle, meistens schön-schaurig – selten hochwertige Informationen, meistens Schnüffelschrott, Masse statt Klasse.«

Der Direktor hatte sich unbehaglich im Stuhl gewunden, die Stirn gerunzelt, doch zugehört.

»Konkrete Hinweise aus dem Kreis unserer Agenten gehen dabei im breiten Mahlstrom der Nachrichten unter, Sir.«

»Was schlagen Sie denn vor, Ken?«

»Terrorabwehr beginnt mit Einbildungskraft, mit Phantasie. Wir müssen effektiv in die Haut der Terroristen schlüpfen, Ted.«

»Schlagen Sie vor, dass wir Leute engagieren, um Terroranschläge auszuhecken? Sehe ich das richtig?«

»Genau das!«, hatte Ken geantwortet. Aus sorgfältig erarbeiteten Bedrohungsbildern ergebe sich automatisch eine Wunschliste für Informationen. Die Geheimdienste wüssten dann besser, worauf sie beim täglichen Riesengeschwafel im Äther zu hören haben ... und so weiter. So hatte vor sechs Monaten alles begonnen.

Also, was wollte Ted Jones heute von ihm? Nach dem blutigen Attentat in Jerusalem hagelte von allen Seiten neue Kritik auf seinen Kopf, den seine Feinde umso unverblümter forderten. Wie Wölfe umkreisten sie ihn.

Ken rief nach Doris, sammelte die Zeitschriften ein. Als er nach dem Autoschlüssel tastete, bemerkte er den Briefumschlag mit dem Vermerk »persönlich & vertraulich«.

Ken stutzte, riss die Klappe dann stirnrunzelnd auf.

»Machen Sie nicht so ein Gesicht«, rief ihm Doris unter der Tür zu, sein düsteres Gesicht imitierend.

»Hallo, seit wann liegt der Brief da?«, grinste Ken, während er ein gelbes Schreibblockblatt aus dem Umschlag zog.

»Gelangte erst heute Morgen zu uns«, meinte Doris mit einem alles erklärenden Achselzucken. Sie war näher getreten, reckte ihren schlanken Hals, um einen Blick auf das Schreiben zu erhaschen.

»Und der Absender?«, fragte sie, praktisch veranlagt.

Er prüfte den Umschlag auf beiden Seiten, wendete das Blatt: »Anonym.«

»Spannend. Sie sind ihr Hoffnungsträger.«

Ken warf ihr einen scharfen Blick zu: »Warum soll es eine Frau sein?«

Sie schlug ihre gepflegten Hände auf, als läge die Antwort darauf geschrieben: »Weil Sie die Frauen anziehen, Ken. Ein Mann würde übrigens anrufen und seine Stimme verstellen.«

»O-*kay*«, sagte Custer gedehnt, wieder einmal über die

weibliche Intuition staunend, die diesmal sogar verblüffend mit Logik gewürzt war.

»Was machen wir jetzt? Der Termin ist vorbei?«

»Die Dame meldet sich bestimmt wieder«, entschied Doris mit blitzendem Augenzwinkern, machte kehrt, als in ihrer Schuhschachtel einer Büronische das Telefon summte.

»Der Direktor«, rief sie hinüber. »Er wartet!«

5

Außer dem Direktor warteten drei Etagen höher im Konferenzzimmer zwei Leute, die Ken nie zuvor gesehen hatte. Er ging um den Tisch herum, sie zu begrüßen. Die beiden Männer waren um die fünfzig, ähnelten einander auffallend. Sie waren kräftig gebaut, hatten freundliche Gesichter, ein zunächst scheinbar unbefangenes Lächeln.

Sie eröffneten ihm, dass seine Konzeptvorschläge zwar originell, aber von den Spezialisten abgelehnt worden seien. Mr. Borowitz, der Stellvertreter des Verteidigungsministers, habe seine eigene Arbeitsgruppe eingesetzt. Er halte Kens Ideen für Hollywood-Phantastereien. Nicht zu Unrecht, ergänzte der andere. Es sei Zeitverlust, Agentengruppen damit zu beschäftigen, mögliche Anschläge zu erfinden.

»Die Wirklichkeit hat Ihre Fiktion längst überholt, Ken. Oder haben Sie mit Ihrem Einfühlungsvermögen und Phantasie Jerusalem vorausgesehen und das Attentat gerade noch verhindert?«, sagte er, ölige Ironie in der Stimme.

Dem Direktor war sichtlich unwohl in seiner Haut. Er rutschte nervös auf seinem breiten Ledersessel herum.

Im Grunde war Ken Custer froh, die Bürokraten hinter sich gelassen zu haben. Er hatte wohl in ein Wespennest gestochen. Wenn ein paar Karrierehengste kalte Füße kriegen, achten sie zunächst mal auf sich selbst – unbequeme Mahner werden brüskiert.

»Sie kommen sicher drüber weg«, tröstete einer der Männer und bedachte ihn mit einem mitleidigen Lächeln.

»Die Zeiten haben sich geändert, Ken. Nur wenn wir die gesamte Gesellschaft zusammentrommeln und jederzeit wissen, was der Einzelne denkt und tut, besiegen wir die Terroristen.«

»Ach so, und wie wollen Sie das erreichen?«, fragte Custer, sich so arglos wie möglich gebend.

»Wir überdecken die Bevölkerung mit einem Netz von Informanten«, erklärte der eine mit ausgestreckter Hand, zwei Goldringe am Mittelfinger.

Ken hob theatralisch wie interessiert beide Augenbrauen, wusste aber längst Bescheid: Das Justizdepartement hatte gerade TIPS, das neue Terror Informations- und Präventions-System aus der Taufe gehoben. Neben Bundesangestellten, Bürgermeistern, Gouverneuren und Wirtschaftsführern würden auch gewöhnliche Bürger in den Kampf gegen die Terroristen eingespannt. Custer schnürte es die Brust zusammen.

»Wir rekrutieren zunächst eine Million Bürger als Informanten, die uns laufend über verdächtige Umtriebe in den zehn größten Städten berichten. Infrage kommen Briefträger, Concierges, Angestellte von Versorgungsbetrieben, Lastwagenfahrer, Eisenbahnschaffner ... wir schaffen eine breite Informantenbasis.«

»Sie sehen, es läuft auch ohne Ihr Phantasiekonzept aus Roman und Film«, hieb der andere hämisch grinsend nach.

»Na, dann viel Glück, die Herren«, wünschte Custer sarkastisch, stand auf und schritt hinaus. Der Direktor sprang auf, eilte ihm nach. Draußen im Gang legte er Custer die Hand auf die Schulter, verzog die Augen blitzschnell nach hinten und flüsterte heiser: »Absolut schamlose Arschlöcher!«

»Schon gut«, meinte Custer mit knappem Lächeln.

»Sie können auf mich zählen, Ken.«

Sie können auf mich zählen, Ken. Die Worte hallten ihm wie eine billige Abgangsentschädigung nach, als er den Aufzügen zusteuerte.

»Ken«, rief ihm der Direktor nach, »ich wollte Sie noch etwas fragen.«

»Ja?«

Ted Jones' Stimme senkte sich wieder in den Flüsterton, als er näher trat, die offenen Türen der unzähligen Büros mit nervösen Augen streifend.

»Können wir uns treffen?«

»Jederzeit«, murmelte Ken.

»Ich gebe Ihnen Bescheid, morgen vielleicht, dann fahren wir zusammen nach Arlington raus«, flüsterte der Direktor, fast unverständlich.

Ken hob fragend die Brauen, da packte Jones ihn am Arm und raunte: »Es geht um ein Komplott auf höchster Ebene, Ken. Wir werden unterwandert.«

»*Wer* wird unterwandert?« Ken runzelte unwirsch die Stirn.

»*Wir*. Die CIA. Der Kongress. Alle!« Er machte eine ausladende Armbewegung, die offensichtlich sämtliche verfassungsmäßigen Einrichtungen der Vereinigten Staaten von Amerika umschloss.

»Verschwörung?« Ungläubigkeit schwang in Kens Frage mit.

Der CIA-Direktor nickte heftig.

Custer schien die Information abzuwägen, indem er seine Lippen wulstig unter die Nase drückte. Einen Augenblick dachte er, ein wirrer Schatten habe des Direktors Urteilsvermögen verdüstert, doch dann sah er die Verzweiflung in dessen haselnussbraunen Augen. Dort flackerte echte Angst, die Ken alarmierte.

»So schlimm?«

»Also, wir sprechen drüber, Ken.«

Wortlos drehte sich Jones auf diskret quietschenden Absätzen. Die bedrückte Gestalt, die davon schritt, hatte wenig mit der dynamischen Persönlichkeit und dem Elan gemein, die dem Direktor weit über die CIA hinaus Respekt eingetragen hatten.

Die Angst, die aus Mr. Jones' Augen gesprochen hatte, war es, die Ken schließlich bewog, den Alten anzurufen.

Der Alte. Walter Theodore Jones IV. Eine schillernde Persönlichkeit im Machtzentrum Washington – die Geheimdienstlegende schlechthin. Man nannte ihn auch den *Unsichtbaren*. Er war der Vater des amtierenden CIA-Direktors. Unverzüglich sollte Ken nun bei ihm vorbeikommen.

6

Noch am gleichen Abend, ein Gewitterregen prasselte auf Washington nieder, betätigte Ken Custer die schwere, messingne Klingel der Nummer 28 Stanton Park. Es dauerte keine halbe Minute, und der ergraute Butler führte Ken gemessenen Schrittes in die Bibliothek. Auf den Spazierstock gestützt, erhob sich Walter Theodore Jones IV. aus dem weinroten Ledersessel. Er hielt sich wie ein alter Soldat, aufrecht, streckte Ken eine Hand entgegen.

»Sie sind gut in Form, Sir«, rühmte Custer nach der Begrüßung.

»Ach, wissen Sie, ich habe einen guten Schneider«, erwiderte der Unsichtbare und setzte sich. Er kam sofort auf den Punkt.

»Sie haben uns damals in Philadelphia vor einer nationalen Katastrophe bewahrt.« Er griff nach dem Schwenker auf dem runden Schachtisch.

»Wir hatten Schwein«, wiegelte Custer ab.

Der Alte trug eine schwarze Sonnenbrille, die sein langes zerfurchtes Gesicht mit dem breiten Doppelkinn schneidiger aussehen ließ. Das kurz geschnittene Haar hatte den silbergrauen Schimmer angenommen, der seinem gebräunten Gesicht etwas Gebildetes verlieh, wie man es bei alternden Filmregisseuren oder bekannten Chirurgen findet, wenn sie in der Reife des Alters ihr Haupt bewusst besonnen tragen und Blicke weiser Abschätzung aussenden.

»Ich habe mich zeit meines Lebens mit anderen Kulturen auseinander gesetzt, Ken. Die Araber sind uns überlegen, weil sie in anderen Zeitdimensionen denken. Vor einiger Zeit begegnete ich in Aden einem jungen Heißsporn, der die modernen Vereinigten Arabischen Staaten ausrufen wollte. Eine entschlossene und mutige Persönlichkeit, wie ich gleich erkannte. Heute nennen sie ihn den Zaim, die ehrenvolle Bezeichnung für einen großen Stammesfürsten. Vor ein paar Wochen traf ich ihn in Genf, wir redeten.«

Er reckte entschlossen das Kinn, fügte an: »Unsere Leute machen den Fehler, dass sie dem Gegner das Gespräch verweigern.«

Custer beugte sich vor.

»Was prophezeite Ihnen dieser … äh … Zaim?«

»Er meinte, dass sich über Washington schwarze Wolken zusammenziehen.«

»Wieder ein Attentat?«

»Vielleicht«, meinte der Unsichtbare und klopfte mit dem Stock zweimal auf das Parkett. Der schwarze Diener eilte aus dem Nichts heran.

»Richten Sie im Bernsteinzimmer ein kleines Nachtessen, Sam. Sie bleiben doch, Ken?«

»Eigentlich wollte ich …«

»Na, dann ist gut. Wir reden beim Essen weiter. Wie steht's um Ihren Drink, Ken?«

Der Diener stand schon neben ihm, schenkte Scotch nach, klirrte mit den Eiswürfeln.

7

Später verspeisten sie ohne viel zu reden Hühnchenbrust mit Broccoli, tranken Rotwein aus dem Napa Valley dazu.

Als der Butler Ken ein Stück New York Cheese Cake zum Nachtisch reichte, sprach der Alte:

»Nichts beginnt in der Regel so, wie wir denken, Ken. Diese

Frau ist ein Mordwerkzeug, mit Leib und Seele dem Töten verschrieben. Die ruchlose Welt der Geheimdienste ist ihr Tummelplatz, und es ist Zeit, nehme ich an, dass dem Teufelsweib jemand Paroli bieten sollte. Übrigens, interessieren Sie sich immer noch für die Zucht japanischer Zierkarpfen?«

Er sprach diese Worte in der Kadenz eines Trauermarschs, stand auf, schritt ins Nebenzimmer, wo er sich vor dem Kamin im bequemen Fauteuil niederließ.

Der Butler brachte die Zigarrenkiste.

»Sehen Sie, Ken, wir bringen es in diesem Land einfach nicht fertig, Frauen als Killer zu rekrutieren. Wer immer diese Frau auf der Lohnliste führt, kann sich beglückwünschen.«

Er griff nach einer langen Havanna, tastete nach den Hölzern: »Wir wissen, sie ist eine Frau mit überdurchschnittlicher Intelligenz, enormer mentaler Stärke und grimmiger Entschlossenheit. Bis heute gelang keinem unserer besten Leute, ihr auf die Spur zu kommen.«

Ken Custer kam ihm zu Hilfe, entnahm der Kiste das Gasfeuerzeug, knipste es an und hielt die bläuliche Flamme an den Brennkopf der Zigarre, bis er rundherum glühte. Der Alte sog rasch, genüsslich. Im flackernden Licht wirkten seine harten Gesichtszüge jetzt weicher.

Ken setzte sich ihm gegenüber, streckte die Schuhe zum knisternden Feuer.

»Sprechen Sie von der Mörderin des Außenministers, Sir? Kennen wir den Namen?«

»Sie wechselt ihn wie ihre Unterwäsche. Finden Sie heraus, wer sie ist, für wen sie arbeitet und was sie im Schild führt«, meinte der Alte, dem Rauch nachsinnend, der zur Decke hoch kringelte.

»Und was hätten Zierkarpfen damit zu tun, Sir?«

»Ach, sie sind schön, schlüpfrig und unheimlich kalt. Sie töten, wer ihnen in die Quere kommt.«

Ken hob sein Glas gegen das Feuer, drehte es in der Hand. Er blickte nachdenklich auf das Spiel der Glanzlichter, die den

Whiskey schimmern ließen, als wäre er Gold. Doch kein wunderbarer Geist sprang heraus, ihn zu inspirieren. Sein Problem interessierte ja auch nicht. Er hatte eigentlich nicht vor, Washington zu verlassen. Aber nichts ist so, wie wir es denken.

»Haben Sie eine Vermutung, Sir?«, fragte Ken respektvoll.

Der legendäre Geheimdienstler beugte sich leicht vor. Seine Stimme senkte sich zu einem heiseren Flüstern:

»In diesem Land, Ken, geistern immer wieder Verschwörungstheorien herum. Gewöhnlich entpuppen sich die abstrusen Thesen als Phantasiegebilde überreizter Gemüter. Diesmal, fürchte ich jedoch, haben wir es mit einer Konspiration auf höchster Ebene zu tun. Der Schlüssel zum Rätsel könnte diese Frau sein.«

»Cherchez la femme?«, nickte Ken nachdenklich und nippte am Whiskey. Die Feminisierung hatte nun endlich auch die Terrorszene erobert. Brillante, kaltblütige Frauen lehrten Männer das Fürchten.

Der Alte nickte zustimmend.

»Neo-konservative Hardliner in der Regierung haben den Krieg gegen den Irak vom Zaun gebrochen. Ich befürchte, das war nur der Anfang.«

Ken wand sich unbehaglich in seinem Sessel. Er kannte die These, wonach die Administration im Weißen Haus fest im Griff der jüdischen Lobby sei.

»Heimlicher Vordenker ist der deutschstämmige Dr. Leo Fox. Der Professor steht hinter der Machtstrategie von SPHINX. Er liefert den Hardlinern in der Administration die Geheimlehren, die als Blaupausen für die Weltherrschaft dienen.«

»Ihr Sohn, Sir, machte mir gestern ähnliche Andeutungen.«

Der Alte hob verständnisvoll die Hand mit der Zigarre. »Als Direktor der CIA kann er einen so schwerwiegenden Verdacht unmöglich aussprechen. Das gäbe einen gewaltigen Eklat. Nein, wir müssen subtil vorgehen. Die Denkschule der Foxianer verbindet Geheimdienstinformationen mit Halbwahrheiten und oft blanken Lügen. Weisheit und Macht sind nach ihrer Philosophie nur vereinbar, wenn die Wahrheit manipuliert und zynisch verstellt wird.«

Der Alte galt als unantastbar. Er konnte es sich leisten, mit kühnen Behauptungen zu provozieren.

»Konkret, Sir, was befürchten Sie?«, fragte Ken geradeheraus.

Der Alte zögerte nicht mit der Antwort: »Einen Staatsstreich, Ken. Die Regierung gerät in die Hände von Radikalinskis, die die totale Weltherrschaft anstreben. Der moderate Secretary of State ist nur ihr erstes Bauernopfer.«

Fest umklammerte Ken Custer sein Glas.

»Die Lage ist ernst, sonst hätte ich Sie nicht gerufen«, betonte der Alte eine Spur autoritärer.

Langsam lichtete sich der Schleier vor Kens geistigem Auge, die Rollenbesetzung ging ihm auf: Tomahawk, der Verteidigungsminister, sein Stellvertreter Borowitz, dann der Vorsitzende des Ausschusses für Verteidigungspolitik, und natürlich der ölige Vizepräsident …

Als hätte der Alte seine Gedanken erraten, sagte er: »Der frühere Direktor des CIA, James Kelly, spielt eine undurchsichtige Rolle als Berater eines Think-Tank, einer Konzeptschmiede, die sich aus Intellektuellen, Ideologen und Publizisten zusammensetzt. Auch alte Kriegsgurgeln und ehemalige Abgeordnete aus dem Lager der Ewiggestrigen fehlen nicht.«

Das gab Custer endlich eine Fährte. Redete der Unsichtbare von einer Schattenregierung, die mit Präventivkriegen die Welteroberung vorbereiten will?

»Das Unvorhergesehene macht das Leben erst spannend, Ken«, lächelte Walter Theodore Jones IV. »Finden Sie nicht auch?«

»Sir?«

»Es sind erzkonservative und unbelehrbare Haudegen, die unser Land an den Rand des Abgrunds führen.«

»Ziemlich *dicke Post*, Sir!«

»Sie wissen von SPHINX?«, fragte der Alte unbeirrt.

Custer schüttelte den Kopf und beeilte sich, seine Verneinung auch noch akustisch zu bekräftigen.

»Ich merke schon, wenn Sie den Kopf schütteln, Ken«, belehrte ihn der fast völlig erblindete Unsichtbare mit Nachsicht.

»*SPHINX?* Soll das der Deckname für eine Operation sein?«

Der Alte streckte die Beine aus, blieb stumm. Sein Schweigen war mit allem Unausgesprochenen beladen. Jetzt erst fielen Ken die blitzblank polierten Schuhe seines Gastgebers auf.

»SPHINX ist offiziell ein Ableger der neuen Dienststelle für Innere Sicherheit. Der Chef heißt Anthony Blunt, ein durchtriebener Bursche. War schon mal Berater des Präsidenten. Wenn Sie mich fragen, hat ihn der Teufel höchstpersönlich zu seinem Botschafter ernannt«, schob der Alte sarkastisch nach.

Kens Kiefer behandelten die Information, als sei es frisches Gras und er ein Wiederkäuer. *Luzifers Botschafter?*, grübelte er stumpfsinnig. *Wenn das stimmt, ist wohl bald die Hölle los in Washington.* Als er schon glaubte, die Besprechung sei mit dieser Pointe beendet, nahm der Alte den Faden unverhofft wieder auf: »Ein israelischer Soldat nahm vor Jahren ein Mädchen zu sich und bildete es im Töten aus. Das Paar war berüchtigt, stieß weit ins Hinterland, brachte die Anführer der Hamas reihenweise um. Geborene Killer waren das.«

»*Unsere* Killerin?«

Der Alte breitete die Arme zu einer Wer-weiß-Gebärde aus.

»Und der Mann, Sir?«

»Der Mossad lässt uns nicht an ihn heran.«

Gedankenvoll strich er sich über die Augen. Ken stellte keine weiteren Fragen, meinte nur noch, er nehme den Auftrag an. *Wie immer,* dachte er halb zerknirscht, halb belustigt.

»Gut, Sir«, brummte der Unsichtbare lächelnd.

Er wusste, auf diesen Mann ist Verlass.

8

Anthony Blunt saß allein in seinem Flugzeug. Eine Gulfstream, ein hübsches Ding, innen ganz Mahagoni, Leder und Kristall. Der Prunk wirkte, dem Konzept angemessen, einschüchternd. Das Erfolgsrezept der S&F-Airline beruhte auf der panischen Angst der Männer vor sexuellen Demütigungen. Macht verschafft nicht automatisch Sex. Wenn Sex ganz listig sich entzieht, der Macht die Kraft entflieht. Zu den Kunden der S&F-Airline zählten Topmanager, die es aus Angst, sich eine Abfuhr einzuhandeln, oft nicht fertig brachten, ein Mädchen an der Bar oder auf der Straße anzusprechen. Käufliche Liebe wiederum galt unter ihresgleichen als verwerflich, obschon praktisch, denn die Aussicht, aufs Kreuz gelegt zu werden, steht ja gleich zu Beginn fest. Dabei noch ohne Zeitverlust mit Balzen und teuren Diners »sans garantie«.

Die smarten Manager der *S&F* machten sich diese einzigartige psychologische Ursituation zu Nutzen und boten auf Charterflügen höchst attraktive weibliche Begleitung an. In Windeseile hatte sich die frohe Kunde hüllenfreier Luftabenteuer von Küste zu Küste, durch Bars, Clubs und Sitzungszimmer verbreitet.

Die *One-Leg-Up*-Werbebroschüre lockte: *Auf dreitausend Meter Höhe verfliegen letzte Hemmungen so rasch wie die Zeit an Bord unserer Maschinen. Lassen Sie sich nach allen Regeln antiker Gastlichkeit an der Schwelle zum All verwöhnen, während Sie Ihre Geschäfte – auch die allerprivatesten – erledigen.*

Anthony Blunt, ein großer, dürrer Mann, abgesehen von seinem runden Bauch, hatte einen graumelierten Bürstenschnitt, stechend schwarze Augen. Er war stolz auf die Erfolgsgeschichte seiner Airline.

Gedankenvoll blickte er auf die ziemlich trostlose Gegend hinunter, als die Maschine um 13:45 Uhr planmäßig in einem sanften Bogen über das zerfurchte Gelände des Fort Harrison

Militärstützpunktes kurvte, dann zur Landung auf dem Regionalflugplatz von Helena ansetzte. Am Himmel hingen dunkle Wolken, Regen peitschte gegen die Kabinenfenster. Unten zogen die Reihenhäuser der Truppenunterkünfte, endlose Fahrzeugparks und verlassene Sportplätze durch. Der Stützpunkt schob sich heran. Auf einem Hügel neben dem großen Eingangstor, vor dem sich eine Kolonne schwarzer Lastwagen staute, entdeckte Blunt mindestens ein Dutzend Sternenbanner, die schön ausgerichtet trotzig im Sturmwind flatterten. Der Anblick erwärmte Blunt. Selbst trug er ständig eine kleine amerikanische Flagge am Revers.

Über dem Westteil der Stadt Helena verlor die Maschine stetig an Höhe, im Tiefflug rauschte sie über die Interstate 15, um wenig später sicher aufzusetzen.

Durchs Kabinenfenster erkannte Blunt die runde Uhr am Flughafengebäude. Seine Piloten hatten den Zeitplan auf die Minute genau eingehalten. *War eigentlich ihr verdammter Job, oder was?*

Der Regen fiel dichter, als der hagere Mann an der Seite von Nancy, die tapfer mit einem schwarzen Schirm den peitschenden Regenböen trotzte, die Bordtreppe hinunterstieg. Blitze zuckten, die Flughafengebäude waren hinter einem trüben grauen Schleier verschwunden.

»Gutes Wetter«, knurrte Blunt zum Fahrer, der angestrengt den Schlag gegen die Windböen aufstemmte. Nancy klappte den wankenden Schirm zusammen, eilte schleunigst die Treppe hoch. Ihre hellen, langen Beine boten den einzigen angenehmen Anblick an diesem düsteren Tag in der Hauptstadt des Bundesstaats Montana.

9

Im rechteckigen Kommandogebäude auf dem hermetisch abgesperrten Gelände der Raspenburg Research Facility, vierzig Meilen südlich von Helena, blickte Forschungsleiter

Robert Thoma nervös auf die Liste mit den Namen seiner Besucher: Blunt habe den Teufel im Leib, kursierte das Gerücht, was immer das auch heißen mochte. Vorsicht war geboten.

Am wenigsten war ihm jedoch der Vizepräsident geheuer. Angeblich hatte sich Dick Chambers den militärischen Geheimdienst unter den Nagel gerissen. Die amerikanische Geheimdienstbürokratie wucherte zwar unter der Oberleitung von Ted Jones, dem alternden Direktor der CIA. Aber 80 Prozent des Staatsbudgets verbrauchte das Verteidigungsdepartement. In jedem Fall war ratsam, mit dem Vizepräsidenten gut auszukommen. Thoma hoffte nur, dass der dumme Zwischenfall hier keine unangenehmen Folgen haben würde.

Auch vor Joe Borowitz, der rechten Hand von Tomahawk, galt es, auf der Hut zu sein, ebenfalls vor Jennifer Faithless, der Nachrichtenanalystin. Sicher eine dieser devoten Wasserträgerinnen des Bosses, schätzte Dr. Thoma, und blond im Quadrat war sie auch noch. Gescheit und gefährlich vermutlich. Der Forschungsleiter tröstete sich mit dem ziemlich platten Gesicht auf dem Foto, allerdings signalisierte es kalte Berechnung. Wusste sie gar über Frosh Bescheid?

Jack Frosh hatte ihm einen gewaltigen Schrecken eingejagt. Seit einer Woche spurlos verschwunden, hatte er weiß der Henker was alles an geheimen Informationen mitgehen lassen. Thoma zitterte am ganzen Leib. Mit den knallharten Typen um den skrupellosen Anthony Blunt war nicht zu spaßen.

In Froshs kleiner Wohnung im S-Trakt hatte alles normal ausgesehen, als wäre Jack gerade in der Halle am Basketballspielen. Auf dem Tisch im Wohnzimmer stand eine Flasche Rotwein, daneben türmten sich Bücher und Zeitschriften. Im Schrank hingen zwei frisch gebügelte Anzüge, im Flur wartete der auf einen Stuhl geworfene Regenmantel nach Regenmantelart geduldig auf die Rückkehr seines Besitzers.

Sein Apartment machte den Eindruck, als würde Jack Frosh jeden Moment mit dem gewinnenden Frosh-Markenzeichenlächeln auf dem Gesicht durch die Tür treten. Einzig sein Wagen, ein grauer Dodge Van, fehlte auf dem Parkplatz.

Was sollte er den hohen Tieren aus Washington erzählen? Viel Zeit blieb nicht mehr. Nervös schritt Thoma sein Zimmer ab. Sein Kopf lag schon auf dem Block, das fühlte er. Sollte er türmen?

Trotz seiner angespannten Gemütsverfassung musste Thoma plötzlich kichern, als ihn die Erinnerung kitzelte.

Von Anthony Blunt soll der frühere amerikanische Präsident mal gesagt haben, er sei ein postpubertäres Weichei mit der Virilität einer Herbstzeitlosen. In der Washingtoner Klatschgesellschaft löste die knarzige Rede wilde Spekulationen aus, weniger über Blunts maßlosen Reichtum als vielmehr über den schlaffen Arsch des Verspotteten; denn alles, was mit der Beischlafsfähigkeit zu tun hatte, erregte seit dem seligen Thomas Jefferson die Gemüter im Land.

Wie eine Supermarktpostille süffig berichtete, hatte der von Sexaffären selber nicht gerade verschont gebliebene Präsident das Bild eines moralisch ausschlachtbaren, zum steinreichen Titanen aufgestiegenen Anthony Blunt skizziert, der offenbar alles konnte, außer den kleinen Rest da unten in Form bringen. Für den Spott brauchte er wahrlich nicht zu sorgen; denn Blunt hatte längere Zeit zu denen gehört, die den Präsidenten aus Amt und Würde jagen wollten, dabei die Rückkehr von Sitte und Anstand ins Weiße Haus fordernd – ganz als hätten Sitte und Anstand unter früheren Präsidenten dort ihren Stammsitz gehabt.

10

Der Helikopter flog über eine mit lichten Föhrenwäldern bekleidete Landschaft, in der sich eine Straße als dünner Strich in der Ferne verlor, eskortiert, wie Soldaten in Zweierkolonne, von den hässlichen Masten einer Starkstromleitung. Blunt schloss die Augen und spulte seinen Lebensfilm zwei Jahre zurück …

… Über sein weltumspannendes Netz von Ölgesellschaften und Finanzfirmen wickelte er einträgliche Transaktionen ab. Allerdings höchst dubiose, behauptete die missgünstige Konkurrenz. Da würden Bilanzen schöngekocht, Gewinne künstlich hochgetrieben, Unkosten als Vermögen verbucht, alles um die Investoren vor dem nächsten Börsengang bei Laune zu halten. Die Anwürfe tropften an Blunt ab wie Wasser vom Entenrücken. Hängen blieb nichts, er zockte Geld ab, dass die Fundamente wackelten, führte einen völlig exaltierten Lebensstil. Wer versuchte, Blunt in die Pfanne zu hauen, kam nicht weit. Er hatte eine Nase für den nächsten Skandal, schaffte rechtzeitig Ordnung, bevor die Welt davon erfuhr, nahm seinen Gegnern den Wind aus den Segeln.

Ein dummer Fehler, einer zumindest, unterlief ihm trotzdem. An sich liebte er die Gefahr, vergaß zuweilen, dass er nicht unter Göttern weilte, die es sich leisten können, gefährlich zu leben. Wenn einer anfängt, sich für einen Halbgott zu halten, finden seine Gegner rasch Wege, ihn zu demütigen. Disziplinlos und blind vor Gier wollte Blunt der Welt auch im lukrativen Gewerbe der Erwachsenenunterhaltung den Meister machen. Klammheimlich und sozial unauffällig hatte er bisher seine zwanghafte sexuelle Neigung zu Jugendlichen ausgelebt. Zwar wollte er nichts mit dem schmierigen Geschäft der Kinderpornographie zu tun haben, doch unbekümmert unterschätzte er das Risiko. Anders als im gewohnten Börsengeschäft hatte er es nun mit jungen Technofreaks zu tun. Sie kamen seiner schlüpfrigen Neigung entgegen. Er fühlte sich bewundert, ließ sie einfach gewähren, merkte zu spät, dass sie ihm den mordsmäßigen Riesengefallen taten, Schweinereien mit Kindern am laufenden Band auf Pornoseiten aufzuschalten. Das Geschäft boomte, Blunt glaubte, alles fest im Griff zu haben, bis ihm aus heiterem Himmel die Sittenpolizei den Laden dichtmachte.

Die Amerikaner verstehen in diesem Sumpf keinen Spaß.

Zero Toleranz. Das FBI verhaftete die Techniker, Blunt drohte als Organisator eine drakonische Strafe …

»Eine halbe Stunde noch, Sir, dann sind wir am Ziel«, meldete der Pilot über den Bordfunk.

»Fliegen Sie diese Strecke oft?«, erkundigte sich Blunt.

»Täglich. Wir sind zwei Piloten und teilen uns den Job.«

»Dann wissen Sie wohl, was die in der Anlage machen?«, fragte Blunt unverblümt.

»Klar. Medizinische Forschung. Kampf gegen Viren und so.«

Blunt nickte zufrieden. *Medizin war immer gut.*

Plötzlich tauchten die weißen flachen Schuppen auf. Blunt zählte mindestens ein Dutzend, schön ausgerichtet in zwei Reihen in einem großen, abgesperrten Gelände.

Alles sah harmlos aus. Vielleicht lag es an der weißen Farbe, die beruhigende Assoziationen an eine Klinik weckte.

11

Am meisten Geld hatte Anthony Blunt mit Waffenhandel gescheffelt. Kaum ein Konfliktgebiet auf dem Planeten, das nicht von seinen verschachtelten Tarnfirmen mit Rüstungsgütern gesegnet wurde. Irak war keine Ausnahme. Blunt spendete viel von seinem Reichtum für den Wahlkampf des rechten Parteiflügels. Als die Republikaner schließlich das Weiße Haus erobert hatten, erhielt Anthony Blunt ein paar Monate nach Amtseinsetzung des neuen Präsidenten Besuch von Dick Chambers.

»Anthony, wir brauchen einen Sponsor«, begann der Vizepräsident im ovalen Zimmer der Villa, in der Blunt residierte.

Der Deal war schlicht und einfach.

»300 Millionen zum Anfang. Und diese Villa, als ständiger Sitz von SPHINX«, präzisierte Chambers mit ausholender Handbewegung.

»SPHINX?«, fragte sich Blunt. »Hab' ich eine Bildungslücke?«

»Egal. Wir offerieren Ihnen eine Erinnerungslücke«, antwortete Chambers. Dann erklärte er SPHINX als die Würgerin, als geflügeltes Monster aus der griechischen Mythologie mit dem Körper eines Löwen, den Händen und Brüsten einer Frau. Im antiken Theben habe SPHINX die Passanten erwürgt, die ihr Rätsel nicht lösen konnten.

»Und wen wollen wir erwürgen, Dick?«, hatte Blunt ruhig gefragt.

»Die Staatsfeinde, Anthony. Es gibt zu viele da draußen. Amerika braucht eine starke Hand.« Wieder machte er seine ausholende Bewegung mit dem Essbesteck.

»SPHINX ist eine Schattenregierung, Anthony. Wir wollen die Macht. Koste es, was es wolle.« Chambers blickte ernst drein und hielt seine Hände still.

»Und was soll ich dabei tun?«, fragte Blunt.

»Sie stellen SPHINX ihr Netzwerk zur Verfügung.«

»Und weiter?«

»Wenn Sie mitmachen, werden alle Verfahren gegen Sie niedergeschlagen. Die belastenden Beweise, die Sie hundert Jahre hinter Gitter bringen, verschwinden plötzlich.«

»Und wenn ich Nein sage?«, Blunt lächelte gezwungen, als mache er einen Scherz.

»Dann«, hatte Chambers nach einer Pause freundlich geantwortet, »dann sind Sie ein toter Mann, Anthony.«

Blunt musste schlucken und sich mit der Serviette die Augen wischen.

»Das ist kein Vorschlag«, protestierte er, »auch kein Angebot, das ist knallharte Erpressung. Wir sind doch ein Rechtsstaat.«

»Ach ja? Seit wann kümmern Sie sich denn darum? Rechtsstaat bedeutet auch, dass der Bürger die Pflicht hat, das Recht zu achten. Wirtschaftskapitäne sind auch Bürger, die dem Recht unterstehen, oder nicht?«

Anthony Blunt hatte dann rasch zugesagt, auch weil er niemanden hatte, den er noch fragen konnte. Keine Frau mehr, die Eltern waren seit langem tot, den Bruder hatte er sich zum Feind gemacht. Da blieb nur noch der Butler, aber dessen Meinung interessierte Blunt nicht. Der Diener gehorchte His Master's Voice, enthielt sich jeder Stellungnahme, bis er wusste, was sein Boss dachte. Meistens wenn er das Frühstück servierte, brachte er dann seine kongruente Meinung ein und genoss das einkalkulierte, zustimmende Murren des Meisters.

12

Es hatte sich aufgehellt. Regen fiel nicht mehr. Im Westen riss die Sonne allmählich die Wolken auf. Der Forschungsleiter, Dr. Robert Thoma, führte den Rundgang an.

Blunt spürte einen leichten Druck auf seiner Schulter.

»Schlechte Nachrichten, Sir. Die Gegenseite verhandelt mit dem Professor«, raunte Borowitz, der Stellvertreter des Verteidigungsministers, durch die Zähne.

»Araber?«, fragte Blunt.

»Hm.« Borowitz nickte.

Sie verteilten sich auf die bereitstehenden Geländewagen. Hinter den Labors tauchten mehrere kreisrunde Behälter ins Blickfeld.

»Hier gießen wir die Nährböden«, erklärte Thoma.

Sie fuhren die doppelte Umzäunung entlang, hielten dann vor dem ersten Behälter an.

»In Raspenburg experimentierten wir anfänglich an der mikrobiellen Zersetzung von leichtem und mittelschwerem radioaktiven Abfall«, erklärte er, nachdem alle ausgestiegen waren.

»Als erste ermutigende Resultate vorlagen, schwenkten wir die Forschung auf Zerstörung von strategischen Materialien.«

»Zum Beispiel?«, fragte Joe Borowitz.

»Polyethylen, ein thermoplastischer Kunststoff, resistent gegen Säuren, gut isolierend und zäh.«

Nebenan, wo eine mit reißfestem Kunststoff beschichtete Fläche von zehn Quadratmeter vorbereitet war, konnten sich die Besucher von der Wirkung überzeugen.

Auf einen Wink von Thoma besprühten zwei Forscher den Stoff mit dem Mikrobengemisch.

Nach kurzer Zeit begann er zu brodeln, ohne dass sich Hitze oder Rauch entwickelte. Plötzlich war der Spuk vorbei: Die Zerstörung des Stoffes war gründlich.

Jemand erkundigte sich nach dem praktischen Nutzen des Versuchs.

»Der Stoff, der soeben in Rekordzeit von vier Minuten zerfiel, dient zum Beschichten der Tragflächen von Kampfflugzeugen, um den Radar zu absorbieren, wie beim Tarnkappenbomber«, erklärte Thoma.

Ein Assistent saugte die Überreste des zersetzten Materials in einen Behälter ab, schritt dann zu einem als »Säurebad« markierten Becken von ungefähr drei mal vier Metern Ausdehnung, in das er die Rückstände entleerte. Jennifer Faithless schaute entsetzt zu, wie die scharfe Säure brodelte, schritt, das Handy am Ohr, zum Verwaltungsgebäude zurück.

13

Die Gruppe verfolgte noch weitere Experimente an Stahl und Hartgummi, bevor Thoma auf ein schwarzes viereckiges Gebäude zuhielt, das er als Munitionsdepot identifizierte. Die offene Tür gab den Blick auf mehrere olivgrüne Behälter frei.

Während die Gruppe näher trat, nahm der Vizepräsident Blunt zur Seite und raunte nachdrücklich: »Wir brauchen die Betonkiller, Anthony. Sie haften mir mit Ihrem Kopf.«

Blunt schauderte.

»Hier lagert TNT. Sprengstoff, den wir vor einer bestimmten Zeit mit den Gamas angegriffen haben. Wir können ihnen die Berichte vorlegen«, erklärte Dr. Thoma.

Blunt winkte ab. Er kannte die Resultate. Effektiv verlor der Sprengstoff vom Typ 2,4,6-Trinitrotoluene, dem diese Mikroben eingeimpft wurden, alle sieben Tage 50 Prozent seiner Sprengkraft. Mit dieser Zersetzungsrate ließen sich infizierte Munitionslager sehr rasch unbrauchbar machen. Aber Blunt pfiff darauf.

Seine schneidende Frage fuhr Thoma durch Mark und Bein: »Wir benötigen die Beton-Gamas, Doktor Thoma. Können Sie uns auch auf diesem Gebiet einen Versuch zeigen?«

Der Forschungsleiter stammelte unsicher: »Sir, wir gehen der Reihe nach, zuerst …«

»Haben Sie Betonkiller, Doktor, oder nicht?«, fuhr der Vizepräsident dazwischen.

Einer der Forscher kam Thoma zu Hilfe: »Beton erwies sich als äußerst resistent, Sir, wenn Sie erlauben? Es lag nicht an den lysimetrischen Grundlagen.«

»Sondern?«

»Wir kriegen den Gentransfer nicht hin. Wem dies gelingt, der hat eine entscheidende Schneidwaffe in der Hand. Damit kann er unter Vortäuschung natürlicher Zersetzungsvorgänge alle Anwendungen von Beton, wie Wände und Platten, Brückenpfeiler, Autobahnen, Reaktorkuppeln, Raketensilos, Landepisten und dergleichen zermürben und pulverisieren.«

Die Männer starrten den Forscher an. Der Vizepräsident fasste sich als Erster: »Wem sagen Sie das? Genau darum geht es doch. Also, wo stehen wir?«

»Einer unserer Forscher ist nahe dran. Wir hoffen auf einen Durchbruch, Sir«, sagte Thoma und lockerte sich um Luft ringend den Kragen.

Blunt wollte den Mann sprechen.

Thoma schwitzte Sturzbäche. Sollte er die Wahrheit sagen? Warum eigentlich? Jack Frosh kann ja jeden Moment zurückkehren. Ich kenne den wahren Grund seines Ausreißens eigentlich gar nicht.

»Wie heißt er?«, Blunt zeigte Anzeichen von Ungeduld.

»Jack Frosh, zur Zeit auf Urlaub, Sir.«

Jetzt ist's raus … Hoffentlich komme ich damit durch, betete Thoma.

Blunt strafte ihn mit einem verachtenden Blick, der ungefähr besagte: Na, bravo! Sie arbeiten hart an einem Durchbruch, aber lassen das geniale Hirn auf Urlaub gehen.

»Wir benötigen Kampf-Mikroben, die Beton zersetzen, Doktor Thoma. Vergessen Sie Panzerstahl und Sprengstoff«, donnerte Blunt.

Thoma wusste, hier half nur die Wahrheit. Er gestand:

»Sir, wir kriegen es in nützlicher Frist nicht hin.«

In diesem Moment schleppten zwei Sicherheitsleute einen Mann heran, dem die randlose Brille auf die Nasenspitze hinuntergerutscht war. Ein zerzauster brauner Haarschopf wucherte über seinem eierförmigen Kopf.

»Krauthammer, Sir. Hat mit Frosh zusammengearbeitet.«

Anthony Blunt starrte den Forscher an, als käme er vom Mars hereingeschneit.

»Die Daten der neuen Versuchsreihe sind weg«, stieß Krauthammer schnaufend hervor, schüttelte die Sicherheitsleute mit einer ärgerlichen Bewegung ab.

»Frosh hat behauptet, ihm sei die Herstellung von Mikroben gelungen, die den Menschen angreifen. Genauer gesagt sein Gehirn. So genannte human orientierte Mikroben. Er nannte sie Hirn-Beschleuniger«, beeilte sich Dr. Thoma zu erklären.

»Und das sagen Sie uns erst jetzt«, intonierte Blunt mit grabestiefer Stimme aus blankem Eis.

Der Vizepräsident nahm Blunt zur Seite. Er hatte einen ungesunden, wächsernen Teint, Arglist schlich darüber. Wieder dieser eisige, stechende Blick aus den flackernden Augen, das böse Gesicht, die harsche Tonart, als er ihn anzischte. »Zerquetschen, zermürben, Anthony. Auf was warten Sie noch. SPHINX versteht mit Schwächlingen keinen Spaß.«

Blunt schluckte zweimal trocken. Nickte. Rang nach Worten. Der einzige Laut, der seiner Kehle entwich, tönte nach Zerquetschtem. »Zer … Zer … Jawohl, Sir.«

Dann fühlte er die Wut hochsteigen, kochen, in seinem Kopf rauschte das Blut. Seit ein paar Wochen verspürte er diese Schübe, wie temporäre Tobsuchtsanfälle, und alles in ihm schrie dann nach Zerdrücken, Niederreißen … Schwer atmend riss er sich von Chambers, der ihm ein teuflisches Grinsen entgegenschlug, los, packte Dr. Thoma unwirsch am Arm.

»Kommen Sie mit!«, befahl er ihm, jetzt kaum hörbar.

Thoma folgte wie ein geprügelter Hund, die andern gingen weiter.

Hinter dem Munitionsdepot blieb Blunt stehen. Kaum zehn Schritte entfernt dampfte hinter einer Schranke das Säurebad. Er fasste Thoma am Arm, meinte zutraulich: »Ich muss Sie versetzen, Thoma.«

Sie machten die paar Schritte hinter die Schranke. Als die Sicht zur Gruppe abgeschnitten war, hielt Blunt vor dem Säurebad an, wandte sich um. Das dampfende Becken war in den Erdboden versenkt. Eine Rutsche diente dazu, den Abfall in die giftig quirlende Brühe zu kippen.

»Was wollen Sie, Sir?« Der Forschungsleiter drehte sich am ganzen Körper zitternd zu Blunt um, den Rücken zum Becken.

Über dem Gelände herrschte eine Grabesruhe, als hätte die Mannschaft eine Gedenkminute eingelegt.

»Sie sind ein Versager, Thoma«, zischte Blunt, zog seine Pistole, schoss Thoma in die Brust. Er schaute ruhig zu, wie der Forscher rückwärts torkelte, in die Rutsche fiel und hinunter in die Säure klatschte. Blunt warf die Waffe hinterher und beobachtete, wie Thomas' Kopf mit entsetzlich geweiteten Augen unterging. Spritzer schossen in die aufsteigenden Dämpfe, dann legte sich wieder gespenstische Stille über Raspenburg.

Gleichmütig wandte sich Blunt ab und kehrte zum Empfangsgebäude zurück. Der Platz war menschenleer. Drinnen im Gebäude trat der Mörder auf die reglos dastehende Gruppe zu und sagte: »Es ist furchtbar! Dr. Thoma hat sich vor meinen Augen im Säurebad erschossen. Er war ein feiner Mensch, aber leider ein Perfektionist. Die Arbeit hat ihn wohl überfordert.«

Jennifer Faithless nahm ihren Job als Nachrichtenanalystin ernst. Sie war schon vor einer Weile an Bord der Gulfstream zurückgekehrt, brütete über der Akte Jack Frosh, die ihr Kontaktmann vom FBI soeben übermittelt hatte. Sie fühlte sich einsam.

Die groß gewachsene Jennifer galt als ehrgeizig, sie trug Hosenanzüge und Nylonstrümpfe. Ihr üppiges Haar hatte sie blond gefärbt, weil das mehr Spaß versprach. Doch ihr Image näherte sich bald dem einer fleißigen Arbeitsbiene, eine gefragte Expertin in militärischer Kommunikation. Die Anmut umschmeichelte sie spärlich, und mit den Jungs wollte es nicht klappen. Sich als gescheite Frau mit Hochschulabschluss einen ebenbürtigen Partner zu angeln, sah sie als eine Frage der Anspruchskongruenz, die sie bislang stets zum Nachteil der raren Verehrer beantwortet hatte. Blieb die Flucht in die Arbeit und die Arme eines einflussreichen Chefs.

Als Anthony Blunt Stunden später schließlich keuchend seine *S&L*-Maschine bestieg, lag Jennifer Faithless halb nackt, nur mit einer offenen Bluse, eng umschlungen in Nancys Armen. Die Frauen küssten sich zärtlich. Jennifer spreizte gerade ihre kräftigen Schenkel, setzte sich mit wippenden Bewegungen rittlings auf die zierliche Stewardess, die, an die Wand gequetscht, halb aufrecht auf der rosa und blau gestreiften Couch eine verrenkte Stellung einnahm. Blunt blieb wie angewurzelt stehen, sich am Anblick ungehemmter Leidenschaft der jungen Körper weidend. Als die hautfarbene Strumpfhose von Jennifers breitem Hintern wegrutschte und Anthony Blunt den Kopf erregt vorreckte, um einen Vitaminstoß zu kriegen, der ihn für den Rest des Tages hoch pumpen würde, trampelte Borowitz mit der Grazie eines Rhinozeros in die Kabine.

Ärgerlich! Er hätte den Kerl erwürgen können. Die Frauen stieben auseinander, als wären sie vom Fuchs aufgejagte Schnepfen, flatterten die Kleider schwenkend in die hintere Galley, wo sie vorgaben, mit wichtigen Bordfunktionen beschäftigt zu sein.

14

In Zürich steckte Ruth Ross die Hand zur Faust geballt tief in die Manteltasche. Die Stadt war erwacht. Die Cafés standen offen, ein Duft frischer Croissants wehte. Es sah nach gutem Wetter aus. Ein Südwestwind hatte die Wolkendecke aufgerissen und ließ die Zacken der Schneeberge bläulich schimmern. Der See lag darunter wie eine ausgestreckte Zunge, deren Spitze nach dem Gipfelweiß leckte. Die Stadt summte das ewige Lied der Geschäftigkeit um halb sieben Uhr morgens. Doppelspurig wälzte sich der Verkehr über die Quaibrücke.

Ruth Ross bemerkte die zwei Männer nicht, die ihr folgten. Ihre Gedanken flogen voraus ins Labor. Sie spürte einen starken inneren Antrieb, keine Faust im Nacken. Entschlossen straffte sie den Schulterriemen ihrer Tragetasche, holte kräftigen Schrittes aus. Über den Dächern lag jetzt stahlblau der Himmel.

Sie betrat das Gebäude des Patumbah Instituts, eilte schnurstracks in ihr Büro. Erst jetzt öffnete sie ihre Faust, entfaltete den Papierknäuel und beschwerte ihn mit dem goldenen, aus ihren Initialen geformten Briefbeschwerer.

Der Telefonbeantworter zeigte zwei Nachrichten an. Ruth Ross drückte auf die Abhörtaste. Die sonore Stimme ihres

Chefs schlug ihr angenehm entgegen. Gustav Hentschmann wollte mit ihr am Nachmittag die Fertigung der L-18 besprechen.

Die zweite Nachricht stammte von Julia, die ein Lunchtreffen vorschlug, um den bevorstehenden Schaukampf zu besprechen. Ruth Ross seufzte, blickte auf ihre Uhr, wählte die Nummer.

»Wie läuft's denn?«, fragte sie.

»Eine einzige Katastrophe. Ich muss dich dringend sprechen«, antwortete die Freundin.

Ruth Ross vernetzte den Laptop mit dem Großrechner. Während die Daten der eingelegten CD in den Rechner einflossen, untermalten triumphale Klänge aus »Armageddon« vortrefflich die innovativen Molekularrekombinationen, die vor ihren Augen abspulten.

Ein kratzendes Geräusch ließ sie für einen Moment zur Ecke hinüberschielen, wo ihr Lieblingsversuchsaffe Kondo vergnügt in seinem Gitterkasten herumturnte. Aus der Schublade kramte Ruth ein Pack hervor, öffnete die Gittertür des Geheges, legte zwei Biskuits auf das Futterbrett.

»Kondo, du Spitzbube, wenn du wüsstest!«

Der Affe schnalzte mit der Zunge. Japanische Rotgesichtsmakaken verhalten sich sehr eigenwillig, sind spielerisch veranlagt. Mit ihren geschickten Reaktionen deuten sie eine Intelligenz an, die derjenigen menschlicher Wesen am nächsten kommt.

Die Ross seufzte theatralisch: »Zwei Seelen wohnen, ach, in meiner Brust!«

Das Äffchen blinzelte verschwörerisch, erhaschte den Keks, warf ihn in die Luft, fing ihn mit offenem Mund auf.

»Seit Kain Abel erschlagen hat, gehen die Menschen aufeinander los, Kondo. Verstehst du?«

Der Affe kratzte sich mit beiden Händen den Schädel, rümpfte seine gerötete Nase.

»Keine Ahnung, was? Kriege toben, Gewalt herrscht, Völker werden geknechtet, Konkurrenten beseitigt, in der Ehe kracht es, Machtgezänk, wo du hinschaust. Wie weit haben wir es gebracht? Erstaunlich!« Sie warf ihm ein zweites Biskuit zu. Es schien ihr, als ob Kondo es nachdenklicher kaute.

»Weißt du«, fuhr sie fort, »nach zehntausend Jahren Barbarei ist es Zeit, dass der Mensch zu einem sanften, zivilisierten Geschöpf umgestaltet wird, das der Gewalt unfähig ist. Wir haben das entscheidende Gen entdeckt, Kondo. Ich werde zu einem Feldzug der Sanftmütigen aufbrechen.«

Das Äffchen gluckste und sprang auf seinen Hochsitz, wo es eine Grimasse schnitt.

»Lach nur, Affe! Mein Problem ist, dass ich Gewalt brauche, um mich durchzusetzen. Slotzky steht im Weg. Das viele Geld für die Experimente und die teuren Produktionsanlagen liegt nicht auf der Straße. Nun, wir werden ja sehen!«

Kondo nickte weise und tat, als lauste er sich.

15

Der Morgen verlief beschwingt. Die DNA-Sequenz stimmte. Sie druckte das Resultat aus und setzte sich befriedigt hin, als sie den Luftzug in ihrem Rücken spürte. Slotzky stand unter der Tür und grinste ihr zu. »Morg'n. Hier sind die versprochenen Proben.«

Er stellte das Gestell auf ihren Tisch. Auf jedem Gefäß klebte eine Etikette mit der Aufschrift L-18.

Dass es, scheinbar über Nacht, Ruth Ross gelungen war, die Ölpestkiller zu entwickeln, war den Kollegen Slotzky und Magun sauer aufgestoßen. Die sensationellen L-18 waren die lang gesuchten gentechnologisch veränderten Mikroben, die Erdöl im Wasser auflösen konnten. Der kühne Wurf war Ruth Ross kurz nach der Havarie eines Billigtankers vor der spanischen Küste gelungen. Ihre Methode hatte alle Chance, die Verschmutzung der Meere durch ausgelaufenes Öl erstmals wirksam zu bekämpfen. Zusammen mit Hentschmann machte sie groß angelegte Versuche und publizierte die Ergebnisse, die sofort als Durchbruch gefeiert wurden.

Und jetzt wartete die Welt auf die kommerzielle Produktion des Wundermittels aus den Labors des Patumbah Instituts. Xsyron Technologies, die Tochterfirma, stand unter enormem Druck. Ruth wusste, dass die Produktion im israelischen Werk um jeden Preis in zwei Wochen anlaufen musste. *Zwei Wochen? Sollte da nicht die Nahost-Gipfelkonferenz stattfinden?*

Für Ruth Ross waren die Ölpestkiller aber nur ein Anfang im milliardenträchtigen Wettstreit um die besten Gamas.

War es möglich, das Verfahren geheim zu halten? Ihr Misstrauen hatte einen Namen: Dr. Jarek Slotzky. Der Exiltscheche umschlich sie ständig, steckte seine Nase in alles, was im Labor ablief.

»Woran tüfteln Sie«, fragte Slotzky prompt und beugte sich über den Bildschirm.

»Hat nichts mit den L-18 zu tun, Jarek«, entgegnete sie ziemlich kühl. Es war gelogen.

»Wissen Sie das Neuste?«, fragte er unbeirrt.

Ruth Ross schüttelte den Kopf, während sie gleichzeitig das Programm beendete.

»Einer von uns wird ins Fertigungswerk versetzt. Ich habe mich für den Job beworben.«

»Und?«

»Der Chef hat noch nicht entschieden, wer gehen wird.«

Slotzky war ein guter Praktiker, aber nicht Manager genug, um das Werk in Israel zu leiten. Sie sagte es ihm auch.

»Trotzdem, eine Luftveränderung wäre nicht schlecht.« Er zuckte die Schultern und zog sich zurück.

Ross sperrte die Labortür zu und arbeitete den Rest des Vormittags an Varianten der L-18. Es war ein kritischer Augenblick, denn sie benutzte Forschungsmaterial, das nur ihr allein bekannt war. Nicht einmal Gustav wusste davon. Die L-18, die Erdöl rückstandsfrei zersetzte, bildete das Portal zu einer ganzen Familie von Gamas, die noch ganz andere Stoffe und Organismen zerstören konnten. Während sie auf die DNA-Sequenzen starrte, fühlte sie wieder das alte Unbehagen. Nicht sie allein, sondern zwei Männer hatten Verdienst an der sensationellen Entdeckung der neuartigen Gamas – einer war tot, der andere verschollen.

Ein Leben ohne Männer war ihr ein Horror. Sie seufzte. *Keine Zeit für Eskapaden, Mädchen!*

Kurz nach zwölf Uhr mittags machte sie Ordnung auf ihrem Tisch, um in die Lunchpause zu gehen, als Mitch anrief.

»Hallo, RR! Ich hab' was für dich!«, schrie er. Ruth Ross hörte im Hintergrund Motoren aufheulen. Sie hielt den Hörer samt Redeschwall ein Stück vom Ohr weg.

»Eine neue Pilatus PC sagst du? Echt?«

»Voll flugfähig und mit Bordkanone ausgerüstet. Du musst unbedingt herkommen.«

Ruth Ross blickte zum zweiten Mal auf ihre Uhr. »Geht nicht, Mitch. Habe im Institut alle Hände voll zu tun. Es sei denn, du fliegst mich nach Evian-les-Bains?«

Er lachte: »Liegt nicht mehr drin, Süße. Der Flugraum ist gesperrt. Geht es morgen? Die Wettervorhersage ist gut. Wir könnten uns doch um zwei Uhr treffen, dann gemeinsam aufsteigen und hinten am Silbersee ein paar Loopings ziehen, du weißt schon.«

»Moment!« Sie drückte auf *Halten.*

Silbersee. Natürlich. Sie könnte über den Stausee zur Wetterstation hochfliegen …

Ruth schielte auf ihre Agenda: *Samstag? Samstags fuhr Slotzky doch immer in sein Haus am Silbersee.* Sie nahm die Verbindung wieder auf, sprach mit fester Stimme: »Du meinst, du lässt mich mit der neuen PC 21 fliegen?«

Ein Doppelsitzer, meinte Mitch und wiederholte die abgemachte Zeit.

16

Das Santorini war um ein Uhr mittags gerappelt voll. Julia war schlank und grazil. Mit ihrem hinten verknoteten blonden Haar sah sie aus wie eine Balletttänzerin. Sie war unglücklich verheiratet gewesen mit einem Anwalt in einer Provinzstadt, Segler und Teilnehmer an einer Olympiade, vermutlich Sydney 2000.

Die ganze Stadt hatte gewusst, dass er ihr untreu war. Als Tochter eines bekannten Chirurgen, der am Operationstisch tödlich zusammengebrochen war, waren ihr die Tussis ihres Mannes, die im von ihr gekauften Sportwagen herumkurvten, endgültig auf die Nerven gegangen. Eines Tages machte sie Schluss, sperrte ihm das Bankkonto und ließ einen Anwalt die Scheidung durchziehen. Sie zog nach Zürich, wo sie sich im Sommer in ihren knappen Bikinis und mit der sexy gewölbten Bauchnarbe der Verehrer kaum erwehren konnte.

Ramos, der Geschäftsführer, schenkte mit listig zwinkernder Miene Wein ein. Sein schwarzer Rollkragenpullover strich sein gebräuntes Gesicht mit den blonden Brauen angenehm heraus. Er war ungefähr fünfundvierzig, schaute blendend aus. Mit seiner Statur und dem gereiften Ausdruck hätte er als Szene-Arzt durchgehen können.

»Den solltest du dir warm halten, Julia«, flüsterte Ruth Ross verschwörerisch.

»Lass das jetzt. Ich bin meinen Job los.«

Ruth Ross stellte das Glas mit einem Ruck ab.

Julia hatte vor zwei Jahren als Fitness-Trainerin im Rückversicherungskonzern angefangen. Die Firma galt als großzügiger Arbeitgeber und bot zahlreiche Vergünstigungen an.

»Das kann doch nicht sein. Du brauchst einen Anwalt«, meinte Ruth.

Julia schüttelte den Kopf. »Die entlassen gerade mal über zweihundert Leute.«

Ruth starrte entgeistert.

»Die Wohnung bin ich auch los«, sagte sie nach einer Weile entmutigt. »Es steht im Vertrag, dass ich sie räumen muss, wenn ich den Job aufgebe. Ich habe einfach immer Pech.«

Ruth Ross schaute bestürzt auf ihre Armbanduhr, die Zeit lief ihr davon. Julia bemerkte die Unrast. Mit zitternden Händen klaubte sie eine Broschüre aus der Tasche, schob sie über das weiße Tischtuch: »Damit ich's nicht vergesse. Da, schau, das sind unsere Gegner beim Wettkampf.« Ruth schlug das Programm auf, überflog es rasch. »Einer der Gegner ist Israeli und Nahkampftrainer in der Armee«, stellte sie fest.

»Für dich als Army-Braut kein Problem. Wie lange hast du eigentlich gedient?«

»Nur ein Jahr«, informierte Ruth. »Hör mal«, fuhr sie fort, »du wohnst einfach bei mir. Keine Widerrede. Ich habe Platz genug. Zudem kannst du an deiner Erfindung weiterarbeiten.«

»Oh ja, am Creek Walking.« Für einen Augenblick funkelten Julias Augen, dann schien sich ihr Blick in der Ferne zu verlieren. Nach einer Weile meinte sie:

»Eigentlich bist du eine richtige Agentin. Nahkampf, Schnellfeuerschießen, Spezialistin für biologische Kampfstoffe.«

Der Kellner kam zurück, bot Desserts an. Die Frauen lehnten ab. Ob sie Kaffee möchten, fragte er freundlich, doch Ruth war in Eile.

»Ich freue mich, dass du bei mir einziehst.« Sie schlug sich die Hand vor die Stirn:

»Ach, wie dumm von mir!«

Julia machte ein völlig verdutztes Gesicht.

»Das ist die Idee! Ja, du kommst mit mir an den Genfer See, nach Evian. Ein paar Tage. Tut dir gut. Wir sprechen darüber. Jetzt muss ich aber rennen, tschüss!« Sie nahm ihre Autoschlüssel und stand auf.

»Lebst du wirklich allein? Niemand, der dich begleitet?«, fragte Julia.

Ruth schüttelte den Kopf.

»Und Jack?«

»Ach, Jack Frosh, das war vor Urzeiten, in Amerika. Nie mehr was von ihm gehört«, antwortete sie nicht ganz wahrheitsgetreu, als Ramos zurückkam. Er trug nun weiße Schürze und wirkte noch attraktiver.

»Geht alles auf meine Rechnung«, raunte sie ihm zu.

17

Ken Custer tastete mit der Hand nach dem Sendersuchlauf, während er in seinem sportlichen Zweisitzer unter sternenklarem Himmel nach Georgetown fuhr. Er war in Eile. Was er seit dem Gespräch mit dem Unsichtbaren herausgefunden hatte, wühlte ihn auf, und es drängte ihn, ins sichere Zuhause abzutauchen. Auf dem Beifahrersitz lag noch immer der achtlos hingeworfene Umschlag – »persönlich, vertraulich«.

In ihm nagte das Gefühl, dass irgendwo irgendetwas Entscheidendes außer Kontrolle geraten war. Als er vor seinem frisch herausgeputzten, braunen Steinhaus einparkte, klickte die Digitaluhr im Mahagoni-Armaturenbrett auf 21.00. Er schloss den Wagen ab, wühlte in der Tasche nach dem Hausschlüssel.

Er witterte Gefahr. Sein Körper versteifte sich. Blitzschnell wirbelte er um die eigene Achse.

Da stand sie. Breitbeinig, mit beiden Händen die Waffe umklammernd.

»Still stehen!«, zischte die Frau. »Schön langsam zur Haustür.«

»Wer sind Sie?«

Die mollige Figur von der Ausstrahlung eines Haferkleiebrötchens platzte fast aus den Nähten ihres rosa Kleides. Strohblondes Haar fiel auf ihre Schultern.

Langsam bewegte sich Custer wie geheißen vorwärts.

»Marsch, ins Haus!«

Sie stieß ihm den Lauf in den Rücken. Die Straße gähnte verlassen.

»Was wollen Sie?« Custer öffnete die Haustür und betrat die Diele.

»Nach oben!«, herrschte ihn die Frau an.

Langsam stieg er die paar Stufen nach oben ins helle Wohnzimmer.

Die Waffe kommandierte ihn zum Ledersessel vor der Bücherwand.

»*Ich* habe Ihnen die Mitteilung geschickt.«

Custer hob großspurig eine Augenbraue, blieb aber stumm.

»Die Mitteilung.«

Ihre Fäuste umklammerten die Waffe, dass die Knöchel weiß schimmerten.

»Ich erhielt den Brief erst heute.«

Sie zwinkerte nervös.

»Ich schlage vor, wir essen was«, meinte Custer gespielt locker. »Ich habe schrecklichen Hunger.« Unsicherheit huschte über ihr Gesicht. Sie netzte die Lippen mit der Zunge. »Keine faulen Tricks. Ich bin geschäftlich hier.« Sie hielt ihm den Lauf direkt vor die Stirn.

»Na schön. *Sie* haben mir also den anonymen Brief geschrieben. Warum?«

»Im Auftrag von Jack Frosh«, antwortete sie, erzählte dann atemlos von einer Farm in Montana, einem Blizzard, der Flucht nach Kanada. Sie lehnte ihren fülligen Leib gegen den Schreibtisch, ihre waffenbewehrte Hand ruhte wie erschöpft auf ihrem prall vorgeschobenen Schenkel. Er hörte geduldig zu. Nach einer Weile stand er langsam auf, tat einen Schritt, ganz ruhig und unverfänglich noch einen, sprang sie an. Im Nu fasste er ihr Handgelenk, drehte ihr den Arm auf den Rücken. Der kleine Revolver mit Perlmuttgriff flog im hohen Bogen durch die Luft, landete unter dem Sessel. Sie leistete kaum Widerstand. Mutlos sank sie auf die Knie und ließ den Kopf hängen.

18

Ruth Ross verdankte ihre wissenschaftlichen Erfolge einem Zufall. Du hattest Affenschwein, sagte sie oft zu sich selbst, denn die spektakulären Beton-Killer hatte sie einem Affen zu verdanken.

Das begann an einem gewöhnlichen Morgen vor ungefähr einem Jahr, als sich die Tür ihres Labors abrupt öffnete. Auf der Schwelle stand Hans Magun mit verzerrtem Gesicht. Er hielt ein zerbrochenes Glas in die Höhe.

»Frau Ross, ich weiß, dass Ihnen Kondo am Herzen liegt und Sie der Affenkreatur an allen unmöglichen Orten Futter zuwerfen, aber ich würde es doch sehr schätzen, wenn er nicht in unserem Labor herumwütet.«

»Was ist passiert?«, fragte Ruth alarmiert.

Auf einen wortlosen Wink folgte sie Magun in das hintere Labor, wo er unter der Tür dramatisch auf einen nassen Flecken am Boden wies.

»Unsere Probe ist futsch!«, schnaubte er mit gerötetem Gesicht.

»Kondo?«

»Ich dreh' dem Biest den Hals um!«

»Tut mir Leid, aber …«

»Da sehen Sie, Ihr Futtersack. Wirklich ein Schwachsinn, so etwas im Labor herumliegen zu lassen. Der Affe sprang hoch und schmiss alles runter.«

Ruth Ross riss ein langes Stück von einer Papierrolle ab, bückte sich, um die Pfütze aufzuwischen. Da stutzte sie. In der Fuge zwischen den schwarzen Schieferplatten brodelte es, als kochte Wasser. Kalter Nebel stieg hoch. Zuerst dachte sie an Salzsäure, aber verwarf den Gedanken. Geistesgegenwärtig tat sie, als trockne sie die Stelle, ließ aber die kleine Lache unberührt.

»Was war denn im Glasbehälter«, fragte sie beiläufig, als sie das Papier in den Abfalleimer schmiss.

»Die neuen L-18, was denn sonst. Wir beschäftigen uns ja kaum noch mit irgendwas anderem als Ihrem Lieblingskind«, meckerte Magun mürrisch, als im Nebenzimmer das Telefon summte. Schimpfend schlurfte er davon.

Lieblingskind? Meint der den Affen oder meine Bakterien? Egal.

Die Ross schaute sich um. Ihr Blick fiel auf den Bildschirm.

L-18 Lichenes Imperfecti Potestas Delenda Patumbah.

»Tatsächlich, meine Lieblinge«, murmelte Ruth, als eben Magun wieder auftauchte.

»Was ist?«, fragte er misstrauisch.

»Nichts, und wie läuft's sonst?«, meinte Ruth aufgeräumt.

»Ach, immer unter Stress.«

»Sagen Sie mir, wenn ich helfen kann. Ich schulde Ihnen einen, nach diesem Missgeschick«, bot sich Ruth freundlich an.

»Schon gut«, lächelte Magun versöhnlich. »Ich war ein bisschen hart zu Ihnen.«

Die Stelle, wo die Probe verschüttet wurde, hatte sie am Abend nochmals heimlich inspiziert, hatte aus dem kleinen Krater ein Stück Schiefer abgekratzt und in ihr Labor getragen. Die Analyse bestärkte sie in der Annahme, dass eine zersetzende Wirkung der L-18 auf Gestein nur folgerichtig war. Sie ließ es aber vorläufig bei dieser Erkenntnis bewenden. Zunächst galt es, die Experimente mit den Ölpestkillern im Wasser abzuschließen. Die Zeit lief davon: Die Forscherin wollte nicht von der Linie abweichen. Zudem musste der Bericht morgen fertig sein. Sie überflog die letzte Passage kritisch:

DNA ist nötig, um RNA zu erzeugen, das wiederum gebraucht wird, um Protein zu bilden. Diese Relationen bestimmen den Fluss genetischer Information in fast allen lebenden Organismen.

Einem Einfall folgend tippte sie weiter:

DNA-Moleküle können repliziert werden, um Leben fortzupflanzen. DNA ist das endgültige Gefäß für Information; folglich ist es entscheidend, dass es repariert werden kann, wenn es be-

schädigt ist. Wird es nicht repariert, kann es Mutationen bilden oder sich bis zum Zelltod zersetzen. Aus Mutationen können sich neue Familien von Mikroben entwickeln, wie die Experimente mit L-18 gezeigt haben. Wir vermuten, dass die RNA Reparatur möglich ist und für physiologische Prozesse wichtig sein kann.

»Bedarf noch der Überarbeitung«, befand sie ziemlich ermattet zu Kondo und schaltete den Bildschirm blind.

»Gute Nacht, Kondo«, rief sie dem Rotgesichtsmakaken zu, der die Lippen spitzte und beide Pfoten klatschend hoch hielt.

19

Kommen Sie. Wir machen uns einen Drink.« Ken zerrte Billie Sue unsanft hoch, hinüber zur Bar. Ihre spitzen Schuhe blieben auf dem Teppich liegen. Gewohnheitsmäßig schaltete er den Fernseher ein. Billie Sue gab sich bescheiden versöhnlich.

»Jack hat nur Gutes über Sie gesagt.«

»Warum haben Sie mich nicht angerufen?«

»Zu riskant. Sie hätten mich doch glatt abgewimmelt, oder?«

»Schon möglich.« Er nickte bedächtig, füllte zwei Gläser mit Eiswürfeln.

Eine Nachrichtensendung lief. Die Reporterin berichtete aus einem Hubschrauber, der das Hotel in Evian-les-Bains überflog, wo die Gipfelkonferenz stattfinden würde. Das lange, weiße Gebäude mit dem typisch graublauen Dach lag in einem weitläufigen Park. Zwischen dem dichten Grün der Bäume schimmerten die weißen Flecken der Golfanlage auf.

»Ein Scotch, ein Bourbon, ein Bier?«, sang Custer, den Butler spielend.

»Bourbon ist okay. Ich komme aus Kentucky. Billie Sue.«

Custer nickte anerkennend. »Dann schneiden wir auch gleich den Schinken aus dem Eiskasten an. Der kommt aus Louisville.«

Sie betraten die geräumige Küche nebenan. Custer zog die weißen Rollos herunter. Als er sich umdrehte, hatte Billie Sue ihr Glas zur Hälfte geleert.

»Was Sie über mich wissen, könnte auch in der Zeitung gestanden haben«, sagte Custer.

Sie stellte das Glas heftig ab. »Sie glauben mir nicht?«

»Vielleicht, vielleicht auch nicht. Was hat Ihnen Jack Frosh sonst noch verraten?«

»Nichts. Er hat gesagt, Sie würden mir helfen. Tun Sie doch, oder?«

Sie setzte sich, stützte die Ellenbogen auf, legte den Kopf in beide Hände. Custer schnitt schweigend vom Schinken ab, setzte Wasser auf und legte das Päckchen Pasta neben die Kochplatte.

»Erzählen Sie alles von Anfang an. Wie gelangten Sie und Jack Frosh nach Montana?«

Billie Sue angelte sich eine Scheibe Schinken, legte sie auf ein Stück Brot und biss herzhaft hinein. Langsam kauend beruhigte sie sich, trank den Rest Bourbon.

»Okay wenn ich rauche?«

Custer schob ihr wortlos einen Aschenbecher zu. Sie steckte sich eine Camel an, zog tief ein. Dann begann sie zu erzählen:

»Montana ist das Land der Berge, Flüsse und Pferde. Aber ich ging nicht hin, um mir einen Holzfäller zu angeln. Sie zwangen uns alle in der geschlossenen Einrichtung zu arbeiten.«

»Wer?«

»Die Bullen. Sie kamen zu mir in den Knast. Ich saß wegen einer Drogengeschichte in Untersuchungshaft. Unschuldig.«

Custer machte eine Gebärde, die bedeuten mochte, alle wären ja immer an allem unschuldig.

»Doch. Es war ein mieses Komplott. Nicht weit von hier hatte ich mich eines Abends mit einem Typen verabredet, da hielten sie uns an und durchsuchten den Wagen. Der Kerl hatte Koks dabei. Sie schnappten mich. Später kamen zwei Typen in die Zelle und meinten, ich könnte für die Regierung arbeiten und die Strafe auch abdienen, indem ich was Nützliches täte. Was blieb mir anderes übrig? Im Camp, wo sie uns hinbrachten, arbeiteten all diese gescheiten Forscher. Wir mussten uns für drei Jahre verpflichten und durften das Camp nicht verlassen.«

Billie Sue drückte die Zigarette aus.

»Moment! Anstatt eine Gefängnisstrafe zu verbüßen, schickten sie Sie in eine Forschungsanstalt?«

Sie senkte den Blick.

»Wir betreuten die Forscher. Frosh war einer von ihnen.«

Jetzt kaute sie an ihrem Daumennagel.

»Sex?«

»Sie nannten uns Hilfssekretärinnen, doch die Büroarbeit bestand darin, mit den Männern Verabredungen zu treffen. Diese abgeschiedene Anlage durfte ja niemand verlassen.«

»*Niemand*, sagen Sie?«

Sie nickte. »Wir waren etwa ein Dutzend Mädchen für das ganze Team. Die meisten hatten echt was auf dem Kerbholz. Da oben rumzumachen war klar besser, als im Knast von Lesben vernascht zu werden.«

»Wie fielen Sie auf Frosh?«

»Frosh behandelte die Mädchen wie ein Gentleman. In der Freizeit spielte er ständig Basketball und hielt sich mit Gewichtstemmen fit. Eines Abends lud er mich auf sein Zimmer ein.«

»Und dann?«

»Kaum saßen wir auf dem Bett, wollte er wissen, ob ich für ihn arbeiten würde. Ich dachte natürlich an Sex, aber da verriet er mir seinen Plan. Wenn alles klappte, wollte er mit mir fliehen.«

»Er plante eine Flucht?«

Sie nickte heftig und blieb ernst.

Custer verbarg seine Überraschung, beugte sich zur Flasche und schenkte nach. Billie Sues Blondschopf spiegelte sich auf dem Flaschenhals.

»Stimmt etwas nicht, Mister Custer?«

»Ich bin Ken, okay? Trinken wir auf Frosh.« Er grinste breit. Billie Sue schoss aus ihrer kauernden Haltung hoch. Sie strahlte übers ganze Gesicht. »Dann glauben Sie mir endlich?«

Custer richtete Spaghetti an. Er gab Butter bei, stellte Parmesan auf den Tisch. Während sie aßen, erzählte Billie Sue, dass Frosh hinter Dokumenten her war, die einer der Bosse in seinem Büro verwahrte.

»Dieser Kerl kam halb von Sinnen, wenn er es mit Frauen trieb. Ich zerrte ihn am Hosenbund zum Schreibtisch. Während er an mir herummachte, merkte ich mir die Aktenstücke. Als er nachher wie üblich schnarchte, holte ich die Papiere, schlich hinaus und brachte sie Jack Frosh.«

Custer wollte wissen, was in den Papieren gestanden hatte, aber sie gab an, keinen blassen Dunst zu haben. Ken führte eine Gabel Spaghetti in den Mund.

»Und dann seid ihr geflüchtet?«

»Mmm.« Sie fuchtelte mit den Händen und schluckte. »Ich musste mich nach dem Abendessen im Kofferraum seines Wagens verstecken. Ziemlich ungemütlich. Wir kamen problemlos raus. Noch in der gleichen Nacht gerieten wir in diesen verdammten Blizzard.«

Sie nahm einen großen Schluck, lehnte sich ächzend zurück. Zum ersten Mal nahm Custer von ihrer guten Figur Notiz. Sie streckte ihm die Beine leicht gespreizt entgegen. Der Rock war über die Knie gerutscht.

Ken wandte den Blick ab. *Alles zu seiner Zeit.* Laut fragte er: »Sind Sie verheiratet?«

»Geschieden. Und Sie?«

»Weder noch«, schwindelte Ken und räumte die leeren Teller ab. Als er die Kaffeemaschine in Betrieb setzte, verriet sie: »Mein Ex war ein Bulle«, um dann gleich weiterzuerzählen …

20

Sie waren nachts durch Missoula gefahren, ein Verkehrsknotenpunkt im Westen Montanas. Junge Leute quirlten auf der belebten Ladenstraße mit ihren Fast-Food-Treffs nahe der Kreuzung, die Lichter des dichten Verkehrs funkelten irritierend. Frosh hatte nach allen Seiten geschaut, die Ampel wechselte auf Grün, aber der Verkehr setzte sich auch von rechts her in Bewegung, er war mit Vollgas durch die Falle gefahren, dann weiter auf der 93 nach Norden. Das ist der Highway, der zum Gletscher Park und zur kanadischen Grenze führt.

Nach einer halben Stunde hielten sie an einer Tankstelle. Billie Sue holte sich Kaffee und ein paar Sandwichs. Während Frosh den Tank mit Benzin füllte, bemerkte er das große eiserne Kreuz auf der andern Straßenseite. Er fragte den Tankwart nach der Bedeutung des Memorials. Der hatte grinsend gemeint, kein Mensch hier vergesse das Zugunglück am Valentinstag 1990. Der von drei Lokomotiven gezogene Güterzug habe eine mit 40 Stundenkilometer signalisierte Kurve mit gut 110 Sachen genommen und die meisten seiner 37 Wagen und Berge von losem Bauholz auf die Route 93 hinunter geschmissen. Dabei sei wie durch ein Wunder niemand umgekommen. Er empfahl Frosh ein Motel ein Stück weiter, in Richtung des Sees, da heftige Gewitter angesagt seien.

Sie waren weitergefahren. Die 93, die sich von Phönix in Arizona bis ins kanadische Jasper zieht, ist eine harte zweispurige Asphaltarterie. Sie ruiniert Stoßdämpfer und Achsen, strapaziert die Nerven, bringt Motoren zum Sieden und zieht sich endlos dahin. Sie besprachen den Hinweis des Tankwarts auf die kritische Wetterlage. Billie Sue schmiegte sich an seine Schulter. Sie hielt die Idee mit dem Motel für ausgezeichnet. Frosh drängte es weiter. Alles war zu gut verlaufen. Nichts zu hören im Radio, er traute der Ruhe nicht. Sie würden durchfahren, entschied er.

Nachdem sie die unglaublich stillen Wasser des Lake Flathead erreicht hatten, schoben sich schwere Wolken vor die volle Scheibe des Monds. Wind kam auf. Nach einer weiteren Stunde fiel dichter Regen. Der Verkehr hatte nachgelassen. Ab und zu blendeten Scheinwerfer kreuzender Trucks.

Das Gewitter würde mehr im Süden toben, meinte Frosh zur Beruhigung. Doch wenig später entfesselten sich die Kräfte. Sturzbäche überfluteten die Straße. Die Wischer versagten den Dienst. Sturmböen rüttelten am Wagen. Frosh hatte alle Mühe, die Fahrbahn zu halten. Blitze zuckten gespenstisch. Die Gegend war eine einzige Einöde.

Billie Sue entdeckte die Scheune zuerst. Sie schien gespensterhaft für Sekunden hinter Regenschwaden unweit der Straße auf. Der nächste Blitz leuchtete die Abzweigung aus. Frosh hielt darauf zu, zweigte ab. Sie schafften es auf dem aufgeweichten Weg. Das schwere Scheunentor lief zum Glück in einer Schiene und ließ sich zur Seite schieben. Billie Sue manövrierte den Wagen in die schützende Halle, während Frosh das Tor verrammelte.

Das Unwetter hatte so stark getobt, dass das Dach jeden Augenblick wegfliegen konnte. Berstendes Knacken und krachendes Abbrechen von Ästen drangen durch das Geheul des Windes. Eng beieinander lagen sie im Auto, verzehrten hungrig die Sandwichs von der Tankstelle, während über ihnen das lärmende Trommeln des Regens die Geister der Nacht verscheuchte. Am Morgen glitzerte die Sonne friedvoll über die nasse Wiese, doch als Billie Sue gähnend durch eine Ritze zur Straße spähte, sah sie den Polizeiwagen vor der Scheune stehen. Schon ertönte wildes Klopfen am hölzernen Tor. Was sie glaubten, hier verloren zu haben, wollte der Sheriff wissen. Er stand breitbeinig im halb offenen Scheunentor, den schweren Colt in der Hand …

An diesem dramatischen Höhepunkt unterbrach Billie Sue ihre Schilderung, stand vom Küchentisch auf und schenkte sich aus der dampfenden Kanne frischen Kaffee nach.

21

Die Dämmerung überzog die unendlichen Weiten Montanas, als die Gulfstream vom Regionalflugplatz Helena abhob und nach Erreichen der Reisegeschwindigkeit auf einen östlichen Kurs Richtung Washington, D.C. einschwenkte. Im Westen glühte ein Rest Abendhimmel gelb seinem Ende entgegen.

Sie hatten sich in der Speiseecke um den üppig dekorierten Tisch versammelt. Anthony Blunt trug einen Morgenmantel mit farbfreudigem Blumenmuster, während Joe J. Borowitz lediglich Jacke und Krawatte abgelegt hatte, um es sich bequemer zu machen. Nancy, nur mit einem betörend durchsichtigen Spitzenhemd bekleidet, füllte die Kelche mit schäumendem Champagner. Jennifer Faithless hatte den obersten Knopf ihrer Bluse geöffnet, frisches Rouge aufgetragen. Jetzt stach sie die Gabel in den Kaviarberg. Claudia, die zweite Stewardess, servierte Lachs, der in der Farbe zu den Strapsen passte, die an den freizügig zur Schau gestellten Schenkeln baumelten. Sie bedachte Jennifer Faithless mit einem giftigen Blick.

Anthony Blunt hob sein Glas.

»Auf SPHINX!«

»Auf ein starkes Amerika«, toastete Faithless, wieder einmal ihre Frisur zurechtzupfend.

»Möge uns die gnadenlose SPHINX erwürgen, falls wir versagen«, brüllte Borowitz unmäßig über seinen Champagner.

Anthony Blunt erwog kühl die Lage: Die operative Führung von SPHINX bestand aus drei Aufsichtsräten, *Rat der Weisen* genannt, die den so genannten *American Spirit* verwalteten und in schwierigen Situationen Entscheidungen fällten.

Wer die Weisen wohl waren? Gehörte der Unsichtbare auch dazu?, fragte sich Blunt zum zigsten Male.

Vizepräsident Dick Chambers setzte sich vor die Tastatur des PC.

»Anthony«, mahnte er, »versuchen Sie bloß nicht, das Rätsel zu lösen.«

Sowie die Verbindung mit dem Aufsichtsrat aufgebaut war, belebte sich der Großbildschirm neben dem Durchgang zur Galley. Ein mit Absicht verschwommenes Gesicht füllte die Leinwand.

»Sie legen für ihn die Hand ins Feuer, Anthony?«, fragte die sonore Stimme des Weisen, der sich als Nummer 2 ausgab, herunter.

»Das psychiatrische Gutachten hält John Ash für absolut geeignet.«

Nummer 2 gab sich unbeeindruckt: »Im Irak hat er versagt, Anthony.«

Blunt schaute Hilfe suchend auf Dick Chambers. Was sollte er da wohl antworten? In Sekundenschnelle lief in seinem Geist das Szenario ab, das ihm wie allen verschworenen Patrioten von SPHINX ein Gräuel war:

... die bevorstehende hirnrissige Gipfelkonferenz in Evian! Nach den bombastischen Ankündigungen dieses Clowns im Weißen Haus glaubte die halbe Welt völlig naiv an einen substanziellen Durchbruch auf dieser läppischen Streckenkarte zum Weltfrieden. Der euphorische Präsident sah den Nahen Osten ja völlig nostalgisch verzerrt. Ein palästinensischer Staat schien ihm zum Greifen nahe. Furchtbar war es. Der Präsident plante, in Evian die Verfassung eines israelisch-arabischen Staatenbunds zu unterzeichnen. Zum Glück hatte SPHINX noch den klaren Blick durch ihre von Weisheit erleuchtete Lupe. Der Gipfel von Evian durfte einfach nicht gelingen. Der Präsident und seine getreuen Abweichler vom rechten Weg, die den *American Spirit* täglich schmählich verrieten, mussten rechtzeitig demontiert, ausgeschaltet, vernichtet werden. Im Namen aller aufrechten Amerikaner galt es, endlich ein Exempel zu statuieren, damit ein Aufschrei des Entsetzens um die Welt gehe. SPHINX war bereit zur Generalabrechnung. Das genial perfide Attentat auf die Evian-Konferenz würde die Handschrift der al-Qaida tragen, die Welt in Panik stürzen, nach Vergeltung rufen. Dann konnte nichts mehr sie – die neuen Führer der großen USA – daran hindern, Iran, später den ganzen Nahen Osten zu überrennen. SPHINX werde mit ihm, mit Anthony Blunt an der Spitze, ein mächtiges Reich entstehen lassen – größer als Mazedonien unter Alexander dem Großen, mächtiger als Rom unter Julius Cäsar, die Türkei unter Mohammed II oder Britannien unter Queen Victoria …

Des Weisen ruppige Stimme riss den SPHINX-Chef jäh aus seinen Träumen: »Was sagen Sie dazu, Anthony? John Ash hatte die Sache verpatzt.«

»Im Irak hat er zwar nur den Doppelgänger erwischt, Sir«, hüstelte Blunt, »doch immerhin den Nachweis von Pockenviren und Anthrax nach Hause gebracht. Aber deshalb rufe ich nicht an, Nummer 2.«

»Sondern?«

»Ted Jones von der CIA macht uns Schwierigkeiten.«

»Fahren Sie fort, Anthony.«

»Wir wissen, dass Jones von einer Frau Informationen über Raspenburg erhalten hat«, tönte Blunt.

»Und woher wissen Sie das?«

»Die Defense Intelligence Agency schnitt seine Telefongespräche mit.«

»Ich verstehe«, beschied das Schattengesicht ruhig.

»Unser Mann in der DIA hat über unsere Leitung einen Impuls in das Backup-System gepflanzt, was einfach ist, weil …«

»Zur Sache, Anthony!«

»Wir wurden stutzig, als die Frau von heiklen Forschungen oben in Montana quasselte. Hellhörig machte uns der Name Frosh. Jack Frosh. Sie erinnern sich?«

»Das Genie, das Thoma auf Urlaub geschickt hat?«

»Genau. Nur scheint es, dass er sich den Urlaub selber verschrieben hat. Frosh ist mit der anonymen Anruferin geflüchtet.«

»Was sollte er für einen Grund haben, auszureißen?«, bohrte die Stimme des Schattens.

»Sabotage, Sir. Frosh arbeitet vermutlich für das Ausland. Seine Vergangenheit aus Harvard passt nahtlos ins Bild eines ambitionierten Strebers, der mit den geheimen Daten Kasse machen will.«

»Mm, Sie stehen auf dünnem Eis, Anthony«, erwiderte leise der Weise.

»Ich weiß, Sir. Direktor Jones will eine Untersuchung einleiten.«

»Wer soll untersuchen?«

»Die Abteilung Material Degradation Technology, Madtech. Sobald der Abteilungsleiter von seiner Auslandreise zurück ist.«

Das Schattengesicht erkundigte sich, wann dies der Fall sein werde und erfuhr, der Abteilungsleiter werde Ende der Woche, also in vier Tagen, in Washington zurück erwartet.

Ob sonst noch jemand über den Anruf informiert sei, fragte das Schattengesicht nach. Blunt verneinte.

»Sie mögen Recht haben, Anthony. Wir können nicht warten, bis Ted Jones das Rätsel der SPHINX zu lösen versucht. Oder?«

»Nein, Sir.«

»Jones ist einer dieser Duckmäuser, die uns mit ihren moralischen Bedenken auch sonst in die Quere kommen, genau wie der Außenminister«, grollte Nummer 2. »Treffen Sie unverzüglich adäquate Vorbereitungen im Interesse der nationalen Sicherheit.«

»Yessir«, schnappte Blunt.

»Nehmen Sie die Besten für diese leider unumgängliche Aktion. SPHINX kann sich diesmal keine Versager leisten.«

Die Drohung hing in der Luft. Mit einem Kloß im Hals antwortete Blunt:

»Die Frau ist die Beste, Sir.«

»Ich verlass' mich drauf. Doch auch die Beste hat ein Verfalldatum«, kieselte die Stimme, gefolgt von einem rauen Lachen.

Das Bild erlosch.

Blunt starrte zu Dick Chambers hinüber. »Haben Sie alles mitbekommen?«

Ein scharfer Blick schoss über den Rand des Männermagazins, warf Blunt förmlich in seine Sitzlehne zurück. Der Vizepräsident nickte wortlos.

»Wissen wir den genauen Zeitplan der Konferenz von Evian?«, erkundigte sich Blunt trotzig.

»Heute Abend erfahre ich die Einzelheiten«, antwortete der Vizepräsident, wobei er sich in äußerst anstößiger Weise an dem Gedanken weidete, dass er in ungefähr vier Wochen zum 42. Präsidenten der Vereinigten Staaten vereidigt werden würde.

»Noch keiner hat es geschafft, die Welt zu beherrschen«, lallte der US-Präsident in spe geradezu exaltiert. »Cäsar war nahe dran. Aber wir, Anthony, wir werden es schaffen. SPHINX steht an der Wiege der neuen Weltherrschaft. Bald fliegen Sie mit mir auf Airforce One, Mr. Blunt.«

Wie magnetisiert starrte Chambers jetzt auf Nancys lange Beine, als die hoch fliegende Gesellschaftsdame gerade eine neue Silberplatte mit Lachs und Kaviar auftrug.

Seinerseits traute Blunt den Analysen und Berichten der CIA nicht einen blanken Penny. Im Bereich der biologischen Kampfführung war zwischen Ted Jones und den Nachrichtendiensten der Armee offener Krieg ausgebrochen. Die Herstellung von B-Waffen irgendwelcher Prägung war international geächtet, und ausnahmsweise hatte sich die USA dem Verbot angeschlossen. Blunt zweifelte keinen Moment daran, dass CIA-Direktor Jones, käme ihm die wahre Forschungstätigkeit in der geheim gehaltenen Anlage in Montana zu Ohren, mit aller Härte unter großem Mediengetrommel über Raspenburg herfallen würde.

Diese gegensätzlichen Interessen waren kaum zu überbrücken. Ab heute Abend bliebe SPHINX also keine andere Wahl, als mit eigenen Agenten zu arbeiten. Blunt hielt sich an das bewährte Prinzip, wonach für jede Operation eine missionsspezifische Aufklärungs- und Nachrichtenorganisation unentbehrlich war. Niemals durften dieselben Leute zwei Operationen gleichzeitig leiten. Daher arbeitete auch Jennifer Faithless in seinem Stab. Übrigens – wo war sie geblieben?

Blunt wähnte, er höre ein leidenschaftliches Aufstöhnen aus dem hinteren Teil der Gulfstream. Zum Ende der Reise waren seine Gäste immer ein bisschen bescheidener. Die Verführung an Bord seiner *S&L*-Maschine funktionierte wie geschmiert. Und dabei ließen die Herren Freier immer ein kleines Stück Unabhängigkeit oben im Himmel zurück, ein Stückchen, das Anthony Blunt umsichtig für eigene Zwecke verwaltete. Joe J. Borowitz war da so wenig eine Ausnahme wie der Vizepräsident. Oder besser – der nächste Präsident der Vereinigten Staaten.

Die Operation »Evian« durfte nicht fehlschlagen. Nein, sie *würde* nicht fehlschlagen!

22

Billie Sue schenkte sich dampfend frischen Kaffee ein. Custer schaute ihr geduldig zu.

»Und was dann, als euch der Sheriff vorknöpfte?«

Sie setzte die Tasse ab:

»Der Typ war echt schlecht gelaunt. Frosh gab ihm seinen Führerschein, während im Polizeiwagen der Funk knisterte. Offenbar hegte der vierschrötige Kerl einen Verdacht oder hatte es auf mich abgesehen.«

»Warum?«

»Nun, das spürt man als Frau. Er zog mich dauernd mit den Augen aus. Der Bursche war von kurzem Wuchs, stämmig, dicke Arme, rundes Gesicht.«

Sie schöpfte Atem. »Alles ging ganz schnell. Er legte mir Handschellen an und presste sein Knie von hinten zwischen meine Backen. Frosh protestierte, griff nach ihm.«

»Das hätte er besser nicht getan«, meinte Custer.

»Genau. Gewalt gegen Polizei. Sie kennen den Schrott. Er richtete die Kanone auf Frosh, zwang ihn mit Stößen in die Brust zum Ausweichen. Jack torkelte, aber fing sich auf. Der Sheriff schoss in die Luft und schrie ihn an weiterzulaufen. Ich wusste, was der wollte – nämlich Frosh zum Weglaufen provozieren.«

Ken deutete mit der Hand seinen Einwand an, aber sie wehrte ab: »Doch, doch, Fluchtversuch. Abknallen. Dann mich vorknöpfen. Ich geriet in Panik und kickte ihm wuchtig meinen spitzen Schuh in … nun, Sie wissen schon! Der Kerl krümmte sich, Wut verzerrte sein Gesicht.«

Sie war aufgestanden, unterstrich ihre Erzählung mit treffenden Gebärden.

»Weiter, was dann?«

Frosh habe versucht, dem Sheriff den Revolver zu entwinden. Es sei zum Handgemenge gekommen, dann fiel der Schuss. Einen Moment regte sich keiner. Sie glaubte schon, es habe Jack erwischt. Da stand er auf. Der Sheriff lag auf dem Rücken, den Kopf in einer Blutlache, die Hand noch lose an der Waffe.

»Der Schuss hatte ihn im Hals getroffen«, präzisierte Billie Sue. An den Türrahmen gelehnt steckte sie sich eine Zigarette an.

»Da saßen Sie aber ganz schön in der Patsche«, bemerkte Custer, innerlich gähnend.

»Milde ausgedrückt«, lachte sie. »Aber Frosh zögerte nicht lange.«

Billie Sue erzählte, wie sie den Sheriff auf den Beifahrersitz gelegt hatten, den Wagen dann in die Scheune fuhren, den Toten hinter das Lenkrad zerrten und ihm die Waffe in die Hand drückten.

Ein unnützer Versuch, meinte Custer.

Billie Sue zuckte die Achseln. Frosh habe gesagt, es gehe um Zeitgewinn. Zuerst müsste die Polizei den Sheriff vermissen, dann die Leiche finden und schließlich noch die Spuren sichern. Das könne eine Weile dauern.

Sie setzte sich wieder, begann an den Keksen zu knabbern, die Ken zum Kaffee auf den Tisch gelegt hatte.

Als Ken Näheres über das Camp wissen wollte, zog sie ein Papier aus der klappernden Tiefe ihrer Handtasche. Ihre pralle Brust berührte prickelnd seinen Arm. Gemeinsam lasen sie:

Die Raspenburg Research Facility liegt ca. 40 Meilen südlich von Helena, der Hauptstadt Montanas.

»Frosh ging fast jeden Abend zum Basketballspielen. Ich durfte ab und zu mit den Männern ein paar Bälle werfen. Die mochten mich.«

Er schnupperte ihren herben Duft.

»Sie haben ja auch etwas deftig Herbes an sich, das Männerphantasien Purzelbäume schlagen lässt«, flachste er, las mit erhobenem Mahnfinger gleich weiter:

Die Welt hat keine Ahnung, was wir heimlich in Raspenburg vorbereiten: verbotene Mikroben, die zur neuen Generation von B-Waffen gehören. Ken schwenkte das Blatt vor seinem Gesicht:

»Was hat Ihnen Jack sonst noch alles gesagt?«

»Ich sollte nach Boston zu seinem Hausmeister fahren.«

»Okay, und weiter?«

»Einen Computer holen, den er unter einer losen Bodendiele im Arbeitszimmer versteckt hatte.«

»Wird ja immer spannender.«

»Die dunkelrote Kristallkugel befände sich darauf. Er zeigte sie mir eines Abends. Ein ziemlich schwerer, kantiger Brocken, den er auf seinem Arbeitstisch wie einen Briefbeschwerer liegen hatte. Wie der glitzerte und funkelte! Und Frosh tat sehr geheimnisvoll.«

Custer hob eine besänftigende Hand: »Moment, eben sagten Sie, die Kristallkugel befinde sich unter dem Fußboden eines Hauses in Boston.«

Billie Sue lächelte mitleidig: »Die Molekularstruktur der Mikroben und alle geheimen Formeln und Sequenzen sind in einer *virtuellen* Kugel in seinem Computer chiffriert gespeichert. Im Labor in Raspenburg schuf er die lebendige Materie und versteckte sie in dem roten Kristall, so erklärte er es mir wenigstens. Kapiert?«

Custer wiegte den Kopf hin und her. Er wusste nicht recht, was er von dieser mysteriösen Kristallgeschichte halten sollte. Vermutlich hatte Frosh eine brisante Entdeckung aus der hoch gesicherten Anlage herausgeschmuggelt.

»Er sagte mir, die Kristallkugel sei gefährlicher als eine Atombombe. Deshalb nannte er sie wohl *Granat*«, fügte Billie Sue mit todernster Miene an. Custer fühlte prickelnd zunehmendes Interesse.

»Und wo ist dieser Granat jetzt?«

»Was die Regierung in Montana heimlich treibe, sei in höchstem Grade krass illegal.«

»Hat er das wirklich gesagt?«

»Was, spinn' ich etwa? Und der Granat, das sei seine Lebensversicherung. Das hat er auch gesagt. Mehrmals.«

»Wissen Sie, warum?«

»Nein. Keinen blassen Dunst.« Sie zuckte mit den Achseln. Dann stieg abenteuerliches Funkeln in ihre Augen. »Aber bestimmt ist es von allergrößter Wichtigkeit, darum müssen wir hinfahren und uns den Computer mit dem Geheimnis des Granats schnappen.«

»Das Geheimnis des Granats? Sie sagten *Wir*!«

»Ja. Ich habe es ihm versprochen. Versprechen hält man.« Sie trat fest mit dem Fuß auf, nickte mehrmals bekräftigend.

Mittlerweile war es spät geworden. Custer rieb sich die Stirne. Die Sache war noch nicht ganz reif. Er würde zunächst alles noch mal Punkt für Punkt mit ihr durchsprechen, dann die Entscheidung treffen.

Er stand auf, öffnete das Fenster. Kühle Luft wehte herein, streichelte die erhitzten Körper. Sie fand seinen Vorschlag, im Haus zu übernachten, vernünftig.

Dann lief alles mit einer Natürlichkeit ab, wie sie zwischen erwachsenen Menschen, die sich mögen, oft ganz von selbst eintritt. Ken richtete einen Schlummertrunk, während Billie Sue die Dusche in Beschlag nahm. Sie schien sich eine Ewigkeit dort verzogen zu haben. Ken lag im einzigen breiten Bett. Er musste eine Weile weggedöst sein. Als Nächstes sah er zwischen Wachen und Schlaf ein weißes Spitzenhemd heranschweben, eine feine Duftwolke, ihre Herbheit kaum verhüllend, wehte voraus. Plötzlich begriff er, dass sie zu ihm unter die Decke gekrochen war. Das Licht ging aus …

Es war die Stille, die ihn am nächsten Morgen plötzlich weckte. Kein Geräusch. Nichts regte sich. Er tastete mit dem Bein das Bett ab. Leer. Billie Sue war weg. Ken taumelte hoch, stürzte ins Wohnzimmer. Schon malte er sich entsetzt aus, wie sie mit seinem Geld, dem Computer und seinem Jaguar abgehauen war. Niemand war zu sehen. Weiter, in die Küche. In der Tür blieb er wie angewurzelt stehen. Da stand sie unschuldig im Negligé am Spültrog und schenkte ihm ihr reizendstes Lächeln.

»Morgen, Ken. Ich hab' schon mal Kaffee gemacht.«

Er fing sich auf: »Gut geschlafen?«

»Und wie, mein Liebster.«

Sonst verlor keiner von ihnen ein Wort über das, was sich in der Nacht im Schlafzimmer abgespielt hatte. Es blieb bei einem flüchtigen Lächeln, ein paar zärtlichen Berührungen. Sie tranken Kaffee, aßen frisch aufgebackene Brötchen und fragten sich insgeheim, wie es mit ihnen weitergehen würde.

»Jack Frosh hatte mit Ameisen zu tun«, meinte Billie Sue zwischen zwei Bissen.

»Warum in aller Welt sprach er darüber?«

»Er galt in Harvard als Ameisenforscher. Ich sollte mich daran halten, gab er mir auf den Weg. Es sei besser, über

Ameisen zu reden, als das Reizwort Mikroben zu erwähnen.«

»Stimmt, Ameisenforscher sind sicher die einzigen Wissenschaftler ohne Feinde.«

»Außer den Ameisen«, lachte Billie Sue.

Ken schnitt sich schmunzelnd ein großes Stück Gruyère ab, biss hinein, kaute andächtig.

»Da fällt mir noch was ein«, schmatzte sie.

Custer schaute auf.

»Frosh hat mir eingeschärft, Ihnen diesen Namen mitzuteilen.« Sie schrieb mit einem Stift etwas auf den Rand der *Washington Post.* Custer las mit gefurchter Stirn.

»Und wer ist diese Ruth Ross?«

»Er kannte sie von früher her«, meinte Billie Sue mit leichtem Achselzucken, um gleich mit bedeutungsvoller Miene anzufügen: »Sie forscht am gleichen Stoff wie Frosh, wenn man's so sagen will.«

Custer schwieg. Er versuchte, sich einen Reim auf die bruchstückhaften Informationen zu machen. *Immerhin gab es eine Verbindung vom Frosch zum Ross,* sinnierte er und fand die Metapher gar nicht so abwegig. *Etwa roter Granat? Für einen Spürhund jedenfalls schon mal Luft zum Wittern!*

23

Die Gymnastikhalle der Universität von Zürich dampfte unter der Sonneneinstrahlung. Jemand versuchte desperat, ein Fenster hochzuklappen. Die Klimaanlage sei ausgestiegen, berichtete der genervte Hauswart, während sich der israelische Instruktor, Uri Leichenfeld, in stoischer Ruhe seine schwarzen Handschuhe überzog.

Die Zuschauer saßen schon eine Weile zu beiden Seiten der kleinen Arena auf Kunststoffmatten, als der Kampfrichter endlich zur ersten Begegnung aufrief. Julia tänzelte im engen schwarzen Dress heran, winkte lächelnd, nahm entschlossener

Miene ihre Position ein. Der kleine Koreaner tauchte aus dem Nichts auf, bohrte finstere Blicke in sie. Dann tönte der Gong.

Krav Maga fördert die persönliche Bereitschaft und das Selbstvertrauen. Die israelischen Streitkräfte schufen dieses Nahkampfverfahren vor über fünfzig Jahren. In kurzer Zeit können Leute mit unterschiedlichsten Voraussetzungen zu effektivem Selbstschutz ausgebildet werden.

Julia schlug sich tapfer. Nach der Pause schien sie sogar nach Punkten vorn zu liegen. Dann ging der Koreaner zur Sache. Er überrumpelte sie mit einer blitzschnellen Umklammerung beider Beine, warf sie hart zu Boden. Julia stöhnte, stand auf, ging mit blitzenden Augen in den Gegenangriff. Er simulierte einen Messerangriff mit geballter Faust, sie erwischte den Arm, wirbelte ihn herum, trat ihn wirksam ins Knie, fasste am Hals nach und schmetterte ihn auf die Bretter. Die Zuschauer klatschten. Der Schiedsrichter winkte ab und erklärte Julia zur Siegerin.

Die Ross machte den entscheidenden Fehler gleich zu Beginn. Leichenfeld lächelte sie abschätzig an, ließ sie angreifen, wich aus und reizte sie mit der sanft gesprochenen Bemerkung »Weiche Stadtzicke«.

Ross wurde hektischer, erratischer, vernachlässigte die Deckung. Der Israeli trat sie gezielt, aber nicht zu hart, in die Schamgegend. Einen Augenblick verzerrte sich ihr Gesicht. Dann die Veränderung. Mit einem wütenden Schrei stürzte sie sich auf den Kerl. Sie drosch, allerdings unkontrolliert, auf ihn ein. Er wartete ab, dann plötzlich lag Ruth bäuchlings am Boden, den Arm auf dem Rücken verdreht. Im Schraubstock. Völlig wehrlos. Besiegt!

»Lass dich nie provozieren«, belehrte der Israeli und entschuldigte sich für sein brutales Gebaren. Er musterte diskret ihren Körper. Die Frau war von mittlerer Größe, um die Hüfte leicht mollig, mit schön vollem Busen.

»Ich musste das tun, um dir eine Lektion zu erteilen. Was immer auch geschieht, bewahre einen kühlen Kopf«, dozierte er. »Du warst außer dir vor Wut und wolltest mir als Revanche zwischen die Beine treten, stimmt's? Ich sah's natürlich kommen. Wenn dich die Wut packt, dich blind macht, weiche aus, trete behände zurück, gewinne Zeit, lass den andern den Fehler machen.«

Sie nickte, immer noch nach Atem ringend. Julia tröstete sie: »Gegen den hattest du nie eine Chance.«

Ross schwieg. Der Kampfrichter diskutierte mit dem Koreaner. Einige Zuschauer schickten sich zum Aufbruch an.

»Uri«, rief Ruth plötzlich und winkte ihn heran.

Sie flüsterte ihm etwas ins Ohr, lachte dreckig. Leichenfelds Augen funkelten gefährlich, seine Gesichtsmuskeln arbeiteten.

»Hurensohn«, zischte Ruth und ging in Stellung. Leichenfeld wirbelte herum, trat mit dem Absatz gegen Ruths Hals. Sie war gefasst, packte den Fuß, drehte ihn heftig mit beiden Händen. Der Israeli grunzte. Wankte. Über den Rücken abrollend, wartete er auf ihren nächsten Zug. Ruth federte wartend auf und ab. Als er hoch schnellte, erwischte sie ihn auf dem linken Fuß. Sie holte ächzend aus, schlug stöhnend zu. Der Faustschlag warf ihn herum, er verlor die Balance, knallte auf den Bretterboden. Diesmal fasste sie nach, stach ihm ihr Knie ins Kreuz, riss ihm dann blitzschnell mit beiden Händen den Kiefer hoch. Der Kampfrichter pfiff ab.

Als Leichenfeld mit hochrotem Kopf aufstand und sich den Staub vom Hemd klopfte, streckte ihm Ruth lächelnd die Hand entgegen: »Das war *mein* Lehrstück. Tut mir Leid für die Beleidigung; Sie dürfen sich nie provozieren lassen. Und schon gar nicht vom schwachen Geschlecht.«

Leichenfeld schaute sie an, als überlege er, ob er sie rekrutieren sollte.

»Wenn Sie nächstes Mal in Tel Aviv sind, rufen Sie mich doch an«, sagte er schließlich und deutete mit einer kleinen Bewegung an, er werde draußen auf sie warten.

Was sie ihm ins Ohr geflüstert habe, wollte Julia wissen, als die beiden Frauen zwei Etagen tiefer am Snackbuffet standen.

»Ach, war nur so ein Einfall. Impotente Memme … so ähnlich. Ich musste ihn doch in Rage bringen.«

»Du bist eine Nummer …«, staunte Julia.

Auf der Straße schlug ihr die Hitze des Nachmittags entgegen. Die Luft flirrte. Auf der anderen Straßenseite machte Ruth eine Gestalt aus. Sie blinzelte, strich sich über die Stirn, seufzte: Uri Leichenfeld! Er stand im Schatten einer mächtigen Platane. Er trug seine Baseballmütze tief im Gesicht, dazu eine Sonnenbrille, die er abnahm, als Ruth auf ihn zukam.

»Wir haben Slotzky gründlich durchleuchtet«, verkündete er ohne Umschweife.

Die Ross trat in den Schatten, entzog sich den Blicken der Leute, die aus der Turnhalle strömten. Julia sah sich ein paar Mal suchend um, bevor sie in ihr kleines Stadtauto stieg.

»Er hat erfahren, dass Sie Dror Erans Lebenswerk als Ihr geistiges Eigentum ausgeben. Er will Sie als Wissenschaftlerin fertig machen. Es geht um Ihren Ruf, Ihre Projekte, alles steht auf dem Spiel.«

Ruth wehrte ab.

»Lasst mich doch in Ruhe, ich bin nicht in Stimmung.«

Sie wandte sich zum Gehen.

»Slotzky führt ein ausschweifendes Liebesleben. An Wochenenden, auch nächsten Samstag, zieht er sich in sein Blockhaus am See zurück. Wir könnten die Sache ein für alle Mal bereinigen.«

Leichenfeld sprach mit Nachdruck, und Ruth wusste nicht, wo ihr der Kopf stand. Der Mann schaute sie durchdringend an.

»Also, wann kommen Sie wieder nach Tel Aviv?«

Fast alle drei Wochen, grade neulich, wollte sie sagen, und vielleicht noch häufiger, jetzt wo die Massenproduktion der gentechnisch veränderten Mikroben in den Xsyron-Werken angelaufen ist.

Stattdessen antwortete sie: »Ich erhole mich ein paar Tage in Evian-les-Bains. Wenn es der Job erfordert, fliege ich vorher noch mal nach Israel.« Machte kehrt, eilte über die Straße, blockierte fuchtelnd Julias dunkelroten *Smart*, der sich eben vom Gehsteig weg bewegte.

24

Auf dem Sportflugplatz südlich von Zürich raste eine Maschine die Piste hinunter, hob elegant ab. Auf dem hinteren Sitz der schnittigen PC 21, die für die Luftwaffe als Pilotentrainer Dienst tat, hatte die Frau Platz genommen. Sie wusste, sie musste es tun, wollte töten. Der Pilot tat ihr nicht mal Leid. Männer taugen nichts!

Als er Höhe gewonnen, gegen die imposante Kulisse der schneebedeckten Gipfel der Viertausender abgedreht hatte, drehte sich Mitch um und grinste Ruth Ross zu.

Ihr kalter Blick erschreckte ihn. »Alles okay?«, fragte er unsicher. Plötzlich fiel ihm ein: Sie war ein Chamäleon. Wohl mag es seit Urzeiten in der Natur der Frauen liegen, ihr Aussehen ständig zu verändern, sinnierte er, aber normalerweise sah Ruth doch eigentlich viel netter und sanfter aus. Warum war sie überhaupt so wortkarg und irgendwie abweisend? War er etwa zu forsch vorgegangen?

Unter ihnen tauchte jetzt der Stausee auf.

»Dort liegt die Versuchsstation«, schrie seine Passagierin ins Mikrofon, in die Tiefe deutend.

»Sehe nichts«, gab Mitch zurück. Ihre Mundwinkel zogen sich nach unten, ja, und die Lippen waren auch irgendwie anders. Hatte sie vielleicht die …? Sofort gestand er sich ein, wie ein Macho zu denken – als ob Frauen nicht auch mal ganz normal mieser Laune sein konnten!

Er legte die Maschine in die Kurve, senkte die Nase nach unten.

Der See hatte die gewaltige Breite eines Mississippi. Überall Häuser, Gärten, Straßen. Hinter der Staumauer schlängelte sich ein Flusslauf durch die Berglandschaft.

»Dort. Das kleine Gebäude mit dem roten Ruderboot auf der Sandbank.«

Mitch nickte und zog hoch, dass der Motor aufheulte. Er holte zu einer weiten Schlaufe aus.

»Was macht ihr eigentlich für Experimente?«

»Das ist eine Station der Universität Zürich.«

Mitch checkte im Rückspiegel.

»Seit wann kümmerst du dich um Wasser?«

Ihr Mund hatte wieder diesen verbitterten Zug, was war los? Irgendwas stimmte doch nicht. Sie blieb stumm.

Die schwarze PC 21 flog einen bewaldeten Hügelzug entlang, der Fluss glitzerte herauf. Die Frau tippte ihm auf die Schulter. Mitch wandte den Kopf und folgte ihrem Handzeichen. Er sah nichts Besonderes. Ein idyllisches Tal. Doch als er scharf abdrehte, schob sich eine Betonmauer ins Blickfeld. Mitch ging näher. Eine atemberaubende Perspektive der Staumauer eröffnete sich.

»Vorsicht, Mitch, du fliegst sehr tief!«

Mitch durfte nie erfahren, wer sie wirklich war, was sie vorhatte und besonders nicht, warum sie ihn gebeten hatte, ein zweites Mal aufzusteigen.

Im Gegensatz zu den zerklüfteten Natursteinen der Umgebung wirkte die immense Betonfläche der großen Mauer beinahe lieblich. Ruth grinste, als Mitch einkurvte und zum Greifen dicht über den Mauergrat donnerte. Sie meckerte amüsiert ins Mikrofon.

»Das kann schön Ärger geben, Junge!«

In der Ferne deuteten sich die Umrisse der Stadt an.

Während das tiefe Blau des langgedehnten Stausees das Bild unter den Tragflächen ausfüllte, konstatierte sie: »Welch' gewaltige Wassermasse! Der Fluss da fließt direkt nach Zürich. Bricht der Damm, wird die Stadt von einer haushohen Flutwelle getroffen.«

»Beschäftigst du dich damit in der Station?« Mitchs Stimme klang misstrauisch.

»Nein. Mit sauberem Wasser im weitesten Sinn. Ein großes Problem für die Menschheit. Jeden Tag fließen weltweit zweihunderttausend Tonnen Abfall in die Gewässer. Zweihunderttausend *Tonnen,* Mitch!«

Sie musste ihn in Sicherheit wiegen. Smalltalk war angesagt. Mitch warf einen raschen Blick über die Schulter, auf den sich langsam dem Gesichtsfeld entziehenden Stausee. Er zog am Knüppel, brachte die Maschine spielerisch leicht auf dreitausend Meter. Wie abgesprochen flog er über die Bergkette ins Tal, wo der Silbersee – und Slotzkys Ferienhaus – lagen.

Mitch fühlte sich immer noch unbehaglich. Ruths Antlitz hatte sich verändert. Dieser bittere Zug um die Mundwinkel. Hatte sie Angst? Er brachte die Maschine auf Kurs.

»Sag mal, Ruth, wie bist du eigentlich da reingerutscht, seit wann fährst du auf Wasser ab? Limnologie? Damals, als wir uns kennen lernten, wolltest du doch noch in die Genforschung.«

Die Maschine zog einen weiten Kreis über grüne Kuppen. Gefährliche Bergspitzen mit tückischen Aufwinden grüßten im Südosten aus sicherer Entfernung herüber.

»Grundlagenforschung hat mich schon immer fasziniert«, wich die Frau mit den verbitterten Zügen aus, mit wachem Blick den Höhenmesser streifend. »Das solltest du eigentlich wissen, Mitch.«

25

Mit neunzehn war Ruth Ross nach Bern gekommen, hatte zwei Semester Jura studiert, bevor sie beschloss, den Fokus ihrer beruflichen Karriere zu ändern. Den Ausschlag hatte eine Vorlesung in Biologie gegeben, die sie eines schönen Tages aus reiner Neugier an der ETH Zürich besucht hatte. Der Dozent sprach über die gentechnologische Veränderung von Mikroorganismen in einer fesselnden Art und Weise, die Ruth völlig hinriss. Noch am gleichen Abend telefonierte sie mit ihrer Mutter, die in Zürich eine Anwaltspraxis führte.

»Ich studiere nächstes Semester Biologie, Mama. Ich brauche was Lebendiges, das Recht ist mir zu trocken«, sprudelte sie los.

Die Entscheidung, wie ihre Mutter Jura zu studieren, hatte sie ein Jahr zuvor nach Abwägung aller Alternativen als das kleinste der möglichen Übel getroffen. Schließlich bestand in ein paar Jahren die Aussicht, Mutters Anwaltskanzlei zu übernehmen.

»Ist Biotechnologie nicht eher eine Männerdomäne?«, erkundigte sich Frau Kramer-Ross vorsichtig.

»Wieso denn? In der Vorlesung waren mehr Mädchen als Jungen.«

»Ich dachte nur, später, wenn du einen Job suchst. Gentechnologie gehört doch in die Männerwelt«, gab ihre Mutter zu bedenken. »Sich als junge Frau da durchzusetzen, dürfte hart sein.«

»Du hast's doch auch geschafft, Mama, nicht? Und ich weiß, der Anwaltsberuf ist auch kein Fingerschlecken. Diese ständigen Querelen vor Gericht mit betupften Machos gehen dir ja auch auf den Wecker.«

Komisch, Ruth erinnerte sich nicht mehr genau an den Inhalt der Vorlesung. Der Titel lautete *Mikroben – die vergessenen Elementarteilchen der Natur.* Vortragender war ein gewisser Gustav Hentschmann, damals Assistenzprofessor am Max-Planck-Institut. Ein abtrünniger Intellektueller, munkelten ältere Semester, aber die Tatsache, dass ihn die renommierte ETH zu einer Gastvorlesung eingeladen hatte, verlieh dem Vortrag besonderes Gewicht.

So kam es, dass Ruth in die Biologie wechselte.

Es folgten viele Semester harter Arbeit. Dann der lobenswerte Diplomabschluss zum richtigen Zeitpunkt. Und endlich die Frage nach dem Job.

Nicht rein zufällig kam Ruth Ross auf das Patumbah Institut in Zürich, dessen Direktor der gewisse Professor Gustav Hentschmann war.

Aber heute, hier, hinter Mitch im Flugzeug saß eine andere Ruth Ross, das Doppelgesicht, das sich dem Töten verschrieben hatte. Diskret den Kopf schüttelnd ahnte Mitch, dass was faul war. Er beschloss, zur Landung anzusetzen.

26

Das Tal öffnete sich. An seinem Ende glitzerte wie ein silberner Schild der kleine Bergsee. Zeit zu handeln! Der Plan peitschte die Killerin auf. Sie konnte nicht anders. Jarek Slotzky wusste zu viel. Er war hinter ihr Geheimnis gekommen. Brachte er die Sache mit Dror Eran raus, war sie ruiniert. Wie ein Damoklesschwert schwebte sein Geist an einem hauchdünnen Faden über ihrer steil aufwärts führenden Karriere ... und sie konnte einfach nicht zulassen, dass Slotzky auspackt, ihren Ruf zerstört, überlegte diese, so ganz andere, Ruth.

Sie rieb sich mit der freien Hand die Magengegend, als Mitchs Stimme sie – buchstäblich – auf den Boden der Wirklichkeit zurück holte.

»Uns geht jetzt echt der Sprit aus«, mahnte er, trotzdem leicht belustigt.

Sie zog ihr Stilett aus der Brusttasche, beugte sich zugleich vor, stach dem Piloten die Klinge in den Hals. Blut klatschte an die Armaturen. Mitch sackte bewusstlos zusammen.

Sie stieß die Kanzel auf, löste die Gurte, lehnte sich mit dem Oberkörper hinaus. Die Maschine hielt den Kurs. Nach hartem Abstoß fiel sie in die Tiefe. Ein Dutzend Herzschläge lang genoss sie den freien, schwerelosen Fall. Als das Display ihrer Suunto-Uhr 2000 Meter anzeigte, öffnete sie den Schirm und trieb auf das obere Ende des Sees zu.

Fast genau in dem Augenblick, als sie landete und begann, mit raschen Bewegungen den Schirm einzuziehen, kam der dumpf berstende Laut der Maschine, die mitsamt ihrem leblosen Piloten in die steile Bergwand gekracht war. Der Lärm hallte im engen Tal wider. Ruth Ross verlor keine Zeit, marschierte rasch auf das Chalet zu, aus dessen Kamin dünner Rauch steil in die klare Bergluft stieg. Es war Samstag – Jarek Slotzky machte Freizeit in seiner abgeschiedenen Klause.

Im Augenblick stand er in der Küche und schnitt eine Gurke in feine Scheibchen. Eine junge Frau lehnte am Herd, ein Glas Wein in der Hand. Die Bluse über den nackten Brüsten trug sie halb offen.

Alles lief unheimlich schnell ab. Slotzky wich erschrocken zurück, als er die Ross über das Holzdeck in die Küche treten sah. In ihrer schwarzen Fliegerkluft wirkte sie bedrohlich genug. Aber es war ihr stechender Blick, der Slotzky zu Tode erschreckte.

Die Frau am Herd protestierte matt, sie sei Anwältin, begann Ruth dann als taktlosen Eindringling zu beschimpfen. Hausfriedensbruch, keifte sie, langte nach dem Handy auf dem Küchentisch. Mit einem kalt gezielten Tritt kickte die Ross den Tisch um.

Slotzky zitterte am ganzen Leibe. Er war von kleinem Wuchs, doch stämmig gebaut –, ahnte sein Verhängnis. Flehend hob er die kurzen, dicken, dicht behaarten Arme:

»Ruth … also bitte … du weißt doch, ich bin verschwiegen wie ein Grab. Von mir erfährt niemand was … *nie* … ich …« stotterte er mit vor Schreck geweiteten Augen. »Dror ist tot … also nie, ich schwör's … dass du sein Material verwendet hast … ich meine, das ist unser tiefstes Geheimnis … bitte, ich schwöre dir, das nehm' ich mit ins Grab …«

Die Frau, die sich als Todesengel empfand, lächelte kalt.

»Gut. Das lässt sich arrangieren.«

Sie zog die geladene Pistole. Jetzt verlängerte ein schweres Stück Metall ihren Arm. Es fühlte sich gut an. Zuerst feuerte sie auf Slotzkys Geliebte, dann auf Slotzky. Die Kugeln trafen präzise – eine regelrechte Hinrichtung. Die Opfer hatten keine Chance. Zwei Geschosse durchbohrten die Brust der jungen Frau, zerfetzten ihr Herz. Slotzky starb augenblicklich, durch einen Schuss mitten in die Stirn.

Im kleinen Arbeitszimmer fand die Mörderin nichts von Bedeutung. Einem Einfall folgend fegte sie einen Stapel Zeitschriften vom einzigen Bücherregal. Das brachte einen flachen Laptop, der darunter scheinbar sicher versteckt war, zum Vorschein. Sie schmetterte ihn auf die Steinplatten, wo er hell krachend zerbarst. Sie ging den gleichen Weg, den sie gekommen war, wieder hinaus. Dabei musste sie über den toten Slotzky steigen.

»Dummer Kerl!«, zischte sie die Leiche an. »Hättest dich nicht einmischen sollen.«

Draußen stieg sie in Slotzkys Wagen. Der Motor sprang sofort an. Vor der Baumgruppe unten am See hielt sie an, raffte den dahinter liegenden Fallschirm zusammen, bauschte ihn eilig in den Kofferraum. Auf der holprigen Straße fuhr sie hinab ins Tal. Zwei Kühe glotzten sie an, sonst bemerkte sie keine lebendige Seele.

Schluss, aus, Feierabend mit diesem Slotzky. Er war zu gefährlich geworden. Mehr noch, der Tscheche hätte früher oder später von ihren Kontakten im Nahen Osten Wind bekommen. Dazu hatte Dror Erans Schicksal den Schlüssel.

Ihre Nüstern blähten sich, sie seufzte dunkel auf. Es war vollbracht.

27

Das Parkhaus des Instituts stand öde und halb leer. Ruth Ross parkte und stieß die Wagentür auf. Sie zertrat die halb gerauchte Zigarette auf dem Beton, verharrte einen Augenblick, regungslos lauschend. Die triste Einstellhalle war kein sicherer Ort! Sie beschloss, demnächst mit einer Überwachungskamera Abhilfe zu schaffen.

Oben im Labor suchte sie ihre E-Mailbox nach der erwarteten Nachricht ab. Es drängte sie nach Taten. Doch sie fand nichts. Stattdessen platzte Hentschmann herein.

»Hallo, Ruth. Ich wusste doch, dass du noch kommst. Können wir deinen Einsatz von morgen besprechen?«

Ohne ihre Antwort abzuwarten, schritt er voraus, den Korridor hinunter zu seinem Büro, das so groß wie ein Tanzsaal war.

Alles in allem war Hentschmann für sein Alter noch ein attraktiver Mann. Seine drahtige Gestalt wirkte durchtrainiert, und er hatte etwas Jugendliches an sich.

Aus seinen grünlich braunen Augen leuchtete Lebenskraft. Keine Spur von Erschöpfung oder Müdigkeit war zu erkennen. Ruth Ross hatte noch nicht herausgefunden, was genau es an Hentschmann war, das sie so magisch anzog. Sie mochte ihn einfach. Andererseits gab es Momente, in denen sie ihn umbringen könnte.

Hentschmann war früher begeisterter Sportler. Elastizität, Schwung und Unbekümmertheit waren noch zu erkennen. Er trug eine Unternehmenslust zur Schau, die nötig war, um mit den armseligen Versuchungen des Alterns fertig zu werden.

In voller Größe maß er etwa eins achtzig und besaß ein fast puppenhaft gutes Aussehen. Das hätte einen ehemaligen Schauspieler vermuten lassen können, dem das Bild des jugendlichen Stars auch im Alter noch anhaftet.

Wer ihn für eine Einladung gewinnen konnte, hatte garantiert einen witzigen, vor Charme sprühenden Gast, der mit seiner Schlagfertigkeit die steifsten Gästemischungen innerhalb von Minuten aus ihrer Borniertheit zu reißen verstand. Seine intellektuelle Überlegenheit mag ein Grund gewesen sein, dass ihn die bessere Gesellschaft der Stadt zu schneiden begann.

So gewinnend charmant wie Hentschmann sich geben konnte, so gefährlich war er im Grunde veranlagt. Und gerade das war es, was Ruth gefiel. Sie bewunderte sein Machtstreben, das alle Skrupel verdrängte. *Findet der vielleicht sogar Lust am Töten?,* fragte sie sich insgeheim, wenn sie wieder einmal ihre Seelenverwandtschaft mit ihm fühlte.

Auf wissenschaftlichem Gebiet arbeitete das Patumbah Institut an Projekten, die ein gewaltiges Zerstörungspotenzial enthielten, sollten sie in die falschen Hände geraten. Aber es schien, als wüsste Hentschmann genau, was er tat. Wie Ruth Ross eben auch.

Auf einen einfachen Nenner gebracht, sie hasste Gewalt. Ihre Entdeckungen sollten eines Tages dem Morden auf dem Planeten ein Ende setzen – hoffte sie jedenfalls. Dabei fiele ihr nicht nur unermesslicher Reichtum zu, sie würde die Menschen dieser Welt auch nachhaltig verändern.

Hentschmann kam ohne Umschweife zur Sache.

»Der Versuch ist enorm wichtig, Ruth. Du musst allerdings vorsichtig sein.«

»Alles ist gut vorbereitet«, entgegnete sie.

Das genüge nicht, mahnte er. Sie müsse die Abläufe scharf kontrollieren. Seine Stimme klang besorgt, als er darauf pochte, mit den Mengen vorsichtig umzugehen. Das Verhalten der L-18 im Seewasser sei bei weitem noch zu wenig erprobt. Zwar bestätigten die Laborversuche die kühnsten Annahmen, aber man wisse nie, wie die Natur reagiere.

Als sie fragte, wie er das genau meine, erklärte er:

»Setz die Kulturen in Portionen aus und messe ständig. Magun wird dir assistieren.«

»Hans Magun?«

»Vier Augen sehen mehr als zwei. Und nochmals: Wenn du die L-18 ins Wasser streust, beginne mit kleinsten Mengen. Und halte alles im Auge. Handschlag drauf!«

»Okay, Gustav, wenn du mir nicht zutraust, dass ich die Versuche richtig durchführe, kommst du besser mit. Vier Augen sehen mehr als zwei.«

Doch er wehrte mit dem Hinweis ab, dass er in Bern einen Vortrag vor dem Wissenschaftsrat halte, nebenbei vielleicht ein paar Millionen Forschungsgelder lockermachen könne.

Bevor sie sich trennten, meinte Hentschmann: »Jetzt wo Luca Lunazzi ausgefallen ist, ist wohl eine Strategieänderung angesagt.«

Ruth blickte ihn blank erstaunt an. »Lunazzi? Wieso, was ist passiert?«

»Du hast es nicht gehört? Der arme Teufel fand ein trauriges Ende. Erstochen. In einem Hinterhof in Jerusalem.«

»Hart! Er wollte unsere Firma an die Börse bringen, um mehr Kapital anzuziehen.«

»Daraus wird jetzt nichts«, winkte Hentschmann ab. »Aber ich habe eine Alternative: Wir machen den Deal mit den Arabern.«

Sie reagierte ziemlich fassungslos.

»Mit dem Zaim etwa?«

»Genau. Und du fliegst nach Aden zu seiner Hochzeit, du bist ja ohnehin schon in Israel.«

Ruth protestierte, doch Gustav Hentschmann ließ sich nicht von seinem Plan abbringen: »Der Zaim offeriert uns einen Superdeal, Ruth. Das bringt uns viel mehr ein, als würden wir unsere Aktien öffentlich anbieten.«

Die Biowaffenkonvention verbot Herstellung und Verkauf von Gamas, weil sie für militärische Zwecke missbraucht werden können. Ruth zweifelte keinen Augenblick daran, dass der Araberfürst genau das im Sinne hatte. Sie erhob diesen Einwand mit aller Deutlichkeit, doch Hentschmann meinte grinsend, er habe die B-Waffenkonvention ja nicht unterzeichnet.

»Schlitzohr!«, schimpfte sie, wusste dabei aber, dass sie am Ende genau das tun würde, was Gustav von ihr wollte. Eigentlich fand sie das Ganze schrecklich aufregend. Also hielt sie es für besser, das Thema einstweilen ruhen zu lassen.

28

Die limnologische Station der Universität Zürich, oberhalb der Stadt am Ufer des großen Stausees gelegen, bot ideale Voraussetzungen für die Experimente mit den L-18. Das kleine Forscherteam der Station durchlebte gerade eine

Flaute, weshalb es sich sofort bereit erklärt hatte, für den weltbekannten und geachteten Professor Hentschmann vorübergehend die Station zu räumen, damit die Forscherin freies Feld für ihre Versuchsreihe hatte. Fragen wurden nicht gestellt. Dass sich die Experimente um eine Technologie zur Auflösung von Erdöl im Wasser drehte, genügte den Verantwortlichen der Universität, hofften sie doch insgeheim, etwas Forschungsglanz würde später auch auf ihre Fakultät fallen.

Regen fiel noch in Strömen, als Ruth mit Magun die Station betrat, die aus nicht viel mehr als einem beheizbaren Holzschuppen bestand. Sie stellten ihr Gepäck ab.

Auf Betonpfeilern stand die niedere Baracke wie ein Pfahlbau zur Hälfte im Wasser. Daneben lief eine niedrige Mauer gut dreißig Meter schräg in den See hinaus. Daran hing ein Bootssteg, an dessen Ende ein bizarres Wirrwarr von glänzenden Stangen, eisernen Platten und grünen, zylinderförmigen Messgerätbehältern ein surrealistisches Zeichen setzte.

Magun setzte die Kaffeemaschine in Betrieb. Ruth packte die Geräte aus und besichtigte das Schlauchboot mit Außenborder, das Hentschmann am Vorabend mit seinem Range Rover hochgekarrt hatte. Es lag am Steg hinter der Mauer, die Schutz gegen Wellenschlag bot.

Später kam Ruth zu dem Schluss, ein Missverständnis müsse vorgelegen haben. Anders war nicht zu erklären, dass die Männer doppelte Mengen präparierter Gamas ins Boot verluden. Vermutlich hatte Magun beim Zählen der Kanister nicht aufgepasst, bevor sie dann die zwei Erdölfässer heranrollten. Oder sie verpatzten den Versuch auch aus lauter Aufregung.

Das Einlassen des schmutzigen, schweren Altöls in das glasklare Wasser, das aus den Voralpen und Gebirgsschlünden zusammenlief, war die heikle Phase. Ruth schaute sich besorgt um. Einzig ein Fischer in hohen Gummistiefeln stapfte weiter unten am Ufer entlang, sonst blieb die Luft rein. Besser so, denn das zähflüssige Öl, das jetzt über einen Schlauch ins Gewässer floss, bot einen scheußlichen Anblick, der selbst noch einen moderaten Umweltschützer im Nu dazu gebracht hätte, den nächsten Polizeiposten anzurufen.

»Hoffentlich klappt es«, knurrte Magun nervös. Sein Handy gab einen läppisch melodiösen Singsang von sich. Die Ross herrschte ihn an: »Was soll denn das? Stell doch das blöde Ding ab!«

»Eine SMS«, raunte Magun. »Slotzky macht heute und morgen frei.«

»Fass jetzt endlich an«, rief Ruth, am Schlauch zerrend.

Das Öl fächerte zähflüssig über die glatte Wasserfläche aus.

Sie beobachteten den Vorgang angespannt. Magun, der für das Versuchsprotokoll verantwortlich war, machte Notizen. Der Regen hörte abrupt auf. Ruth stellte sich in Pose, sprach in feierlichem Ton:

»Okay, der große Moment!«

Sie schob das Boot ins Wasser. Dabei stolperte sie ungeschickt über den Rand, landete bäuchlings auf den Kanistern. Magun grinste über ihre Kapriolen, die ihm überraschende Ausblicke auf schöne Körperformen boten. Er zog die Leine an, stieg ein und stieß mit dem Ruderpaddel ab.

Sie hatten eingehend über die richtige Methode diskutiert. Ross ging davon aus, dass die Virulenz der aggressiven Bakterien automatisch für ihre rasche Verbreitung sorgen würde. Magun hatte eingewandt, dass die winzigen Kapseln, ein Wunderwerk der Robotertechnik, sich zunächst im Wasser öffnen müssten, weshalb er eine breite Streuung für nötig hielt.

»Okay, spielt keine Rolle«, lenkte Ruth Ross ein. Sie begann, die Kanister ins Wasser zu entleeren, wobei sie immer noch nicht merkte, dass sie trotz der dringenden Warnung ihres Chefs einen Dosierungsfehler gemacht hatte.

Nach der Entleerung des letzten Kanisters paddelten sie ans Ufer zurück, vertäuten das Boot am Steg des Schuppens, stellten sich dann breitbeinig vor den zwei Fenstern auf dem kleinen Deck auf. Angestrengt schauten sie auf die widerliche, klebrige Masse von Erdöl da draußen.

Nichts geschah.

Ein Libellenpaar, das dicht über dem Wasser daherturtelte, tauchte blind vor Leidenschaft zu tief ab und blieb am schwarzen Dreck hängen. Ruth unterdrückte einen Ausruf des Staunens. Gerade brach die Sonne durch den wolkenverhangenen Himmel. Ihre Strahlen hellten das träg treibende Öl bräunlich auf. Da entdeckte Ruth das schwache Brodeln direkt neben den zappelnden Libellenkreaturen.

»Schau, dort«, rief sie, aber Magun hatte die Stelle bereits im Sucher seiner Videokamera.

Er hielt kurz inne, um ein Stativ in Stellung zu bringen, dann schmunzelte er übers ganze Gesicht. Jetzt war die Wirkung der Gamas offenbar. Blasen bildeten sich, zerplatzten. Das Brodeln breitete sich aus, die träge Masse schien jäh in einen lebenden, kochenden, zappelnden Organismus verwandelt. Hinter ihnen dröhnte plötzlich eine Stimme.

»Was zum Teufel treibt ihr hier?«

Es war der Fischer, der mit offenem Mund auf die Bescherung starrte.

Eins musste sie Magun lassen. Der Kerl geriet nie aus der Ruhe. Bedächtig schritt er auf den Fischer zu. Mit halbem Auge sah Ruth, wie er mit dem Mann redete, ihm eine seiner krummen Brissago anbot, dann die Flamme seines Feuerzeugs hinstreckte. Paffend gingen die beiden zum Boot, wo Magun dann irgendetwas gestikulierte.

Ruth war das alles egal. Was sie hier sah, übertraf ihre kühnsten Erwartungen. Es schien ihr, als glitzere die schmutzige Erdölmasse geradezu lieblich im Sonnenlicht. Der Zersetzungsprozess hatte sich jetzt über die ganze klebrige Fläche verbreitet. Ruth schaute auf die Stoppuhr. Erst zwanzig Minuten waren verstrichen. Sie kniete sich neben das Stativ, richtete die Kamera zurecht. Als sie aufschaute, sah sie Magun mit dem Fischer davontrotten. Kleine blaue

Rauchwölkchen stiegen über ihren buschigen Hinterköpfen hoch.

Nach genau 66 Minuten hatte sich das Erdöl fast vollkommen aufgelöst. Ein paar dünne, bunt schillernde Flecken spiegelten sich noch treibend auf der Wasseroberfläche wie die Benzinfahne eines Außenborders.

Die Ross staunte. Der Versuch war erfolgreich, in kaum der Hälfte der berechneten Zeit, abgelaufen. In aufgeräumter Stimmung joggte sie zu ihrem Wagen, hob die Picknick-Kühlbox aus dem Kofferraum, schlenderte zur Station zurück. Bald tauchte Magun wieder auf. Er trat auf das Deck hinaus, fuhr jäh zusammen, als es knallte. Das Projektil aus Kork klatschte ihm voll gegen die Stirn. Ruth lachte schallend, hielt ihm ein Glas überschäumenden Champagner hin. »Volltreffer, mein Guter. Unser Experiment ist ein durchschlagender ... was sage ich ... es ist ein *Welt*erfolg.«

Schelmisch grinsend hob Magun den Korken auf, warf ihn Ruth zu, die ihn mit ausgelassenem Mädchenkichern auffing.

»Der Fischer will die Verschmutzung melden«, änderte Magun zwischen zwei Schlucken den Ton, während Ruth das Gefäß für die Wasserprobe vorbereitete. »Ich hab's ihm aber ausgeredet.«

Sie schwieg, warf den Eimer hinaus, schaute ungeduldig zu, wie er gurgelnd absank, zog ihn wieder hoch, füllte etwas Wasser ins Gefäß ab und verschloss es.

»Genug für heute«, entschied sie heiter. In ihrer Euphorie machte sie sich keine Gedanken über den Fischer – wo der hergekommen war, warum er so lange mit Magun gequasselt hatte.

29

Die Nachricht von der Katastrophe erreichte die beiden Forscher am nächsten Morgen gegen halb neun. Magun stand plötzlich im Türrahmen und platzte heraus, die limnologische Station sei abgebrannt. Ruth starrte ihn sprachlos an. Witzbold, schimpfte sie innerlich, seinem hämischen Blick ausweichend.

Ein diskret feixender Laborant tauchte auf. Ob sie schon vom Skandal gehört hätten? Vandalen hätten die Baracke verwüstet und alle Messgeräte in den See geworfen. Ruth stand auf. Sie fühlte sich umklammert, gewürgt, wie in einem Krav-Maga-Kampf. *Schnell reagieren ist nicht alles, hörte sie Uri Leichenfeld dozieren. Schnell und richtig musst du zurückschlagen, das heißt, nimm dir Zeit, überlege die nächste Bewegung genau.*

Da hörten sie Hentschmann schon schimpfen. Wie ein Bischof sandte Ruth einen flehenden Blick samt Stoßgebet zum Himmel. Sekunden später stand ihr Chef mit hochrotem Kopf auf der Schwelle zum Labor und rang nach Atem.

»Eine verdammte Schweinerei!«, schnaubte er. »Das fehlt uns grade noch – die Wasserschutzpolizei hat das Gebiet abgesperrt.«

Offenbar sei die Tür nicht zugesperrt worden, wahrscheinlich habe ein Liebespaar die Kerze brennen gelassen, tratschte Magun unbekümmert wie ein Waschweib, das komme davon, wenn teures Gerät nicht besser bewacht werde.

»Starr mich nicht so an, Gustav!«

Ruth fühlte, wie sich der innere Klammergriff löste. Die Männer schwirrten umher wie verstörte Hühner. Jemand musste einen kühlen Kopf bewahren.

»Ich schlage vor, wir finden heraus, was genau passiert ist«, sagte sie ruhig.

»Wir haben's gehört, schlimme Sache«, klönte Magun. Wieder dieser Blick voll Schadenfreude.

»Gar nichts wissen wir. Wir fahren hin. Kommst du mit, Gustav?«

Der Professor schaute sich um. Verlegen strich er sich durch den silbernen Haarschopf. »Wollte eben das Gleiche vorschlagen«, bekannte er, kräftig nickend.

Sie fuhren zu dritt in der Limousine des Instituts weg.

Die Sonne schob sich über den steilen Bergkamm im Osten, als sie nach drei viertel Stunden das Seeufer erreichten. Zunächst sah alles völlig normal aus. Weit und breit keine Männer in gelben Jacken und schweren Gummistiefeln. Brandgeruch lag nicht in der Luft, Absperrposten winkten sie nicht vom Unfallort weg. Neugierig hielt Ruth Ausschau, als sie den kleinen Citroën bemerkte, neben dem ein krausköpfiger Mann auf und ab ging. Die Krawatte flatterte im leichten Wind über die Schulter seines Hemdes, dessen blendendes Weiß ihn vom schattendunklen Wasser abhob. Mit der einen Hand fuchtelte er, die andere drückte das Telefon ans Ohr.

»Das ist Hanslin mit seinem Assistenten«, meinte der Professor abschätzig. »Wir haben ihm sein Lebenswerk ruiniert.«

Als sie in jene Richtung blickten, konnten sie kaum ihren Augen trauen. Die Holzbaracke war vornüber in den See gekippt. Sie bot den Anblick eines Schiffs, das kieloben gestrandet war. Steil wie ein wunder Finger ragte ein geborstener Dachbalken in die Luft. Von dem kleinen Hafen war nichts mehr zu sehen. Sie fuhren langsam näher. Der junge Assistent holte gerade das von Trümmern eingeklemmte, dümpelnde Boot ein.

Ruth rannte schnurstracks zum Wasser, zog die Schuhe aus und watete hinaus, während Privatdozent Hanslin, der an der Universität Limnologie lehrte, auf Professor Hentschmann einredete.

»Das waren keine Vandalen!«, schrie Ruth über eine Schulter zurück.

Die Mauern waren eingebrochen. Ebenso die Stützpfeiler, auf denen die Baracke verankert war. *Doch, es waren schon Vandalen. Die kleinen Mikrobanditen*, dämmerte es ihr allmählich. Dann kam plötzlich wie ein Elektroschock Gewissheit – es waren die Mikrokapseln mit den Gamas zur umweltfreundlichen Entsorgung von Erdöl, die den Beton zermürbt hatten.

Sie schaute sich um. Lange schweifte ihr Blick über das Trümmerfeld. Sie watete auf und ab, griff tief ins Wasser, betastete den sandigen Rest des Betons. Klatschnass stampfte sie ans Ufer und blieb abrupt stehen. Ihre Augen hefteten sich erschrocken auf die mächtige, ungefähr ein Kilometer entfernte Staumauer. Beton. *Um Himmels willen!*

»Gustav!«, kreischte sie auf, riss dem verdutzten Assistenten die Bootsleine aus der Hand.

Verdutzt sah Magun den Professor mit Ruth Ross im Boot hinausschießen, einen weißen Schweif aufwerfend, während der Bug einen eleganten Keil ins stille Wasser zeichnete.

»Wir müssen Alarm schlagen!«, schrie Ruth über den Motorenlärm. Sie kniete hinter Hentschmann, steuerte mit der rechten Hand den Außenborder.

Kopfschüttelnd gab Hentschmann mit der Hand die genaue Richtung an.

Lange starrten sie stumm geradeaus, in Gedanken versunken. Die Mauer schob sich heran, die Krone türmte sich auf.

»Die Nebenwirkung ist enorm«, rief Ruth keuchend.

»Ich habe dich gewarnt. Wie groß war die Dosis?«

Ruth biss die Zähne zusammen und schwieg. Sie nahm Gas zurück, legte längs der Mauer an. Hentschmann schlug mit dem Ruderpaddel gegen vereinzelte Stellen in der Mauer, immer da, wo sich die Fugen abzeichneten. »Schwer zu sagen«, meinte er.

»Ich fahre jetzt dort rüber, da wo die Mauer im Berg verankert ist«, schlug Ruth vor. An den seitlichen Enden, wo sich die Bogenmauer mit der Erde verband, hatten die Ingenieure die Widerlager gebaut, um den gewaltigen Druck des Wassers zu absorbieren.

Ruth sah die bräunliche Verfärbung zuerst. Als ob jemand Sand aufgewirbelt hätte. Die getrübte Fläche entsprach ungefähr der zehnfachen Größe des Motorboots.

Ein inniges »Mein Gott!« entfuhr Hentschmann.

»Wir müssen die Polizei benachrichtigen. Die Mauer könnte einbrechen.« Ruth schlug die Hand vor den Mund, verstummte.

Der Professor übernahm das Ruder. »Wir machen zunächst einmal gar nichts. Du redest mit keiner Menschenseele darüber. Auch nicht mit Slotzky oder Magun. Wir haben nichts mit der Sache zu tun. Gar nichts.«

»Aber du hast die Verfärbung gesehen. Die Mikroben dringen in die Ritzen und zersetzen die Fugen.«

»Ich weiß. Diese Nebenwirkung überrascht mich nicht. Überlege doch. Ist es nicht logisch? Du kennst die Sequenzen der L-18. Denk mal nach. Erdöl entsteht aus Erde. Der Name sagt es. Aus Plankton vielleicht. Die genaue Bildungsweise ist bis heute nicht bekannt. Nehmen wir an, Erdöl bildet sich aus Bakterien in bestimmten Steinschichten, uralten geologischen Formationen, die über Jahrmillionen enormem Druck ausgesetzt waren.«

»Ja, ich verstehe. Du meinst, meine Anti-Ölpest-Mikroben rücken auch dem Gestein zu Leibe, vor allem dem Beton.«

»Genau das. Wir vermuteten schon immer, einen Betonkiller entdeckt zu haben. Es wäre die reinste Torheit, den Betriebsunfall jetzt an die große Glocke zu hängen.«

»Gustav, denk doch. Ein Mauerbruch! Was, wenn er passiert, und alle Leute zeigen mit dem Finger auf unser Institut?«

Er krallte die freie Hand in ihre Schulter. »Jetzt hör mal zu. Wenn hier was passiert, handelt es sich um eine winzige Episode, eine Etappe auf dem langen Weg zum wissenschaftlichen Ruhm. Das Einzige, was jetzt zählt, ist der Erfolg. Und für den Erfolg brauchen wir Geschwindigkeit – und absolute Zielstrebigkeit.«

Wie beim Krav Maga, dachte Ruth.

»Du könntest für den Nobelpreis in Frage kommen, mein Kind«, meinte er väterlich.

Nobelpreis? Beim bloßen Gedanken lief ihr ein heißer Schauder den Rücken hinunter und löste eine wohlige, kitzelnde Wärme in ihrem Becken aus.

»Du wolltest doch nach Evian, Ruth. Ich meine, ich habe nichts dagegen, wenn du eine oder zwei Wochen time out machst. Evian, weißt du, ich kenne den …«

Ruth wirbelte herum, den Mund halb offen. Sie hatte das alles schon tausend Mal gehört. Er legte ihr die Hand auf die Lippen.

»Sei still. Ich nehme dich aus der Schusslinie hier. Kann passieren, was will, du weißt von nichts, warst nicht da. Kapiert? Du gehst nach Israel, da brauchen wir dich ohnehin für die Verkapselung und die Robotik im neuen Werk. Der israelische Verteidigungsminister hat mich übrigens gestern angerufen. Wollte wissen, ob ich auch in Evian anzutreffen sei, der Witzbold! Glaubt wohl, ich bin der König von Helvetien. Trotzdem, ein gutes Omen, du weißt, die Regierungen reißen uns das Produkt aus den Händen. Aber wenn wir die fatale Nebenwirkung auf Beton jetzt bekannt geben, kann uns das enorm schaden.«

Hentschmann redete weiter, bis das Boot auf dem kiesigen Ufer knirschend zum Stehen kam. Magun stand rauchend neben dem recht aufgewühlt wirkenden Privatdozenten, der die Trümmer der eingestürzten Station aus allen Blickwinkeln fotografierte.

»Gut versichert«, nickte Magun, als er ihnen entgegenlief.

»Die beißen wie noch nie«, hörten sie den freudigen Ausruf des Fischers, der aufgeregt fuchtelnd auf sie zukam. Jetzt sah es auch Ruth – ein Schwarm Fische schob sich heran, aus unzähligen glasigen Augen stumm und apathisch nach oben glotzend.

»Was ist?«, fragte Hentschmann den Fischer.

»Die sind so zahm! Schauen Sie!«

Der Mann tat ein paar Schritte ins Wasser, bückte sich und hielt einen großen zuckenden Barsch mit beiden Händen fest.

»Sie fliehen nicht. Unglaublich! Zahm wie Goldfische.«

Er warf den Fisch ins Wasser zurück und stapfte lamentierend das Ufer entlang davon.

Ist es denn menschenmöglich? überlegte Ruth. *Funktioniert am Ende meine Sanftheitsdroge?*

Auf der Rückfahrt übernahm Magun das Steuer. Als er auf die Hauptstraße einbog, sagte er: »Der Typ von der Uni, dieser Hanslin, ist überzeugt, dass die Handwerker gepfuscht haben.«

Er warf grinsend einen Blick über die Schulter, um sich rasch wieder auf die schmale Fahrbahn zu konzentrieren.

Der Professor schaute Ruth mit erhobenen Brauen an, die besagten: Na, siehst du?

Sie nickte: »Von wegen Evian. Ich dachte, ich fahre mit dem Wagen hin.«

Der Professor signalisierte sogleich Zustimmung. *Sie fährt ja ab und zu weg*, sagte er sich, *Hauptsache, sie macht ihren Job, und das tut sie bei Gott verdammt gut.*

Evian-les-Bains? Warum nicht, käme mir eigentlich auch zupass.

Sie waren schon halbwegs in Zürich, als sich Professor Hentschmann räusperte: »Ruth, ich wollte dir's schon lange sagen. Ich habe eine Einladung von der University of Texas in Austin erhalten.«

Ruth Ross nickte anerkennend.

»Gehst du?«

»Der Dekan der naturwissenschaftlichen Fakultät, übrigens ein Freund des amerikanischen Präsidenten, bezog sich auf einen Jack Frost, der scheinbar im internationalen Programm …«

Ruth Ross fuhr auf.

»Jack *Frosh?«*

»Scheint so. Vermutlich ein Ehemaliger dieser Uni. Jedenfalls kann ich die Einladung nicht annehmen. Die lange Reise, und dann fehlt mir die Zeit. Ich habe deinen Namen ins Spiel gebracht.«

Ruth richtete sich empört auf.

»Gustav, das geht nicht! Du kannst nicht einfach über mich

verfügen. Dieser Aufgabe bin ich nicht gewachsen. Nein, unmöglich!«

»Überleg's dir. Es eilt ja nicht. Du kennst dich aus in Amerika, Texas liegt ja zufällig auch noch da drüben. Bedenke, dass Frauen anders forschen, sachlicher. Männer ziehen eine Schau ab, wollen beeindrucken, immer die Ersten sein, die etwas entdecken. Dieses Machogehabe geht den Forscherinnen ab.«

»Schön, aber was hat das mit Texas zu tun?«

»Du und deine Arbeit werden dort gut ankommen. Die Vorschusslorbeeren sind gewaltig. Sie feiern dich als die Erfinderin der Ölpestkiller. Also, was sagst du?«

30

Ziemlich genau zur gleichen Zeit, als Professor Hentschmann den Schaden an der Staumauer untersuchte, fand im Ceremonial Office im Westflügel des Weißen Hauses ein Meeting statt. Der kunstvoll restaurierte Prunkraum beherbergte zu Eisenhowers Zeiten das Büro des Marinesekretärs. An diesem Nachmittag bot er sich als Oase der Ruhe. Anthony Blunt schritt über den Fußboden aus kostbarem Mahagonifußboden, voran zum blank polierten Schreibtisch aus Rosenholz, sank in einen breiten Sessel. Ihm gegenüber, auf der anderen Seite, hatte bereits Dick Chambers, der Vizepräsident der Vereinigten Staaten, Platz genommen.

Blunt legte den Kopf in den Nacken und fixierte die elektrifizierte Nachbildung des alten Kronleuchters mit ehemals weißen Gaslampen.

»Hier sind wir ungestört. Ich habe um die Unterredung gebeten, weil die Angelegenheit eilt«, konstatierte er und strich eine imaginäre Strähne aus seinem spärlich behaarten Scheitel.

Die mit Ahorn getäfelte Tür neben dem Kamin aus schwarzem belgischem Marmor war geschlossen. Die beiden Männer befanden sich allein im Raum, abgesehen natürlich von

Christoph Kolumbus, der steinernen Auges vom Kaminsims herüberblickte.

»Wir werden Busher zerstören«, begann Blunt ohne Umschweife und betonte der Klarheit willen den Namen: »B-u-s-h-e-r.«

Die Erwähnung von Busher gab dem Vizepräsidenten einen Stich ins Herz. Die Satelliten der CIA hatten seit Jahren regelmäßig Bilder über den im Bau befindlichen Atomreaktor an der Südwestküste Irans geliefert. Neulich flatterten Fotos einer runden Reaktorkuppel, von Kühlröhren und Pumpstationen, auf den Schreibtisch des Präsidenten. Die Administration war sich einig, dass dieser Reaktor nie in Betrieb genommen werden durfte. Aber wie würde die Welt auf die Vernichtung eines zivilen Atomreaktors im Iran reagieren? Konnte damit das geheime iranische Atomwaffenprogramm überhaupt gestoppt werden?

Dick Chambers hielt plötzlich inne, blickte gebannt auf die Schreibtischplatte. War es die Möglichkeit? Da krabbelte eine fette Ameise daher, nein zwei, nein, eine ganze Kolonne! Chambers fuhr ruppig aus dem Sitz hoch, stemmte die Hände in die Hüften, schüttelte den Kopf und wollte loslegen, als sich aller Ingrimm in ein wissendes, sarkastisches Grinsen auflöste.

»Die Dummköpfe der beschissenen Putztruppe haben wieder mal das Fenster offen gelassen!«

Seine Miene verfinsterte sich, ein harter Blick traf Blunt, der zwar allerhand gewöhnt war, aber jetzt doch unwillkürlich zurückwich. Dieses Starren aus des Vizepräsidenten dunkel verfärbten Pupillen hatte etwas so abgrundtief Böses in sich, dass selbst der abgebrühte Blunt erschrak. Chambers' Gesicht nahm diabolische Züge an, jetzt hieb der Vizepräsident wuchtig mit der Faust auf die Platte. Daneben. Einem Wutausbruch gleich, das Gesicht verzerrt, als mutierte er allmählich zu einer Art Mister Hyde, drückte er den breiten Daumen auf die hinterste Ameise, zerquetschte sie mit einem aus Hass und Triumph gemischten Gebrüll, hielt den breiigen Leib des Insekts vor das Gesicht, roch daran, ahnungslos, dass ihm in diesem Moment ein weiterer Schub aggressiver, bösartiger Mikroben vom Rücken der zerdrückten Ameise in die Atemwege drang und den Weg in sein gemartertes Gehirn suchte.

»Wir werden sie alle zerquetschen, so und so und so ...« Wütend hieb er diesmal mit der flachen Hand auf die seitliche Tischkante, wo er noch weitere widerliche Insekten vermutete.

»Zerquetschen, ha! Auch das verfluchte schlampige Personal, wie Ungeziefer ...«

Blunt blickte völlig verdutzt auf den Vizepräsidenten, bemerkte nicht, wie zwei Krabbeltiere emsig sein Hosenbein hoch rannten, sich unter dem Jackett verkrochen, auf der weißen Baumwolle des Hemdes dem Nacken entgegen strebten, um ihre Ladung von Kampfmikroben auf nackter Haut zu deponieren.

Blunt ahnte kaum, was mit ihm in den nächsten Stunden geschehen würde, wenn die Mikroorganismen der bösen Art in seine graue Hirnsubstanz eindrangen, um die Gene zu verändern. Das Übel nahm seinen Lauf.

»Was den Busher-Reaktor anbelangt, Schnee von gestern, wir sind uns einig«, fasste sich der Vizepräsident endlich, seine Stimme senkend. Seit Monaten dünkte ihn, er sei der Einzige in der Administration, der die Sachen noch mit der nötigen rücksichtslosen Härte anpackte. Am liebsten würde er Blunt wie eine dieser verfluchten Ameisen zertreten, die seit einiger Zeit scheinbar unbehelligt immer wieder in irgendeiner Ecke des Weißen Hauses auftauchten.

»Der Reaktor geht in einigen Monaten ans Netz. Die Russen werden schon nächste Woche mit dem Einbau der Brennstäbe beginnen. Die Zeit drängt.«

Im Weißen Haus machte sich freilich niemand Illusionen. Israel hatte längst klar gemacht, dass es die Betriebsaufnahme des iranischen Reaktors niemals zulassen werde. Keine leere Drohung. Schon 1981 zerstörten israelische Kampfjets den von Franzosen gebauten Osirak Atomreaktor in der Nähe von Bagdad. Erst heute Morgen zitierte die *Tel Aviv Haaretz* einen Beamten des israelischen Verteidigungsministeriums, der durchblicken ließ, dass nötigenfalls Gewalt angewendet würde, um Teheran die Fähigkeit zu nehmen, Atomwaffen herzustellen.

Chambers setzte nach: »Die CIA schätzt, dass Iran noch ungefähr zwei Jahre von der Endfertigung einer Atombombe entfernt ist.«

Was bedeutet, dass es genügend Know-how erworben haben wird, sinnierte er, *um ohne fremde Hilfe auch nukleare Langstreckenraketen zu produzieren.*

»Sir, die neuen Kampfmikroben lassen Reaktorkuppel, Pumpenhaus und Kühlturm zerfallen, als wären sie aus Sand. Innerhalb von zwei Wochen ist der gewaltige Bau ein zermürbtes Gebilde. Da wir gleichzeitig Kapseln mit Sägemehl beimischen, wird die Untersuchung *was* vorfinden? Sägemehl! Und die Russen werden vor aller Welt der Sabotage bezichtigt, weil sie das Betonmaterial verfälscht haben.«

Blunt stand auf, trat ans Fenster.

»Der Plan als solcher ist kugelsicher. Trotzdem – er kann schief gehen, wenn unsere B-Waffen nicht die geplante Wirkung liefern.«

Was er damit sagen wolle, schnappte der Vizepräsident gehässig zurück.

»Was halten Sie davon, Dick, wenn wir die Mikrobenwaffe erst an einem vergleichbaren Objekt ausprobieren?«

Der Vize blickte mit erneutem Interesse auf die dürre Gestalt des SPHINX-Chefs, der nicht locker ließ.

»Gleichzeitig schaffen wir uns noch die lästige Konkurrenz auf dem Finanzplatz Zürich vom Leib.«

Dick Chambers spürte den süßen Kitzel der Versuchung, als kicke ihn ein Teufelchen, dem mörderischen Plan begeistert zuzustimmen, doch seine Stirne zog sich missbilligend zusammen. Blunt setzte nach.

»Wir können alles in Echtzeit messen. Das Ding bricht den Gnomen das Genick. Zwei Fliegen mit einer Klappe.«

Der Vize starrte den Direktor von SPHINX ungläubig an. Dass Blunt diesen skrupellosen Plan hier so mir nichts, dir nichts auf den Tisch legte, ärgerte ihn. Eine kleine Show war angesagt.

»Nicht in diesem Raum, nein!«

Er erhob sich und schritt kopfschüttelnd zur Tür. Blunt blieb am Mann.

»Schauen Sie, Dick, wenn *wir's* nicht tun, macht es der Zaim.«

Der Vizepräsident blieb wie angewurzelt stehen.

»Zaim?«

»Steinreicher Stammesfürst und Kriegsherr in Aden. Es heißt, er habe Hentschmann bereits Millionen geboten. Der Zaim zählt zu den engsten Vertrauten der al-Qaida-Führung.«

Dick Chambers standen Wut und Abneigung ins Gesicht geschrieben.

»Dieser Vorschlag ist die Ausgeburt eines perfiden Hirns. Merken Sie sich: SPHINX garantiert die nationale Sicherheit in *Ausnahmesituationen*. SPHINX wurde nicht geschaffen, um Terroranschläge durchzuführen.«

Der Vizepräsident nickte mit abschließender Endgültigkeit und verließ hustend den Raum. Blunt eilte ihm nach. Alles kam ihm wieder hoch. Sein Hass auf die Schweizer Bankiers war abgrundtief. Als er vor Jahren nach Zürich reiste, um die beiden Großbanken ins Konsortium zur Finanzierung des Casino-Island in Atlantic City einzuladen, verlangten die erbärmlichen Zwerge von ihm Sicherheiten. *Sicherheiten!* Und um dem Schaden noch Spott nachzuschicken, forderten sie revidierte Bilanzen von allen seinen Beteiligungsgesellschaften. Unerhört! Casino-Island kam dann nicht vom Fleck, und heute noch verunstaltet die pompöse Bauruine den Küstenstreifen. Blunt war überzeugt, die Schweizer hätten ihm die Pleite eingebrockt. Seitdem dürstete er nach Rache.

Die beiden Herren liefen jetzt auf weichem Teppich den

Korridor hinunter. Blunt versuchte keuchend, seinen letzten Trumpf auszuspielen.

»Professor Hentschmann in Zürich ist der Einzige, der die Beton zersetzenden Mikroben herstellen kann. Außerdem erhalten wir nur dann verlässliche Daten, wenn ein Mauerbruch im Maßstab eins-zu-eins abläuft.«

Chambers stoppte. Ein heißer Schauer jagte seinen Rücken hinunter. Voller Neid starrte er dem hageren Blunt ins Gesicht, zischte kaum hörbar: »Sie sind ein perverses Schwein!« Dann lauter: »Das macht doch verdammt keinen Sinn, Blunt. SPHINX muss sich auf Evian konzentrieren. Das ist das große Ziel. Zürich ist doch bloß ein Detail.«

Er machte auf dem Absatz kehrt, bog zu den Waschräumen ab. Blunt blieb stehen und blickte dem Glatzkopf auf der rundlichen Figur belustigt nach. Im selben Augenblick entschloss er sich zur Insubordination.

Dieser arabische Kameltreiber Zaim im Besitz der Mikroben. Fehlte gerade noch!

Sich einen Ruck gebend strebte er dem Ausgang zu.

Währenddessen stand der Vizepräsident an der Schüssel und blickte zur Decke hoch. Wieder spürte er, wie sich dieser bösartige Energieschub in seinem Innern aufbaute. Sein Schädel dröhnte. Dort tobte dieses verdammte Konzept Blunts hin und her. Auf einmal war der Vizepräsident der Vereinigten Staaten felsenfest davon überzeugt, er, Dick Chambers, habe Blunt zu dieser genialen Idee inspiriert.

31

In Zürich saß der Professor in einem Ohrensessel. Er trug den hellgrauen Anzug, ein dunkelblaues Hemd, eine dezent schwarz gesprenkelte gelbe Zegna-Krawatte.

»Wir hätten Lunazzi sowieso eine Abreibung verpasst«, sagte er, mit den Füßen wippend – eine leicht saloppe Form der Diskussion.

»Du redest von der Behandlung?«, mutmaßte Ross.

Der Professor nickte.

»Der gute Lunazzi war auf gutem Weg, seine Obsession loszuwerden. Natürlich lief ich Gefahr, dass sein Gehirn überreagierte. Er zeigte ja bereits deutliche Symptome einer Hypersuavisierung. Lunazzi, machtsüchtig, ein rastloser Zusammenraffer, kehrte dem Geldscheffeln den Rücken, wandelte sich halbwegs zum Wohltäter und Gutmensch, nur seine Position an den Hebeln der Macht hielt ihn davon ab, sein wahres Inneres auszuschütten und alles an den berühmten Nagel zu hängen. Der einst rabiate, clownhafte, unbeherrschte Kerl mutierte zur Sanftmut in Person.«

Ross schaute fasziniert auf Gustavs erste weiße Haarkringel, die ihm einen elegant distinguierten Anstrich verliehen.

»Ehrlich gesagt, ich habe daran gedacht, dich in die Versuche einzubinden. Natürlich zunächst nur diagnostisch!«

Sie hatte vom ersten Tag an für Hentschmann Zuneigung empfunden, fühlte sich aber von ihm nicht als die begehrliche Frau, vielleicht Liebhaberin, wahrgenommen, obschon sie die Formen ihres Körpers, die schicken Kleidchen und die manchmal satte Ladung von Rot auf ihren Lippen wie gebündelte Pfeile gegen ihn abfeuerte. Hentschmann behandelte sie entnervend korrekt, klinisch, antiseptisch, beschützte sie wie ein behütetes Kätzchen vor den Klauen der Geier. Und jetzt diese plötzliche Sorge um ihr psychisches Wohl! Er schien ihr Unbehagen zu ahnen.

»Hast du mit deiner Mutter geredet?«

»Hab' ich einen Tick?«, gab sie tonlos zurück.

Er wehrte besänftigend ab.

»Ich dachte an ein MRI und ein EKG. Wir haben ja diese Möglichkeiten praktisch im Haus.«

»Mein Kopf ist völlig in Ordnung.«

»Umso besser, da hast du ja nichts zu befürchten. Ich habe vorsorglich einen Termin mit der Ärztin ausgemacht.«

Ruth, die am breiten Fenster stand, mit leicht gespreizten

Beinen anmutig ihre Bereitschaft signalisierend, setzte sich abrupt auf den nächsten Stuhl.

»Ich halte nichts von Psychiatern«, sagte sie platt.

Er winkte jovial ab, als stimmte er ihrer Beurteilung der Seelenklempner, die nichts wissen und nichts tun, voll zu.

»Trotzdem, du siehst ein bisschen angeschlagen aus. Die Arbeit setzt dir zu. Vielleicht kann eine Behandlung nicht schaden. Ich kann sie dir natürlich nicht *aufzwingen.*«

Sie ahnte, worauf der Professor hinauswollte. Vielleicht war ja ein MRI gar nicht so dumm. Ein Blick ins eigene Gehirn konnte ja nicht schaden.

»Ich gebe zu, manchmal habe ich Angst«, lenkte sie ein. »*Du* bist doch der Optimist. Du solltest mir voll vertrauen!«

»Tue ich ja, habe nur beobachtet, dass du manchmal in eine andere Welt transzendierst. In der Forschung, gerade auf unserem Gebiet, wo präzise Analysen gefordert sind, ist solches Abschweifen nicht ganz harmlos.«

»Die Untersuchung ist ein einziger Witz«, schäumte sie. »Aber wenn es dich beruhigt, dann …«

Sie stand auf, zum Absegeln bereit. Er fuhr aus dem Sessel hoch, fasste nach – ihrer Hand. *War es nicht zum Verzweifeln!* Und feierlich, wie ein Großvater die Enkelin, verabschiedete er sie: »Danke. Du bist ein gutes Kind!«

Sie wollte aufbegehren, Frau sei sie durch und durch, falls er es noch nicht bemerkt habe, wollte die Bluse mit ihren vollen Brüsten aufreißen, sie ihm feilbieten, diesen betörend gescheiten Augen …

»Die gute Laune liegt in den Genen«, kam er ihr in professionellem Tonfall zuvor.

Sie stampfte auf den Boden.

»Steht die Behandlung im Zusammenhang mit unseren Experimenten?«

»Ich konzentriere mich auf den Serotonin-Transporter, der für die Signalvermittlung im Gehirn zuständig ist. Lunazzi hatte eindeutig zwei Kurzversionen dieses Gens, aus dem Erbgut beider Eltern, was ihn anfällig machte für schlechte Stimmungslagen, von Jähzorn bis hin zur Depression.«

»Dann ist dir gelungen, eines der kurzen Gene zur Langversion zu modifizieren – sensationell«, stellte sie fest. »Und jetzt, wo Lunazzi tot ist, ist auch die Fortsetzung des Experiments gestorben.«

»Nicht ganz«, widersprach Hentschmann mit einem anerkennenden Lächeln übers ganze Gesicht, den Kopf bewundernd neigend. »Ich bin mir ziemlich sicher, dass meine modifizierte Langversion des Gens, das den Serotonin-Transport im Gehirn besorgt, die gesamte Psyche besänftigend verändert: gute Laune, keine Katerstimmung, Gelassenheit, konziliante, aber nicht minder scharfe Geisteshaltung.«

Sollte sie ihm verraten, dass sie Bescheid wusste, vielleicht schon den märchenhaften Quantensprung geschafft hatte? Sie erhob sich, trat wieder an die bis hinunter zum Parkett reichende Fensterfront, blickte versonnen über das Dächermeer der Stadt zum glitzernden See.

»Dann willst du wohl meine Gene auf ihre Länge analysieren«, warf sie hin, ohne sich umzuwenden.

Er trat hinter sie, ohne zu antworten, legte eine Hand auf ihre nackte Schulter.

»Ich weiß, was Sache ist«, sagte sie leise. »Die Frage ist nur, ob der Prozess noch aufzuhalten ist, wenn er in Gang gesetzt ist. Er könnte sich zu einem degenerativen Leiden wie Alzheimer entwickeln, das langsam fortschreitend zur Demenz führen kann.«

»Das wäre die perfideste Waffe, um einen Menschen zu ruinieren«, folgerte Hentschmann.

»Was würdest du sagen, wenn ich human orientierte Mikroben gezüchtet hätte, und zwar in genügender Menge, um eine blutrünstige Todesschwadron in einen harmlosen Haufen Sanftmut zu verwandeln?«

Er runzelte wie fragend die Stirn, als hätte er nicht recht verstanden. Vergebens durchkämmte er sein Hirn nach einer Erklärung. Als sie sich ihm zuwandte, sah sie, wie sein Gesicht arbeitete.

Dann schüttelte er – langsam, fassungslos – den Charakterkopf.

Er nahm sie nicht ernst, glaubte ihr kein Wort!

Trotzdem, oder vielleicht gerade deshalb, strahlte sie ihn entwaffnend an.

»Ich habe bloß deine Versuchsreihe etwas weitergeführt.«

Besorgnis war in seine Stimme geflossen.

»Schön, aber ... nun, am besten gehst du erst mal zur Untersuchung.«

Sie zuckte mit den Achseln, fragte nach dem Termin, hielt es für besser, das heikle Thema ihrer klammheimlichen Forschung nicht weiter zu forcieren. Gustav dachte ohnehin, sie habe durchgedreht.

»Konzentrier dich voll und ganz auf die Versuche, dann Texas ...«, meinte er väterlich.

Es war wirklich zum Heulen!

Überraschend trat Carmela ein. Sie tatzte wie ein Panther über das Parkett, schmiegte sich an Hentschmann, schob eine Hand kosend unter sein Hemd, auf die Brust.

Die Rivalin war ins Revier zurückgekehrt. Sie duftete nach Verderbtheit. Ruth schnaubte, wandte sich ab und schritt zur Tür.

»Nimm doch deine Mieze als Probandin«, warf sie über die Schulter zurück, stampfte hinaus.

»Ist sie doch schon, Ruth«, rief der Professor.

»Was hat sie denn?«, fragte Carmela, gutturale Graullaute von sich gebend, während sie Hentschmann am Hosenbund zur mitten im Zimmer stehenden Couch zog.

An Carmelita gab es einiges, das der Professor schätzte, am meisten aber mochte er ihr Einfühlungsvermögen. Sie kam, um ihm gut zu tun. Manchmal fand sie zunächst Entspannung richtig, trank mit ihm locker Champagner, plauderte, diskutierte Tagesereignisse und führte ihn langsam, gekonnt zur Erregung. Ihre eigenen Ansprüche stellte sie hintenan, meinte, sie hole sich schon, was sie brauche. Die begnadete Liebesdienerin und kluge Weinjournalistin konnte aber auch abrupt zur Sache gehen. Wie eben jetzt.

Sie fühlte, dass Hentschmann bereit war, fasste flüchtig zu, stieß einen bewundernden Laut aus, schlüpfte aus dem Rock, ließ den Slip neckisch fallen, beugte sich auf der Rückseite der Couch über die Lehne, spreizte lüstern flüsternd die Beine weit.

»Komm jetzt. Komm rein!«

Es war einfach grandios. Carmelita war die Beste. Sie hatte das Flair für Atmosphäre, den Respekt für den Vielbeschäftigten, die Lust, ihn zu verführen. Sie öffnete ihm das volle Leben, ihre Welt, führte ihn auch aus, in ihre Bars und Restaurants, machte ihn lebendig, stark, unbesiegbar.

Wie wild geworden riss der Professor seinen Hosenstall auf.

»Du bist verrückt«, stöhnte er.

Sein Glied war erregt, aber noch nicht zu voller Stoßkraft gediehen. Erst als er dessen Kopf in die scharlachroten Falten ihrer Schamlippen drückte, strömte die Härte ein, machte ihn wollüstig steif. Nur bei Carmelita gelang ihm das so schön schnell …

… Sein Schwanz fühle sich gut an, er sei fit, gerade richtig für sie, lobte sie immer wieder, auch jetzt, laut atmend, den Hintern höher in die Luft reckend, den Kopf wie brünstig in den Nacken geworfen.

Langsam, stetig, genoss er das Eindringen, Zurückziehen, hielt kurz vor dem Höhepunkt an, fing an von neuem. Sie drängte nicht, zuckte nicht, zappelte nicht, ließ ihm den Genuss, die Kontrolle. Erst als er bewusst und kräftig auf die Klimax zustieß, signalisierte ihr Körper die Wonne, die er ihr verschaffte. Sie übertrieb nicht, machte ihm nichts vor. Sie genoss es.

Am Ende richtete sie sich auf, drehte sich um, küsste ihn lächelnd auf die Wange.

»Du bist der Beste … und Größte.«

Dann schlüpfte sie artig in den Rock, füllte zwei Kelche mit Taittinger blanc de blanc 1997. Keine linkische Verlegenheit kam auf. Auch nachher blieb Carmelita lieblich – eine Atempause in Minne, mit Ausblick aufs nächste Nirwana.

32

Die Sonne schien schon nicht mehr, doch der Himmel über dem Genfer See wölbte sich violett und orange verfärbt. Es wurde kühler. Die Möglichkeit bestand, eines der gefürchteten Gewitter würde später über dem vor Evian-les-Bains grau daliegenden See losbrechen.

Die junge Jemenitin und ihr Begleiter, beide dezent dunkelhäutig, machten sich keine Sorgen über das Wetter. Mit bloßem Auge konnten sie das andere Ufer ausmachen, waren sich sicher, auch einem Sturm, falls er käme, trotzen zu können. Von klein auf hatten sie in den heimtückischen Gewässern des Golfs von Aden gesegelt, der Indische Ozean hatte ihnen Respekt vor den entfesselten Elementen eingeflößt. Obwohl der Lac Léman nicht mit dem Golf von Aden zu vergleichen war, nahmen sie auch diesen kleinen Ausflug heute nicht auf die leichte Schulter.

Reina hatte im Heck das Ruder übernommen, während Said das Boot auf Kurs hielt. Sie hatten im Hafen von Evian eine schnittige Jolle gemietet und planten, die Stadt Lausanne auf der gegenüberliegenden Seeseite anzulaufen, dann gegen Mitternacht wieder zurückzukehren.

Alles verlief berauschend schön. Der Wind streichelte ihre Gesichter, und sie erlebten seltene Augenblicke der Glückseligkeit. Said lehnte sich zurück, legte den Kopf in Reinas Schoß und schloss die Augen. Er hoffte, eines Tages würde auch sein Land aufblühen und all die Möglichkeiten zur kreativen Entfaltung bieten.

»Reina, weißt du, eine Gesellschaft in der globalen Welt ist erst dann gerecht, wenn sie einer großen Anzahl Menschen Aufstiegschancen bietet.«

Sie kraulte ihm stumm durch das Haar, blickte versonnen auf den sattgrünen Landstrich des Schweizer Ufers, über dem ein sanfter Goldschimmer schlummerte.

Sie waren vielleicht eine halbe Stunde unterwegs, als Motorengeräusch sie aus ihren Träumereien hochschreckte. Der Bug des mächtigen, schwarzen Boots kam rasch näher, hielt genau auf sie zu.

Said sprang auf, winkte wild. Reina warf geistesgegenwärtig das Ruder herum, aber der spitze Bug drehte ebenfalls ab.

»Was macht der?«, schrie sie, nach Backbord ausweichend. Das schnelle Boot neigte sich in eine scharfe Kurve. Es gab keinen Zweifel. Es jagte sie, war jetzt nur noch eine Taulänge entfernt. Die schwarze, stromlinienförmige Frontscheibe der Kabine verschwand hinter dem sich schon aufrichtenden Bug, als das Boot abrupt Schwung verlor. Keiner der Besatzung zeigte sich. Da heulte der Motor plötzlich auf. Der Bug stieß krachend ins Heck des Segelboots, es tauchte hinten unter, der Mast brach.

Said und Reina waren im letzten Augenblick von Bord gehechtet. Beide waren geübte Schwimmer, trugen zudem noch Schwimmwesten. Entsetzt sahen sie, wie das Motorboot abdrehte, Anlauf holte, dem lädierten Segler nochmals in die Seite krachte. Das Boot brach in Stücke auseinander.

Erst jetzt erschien ein Mann an der Reling und warf den beiden eine Leine zu.

Als die beiden, noch vor wenigen Minuten so sorglosen Studenten, zähneklappernd über die Heckleiter an Bord kletterten und sich empört aufrichteten, schauten sie in das schwarze Mündungsloch einer dunkel glänzenden Pistole.

33

Während am nächsten Morgen im Royal Hotel in Evian-les-Bains in der jemenitischen Gruppe die Aufregung über das Ausbleiben der beiden Segler um sich griff, nahm niemand Notiz von dem Kastenwagen einer Bodenbelagsfirma, der langsam an den Hintereingang fuhr und dort anhielt. Zwei Männer öffneten die Hecktür, schulterten umsichtig eine verpackte lange Rolle, stampften dann die Treppe hoch in den ersten Stock.

Monsieur Tobias, der stellvertretende Hoteldirektor, machte gerade die Runde mit einer beleibten Schadensexpertin der Versicherungsgesellschaft.

»Wir glauben, dass das Reinigungsshampoo fehlerhaft war und das Gewebe zerfraß«, meinte er, rücksichtsvoll den zwei Teppichträgern im Korridor ausweichend.

Die beiden schritten keuchend weiter. Weiter vorne legten sie ihre Last sorgfältig vor der offenen Flügeltür ab. Diese führte in den lichten Bankettraum, genau über dem großen Konferenzsaal im Erdgeschoss.

Sie gingen rasch und präzis vor. Jede Handbewegung stimmte. Sie rissen die Plastikverpackung weg, zerrten die lange Rolle in den Raum, rollten die dünne, harte Matte, die zum Vorschein kam, rasch von Wand zu Wand aus.

Es galt, keine Zeit zu verlieren.

»Los, rein mit dem Teppich!«, befahl der Vorarbeiter seinem jüngeren Kollegen. »Und spann das gelbe Absperrband über den Eingang.«

Der neue Teppich war dunkelblau und mit feinen gelben Lilienmustern verziert. Sie rollten ihn sorgfältig über die graue Matte, hatten das Ende des Zimmers fast erreicht, als eine Stimme sie aufschreckte.

Der Bauführer kniete im Türrahmen, riss mit einer Hand den neuen Teppich am Rand mühsam auf und tastete mit der andern darunter.

»Ich habe gefragt, was das für ein Material ist.«

»Polyethylen, gegen Feuer und Wasser«, rief der Vorarbeiter laut über die Schulter, um die plärrende Musik zu übertönen.

»Braucht ihr keine Klebmasse? Wann seid ihr fertig?« Der Bauführer drückte den Teppich wieder auf die Unterlage und konsultierte seine Checkliste.

»Wir sind praktisch fertig«, erwiderte der Jüngere. Er schraubte das Volumen des Kassettenrecorders zurück.

»Das neue Material bindet den Teppich besser als Leim«, erklärte der Vorarbeiter, während er auf allen vieren zur hinteren Wand kroch.

Zustimmung grunzend hakte der Bauführer den Posten auf der Checkliste ab. Als die Männer sich wieder nach ihm umdrehten, gähnte der Türrahmen leer.

»Komm, pack deine Sachen, wir gehen«, zischelte der Vorarbeiter und schnitt mit dem Spezialmesser die überlappenden Reste längs der Wand weg. Sein Kumpel rutschte auf den Knien die Wände entlang, besserte hier und da die Ränder nach.

Sonnenschein fiel durchs Fenster und tauchte das kleine schwarze Köfferchen, dessen Deckel der Vorarbeiter aufklappte, in grelles Licht. Er entnahm ihm einen schwarzen, flachen Knopf, schritt zurück zur Wand, die dem Eingang gegenüberlag. Dort hing die Reproduktion des bukolischen Panoramas aus der Hand eines alten Meisters. Der Vorarbeiter betrachtete die dramatische Landschaft aus kräftigen, dunklen Farben, heftete dann den Knopf auf die schwarze Gewitterwolke, die dräuend über dem See aufzog, dem leidenschaftlich beim Schäferstündchen posierenden Liebespaar unter einem Lindenbaum verängstigte Blicke entlockend.

»Siehst du was?«, fragte er den Jüngeren. Die Arme in die Hüften gestemmt, trat der näher ans Bild heran, grinste anerkennend.

»Klar, die Titten der Tussi – schwer geil.«

Der Vorarbeiter nickte zufrieden. Die Miniaturfernsehkamera, die den Raum überwachen würde, verschwand völlig in der dunkel brodelnden Wolke auf dem dicken Druckkarton.

Eine halbe Stunde später rollte der Servicewagen der beiden Teppichleger die Anhöhe hinunter in die Stadt.

Unterdessen saß der Bauführer in der Kaffeebar des Hotels, zufrieden mit dem raschen Vorankommen der Arbeiten. Im Hinterkopf nagte zwar unklar eine Frage bezüglich des Kostenvoranschlags, der nach seiner vagen Erinnerung keine Spezialisolation vorgesehen hatte. Aber Hauptsache war, dass der neue Teppich pünktlich und sauber verlegt war. Für den Fall, dass es Verzögerungen gibt, hatte ihm Monsieur Tobias schon die Hölle auf Erden prophezeit. *Die sind halt alle nervös wegen dieser Konferenz*, sagte er sich achselzuckend, *und was die Kosten anbelangte, hélas, was soll's, dieser Luxusschuppen kann's sich ja leisten …*

»Gute Arbeit«, lobte am Abend die Direktorin des Royal, als sie den Bankettraum inspizierte und mit den Schuhspitzen auf dem weichen Teppich herumdrückte.

Sie hatte keinen Dunst einer Ahnung, dass sie mit ihren dunkelgelben Prada-Schuhen auf einem Pulverfass stand. Ein niedlicher Begriff allerdings für die tödliche Folie aus hochexplosivem Sprengstoff, der drohend unter den harmlosen Lilien steckte, programmiert, den Untergang des Royal zu besiegeln, sobald die eingebauten Minizünder, normalerweise bei PKW-Airbags verwendet, zu ticken begannen.

34

Als Yael Matar im Flughafen Genf-Cointrin aus dem Zoll in die Ankunftshalle trat, entdeckte sie Uri sofort. Pünktlich wie das Schicksal, und wieder einmal unangemeldet, tauchte er auf, in ausgebeulten schwarzen Hosen, lässig an eine Säule gelehnt, mit einer roten Rose wippend.

Yael zögerte, aber da kam er schon auf sie zu – wie immer

dieselbe monströse Sonnenbrille auf der Nase. *Hat der denn wirklich keine andere?*

Wut kochte auf. *Überwacht der mich ständig?*

»Ich bin mit dem Wagen gekommen. Gut gereist?« Seine galante Art versöhnte sie. Auf der Fahrt in die Stadt wiegte er den Kopf.

»Die Deutschen. Es geht um die Deutschen.«

Yael Matar fühlte Müdigkeit bleischwer in allen Gliedern.

»Die Deutschen? Hör' ich das richtig?«

»Yael, glaubst du etwa, Auschwitz ist vergessen? Mit ihren Panzerlieferungen rüsten die Krautköpfe jetzt die Saudis auf.«

Die Wilde neigte den Kopf, um sein Flüstern zu verstehen.

»Schon klar.«

»Also, die Europäische Union ist die wirtschaftliche Gegenmacht zu den USA. Sie steht und fällt mit Deutschland, als stärkste EU Wirtschaftsnation. Also müssen wir Deutschland das Rückgrat brechen.«

Sie schnitt seinen Exkurs ab.

»Dolchstoßlegende zweite Auflage – na wennschon.«

Galt es nicht als ausgemacht, dass der politische Hintergrund eines Anschlags keine Rolle spielte?

Uri verstummte. Erst als sie sich im Wagen durch das verstopfte Zentrum der Rhônestadt quälten, unterrichtete er sie über den neuen Auftrag.

»Italien?«

Er nickte mechanisch. Jetzt erinnerte sie sich. Es hatte in allen Zeitungen gestanden. Sogar der kleine Ort am Meer wurde erwähnt. Und der *stern* brachte das Bild der Villa, die der Kanzler gemietet hatte.

»Wann?«

Eigentlich eine überflüssige Frage, denn immer herrschten Zeitnot, Zugzwang.

»Noch vorm Wochenende, bevor er nach Evian reist«, antwortete ihr Partner. An seine kräftige Nase musste sie sich jedes Mal neu gewöhnen.

Als Yael schwieg, fügte er hinzu: »Wir sind auserwählt, das Gleichgewicht wiederherzustellen.«

Seine Aufdringlichkeit nervte sie manchmal. Während er versuchte, den Wagen in die schmale Lücke vor dem *Hôtel des Bergues* einzuparken, polterte sie leicht verärgert: »Weißt du, Uri, mir ist einfach nicht geheuer, wenn zu viele mit den Wölfen heulen. Ethik ist zum Modebegriff im Repertoire der Selbstgerechten geworden. Wir arbeiten für gutes Geld. Die Motive unserer Zahler sind uns Scheiße, vergiss das nie! Kommt Leidenschaft ins Spiel, verlierst du den kühlen Kopf, den Antrieb und die Härte.«

Komisch, sinnierte sie, *Männer verfallen doch immer den Sirenengesängen der Ideologen und segeln ahnungslos ins Verderben wie einst diese blöden Seefahrer der Antike!*

35

Die lang gestreckte, schwarze Limousine schob sich langsam vor die Eingangstür des Restaurants in der eleganten Embassy Row im Zentrum Washingtons.

Die bullige Figur tauchte unvermittelt aus dem Schatten des Restaurantbaldachins auf, hechtete durch die sich öffnende Hintertür in den Wagen. Der Fahrer gab Gas, noch bevor der Mann richtig Platz genommen hatte.

»Rauchen Sie?«, fragte Anthony Blunt vergnügt. Er legte die hohe Stirn in angemessene Falten, was den Profi verriet, wobei seine Augen hinter den großen Brillengläsern gefährlich funkelten.

»Okay«, stimmte der Mann zu, den sie den *Tschetschenen* nannten. Freilich hatte der verkniffen drein blickende Steve Bork mit Tschetschenien nichts am Hut. Er war Detektiv des DCPD und war im Polizeikorps der Hauptstadt ebenso berüchtigt wie in der Unterwelt gefürchtet. Den Spitznamen hatte sich Detective Bork mit seinem Schlagstock eingehandelt, den ihm ein russischer Kollege aus Grosny geschenkt hatte. Mit dieser Waffe ging Steve nicht zimperlich um. Es hieß, der russische Austauschdetektiv habe Steve ein paar besonders brutale Schläge gelehrt, Schläge, die eher ins Kapitel der Folter gehörten.

Karrieresüchtig wie er war, machte Steve Bork die Drecksarbeit für ehrgeizige Vorgesetzte und deren Günstlinge, was sie ihm mit zugestecktem Bargeld, Diskretion und Beförderung lohnten.

Als Anthony Blunt über seine Investitionen im Pornogeschäft gestrauchelt war, hatte ihn Steve durch Unterdrückung von Beweismaterial rausgepaukt. Seither fanden sich die beiden in einer Art Partnerschaft wieder – wenn ein heißer Job anstand, stand Steve bereit.

»Das ist der einzige Regierungswagen mit Raucherzulassung. Nutzen Sie's«, grinste Blunt.

Er gab Steve aus einem goldenen Feuerzeug mit den Insignien einer militärischen Einheit Feuer, dabei musterte er ihn wieder mit diesem durchdringenden Blick: »Alles okay, Steve?«

Sie fuhren an Villen vorbei. Steve schaute hinaus und fluchte innerlich. Ein paar Regentropfen verstrichen am Seitenfenster.

»Ich habe eine richtig große Sache, Steve«, begann Blunt dieses zweite Briefing innerhalb der letzten vierundzwanzig Stunden. Bork zerdrückte die Zigarette im Aschenbecher.

»Nun, die Suppe wird kaum so heiß gegessen werden«, warf er ein.

Der Hagere schaute ihn ernst an: »Es geht um eine Beseitigung. Unser Weltnetz – Silicon Valley, Hollywood, Wall Street, Pentagon – die amerikanische Welt, Steve, ist in Gefahr, nicht mehr, nicht weniger. Die militärische Schlagkraft, die Finanzen, unser technologischer Vorsprung, das Öl – einfach alles steht auf dem Spiel. Stimmt's?«

Steve starrte in den grauen Nachmittag hinaus. Das ehrwürdige Capitol, dessen steile Stufen ihn jedes Mal an den gewaltigen Niveauunterschied zwischen den hochnäsig korrupten Repräsentanten und den auf der Straße wandelnden Bürgern erinnerten, kam in Sicht.

Ein Regenschauer fegte über die Avenue, als sie sich den verschwommenen Umrissen des Pentagon näherten. Blunt packte Detective Bork fest am Ärmel.

»Wissen Sie, Steve, Sie sind wirklich privilegiert, für SPHINX arbeiten zu dürfen.«

Die Limousine überquerte die Brücke. Trüb und träg floss der Potomac unten durch.

»Kommen Sie zur Sache«, scholl es unbeeindruckt zurück. »Wie viel liegt drin?«

»Eine halbe Million. Gut genug?«

Steve schüttelte unmerklich den Kopf.

»Wer soll's sein?«

Statt den Namen zu nennen, sagte Blunt: »Ihre Exfrau liegt ihm in den Ohren.«

Steve fuhr zusammen.

»Das Luder«, zischte er unbeherrscht. »Wo ist sie?«

»Später, Steve. Sie erinnern sich, wie übel die CIA Ihnen mitgespielt hat damals, als sie nach der Scheidung diese Libanesin als Putzfrau anstellten.«

Steve schoss einen giftigen Blick unter den Brauen hervor. Blunt fürchtete, der Bursche könne jeden Augenblick den tschetschenischen Schlagstock hervorholen.

»Die CIA hat Sie beschattet, Ihre Telefone abgehört und im DCPD das Gerücht in Umlauf gesetzt, Sie vergoldeten heimlich eine al-Qaida-Terroristin als Konkubine. Die hat doch mit Ihnen geschlafen, nicht?«

»Natürlich. Unverbindlicher Sex. Dann haben die Schweine sie ausgewiesen.«

»Hören Sie, Steve. Der Direktor persönlich hat sich eingeschaltet. Um ihn geht es. Er steht auf unserer Hitliste.«

Steve Bork schien an dieser Information zu käuen. Dabei verzog sich sein viereckiges Gesicht zu einer Grimasse. Die Narbe über seiner rechten Schläfe schwoll rot an.

Wo stand er eigentlich? Seine Ehe war kaputt, er auch. Ihm ging es nur noch darum, möglichst viel Kohle zu machen, eines Tages abzutauchen. Leute wie Blunt bedeuteten ihm viel. Blunt besaß Macht. Sein Einfluss reichte über seine Bosse im Polizeidepartement hinaus. Anthony Blunt konnte ihm den Weg nach oben ebnen. Bork schaute in Blunts grimmig-schwammiges Gesicht, nickte ihm zu.

Blunt zauberte ein Blatt Papier aus der Rocktasche.

»Der Plan?«, fragte Bork und schielte auf das Dokument.

»Nein, unsere Prinzipien. Kann nicht schaden, sie zu kennen.«

»Sechs Gebote!«, stieß Steve in verächtlichem Tonfall aus. Er las:

My country, right or wrong:
Unschlagbare Streitkräfte
Weltherrschaft der USA
Totalüberwachung der Gesellschaft
Einwanderungsstopp
Familie, Wohlstand, Sport
Englisch einzige Landessprache

»Wir sind eine Hand voll Patrioten«, schickte Blunt nach. »Äußerst entschlossene Patrioten, Steve.«

»Verschonen Sie mich damit. Haben Sie Einzelheiten zum Job?«

Blunt wand sich unbehaglich. Er wusste nicht, wie Bork es aufnehmen würde.

»Sie arbeiten mit einer Frau zusammen.«

Bork zuckte mit keiner Wimper.

»Eine Professionelle?«

»Die Beste. Sie leistet gediegene Arbeit.«

»Jerusalem?«

Blunt nickte stumm.

Die Wolken über Washington hatten sich entleert. Der Wagen näherte sich einem Verkehrsteiler. Vor ihnen kam der dichte Verkehr nur zähflüssig voran.

»SPHINX ist entschieden gegen alle Initiativen, Vorschläge und internationale Konferenzen im Nahen Osten. Uns kann nur recht sein, wenn das blutige Netzwerk der Fundis die Friedensschalmeien im Keim erstickt. Für Hamas gibt es in der Palästinenserfrage keine andere Lösung außer Dschihad. Wir unterstützen diese Ansicht, weil wir sie alle besiegen und am Schluss ausrotten werden.«

Bork lehnte sich nach vorne, instruierte den Chauffeur: »Nehmen Sie Exit Six dort rechts.«

»Zum Hafen?«, fragte Blunt überrascht.

»Nein, zu meinem Sportplatz.« Ein leichter Vorwurf schwang in seiner Stimme. »Dort können wir besser reden.«

Borks Handzeichen folgend bog der Chauffeur jetzt langsam in eine Straße mit schwarz dampfendem Belag ein und hielt vor einer schwarzen, niedrigen Halle an.

»Was zum Teufel machen Sie hier?«, keuchte Blunt.

»Selbstverteidigung.«

»Wohl eher brutaler Kampfsport, nicht?«

»Kniffe und Schläge zum Überleben. Wollen Sie mal hereinschauen?«

Blunt wehrte mit beiden Händen heftig ab, als müsste er bereits eine Horde Straßenkämpfer abschrecken.

Bork grinste und stieg aus. Blunt folgte ihm widerwillig, doch hastig. Gemeinsam spazierten sie über den rotkarierten Belag der Rundstrecke. Ab und zu blieben sie stehen, gestikulierten, schritten weiter. Der Himmel hatte sich aufgehellt. Die Sonne brannte auf den Sportplatz nieder, trocknete die schalen Pfützen.

Als die beiden Männer ihre Runde gedreht hatten, waren sie sich einig. Bork fühlte sich bestärkt und aufgepeitscht. Sie würden zu zweit operieren, ohne dass er vorne an der Front stand. Sein Job war es, den Raum abzuschirmen und die Bullen fern zu halten. Zuschlagen sollte die Frau. Jetzt galt es nur noch, den Ablauf zu verfeinern.

Bork wies auf die Halle und meinte, er wolle noch trainieren.

Bevor der Hagere die Tür der Limousine geöffnet hatte, packte Bork ihn kräftig am Arm. Blunt fuhr erschrocken herum.

Wie beiläufig glänzte Borks Lieblingswaffe aus Grosny in der anderen Hand.

»Und wann treffe ich die Dame?«

Blunt schüttelte den Detective ungehalten ab.

»Rufen Sie mich in zwei Stunden an, dann bekommen Sie den Treffpunkt.«

Als die Limousine davonrauschte, schaute Blunt durch das viereckige nasse Heckfenster zurück. Bork schien, als lächele ihm der Hagere zu.

Wenn die Gerüchte über das Superweib stimmen, kann die Sache spannend werden, sinnierte er und schritt aufgeräumt an einer keck lächelnden Sicherheitsbeamtin vorbei zum Eingang der Turnhalle.

36

Der deutsche Bundeskanzler blickte versonnen auf das tiefblaue Mittelmeer hinaus.

»Ich geh' jetzt rein«, erklärte er seiner dritten jungen Frau. Er zog den Bauch ein, hob die Fäuste in sportlich lockerer und doch bescheiden triumphaler Geste.

Sie umschlang ihn sanft von hinten, ließ ihre schlanken Hände über seinen Bauch zu den immer noch beeindruckend straffen Schenkeln gleiten.

»Wie immer vor dem Frühstück, na«, neckte sie und streichelte mit den Fingern über die Wölbung im Schritt der altmodisch engen Badehose.

»Wir Deutschen halten uns fit«, lachte er. »Nicht wie die Italiener.«

Das große toskanische Landhaus stand auf einem Felsvorsprung, von dem eine geschwungene Treppe hinunter zu dem kleinen Hafen führte.

»Achtzig Stufen jeden Morgen«, rief der Bundeskanzler über die Schulter. Er griff sich das rote Badetuch, schritt energisch über die Terrasse.

»Ich pass' auf dich auf«, rief seine blonde Gattin, setzte sich auf die Mauerbrüstung und ließ ihre Beine zappelnd baumeln.

»Ärgerlich, dass ich nicht mal nackt schwimmen darf«, rief er hinauf, übermütig die ersten Stufen nach unten tänzelnd.

»Papara-a-a-zzi! Mein Lieber! Schau bloß!«

Sie streckte mit Grazie den Arm aus. Ihr beringter Finger zeigte auf eine Segelyacht, die draußen still und stolz vorbeiglitt.

Er blieb stehen, formte die Hände zu einem Trichter vor dem Mund: »Die Bodyguards mit ihren Ferngläsern.«

»Du bist nun mal nicht der Schulze von Hinterwaldingen, sondern der coolste Bundeskanzler aller Zeiten. Kann ich übrigens mitkommen nach Evian?«

Sie zog ihre Beine an und bot ihm einen raschen Blick unter ihren Jupe – darunter nichts, wie Sharon Stone.

Der Bundeskanzler grinste.

»Besser, ich trage die Hose, Liebling.«

Betont jugendlich federte er die letzten Stufen hinunter, wandte sich noch einmal um und blickte lachend zu ihr hoch.

»Evian ist Männersache«, donnerte er, sich komisch in die Brust werfend. Als er dann mit einem etwas steifen Panthersatz auf dem Sandstreifen gelandet war, kickte er übermütig die Sandalen weg.

Yael Matar hatte die gecharterte Motoryacht in der vom Land her unzugänglichen Nachbarbucht vor Anker gelegt. Das etwa dreißig Fuß lange Boot dümpelte im leichten Wellengang, eine Angelrute ragte vom Heck über die Reling. Kein Mensch hatte bemerkt, wie Matar sich mit Sauerstoff-Flaschen am Rücken ins Wasser fallen ließ. In wenigen Minuten hatte sie die Bucht des Bundeskanzlers erreicht, lauerte jetzt hinter einem Klippenausläufer, an dem sich die Wellen brachen.

Auf die Deutschen ist Verlass, lachte sie innerlich. *Stur und pünktlich sind sie wenigstens.* Sie tauchte ab.

Der Bundeskanzler gehörte nicht zu denen, die am Strand herum planschen. Mit kräftigen Zügen schwamm er weit hinaus, drehte sich auf den Rücken, schlug mit den Beinen kräftig Schaum. Er winkte. Seine Frau winkte zurück.

Wolfgang und Max, die Leibwächter, schauten einander an. »Jetzt taucht er gleich, schwimmt unter Wasser zurück und schießt pustend hoch. Wetten?«, meinte Wolfgang grinsend.

Die Wilde kam von hinten, schlang dem Bundeskanzler das Elektrokabel um den Hals und zog ihn heftig nach unten, während sie ihm gleichzeitig ein Knie in den Rücken stemmte.

»Siehste«, grunzte Wolfgang und legte das Fernglas weg.

Ihr Opfer strampelte, schlug mit den Armen aus. Der Mann war ungewöhnlich kräftig. Die Wilde hatte Mühe, ihn von hinten im Würgegriff zu halten. Doch allmählich erschlaffte der Kanzler. Seine Augen quollen breiig hervor, der Mund klaffte offen, als sie ihn umdrehte und die Schlinge löste. Sie würde eine Spur hinterlassen. Aber es war ihr egal. Es sollte nach Mord aussehen. Sie zog das Messer, schnitt dem leblosen Bundeskanzler mit scharfer Klinge die Kehle durch. Blut floss, färbte das Wasser rot. An den Felsen schlug bräunlicher Schaum hoch.

Sie beschwerte den toten Körper mit ihren Sauerstoff-Flaschen, die Riemen wickelte sie um seine Beine. Sie holte nochmals tief Luft, begann zurückzuschwimmen. Außer Sichtweite der Villa tauchte sie auf und kraulte in kräftigen Zügen zum Boot zurück.

Als sie die Motoryacht mit Vollgas über die Wellen peitschte und an der Privatbucht der Villa vorbeischoss, sah sie Leute die Treppe hinunter ans Wasser springen.

Weiter jagte sie die Yacht, die toskanische Küste entlang zur ausgekundschafteten Stelle, wo ihre 1300er Ducati auf sie wartete. Sie kurvte scharf ein, stellte den Motor auf Leerlauf.

Nachdem sie ihre Sachen sorgfältig in eine wasserdichte Gürteltasche gepackt hatte, öffnete sie den Motorraum, wo die kleine Sprengladung angebracht war. Sie setzte den Timer auf drei Minuten. Nochmals schaute sie prüfend in alle Richtungen, dann betätigte sie den Auslöser. Tickend begann die Zeit abzulaufen. Matar sprang zum Cockpit, brachte den Bug in Richtung offenes Meer, blockierte das Ruder und legte den Vorwärtsgang ein. Bevor sie von Bord hechtete, drehte sie den Motor auf *Voll Voraus*. Die Yacht wuchtete vorwärts, preschte von der Küste weg.

Als die Wilde wie eine zur Rachegöttin verkommene Aphrodite glitzernd aus dem Wasser stieg, dröhnte rollend der dumpfe Laut der Detonation. Langsam versank das Boot in den Fluten. Vom Land aus schien es allerdings, als verschwände es am Horizont.

Zwei Stunden später spazierte sie den Zaun des Flugplatzes von Pisa entlang. Schon von weitem erkannte sie die elegante Maschine der *S&L-Airline*, die auf sie wartete. In ihrer schwarzen Montur, mit gertenschlanker Taille und den wild lockenden Haarbüscheln unter dem Helm zog Matar die Blicke der Männer an. Auch die beiden Vorstadtrambos der Polizeistreife, die beschleunigten, um sie zu überholen, warfen ihr bewundernd Kusshändchen zu.

Typisch Italiener. Wollen die besten Lovers sein, dabei können sie nichts als Händefuchteln und Lippenschürzen! schien ihr funkelnder Blick zu sagen.

Die *S&L*-Maschine brauste hoch oben über ein blassblaues Mittelmeer auf Nizza zu. Yael Matar blinzelte versonnen ins grelle Licht und versuchte, an der gebirgigen Küste der Côte d'Azur vertraute Konturen auszumachen. Der Jet schwenkte ab.

Als auf der rechten Seite die Kuppe des Montblanc vorbei strich, rief Anthony Blunt aus Washington an. Seine Stimme knirschte wie ein Betonmischer. Wie immer war er kurz angebunden, ohne auch nur andeutungsweise ihre gute Arbeit zu würdigen. Matar hasste Blunt, den sie noch nie gesehen hatte. Doch solange er weiterhin gut zahlte, blieb sie professionell kühl und unterdrückte den Drang, diesen eitlen Geldsack zu zerstückeln.

»Sie haben in Washington einen wichtigen Job zu erledigen, Miss. Steve Bork wird Sie am Flughafen empfangen und Ihnen den Auftrag erläutern.«

Matar stellte nur eine Frage, nämlich die nach dem Kopfgeld.

»Das Doppelte von heute«, schnarrte Blunt und kappte die Verbindung.

37

Es war viertel acht und kalt. Der hagere Chef von SPHINX trat vor die alte Villa und schaute in den Park hinaus. Die Morgenfrische ließ ihn erschauern – oder vielleicht war es die Gewissheit, dass ihm das Wasser am Hals stand. Er musste liefern, sonst fiel er in Ungnade. Dann würden sie wahrscheinlich diese Killerin auf ihn hetzen. Der Gedanke an die Brutalität der berüchtigten Yael Matar gab ihm jedes Mal ein mulmiges Gefühl in der Magengrube.

Das Rauschen des Verkehrs drang durch eine grüne Wand von Kirschlorbeer. Vögel zwitscherten keck. Hoch über den Wipfeln alter Föhren stieg eine Verkehrsmaschine dröhnend in den Himmel. In Washington war ein neuer Tag erwacht.

Die Villa wirkte stattlich und vornehm wie ein Gouverneurssitz aus der Kolonialzeit. In Wirklichkeit beherbergte die ehemalige Residenz des persischen Botschafters die operative Zentrale von SPHINX, von deren Existenz nur eine Handvoll Verschworener Kenntnis hatte. Voller widerstreitender Gefühle setzte Blunt die Sonnenbrille auf, als die schwarze Limousine auftauchte, mit knirschenden Reifen unter der Vorfahrt anhielt. Der Schlag öffnete sich.

»Willkommen bei SPHINX, Special Agent.«

Blunt drückte dem Besucher die Hand, ja, knetete sie förmlich.

»Mein Gott, die Agenten werden immer jünger. Wie hat Ihnen Evian gefallen?«

John Ash nickte mürrisch, schaute sich um.

»Sie haben ausgezeichnete Referenzen, John.«

Ash schielte misstrauisch auf den hageren Blunt, der einen gequälten Eindruck machte, ganz als müsse er sich überwinden, das einseitige Gespräch in Gang zu bringen.

»Ihre Erfahrung wird uns hoffentlich weiterbringen«, setzte Blunt nach. Sie schritten an einem braunen Teich vorbei, aus dem Frösche in die Morgenluft hinaus quakten. Ash war nicht nach Smalltalk zu Mute.

»Muss ich jemand umbringen?«

Blunt riss die Sonnenbrille weg, schaute Ash direkt in die Augen.

»Möchten Sie das etwa nicht?«

Der Agent steckte sich gemütlich eine Zigarette an. Blunts bohrender Blick hinter der lässigen Fassade ärgerte ihn.

»Haben Sie wirklich nichts Spannenderes zu bieten, als gelbe Brühe über Hotelteppiche zu gießen?«, motzte er sarkastisch.

Blunt ärgerte sich über den arroganten Burschen.

»Tut mir Leid, dass Sie Ihre Mordeslust nicht stillen konnten«, fuhr er eine Spur gereizter fort. »Wie ist es gelaufen?«

»Kein Problem. Die Franzosen sind doch alle bescheuerte Hinterwäldler.« Ash schnippte die Kippe weg. »Hab' mir 'ne nette Runde Golf gegönnt.«

»Ich habe Sie nicht hergebeten, um über Ihr Handicap zu quasseln.«

Ash zog ein Blatt aus der Tasche, entfaltete es.

»Schauen Sie, hier ist der Plan der ersten Etage. Nach *unseren* Begriffen ist das der zweite Stock, aber diese Franzosen …« Seine Hand flatterte auf, abstrus den französischen Nationalcharakter umschreibend. »Nun … hier die Zimmer, rot umrandet, und der Bankettraum, hier, gelb.«

Blunt blieb stehen, studierte die Skizze.

»Wo ist der große Konferenzsaal?«

Ash tippte mit einer Fingerspitze auf den Plan.

»Haargenau unter dem Bankettraum. Alles verlief wie geplant. War ja auch nicht besonders schwierig. Wie ich hörte, hatte die Substanz den Teppichen ganz schön zugesetzt.«

»Unser Team hat sie bereits ausgewechselt.« Der Hagere wechselte abrupt das Thema. »Übrigens, kennen Sie Schweizer Persönlichkeiten? Ich meine außer Heidi und der Trapp Familie?«

Ash lag der Name von Professor Hentschmann auf der Zunge, stattdessen nannte er leichthin Chevrolet.

Blunt hob überrascht beide Brauen.

»Chevrolet?«

»Ein Schweizer Fahrradingenieur«, grinste Ash. »Wanderte aus und fing hier irgendwo an, Autos zu bauen.«

Der Agent griff plötzlich mit großen Schritten aus.

Blunt folgte hastig, überholte ihn und öffnete eine schwarze Tür. Über eine Schulter hinweg meinte er: »Wir wollen unser gutes Verhältnis zur Schweiz nicht trüben.«

Letzteres war gelogen, aber wer kümmert sich schon um so etwas in einer Branche, wo Schwindeln nötig ist, damit die Verbreitung der Wahrheit nicht überhand nimmt.

»Ritz, übrigens – der König der Hoteliers«, verkündete Ash, »war auch ein Schweizer.«

Doch Blunt, der durch einen engen, matt erleuchteten Flur voran hastete, ignorierte den interessanten Hinweis. Stattdessen rief er über die Schulter: »Wir haben einiges in der Mache. Wie läuft's übrigens bei Madtech?«

Ash zuckte die Achseln und schwieg. Blunt wollte ja sowieso nicht wissen, wie der Alltag in der Sonderabteilung »Material Degradation Technology« ablief, dort wo Ash erstmals mit genetisch veränderten Angriffsmikroben zu tun gehabt hatte.

»Seit der Präsident die B-Waffenkonvention ratifiziert hat, Sir, hat Madtech Attackmikroben auf Eis gelegt«, offerierte Ash immerhin. Seine Stimme hallte von den Wänden zurück, als er dann scharf nachstieß: »Sir, würden Sie mir Ihre Funktion freundlichst etwas näher erläutern?«

Blunt griff sich fahrig ins schüttere Haar.

»Nun, ich schätze, Sie haben ein Recht zu wissen, was wir hier machen. Ich bin der Leiter von SPHINX. Der Präsident persönlich hat unsere eigenständige Operationszelle nach dem 11. September ins Leben gerufen. Wir koordinieren die anderen Geheimdienste und leiten übergreifende Operationen.«

Ob SPHINX zur Abteilung Innere Sicherheit gehöre, erkundigte sich Ash, als sich eine Stahltür surrend zur Seite schob. Kopfschüttelnd verneinte Blunt die Frage. Sie eilten in die neue Richtung. Flockige Schuppen rieselten, sachtem Schneefall ähnlich, auf die Schulterpartie von Blunts dunklem Anzug.

SPHINX besitze als unabhängige operative Einheit weitestgehende Vollmachten, erklärte er. Die Einheit unterstehe keiner Kontrolle von Seiten des Kongress. Deshalb würden nur Leute angeheuert, die eisern diszipliniert und absolut verschwiegen seien. Nicht die Verfassung sei maßgeblich, sondern das, was dem Land diene, nach dem Motto: *My country, right or wrong!*

»Harry Truman lässt grüßen«, murmelte Ash spöttisch.

Blunt öffnete am Ende des Gangs eine Schleuse. Diesmal tat sich eine weich möblierte, in künstliches Licht gehüllte Bürolandschaft auf.

»Noch nie von SPHINX gehört«, frotzelte Ash, als ein hoch gewachsener Mann mit rundem Gesicht hinzutrat.

Blunt setzte sich als Gastgeber in Szene: »Darf ich vorstellen, James Kelly!«

Die Männer schüttelten einander die Hände. Blunt sprach ziemlich nervös: »SPHINX hat den Auftrag, das Monopol der neuen Generation von B-Waffen weltweit sicherzustellen.

Leider sind wir nicht die Einzigen, die an diesen Kampfstoffen forschen. Ich habe die Schweiz nicht zufällig erwähnt, Agent Ash. Die Sache ist brisant. Wir zeigen Ihnen zur Einstimmung eine kurze Filmsequenz.«

38

Reina erwachte. Sie hielt die Augen geschlossen und überlegte, wo sie sich befand. In ihrem Kopf drehte sich alles. Bin ich zu Hause im Bett? Oder auf dem Boot? Das stete Maschinensummen verwirrte sie weiter. Eins stand fest, sie lag ausgestreckt auf einem Bett. Nackt? Entsetzt fuhren ihre Hände den Körper entlang, betasteten den Stoff ihrer Hosen. Gott sei Dank! Sie schlug die Augen auf, schaute sich um. Neben ihr, auf der andern Seite des Gangs, schlief Said.

Da fuhr die Erkenntnis wie tausend Nadelstiche ein – sie befanden sich in einem Flugzeug! Während sie angestrengt versuchte, die Ereignisse der letzten Stunden zu rekapitulieren, fragte eine angenehme Stimme: »Darf ich Ihnen etwas zu trinken bringen?«

Die Stewardess trug eine Bluse, lächelte und hielt ein Tablett mit Gläsern in der Hand. Auf dem Namensschild von Nancy, der Stewardess, auf den weißen Überzügen der Kopfstützen, neben dem Durchgang vorne – überall das Emblem *S&L Air.*

Während sie »Wo sind wir?« stammelte, bemerkte sie gleichzeitig am nackten Unterarm von Said das schmale Heftpflaster. Erschrocken blickte sie auf die kleine Senke zwischen ihrem Bizeps und Unterarm. Kein Zweifel. Ihre Venen waren angestochen worden. Wut kochte auf.

»Was geht hier vor?«, schrie sie.

»Sie sind in Obhut der amerikanischen Regierung«, antwortete jemand hinter ihr. Das Gesicht, das zum Vorschein kam, war quadratisch und verkniffen.

»Steve Bork, Washington Police Department.«

Der Mann kam auf Augenhöhe nieder, hielt ihr eine Messingplakette unter die Nase. Erschrocken zog Reina den Kopf zurück.

»Was haben wir verbrochen?«

Nancy stellte ein Glas mit Wasser auf den Klapptisch, beugte sich dann über Said, der reglos dalag.

Reina war aufgestanden. Sie zitterte am ganzen Leib.

»Sie können uns doch nicht einfach festnehmen. Entführt haben Sie uns. Das gibt einen Skandal. Was sollen wir denn gemacht haben?«

Der Polizist mit dem Bürstenhaarschnitt auf kantigem Scheitel blickte sie herausfordernd an.

»Ihr seid Terroristen«, grinste Bork hämisch. »Alle Araber sind Terroristen.«

Er erhob sich und ging nach vorn.

»Said, wach auf!«

Reina rüttelte an ihrem Freund, bis Nancy sie sanft wegzog.

»Lassen Sie mich in Ruhe!«, schrie sie.

Nancy kniete nieder, streckte ihre offenen Handflächen demonstrativ vor.

»Bitte beruhigen Sie sich. Sie haben wirklich nichts zu fürchten. In zwei Stunden landen wir in New York. Alles wird gut werden.«

»New York?« Die Frage kam von Said, der auf die Ellbogen gestützt herüberblinzelte.

»Said, Sie verschleppen uns nach Amerika. Wir sind betäubt worden.«

Bork brauchte seine ganze athletische Energie und noch Verstärkung durch ein Besatzungsmitglied, um den kräftigen Jemeniten, der wutentbrannt nach vorne ins Cockpit gestürmt kam, niederzuringen und in Handschellen zu legen.

»Hilft dir nichts, Terroristenschwein«, schnaubte Bork und drückte Said die Mündung seiner Dienstpistole in die Schläfe. »Wenn du nicht augenblicklich kuschst, leg' ich dich um, da kannst du Gift drauf nehmen.«

39

Den Rest des Flugs verbrachte Reina in völliger Apathie. Said starrte grimmig vor sich hin. Beiden dämmerte, dass ihnen Schreckliches bevorstand.

Die Maschine der *S&L-Airline* landete gegen Abend in Tetherboro, auf dem Flughafen der Civil Aviation im Nordwesten von New York.

Kaum war die Gulfstream IV am Standplatz ausgerollt, fuhren zwei schwarze Vans mit dunkel getönten Scheiben an die Bordtreppe heran. Detective Bork verfrachtete Reina und Said getrennt in die beiden Wagen, setzte sich in den vorderen und gab dem Fahrer Anweisungen.

Reina schaute in das unbeteiligte Gesicht des Mannes, der ihr gegenüber saß und Gummi kaute. Er wich ihrem Blick aus, rückte das Pistolenhalfter unter seiner Jacke zurecht. Die Frau ließ sich nicht einschüchtern.

»Wohin fahren wir?«

Ihr Bewacher blieb stumm, aber Bork drehte sich vom Vordersitz herum. Er ließ einen langen Blick unmissverständlich über den Körper der jungen Frau schweifen.

»Wir bringen Sie in ein Apartment, das Sie nicht verlassen dürfen. Sie stehen unter Hausarrest der Polizei. Falls Sie Schwierigkeiten machen, landen Sie im Frauenknast, Hochsicherheitsabteilung.«

Er schenkte ihr auf äußerst anstößige Weise ein hämisches Grinsen.

»Allerdings, ich bin nicht kleinlich. Ein paar Gefälligkeiten, und Ihnen geht es gut bei uns!«

Das Apartment lag an der 116. Straße auf der Ostseite Manhattans. Vom 15. Stock aus bot sich ein weiter, jedoch nicht unbedingt berückender Blick auf den East River und die Bronx. Die Türme der Triboro Brücke schimmerten im Glanz der Abendsonne. Im Salon stand ein Glastisch – daneben, vor dem Fenster, eine Sitzgruppe mit Couch, leger platziert. Ein

Doppelbett füllte das enge Schlafzimmer nebenan nahezu vollkommen aus. Dazu ein Badezimmer, die kleine Vorhalle und eine moderne Küche.

»Alles, was das Herz begehrt«, höhnte Bork grinsend. »Solides amerikanisches Essen.« Er öffnete den Eiskasten. »Falls Sie was brauchen, sagen Sie es Jack, der vor der Türe im Flur steht.«

Er nickte mehrmals, auf Zustimmung hoffend, schritt dann durch den Vorraum hinaus. Als die Tür ins Schloss fiel, hörten die beiden Jemeniten das schnappende Geräusch des Riegels. Sie waren eingeschlossen. Reina setzte sich entgeistert auf die Couch.

»Was machen wir jetzt?«

Said schaute sich um. Er brauchte nicht lange, um festzustellen, dass sie wirklich Gefangene waren. Die Wohnung hatte weder Telefon noch Fernseher, und als Said hektisch seinen Rucksack durchwühlte, griffen die verschwitzten Hände ins Leere. Auch das Mobiltelefon war weg. Er richtete sich auf, stand einen Augenblick wie ratlos da. Dann machte sich seine praktische Seite geltend.

»Okay, essen wir eben was!«

Sprach's, bereits etwas weniger bedrückt, und latschte in die Küche.

40

Die Mitteilung, die Jemeniten seien am Bestimmungsort eingetroffen, erreichte Blunt wenige Minuten später im SPHINX-Hauptquartier. Er nickte wortlos, legte hämisch grinsend auf, begab sich dann beschwingt an das Overheadpult zurück. Ein Tastendruck, und die Großleinwand leuchtete auf. Die farbig projizierte Luftaufnahme zeigte eine Stadt an einem schmalen See von der Breite des Mississippi. Überall Häuser, Gärten, Straßen. Die Kamera schwenkte weg, folgte einem Flusslauf, den plötzlich eine große Staumauer abriegelte.

»Der Stausee fasst eine gewaltige Wassermasse«, dozierte Blunt. »Der Fluss, den Sie gerade gesehen haben, fließt direkt auf die Stadt Zürich zu. Bricht der Staudamm auseinander, wird die Stadt von einer haushohen Flutwelle getroffen.«

»Warum sollte die Mauer brechen?«

»Weil das im Interesse Amerikas notwendig ist«, erläuterte gelassen James Kelly, der ehemalige CIA-Direktor. »Talsperrenbruch nennt sich so was.«

»Unmöglich«, meinte Ash trocken. »Für die Sprengung einer Staumauer braucht es Tonnen von TNT.«

Einen Augenblick herrschte Totenstille. Die Staumauer flimmerte im Standbild.

»Sie haben völlig Recht«, dröhnte Kelly in die Stille. »Es gibt aber Besseres als Sprengstoff.«

»Sie meinen natürlich die Gamas?«

Der ehemalige CIA-Boss nickte selbstzufrieden: »Sie sagen es, Mr. Ash.«

Ash wusste natürlich, wofür der Kürzel *Gamas* stand: *Genetically Engineered Anti-Material Agents.* Gentechnologisch verändert, wirken diese Mikroben so aggressiv, dass sie feste Stoffe und kompaktes Material innerhalb von Tagen, wenn nicht Stunden, zerfressen. Sie öffnen im Beton Fugen, sprengen Haarrisse, durchlöchern Poren, reißen sogar Fundamente auf.

»Meine Mission ist also ein Talsperrenbruch«, grinste Ash wie gelangweilt. »Diesmal Beton statt Teppiche.«

»Zürich ist nur eine Etappe, Ash. Zuverlässigen Informationen nach produziert das biotechnische Institut Patumbah einsatzfähige Betonkiller und versteckt sie in einer Wetterstation in den Alpen. Wenn es stimmt, was unser Gewährsmann berichtet, liegen die Schweizer mit ihren gentechnisch hoch aggressiven Kampfmikroben weit vorne im Wettlauf.«

James Kelly legte die Stirn in Falten, was den Experten andeuten sollte: »Die Schneidwaffe der Zukunft. Sie darf dem Feind nicht in die Hände fallen.«

Ash schlürfte Kaffee aus der Henkeltasse, die eine militärisch adrett gekleidete Frau mittleren Alters, mit einem Gesicht, das alles gesehen zu haben schien, gebracht hatte.

Der frühere CIA-Direktor fuhr fort: »Sie kriegen Verstärkung durch das Alpha-Team, das in Stuttgart stationiert ist.«

»Und wie hat sich SPHINX die Informationen über das Patumbah Institut beschafft?«, drängte Ash.

Ein diebisches Lächeln machte sich auf Kellys Zügen breit: »Wir haben einen unserer Leute eingeschleust.«

Ash starrte fragend auf die Tränensäcke Blunts, wo sich Kümmernis über die trüben Aussichten zu verdichten schien.

»Glauben Sie, dass diese Leute überhaupt fähig sind, Mikrobenwaffen zu produzieren?«

»Vergessen Sie nicht, wir haben es mit Europäern zu tun, John. Die sind moralisch zwar minderwertig, aber technologisch Spitze, dabei in ihrer kulturellen Vielfalt äußerst ideenreich. Die flächenmäßig kleine Schweiz setzt auf große intellektuelle Potenz. Mit Erfolg, sollten wir neidlos anerkennen – bis heute haben Schweizer fünfundzwanzig Mal den Nobelpreis erhalten, hauptsächlich in Chemie, Physik und Medizin.«

Kelly hob den Mahnfinger.

»Denken Sie mal nach, was geschieht, falls Hentschmann die Wunderwaffe den Meistbietenden unter die Nase reibt. Gott sei uns gnädig, wenn der Jemen, China, der Iran, al-Qaida, Nordkorea, die Russen ...«

Er brach mit einer Geste des Unmuts ab.

Ich soll also herausfinden, wo die Gamas versteckt sind, begriff Ash, fand es angelegen, sich zu räuspern.

»Ist die CIA über den Plan orientiert?«

Blunt raschelte in einem Stoß Papiere. *Mein Gott, welch aufmüpfiger Bursche!*

»Nein, wir haben gewisse Probleme mit der CIA. Kommen die hinter die B-Waffenprojekte, haben wir einen handfesten Skandal am Hals. Eine Informationspanne wäre für unsere Sache ein schwerer Rückschlag.«

»Wir brauchen einsatzfähige Gamas im Nahen Osten noch vor Ende des Monats«, schickte James Kelly nach.

Ash zuckte bloß mit den Achseln. Blunts Tonfall wurde versöhnlicher.

»SPHINX will den USA den technologischen Vorsprung sichern«, ergänzte er.

Ash hakte nach: »Also, die CIA ist weg vom Fenster?«

Der ehemalige CIA-Direktor erwiderte heftig: »Sie sind eine Nervensäge, John. Wir versuchten Ihnen eben klar zu machen, dass für uns die CIA feindliches Territorium ist. Und die Kritiker des Biowaffenprogramms haben leider auch dort ihre heimlichen Sympathisanten. Schon mal von Ken Custer gehört?«

Ash nickte vage.

»Eben. Seien Sie auf der Hut. Meiden Sie jeden Kontakt zu Ihren alten Freunden in der CIA. Bei SPHINX halten alle dicht. Oder sterben.«

Sterben? Hatte er richtig gehört? Nun, er kannte ja diese aufmunternden Predigten der hohen Tiere vor einem gefährlichen Einsatz – 'n bisschen Öl auf die Seele und anständig Feuer unter den Hintern.

Auf der Leinwand lief die virtuelle Katastrophe weiter. Hinter verspritzenden Betonbrocken fiel eine ungeheuerliche Flut in das Tal ein, während am Bildrand rasend ablaufende Sekunden die Zeit anzeigten, welche die Flutwelle seit dem Mauerbruch zurücklegte.

John starrte verblüfft auf die irrealen Bilder. Dabei durchflutete eine Art lüsterne Erregung seinen Körper. Lässig suchte er in der Jackentasche nach Kaugummi, fand einen letzten Streifen, riss das silbrige Papier auf und schob die fruchtige Masse zwischen die Zähne. Im Raum wurde es wieder hell.

»Unten in der Bibliothek finden Sie eine rote Akte mit allen erforderlichen Einzelheiten«, wies ihn Blunt an. »Wann geht übrigens Ihr Flug?«

Ash hörte die letzte Frage schon nicht mehr, als er durch die rumpelnd zur Seite gleitende Tür schritt.

Warum schaut er mir nicht in die Augen? Sonst durchbohren sie dich mit diesem stieren, Todesverachtung einflößenden Blick, wenn sie ihre großen Reden schwingen. Aufmunterung, schön gemischt mit Drohung, wie gehabt!

41

Knapp eine Meile vom Geheimsitz der SPHINX lag in einem wohlhabenden Viertel der Hauptstadt das Haus der Ärztin, die mit Augen voller Empathie auf ihre Patientin blickte.

»Dann steckten sie den Hangar in Brand«, erzählte Yael Matar mit bebender Stimme. »Das Feuer loderte über dem ausgeschütteten Benzin hoch und griff zischend um sich. Flammen leckten das Holz des Hangars, züngelten am Flugzeug hoch. Plötzlich explodierte es. Ich schlug der Länge nach hin, als mir ein heftiger Schmerz von der Druckwelle in die Ohren stach. Ein wütender Feuerball, giftig orange, mit Schwarz durchsetzt, schoss auf mich zu. Das Letzte, was ich spürte, war enorme Hitze, dann war alles vorbei. Um mich herum versank die Welt in tiefste Finsternis.«

»Wie sind Sie aus dem brennenden Hangar herausgekommen?«, fragte die Psychiaterin, die, nicht unpassend, Freud hieß.

»Weiß nicht mehr«, seufzte Matar und schlüpfte aus ihrem Top.

»Meine Erinnerung setzte erst wieder ein«, fuhr sie fort, »als ich ungefähr mit vierzehn in Tel Aviv das Gymnasium besuchte.«

Sie zog den Slip aus und legte sich auf die Liege des Untersuchungszimmers. »Man hat mir später berichtet, Blacky, der Schäferhund, habe mich nach draußen geschleppt. Die Rückwand des Hangars war mit einer Hundetür versehen, die früher in einen Zwinger führte. Blacky stieß rückwärts die Klappe auf und zerrte mich hinaus.«

Dr. Freud nickte freundlich, ganz als höre sie solche Geschichten jeden Tag.

»Und wer waren die Mörder?«

Matars entblößte Brüste wogten erregt.

»Israelis. Militante Siedler. Sie hassten meinen Vater, weil er sich weigerte, ihnen das Land zu verkaufen, das seiner Meinung nach den Arabern zustand. Erst viel später erfuhr ich das Scheußliche – einer riss meinem Vater die Augäpfel aus und stopfte sie ihm in den Mund.«

Sie schauderte, presste die Ellenbogen an den Körper.

Dr. Freud trat an die Patientin heran, legte ihre Hände auf deren Brüste, strich dann langsam den Körper entlang nach unten. Diese Bewegung wiederholte sie ein paar Mal.

»Es war furchtbar. Ich vergesse die Bilder nie mehr. Jede Bewegung der Mörder, ihre Gesichter, die Geräusche, alles hat sich unauslöschbar eingeprägt.«

»Ich weiß«, pflichtete die Ärztin mit sanfter Stimme bei, während ihre langen, schmalen Finger spielerisch den schwarzen Haarbüschel kraulten, der auf dem üppigen Venushügel der Wilden wucherte.

»Sie wissen nichts«, protestierte Matar schwach. »Nach der Abschlachtung meines Vaters war ich innerlich tot. Alle Gefühle abgestumpft. Nacht für Nacht sah ich die feuerrote Walze auf mich zurollen und hörte Vaters Schreie.«

Schweres Kindheitstrauma, hoher Leidensdruck durch wiederholte zwanghafte Angstzustände, notierte die Ärztin.

»Und was wurde aus dem Wunsch in jener Nacht, als Sie die Sternschnuppe sahen?«

Matar spreizte unmerklich die Schenkel.

»Als ich älter wurde und alles über das furchtbare Attentat erfuhr, wusste ich plötzlich, dass der Tod meines Vaters mir eine Mission aufgetragen hatte. Ich sollte doch berühmt werden. Und berühmt würde ich werden, das schwor und gelobte ich. Aber nicht so, wie es sich die Leute vielleicht vorstellten. Auf *meine* Weise. Als Rächerin meines

Vaters. Ja, die Welt sollte mich als Todesengel fürchten lernen.«

»Haben Sie Angst vor Feuer?«

Die Wilde nickte.

»Was beängstigt Sie sonst noch?«

»Männer.«

»Schließen Sie die Augen, erzählen Sie weiter«, flüsterte Dr. Freud.

Matar spreizte die Beine noch weiter. Sie ließ die Ärztin gewähren, die jetzt langsam, rhythmisch, die Innenseite der Schenkel streichelte.

»Mit sechzehn überfiel ich die erste Bank, mit achtzehn tötete ich einen Fettwanst, der mich vergewaltigen wollte. Ich biss ihm seinen Schwanz ab und erwürgte ihn mit der Strumpfhose, die er mir heruntergerissen hatte. Es war wie ein Spiel.«

Dr. Freud fuhr mit zwei Fingern sanft Matars Scheide auf und ab.

»Dann trat der Soldat in mein Leben. Eines Tages stand er oben auf einem Panzer und zog mich zu sich hoch. Er verstand mich auf Anhieb. Ich hasste ja die Regierung, die Amerikaner, die Palästinenser, meine Landsleute, die Männer. Sie alle hatten Schuld am sinnlosen Tod meines Vaters, an meinem Kindheitstrauma, an meiner Unfähigkeit zu lieben. Der Soldat begriff alles und heuerte mich an.«

Dr. Freud hörte ebenso geduldig zu wie sie einfühlsam ihre Massage fortsetzte. Ihre Patientin schob fast unmerklich das Becken hoch.

»Er trainierte mich in Kampfsportarten, auch Krav Maga, lehrte mich fliegen, schießen und getarnt operieren.«

Die Frauen verstummten. Matar war jetzt völlig entspannt. Als sie nach einer Weile genüsslich die Augen aufschlug, hatte sich Dr. Freud entkleidet. Sie stand lächelnd vor ihr, gelassen den üppigen, sonnengebräunten Körper zur Schau stellend. Dr. Freuds Brustwarzen ragten steif auf. Die Ärztin drehte sich langsam, spielerisch, so dass die Matar Muße hatte, den sportlich festen, wohlgeformten Hintern zu bewundern. Als sei es das Natürlichste auf der Welt, streckte Dr. Freud sich neben ihrer Patientin auf die Liege.

»Den großen Schlag gegen den Amerikaner bereiteten wir sorgfältig vor. Ich fühlte mich gut drauf. Alles in mir schrie wieder nach Töten. Es war wie ein langsamer Lauf zum berauschenden Höhepunkt.«

Dabei strichen ihre Hände über den Rücken der Ärztin, die den Kopf auf Yaels Brust gelegt hatte.

»Für wen arbeitest du?«, hauchte Dr. Freud. »Ah, du ... mach weiter mit der Hand ... ja, so ...«

Sie schob einen Schenkel zwischen die Beine ihrer Patientin.

»Für wen? Für Geld. Viel Geld.«

»Männer sind dein Schreckensbild. Du identifizierst sie mit Wüstlingen«, diagnostizierte die Ärztin in sanftem Tonfall.

»Es gab schon Ausnahmen. Mein Vater. Er war der Beste.«

»Und dein Partner? Was empfindest du für den Soldaten?«

»Er wirkt sanft, irreal, obschon er teuflisch brutal agiert. So wie ihn stelle ich mir einen normalen Mann vor.«

»Im Zweifel für das Böse«, murmelte die Ärztin.

»Ja, richtig«, schoss Matar zurück. »Der Mensch ist von Natur aus schlecht, eine enthemmte Bestie, die sich nur durch Zwang und Gewalt zügeln lässt. Ich betrachte mich als des Teufels Braut. Nur Naive glauben an das Gute im Menschen. Was wirklich die Welt antreibt, ist das teuflisch Böse.«

Die Ärztin schien den Punkt zu würdigen.

»Wo lebt Ihr Partner heute?«

»Schlechte Frage. Darüber werden Sie nichts erfahren.« Matar schüttelte grimmig den schwarz gelockten Kopf. »Als ich elf war, ist die Gewalt brachial in mein behütetes Leben eingebrochen. Sie ist unauslöschlich in meine Seele geätzt.«

»Sie sollten sich nicht ständig mit dem Erlebnis beschäftigen. Verdrängen Sie es. Sie sehen bloß ein Lagerfeuerchen und kein Flammenmeer. Der Wolkenbruch, den Sie fürchten, ist nur ein Nieseln.«

»Das hab' ich schon oft versucht, Doktor Freud. Die Erinnerungen und körperlichen Symptome brechen auf Dauer immer wieder durch die Mauer. Dagegen ist kein Kraut gewachsen. Den Albtraum kann ich nie und nimmer abschütteln.«

Die Ärztin streichelte sie sanft. Die Patientin hatte nicht Unrecht. Mit den üblichen Medikamenten konnte sie die pathologische Bewusstsseinstörung nicht heilen. Doch eines Tages könnten veränderte Gene vielleicht Abhilfe schaffen.

Leidenschaftlich umschlang sie Yael, flüsterte ihr ins Ohr: »Du … eines Tages werden wir wissen, wo in uns das Gemüt, die Angst und die Seele sitzen. Dann werde ich dir ein neues Bewusstsein schenken.«

Sie waren plötzlich in heftiges Petting vertieft.

Als die Frauen ermattet nebeneinander lagen, nahm Matar den Faden wieder auf. Den Kopf auf eine Hand gestützt, lauschte die Ärztin konzentriert. Das Bandgerät unter der Liege lief geräuschlos weiter.

»Meine Schwester hielt zur Mutter und zog mit ihr fort. Die Schlampe ließ meinen Vater im Stich. Wie ich sie dafür hasste! Sie stahl mir alles – die Zuneigung, den Erfolg bei den Jungs, in der Schule, zum Schluss auch noch das Erbe.«

»Erbe?«

Die Matar lachte rau.

»Natürlich. Die enterbten mich einfach. Eine Ausgestoßene, eine Lesbe, eine, die für den Mossad die Drecksarbeit besorgt.«

Eine Weile betrachtete Dr. Freud die verbitterte Miene ihrer Patientin. Dann schweifte ihr Blick zum Fenster und durch die Jalousien hinaus auf den glitzernden Potomac.

Matar rutschte vom Schragen, schlüpfte in ihre Kleider, brachte ihren wilden schwarzen Schopf vor dem Spiegel einigermaßen in Ordnung.

»Wohin gehen Sie?«, fragte die Ärztin unbedacht.

Die Matar wirbelte herum, einen wilden Blick in den Augen.

»Töten macht mir Spaß, wie Sie wissen, Dr. Freud. Wo immer es mich auch hinzieht, Sie werden davon hören. Ich bin unvergleichbar. Wenn Sie zu irgendwem auch nur ein Wort über mich reden, selbst im Schlaf, komme ich zurück und töte Sie. Und zwar schlitze ich Ihren schönen Leib auf, fange ganz unten an, dann langsam …«

Die Ärztin war blass geworden. Sie bebte, doch ihre Augen glühten vor Leidenschaft.

»Du hast mein Wort.«

42

Am Nachmittag nahm Matar den Shuttle nach New York La Guardia. Am Flughafen mietete sie einen roten Mittelklasse-Ford, mit dem sie über die Triboro-Brücke fuhr, dann nach Norden abzweigte.

Sie hatte die Bank, die sie überfallen wollte, ausgekundschaftet. Den kurzen Halt bei Rot benutzte sie, ihre blonde Perücke überzuziehen. Im Spiegel der Sonnenblende betrachtete sie sich amüsiert. Eine richtige Gangsterbraut blinzelte ihr zu.

Die Polizei in New Yorks wohlhabenden Vororten hatte sie bereits als die moderne Bonnie bezeichnet, die keinen Clyde mehr brauche, da sie völlig emanzipiert durchs Verbrecherleben streife.

Matar kümmerte sich nicht um den Tratsch in den Zeitungen. Nach knapp einer Stunde hielt sie vor dem schmucken Bankgebäude, stieg aus – freilich ohne den Motor abzustellen. Mit aufreizend beschwingtem Gang betrat sie die Schalterhalle der fünften und letzten Bank auf ihrer Liste. Diese lag im vornehmen Danbury District, kaum zwei Meilen vom kleinen Weißen Haus Expräsident Clintons entfernt.

Die Wilde ließ den strohblonden Rossschwanz ihrer Perücke nach vorne über ihre entblößten Schultern fallen, als sie einen Kassierer ansprach: »Ich habe in der Katastrophe vom 11. September meinen geliebten Mann verloren«, wobei sie einen rosa Kissenbezug über den Tresen schob.

»Bitte legen Sie alles Geld aus Ihrer obersten Schublade in diesen Beutel. Ich habe eine Pistole in der Hand. Mucksen Sie, puste ich Ihnen den Schädel weg.«

Der Mann gehorchte zitternd. Sie wies ihn an, die Tasche an den nächsten Kassierer weiterzureichen, dann wieder an den nächsten.

Die Kassierer räumten mit fahrigen Händen alle vier Schalter aus, der Letzte schob ihr den prall gefüllten Beutel zu.

»Also, nun bleibt ihr alle schön still hier drinnen die nächsten fünf Minuten. Versucht ihr die Cops zu rufen, bin ich wieder da und mache euch alle zu Massenmordstatistik. Ich meine *alle*. Ausnahmslos!«

Sie machte kehrt, stolzierte ohne übertriebene Eile hinaus. Draußen stieg sie in den Wagen, rauschte ab. Dieser Fischzug erwies sich als üppig. Dem Gewicht nach schätzte sie über 30 000 Dollar. Kein schlechter Verdienst in knapp zehn Minuten. Zusammen mit den vier Überfällen der letzten Tage kletterte die Summe der Beute immerhin auf über 120 000 Dollar. Schwer geil war das!

Gut gelaunt riss sie sich die Perücke vom Kopf, warf sie über die Schulter nach hinten auf die Rücksitze ihres viertürigen Fords.

Beinahe hätte sie den Polizisten übersehen. Paul Corraccio vom Danbury Polizeiposten hatte sich an diesem Morgen einen kleinen Checkpoint an der Hauptstraße eingerichtet. Eigentlich wollte er nichts anderes, als Sicherheitsgurte kontrollieren. Yael Matar schien keinen zu tragen.

Mit einem kurzen, durchdringenden Heulton stoppte er den roten Ford, winkte Matar, an den Straßenrand zu fahren. Dort prüfte er ihre Papiere, verdonnerte sie zu einer

Geldbuße von hundert Dollar, mit der höflichen Ermahnung, sich künftig doch anzuschnallen. Dabei fiel ihm ihr Gesicht auf. Die Dame hatte hohe Wangenknochen, eine schmale Nase und einen sonderbaren, wilden Blick. Eine Mischung aus Unverfrorenheit, Geilheit und gebranntem Kind, entschied er, winkte sie dann auf die Hauptstraße hinaus.

Die Wilde atmete durch, gab Gas und raste zum Flughafen zurück. Adieu, New York, New York, trällerte sie.

Als sich Stunden später ein vom langen Arbeitstag erschöpfter Paul Corraccio zu Hause die Abendnachrichten anschaute, erkannte er im Fahndungsbild der Bankräuberin die Frau, der er am Nachmittag einen Strafzettel verpasst hatte. Er rappelte sich auf, fuhr die zwanzig Kilometer zum Polizeiposten von Danbury und kramte den Zettel hervor. *Ruth Ross* hieß die Frau. Er gab die Papiere den Detektiven, die sich im Hinterzimmer ein Baseballspiel anschauten. Einer schickte die Information sofort weiter an das FBI.

Die Matar verschwendete keinen Gedanken auf die Geldstrafe und die Polizeiarbeit, die dadurch ausgelöst werden mochte. Sollten sie doch nach ihr fahnden, die Trottel!

Mal sehen, wer schlauer ist!, dachte sie genüsslich, als sie wieder im Flugzeug nach Washington saß.

Die Monstrosität des neuen Auftrags, den ihr Partner ihr verschlüsselt angedeutet hatte, überraschte und geilte sie gleichermaßen auf. Die Lust zu töten durchwogte sie so prickelnd, als sei die langfingrige Dr. Freud gerade dabei, sie zum Höhepunkt zu massieren.

Aber es war auch Zeit, diese dummen Eskapaden mit den Banküberfällen hinter sich zu lassen. Ihr Partner meinte, das Geld reiche auch ohne die neuen Aufträge für eine Weile.

Einem Impuls folgend zog sie ihren zweiten Pass aus dem verborgenen Fach des Samsonite-Gepäckrollers. Sie verglich ihr eigenes Foto mit dem der Frau, das auf der letzten Seite des Passes eingelegt war.

Wie ein Ei dem andern glichen sich die beiden hübschen Gesichter. Wenn die wüsste, wie ich sie hier abbürste, würde die gute Ruth sich die Haare raufen! Bei diesem Gedanken konnte sie sich ein hämisches Grinsen nicht verkneifen.

43

Perverses Schwein! Die Beschimpfung des Vizepräsidenten hallte in seinen Ohren nach, als sich Anthony Blunt durch strömenden Regen chauffieren ließ. Dabei war der Vize der feige Hund, der nichts wagt. Wer jedes Risiko meidet, hat bald keine Gelegenheit mehr, überhaupt ein Risiko zu meiden.

Zerknirscht griff Blunt zum Telefon, um mit John Ash einen Treffpunkt auszumachen.

»Wo? Chinatown, sagen Sie? In der Telefonzelle?«, fragte er ungläubig.

Das große Sportstadion mitten im Chinesenviertel der Hauptstadt hat die gleiche Funktion wie Madison Square Garden in New York, nur ist es architektonisch wie eine Telefonzelle geformt, daher dieser Spitzname, erinnerte sich Blunt, dem es nach allem anderen, nur nicht danach zumute war, in die Massenhysterie einer Sportveranstaltung zu tauchen.

Die favorisierten Washington Capitals spielten an diesem Abend gegen die Colorado Avalanches. »Eishockey, Mister Blunt. Das sechste Spiel der Endrunde«, verkündete John Ash und legte auf.

Am Ende des letzten Drittels stand es 3:3. Etwas musste noch geschehen. Ash kaute nervös an der erloschenen Zigarre.

»Die Sache läuft«, schrie er Blunt ins Ohr, als der Slapshot eines Capitals Centers von der blauen Linie an den Pfosten knallte. Die Menge schrie auf, dass die Arena vibrierte.

Die Capitals waren die in den schwarzen Jerseys. So viel hatte Blunt begriffen.

»Schlechtes Passen!«, brüllte er volkstümlich.

»War doch ein glattes Foul, hoher Stock«, meinte Ash. »Hat der Vize also zugestimmt?«

Ein Spieler der Rot-Weißen löste sich aus dem Gedränge vor dem Tor, startete zu einem Sturmlauf durch die gegnerische Verteidigung.

»Ja«, schrie Blunt in den aufbrausenden Applaus. »Alles ist okay. Wir sollen die Mikroben beschaffen. Das hat er gesagt.«

Ash formte eine Hand zum Schalltrichter.

»Und das Experiment?«

Da fiel der Treffer. Blunt schwang die Fäuste durch die Luft.

»*Tooor!* Das war doch endlich mal'n Schuss. Und dieser Sololauf, Klasse!« John Ash hingegen schnitt eine Grimasse, als hätte er in den sauren Apfel gebissen. Die Colorado Avalanches führten 4:3.

»Und das in der letzten Minute, so ein Mist! Die Capitals hätten heute Abend alles klar machen können. Jetzt findet das siebente und letzte Spiel in Denver statt.«

Blunt zuckte nur mit den Achseln. Es nützte den Capitals nichts mehr, in den letzten zwanzig Sekunden einen sechsten Spieler anstelle des Torhüters aufs Eis zu bringen.

Special Agent Ash hakte nach: »Sie haben eben bestätigt, dass wir für die Operation grünes Licht haben?«

»Ja, haben wir«, log Blunt. »Ich verlasse mich auf Sie, John.«

Sie standen auf, um nach oben zur Bar zu gehen. Drunten auf dem Eis wurde gerade ein roter Teppich ausgerollt. Clubeigentümer, Manager, Trainer und andere Funktionäre waren im Begriff, den besten Spieler jedes Teams auszuzeichnen.

»Wie heißt der Torhüter der Avalanches?«, hörte Blunt einen fragen, der die Mütze der Capitals trug.

»Ich glaube, das ist der Neue aus der Schweiz«, kam die Antwort.

Verdutzt schaute Blunt aufs Eis hinunter.

44

Nach dem Gewitter am nächsten Tag lag schwere Luft über den Dächern, die nach altem Baugesetz das stolze Capitol, Sitz des amerikanischen Kongresses, nicht einen Zentimeter überragen dürfen. Ab und zu strich ein Windstoß etwas Frische den Fluss hinauf. Aus der Ferne näherte sich das Heulen einer Sirene.

Der Rollschuhläuferin kam es vor, als würde sie von der Polizei gejagt.

Sie tauchte aus der 34. Straße auf, überquerte die M Road mit spielerischer Leichtigkeit. So schien es jedenfalls. Alle ihre Bewegungen waren jedoch sorgfältig einstudiert.

Sie trug blaue, ausgewaschene Jeans, Kopfhörer über den Ohren. Ein gewohntes Bild. Sie fiel nicht auf. Rollschuhläufer gehörten zum vertrauten Stadtbild, auch der dunkelblaue Rucksack, der perfekt mit ihrem durchtrainierten Körper und der sportlichen Kluft harmonisierte. Sie gelangte zur Key Bridge, überquerte die Überführung in schlängelnder Fahrt, stoppte in elegantem Bogen am andern Ende.

Keuchend wischte sie sich mit dem Handrücken den Schweiß aus der Stirn.

Der Verkehr floss regelmäßig unter der Überführung durch.

Sie machte den Fixpunkt am Rand des Highway ausfindig, wählte einen roten Pick-up aus, stoppte dann die Zeit, die er brauchte, die Strecke bis zur Brücke zu durchfahren.

Sie schwang den Rucksack den Rücken hinunter, entnahm ihm eine kompakte Flasche, trank ein paar Schlucke Wasser. Behutsam setzte sie den Sack auf der Brüstung ab, schaute erneut prüfend auf die träge fließenden Autokolonnen hinunter. Ihr Herz schlug schnell, doch äußerlich deutete nichts auf ihre Angespanntheit hin, es schien, als mache die Sportlerin gerade Pause. Unter ihrem Sweater war ein flacher Scanner versteckt, der jetzt die Frequenzen der Polizei durchlief. Ab und zu schwollen Gesprächsfetzen auf, die Polizeiroutine suggerierten.

Der Tschetschene hatte die tägliche Wegstrecke des CIA-Direktors, seine Abfahrtszeiten von zu Hause, die benötigte Reisezeit, die Autotypen samt Nummernschildern ausgekundschaftet. Matar wusste Bescheid. Während sie die Uhrzeit auf ihrer Vielzweck-Stoppuhr checkte, lief der Plan vor ihrem geistigen Auge ab. Es ist Zeit.

Nur noch Minuten von der Brücke entfernt ging CIA-Direktor Ted Jones nochmals gedanklich durch, was ihm neulich die Frau mit dem rhythmischem Namen Billie Sue am Telefon mitteilen wollte. Irgendwie hatte ihm sein Gefühl gesagt, dass ihre hektisch hingeworfenen Wortfetzen keine Hirngespinste einer hysterischen Zicke waren. Einer plötzlichen Regung folgend, griff der Direktor zum Telefon. Ken Custer besaß sein volles Vertrauen. Der Mann war unabhängig, Profi durch und durch. War es möglich, dass eine verdeckte Operation ohne Wissen der CIA ablief? Ted Jones schüttelte sich fröstelnd, tippte Custers Nummer ein.

»Okay«, murmelte die Matar oben auf der Key Bridge. Sie schob den Rucksack vorsichtig nach vorn, an den Rand der Brüstung zwischen die Markierungen, die sie am Vortag angebracht hatte.

Eine Stimme aus dem Kopfhörer ließ sie leicht zusammenfahren, der Fahrer der Corvette: »Bin jetzt eine halbe Meile von der Brücke entfernt. Bereit?«

Yael bejahte, riss das Fernglas vor die wild funkelnden Augen. Sie entdeckte einen silbergrauen Cadillac, stellte die Schärfe auf das Nummernschild an der glänzenden Stoßstange ein. »Übereinstimmung«, murmelte sie.

Ihre Augen huschten hin und her, schielten nach heimlichen Beobachtern, Anzeichen von Gefahr. Ununterbrochen rollte der Verkehr in beiden Richtungen über die Key Bridge, kein Mensch nimmt wirklich Notiz von einer Rollschuhläuferin.

Der Cadillac näherte sich dem Merkpunkt. Sie holte tief Atem. Im Polizeifunk ein Knistern. Ein Jogger keuchte vorbei.

Hochspannung. Doch ihre plötzliche Ruhe schnitt durch die Hektik der Umgebung wie ein Messer. Sie riss die Schlaufe weg, der Aufschlagszünder war entsichert.

Da sah sie auch schon die Corvette.

Der knallgelb gefärbte Sportwagen stach grell aus der Kolonne mehrheitlich schwarzer und grauer Limousinen heraus.

Vor ihm rollte der silberfarbene Wagen des CIA-Direktors. Immer näher kam er zum entscheidenden Punkt. Flirrend staute sich die Luft über der heißen Motorhaube.

Matar balancierte den Rucksack mit den fünfzehn Kilo Sprengstoff auf die Kante der Brüstung, zum Abwurf bereit.

Der Mann am Steuer der Corvette betätigte drei Mal die Lichthupe.

Detective Steve Bork war ebenso wenig zu erblicken wie ein Streifenwagen der Polizei.

Dann lief alles nach Plan ab. Yael Matar ließ die Sprengladung mit einem unterdrückten Aufschrei fallen.

Das Team hatte das Gelingen des Attentats nicht dem Zufall überlassen, an einer Unterführung im Ostteil der Stadt hatte es mit dem Abwurf von einer exakt gleich schweren Tasche die Probe aufs Exempel gemacht. Es war darum gegangen, die Fallgeschwindigkeit des Gegenstandes mit der Fahrt des herannahenden Fahrzeugs so zu koordinieren, dass der Sprengsatz den Wagen präzis traf und der Aufschlag im effektivsten Augenblick die Explosion auslöste.

Der Test war gelungen. Auch jetzt müsste es klappen.

Der Rucksack fiel im freien Fall senkrecht in die Tiefe.

Hinter sich bemerkte Direktor Jones' Chauffeur die Lichtzeichen eines Sportwagens. Er wunderte sich, warum der aufsässige Fahrer nicht überholte – jetzt fiel der Bursche sogar deutlich zurück!

»Sir?«, meldete sich die Stimme Ken Custers.

Ted Jones lehnte sich behaglich in den Sitz zurück.

»*Custer?* Dies ist ein *A*-Gespräch …«, begann er ahnungslos und schaute auf.

Nach vorne. Im gleichen Augenblick krachte eine dunkle Masse wuchtig auf die Motorhaube. *Ein Vogel?* Jones durchfuhr der Todesschreck wie ein Blitz. Buchstäblich. Die gewaltige Explosion tötete Fahrer und Passagier augenblicklich. Der Wagen schlitterte über die Fahrbahn, überschlug sich mehrmals, flammte auf, noch bevor er, auf der Seite liegend, lichterloh brennend zur Ruhe kam.

Oben auf der Überführung schlug die Hitze der Matar wie eine Liebkosung ins Gesicht. *Ich hab's vollbracht*, jubelte sie exaltiert. *Ich, ich, nur ich allein bin zu solch einem genialen Präzisionsstreich fähig!*

Der Verkehr auf der Key Bridge kam nicht einmal ins Stocken. Die Fahrer, die den Knall hörten und sich wunderten, was schon wieder passiert war, fuhren schleunigst weiter, höchstens im Rückspiegel die Lage peilend.

Zehn Minuten nach der Explosion erreichte Matar den Parkplatz des Best Western Hotel am Fort Myer Drive. Dort stieg sie in den weißen Chevy Van. Zog sich um. Wartete. Wenig später kurvte ein schwarzer Lincoln Town Car auf den Parkplatz, hielt neben ihr an. Die Reflektorscheibe glitt etwas nach unten. Eine braune Ledertasche wurde durch die schmale Öffnung geschoben.

Matar nahm die Tasche entgegen, wobei sie sich versicherte, dass der Überbringer des Geldes allein gekommen war. Im Innern ihres Chevy prüfte sie den Inhalt der Tasche – *Gut, wie abgemacht, 'ne halbe Million Dollar in Hundertern!* Sie kippte die Bündel in einen schwarzen Abfallsack, schritt dann mit der Tasche zum Lincoln zurück.

Als der Kurier die Scheibe ein zweites Mal herunterrollen ließ, einen Augenblick lang fragend das Gesicht zeigte, feuerte die Wilde aus nächster Nähe rasch hintereinander zwei Kugeln ab.

Der Kopf des Mannes sackte als blutige Masse ins Innere des Wagens zurück. Matar schraubte kühl den Schalldämpfer ab, blies nonchalant über die Laufmündung, steckte die *SIG*

Sauer in ihre Hosentasche zurück. Dann schritt sie beschwingt zu ihrem Chevy Van, stieg ein, ließ an, gab Gas.

Das da, an der Brücke, das war aufregend, meinte sie, aber nichts geht über einen hautnahen Kill, von Auge zu Auge. Ihr Telefon piepste zweimal kurz.

Sie identifizierte den Anrufer im Display – *Blunt* – drückte die Empfangstaste.

»Sie haben die Kompetenzen überschritten«, kam die kiesige Stimme voll unverhehltem Ärger, »der Fahrer gehörte zu uns.«

»Sie sagten, Sie würden persönlich am Treffpunkt sein«, gab Matar zurück, während sie in die stark befahrene Verkehrsader Richtung Norden einschwenkte.

Eine Weile blieb die Leitung stumm. Auf den Gegenfahrbahnen rasten Polizeiwagen mit Sirenengeheul und Blaulichtern. Als Blunt endlich sprach, hörte er sich an, als hätte er ihren Einwand akzeptiert.

»Ihr nächster Auftrag ist Zürich, Miss.«

Er bezeichnete Namen und Standort der Yacht, die in Zürich zwischen Rathaus und Quaibrücke am Pier 17 im Seebecken vertäut war und ihr als temporäres Quartier zur Verfügung stehen würde.

Zürich? Matar strich sich unbehaglich über den Magen.

»Unser Kontakt namens Wesley wird an Bord sein«, fuhr Blunt fort. »Sie wird Ihnen Instruktionen geben. Alles weitere erfahren Sie dann in Genf.«

Die Wilde fragte geschäftsmäßig nach dem Kopfgeld. Bereitwillig nannte Blunt einen sechsstelligen Dollarbetrag. Die Hälfte sei bereits auf ihr Bankkonto in Genf überwiesen.

»Keine Angst, ich werde die Bank anrufen«, informierte Matar nüchtern. Dann fragte sie, wie ihre nächste Zielperson heiße.

Blunt zögerte, verwies auf Instruktionen, die ihr rechtzeitig in Genf zugehen würden, doch Yael schnitt seinen Monolog ab: »Wer es ist, habe ich gefragt.«

Blunt krächzte zunächst ein lautes Räuspern durch die Leitung, dann folgten zwei klar artikulierte Silben: Der Chef von SPHINX hatte keinen andern Namen als den des Präsidenten der Vereinigten Staaten von Amerika ausgesprochen.

Die Killerin schluckte. Zweimal. Trocken.

»In Zürich?«

Ihr Auftraggeber verneinte. »In Zürich geht es um einen lästig gewordenen Typ, der uns ...«

»Keine Einzelheiten, Sir!«

Blunt hüstelte und spuckte es aus: »Ken Custer heißt er. Sie kümmern sich um ihn gewissermaßen im Vorübergehen. Aber seien Sie vorsichtig. Die Polizei kennt Ihr Gesicht. Alles weitere erfahren Sie von unserer Kontaktperson auf der Yacht in Zürich.«

»Hat die Yacht zufällig einen Namen?«

»Belle de Jour«, antwortete Blunt mit einem fürchterlichen Akzent.

Dann brach die Verbindung ab.

45

Der Krieg hat sein Gesicht verändert«, begann Verteidigungsminister Tom Ronaldson im Oval Office des Weißen Hauses. Er stand locker neben dem Präsidenten, blickte mit eisigen Augen aus randlosen Gläsern auf Dick Chambers' kahlen, glänzenden Schädel hinunter. Irritierend die dicken Schweißperlen – langsam rannen sie nach vorne zur gerunzelten Stirn, im Begriff, jeden Augenblick auf den geheimen Lageplan zu tropfen, der über den breiten Arbeitstisch ausgebreitet lag. Auch der Präsident bemerkte den drohenden Sturzbach und lehnte sich zurück, als sei er vom feuchten Scheitel seines Vize angewidert.

Borowski saß aufrecht in einem Lehnstuhl, bekritzelte emsig den gelben Schreibblock auf seinen Knien. Ein Schatten huschte am Fenster hinter dem Präsidenten durch. Geheimdienst, dachte Borowski, der vom Pentagon herübergeeilt war. Sein Büro lag genau in dem Gebäudeteil, wo am verhängnisvollen 11. September die entführte AA77 punktgenau eingeschlagen war, nachdem sie unbehelligt eine 360-Grad-Kurve über Washington geflogen, dann aus 2100 Metern Höhe in einer Spirale hinunterstürzte, als säße ein gewiefter Kampfpilot am Knüppel.

Die Büros im getroffenen Flügel erstrahlten längst in neuem Glanz. Nichts mehr erinnerte äußerlich an die Katastrophe, doch in den Köpfen der Mitarbeiter hatten sich der Lärm, die Explosionen, das Geschrei, die Toten unauslöschlich eingeprägt. Die Bilder peitschten auch Tomahawk nachts immer noch aus dem Schlaf, schrien nach Vergeltung. Borowskis Vater hatte sich gerade auf dem Weg ins Büro seines Sohns befunden, als die Maschine tief über seinen Kopf fliegend dröhnend ins Gebäude krachte. Von seinem Körper war gerade noch das Gebiss übrig geblieben.

»Parallel zu den rasanten Verbesserungen der Luftkampfmittel vermindert sich die Zahl der am Boden eingesetzten Kampftruppen massiv«, sprach Ronaldson ins Leere.

»Logisch, wir wollen einen Krieg mit absolutem Minimum an Verlusten gewinnen«, entgegnete der Präsident.

Stellvertreter Borowski übernahm das Briefing.

»Das Ganze hat leider einen Haken, Sir.«

»Nämlich?«

»Nun, wir können in bestimmten Operationsgebieten, wie zum Beispiel in Iran, die ausgekundschafteten Anlagen in den meisten Fällen trotz krasser Luftüberlegenheit nicht mehr bombardieren. Auch nicht mit chirurgisch präzis geführten Treffern der intelligenten Waffen.«

Der Präsident begehrte impulsiv auf.

»Warum nicht, zum Teufel. Nimmt mich wunder, warum das nicht gehen soll.«

»Unsere Feinde sind schlau. Sie bevölkern die Ziele mit Zivilpersonen. Da humpeln plötzlich haufenweise alte Greise umher, die zufällig in einem Heim, das sich über der militärischen Anlage befindet, ihren kargen Lebensabend verbringen. Unter einer Schule, wo Hunderte von Kindern auf dem Pausenplatz herumtollen, lagern tonnenweise die B- und C-Waffenkanister. Ein Landwirtschaftsbetrieb mit Försterschule überdeckt eine mechanische Werkstätte für Raketenbauteile. Unsere Bomben treffen dann die Zivilpersonen.«

»Sie haben sicher eine Lösung, oder täusche ich mich?«

»Habe ich, Mr. President.«

»Und?«

»Unsere Gamas.«

»Gamas?«

Der Vizepräsident prellte vor: »Genetically Engineered Anti-Material Agents, Sir. Es sind biologische Waffen, die Material zersetzen. Sie wirken wahnsinnig aggressiv auf alle möglichen Stoffe.«

Gamas? All diese albernen militärischen Abkürzungen kann sich kein Mensch mehr merken, dachte der Oberbefehlshaber aller Streitkräfte. Laut fragte er: »Stoffe? Was für Stoffe? Kommen Sie zum Punkt, Dick!«

»Beton.«

»Ausgerechnet Beton?«

Der Präsident presste die Lippen zusammen. Er schaute mit einer Mischung aus bübischer Neugier und staatsmännischer Sorge zum Fenster hinaus, wo sich in der Ferne die Lichterketten des abendlichen Stoßverkehrs dahinzogen.

»Genau. Beton wird innerhalb von Stunden mürbe, zerfällt. Eine Brücke bricht zusammen, eine Staumauer birst, die Landepiste verwandelt sich zu Sand. Phantastisch.« Die Schweißtropfen stauten sich jetzt in den Stirnfalten des Vize.

Der Kopf des Präsidenten fuhr energisch herum.

»Tödlich, sagen Sie?«

»Im Gegenteil, Sir«, ereiferte sich Borowski. »Für Menschen unschädlich. Das Einzige, was Menschen tun sollten, ist ein von unseren Kampfmikroben angefallenes Gebäude rechtzeitig evakuieren.« Er grinste über sein Witzchen.

»Genial. Haben unsere Truppen diese Gamas?«, fragte der Präsident ungeduldig. Er warf einen verdutzten Blick auf den Lageplan.

»Es mag unglaublich scheinen, Sir. Die Betonkiller, die wir in Iran dringend brauchen, liegen in der Schweiz. Ja, Sie haben richtig gehört, zwischen Milchsee und Käseberg in den Alpen, genauer – in Zürich. Und wir müssen sie uns holen. Es gibt keinen andern Ausweg.«

Der Präsident fasste mit der Hand an sein rundliches, stoppeliges Kinn.

»Wie kommt das?«

»Was heißt da, wie kommt das?«, schnappte Tomahawk aggressiv. »Was soll denn kommen?«

Dieser Lapsus kostete ihn einen strafenden Blick des Präsidenten.

»Werden Sie nicht gleich böse, Tom.«

Der Präsident stand auf. Er schritt ans Fenster, wo er mit dem Rücken zu seinen Untergebenen stehen blieb.

»Ich bin nicht böse, Sir. Ich bitte um Entschuldigung. Aber ich bin verdammt noch mal frustriert. Ziemlich stark frustriert sogar. Uns bleibt nämlich nichts anderes übrig, als die heimliche Produktionsstätte in Zürich auszunehmen und die Gamas, die dort illegal produziert werden, zu beschlagnahmen. Jawohl, Sir. Wir müssen den Drahtzieher, diesen Professor in seinem gefährlichen Institut einfach entwaffnen.«

Der Präsident, die Hand auf den Pressetisch abgestützt, regte sich nicht.

»Reden Sie von Massenvernichtungswaffen, Tom?«

»Richtig, Mr. President. Und ich beantrage, die Kampfmikroben an einem geeigneten Objekt auszuprobieren, bevor wir sie gegen den Iran verwenden.«

»Sie wollen *was* ausprobieren?« fragte der Vizepräsident scharf.

»Die Wirkung der Mikrobenwaffe, die Beton zerfrisst. Sind Sie schwer von Begriff, Dick?«

»Wo?«

»Wo, wo? Mein Gott, Sie nerven, Mann!«, konterte Verteidigungsminister Tom Ronaldson. »In der Schweiz. An Ort und Stelle. Ich will mir keine Blöße geben, indem ich unseren Spezialkräften eine B-Waffe in die Hand gebe, die noch nie getestet worden ist.«

Er wandte sich ungehalten vom Sternenbanner ab, das zwischen ihm und dem Präsidenten schlaff am Ständer hing.

»Unglaublich«, donnerte der Vize etwas zu gekünstelt. »Das können wir niemals verantworten!«

»Ihre Meinung interessiert mich einen Dreck«, erwiderte Tomahawk scharf. »Das Heikle an der Sache ist wie immer die Zeit. Sie zerrinnt uns in der Hand. Wir haben im Pentagon nämlich ein Zeitfenster für einen Teilangriff auf das Ziel Busher geöffnet.«

Der Präsident zuckte unmerklich zusammen. Er fing sich schnell, fragte in die Nacht hinaus: »Meinen Sie mich, Ron?«

»Nein, Sir, ich meine Busher – die Stadt im Iran, unser Angriffsziel. Die Operation muss vor Ablauf von zwei Wochen stattfinden. Im Prinzip kurz nach dem Gipfel in Evian. Danach geht das Fenster wieder zu. Es ist wie in der Raumfahrt, das kennen wir doch.«

»Verdammt eng!«

»Zum Teufel mit Ihrem Gejammer, Dick. Wir haben eine ganze Menge Zeit. Wir werden es schaffen. Sofern ...« Tomahawk legte eine Hand auf die Lagekarte.

»Sofern?«

»Sofern der Plan funktioniert.«

»Sie haben bereits einen Plan?«

»Wir schlafen nicht, wir planen, Dick. Ein Team der Spezialkräfte befindet sich in Stuttgart in Bereitschaft. Unser Insider kennt in der Schweiz die genauen Verstecke der geheimen Mikrobenwaffe.«

Alle redeten aufgeregt durcheinander, bis sich der Präsident plötzlich mit gesenktem Blick umdrehte. In seiner ausgestreckten Hand hielt er eine Zeitung. Auf der Frontseite umrandete ein schwarzer Rand das Bild des CIA-Direktors. Augenblicklich verstummten die in Fahrt geratenen Männer. Dick Chambers wischte sich endlich die vor Schweiß triefende Schädeldecke mit dem Ärmel ab.

»Ted Jones war ein guter Direktor, God bless America«, sagte der Präsident mit einer Stimme wie von weit her. Er blickte verklärt zur Decke empor. Dann gab er sich einen Ruck, befahl schneidig:

»Legen Sie mir wie üblich das Konzept vor, Tom. Okay? Wir sprechen uns dann später.«

Der Verteidigungsminister biss die Kiefer zusammen, dass es knackte. Er verzog den Mund schräg und machte Kaubewegungen, wie ein Soldat vor dem Sturmangriff. Keiner machte einen Mucks.

»My country right or wrong«, fasste Dick Chambers das Gespräch zusammen. Er griff nach dem Wasserglas.

Da zirpte ein Mobiltelefon. Borowski tastete an seinem Körper herum, riss ein winziges Gerät ans Ohr.

»Hallo?«

»Wir haben die Frau gefunden«, informierte die Stimme am andern Ende.

Er trat aufgeregt näher zum Arbeitstisch, als der Präsident mit entschlossener Handbewegung das Meeting für beendet erklärte.

Tomahawk klemmte den Lageplan im Hinausgehen unter den Arm, auch Borowski packte seine Sachen, folgte den andern, das Handy mit der Schulter linkisch ans Ohr gedrückt.

»Wie kamen Sie darauf?«

»Sie muss aufgefallen sein, als sie den Fahrschein erster Klasse kaufte und mit einem neuen Hunderter herumwedelte. Die Ticketverkäuferin am Schalter verlangte einen Fotoausweis.«

Ein anerkennendes Schrumpfen zierte Borowskis Lippen.

»Gute Reaktion!«

»Kein Zufall«, meinte die Stimme. »Die Frau ist von TIPS als Bürgerspionin rekrutiert.«

»Und in Boston?«

»Wir haben unsere Leute alarmiert. Und noch etwas.«

»Ja?« Borowski hastete den Flur hinunter.

»Custer fährt nach Zürich. Wir haben seine Flugbuchung.«

Borowski spürte einen Stich in der Magengrube.

»Okay, SPHINX wird sich darum kümmern«, presste er hervor. Seine Akten rutschten ihm weg, fielen auf den Läufer.

Weiter vorne schaute Ronaldson über den Brillenrand auf seinen ungeschickten Stellvertreter. Er steckte dem Vizepräsidenten eine Planrolle zu. »Der Chef hat nicht Nein gesagt«, raunte er ihm zu ohne die Lippen zu bewegen. Dabei streckte er drei gekrümmte Finger wie eine Kralle in die Luft – das Zeichen der SPHINX.

Im Oval Office sank der Präsident seufzend in den Lehnstuhl mit dem harten Kissen. Er schaute auf die Liste, die ihm der Stabschef diskret vorhielt. Sie enthielt die Namen von Persönlichkeiten, die den Präsidenten am Rande der Konferenz in Evian-les-Bains sprechen wollten. Der EU-Ratspräsident, die Geschäftsführerin vom Sunshine-Projekt, der französische Forschungsminister, die US-Botschafterin in der Schweiz …

Ohne Begeisterung überflog der Präsident die Liste diagonal. Er schmiss den Wisch auf den Tisch.

»Schreiben Sie allen ab, auch dem schweizerischen Bundespräsidenten, sagen Sie einfach, eh …«

»Terminliche Gründe?«

»Richtig. Sonst noch etwas?«

»Steve Tebo hat angerufen, Sir.«

Die Miene des Präsidenten hellte sich augenblicklich auf. »Ja, was wollte der gute Steve denn?«

»Er möchte, dass Sie eine Forscherin überreden, ein Jahr an seine Fakultät nach Austin zu kommen, um dort zu forschen und zu lehren.«

»Vielleicht geht sie auch ohne meine Hilfe nach Texas, oder sie hasst uns, dann klappt es ohnehin nicht.«

»Steve meint, sie sei die Beste und der Präsident könnte seiner Universität einen Gefallen tun.«

Der Präsident rieb sich das Kinn, meinte grinsend: »Zur Abwechslung geht es mal nicht ums Öl, nehme ich an?«

»Doch«, antwortete der Stabschef besorgt. »Die Frau, Ruth Ross heißt sie übrigens, hat die Ölpestkiller entwickelt.«

Plötzlich schien der Präsident ganz Feuer und Flamme.

»Paul, sag Steve, ich würde das Genie nach Evian einladen. Und Sie geben mir ein komplettes Briefing über diese Wunderfrau.«

»Yes, Mr. President.«

»Und reden Sie mit niemandem darüber, Paul. Auch nicht mit dem Secret Service, sonst machen die ihr die Hölle heiß.«

Der Stabschef verstand den Einwand. Er schlug vor, Harper Brandtwein, die Botschafterin in Bern, könnte alles arrangieren.

Der Präsident schüttelte heftig den Kopf: »Um Himmels willen nein! Botschafter sind wie Aufsichtsräte: in guten Zeiten nutzlos, in schlechten ratlos. Kümmern Sie sich selber darum, Paul. Sie allein. Klar?«

»Yessir! Klar, Sir. Und da wäre dann noch etwas.«

Paul machte ein Gesicht, als hätten die Franzosen schon wieder einen Knebel ins geölte Speichenrad der Supermacht geworfen.

»Nun, heraus mit der Sprache, Paul!«

»Eh, wir haben Ameisen im Haus, seit einiger ...«

»Ameisen?« Der Präsident warf ihm sein jugendliches Lachen zu, kratzte sich am Hinterkopf, als krabble ihm gerade eine den Nacken hinunter.

»Sind doch harmlos. Vermutlich aus dem Rosengarten.«

»Okay, Sir. Wollte nur darauf aufmerksam machen. Wir hatten vorher nie, eh ... Ungeziefer in den Amtsräumen, aber seit einiger Zeit treffen wir immer wieder welche an, mal in der Küche, mal im Office von Dick ...«

Der Präsident drohte mit dem nicht ganz ernst gemeinten Warnfinger.

»Wer behauptet das? Oder ist es am Ende ein Schabernack?«

»Security, Sir. Die Security hat das Thema aufgebracht.«

»Diese Probleme möchte ich auch mal haben«, seufzte der Präsident, winkte Paul höflich, aber bestimmt hinaus. Das Gespräch war zu Ende, das Thema vom Tisch.

Weder Paul, der Stabschef, noch der Präsident hatten eine Ahnung, dass sich in dieser Sekunde eine kurze Kolonne Ameisen still und heimlich auf der Unterseite des präsidialen Schreibtisches zielstrebig nach oben arbeitete, um einen geeigneten Lagerplatz für ihre Parasitenladung aggressiver Mikroben zu erkunden.

46

Je näher Tel Aviv rückte, desto mulmiger fühlte sich Ruth Ross. Die Spirale der Gewalt drehte sich unaufhörlich in diesem permanenten Brandherd. Sie fühlte, dass etwas geschehen musste, um die ausweglose Situation tief greifend, nachhaltig und ein für alle Mal zu korrigieren. Sie hatte die Mittel dazu. Wenn sie nur wüsste, wo anzufangen!

Das Pendeln zwischen Zürich und dem Xsyron-Werk in Israel eröffnete ihr zwar neue, spannende Perspektiven, doch das ungute Gefühl nagte trotzdem weiter.

Es hatte mit der Erinnerung an Dror Eran zu tun. Drors Schatten verfolgte sie wie ein Geist, der nicht zur Ruhe kam.

Die belebte Ankunftshalle pulsierte wie ein orientalischer Basar. Typische Szenen, die Ruth zum Schmunzeln brachten, spielten sich ab – der bärtige, bebrillte Familienvater mit breit krempigem schwarzen Hut, der seinen sechs Kindern Anweisungen gab, wie der Berg von Koffern, verschnürten Schachteln und prall gefüllten Plastiktaschen auf die Gepäckwagen zu stapeln seien, während seine Frau geduldig den jüngsten Spross im Arm wiegte. Bewaffnete Sicherheitsleute schoben sich wachen Auges durch die Menge, während private Taxifahrer versuchten Kundschaft zu ergattern.

Zu ihrer Überraschung entpuppte sich das Gesicht hinter der Tafel mit ihrem Namen als das von Uri Leichenfeld. Der Mann, der neben ihm lächelnd die Hand ausstreckte, trug im Knopfloch das Emblem von Xsyron.

Die Begrüßung verlief eher kühl. Leichenfeld wirkte verlegen.

»Uri und ich kennen uns seit langem«, erklärte der Manager, als sie die Halle verließen. Leichenfeld löste charmant die fühlbare Spannung.

»Ich zeige Ihnen gerne, wo wir trainieren.«

Ein herzliches Lächeln huschte über Ruths Gesicht, als sie nickend zustimmte. Sie trugen ihr Gepäck zu einem Van mit der vertrauten Aufschrift der Firma. Ruth sah sich um, bevor sie einstieg. Überall wachten Sicherheitskräfte. Leichte Panzerwagen kontrollierten die Zufahrten. Zweierpatrouillen mit Sprechgarnituren unterm Helm schritten, die Uzis Maschinenpistolen im Anschlag, vorbestimmte Runden ab. Ruth fühlte sich unbehaglich. Israel ist ein Pulverfass. Könnte sie doch bloß ihre bohrenden Gedanken verscheuchen!

Auf der Fahrt durch die nördlichen Vororte telefonierte sie mit Hentschmann. Die Kraftwerkgesellschaft habe in einem knappen Communiqué mitgeteilt, dass in der Staumauer oberhalb Zürichs Haarrisse entdeckt worden seien.

»Und, was geschieht jetzt?«, fragte Ruth voller Besorgnis.

»Nichts«, kam Hentschmann sonor durch den Äther.

»Was heißt *nichts*? Haarrisse sind doch der Anfang vom Ende.«

»Völlig harmlos. Die Ingenieure beruhigten, Haarrisse gäbe es da oben seit Jahren. Hat nichts mit den Versuchen zu tun. Widme dich nur ruhig voll und ganz der Produktion. Viel Glück.«

Genau das tat Ruth am folgenden Tag. Das moderne Werk

stand weit draußen in einer wüstenähnlichen Landschaft, in der gerade eine israelische Filmequipe Actionszenen drehte.

In Zürich gehörte sie als Jüdin zur konfessionellen Randgruppe des Landes. Das war für sie kein Problem. Sie trug ihre Religion ebenso wenig zur Schau wie die Reformierten – mal davon abgesehen, dass diese sich oft recht spröde gaben. In Israel freilich fühlte sie sich unter ihresgleichen. Nicht, dass sie hier wie eine Knospe im Sonnenlicht aufblühte – die Allgegenwart der Gewalt bedrückte sie –, doch sie war durchaus keine Außenseiterin.

Die Produktion war beeindruckend. In zwei niedrigen, sterilen Hallen standen hinter Glas die Roboter, welche die Gamas in mit bloßem Auge kaum wahrnehmbare Miniaturkapseln abfüllten. 200 000 pro Tag und Anlage, berichtete der Manager stolz, und das unter Aufsicht von nur einer Person!

Die Ross kontrollierte die Produktion, befasste sich mit der Lagerung der Kapseln.

Der zweite Tag neigte sich seinem Ende zu. Sie packte, um am nächsten Morgen die Maschine nach Aden zu erwischen. Während sie gerade zu ihrem Landcruiser schlenderte, rief Julia an.

»Hör mal, zwei Typen von der Kantonspolizei kamen hier vorbei. Die haben sich nach dir erkundigt. Was hast du denn jetzt wieder verbrochen?«

Ruth setzte sich ans Steuer, sprach, während sie in ihren Taschen nach dem Zündschlüssel fummelte.

»Gib keine Auskunft, außer, dass ich einige Zeit im Ausland bin.« Dabei spürte sie einen kurzen, kleinen Stich im Herzen.

»Muss ich mir Sorgen machen?«, fragte Julia aufmerksam. »In der Wohnung ist alles okay.«

Ruth wurde endlich fündig, steckte den Schlüssel ins Zündschloss. Als sie eben starten wollte, klopfte es sacht an die Scheibe – Leichenfeld!

Sie gab ihm ein Zeichen zu warten, beendete das Gespräch mit Julia.

Leichenfeld kam um den Wagen herum, schwang sich auf den Beifahrersitz.

»Nehmen Sie mich ein Stück weit mit?«

Ruth furchte die Stirn.

»Ich möchte mit Ihnen reden, wo es niemand hört.«

»Tatsächlich?«, sagte sie kühl. »Leider habe ich aber keine Lust.«

»Es geht um das wissenschaftliche Material des verstorbenen Dror Eran. Der Mossad hat Informationen, dass Sie es unrechtmäßig an sich gerissen haben, um Erans epochale Entdeckung als Ihre eigene schöpferische Leistung auszugeben. Ziemlich fies.«

Die Ross erschrak. Sie schaute nach links zum Verwaltungsgebäude hinüber, wo der hinkende Ariel gerade mit Fensterputzen anfing. Oder träumte sie? Leichenfelds Gesicht verzerrte sich zur höhnischen Fratze.

Ruth fixierte die in rötliches Licht getauchte Düne hinter den Gebäuden, deren lange Schatten ihr wie die Vergangenheit vorkamen, von der sie nun endlich eingeholt wurde. Der Himmel verfärbte sich unheilvoll zwischen verstrichenen Wolken. In Sekunden jagten sich Bilder, Gesprächsfetzen, Gesichter, hämmerten Geräusche in ihrem Schädel. Ihr Puls raste. Plötzlich riss der Film … sie sah das liebliche Gesicht von Mama … ihr hatte sie alles gestanden … damals, nur ihr …

47

Vor fünf Jahren. Damals arbeitete sie im Team von Dror Eran in Deutschland. Den Wettstreit um den ersten Gentransfer hatte soeben der Japaner Kuondo gewonnen. Er hatte Bakterien-DNA auf Käfer übertragen, um Schädlinge zu bekämpfen. Dror ging noch einen Schritt weiter, experimentierte mit Affen. Und das Glück war ihm hold – erstmals gelang der Gentransfer vom Affen auf einen Menschen.

Er hütete seine brisanten Ergebnisse wie den eigenen Augapfel. Er wollte auf Nummer sicher gehen, bevor er publizierte.

Es folgte seine schicksalhafte Reise nach Tel Aviv, um im Labor von Xsyron den Gentransfer im Magnetbildverfahren zu dokumentieren.

Eines Abends geht Ruth Ross zufällig in Drors Büro, das Licht brennt noch. Vielleicht ist Dror noch am Grübeln, denkt sie, doch der Raum ist gähnend leer – ins Auge fallende Unordnung auf dem Tisch. Da liegt eine CD auf einem Stoß Papiere – sein Reiseprogramm. Offensichtlich liegen gelassen. Sie nimmt die Sachen in die Hände, überlegt, was zu tun ist. Sicher wird Dror sie aus Tel Aviv anrufen.

Ihr Blick fällt auf das flache Handgerät in der Halterung. Komisch. Dror muss ziemlich zerstreut gewesen sein. Sie wiegt die elektronische Agenda in der Hand. Ein Geräusch schreckt sie auf. Rasch verstaut sie alles in ihrer Tasche.

Am nächsten Morgen schlägt die Nachricht wie ein Blitz aus heiterem Himmel ein: Dror ist tot! Sein Taxi geriet im Zentrum von Tel Aviv hinter einen Bus, als die Sprengweste des Selbstmordattentäters hochging.

Der Schock ist groß. Eine Zeit lang vergisst Ruth Ross, was sie für den verstorbenen Kollegen verwahrte. Es meldete sich auch niemand. Keine Angehörigen, die anriefen. Sie wusste auch nicht, ob er welche hatte. Er sprach nie über seine Familie oder seine Herkunft.

Nach einer Weile war sie dann überzeugt, dass es keinen Sinn machte, nach irgendwelchen Erben zu forschen, nur um ihnen eine CD und den Palm auszuhändigen.

Aus Neugierde öffnet sie eines Abends die Disk, die, logischerweise, verschlüsselt ist. Ruth ist drauf und dran, sie irgendwo in ihrem Kram der Versenkung zu übergeben, als sie sich den Palm näher betrachtet. Und so entdeckte sie die Passwörter. Menschen ähneln sich in vielem. Dror machte dasselbe wie sie. Man muss ja die unzähligen Passwörter irgendwo notieren. Für ihre Spaziergänge durch den Cyberspace hat sie selber ein gutes Dutzend in ihre Agenda gespeichert.

Dror kombinierte das Wort Kondo, den Namen ihres Versuchsaffen, mit ein paar Sonderzeichen, die sich im Text versteckt vorfanden. Nach einigem Experimentieren gelingt es ihr, die Disk zu öffnen.

Es folgen schlaflose Nächte. Drors gesamte Forschung steht ihr offen. All die Sequenzen, Reihenberechnungen, praktischen Anweisungen. Einfach alles.

48

Uri Leichenfeld räusperte sich. »Wir können ins Geschäft kommen.«

Abrupt fuhr Ruth herum, stierte ihn an, als wolle sie ihm im nächsten Augenblick die Augen auskratzen.

»Geschäft?«, höhnte sie.

Er stieg einfach aus. Sie folgte ihm widerwillig. Gemeinsam schritten sie auf die Anhöhe zu. Der hinkende Ariel war beim letzten großen Fenster angelangt, tauchte gerade den Lappen in die schwarze Brühe seines Eimers. Er sah die beiden Gestalten, wie sie gestikulierten, stehen blieben, weitergingen.

Ach, immer das Gleiche, dachte er. *Er will sie, sie will nicht.* So schien es jedenfalls, als Ruth stehen blieb. Sie verschränkte die Arme über der Brust, schüttelte den Kopf, machte plötzlich kehrt und marschierte energisch zum Wagen zurück.

Leichenfeld rief ihr etwas nach. Sie blieb wie angewurzelt stehen, wandte sich langsam um. Eingeknickt schien sie, die Arme baumelten wehrlos herunter. Leichenfeld breitete seine Hände erklärend aus, als hätte die Frau keine andere Wahl. Dann trat er näher, sprach auf sie ein.

»Er hat sie rumgekriegt«, murmelte Ariel, als er sah, wie die beiden zusammen zurückkamen. Er nässte das Fensterglas, setzte den Abstreifer an. »Reden ist wie Wasser«, knurrte er,

»ist der Klatsch mal abgestreift, hast du glasklaren Durchblick.«

Es war ungeheuerlich, was Uri Leichenfeld ihr zumutete. Aber sie hatte keine Wahl. Sie wusste es. Nur ein Naturereignis, eine wilde elementare Kraft, konnte sie aus dem Strudel befreien. Sie willigte ein. Entweder stürzte sie ins Verderben oder stieg zu ruhmreichen Höhen auf. Es war wie im Krav Maga. Sie hatte ihr Schicksal selber in der Hand – ganz allein. Sie konnte dem Leichenfeld nicht mal böse sein. Das bisschen Gewalt auf dem Weg zum Ruhm diente schließlich einem guten Zweck. Aber irgendwann musste die Verstrickung ein Ende haben, das wusste sie mit absoluter, intuitiver Sicherheit.

49

Auf dem langen Flug nach Aden am nächsten, strahlenden Morgen hielt Ruth die Augen geschlossen. Wieder hörte sie die Antwort ihrer Mutter, als sie sie damals fragte:

»Was würdest du jetzt tun? Hentschmann ins Bild setzen?«

»Es geht um den Klau von geistigem Eigentum«, gab Mutter zu bedenken. »Eine ernste Sache.«

»Nun, es ist passiert.«

»Wer weiß davon?

»Niemand!«

»Der Israeli hat bestimmt Kopien der Formeln gemacht. Seine Erben müssten Bescheid wissen«, hatte Mutter gewarnt. »Und dann fragt doch wohl jeder nach seinem wissenschaftlichen Nachlass.«

»Stimmt. Erst Hentschmann, dann ein paar Forscherkollegen aus Deutschland und Nordamerika.«

»Und?«

»Die offizielle Version lautet, das ganze Datenmaterial sei bei der Bombenexplosion auf der Straße von Tel Aviv in Rauch und Flammen aufgegangen.«

»Kein Backup?«

»Nein. Eine Zeit lang dachte ich, Dror Eran habe eine Vorahnung gehabt und mir das Material sozusagen unbewusst zurückgelassen. Alberner Gedanke, nicht?«

Wieder einmal stellte Mutter ihre durchtriebene Seite zur Schau.

»Das bleibt unser Geheimnis. Du bist berühmt und stehst vor einer glänzenden Karriere. Das wollen wir doch jetzt nicht aufs Spiel setzen. Hat seine Forschung dich weitergebracht?«

Ruth bejahte.

»Ich habe die Daten voll verwendet. Den Rest kennst du. Mir gelang der große Wurf mit den Bakterien, die Öl zersetzen. Ohne Drors Arbeiten würde ich immer noch ziellos herumfummeln. Du bis Anwältin. Was rätst du mir?«

»Nichts«, entschied Mutter. »Du forschst weiter. Behalte den Job. Mach ruhig weiter.«

So begann Ruth, auf eigene Faust zu experimentieren.

Eines Morgens beobachtete sie Vorgänge, die sie ahnen ließ, dass ihre Mikroben auch auf andere Stoffe als Öl ansprachen, vielleicht sogar auf Organismen. Es war unglaublich, aufregend …

Oft laborierte sie nächtelang mit speziellen Seren und den L-18, bis sie endlich sicher sein konnte, eine besondere Art von human-aktiven Mikroben gefunden zu haben. Sie füllte die Verbindung in zwei Fässer ab, die sie im Kühlraum der Alphütte neben der Wetterstation versteckte.

»Wir beginnen den Anflug zur Landung in Aden«, informierte der Maître de Cabine mit angenehmer Stimme. »Bitte schnallen Sie sich an. Ortszeit 09:50 Uhr.«

Ruth fuhr aus ihrem Dämmerschlaf auf. Sie schaute auf die endlose braune Wüste hinunter, fühlte, wie sich ihr Magen zusammenzog. Nervosität wegen einer Hochzeit? Sie versuchte, dem nagenden Gefühl auf die Spur zu kommen. Neben der teuren Schweizer Golduhr, ein Geschenk für den Stammesfürsten, befand sich in ihrem Handgepäck der Vertragsentwurf. Jetzt begriff sie, was sie nervte. Würde es ihr gelingen, die Verhandlungen im Sinne von Gustav zu führen? Glaubte sie wirklich, sie könne diesen Riesenauftrag so mir nichts, dir nichts an Land ziehen?

50

Endlos aneinander reihten sich die riesigen Zelte aus feinem weißen Linnen entlang der vornehmen Ausfallstraße im Nordosten der Hauptstadt Aden. Herausgeputzt und geschmückt drängten sich die Gäste, fast ausschließlich Männer, auf kostbaren Teppichen. Sie plauschten, aßen Hammelfleisch und Kichererbsenbrei, schlürften Tee, den Diener im traditionellen roten Fez einschenkten, indem sie die silberne Kanne hoch in die Luft hoben, den dünnen Strahl dann präzise in die fein ziselierten Tassen lenkten.

Zaim, der Araberfürst, hatte noch eine Viertelstunde Zeit – der eisernen Regel zufolge durften am Hochzeitsfest geschäftliche Dinge nur bis ein Uhr besprochen werden. Erreichte die Sonne den Zenit, was in fünfzehn Minuten geschehen würde, war die Rede über Gott und die Welt frei, verpönt dagegen, wer Geld und Geschäft zum Tischgespräch erhob.

Er saß in der Mitte des größten Zeltes, dessen hellgrüne Plane, von vier starken, hohen Masten getragen, sich nicht nur farblich und vom Umfang her von den übrigen Zelten abhob, sondern auch abseits von diesen am Rand der improvisierten Piste aufgebaut war, wo sich zwei der drei Ballonfahrer schon zum Start bereitmachten.

Um den Zaim scharten sich seine Getreuen. Sie waren gekommen zu bezeugen, wie ihr glühend verehrter Anführer, Wohltäter und Richter Hof hielt. Selbst auf seiner eigenen Hochzeit fand er Zeit, sich um die Anliegen seiner Leute zu kümmern. Ganze Kohorten junger Männer zwischen siebzehn und achtundzwanzig, die ohne Arbeit, mit dürftiger Bildung, zudem mittellos vor einer schwierigen Zukunft standen, blickten zu ihm auf. Der Zaim gab ihnen einen Job oder bildete sie an Waffen aus.

Der ältere Mann, der als Nächster vorsprach, verbeugte sich respektvoll. Ergeben wartete er, bis der Zaim ihn anredete:

»Nun, Mohammed, was ist dein Problem?«

»Meine Tochter, Herr, hat dieses Augenleiden. Nur eine Operation kann sie wieder sehend machen. Aber wir wissen nicht, an wen wir uns wenden sollen und wann wir genug Geld gespart haben.«

Wie einst Stammesvater Abraham hob der Zaim eine gütige Hand. Der Alte verstummte, und der Zaim sprach streng:

»Ich werde deiner Tochter helfen. Hinterlasse deinen Namen und den Ort, wo du lebst. Der Nächste!«

Ein junger Mann schritt stolz herein. Er hielt den Kopf hoch, verharrte aufrecht vor dem Herrscher.

»Was willst du? Wie ist dein Name?«

»Mehmet. Man hat mich gefeuert.«

»Warum?«

»Ich kam zu spät zur Arbeit.«

»Wer behauptet das?«

»Der Hafenmeister.«

»Stimmt es?«

»Ja.«

Ärger verdüsterte des Zaims Blick.

»Und deshalb wagst du, zu mir zu kommen? Um zu jammern wie ein altes Weib? Peitscht ihn aus!«

Männer griffen den Burschen, hielten ihn an den Armen fest.

»Hört mich an, Herr, bitte!«

Mit ruppigen Ellbogenstößen befreite Mehmet sich aus der Umklammerung.

»Gestern Abend ging ich ins Stadtgefängnis. Mein Freund arbeitet dort als Aufseher und steckte mir Informationen zu.«

Eine steile, tiefe Falte furchte die Stirn des Zaims.

»Worüber?«

»Wen die Amerikaner eingebuchtet haben, ob Leute von uns darunter sind.«

Das Interesse des Zaims war geweckt.

»Berichte weiter!«

»Als ich zurückrannte, um mich rechtzeitig zur Arbeit zu melden, sah ich ihn. Er ist wieder in der Stadt. Er stieg von Bord der ›Vanguard‹, die gestern aus Karachi im Hafen anlegte.«

Alle im Zelt wussten, von wem Mehmet sprach. Der weltweit gesuchte, bärtige Führer der al-Qaida pflegte in unregelmäßigen Abständen zwischen Karachi und dem Jemen hin und her zu reisen.

»Weißt du, wo er sich befindet?«

»Ich folgte den Männern, die ihn begleiteten. Natürlich diskret, Herr, unbemerkt. Zunächst stiegen sie im Sheraton unten an der Küste ab. Ich postierte meine kleine Schwester dort. Dann holte ich mein Auto.«

»Und? Was dann?«

»Nach Mitternacht fuhren sie in zwei Jeeps weg.«

»Du bist ihnen gefolgt?«

Der Zaim musterte Mehmet mit einem erstaunten Blick. Selbstsichere Burschen wie dieser Mehmet waren in seinen Reihen gefragt.

»Ja. Es war nicht schwierig. Ich kenne jede Straße, die zum Jabal Sabir hoch führt.«

Der Zaim winkte einen seiner Getreuen heran.

»Die fuhren den Berg hoch zur Festung?«, fragte er Mehmet. »Gut. Meine Leute werden die Sache weiter mit dir besprechen. Du hast gut gearbeitet. Warte draußen. Wegen des Jobs im Hafen mach dir keine Sorgen. Übermorgen bist du zurück an der Arbeit, sonst schwimmen des Hafenmeisters Eier in der Bucht.«

Der Zaim lachte roh und klopfte Mehmet kumpelhaft auf die Schulter. Den jungen Mann durchlief ein heißer Schauder. Er grüßte den Zaim schneidig mit der Hand, sprintete wie auf Wolken davon. Die langen, weiten Ärmel seines Gewandes flatterten, als wären sie Flügel. Was immer die Leute über den Zaim sagten – er, Mehmet, hatte ihm in die Augen geblickt. Mann zu Mann. Er hatte ihn mit eigenen Augen erschaut, den funkelnden Kern kalten, lebensverachtenden Muts und wilder Entschlossenheit.

»Wir müssen diesem Treiben ein Ende setzen«, raunte der Zaim dem Ältesten zu, der zu seiner Rechten sitzen durfte.

Der Jemen durfte nicht zum Unterschlupf gesuchter Terroristen verkommen. Es genügte schon, dass irakischen Gesandten Asyl gewährt wurde.

Dem Letzten, der an diesem Tag vorsprach, hatte die Regierung ein Stück Land weggenommen, um den Flughafen zu vergrößern.

»Wir werden die Angelegenheit regeln«, versprach der Zaim und erhob sich.

Da betrat sein Leutnant das Zelt. Die Augen des jungen Kriegers im weißen Gewand leuchteten.

»Die Frau ist da«, raunte er devot. »Sie will unbedingt …«

Er brach ab, als eine hell protestierende Stimme die Köpfe der Männer herumfahren ließ. Die nach europäischer Art in Hosen und Bluse gekleidete Frau schubste die Wächter beiseite und betrat das Zelt.

»Wo ist Abdul al-Hada, der Zaim? Ich bin verabredet!«

»Beim Bart des Propheten! Yael! Sie!«, rief der Zaim voller Verblüffung. »In der Höhle des Löwen?«

Er tat die paar Schritte auf die Schöne zu, wollte mit beiden Händen nach ihr fassen, sie bestreicheln. Sie wich unmerklich zurück, steif, ihr Antlitz ein perplexes Fragezeichen.

»Ruth«, korrigierte sie verstimmt.

Ein üppiger Teppich aus korallenroten, zart orangefarbenen und weißen Azaleen umsäumte die bühnenähnliche Plattform, wo der Herrscher Hof hielt. Er trug silbergraues Haar, durch das seine Hand in einer Geste der Verlegenheit fuhr, hatte einen Schnurrbart, war aber für sein Alter recht schlank

– nicht einmal ein kleiner Bauch wölbte sich unter seinem grüngelb bestickten weißen Gewand.

Ruth Ross gewann ihre Fassung wieder, blickte finster auf die Gegend seines unsichtbaren Nabels. Dann sagte sie in völlig geschäftsmäßigem Tonfall ihren Vers auf.

»Professor Hentschmann wünscht dem großen Gebieter alles Glück auf Erden, dass Allah seine Taten zu unsterblichem Ruhm verwandle, dass Kraft ...«

»Danke, danke«, lächelte der Zaim zuckersüß, den Fauxpas der Verwechslung großzügig überspielend. »An meiner Hochzeit kann ich mir keine Schwäche leisten!«

Sie winkte wohlwollend ab.

»Schwächen sind gut. Sie sind Ausdruck von kreativem Potential.«

»Wie geht es dem Professor, Miss ... eh ...?«

»Ross, Ruth Ross.« Sie streckte ihm das Geschenk entgegen: »Er simuliert die Zellmasse, schafft neues Bewusstsein, das die Welt verändert.«

Der Araberfürst lachte gutgelaunt.

»Wie die Atombombe!«

Er riss die Verpackung auf und ergötzte sich an der flachen goldenen Uhr mit dem hochkarätigen, geflochtenen Armband.

»Ein himmelweiter, moralischer Unterschied«, meinte die Frau. »Unsere Produkte sind nicht weniger brisant, aber sie bedeuten einen ethischen Quantensprung. Nicht tödliche, jedoch Material zermürbende Mikroben zum einen, humaner Gen-Impfstoff für den besseren Menschen zum andern ...«

»Ich weiß, ich weiß. Die Welt wäre noch langweiliger, wenn es Sie nicht gäbe. Kommt!«, befahl der Zaim mit der vornehmen Herablassung eines Herrschers.

Ruth war irgendwie aufgeschmissen. Hin und her gerissen. Die Drohung Leichenfelds – und sein obszöner Vorschlag: *Töte den Zaim, die Nummer zwei der al-Qaida, und wir vergessen alles! Wir? Wer waren wir denn? Der Mossad natürlich, die diskrete Mordmaschinerie unter dem Davidstern.*

51

Die Gäste folgten ihrem allgegenwärtigen Gebieter in respektvollem Abstand auf den Platz, wo sich eine Tribüne in die Länge streckte. Diese war so konstruiert, dass von ihr aus der Blick über die riesige Ansammlung der Eingeladenen schweifen konnte.

Ruth Ross war durch malerische kleine Siedlungen mit Häusern aus Lehm, Ziegel und Stein in das fruchtbare Tal gefahren. Von den traumhaften Stränden sah sie wenig. Auch hoffte sie, von den gigantischen Bergen mit Dörfern, die wie trutzige Festungen auf den Gipfeln thronen sollten, noch ein Auge voll erleben zu können.

Eine gewaltige, in bunte Tücher gehüllte Schar fröhlicher Menschen drängte näher, um sich einen guten Platz zu ergattern und aus nächster Nähe einen Blick auf die junge Braut und Abdul al-Hada, den großen Zaim, zu erhaschen.

»Wer zuletzt abspringt, hat gewonnen«, verkündete dieser jetzt mit kräftiger Stimme. Seine schwarzen Augen funkelten. Mit dem Arm zeigte er würdevoll in den tiefblauen Himmel, wo bereits zwei der Ballone Höhe gewonnen hatten, einen fast unmerklichen Südwestkurs flogen. Den roten Ballon hielten starke Seile noch am Boden zurück. Offenbar warteten die Gehilfen auf den Piloten.

Zur allgemeinen Überraschung löste sich in diesem Augenblick der Zaim von der Tribüne. Er hielt die Europäerin an der Hand. Was sollte das bedeuten? Unter dem Raunen der Menge erreichte das ungleiche Paar rasch den Ballonkorb. Ein Helfer reichte ihnen Fallschirme, der Zaim schwang sich in den Korb, half Ruth galant, als sie zögerte, hochzuklettern. Die Seile erschlafften, der rote Ballon stieg rasch nach oben. Die Leute kreischten und klatschten. Schreie der Bewunderung stiegen hoch zum Herrscher. Ehrfürchtige Rufe erschallten.

»Der Zaim, schaut, der große Zaim!«

Der Herrscher hantierte an der Gasflasche, ließ mehrmals eine Flamme in die Ballonhülle hoch schießen.

»Hier können wir ungestört reden«, grinste er, zwischen dem Zischen gleißender Flammenstrahlen. »Was bieten Sie mir, Frau Ross?«

»Eine Menge L-18, mit der Sie die ganze Stadt Aden in einen Sandhaufen verwandeln können.«

»Wie viel?«

»Milliarden, verkapselt und einsatzbereit!«

»Ich meine, zu welchem Preis?«

Genau auf diese Frage war die Forscherin gefasst. Wie beiläufig sagte sie: »120 Millionen US-Dollar, Sir!«

Die Ballonpiloten navigierten auf unterschiedlichen Höhen, aber doch nicht zu weit auseinander, so dass die Körbe und farbigen Hüllen den Zuschauern ein kompaktes Bild fröhlicher Himmelsfahrt boten.

»Der Zaim steuert den Roten, unglaublich«, erklärte der Älteste der Getreuen staunend. Er leitete als Schiedsrichter das Spiel, gab nun einem unsichtbaren Gehilfen ein Zeichen.

Die Spielregeln waren der Menge bekannt. Die Maschine würde einmal die Ballone überfliegen. Schon ertönte ein dumpfes Brummen. Köpfe fuhren herum, Tücher flatterten. Das schwarze, einmotorige Flugzeug schwebte heran, donnerte plötzlich dröhnend über die Tribüne. Die Figur im Cockpit winkte lässig mit einer Hand, zog dann hoch, tief in den Himmel, legte das Flugzeug in die Kurve.

Die Leute schrien, kreischten, bissen sich vor Spannung in die Lippen.

Der Pilot im weißen Kopftuch ging in den Horizontalflug. Jetzt oder nie, sagte er sich. Er richtete die Maschine auf das erste Ziel, eröffnete das Feuer. Praktisch gleichzeitig sprang der Fahrer des angegriffenen blauen Ballons ab, sein Schirm öffnete sich im richtigen Moment, die Menge jubelte, während der rote Ballon an Höhe gewann. Die von der Garbe zerfetzte blaue Ballonhülle segelte vom Korb gerissen in die Tiefe, die pechschwarze Maschine zog hoch, kurvte, setzte zum zweiten Angriff an. Noch zehn Sekunden.

»Sechzig Millionen«, konterte der Zaim.

»Dann ist die Besprechung wohl zu Ende«, meinte die Ross, kalt lächelnd. Nach der Leine an ihrem Fallschirm fassend, kletterte sie, plötzlich behände, auf den Rand des Korbs.

»Gut, also neunzig«, lächelte der Zaim.

Die Spannung war unerträglich. Eine beklemmende Stille griff um sich, jäh durchbrochen vom Knattern der Bordkanone. Ruth Ross ließ sich fallen. Die Ballonhüllen zerfielen im Geschosshagel. Was machte der Zaim? Erst jetzt sprang er ab, tauchte nach der Fremden. Aller Augen folgten der langen, elegant in die Tiefe hechtenden Gestalt.

»Einhundertzehn«, schrie Ruth, zog an der Leine.

»Hundert, mein letztes Angebot«, donnerte der Zaim zurück.

Sie gab ihm mit dem Daumen das Okay.

Aber er hatte zu lange gezaudert, begriffen die entsetzten Zuschauer. Kugeln pfiffen an seinem Kopf vorbei, als er endlich als Letzter nach der Reißleine fasste.

»Der Zaim gewinnt«, ging das Wort erregt von Mund zu Mund.

Doch sein Schirm öffnete sich nicht.

Die Stoppuhr im Cockpit der Maschine zeigte noch fünf Sekunden an.

Der Pilot zog hoch.

Der Zaim war tatsächlich als Letzter ausgestiegen, war unzweifelhaft der Sieger, aber jetzt plumpste er einem Stein gleich in die Tiefe. Köpfe fuhren hoch, Hälse verrenkten sich. Ein Aufschrei des Entsetzens kam von der Menge. Alle warteten hilflos auf den dumpfen Aufprall des wehrlosen Körpers.

Ruth hatte die hoffnungslose Situation sofort erkannt. Sie versuchte, ihren eigenen Fall gegen den heransausenden Körper zu steuern, streckte die Arme aus, bekam Tuchfühlung, vermochte aber die Wucht seines freien Falls nicht aufzuhalten. In Sekunden würde der Zaim – und mit ihm das Hundertmillionendollargeschäft – am Boden zerplatzen. Entsetzt starrte die Forscherin in die Tiefe. So hatte sie sich ihre Mission wirklich nicht vorgestellt.

Da bescherte Allah in seiner unendlichen Gnade und Weisheit dem Zaim das Glück des Auserwählten. Der Herrscher prallte nicht auf die harte Erde, sondern landete im weit gespannten, dicken Tuch des großen Empfangszelts. Das durch die Fallgeschwindigkeit hundertmal vervielfachte Gewicht des Zaim brachte alles zum Einsturz – Geschirr klirrte, Holz krachte, barst. Dann herrschte sekundenlang Totenstille auf dem Platz.

Eine Ewigkeit schien bei angehaltenem Atem zu vergehen. Endlich löste sich eine Gestalt aus dem Gewühl der Tücher. Die Menge atmete kollektiv auf, übergehend in erregtes Murmeln, während der vom Himmel Gefallene die herbeieilenden Helfer abschüttelte und hilfreich hingestreckte Hände abschlug. Erhobenen Hauptes, mit stolzem Blick, schritt er zurück zur Tribüne. Vor ihm öffnete sich, wie von Zauberhand geteilt, eine Gasse im Gedränge. Hände griffen nach seinem Gewand, suchten gierig nach einer Berührung mit dem Größten der Großen. Die Menge begann frenetisch zu skandieren: »Za-im, Za-im, Za-im …«

Der hünenhafte Mann schwang sich hinauf zu den Sitzplätzen der Herrscherfamilie, hob den Schleier vom Gesicht seiner Braut, küsste sie zärtlich.

Die Menge war kaum zu halten. Sie tobte vor Begeisterung. Bedingungslose Verehrung brandete hoch – »Ab-dul, Ab-dul, Abdul« –, bis der Kriegsherr sich gnädig lächelnd erhob, die Arme zum Segen ausbreitete und in die sich rasch ausbreitende Stille rief: »Allah akbar – Gott ist groß!«

Mit gewaltiger Stimme donnerte der Zaim über die Köpfe seiner Gefolgsleute hinweg:

»Männer, wir dürfen den Tod nicht fürchten! Solange es in unseren Reihen Menschen gibt, denen ihr Kampf für ein freies, von Allah mit rechtschaffenem Reichtum gesegnetes Land wichtiger ist als ihr eigenes Leben, sind wir unbesiegbar. Der mächtigste Staat kann nichts ausrichten gegen tapfere Männer und Frauen, die entschlossen sind, dem Tod in den Rachen zu blicken. Die Minarette sind unsere Bajonette, die Moscheen unsere Kasernen, der Jemen unsere Heimat. Ihr seid die Söhne und Töchter Allahs.«

Eine Ovation brandete auf. Die Leute stampften vor Begeisterung.

»Miss Ross, Sie haben den Wettkampf gewonnen«, dröhnte der Zaim wohl gelaunt. »Ihr Schirm öffnete sich als letzter.«

»Sie schulden mir das Doppelte«, schoss sie zurück.

»Warum?

»Weil ich Sie gerade unsterblich gemacht habe.«

»Sie wollten mich töten?«

Das war keine Frage, die er da flüsternd vorbrachte. Es war eine Feststellung.

»Sie selbst haben den Tod in Kauf genommen. Sie feilschten den Preis runter und dabei verhedderten Sie sich. Sie sollten eines nach dem andern tun – niemals zwei wichtige Dinge gleichzeitig.«

Er staunte sie mit einer Mischung aus Zorn und vergnügter Bewunderung an.

»Ich erinnere mich, dass Sie da oben einverstanden waren.«

»Natürlich. Unser Pakt ist zwischen Himmel und Erde geschlossen.«

Etwas unsicher schaute Ruth sich zu der sittsam aufrecht sitzenden Braut um. Deren obere Gesichtshälfte wurde vom Schatten des Sonnenhuts in geheimnisvolles Dunkel getaucht.

Der Zaim trat näher heran, reichte seiner schönen Braut galant die Hand und stellte sie vor.

»Michelle.«

»Französin?«, fragte Ruth höflich.

»Algérie«, hauchte die Schöne.

Nur mit Mühe konnte Ruth den Blick von diesem ebenmäßig feinen Gesicht mit den hohen Wangenknochen lassen.

»Miss Ross, bitte«, mahnte der Zaim mit einem Stirnrunzeln über gefährlich blitzenden Augen, »verdrehen Sie sich nur nicht den Hals!«

Die Ross lächelte gezwungen, arbeitete an ihrem Plan. *So schlimm ist es auch wieder nicht, einen völlig Fremden einen Kopf kürzer zu machen. Nur den richtigen Moment und vor allem die Anzahlung für das Millionengeschäft abwarten. Ja, ich bin doch kein Weichei. Ich werde den Zaim schon kriegen!*, rasten ihre Gedanken.

Halblaut knirschte sie durch die Zähne: »Leck mich doch.« Sie meinte Hentschmann, der diesen Kameltreibern unbedingt Spitzentechnologie andrehen wollte.

Zum Glück hatte es der Zaim nicht gehört.

52

Der große Hafen von Aden liegt zwischen zwei spitzen, olivgrünen, über 300 Meter hohen Bergen, die den Monsun abhalten, dabei einen imposanten Rundblick über die Hafenbecken aufs Meer und hinüber auf das afrikanische Ufer ermöglichen. Innerhalb der riesigen Anlage mit den langen Piers für die Kreuzfahrtschiffe gehen die Areale des Ölhafens mit denen der Raffinerie, des Fischereihafens und des Containerterminals fließend ineinander über. Kanäle verbinden die einzelnen Becken, die mit modernsten logistischen Einrichtungen für die kommerzielle Schifffahrt ausgerüstet sind.

Westlich vom Hafenkontrollturm liegt, klar abgegrenzt, der Marinestützpunkt – nach alter britischer Seetaktik eingebettet in eine von Bergflanken geschützte Bucht mit direktem Zugang ins offene Meer. Im Innern des von der US Navy und den Briten betriebenen Kriegshafens war die CIA-Station nicht zu übersehen. Das zweistöckige, als Logistikzentrum bezeichnete Gebäude bot einen entsetzlichen Anblick. Betonschikanen führten zum Eingang, Sandsäcke türmten sich an den Wänden entlang, Stacheldrahtrollen sperrten den Platz neben dem Marinebecken weiträumig ab. Wer nicht gleich ahnte, dass der bunkerähnliche Bau die Geheimdienstzentrale beherbergte, kam spätestens zu diesem Schluss, wenn er die wie borstige Haarsträhnen in die Luft ragenden Antennen über dem Wagenpark mit den unzähligen schwarzen, fensterlosen Vans im Sonnenlicht funkeln sah.

Die Nachricht, die vor CIA-Spezialagent Bruce Peterson auf dem Metalltisch lag, schien echt. Daran hatte er keinen Zweifel. Der Hinweis kam vom britischen MI6 aus Muskat, von einer gewöhnlich zuverlässigen Quelle.

Danach sollte sich der harte Kern der al-Qaida in Ta'izz zu einem Geheimtreffen versammeln. In knapp vierundzwanzig Stunden. An einem Ort, der mit GPS-Koordinaten punktgenau angegeben war.

Die Stadt Ta'izz liegt am Fuß des Jabal Sabir, dem geheimnisumwitterten grandiosen Berg im Nordwesten Adens, einer Gegend, die von der CIA bis heute aus guten Gründen gemieden wurde. Der Zaim kontrollierte dort weite Gebiete, wogegen Petersons Operationsgebiet sich ohnehin auf die Stadt mit dem Tiefseehafen und Flottenstützpunkt beschränkte.

Mit dem Fernglas in der Hand, sein Hosenbund auf Halbmast, trat der CIA-Agent ans Fenster.

Morgen also, sagte er sich. Die verschlüsselte Meldung von den Briten aus Muskat deckte sich mit seinen Vermutungen.

Er hob das Glas an, streifte über das Deck der »Vanguard«, die gestern Nacht eingelaufen war, brüllte plötzlich in Richtung Zimmerecke: »Haben wir endlich die Passagierliste aus Karachi?«

Der aufgescheuchte Gehilfe sprang mit einem Wisch in der Hand heran.

Peterson stutzte, fluchte: »Ist doch nicht die Liste, verdammt! Moment!«

Er las das interne Memo vom FBI-Postenchef, der sich unauffällig im Gebäude des Hafenmeisters installiert hatte. Die Frau, die auf der Fahndungsliste stand, hatten Detektive im Hotel Mövenpick Aden aufgespürt. *Ruth Ross?* Der Name bedeutete Peterson nichts. Er zuckte mit den Achseln, verlangte gereizt nach der Passagierliste. Sie liege noch in der Hafenverwaltung, meldete der genervte Gehilfe defensiv.

Ruth Ross würde heute Nacht verhaftet, stand im Memo. Die CIA konnte nichts dazu beitragen. Aber im Bild sein ist allemal gut, meinte Peterson. Wieder starrte er auf die Meldung des MI6. *Das versprach Rambazamba!* Die al-Qaida-Bosse gingen ihm, CIA-Agent Bruce Peterson aus Iowa, ins Netz.

»Bingo«, brüllte er, »Volltreffer!«

Er schlug mit der Faust so heftig auf die Tischplatte des Marine-Ordonnanztisches, dass diese sich eine viertel Sekunde lang zu einer Delle verformte.

Dann tippte er die Nummer ein, trommelte seine Leute zur Lagebesprechung zusammen. Das Netz zog sich langsam, aber sicher zu. Endlich konnten sie statt immer nur wegzustecken auch mal austeilen, Vergeltung üben, die Gewichte wieder in die eigene Richtung verschieben. Rasche, sorgfältige Planung war angesagt. Eigentlich kein Problem für die CIA-Station in Aden, wo sich nach dem Anschlag auf die USS Cole einige der besten Abwehrspezialisten versammelt hatten, um blutige Rache zu nehmen.

53

In Boston fand Billie Sue Powell das Anwesen der Nash auf Anhieb. 12 Wolseley Park verkündete die goldene Plakette auf den beiden Säulen aus rosarotem Marmor, zwischen denen das schmiedeeiserne Tor geräuschlos aufschwang, als sie klingelte. Leise brummelnd rollte ihr Motorrad durch den makellos gepflegten Park, an lichten Bäumen vorbei, zum großen Haus. Sie hielt unter dem von Säulen getragenen Eingangsportal, hob den Helm ab. Noch während sie die Haare zurückstrich, ging die schwere Eichentüre auf. Eine gepflegt aussehende Frau trat heraus.

»Sie müssen Billie Sue Powell sein«, rief sie noch unter der Tür, herzlich die Hände ausstreckend. »Willkommen, bitte, kommen Sie doch!«

»Mrs. Nash? Freut mich, Sie kennen zu lernen. Ich weiß, ich bin noch zu früh, soll ich später wiederkommen?«

Sie sei ja zu Hause, wehrte Mrs. Nash charmant ab. Eigentlich sei sie ganz froh darüber, dass Billie Sue früher gekommen sei. Die Frauen schritten durch die von hellem Licht durchflutete Halle auf die Terrasse, von den beiden Flügeln der Villa umschlossen. Unten am Rand des sattgrünen, von Sprengern bewässerten Rasens glitzerte der Fluss.

Auf einem weiß gedeckten Tisch standen bereits Teetassen und die Zuckerdose.

»Bitte, setzen Sie sich. Als eingefleischte Fahrradfahrerin bewundere ich Frauen, die sich zutrauen, mit Motorrädern herumzufahren. Tässchen Tee?«

»Gerne. Es ist wirklich nett, dass ich Sie besuchen darf, Mrs. Nash. Vielen Dank.«

»Ach, nicht der Rede wert«, lächelte Mrs. Nash, »Professor Frosh war ein so netter Mensch. Also, bitte, wie kann ich Ihnen behilflich sein?«

Sie bedachte Billie Sue mit einem forschenden Blick aus warmen Augen. Blässliche Haut spannte sich straff über die Backenknochen, sandfarbenes Haar fiel geschmeidig auf das dunkle Rot ihrer schön geschnittenen Kreppbluse.

»Mister Frosh hat viel von Ihnen erzählt. Sie wohnen phantastisch, Mrs. Nash. Kompliment.«

Billie Sue kramte ihre Sonnenbrille hervor und schaute sich genießend um. Mrs. Nash schaute kurz auf ihre goldene Armbanduhr.

»Wissen Sie, mein Neffe kümmert sich um Haus und Garten. Er wollte übrigens vorbeikommen.«

»Dies alles …«, staunte Billie Sue anerkennend, »… ich bewundere Ihren Geschmack«, diesmal wahrheitsgetreu.

Mrs. Nash stützte die Untertasse mit der linken Hand, balancierte die Tasse elegant mit zwei Fingern. »Erzählen Sie doch bitte, wie geht es unserem Freund? Es war wirklich schade, dass er damals so überstürzt verreisen musste. Er war ein rücksichtsvoller Untermieter. Sind alle Schweizer so diskret?«

Billie Sue nickte – teils bestätigend, teils amüsiert. Sie nippte an ihrem Tee und blickte aufs Wasser, wo ein schnittiger Vierer vorbeiglitt, gerudert von jungen Frauen, die sich kräftig in die Riemen legten.

»Professor Frosh lässt fragen, ob ich vielleicht einmal im Gästehaus nachsehen dürfte. Es ist möglich, dass er dort etwas vergessen hat. Er glaubt, es könnte in einem der Wandschränke liegen geblieben sein.«

Mrs. Nash setzte ihren Tee abrupt ab, blickte die junge Frau perplex an.

»Nein, meine Liebe, das geht nicht. Tut mir wirklich Leid.«

Billie Sue starrte mit offenem Mund. Mrs. Nash lächelte, offenbar arglos, zurück.

»Wir haben das Gästehaus im Frühjahr abgerissen. Mein Neffe ist ein begeisterter Tennisspieler. Kommen Sie, ich zeig's Ihnen.«

Billie Sue folgte ihr über den Kiesweg am Seitentrakt vorbei, wo sich der Blick auf ein kleines Feld eröffnete.

»Schauen Sie – da drüben stand der Bungalow, in dem Mister Frosh wohnte. Die Bauprofile da? Die markieren die Abgrenzung des geplanten Tennisplatzes.«

Billie Sue ließ enttäuscht den Kopf hängen, was Mrs. Nash nicht entging.

»Ach, jetzt sind Sie umsonst den weiten Weg gefahren«, tröstete sie. »Was hat Ihr Freund denn hier vergessen?«

»Recht wichtige Notizen, Sie wissen ja, ein zerstreuter Professor … Nun, da ist wohl nichts zu machen. Schade. Es war trotzdem wunderschön bei Ihnen hier draußen.«

Seite an Seite schritten die beiden Frauen den Kiesweg zurück. Vor den Stufen zur Terrasse blieb Billie Sue stehen.

»Mrs. Nash? Sie haben nicht zufällig etwas gefunden, als Sie den Bungalow ausräumten?«

»Nein, da bin ich sicher. Es lag nichts herum. Ich habe noch selber nachgeschaut, bevor die Handwerker mit dem Abbruch begannen. Keine Schriften oder Bücher. Nichts. Glauben Sie mir, es tut mir wirklich Leid, dass ich Ihnen nicht helfen kann.«

Billie Sue stand einen Augenblick wie unschlüssig da. Sie nahm die Sonnebrille ab, steckte sie in ihr kräftiges, kurz gehaltenes, braun-goldenes Haar. Mrs. Nash hob die Schultern an.

»Meine Abbruchleute waren zuverlässige Jungs. Ich lud sie jeden Morgen zum Kaffeeklatsch ein, hier auf die Terrasse. Dann nachmittags Sandwiches und Bier. Die hätten mir sicher Papiere gebracht – falls sie welche aufgestöbert hätten.«

Billie Sue streckte die Arme halbwegs aus, ließ sie wie entmutigt zurück gegen den Körper fallen. »Na, dann geh' ich wohl wieder. Vielen Dank für den Tee, Mrs. Nash.«

Die Hausherrin stand staunend neben der glänzend polierten *Indian*. Billie Sue stülpte den Helm über, öffnete einen schwarzen, aerodynamisch geformten Behälter, der hinter dem Sitzpolster befestigt war – entnahm ihm die schweren Lederhandschuhe.

Mrs. Nash hatte diese Vorbereitungen vergnügt gelassen beobachtet. Jetzt trat sie plötzlich näher, legte ihre Hand auf das Handschuhfach.

»Augenblick, Miss! Da fällt mir *doch* etwas ein. Die Abreißleute brachten mir so ein schwarzes Ding, das aussah wie dieser Behälter. Das hatten die unter dem Fußboden im Wohnraum gefunden. Könnte das ...«

Sie kam nicht weiter. Billie Sue riss den Helm vom Kopf, ihre Augen funkelten.

»Ein Computer? Die Männer fanden einen Computer?«

»Was weiß ich. Ja, vielleicht … Sah jedenfalls aus wie eines dieser neumodischen Schreibgeräte. Die Jungs sagten, es habe unter den Dielen gelegen. Eigenartig, nicht? Dass ich das so total vergessen hatte!«

Billie Sue seufzte enttäuscht auf.

»Bestimmt haben sie das Ding weggeschmissen. Was sollten sie auch sonst wohl damit anfangen?«

Entrüstung überzog die fein modellierten Züge der Mrs. Nash.

»Nicht so hastig, wo denken Sie hin! Ich werfe doch nichts weg. Schon meine Mutter hat immer alles aufbewahrt. Sie sagte immer: Kind, schmeißt du heute Abend was auf den Müll, brauchst du's sicher morgen früh. Also damit halt' ich's auch heute noch, wenn Sie nichts dagegen haben.«

Billie Sue lachte erleichtert auf.

»Haben Sie's dann vielleicht diesen … *Jungs* mitgegeben?«

Mrs. Nash verneinte mit heftigem Kopfschütteln.

»Nein, nein … Was auf meinem Grundstück gefunden wird, gehört mir – so will es das Gesetz. Das Ding liegt sicher irgendwo im Keller. Glauben Sie wirklich, es gehört Ihrem Professor?«

So gut es ging unterdrückte Billie Sue die dringende Eile, die in ihr aufgekommen war.

»Also, wenn ich das Gerät vor mir hätte, könnte ich das sicher beurteilen.«

Sie tat einen Schritt in Richtung Haustür. Billie Sues Körpersprache folgend, schritt Mrs. Nash zügig voran, nach unten ins Erdgeschoss – am Fitnessraum, der Dusche und einer Vorratskammer vorbei, in einen größeren Raum, der vermutlich früher als Garage gedient hatte. Von der Decke hing ein Ruderboot an einem Seilzug, verrostete Fahrräder lehnten an Gestellen und Regalen, die unter Schachteln, Kisten, Dosen, Gläsern, alten Lampen, Stoffresten, Tapetenrollen, gebündelten Zeitschriften, Farbbüchsen, Pinseln und anderem Krempel förmlich verschüttet waren.

Die Hausherrin stand unschlüssig vor einem vergilbten Bild und einem Stapel eselsohriger Akten. Plötzlich drehte sie leicht ab, wies auf einen kitschig grünen Staubsauger.

»Dort oben liegt das Ding«, verkündete sie mit unverhohlenem Stolz.

Gemeinsam zerrten sie es unter einem Stapel Zigarrenschachteln hervor, trugen es nach oben in die Küche. Mrs. Nash schmunzelte verschmitzt.

»Darauf trinken wir einen!«

Sie zog eine Flasche Gin aus den Tiefen ihres Küchenreiches hervor, ließ Eiswürfel in zwei dicke Gläser klirren, knallte die Gläser burschikos auf den rauen Holztisch. Dann schenkte sie ein, wobei sie Billie Sue, die sich an dem Gerät zu schaffen machte, listig zuzwinkerte.

»Frauen müssen zusammenhalten«, lachte Mrs. Nash. Also nahmen sie zusammen erst einen vorsichtigen, dann einen zweiten, tieferen Schluck. Beschwingt steckte Billie Sue das Kabel, das am Gerät hing, in die Steckdose, betätigte dann den Startknopf.

»An den Apfel hier erinnere ich mich«, meinte die Hausherrin und deutete auf das gestanzte Markenzeichen auf der Deckklappe des Powerbooks.

Das Ding funktionierte einwandfrei. Nach wenigen Sekunden erschien ein Bild, das Mrs. Nash einen Ausruf des Erstaunens entlockte. Eine rötliche Ameise mit neckisch funkelnden Äuglein und grazilen, fein behaarten Beinchen knabberte Bildschirm füllend an einem lindengrünen Blatt.

»Froshs Passion sind die Ameisen«, erklärte Billie Sue und klickte mit der Maustaste ein Feld an. Mrs. Nash gab sich fasziniert.

»Ich staune immer über die Insektenforscher. Ameisen, Fliegen, Bienen. Aber was bringt diese Forschung der Menschheit eigentlich?«

»Schauen Sie, hier«, sagte Billie Sue. Mrs. Nash beugte sich vor. Billie Sue deutete mit dem Kinn auf den Schirm.

»Hier. Ein Text. Vermutlich eine wissenschaftliche Publikation – ›Die Codebrecher‹. Und hier der Name des Autors: Frosh. Phantastisch!«

Da sah sie das winzige Kristall im Auge der Ameise aufblitzen. Sie hielt den Atem an, klickte darauf. Ein rotes Kristall von feingliedriger Struktur füllte den Bildschirm aus. Billie Sue schaltete ab, schob den Computer zur Seite.

»Ich bin froh, dass ich Ihnen helfen konnte«, sagte Mrs. Nash mit einer Spur Enttäuschung in der Stimme.

»Sie helfen dem Professor. Wir könnten ihn anrufen. Er würde sich sicher freuen, mit Ihnen zu reden.«

Billie Sue zog ihr Telefon aus der Tasche.

»Nein, nein, wir wollen ihn nicht stören, vermutlich ist tiefste Nacht in der Schweiz.«

»Ich glaube, er würde Sie gerne wieder sehen«, meinte Billie Sue beiläufig, weil es gerade zu passen schien. Sie hatte nicht mit Mrs. Nashs Wunschtraum gerechnet. Die Dame hob hell begeistert ihr Glas, als sei sie im Begriff, einen Toast auf diese großartige Idee auszubringen.

»Also wissen Sie, ich wollte schon immer mit diesen Eisenbahnzügen durch die Alpen fahren. Vielleicht reise ich im Herbst in die Schweiz. Mein Neffe sagt zwar, Fliegen sei gefährlich, aber diese Eisenbahnfahrten durch die Berge müssen wunderschön sein. Am Schluss sind Sie in Zermatt und sehen das Matterhorn.«

»Bestimmt kann Professor Frosh eine Bahnfahrt für Sie arrangieren«, meinte Billie Sue abwesend. Sie klappte den Computer zu, rollte das Stromkabel auf. In diesem Augenblick summte das Telefon. Mrs. Nash nahm ab, hörte zu. Sie hob entsetzt einen Arm.

»Um Himmels willen!«

Sie legte auf, wandte sich Billie Sue zu.

»Hab' ich doch glatt meine Bridge-Party vergessen. Muss jetzt leider sofort Staub aufwirbeln, meine Liebe.«

Billie Sue hatte nichts dagegen. Sie verabschiedete sich herzlich, startete ihre *Indian*, rollte durch den Park zum Tor hinaus auf die Landstraße. Ihr Auftrag war erfüllt. Zweifellos war es besser eine Fliege zu machen, bevor dieser Neffe, der sich scheinbar in alles einmischte, auftauchte und die Sache womöglich komplizierte.

Sie blickte auf die Uhr – und Zeit, Ken Custer anzurufen! Sie beschloss, unterwegs zur Stadt auszuschwenken und Custer in aller Ruhe alles zu berichten.

54

Die laue Nacht hatte die Stadt längst sanft umfangen, als Ruth Ross ihren Wagen auf dem von Palmen umsäumten Parkplatz des Mövenpick Aden parkte und ausstieg. Sie schaute sich um. Das zwölfstöckige Gebäude bestand aus aneinander gereihten, verschachtelten sandfarbenen Türmchen. Es kam ihr wie eine Ziehharmonika vor. Von der Spitze des breiten Turms mit den Aufzügen in der Mitte leuchtete das Wahrzeichen der weißen Krone grell in den tiefblauen Abendhimmel. Der flache Trakt mit der Rezeption schob sich über den Vorplatz. Männer in langen weißen Gewändern standen reglos neben einem Hotelbus.

Ein Schatten erschreckte Ruth. Der schwarze Vogel sauste an ihrem Kopf vorbei, setzte hinten auf der Mauer ab. Ein mulmiges Gefühl verkrampfte ihren Magen – eine Vorahnung, nicht fassbar, schlich sich heran.

Sie zückte ihr Handy, lehnte sich an die Motorhaube, drückte die Kurzwahltaste. Die weißen Gewänder neben der Rezeption waren gut fünfzig Schritte entfernt, die daraus ragenden schwarzen Köpfe schauten von Ruth Ross weg zum Hoteleingang.

Mutter nahm nicht ab.

Der zweite Versuch galt Julia. Ihre Stimme vom Anrufbeantworter nervte mit albernen Sprüchen, die außer der Sprechenden wohl kaum jemand lustig finden dürfte. Ruth Ross klickte das läppische Geschwafel weg, drückte auf Gustav Hentschmanns Nummer. Der Professor meldete sich, gleich scherzend.

»Wie sitzt es sich auf dem Pulverfass des Nahen Ostens?«

»Gustav, bitte bitte! Ich glaube, der Zaim ist 'ne Nummer zu groß für mich. Ich fürchte, ich habe die Sache verbockt.«

»Wieso? Wo brennt's denn?«

»Er zahlt nur hundert Millionen statt einhundertzwanzig.«

Hentschmanns Schweigen schien eine Ewigkeit zu dauern. Endlich hörte sie ihn räuspern.

»Großartig, Ruth. Das ist mehr, als ich erwartet hatte.«

So laut stieß sie Luft aus, dass es den Raben, der am Fuß einer Palme an einem Müllsack herumpickte, flatternd aufscheuchte. Ihr Chef klang besorgt.

»Ruth? Gibt es sonst noch etwas, das ich wissen sollte?«

In diesem Augenblick kam es ihr vor, als würde die Luft um sie herum giftiger. Ihr Blick schweifte rastlos über die Fassade nach oben zu dem hell erleuchteten Penthouse.

»Ich fürchte, der Zaim will sich an unsere Firma heranmachen.«

»Keine Sorge«, beschwichtigte der Professor. »Geld hat keinerlei Reiz für den Zaim, Menschen hingegen schon.«

»Wenn er die L-18 von uns bekommt, kann er in aller Ruhe seine Spielchen treiben«, gab sie zu bedenken.

»Nun, darüber mach dir keine Gedanken! Selbst wenn der Zaim auf der falschen Seite steht, wichtig ist doch, dass wir den Kleinkram im Griff haben. Die Vertragsbedingungen sind zu unserem Schutz formuliert. Sorge bloß dafür, dass er alles ordnungsgemäß unterschreibt und jede Seite gegenzeichnet.«

Damit schien das Gespräch beendet. Doch dann kam doch noch eine Frage, die sie wie ein Hammer traf.

»Hast du eine Ahnung, warum die Polizei bei uns herumschnüffelt?«

»Polizei?«

»Bundespolizei, Ruth. Sie wollten von mir wissen, wohin du in letzter Zeit gereist bist. New York, Israel, Italien.«

»Spinnen die? Geht sie doch einen Dreck an, oder hat das etwa mit …« Sie brach ab.

»Mach dir keine Sorgen. Reine Hysterie wegen all dieser Anschläge. Jemand hat offenbar deinen Namen ins Spiel gebracht. Verrückt. Nun, die Typen tun nur ihre Pflicht. Schlaf gut. Bis morgen!«

Gedankenvoll starrte sie auf das Handy. *Jemand hat offenbar deinen Namen ins Spiel gebracht. Hat Yael dich schon wieder in etwas reingeritten, wie früher so oft?*

Sollte sie nochmals Julia probieren? Oder den Zaim anrufen? Sie fühlte sich allein und verlassen.

Wie aus heiterem Nachthimmel kam die Eingebung: Es ist halt doch eine Mär, dass erfolgreiche Frauen auch ohne feste Männerbeziehung glücklich sein können. Es war der gute alte Weibchenwunsch, von einem starken Mann geliebt, geheiratet und glücklich gemacht zu werden, der just auf diesem drögen Parkplatz fernab der Zivilisation ihre Seele aufwühlte. Jack Frosh, der Zaim, Gustav Hentschmann, alle drei hatten etwas vom Mister Wonderful, der sie von ihrem Single-Dasein erlösen konnte wie einst der Prinz das Dornröschen aus dem hundertjährigen Schlaf.

Sie seufzte. Erstarrte plötzlich. Schatten huschten heran. Wieder dieses nervöse Ziehen in der Bauchgegend!

Die vier Männer hatten sie blitzschnell umkreist. Der Große hatte ein Ziegengesicht mit einem Schädel, der abgeschrägt war wie ein Sarg.

»Miss Ross, nehme ich an?«

Er streckte ihr auf Augenhöhe eine Plakette entgegen, wohl eine Dienstmarke.

»FBI. Sie sind verhaftet. Sie haben das Recht …«

Die im Kampfsport antrainierte Geistesgegenwart ließ Ruth nicht im Stich, löste eine Bewegung aus, hinter deren Flinkheit sich enorme Kraft verbarg. Sie kickte dem Ziegengesicht ihren Fuß ins Knie, schlug mit den Fäusten gegen die Fratzen, die vor ihrem verschwommenen Blick auftauchten. Einen knockte sie mit einem Hieb tief in den Magen aus. Sie bockte hoch, rannte los …

… Es war den Versuch wert gewesen. Doch einer der Kerle schlug ihr einen Stock in die Beine, sie strauchelte, fiel, sie packten hart zu, drückten sie auf den staubigen Asphalt nieder, legten ihr Handschellen an, schleppten sie hastig zum Kastenwagen mit den geschwärzten Fenstern.

»Verfickte Terroristenschlampe«, fluchte Ziegengesicht.

Die Gestalten vor der Rezeption lehnten reglos an ihrem Bus.

Weniger als eine halbe Stunde später saß die Ross völlig niedergeschmettert auf der harten Pritsche eines feuchten, stinkenden Zellenlochs im berüchtigten Stadtgefängnis von Aden. Sie fühlte sich, als wäre sie mehrmals von einem Tieflader überfahren.

Mövenpick ade …

Wie die junge Frau später berichtete, lag sie apathisch im Fahrersitz des weißen, zerbeulten Toyota schräg gegenüber vom Hoteleingang. Sie unterdrückte ein Gähnen und wunderte sich, wie lange sie noch auf dem ihr von Mehmet angewiesenen Posten ausharren musste. Da bemerkte sie im Augenwinkel schattenhaft zuckende Bewegungen auf der anderen Seite der Vorfahrt, wo sich die Palmen vor dem Luxusbau des Hotels zu verneigen schienen. Als der schwarze Van jäh aus dem Parkfeld herausschoss, wurde sie hellwach. Quietschend schlitterte das Fahrzeug in die Hauptstraße hinaus, entschwand in horrendem Tempo aus dem Blickfeld.

Hellwach stieg sie aus. Vorsichtig begab sie sich auf die andere Seite des vom Lichtkranz der Krone matt beleuchteten Platzes, sah den Wagen – ein neues, bequemes Modell, wie ihn Mietwagenfirmen führen. Sie schlich um ihn herum, ihr Fuß stieß an einen Gegenstand. Sie bückte sich rasch, hob ein kleines, schwarzes Telefon auf. Der Fund, und was sie beobachtet hatte, schien ihr wichtig genug, Mehmet augenblicklich zu benachrichtigen.

55

Im Bundesstaat Massachussets neigte sich der Tag langsam gen Abend, als Billie Sue in aufgeräumter Stimmung die Küste entlang in Richtung Stadtzentrum fuhr. Sie hing entspannt im breiten Sitz der *Indian,* genoss den frischen Wind im Gesicht. Das tiefe Brummen der Maschine war Musik in ihren Ohren. Freudig die Welle ihres Erfolgs reitend, beschleunigte sie, um dann gleich wieder in beschaulichen Brummeltrott zu verfallen. Ihr blondes Haar, vom Helm nur knapp gezähmt, wirbelte neckisch im Fahrtwind.

Ken Custer, *das* war ein Mann! Stolz würde sie ihm »Auftrag erfüllt« durchgeben. Sollte sie ihn gleich anrufen? Sie hielt nach einem schönen Rastplatz Ausschau. Ken war ein guter Typ, kein Zweifel. Verlässlich, gescheit und in allem beschlagen. Dazu noch wahnsinnig attraktiv. Vielleicht nahm ihre Liebesmisere ja doch noch ein gutes Ende. Der Laptop, schwelgte sie, da hast du wirklich Glück gehabt! Aber vielleicht ist das Ding ja gar nicht so wichtig, wie Jack Frosh dich glauben machen will – so meldete sich wieder der Argwohn aus unzähligen unliebsamen Erfahrungen.

Billie Sue war ja nicht ganz zufällig nach Raspenburg gelangt. Sie hatte ihren Exmann kurz vor der Trennung mit dem üppigen Blondchen vor einer Bar gesehen, als die beiden turtelnd in einen Wagen stiegen. Nummernschilder aus Montana. Ausgerechnet ein Landei! Mit Hilfe ihrer Kontakte im FBI wurde sie rasch fündig. Der Wagen gehörte zu einer abgelegenen Forschungsanlage im Bundesstaat Montana. Was hatte Steve Bork, ihr Ex, der schillernde Washingtoner Vizepolizeichef, damit zu tun? War sie einer nicht mehr als seichten Affäre auf die Schliche gekommen? Oder hatte sie zufällig eine heiße Spur zu einer brisanten Waffenschieberei entdeckt?

Die dürftigen Informationen, die Billie Sues Kontakte ihr über die Forschungsanlage gewährten, machten sie jedenfalls stutzig. Frauensklaven, die in einem mysteriösen Labor für weiß Gott wen arbeiteten? Sie war an einem toten Punkt in ihrem Leben angelangt. Ehe gescheitert, den Beruf dem Manne zuliebe schon lange zuvor an den Nagel gehängt. Ein richtiges Dummchen war sie! Aber Raspenburg beschäftigte sie. Sie konnte ihrem Ex vielleicht gar einiges heimzahlen, sollte sie ihn einer dubiosen Angelegenheit überführen …

Der Rest war dann einfach gewesen. Über eine hoch gestellte Kollegin im Büro für Strafvollzug und Resozialisierung gelang es ihr, sich als vermeintliche Straftäterin in Raspenburg einzuschleusen. Nur, irgendwann müsste sie Ken Custer wohl noch die ganze Geschichte erzählen. Doch alles zu seiner Zeit, Mädchen. Vielleicht kann daraus ja eine kleine Morgengabe werden?

Zuerst bemerkte sie den Sportwagen gar nicht. Sie suchte mit einer Hand in ihrer Jackentasche nach dem Handy, konnte kaum erwarten, Kens tiefe, beruhigende Stimme mit diesem weichen, sexy schwingenden Unterton zu hören.

Der Sportwagen schloss auf. Sie nahm das Gas zurück. Jetzt sah sie im Rückspiegel hinter der glänzenden Windschutzscheibe schwarze Sonnenbrillen auf blassen Fratzen. Sie kickte die Maschine nach vorn, doch der Flitzer blieb hart dran. Es war ein schwarzer Porsche mit viel Chrom.

Auf der spärlich befahrenen Küstenstraße deutete sich weiter vorne eine Ausfahrt in einen Park an. Billie Sue beschloss, den lästigen Verfolger abzuschütteln. Vermutlich ein paar von diesen gelangweilten Jungs stinkreicher Eltern, die sich mit Potenzbüchsen im Straßenverkehr aufgeilen mussten, ärgerte sie sich.

Urplötzlich schwenkte sie bremsend scharf nach links, schleuderte hinten herum, schoss mit aufbäumendem Vorderrad in der Gegenrichtung davon. *Wau! Den* Trick beherrschte sie jedenfalls noch! Ein Schub Adrenalin fuhr ein, machte sie kühn. Sie donnerte den Highway entlang, doch die Freude war von kurzer Dauer. Der Porsche wendete quietschend ebenfalls um 180 Grad. Blauer Rauch qualmte unter den Rädern, der Motor winselte, der Wagen schnellte wie aus der Kanone geschossen vorwärts. Im Rückspiegel sah sie ihn heranschießen.

Erstmals spürte sie Panik. Sie gab Vollgas, donnerte weiter. Irgendwann würde eine Streife auftauchen, überlegte sie, und raste auf den Kreisel zu.

In den Kurven bist du überlegen. Nimm den Parkway! Die *Indian* wäre ihr beinahe weggerutscht, als sie noch in der Kurve beschleunigte, dann wieder Richtung Stadtzentrum davon jagte.

Sie hatte prompt einen Vorsprung herausgeholt, als sie in den Park hineinschoss – und voll die Bremsen anzog. Nur knapp verfehlte die schlingernde Maschine den grünen Truck der Park Ranger, die sie aus geweiteten Augen entsetzt anstarrten.

Billie Sue war im Begriff, wieder Fahrt zu bekommen, als der Porsche aus der Biegung schoss. Sie drehte das Gas voll auf – Schüsse krachten –, aber die Maschine reagierte nicht richtig, schlingerte, holperte.

Da begriff sie. Der hintere Reifen war geplatzt. Abwartend hielt sich der Porsche zurück.

Ihr Albtraum war Wirklichkeit. Vorne sah sie Bootsmasten. Eine Marina. Sie hielt darauf zu, hoppelte auf den Felgen über den Gehsteig.

Das Aufheulen des Wagens hinter ihr klang wie das Todesurteil. Der unheimliche Porsche preschte heran, rammte sie wuchtig. Ein irrsinniger Schmerz raste ihren Rücken hoch in den Kopf. Sie spürte nichts mehr. Als sie durch die Luft wirbelte, auf die Hafenmole schlug, war Billie Sue bereits tot. Funken sprühend schepperte ihre stolze *Indian* über den Quai, knallte in einen Bootsanhänger. Die Ladung, ein leichtes Boot, rutschte weg und fiel auf eine vertäute Yacht.

Wie die Polizei später im Bericht festhielt, hatte der Porschefahrer seine Rammaktion falsch eingeschätzt. Er verlor die Beherrschung über seinen Schlitten, krachte über die niedere Mauer hinunter auf einen mit Propanflaschen beladenen Kleinlaster. Die heftige Explosion war bis ins Bostoner Stadtzentrum zu hören. Zwei Boote standen wie Zunder in Flammen.

Der völlig verkohlte Fahrer konnte nicht identifiziert werden. Wohl aber die Beifahrerin, an deren versengtem Kopf allerdings kein Härchen ihres Blondschopfs übrig geblieben war, was dem Polizisten auffiel, als er den teilweise zerschmolzenen Fotoausweis der Leiche verglich.

Die Tote war eine Jennifer Faithl ... (Rest unleserlich). Sie kam aus Wash ... (Rest unleserlich, wahrscheinlich Washington – Washington, D.C.?). Diese Personalien schickte der Cop auf der Stelle per Messagefunktion übers Netz ins Kommando des Boston Police Department, Abteilung Mord.

56

In New York drückte Ken Custer nur wenig später beide Hände an seinen Hinterkopf, blickte zur Decke hoch.

Wer hatte ein Interesse gehabt, Ted Jones umzubringen? Nach dem 11. September fühlte sich jeder Redaktionsgrünschnabel bemüßigt, dem CIA-Direktor an den Karren zu fahren. Man warf ihm vor, er habe nichts unternommen, um das Flickwerk der Nachrichtendienste mit ihren überlappenden und sich behindernden Verantwortlichkeiten zu straffen.

Sie taten Jones Unrecht. Seiner Überzeugung nach begann Terrorabwehr mit Vorstellungskraft und Phantasie. Er hatte Teams gebildet, in denen Agenten, Analysten und kreativ begabte Leute Anschläge konzipierten, um sie dann antizipieren zu können.

Die neuen Köpfe im Ministerium für Heimatschutz hatten begonnen, die Bevölkerung mit einem Netz von Informanten zu überdecken.

Ted Jones hatte mutig darauf hingewiesen, dass TIPS mit vier Prozent der Bürger mehr Informanten rekrutiere, als die Stasi der ehemaligen DDR es vermocht hatte. Mit seiner scharfen Kritik an solchen Stasi-Methoden hatte er sich immer wieder in die Nesseln der Administration gesetzt.

Musste er *deswegen* sterben? Das fragte sich Custer, während er im Konferenzzimmer wartete. Es lag im fünften Stock eines dunklen Hauses, dessen unauffälliger Eingang neben heruntergelassenen Rollläden leicht zu übersehen war. Das FBI unterhielt dieses Gebäude an der 23. Straße in New York City für Treffen der höchsten Geheimhaltungsstufe.

Cliff Montgomery trat beschwingt herein, begrüßte Ken mit der Herzlichkeit alter Weggefährten. Er begann ohne Umschweife.

»Ken, mich interessiert deine Lagebeurteilung.«

Custer räusperte sich.

»Die Feminisierung der Gesellschaft hat den Terrorismus definitiv erfasst, Cliff. Frauen werden seit Urzeiten unterschätzt. Sie handeln viel kaltblütiger und grausamer als männliche Täter, eine alte Erkenntnis aus der Geschichte der Kriminalistik. Sie sind veränderungsfreudiger, und sie sind schwieriger zu fassen. Während wir noch die halbe Welt nach abgewrackten Terrorbossen durchkämmen, schlagen die Weiber zu. Sie mögen klug und charmant sein, aber wenn's schmutzig wird, auch wie Hyänen.«

»Du sprichst die Killerbiene an, habe ich Recht?«

Ken nickte.

»Also, hast du was über sie in Erfahrung gebracht?«

Jetzt war es an Cliff, bedeutungsvoll zu nicken, während er eine Akte aufschlug.

»Der gute alte Kommissär Zufall hat uns vielleicht einen Schritt weitergeholfen.«

Er schmiss nonchalant ein großes Foto auf den Tisch. Ken glaubte zunächst, das vertraute Gesicht eines Filmsternchens zwinkere ihm zu.

»Ein Bild aus der Überwachungskamera«, erklärte Cliff und gab die Story vom Polizisten in Danbury zum Besten. Custers Stirn legte sich zunehmend in Falten. Als Cliff mit der Bemerkung schloss, das FBI habe die Frau zur Fahndung ausgeschrieben, wandte Ken ein: »Also, du wirst doch diesem Gewäsch nicht im Ernst Nachrichtenwert zusprechen? Ruth Ross arbeitet nach meinen Quellen in einem wissenschaftlichen Labor in Zürich.«

»Eine hervorragende Tarnung, wenn du mich fragst. Reiht sich nahtlos in deine Charakterisierung der modernen Terroristin ein.«

»Nee also …«

Montgomery klemmte einen Stift zwischen Daumen und Zeigefinger, wedelte damit hin und her.

»Ich fliege morgen Nacht nach Zürich«, informierte Ken. »Was hältst du davon, wenn ich mir die Dame mal vornehme? Unsere Dienststellen sollten übrigens enger zusammenarbeiten.«

Montgomery pochte mit dem Stift auf das Fahndungsbild.

»Unsere Ermittler in Jerusalem haben diese Ruth Ross hundertprozentig identifiziert. Sah aus wie auf dem Bild. Sie hatte auch den Fahrstuhl genommen, in dem der Secretary of State vermangelt wurde. Und ungefähr zur richtigen Zeit. Die hatte das Gelegenheitsfenster. Wenn du mich fragst, ist sie die Gesuchte. Am besten, sie würde sich der Polizei stellen.«

Custer schüttelte barsch den Kopf.

»Dann hätte sie auch Ted Jones auf dem Gewissen? Das glaubst du wohl selber nicht!«

»Vielleicht, vielleicht nicht. Morgen wissen wir mehr. Irgendwo wird sie ins Netz gehen. Das FBI hat übrigens einen ganzen Haufen Hinweise erhalten.«

»Gut. Du hältst mich auf dem Laufenden. In Zürich kenne ich mich aus. Lass mich aber erst mit der Schweizer Polizei Kontakt machen.«

»Schon geschehn«, meinte Montgomery resigniert. »Die zögern. Es fehle an schweren Verdachtsmomenten, um eine internationale Rechtshilfe zu rechtfertigen.«

»Siehst du! Ich pfeife auf Rechtshilfe. Bin ich mal in Zürich, mache ich's wie Frankieboy – *my way*. Kann sein, dass ich dir die Verdächtige persönlich überbringe, wie wäre das?«

Montgomery wog diesen, seiner Meinung nach ohnehin nicht ganz ernst zu nehmenden Vorschlag ab, während seine Finger einen Custer recht wirr anmutenden Rhythmus auf den Tisch trommelten.

»Okay, Ken. Aber auf deine Verantwortung. Ich gebe dir einen Vorsprung – sagen wir zwei Tage. Mehr liegt nicht drin.«

»Hör mal, Cliff, warum zur Hölle sollte eine Killerin Banken überfallen und dann so nebenbei noch die Molekularbiologie vorantreiben?«

Die lässige Bemerkung machte Montgomery vorübergehend zu schaffen, doch riss er sich rasch zusammen.

»Die ist ein raffinierter Januskopf, Ken. Das ist auch die Meinung unserer Profilanalysten in Quantico.«

Ken stand auf, lenkte mit sanfterer Stimme ein.

»Okay, abgemacht. Zwei volle Tage, Cliff, das heißt bei mir acht-und-vier-zig Stunden.«

Er stand auf, durchmaß das Zimmer, blieb am Fenster stehen. Drüben im Park schob ein Obdachloser seine auf einen Einkaufswagen getürmte Kartonherberge vorbei.

»Nimm mal an, Cliff, Ted Jones ist Opfer einer Verschwörung von Amerikanern. Wie damals JFK und Bobby Kennedy und Martin Luther King. Wo sitzen die Leute, denen etwas nicht passt, was Ted Jones tat oder vielleicht wusste?«

»Sehr spekulativ. Sehr *verschwörungs*spekulativ!«

»Genau. Ted Jones wollte mich einen Tag vor seinem Tod noch dringend sehen. Er sprach von einer Verschwörung.«

Cliff Montgomery sprang von seinem Sitz auf.

»Was?!«

»Der Unsichtbare stieß ins gleiche Horn.«

»Na siehst du!«, rief Montgomery erleichtert aus. Ihm musste niemand erklären, wer Walter Theodore Jones IV. war. Er war so etwas wie der Grand Old Man der Geheimdienste, verdankte seinen Spitznamen der Tatsache, dass er nie in offizieller Funktion einem der Nachrichtendienste vorstand, aber seit Kennedy in den Augen aller Präsidenten bis und inklusive Bill Clinton als die graue Eminenz des so genannten Spukgeschäfts schlechthin galt. »Und was genau hat dir der Direktor gesagt?«

»Er redete von einem Komplott auf höchster Ebene, Cliff. Vielleicht sollten wir nach den Hintermännern der Killerin Ausschau halten.«

*Warum nicht gleich Hinter*frauen, *im Zeitalter der Feminisierung?*, spekulierte Montgomery heiter für sich – und hörbar: »Jetzt verstehe ich, warum du zwei Tage Zeit willst.«

»Übrigens, ich muss dich 24 Stunden am Tag erreichen können. Mein Bauch sagt mir, ich habe eine gute Ahnung. Werde der Sache intensiv nachgehen.«

Cliff sank in seinen Sessel zurück.

»Du solltest mir gegenüber schon etwas präziser sein, Ken.«

»Raspenburg, Montana. Scheinbar geheime Forschungsanlage. Irgendwas spielt sich da oben ab. Und das zeitliche Zusammentreffen mit dem Mord an Ted macht mich stutzig.«

»Raspenburg, Raspenburg … noch nie gehört.«

»Eine Giftküche der Armee. Hier hast du noch ein paar Leute, die mit Raspenburg zu tun haben.«

Custer reichte Montgomery einen Wisch, auf den er die Namen von Billie Sue Powell und Jack Frosh gekritzelt hatte.

»Hey, Ken, warte! Wenn mich nicht alles täuscht … Ein Jack Frosh wird wegen Polizistenmord gesucht. Stehen eigentlich alle deine Bekannten auf unserer Fahndungsliste?«

Custer seufzte theatralisch auf.

»Hör mal, Cliff, bei dir zu Hause glaubt ihr wohl alle, der Weihnachtsmann ist ein Serienkiller. Frosh ist *Mikrobiologe*, verstehst du? Mikrobiologe – kein Mörder.«

Montgomery hob uninteressiert die Schultern.

»Muss sich um eine Verwechslung handeln.«

Es war Zeit, das sichere Haus zu verlassen. Sie taten die paar Schritte zum Madison Square Park hinüber. Als sie den Gehsteig entlang schritten, nahm Custer den Faden wieder auf.

»Der Terror hat Stufe drei erreicht.«

Montgomery schwenkte zu einer Imbissbude ab, wo er zwei Diet Cokes holte, sie öffnete, dass es zischte, seinem Freund die nassere Dose hinhielt.

Custer schlürfte am Büchsenrand: »Das Typische dabei sind die finanziellen Ressourcen, die Anwendung raffinierter Technologie und die kreativen Köpfe. Maschinenpistole und Bombe prägten noch Stufe zwei.«

»Al-Qaida, Hisbollah und all die andern«, stimmte Cliff zu.

»Hier in den USA haben wir's mit Stufe drei zu tun.«

In der Mitte des kleinen Parks, neben einem plätschernden Springbrunnen, setzten sie sich auf eine Bank, sonnten eine Weile schweigend vor sich hin. Nicht weit von ihnen sammelte eine Obdachlose leere Dosen ein. Custer wollte sich auf den Weg machen, als Montgomery den Zettel aus der Brusttasche zog. Mit gerunzelter Stirn starrte er auf die Namen.

»Wenn ich mich nicht täusche, kam eine Billie Sue Powell gerade in Boston ums Leben«, murmelte er wie zu sich selbst.

Ken fuhr mit einer Grimasse des Entsetzens aus seiner Lethargie auf.

»Lass mich anrufen«, beschwichtigte Montgomery. »Sehen, ob's stimmt.«

Ken war aufgesprungen, trat nervös auf und ab, während Cliff die Mordabteilung verlangte. Er drehte eine Schulter weg, um das Gespräch abzuschirmen.

Ken tigerte ungeduldig um die Parkbank herum. Endlich steckte Montgomery das Telefon ein. »Leider A-positiv, Ken. Eine Billie Sue Powell. Sie besuchte die Familie, wo ein Jack Frosh gewohnt hatte. Moment, Jack *Frosh*?!«

Ken gestikulierte unwirsch. Montgomery informierte rasch weiter.

»Auf der Fahrt zurück in die Stadt kam es zu einer Verfolgungsjagd mit Schießerei. Als unsere Leute am Tatort ankamen, war die Frau tot.«

»Sie war die Exfrau eines Detektivs aus Washington, D.C.«, sagte Custer leise. »Sie sollte mir wertvolle Informationen bringen. Sieht aus, als versucht jemand, meinen Plan zu durchkreuzen.«

Montgomery starrte ihn bedrückt an. Custer fühlte Wut in sich aufkochen.

»Wer auch immer diese Frau auf dem Gewissen hat«, stieß er grimmig hervor, »ich werde es herausfinden und nicht ruhen, bis das Geschwür hinter diesem Mord aufgestochen ist.«

Sie erwogen noch dieses und jenes, ohne auf einen spezifischen Punkt zu kommen. Dann trennten sie sich, gingen schnell in entgegengesetzten Richtungen davon.

Ein Wort wollte Ken Custer nicht aus dem Sinn: Verwechslung. *Muss sich um eine Verwechslung handeln.* Sein Achselzucken brachte ihn nicht weiter. Er verstaute den Gedanken irgendwo in seinem Hinterkopf und steckte sich eine Zigarette an.

57

New Yorker sind an das blaurote Gefunkel rasender Polizeistreifen bei elektronischem Sirenengeheul gewöhnt, doch an diesem regnerischen Morgen blieben selbst einige abgebrühte Großstadtpinkel neugierig stehen, als die Schwadron von blau-weißen und schwarzen Einsatzwagen in die 116. Straße von Upper Manhattan hineinpreschte. Wie immer, wenn amerikanische Sicherheitskräfte an den Ort eines Verbrechens rasen, spielt die Masse der eingesetzten Mittel eine wichtige psychologische Rolle. Nicht fünf oder zehn Wagen umzingelten das hohe Gebäude, sondern über dreißig Fahrzeuge belagerten wirr durcheinander die Straße. Eine Hundertschaft von behelmten Männern in Furcht erregenden Kampfanzügen sprinteten, die Waffen im Anschlag, an die Eingänge. Im Jargon heißen diese Angriffsgruppen SWAT (Special Weapons and Attack Team).

Einer stand wie ein ruhender Pol mitten im Getümmel, lehnte sich an die offene Tür des grauen Personenwagens und sprach in ein mobiles Funkgerät. Seine Augen hinter dunklen Sonnengläsern schienen aufwärts zu einer der oberen Etagen zu blicken. Steve Bork. Der Mann vom Washington Police Department blieb nicht lange allein. Ein uniformierter Offizier des NYPD, Goldtressen auf dem Schild seiner Mütze, eilte heran, zerrte Bork zu einem schwarzen Kastenwagen hinüber.

Oben im 15. Stockwerk schleppte der in Zivil gekleidete, von Bork als Türwache angeheuerte Agent eine prall gefüllte blaue Sporttasche, wie sie Eishockeyspieler für ihre Ausrüstung verwenden, an den niedergeschlagenen jungen Bewohnern vorbei ins Schlafzimmer.

»Was soll das bedeuten?«, fragte Reina kleinlaut. Said, ihr Freund, stand am Fenster. Er traute seinen Augen nicht, als er auf den Ameisenhaufen von Polizisten hinunterblickte. Der ganze Abschnitt der 116. Querstraße war abgeriegelt – ein einziger Rummelplatz blinkender Irrlichter.

»Komm, wir hauen ab«, flüsterte er. »Die Tür ist offen!«

Er packte Reina am Ärmel. Sie kamen bis an die Aufzüge, wo die Vorhut der Sturmeinheit die jungen Jemeniten, die gehofft hatten, eines Tages in Amerika zu studieren, überwältigte, sie auf den Boden drückte, mit Plastschlingen schnell fesselte.

»Fluchtversuch«, sprach ein SWAT-Mann mit grimmig geschwärztem Gesicht in den Funk.

Dann fielen die Leute der Spurensicherung über das Apartment her. Unten auf der Straße rückte Bork sich seine gestreifte Krawatte zurecht, stiefelte dann auf die Kamerateams zu, die sich hinter der hastig gezogenen, von einem Rudel Polizisten verteidigten Polizeischranke drängten.

Die Reporter streckten ihm Mikrofone entgegen, bombardierten ihn mit Fragen. Für einen Augenblick kam Bewegung in die Medienmeute, als ein Knäuel von Polizeibeamten über den Vorplatz hetzte, in ihrer Mitte zwei gebeugte, offenbar gefesselte Gestalten. Die Hecktür eines schwarzen Vans öffnete sich. Als die Gefangenen einstiegen, erfassten die Kameras den erstaunten Ausdruck auf dem hübschen Gesicht der Frau.

»Wer sind die?«, schrie eine blonde Reporterin.

»Haben Sie Anhaltspunkte, dass es sich um Terroristen handelt?«

»Hallo, Chief, schaun Sie doch mal her ... besteht hier vielleicht ein Zusammenhang mit dem Attentat auf den Direktor des CIA?«

Die letzte Frage stellte ein erfahrener Nachrichtenmann von Fox. Bork wandte sich ihm zu.

»Das FBI und die Washingtoner Polizei verfolgen seit Tagen eine Spur, die zu zwei Verdächtigen führte. Mehr kann ich Ihnen im Moment nicht sagen.«

»Sind es Leute von al-Qaida?«, fragte eine Blonde.

»Also, warten wir erst mal die Ergebnisse der Spurensicherung ab«, dozierte Detective Bork, sorgfältig darauf bedacht, sein gebräuntes Gesicht voll den surrenden Kameras zuzuwenden.

In Washington blickte Anthony Blunt im Operationsraum seiner Park-Villa auf die Ansammlung von Bildschirmen. Seine Frage war an niemanden Besonderes gerichtet.

»Wann geben die normalerweise die Fahndungsresultate bekannt?«

»Kaum vor morgen Abend«, meinte James Kelly, der frühere CIA-Direktor. Blunt schien es, als habe er eine Spur Genugtuung aus Kellys Stimme herausgehört.

58

Am nächsten Morgen, als der Zaim auf der Terrasse versonnen über das türkisfarbene Meer in die Ferne blickte, klopfte es an der massiven dunkelbraunen Holztür seines Penthouses.

»Ein Bursche möchte Sie sprechen, Herr«, meldete der Adjutant mit einer untertänigen Verbeugung.

Was er wolle, wer er sei, erkundigte sich der Zaim ungehalten.

Sekunden später stand Mehmet auf der Terrasse und erstattete seinen Bericht.

Der Araberfürst ließ sich nichts anmerken. Doch die Nachricht von der Verhaftung der Wissenschaftlerin gab ihm einen Stich ins Herz. *Hat ja doch nur mit dem bevorstehenden Geschäftsabschluss zu tun, dass ich mir Sorgen mache,* redete er sich ein. *Ja, bestimmt.* Andererseits brauchte er keine Nachhilfe in Sachen Liebe, um zu erkennen, dass sämtliche Konturen und Wölbungen des Körpers dieser Frau nur auf ihn gerichtet waren.

»Mein Freund im Stadtgefängnis ist eingeweiht. Wir haben einen Plan«, endete Mehmet. Er legte ein Papier auf den Tisch, trat höflich zwei Schritte zurück.

»Es könnte Tote geben«, mahnte der Adjutant, der einen Blick auf die Skizze geworfen hatte. Der Zaim schaute auf das Papier.

»Kann es das nicht immer?«

Die Begegnung mit der Wissenschaftlerin hatte ihn innerlich aufgewühlt. Er schürzte die Lippen, rieb sich das bärtige Kinn. Der Plan dürfte funktionieren!

Als Mehmet gegangen war, nahm der Zaim einen Schluck Tee aus dem goldverzierten Tässchen und blickte voll widerstreitender Gefühle in die Weite.

Unten im Hafen schickte sich CIA-Stationsleiter Peterson an, mit dem Geschwaderführer auf der USS George Washington eine Verbindung aufzubauen. Der Flugzeugträger der Nimitz-Klasse kreuzte in der Arabischen See. Auf dem schwimmenden Hangar waren mehrere der modernsten unbemannten Drohnen einsatzbereit verstaut. Mit Raketen bestückt flogen sie selbständig ein designiertes Ziel an und zerstörten es. In diesem Fall war das der geheime Versammlungsort der al-Qaida-Führer in der alten Stadt Ta'izz. Peterson gab dem Geschwaderführer die genauen Zielkoordinaten durch, doch der Marineoffizier unterbrach ihn laut.

»Die Drohne fliegt nicht, Peterson.«

»Was zum Teufel heißt *fliegt nicht*? Bringen Sie Ihr Gerät gefälligst in Ordnung, Sir«, erboste sich Peterson, »sonst können Sie Ihre Karriere gleich an den nächsten Nagel hängen.«

»Hören Sie gut zu, Sie fette Landratte eines abgewrackten Zivilisten«, kam es scharf zurück. »Befehl vom CIC. Keine militärische Aktion auf jemenitischem Staatsgebiet. Absolut keine. Der Staatschef hat persönlich beim Präsidenten protestiert und sich weitere Operationen unserer Streitkräfte strikt verboten.«

Peterson schmetterte in einem Wutanfall den Hörer auf die Gabel, dass es krachte.

Es war nicht gerade der beste Tag der CIA in Aden. Die Vergeltung schien in weite Ferne zu rücken. Die Politiker haben die Gewichte wieder mal zugunsten der Terroristen verschoben, fluchte Peterson. Mechanisch reflexiv griff er nach der Flasche Bourbon in der untersten Schublade seines abgefuckten Schreibtisches.

59

Gegen acht Uhr abends an dem tristen Tag, als Peterson seinen Frust gegen einen mittleren Rausch ausgetauscht hatte, betraten drei uniformierte Polizisten das Stadtgefängnis von Aden auf der Henkershügel genannten Anhöhe. Sie hielten dem Aufseher am Eingang einen Schrieb unter die skeptisch gerümpfte Nase.

»Auslieferung. Ross. Ruth Ross«, herrschte ihn der Erste in zackigem Befehlston an. »Eine scharfe Mieze. Mach schnell.« Der Aufseher sah die Rangabzeichen eines Hauptmanns und zuckte zusammen.

»Jawohl«, blökte er.

»Mist!«, stöhnte der Zweite mit schmalen Lippen. »Wir verpassen glatt das Fußballspiel.«

Der Aufseher – ein ältlicher Typ, schütteres Haar, sein Körper eine konturlose Masse – warf einen langen Blick auf den kleinen Bildschirm in seiner Empfangszelle. Unter martialischem Getöse ging soeben ein Programm von al-Jazeera zu Ende. Ein bärtiger Sprecher kam ins Bild, sagte das Finalspiel an. Mürrisch ergriff der Aufseher den Schlüsselbund, winkte die Uniformierten müde nach hinten zum düsteren Korridor, den er dann entlangschlurfte.

»Was hat die Schlampe denn verbrochen?«

»Ach, die Hure, sie hat geklaut und weiß ich was noch alles«, log der mit den schmalen Lippen. »Mit kleinen Jungs Sauereien gemacht.«

Der Aufseher zuckte die Achseln, latschte widerwillig murrend voraus.

»Ich muss den Kommandanten informieren.«

»Schon erledigt«, fuhr der Schmallippige dazwischen und riegelte demonstrativ an seiner Kalaschnikow.

»Der Zaim wird dich nicht vergessen«, raunte der Hauptmann, steckte dem Wrack ein paar Geldscheine in die Jackentasche. Das dumpfe Gesicht hellte sich auf.

»Der Zaim! *Allah akbar!*«

Ruth Ross stand geduckt in der Mitte der winzigen Zelle unter einer trostlos von der Decke baumelnden Glühbirne.

Wortlos folgte sie der Eskorte nach vorne zum Ausgang, wo der dritte Polizist, der vor dem Gewehrkasten gewartet hatte, ihr sofort Handschellen anlegte.

Erst Minuten später, als sie hinten in der Limousine über die Küstenstraße raste, ging ihr auf, dass sie in einem kühnen Handstreich befreit worden war.

Ihre Befreier streiften lachend die Polizeiuniformjacken ab. Der Anführer, der in der Köpenickiade den Hauptmann gespielt hatte, reichte Ruth grinsend ein Thunfischsandwich.

Wo sie hinfuhren, wollte sie wissen, herzhaft zubeißend. Tief ins Hinterland, im Norden von Ta'izz, wo der Zaim eine Zuflucht, eigentlich mehr ein Jagdhaus, für sie eingerichtet habe. Morgen früh würde er mit ihr dort frühstücken.

Ruth nickte schmatzend. Was blieb ihr anderes übrig, als sich zunächst einmal dem Schicksal zu ergeben. Die Befreiung hatte jedenfalls Stil – genau wie der stolze Krieger, der dahinter steckte. Das Lächeln gelang ihr ohne Schwierigkeiten. *Würde mich nicht wundern, wenn in diesem Jagdhaus an meinem Bett Champagner und Rosen auf mich warteten!*

So war es.

60

Der Zaim kam am nächsten Morgen nicht zum Frühstück, auch nicht zum Lunch. Ruth vertrieb sich die Zeit in der schmuck eingerichteten kleinen Bibliothek, blätterte durch Bildbände über den Jemen, spielte mit dem Hauptmann ein Pingpong Match und begann schließlich, in einem Thriller zu schmökern. Erst gegen fünf fuhr ein Wagen vor. Alles lief dann rasch ab. Der Zaim, charmant wie am ersten Tag, schien in Eile – nach einer knappen halben Stunde kurvte der Landrover, eine Staubfahne ziehend, vom Jagdhaus weg.

»Woher haben Sie Kenntnis von meinen Mikroben?«, fragte Ruth, als sie nach zwanzig Minuten die Ereignisse des Vorabends rekapituliert hatte.

»Ich studierte in Genf. Ich brauche die Unterstützung der Schweiz. Ein reiches, vorbildliches Land, das durch Fleiß und Arbeit Wohlstand erworben hat.«

»Das erklärt doch noch gar nichts.«

»Die Universität in Genf ermöglichte mir ein postgraduales Studium in Amerika, in Washingtons Georgetown, mitten im Machtzentrum der USA, zwei Jahre lang. Eines Tages...«

Der Zaim verstummte, sein Blick schweifte in die Ferne, zur Kuppe, hinter der sich im bläulichen Dunst die Stadt andeutete.

Ruth drehte sich zu ihm um und schlug die Augen auf.

»Ja?«

Er neigte leicht den Kopf, seine Schläfenhaare berührten fast ihre Stirne. Er schenkte ihr einen warmen Blick. Während er den Landrover geschickt an den Schlaglöchern vorbei auf der schiefen Staubpiste hielt – zu ihrer Rechten die Weite der See, im Rücken die Berge, schattig gezeichnet von der sinkenden Sonne –, erzählte er.

»Nun, eines Tages, es war brütend heiß in Georgetown, schleppte ich mich das Trottoir entlang. Die schwarze Limousine, die seit einer Weile langsam neben mir die Straße hinunter rollte, beachtete ich kaum. Aber jetzt hörte ich die Stimme und drehte mich um. Die schwarz getönte Scheibe senkte sich und gab das freundliche Gesicht eines älteren Mannes frei. Es fragte: ›Sir, haben Sie einen Augenblick Zeit?‹ Kurzum, er behauptete, er empfinde große Bewunderung für mein Land. Dann lud er mich zum Abendessen ein.«

Ruth hielt sich am Handgriff fest, während der Landrover die steile Dreckpiste hinunterrumpelte. Vor ihnen lag tiefblau das Meer. Der Zaim hatte in den Geländegang zurückgeschaltet, der Motor brummte gequält auf hoher Drehzahl, bremste aber das schwere Gefährt gegen die Anzugskraft. Ruth Ross stemmte ihre Füße gegen die Bodenplatte. Die Motorhaube schien senkrecht abzufallen. Sie überschrie den Lärm.

»Und? Sind Sie hingegangen?«

Der Zaim wich einer Abflussrinne aus.

»Ja, das Essen war vorzüglich im Sea Catch. Der Herr war eine graue Eminenz.«

Sie erreichten ein flache Strecke. Er lenkte den Landrover an einem alten Gemäuer vorbei auf die abschüssige, von Zitronenblüten gesäumte Straße, die in sanften Windungen ins fruchtbare Tal hinabführte, sich im Dunkelgrün von Zypressen und Fruchtbäumen verlor.

»Er war überzeugt, der Jemen sei ein Land mit einer großen arabischen Kultur. Er wollte, dass ich ihm helfe, die Beziehungen auf eine freundschaftlichere Basis zu bringen. Das sei nur der Anfang. Um es kurz zu machen: Etwa ein halbes Jahr später besuchte er mich in Aden. Zu meiner Verblüffung erzählte er meinen Landsleuten in fließendem Arabisch von unserem großen Gelehrten Fouad Ajami.«

Der Zaim machte eine großzügige Handbewegung, fügte dann fast feierlich hinzu: »Walter Theodore Jones IV. wollte den Kampf der Kulturen verhindern. Wir installierten einen Nachrichtendienst, den er als dynamischen Frühwarnradar bezeichnete. Ich rekrutierte Gesinnungsgenossen in Saudi-Arabien, Jordanien und Palästina. Leute, die für den Islam einstanden, aber dem Fundamentalismus abgeschworen hatten.«

»Der Islam verhindert doch jede Öffnung«, wandte Ruth ein.

»Das ist ein Irrtum. Die orientalische Gesellschaft lebt sehr rational.«

Sie zog die Augenbrauen zusammen.

»Doch, doch«, hakte der Zaim nach. »Es sind tief greifende Prozesse im Gang, um die Religion unserer Vorväter in ein säkulares System einzubetten.«

»Das werden die Amerikaner nie begreifen.«

Der Zaim wehrte protestierend ab.

»Walter Jones dachte weit voraus. Er sah das demokratische Sendungsbewusstsein der USA in Gefahr, wenn es nicht gelänge, das Patt zwischen Palästina und Israel zu beenden.«

Ruth Ross schien die Bemerkung abzuwägen.

»Und was jetzt?«

Sie erreichten die ersten, niedrigen, weißen Häuser rund um eine kleine Moschee. Auf dem Platz mit dem alten Brunnen folgte der Zaim dem Wegweiser zur Schnellstraße.

»Der Mann sah die Konflikte voraus. Ich dachte dann, der alte Jones sei weg vom Fenster …«

Sie fuhren jetzt auf dem Highway in Richtung Aden. Die Sonne stand als rote Kugel über dem Horizont des graublauen Meeres.

»…bis ich kürzlich von ihm ein Buch erhielt. Ein arabisches Werk über Geschichte und die Bedeutung von Brücken.«

»Brücken?«

Der Zaim nickte.

»Alles beginnt im Jemen. Das wusste auch der alte Jones.«

»Verstehe ich nicht. *Wieso?«*

»Einer arabischen Legende nach stammt das Wort *Jemen* von *al-Yumn*, das heißt Segen und Wohlstand. Wir haben große Pläne für den Aufbau und die Modernisierung der arabischen Welt.«

Er hatte ihre volle Aufmerksamkeit.

»Aber bitte, ihr seid doch ein relativ kleines Land ohne Ölvorkommen.«

»Der Jemen kontrolliert die Passage vom Golf von Aden ins Rote Meer und zum Suezkanal. Er umfasst Saudi-Arabien wie eine Sichel. Die Emirate am Golf liegen in Griffnähe. Zudem hat al-Qaida im Jemen geheime Unterschlupfe.«

Die Ross lachte burschikos auf.

»Al-Qaida? Das müssen Sie ja wissen! Gleich werden Sie mich hinfahren.«

Der Zaim blieb ernst.

»Das hatte ich tatsächlich im Sinn.«

»Sie sind ja selber einer von denen«, rutschte ihr heraus. Sie hätte sich ohrfeigen können. Wie hohl es tönte!

»Wer behauptet das?«, fragte der Zaim ungläubig, trat mit voller Kraft auf die Bremse, schlug das Lenkrad ein, drehte scharf ab, fuhr dann in die Richtung zurück, aus der sie gekommen waren.

Ruth spürte Unsicherheit, fand keine Worte.

»Wir fahren zurück. Ich zeige Ihnen die Festung.«

Sie schüttelte ungläubig den Kopf. *Jetzt dreht der durch!* Sie richtete sich im Sitz auf, die Hände platt auf die Schenkel gelegt. Blasse Haut spannte sich straff über die Backenknochen. Komme, was kommen soll, sie war auf alles gefasst.

Ungefähr eine halbe Stunde später erreichten sie wieder das alte Gemäuer. Rasch zunehmende Dämmerung verwischte die Konturen der Umgebung. Die breite Betonpiste hörte abrupt auf. Der Zaim machte eine warnende Handbewegung.

»Passen Sie auf!«

Wo eben noch eine karge Felswand jedes Weiterkommen versperrte, kam Bewegung in die rötliche Gesteinsbarrikade. Der Fels schob sich auseinander. Der Landrover fiel vorne ab, Ruth Ross suchte Halt, ein klaffendes Loch tat sich auf. Plötzlich rollten sie geradeaus ins schwarze Nichts – ein Rauschen erfüllte den Innenraum, Mauern flitzten nahe vorbei. Der Zaim hatte die Scheinwerfer eingeschaltet, der Lichtkegel verlor sich im trüben Dunst eines langen Tunnels. Ruth stöhnte ehrfürchtig auf.

»Gewaltig!«

»Das Gewölbe wurde für den Transport der SS-25 bemessen. Dieser Teil des Jemens liegt ideal für die landgestützten ballistischen Langstreckenraketen der Russen. Die Dinger haben gut 10 000 Kilometer Reichweite. Die Abschussrampen tief im Fels sind schwer zu treffen und kaum zu zerstören.«

Das Ganze verschlug ihr fast den Atem.

»Wo haben Sie die Waffen her? Und die ausreichend trainierten Bedienungsmannschaften?«

»Wir verfügen über die besten Leute. Angeheuerte Südafrikaner, Russen – natürlich auch Nordkoreaner. Die Saudis finanzieren.«

»Wie bitte?«

»Der Jemen ist so eine Art Joker im Nahost-Poker. Ein starker Jemen hält die Zwistbrüder in Schach.«

Sie erreichten eine Schranke, die der Zaim mit einer Fernsteuerung öffnete. Dann hob sich ein Stahlgitter. Der Landrover kam in einem mächtigen, in den kahlen Fels gehauenen Kuppelraum zum Stehen. Der Zaim stieg aus, trat an eine helle Stelle der Felswand.

»Wir befinden uns in der Umladestation«, erklärte er. »In den achtziger Jahren halfen uns ein paar Schweizer Ingenieure, diese Superkaverne zu bauen. Der 11. September war für uns ein K.o.-Schlag. Jones setzte sich vergeblich dafür ein, dass die Lage nicht eskalierte. Alles war umsonst.«

»Dann kam der Angriff auf den Irak«, flüsterte Ruth Ross ahnungsvoll. Sie trat neben den Zaim, der, zustimmend nickend, eine Aussparung öffnete.

»Eine fürchterliche Katastrophe für die Araber, wie damals die Gründung des Staates Israel im Jahr 1948. Jetzt sitzen die Extremisten wieder an den Schalthebeln. Hier brüten sie furchtbare Anschläge aus gegen die Amerikaner drüben in den Emiraten und wer weiß wo sonst noch.«

Die Ross trat heran, schielte intensiv durch das Guckloch, das der Zaim freigelegt hatte. Ihr Blick fiel auf einen schwach beleuchteten Kommandoraum.

»Der Nahost-Frieden könnte Wirklichkeit werden. Doch diese Ewiggestrigen haben kein Interesse daran, dass sich etwas ändert. Der alte Jones in Washington hatte mich gewarnt, dass gefährliche, rücksichtslose Hardliner auch im Weißen Haus sitzen. Zudem sind die religiös codiert und wollen mit den Schurkenstaaten aufräumen. Einer ist ihnen dabei vermutlich im Weg – der Präsident. Ich befürchte ernsthaft, sie wollen ihn umbringen.«

Ruth fühlte Gänsehaut die Arme hochkriechen. Der Zaim hob beschwörend die schlanken Hände.

»Eine neue Generation ist aufgerufen, den Frieden zu bewerkstelligen. Der Alte hat schließlich lange genug daran gearbeitet!«

Ruth heftete den Blick auf die Geräte und Monitore, die im Nebenraum eng die Arbeitstische füllten.

»Das ist die Einsatzzentrale!«

»Wenn meine Informationen stimmen, liegen hier sogar atomare Sprengköpfe versteckt.«

Ruth Ross starrte ungläubig auf die Darstellungen von designierten Zielen, die von der Großleinwand herüberflimmerten. Sie seufzte schwer auf.

»Die Nordkoreaner haben Atomwaffen geliefert?«

Der Zaim zuckte abschätzig die Achseln.

»Die Amerikaner haben es nicht verhindert, sondern ließen den von ihnen gekaperten spanischen Kutter mitsamt der Ladung wieder auf Fahrt. Die A-Waffen aus Nordkorea sind klein und transportabel. Ich fürchte, wir haben ein Stadium erreicht, wo der Geist mordet, statt Gerechtigkeit oder Schönheit zu verbreiten.«

»Amen«, spottete Ruth erregt. »Statt das Schreckliche abzuwenden, verstecken Sie sich hinter billigen Sprüchen. Tun Sie doch was!«

»Ich habe nur noch beschränkten Zugang zu dieser Anlage, leider. Al-Qaida ist im Begriff, sie vollständig zu kontrollieren. Ich will sie unbedingt zerstören. Helfen Sie mir?«

Eine schreckliche Ahnung überkam sie.

»*Zermürben* ist das Wort. Und C-Waffen?«, fragte sie entgeistert. »Habt ihr hier auch noch chemische Sprengköpfe?«

Er nickte fast unmerklich.

»Um die UNO-Inspekteure auszutricksen, hat der Irak damals rechtzeitig einen Teil seines Arsenals an Massenvernichtungswaffen verschifft und auf hoher See in Sicherheit gebracht. Auf Umwegen kamen irakische C-Kampfstoffe in diese Gewölbe.«

Wieder spähte sie durch das Guckloch in den Kommandoraum. Plötzlich belebte er sich. Bewaffnete kamen hereingerannt, Befehle echoten durch den chthonischen Raum.

Der Zaim machte vorsichtig kehrt, deckte die Beobachtungsspalte wieder zu.

»Kommen Sie, schnell!«

Schon joggte er zum Landrover, startete den Motor.

Ruth zögerte.

Du musst nur den richtigen Moment abwarten, hörte sie die Stimme Leichenfelds. *Hatte der Blödmann denn den Hauch einer Ahnung?,* kochte sie vor Wut. *Der Zaim ist kein Monstrum, der Dreckskerl heißt Leichenfeld. Können die Stinkstiefel dieser Mossad-Bande denn so blöd sein und nicht wissen, was hier im Jemen eigentlich vorgeht?*

Eine Sirene begann zu heulen. Mit einem Ruck sprang das Fahrzeug nach vorne in den sicheren Tunnel, stoppte mit kreischenden Reifen. Plötzlich schien sich die Felswand zu bewegen.

Ihre Hand umfasste den Schaft des Klappmessers in ihrer Hosentasche. *Eine Spezialklinge, wie eine Nadel,* hörte sie Leichenfeld, *stich von hinten zu, hier* – er hatte ihr die Stelle am Kopfansatz gezeigt, wo der Nerv durchgetrennt wird – *am besten, wenn er schläft oder die Zeitung liest, geh mit ihm ins Bett …* Ruth wandte sich um, geduckt wie eine Tigerkatze vor dem Kill.

»Um Himmels willen, kommen Sie!«, schrie der Zaim.

Sie blickte hoch zur Decke, schauderte: Raue Felszacken, die geduldig warteten wie schwarze Zähne in einem klaffenden Maul, prophezeiten ihren Untergang, wenn sie Leichenfelds Befehlen nicht gehorchte, schienen zu höhnen: *Zu feige, was?*

Langsam senkte sich das Stahlgitter, schnitt ihren Fluchtweg ab. Endlich löste sich Ruth aus der Trance. Wutentbrannt sprintete sie ans Gitter, hechtete flach auf den Boden. Sie hatte den athletischen Sprung martialisch kalkuliert. Ihr Körper landete etwa drei Meter vor dem bedrohlichen Gitter, schlitterte über den glatten Boden. Auf der anderen Seite kauerte der Zaim.

Unerbittlich senkte sich das Gitter – die scharfen Metallspitzen schienen in der nächsten Sekunde in Ruths Rücken bohren zu wollen. Der Zaim packte sie an den Handgelenken, warf sich mit ganzer Kraft zurück, die Frau mitreißend. Einzig einer ihrer Stiefel blieb hängen. Sie rannten zum Landrover. Die Schranke öffnete sich, das Fahrzeug verschwand in einer Staubwolke im Dunkel des Tunnels. Die Ross rang keuchend nach Luft.

»Was ist passiert?«

Der Zaim konzentrierte sich wortlos auf das Fahren, sprach erst, als sie den Tunnel verlassen hatten und zum zweiten Mal an diesem Tag am alten Gemäuer vorbei die breite Straße in den Talgrund hinunter fuhren.

»Dieser Zugang ist nur mir bekannt. Jemand hat uns bemerkt.«

»In deren Augen sind Sie ein Verräter.«

Der Zaim stoppte abrupt, blickte sie aus funkelnden Augen an.

»Haben Sie eine bessere Idee?«

»Nein.«

»Wir führen die Wende herbei. Wir bauen Brücken. Mit Gewalt und Zerstörung darf es nicht weitergehen. Nicht in meinem Land. Sie müssen mir helfen. Ich verlasse mich darauf, dass Ihre Mikroben den Bunkern den Garaus machen.«

Sie hatte die Keckheit, ihn anzulächeln.

»*Zermürben* statt *zerstören*, mein Herr?«

Jetzt flackerten seine Augen unsicher. Ging sie auf sein Ansinnen ein?

»Unser begehrtes Spitzenprodukt, die Kampfmikroben, zermürben Beton wie nichts«, prahlte Ruth mit den Erfolgen vom Patumbah Institut. »Sie fressen sich durch Stahl, vernichten Sprengstoff, TNT. Ganze Munitionslager gehen drauf.«

»Ist das Ihr Ernst?«

»Todernst. Es ist die Schneidwaffe der Zukunft.«

»Und was wären meine Garantien?«
Ihre Augen verkniffen sich zu Schlitzen.

»Zaim, garantiert ist in diesem Geschäft nur der Skandal, sofern Sie nicht professionell und verschwiegen operieren. Bleiben Sie untätig, sind Sie ein großmäuliger, impotenter Stammesführer und Möchtegernkriegsherr, der zuschaut, wie die radikalen Kräfte des Aberglaubens sein Land ruinieren.«

Der sonst so stolze Blick des Zaims hatte erstmals etwas Perplexes.

»Sparen Sie sich große Reden. Die gehören nicht zum Geschäft.«

»Bedeutet Zaim nicht ›tapferer Führer‹ oder so ähnlich?«, stichelte sie.

Sein Blick schien sich in der Ferne zu verlieren. Er legte einen Gang ein.

»Es wäre also möglich, die Raketensilos und die Sprengköpfe unbrauchbar zu machen?«

»Vorausgesetzt, Sie unterzeichnen den Vertrag und machen die Anzahlung. Probieren geht über studieren, Sir. Versuchen Sie's nicht, finden Sie's nie raus.«

Eine halbe Stunde fuhren die beiden, in Gedanken versunken, schweigend dahin. Dann riss sich Ruth zusammen, stellte plötzlich die Frage, die ihr seit langem auf der Zunge brannte.

»Wie kommt es, dass Sie mich am Hochzeitsfest für Yael Matar gehalten haben?«

Ihre Stimme war scharf wie splitterndes Glas.

Aus stechenden Augen blickte er sie überrascht an.

»Yael? Ach, das ist eine komische Geschichte. Eine verrückte Frau.«

»Frau?«, fauchte Ruth. »Sie hat das Recht verwirkt, Frau genannt zu werden. Der ist doch längst ein Schwanz gewachsen.«

Der Zaim schien die raue Bemerkung diskret zu überhören.

»Tja, es war vor nicht allzu langer Zeit, ich glaube vor einem Monat – ja – noch vor dem Attentat in Jerusalem«, begann er die Geschichte. »Ich begegnete ihr ganz zufällig, es hatte mit Ali zu tun, besser gesagt mit seinem phänomenalen Jimmy …«

… wie üblich fand der Klatsch in der Küche statt. Das anzügliche Gelächter, das spitze Kichern waren nicht zu überhören.

»Was geht hier vor?«

Gebieterisch stand der Zaim breitspurig in der Tür. Jäh verstummte die Heiterkeit. Ein Abgrund von Schweigen tat sich auf.

»Nanu, bin etwa *ich* das Ziel eures Spotts?«, herrschte er die versammelten Menschlein an.

Allmählich, Stück für Stück erfuhr er die Story. Die im Mövenpick Aden Hotel abgestiegene Amerikanerin hatte sich den starken Ali angelacht. Ein wahres Urgestein von Naturbursche aus den Bergen im Norden, tiefblaue Augen und ein sonniges Gemüt. Jennifer, wie die Mannstolle hieß, verführte ihn, ließ nicht von ihm ab. Sie rief ihn zwei, drei Mal am Tag – und in der Nacht. Ali prahlte vor seinen Freunden treuherzig mit seiner unermüdlichen Keule, wie scharf die Blonde auf sie war, wie und wie oft er sie pimperte, wie sie stöhnte, ihn stundenlang blies, wie sie zappelte, wenn er's ihr besorgte.

Im langweiligen Alltag der jungen Männer war Jennifer die hereingeschneite Sensation. Eines Nachts war die Zimmertür einen Spalt offen geblieben, Alis Kumpel drängten sich im Flur, sie hätten auch Eintrittskarten gelöst, ergötzten sich, wie er auf ihrem breiten Arsch auf und ab hopste. Natürlich uferte es aus. Der Zaim wusste nur zu gut – eine US-Amerikanerin, die in Aden Amok läuft, bedeutet Trouble. Er war besorgt um sein gutes Verhältnis zum CIA-Stationsleiter, sandte einen seiner Diener aus, Erkundigungen einzuziehen.

Jennifer Faithless hieß die Unersättliche. Der Zaim rief Bruce

Peterson, den Stationsleiter, an, erfuhr, dass die Faithless Aden in offizieller Mission besuchte, begleitet von zwei grauen Langweilern der Homeland Security aus Washington, D.C.

Wenig später kam es zur Rauferei. Zaims Männer hatten Jennifer in einer Hafenspelunke mit einer andern Fremden überrascht, nicht weniger scharf – die Kerle freuten sich schon auf eine flotte Nummer zu viert oder mehr. Doch als sie die Neue anquasselten, einer den Fehler beging, sie zu betatschen, schlug sie brutal zu. Im Nu krümmten sich die Kerle vor Schmerz auf dem Pflaster …

»Das war Yael!«, sagte Ruth dumpf. »Die Bestie!«

»Richtig. Peterson tat alles, einen Eklat zu vermeiden. Er gab vor, Matar arbeite für den Mossad, Faithless sei hineingezogen worden. Alles Kamelkot natürlich.«

»Wieso?«

»Weil wir herausfanden, dass sich diese rabiate Zicke mit den grauen Mäusen aus Washington getroffen hatte. Die Zusammenkunft war arrangiert. Einer war der frühere CIA-Direktor Kelly, der andere, ein Hagerer – namenlos. Hätte diese Faithless nicht jede Nacht durchgevögelt werden wollen, wären wir wahrscheinlich ahnungslos geblieben. Wie konnte so eine kluge Frau ein so miserables, zerstörerisches Sexleben haben?«

Ruth sah sich genötigt, ihre Artschwestern in Schutz zu nehmen.

»Heilige haben Vergangenheit, Sünderinnen Zukunft.«

Während er aus der Flasche trank, schielte der Zaim versonnen auf das hübsche Haupt der Doppelgängerin. Ruth fand keinen Anlass zum Erröten, lenkte seine Aufmerksamkeit mahnend nach vorne auf die Straße.

»Die rabiate Zicke, wie Sie sie so forsch nennen, ist zufällig meine Schwester«, erklärte Ruth gleichmütig. »Was hatten Sie mit ihr?« Dieser Satz kam eine Unze giftiger heraus. Der Zaim zog hörbar den Atem ein.

»Donnerwetter! Kein Wunder.«

»Mordet die Matar etwa für Sie?«

Der Zaim schüttelte wie entsetzt den Kopf, beschleunigte stark.

»Killen? Nein, behüte! Peterson stellte sie mir doch bloß vor, weil er glaubte, sich damit ein Alibi für den Krawall zu verschaffen. Er versprach hoch und heilig, die Frau von Aden fern zu halten. Ich redete kaum mit ihr. Sie wollte mir weismachen, sie hätte die geile Amerikanerin, diese Faithless, zufällig getroffen. So war das. Das Gesicht hat sich mir freilich eingeprägt. *Schwestern* sind Sie beide? Dann sind Sie doch Zwillinge. *Inshallah* – hoffentlich nicht eineiige!«

61

Ruth Ross fühlte kaum Müdigkeit. Unter der Dusche entspannte sie sich. Dann arbeitete sie an ihrem Plan.

Der Wohnraum der großen Scheune, in der sie einquartiert war, hatte keine Decke. Das restaurierte Gebälk war freigelegt. In der Mitte des Raums hatte sie sich auf dem langen Holztisch ihren Laptop aufgestellt. Sie surfte durchs Netz.

Hatte er geblufft?

Sie fand die Bilder über die ballistischen Raketen: SS-25; Reichweite: 10 500 Kilometer; Länge: 20 Meter; Nato-Code: Sickle; Russische Bezeichnung: RS-12M Topol. *War Topol nicht das Wort für Pappel?* Sie starrte auf das Bild der tarnfarbenen Rakete, die wie ein Langholztransport auf einem schweren Siebenachser ruhte. *Sie durfte den Zaim nicht loslassen, das Netz war ausgelegt.*

Sollte sie Gustav anrufen? – Hören Sie mal, Boss, ich stecke im Dilemma. Einerseits unser Millionengeschäft, andererseits mein Problem … Wenn ich den Zaim mit der Mossad-Technik ins Jenseits steche, bin ich befreit, das Material, das mich belastet, wird vernichtet, nur unser Vertrag geht halt in die Binsen …

Wie albern das tönte! Absolut idiotisch. Sie musste die Ent-

scheidung allein treffen. Heute Nacht. Nadel oder nicht Nadel …

Nur ein leichtes Nachthemdchen streichelte ihren schön geformten, über den Laptop gebeugten Körper, als eine Faust an die Eingangstür pochte, die Glocke schepperte. Der Zaim trat ohne abzuwarten ein. Er trug ein weißes Hemd, luftige Leinenhosen.

Sie sah, dass er alles sah. Ihren Körper, der durch die dünne Seide schimmerte, sich schattenhaft abzeichnete. Ihren Blick, die aufgelösten Haare. Er trat näher, legte langsam, aber bestimmt beide Hände auf ihre Hüfte. Sanft zog er sie näher. Ihr Gesicht wandte sich dem seinen zu, die feucht glänzenden Lippen leicht geöffnet. Der Zaim schien ihr um etliche Jahre jünger – wie ein junger orientalischer Prinz. *Gott bewahre, der ist bestimmt nicht al-Qaida,* suggerierte ihr ein dunkles Vorgefühl, dem sie nur zu gerne folgte.

»Ich war ziemlich rau mit Ihnen heute Nachmittag«, meinte er mit sanfter Stimme. »Tut mir Leid.«

Sie legte ihm neckisch eine Fingerspitze auf die Lippen.

»Pssst! Sie sind ein furchtbares Großmaul, aber Sie haben mich vor den Spießen des Fallgitters gerettet. Mit festem Griff. Vielen Dank. Ich liebe festes Zupacken.«

Wie ein brünstiger Hengst leise durch die Nüstern schnaubend, schob er sich auf Hautnähe heran. Spielerisch entzog sie sich ihm.

»Später, Zaim. Morgen gibt es viel zu tun.«

»Später ist ein dummes Wort.« Er beugte sich vor. »Sie duften wie ein Wiese voller Veilchen. Ihre Augen funkeln wie das Firmament in Tausendundeiner Nacht.«

»Charmeur!«

Sanft drückte sie ihm ihre Hand flach auf den Rücken, strich mit den Fingerspitzen zum Po hinunter. Ihre Lächeln begegneten sich, leuchteten einander an.

»Zaim, Ihre Theorie hat einen Fehler«, flüsterte sie.

Seine Augen funkelten amüsiert; sanft zog er sie an sich.

»Tatsächlich?«

»Der Mossad. Es ist doch schlicht nicht möglich, dass der Mossad diese Waffenverstecke im Berg toleriert?«

Er drückte sie an sich. Sie ließ ihn.

»Das Heiligste für den Mossad ist die Existenz Israels«, flüsterte er. »Was Israel nützt, ist für den Mossad gut. Der Zweck heiligt die Mittel. Warum glauben Sie, hat der Mossad damals das Attentat auf Itzak Rabin nicht verhindert? Frieden mit Palästina ist ihm ein Gräuel.«

Ruth hob die Hand zu einem schwachen Protest. Da küsste er sie mit einer Sanftheit, dass sie glaubte, dahinzuschmelzen. Es war lange her, dass ein Mann sie so charmant und feinfühlig verführt hatte. Ruth schlang sich um ihn. Halb zog sie ihn, halb sank er hin, als sie vor dem Bett im Schlafzimmer stand, ihm das Hemd öffnete, ihre Lippen seine kräftige, unbehaarte Brust liebkosten.

Alles geschah gemächlich. Sie streifte mühelos ihr seidenes Princeton-T-Shirt ab, ohne Zerren und Ellbogenverrenken. Darunter trug sie keinen BH – ihre Brüste standen, mühelos die Schwerkraft zähmend. Sie war geschmeidig wie eine Molluske, gepackt von sinnlicher Begierde. Es kam keine Verlegenheit auf, nichts Verkrampftes.

Rod Stewarts *The Way You Look Tonight* klang klebrig aus den winzigen Lautsprechern: *Eines Tages, wenn ich so allein bin, die Welt kalt ist, fühle ich mich unendlich gut, wenn ich denke, wie du heute Abend aussiehst …*

Und der Zaim – seine kraftvollen, männlichen Züge, dabei eine feine, sanfte, fast weibliche Art, das brachte Ruth fast von Sinnen. Aber schnaufend stammelnd entzog er sich.

»Erst das Geschäft.«

Er zog sie zum Schreibtisch, wo die Papiere ausgebreitet lagen, unterschrieb den Vertrag, zeichnete auch jede Seite mit seinen Initialen – bekräftigte die Abmachung dazu noch mit Handschlag.

Dann erhob er sich bärenhaft vom messingbeschlagenen Nussbaumschreibtisch, trat an den offenen Wandschrank, in dem ein Minikühlschrank surrte. Er nahm eine Flasche Chablis heraus, köpfte sie leger.

Um die Stimmung zu retten, prostete sie ihm zu.

»Auf den Jemen!«

Nervös scharwenzelte sie durch die Wohnung, setzte alles dran, ihn noch mal rumzukriegen. Doch der Mann war wie verändert – wie in Eile, seine Gedanken schweiften ab, sie sah es.

»Habe ich etwas falsch gemacht?«, fragte sie leichthin, doch durchaus gereizt.

»Nein, nein. Im Gegenteil. Ich bin heiß wie … ein Geier, kann kaum noch geradeaus denken. Nur, es ist wegen … also, zwei junge Jemeniten sind im Genfer See vor Evian ertrunken. Man hat sie bis heute nicht gefunden. Ich muss mich der Sache annehmen. Reina und Said waren unsere Hoffnungsträger.«

Ohne weitere Umstände verabschiedete er sich, so knapp wie höflich, schritt hinaus.

Es spielte keine Rolle. Eine Affäre mit dem wunderbaren Mann war nicht drin. Wenigstens nicht heute Nacht. Im Schock der Enttäuschung wünschte sie ihm einen ordentlichen Arschfick an den Hals.

Morgen würde sie über Dubai nach Zürich zurückfliegen. Sie schaute an ihrem Körper hinunter, fühlte sich wie durch die Mangel gedreht. Hieß das Motto wieder mal: *Selbst ist die Frau?* Immer noch wie Espenlaub bebend, stürzte sie sich auf die Flasche, kippte nacheinander zwei Gläser Chablis in die trockene Kehle. Ah – das war doch schon besser! *Zaim hin, Zaim her,* räsonierte sie, die Kontraktseiten zusammenraffend und sich Luft damit zufächelnd, *das verdammte Heu ist jedenfalls sicher in der Scheune!*

62

Ungefähr zur gleichen Zeit schritt in Washington Ken Custer in Gedanken vertieft durch das helle Arbeitszimmer seines modern möblierten Georgetown-Apartments, setzte sich schräg auf den Rand des mit Büchern und Zeitschriften übersäten Schreibtischs und zappte sich durch die Nachrichtensender. Der grausame Mord am CIA-Direktor füllte immer noch alle Kanäle, stundenlang.

Ken lief es plötzlich kalt den Rücken herunter. Er hörte noch die letzten Worte des Ermordeten, seine Stimme hallte schauerlich nach, mahnend, wie aus tiefster Gruft: *Wir werden unterwandert, Ken!*

Das Telefon klingelte.

Cliff Montgomery vom FBI rief an, gab forensische Details durch.

»Gute Arbeit«, lobte Custer, das Zimmer abschreitend.

Minuten später chauffierte er den alten Ford aus der Garage, einen alten Kombi mit seitlicher Holzverkleidung und zwei großen Auspuffen, durch die der starke Motor zufrieden brummte.

Gedankenverloren fuhr Ken auf der Schnellstraße den Potomac entlang, zweigte schließlich zum Supermarkt ab. Wozu ist ein Freund gut, sinnierte er, wenn nicht, um mit ihm Probleme zu wälzen. Er parkte, stieg aus und schlenderte gemächlich zum Eingang hinüber.

»Hallo, Ken.«

Ken zwinkerte überrascht.

»*Doris!* Folgen Sie mir heimlich?«

»Ach, komm, wohl eher umgekehrt. Schließlich hab' ich Sie damals zu Sam Schwartz' Superladen geführt. Schon vergessen?«

»Wie könnte ich. Sam ist doch mein zweites Gewissen. Wie reagieren übrigens die Leute drüben in der Firma?«

»Sie haben mich gefeuert«, sagte Kens ehemalige Mitarbeiterin ruhig. Er fuhr erstaunt herum, sein Blick traf sie. Sie produzierte ein leicht gequältes Lächeln.

»Unsere Unterabteilung wird dichtgemacht.«

Sie gingen durch die Drehtür ins Innere, dann weiter, auf den hinteren Teil zu, wo Sam Schwartz' Laden in einer Ecke der riesigen Einkaufshalle eingerichtet war.

»Einer von der Security hat mich über Sie ausgefragt. Ich habe natürlich nichts gesagt, außer, dass Sie morgen nach Montana zum Fischen fahren.«

Custers Gedanken rasten. Ted Jones hatte gewusst, dass er nach Zürich reiste. Wer sonst wusste noch davon? Er zwang sich zu lachen.

»Großartig, aber Fisch mag ich erst, wenn er auf dem Teller liegt.«

63

Sam Schwartz' Waffengeschäft bestand aus einem langen Tresen mit dicker Glasplatte, unter der Prunkstücke verschiedenster Art zum Kauf lockten. Dahinter türmten sich mit bunten Schachteln gefüllte Regale.

Ken schritt an Zielfernrohren vorbei zum unübersehbaren Besitzer hinüber, der seine behaarten Arme wie Zaunpfosten auf das Glas stützte, den großen kahlen Schädel gegen die Stirn eines interessierten Käufers neigend. Gemeinsam schauten sie gebannt auf einen Dan-Wesson-Revolver hinunter. Im Schaukasten nebenan reihten sich Repetierbüchsen aneinander.

»Die Vierundvierziger Magnum hat nichts an Popularität eingebüßt«, erklärte Sam gerade dem Kunden. »Hallo, Ken. Mensch, was läuft?«

Der potenzielle Käufer wollte es sich nochmals überlegen. Nach weiterem Wortwechsel wandte Sam sein Mondgesicht strahlend Ken zu.

»Munition?«

Ken nickte unschlüssig.

»Auch. Hast du eine *Glock 17* mit Kunststoffrahmen?«

»Für dich haben wir alles. Die Waffe ist ein Meilenstein der Neunmillimeter Kaliber. Komm!«

Doris entfernte sich winkend tiefer in die Riesenhalle, während Sam nach hinten in das kleine, fensterlose Büro voranging, die Tür schloss.

»Hast du wieder mal einen deiner komischen Aufträge laufen?« fragte er bekümmert, griff in einen Stapel ungeöffneter Packungen, zog eine Schachtel hervor und riss sie auf. »Hier. Alles dabei. Zwei Magazine mit 17 Schuss. Drei Schachteln Hohlkopfmunition. Saubere Durchschlagsleistung. Geht's um Weiber? Diese Ruth Ross?«

Ken antwortete nicht. Gebannt schaute er zu, wie Sam mit geübten Griffen die matt schimmernde Pistole in ihre Bestandteile zerlegte. Dann erzählte er Sam von seiner seltsamen Begegnung mit Billie Sue Powell.

Sam lauschte aufmerksam, während er einen kleinen weißen Stofffetzen um einen kurzen Putzstock wickelte und in den Lauf einführte. Anzüglich grinsend, beschleunigte er die Stoßbewegungen mit dem Putzstock.

»Hast du sie …?«, flachste er. »Den Lauf soll man immer gründlich durchficken.«

»Das ist nicht der Punkt, du geiler Greis. Die Frau ist tot! De mortuis nihil nisi bene!«

»Chinesisch stand schon immer auf meiner Lernliste«, grinste Sam.

Ken begann von den Ereignissen in Boston zu sprechen, Sam hörte sichtlich beeindruckt zu. Die dramatische Wende zum Allerschlimmsten ließ ihn verstummen. Er schraubte eine kleine Bürste auf den Putzstock, tupfte sie in eine Büchse mit Waffenfett.

»Du brauchst spezielles Fett«, dozierte er, fügte gleich allwissend hinzu: »Trotzdem, reise nie den Frauen nach, Ken. Wenn die Weiber was wollen, lass sie zu dir kommen und …«

»Was hast du über sie herausgefunden?«, unterbrach Ken. Er schaute zu, wie Sam den Lauf sorgfältig einfettete.

»Frauen wollen doch immer dasselbe, Ken. Sex und Geld – nicht unbedingt in dieser Reihenfolge.«

»Im Ernst, Sam, wer ist Ruth Ross?«

»Aha, sind wir im Geschäft?«

Sam legte den Lauf auf den Tisch, hob mit zwei Fingern den Schaft auf und beäugte ihn aus der Nähe unter dem Lichtschein der Neonröhre.

»Zunächst diese arme Tote. Mein Netzwerk spuckte eine Sue Powell aus, die mal beim FBI gearbeitet hat. Könnte es die gleiche Person sein?«

Custer ergriff den freigelegten Lauf, hielt ihn vor einem Auge prüfend gegen das Licht, blieb stumm.

»Schon gut. Nehmen wir an, die Geschichte stimmt«, versuchte Sam. »Dann bleibt dir nichts anderes übrig, als diese Ruth Ross aufzusuchen.«

Custer legte den Lauf auf den Tisch.

»Sam, ich weiß wirklich nicht, warum ich mich einmische. Aber da ist diese nagende Ahnung, dass der Mord am CIA-Direktor nur der Anfang eines riesigen Komplotts ist, das die Welt an den Rand des Abgrunds treiben kann.«

Sam schnitt eine abschätzige Grimasse.

»Wau, *noch* 'ne Weltverschwörung! Ken, dieses Land ist voll von Spinnern, die den amerikanischen Unilateralismus predigen und die Basis für die Eroberung der Welt durch Amerika legen. Ist doch alles Nonsens.«

Custer blieb ernst.

»Vor seinem Tod hat mich Ted noch gewarnt. Dann rief mich der Unsichtbare zu sich und stieß ins gleiche Horn. Ich weiß nicht, warum mir ein Gefühl sagt, dass an dem kolossalen Verdacht etwas dran ist. Begreifst du jetzt, dass ich etwas unternehmen muss? Ich glaube einfach nicht an Zufälle.«

»Ich schon. Zufälle entscheiden über unser Schicksal. Okay, Ruth Ross. Warte!«

Sam Schwartz wischte sich die Hände am Putzlappen ab, durchwühlte einen Stoß Papiere.

»Hier. Angeblich hat sie einen jüdischen Hintergrund. Macht wissenschaftliche Versuche in einem See.«

»Im See?«

»Offenbar gibt's in Zürich einen See. Sie macht irgendwelche Experimente im Wasser, mit Wasser, was weiß ich. Genaues nicht bekannt.«

»Weiter?«

»Und betreut eine Wetterstation in den Bergen. Komisch, nicht?«

»Und?«

»Vor Jahren gab es einen Zwischenfall mit einem ihrer Kollegen, einem israelischen Wissenschaftler, der mit ihr zusammen am gleichen Projekt forschte.«

»Hast du Einzelheiten?«

»Negativ.«

»Name?«

»Moment.« Mit klobigem Mittelfinger legte er ein Blatt um, fand den Namen. »Dror Eran.«

»Sonst noch was?«

»Dass die heute im Patumbah Institut eine leitende Stellung hat, weißt du schon.«

Er reichte Custer seine ausgedruckten Recherchen.

»Ich brauche ohnehin eine Luftveränderung«, meinte Custer etwas umständlich. »Könnte das Angenehme mit dem Nützlichen verbinden, verstehst du?«

Er steckte die Papiere ein.

Sam wischte mit einem Lappen bedächtig über den Pistolengriff.

»Nein. Ich sagte doch, Chinesisch habe ich noch auf der Liste. Was meinst du mit *Nützlichem?* Willst du diese Ruth Ross in der abgelegenen Wetterstation beglücken? Oder den Frosch küssen? Quak, quak! Damit er zur Prinzessin wird?«

Ken grinste verlegen.

»Es geht um diesen Jack Frosh, der oben in Montana aus der geheimen Forschungsanlage ausgerissen ist. Glaubst du nicht, wir sollten ihn aufstöbern? Oder diese Anlage heimlich auskundschaften?«

»Die Katze kann das Mausen nicht lassen«, lachte Sam. »Okay, wahrscheinlich erzählst du mir nur die Hälfte. Fahr doch hin da, Ken, du liebst die Schweiz, leiste dir mal 'n bisschen Abwechslung. Vergiss nur die Kanone nicht. Probier sie aus. Zahlen kannst du später.«

Es klopfte an der Tür, Doris schob ihren Wuschelkopf herein.

»Na, ist die Geheimbesprechung beendet?«

Sie schaute auf die Waffe, die Sam zusammensetzte und fragte alarmiert: »Wozu brauchst du dieses Superding, Ken? Sag mir nicht, du arbeitest wieder für diese Bürokratenbande!«

Ihrem Blick ausweichend lenkte Ken das Gespräch auf sichereren Grund.

»Eh, Sam, was ich noch fragen wollte, hast du vielleicht einen Job für diese Dame?«

»Für Doris? Warum?«

»Sie ist ihre Stelle los. Drüben, du weißt schon, wo.«

»Und ob ich das weiß, Ken. Wo arbeitest du schon wieder? Ich sag' ja immer, die Knochenarbeit zählt nichts mehr. Anstatt herumzuhorchen und mit den Leuten zu reden, glaubt ihr Superspione nur noch an Satelliten und solches Geschmeiß. Was nützt es, aus dem All ein Nummernschild zu lesen, wenn du nicht weißt, was der Fahrer im Schilde führt?«

Ken schüttelte stirnrunzelnd den Kopf.

»Bin ich im falschen Film?«

»Doris braucht keinen Job«, lachte Sam. »Sie hat mich.«

Doris streifte mit dem Finger zärtlich über Kens Kinn.

»Klappe zu, Ken«, spöttelte sie. »Sam ist mein Ehemann.«

Sam rettete die Situation, indem er die Pistole einpackte und Ken die Schachtel zuschob.

»Ken geht auf Urlaub nach Europa«, verriet er schmunzelnd. »Dagegen ist doch nichts einzuwenden, oder?«

Sie zuckte resigniert die Achseln. Als Abschiedsgabe bescherte Custer beiden sein legendäres, warmes Bubengrinsen.

»Sorry, muss mich beeilen.«

»Halt, da wäre vielleicht noch was«, meinte Sam. Als Ken sich fragend umdrehte, hielt der Händler einen Computerausdruck in der Hand: »Sie hat mit ihrer Kreditkarte Flüge gebucht … und … da ein Hotel. Royal Parc, Evian-les-Bains.«

»Bäng«, korrigierte Ken, »nicht Beins.«

»Die Ross geht nach Evian.«

»Bringt uns auch nicht weiter«, winkte Ken ab.

»Na ja, dann eben nicht«, murmelte Sam. Er legte seinen Arm zärtlich um Doris' schlanke Taille.

Ken schritt bereits am Verkaufstresen vorbei zum Ausgang, als ihm Sam zurief: »Wenn ich es mir überlege. Wir sind nächste Woche oben in Montana. Zwar nicht zum Fischen. Aber ich dachte, ich könnte mich ja mal in diesem Kaff …«

»Raspenburg«, ergänzte Ken blitzschnell.

»Ja, in Raspenburg umsehen.«

Sam breitete die Hände aus, zog erwartungsvoll die buschigen Brauen hoch.

»Ich wusste, auf dich ist Verlass«, grinste Custer. »Wir halten Kontakt.«

»Ken, Hand aufs Herz – die Geheimdienstnachrichten wurden aufgebauscht, frisiert, manipuliert, ein paar Fälschungen darunter gemischt. Dann saßen sie falschen Berichten der irakischen Opposition auf, die natürlich eine Invasion wollte. Mit den Massenvernichtungswaffen hatte alles wenig zu tun. Es ging immer nur um die strategische Machtposition in der Region. Stimmt doch?«

»Da bin ich anderer Ansicht, Sam. Die Waffen gab es haufenweise. Ich bin im Bild, glaub mir.«

»Warum, habt ihr endlich eure alten Lieferscheine hervorgekramt?«

Ken grinste breit.

»Die arabische Mentalität, Sam. Was macht der stolze Araber, wenn er hoffnungslos unterlegen ist? Glaubst du im Ernst, er holt seine C-Waffen hervor? Er macht uns lächerlich, das ist seine Waffe. Saddam sah es kommen. Er arrangierte die perfekte Blamage für unsere Regierung, indem er lange im Voraus seine Arsenale außer Landes schaffte. Dann gehen wir hin und buddeln den halben Irak um, ohne eine einzige Ampulle zu finden. Nichts! Das ist eben die *westliche* Mentalität.«

64

Die Beweise waren vernichtend. Irgendwo in einem stocknüchternen, kalten Raum eines Washingtoner Polizeigebäudes zoomten TV-Kameras den Tisch mit dem sichergestellten Beweismaterial heran.

»Wir haben hier die von den Tätern benutzten Rollschuhe«, erklärte Steve Bork. Er legte die Spitze eines teleskopischen Zeigestocks aus Aluminium auf die schwarzen Hüllen mit den vier gelben Rädern. »Die Spuren an den Rollen stammen vom Asphaltbelag der Brücke.«

Der Stock tippte auf ein Paar blaue Jeans.

»Am Stoff dieser Hose fanden wir Mikrospuren des Abriebs der Mauerbrüstung.«

Detective Bork machte eine künstliche Pause, um dann mit donnernder Stimme eine gelbliche Masse in Plastikbeuteln zu kommentieren.

»Dieser Spezialsprengstoff wird meistens von den Selbstmordattentätern im Nahen Osten verwendet. Wir fanden diese Beutel im Gepäck der Täter in ihrem Apartment. Er ist identisch mit dem Sprengstoff, der den CIA-Direktor getötet hat.«

Man hätte im Raum eine Stecknadel fallen hören können. Dann setzten schlagartig die Fragen ein, während die Kamera zwischen der verkniffenen Miene von Detective Bork und dem mit dem belastenden Material überhäuften Tisch hin und her schwenkte.

Eine helle Frauenstimme fragte nach der Identität der Täter.

»Jemenitische Staatsangehörige, die von Teheran über Genf nach New York reisten«, dozierte Bork. »Hier ist ein sichergestellter Abschnitt des Flugtickets.«

Mit Daumen und Zeigefinger hob er einen Zettel vom Tisch auf, hielt ihn auf Kamerahöhe in Position.

Anthony Blunt wandte sich mit einem befriedigenden Grunzen vom Fernsehapparat ab.

»Das dürfte reichen!«

Wie Recht er hatte! Am nächsten Tag rauschte ein Sturm der Entrüstung von Küste zu Küste durch den Blätterwald der Vereinigten Staaten. Den ganzen Tag lang brachten die Fernsehstationen dieselben Bilder, Kommentatoren ereiferten sich, an Runden Tischen diskutierten Terrorismusexperten über den perfiden Anschlag islamischer Fundamentalisten im Solde iranischer Mullahs, und ein grimmiger Präsident gelobte in Radio- und Fernsehansprachen, den Auftrag des amerikanischen Volkes, den Terrorismus auszurotten, mit geeigneten Maßnahmen zu erfüllen.

»Die Drahtzieher kommen nicht ungestraft davon«, rief er einer jubelnden Menge von Marinesoldaten zu. »Wir werden diese Feiglinge das Laufen lehren, das glaubt mir. Dies hier ist eine Jagd. Wir werden sie jagen wie räudige Hunde. Aber wie weit sie auch laufen, wo immer sie sich verstecken, wir räuchern sie aus, und dann … dann …«

Die Stimme des Präsidenten ging im brausenden Jubel aus tausend Soldatenkehlen unter.

65

Stuttgart rühmt sich keiner prächtigen Kathedrale, die wie ein mahnender Finger Gottes in den Himmel ragt. Die Bewohner dagegen wissen, was zählt – Wein, Kultur, zwei Universitäten, Fußball. Und, natürlich, berühmte Automobilmarken.

Gottlieb Daimler und Wilhelm Maibach bauten hier 1886 den ersten schnell laufenden Benzinmotor, und 1921 gründete Ferdinand Porsche sein Sportwagenwerk in Stuttgart.

Für rund 116 000 Angehörige der amerikanischen Streitkräfte ist Stuttgart jedoch nicht viel mehr als der Standort ihres Hauptquartiers, USEUCOM.

Die Patch Barracks erstrecken sich als Stadt in der Stadt von der Außenwelt völlig abgeschirmt über weite Teile von Stuttgart-Vaihingen. Alle Zugänge sind scharf überwacht, während innerhalb der Truppenunterkunft die eigene Militärpolizei für Sicherheit und Ordnung sorgt.

Ungefähr in der Mitte des weitläufigen Stützpunktes liegen die Kasernen und Büros der verschiedenen Dienstchefs.

Der stellvertretende Kommandant hatte sein geräumiges Office am Ende des Flurs im 4. Stock von A 1.

Hinter seinem breiten Pult hingen von einem Edelholzständer die vier Standarten der Heereseinheiten sowie ein schmuckes Sternenbanner.

Die Befehlsgewalt von USEUCOM deckt auch Afrika, den Nahen Osten und Zentralasien ab.

Die in eine leichte Uniform gekleidete Assistentin im Vorzimmer schaute bekümmert auf das Fax, das sich eben aus dem Gerät geschoben hatte. Es trug die Unterschrift von Borowitz, dem Stellvertreter des Verteidigungsministers.

Der Nachrichtenverkehr mit Washington lief nicht über Leutnant Florence Quibbs' Faxgerät, sondern in der Regel über eine spezielle Übersee-Koordinationsstelle.

Leutnant Quibbs fand es deshalb höchst eigenartig, dass die Notiz vom Verteidigungsminister, von Tomahawk, persönlich stammte – denn obwohl SWAT-Spezialkräfte von Fall zu Fall unterstellt wurden, geschah das kaum je direkt vom Pentagon aus.

Die Einheit aus Virginia, die am Morgen eingetroffen war,

musste wohl einen wichtigen Auftrag zu erfüllen haben, überlegte die Leutnantin, als ihr wenig später vom Begrüßungszentrum des Stützpunktes auch noch die Neuankömmlinge avisiert wurden.

Sie brachte die Meldungen ihrem Boss, Brigadegeneral Bradson, dessen Vater schon im Pazifik ruhmreich gegen die Japaner gekämpft hatte.

»Schicken Sie mir den Kommandant dieser Einheit«, polterte Bradson. »Der Kerl hat wohl keine Ahnung von Dienstvorschriften!«

Zwanzig Minuten später erschien der Herbeibeorderte. Er sah aus wie der Anführer eines gefährlichen Kommandos – groß, sehniger Körper, harte Gesichtszüge, verschwiegen, die Lippen zu einer schmalen Linie zusammengepresst. Er trug den Kampfanzug halb offen. An einer Silberkette auf seiner Brust baumelte eine zerbeulte Gewehrkugel.

»Captain Scully, Sir!«

Der baumlange Kerl stieß sich beinahe den Schädel an der Decke, als er kerzengerade Haltung annahm. Bradson winkte lässig zurück, den Mann aus der Habachtstellung entlassend.

»Es ist eine kleine Gepflogenheit, Captain, sich beim Gastgeber anzumelden, wenn man hier Quartier bezieht. Wie lange bleiben Sie?«

»Schwer zu sagen, Sir. Es kann jeden Moment losgehen. Meine Männer sind jedenfalls scharf auf Action.«

»Gut, gut. Wo erwarten Sie ihren Einsatz, Captain? Ich möchte Ihnen logistische Unterstützung geben.«

»Wir sind autark, Sir. Vielen Dank für Ihr Angebot. Ich komme gerne darauf zurück.«

»Eine Frage blieb unbeantwortet, Captain«, monierte Bradson scharf.

»Tut mir Leid, Sir, war nicht Absicht. Angeborene Vorsicht. Mazedonien, Sir. Kommandoaktion.«

»Verstehe. Mm, spricht jemand in Ihrer Einheit Griechisch?«

»Nein, Sir.«

»Hat Ihre Verlegung etwas mit dem Gipfel von Evian zu tun?«

Der Captain schüttelte den Kopf. Bradson musterte ihn mit skeptischem Blick aus verkniffenen Augen.

»Na gut, war bloß so'ne Idee. Okay, Captain. Abtreten!«

66

Mazedonien. Was braute sich dort zusammen? Bradson konnte sich keinen Reim darauf machen. Sollte er die Sache auf sich beruhen lassen?

Die Entscheidung nahm ihm Elsa ab, die in diesem Moment an die Tür klopfte, um mit strahlendem Lachen einen Kleiderbügel samt Uniformrock hoch zu halten.

»Gerade zurück von der Reinigung, Sir.«

»Oh – vielen Dank, Elsa.«

Hilfspersonal von USEUCOM stammte ausschließlich aus NATO-Ländern und erhielt den Job erst nach gründlicher Durchleuchtung der persönlichen Verhältnisse.

Elsa hatte sich schon verabschiedet, als Bradson aufsprang und sie zurückrief.

»Elsa, kennst du dich aus im G 35?«

»Antonio arbeitet dort. Kann ich irgendwie behilflich sein?«

»Möglich, aber es ist heikel.«

Sie zuckte mit den Schultern und schaute ihn lange an. Sie wusste, dass sie ihm gefiel. Und sie war bereit, mehr für ihn zu tun, als Uniformen bügeln.

»Okay, geh mal wie rein zufällig ins Zimmer 18 und 19. Es gibt einige Typen dort. Schau, ob da was herumliegt. Karten oder Notizen. Merk dir Namen oder Abkürzungen, wenn's geht, aber klau mir nichts! Du weißt schon. Lass dich nicht erwischen.«

Elsa wollte wissen, wie dringend die Sache sei; denn sie könnte sich mit Antonio absprechen, der abends dort die Zimmer mache. Bradson stimmte dem Zeitplan zu.

Ein paar Stunden später hatte sie keine Mühe, in die Zimmer des SWAT-Teams zu gelangen. Die Männer rauchten und verlangten Aschenbecher, kaum war Elsa im Dienstraum der Etage eingetroffen.

In No. 18 hockten vier Männer in T-Shirts und Uniformhosen um den Tisch herum. Sie studierten Karten, ohne Elsa zu beachten, als die einen Aschenbecher auf den Tisch stellte. Die stämmigen Kerle verdeckten ihr aber die Sicht auf den Tisch.

Mehr Glück war ihr in Zimmer 19 beschieden. Drei Typen lagen ausgestreckt auf ihren Betten. Einer am Fenster rauchte und winkte Elsa mit einem neugierigen Blick heran. Sie reichte ihm den Ascher, hob dann ein paar Zeitungen auf, die auf dem Fußboden herumlagen. Auf dem Tisch hatte sie ein einzelnes, bedrucktes Blatt bemerkt, neben das sie wie beiläufig die Zeitungen legte, um die leeren mit Kippen und Kaugummi gefüllten Zigarettenschachteln einzusammeln. Geschickt schob sie dabei das Blatt unter die Zeitungen, türmte alles zu einem Pack auf. Dann lief sie mit dem Abfall unter dem Arm wie auf Nadeln zur Tür. Doch keiner rief sie zurück.

Wenige Minuten später legte sie Brigadegeneral Bradson das Material auf den Schreibtisch.

»Was!?«, protestierte der. »Hat auch niemand was gemerkt?«

Sie schüttelte belustigt den Kopf. Sie mochte Bradson gut. Er fasste in die Hosentasche, steckte ihr zwei Geldscheine zu.

»Okay, Elsa«, er fragte gedehnt, »was machst du, wenn es einen Aufruhr gibt?«

»Weiß ich denn etwas? Habe doch bloß den Abfall aus Zimmer 19 getragen. Übrigens, auf einem Funkgerät stand *Alpha.*«

»Alpha?«

»Ja, griechischer Buchstabe.«

»Gutes Mädchen. Da, warte, nimm.«

Er steckte ihr nochmals ein paar Scheine zu.

Bradson schaute sich das erbeutete Papier näher an. Es war der Ausschnitt einer Geländekarte. Bradson drehte und wendete das Blatt, wurde aber nicht klug daraus.

Es dauerte eine Weile, bis sein Assistent Chuck, den er um Hilfe gerufen hatte, mit dem Resultat seiner Nachforschungen zurückkam.

»Das Gebiet liegt im Nordosten der Schweiz. Zwischen Vierwaldstätter und Züricher See.«

Schweiz löste in Bradson eine angenehme Erinnerung aus.

»Chuck, zum Teufel, wir hatten doch diesen Besuch der Schweizer vor einiger Zeit, erinnerst du dich?«

Der Angesprochene nickte bejahend.

»Ja, da war doch ein Zivilist dabei, der wusste gut Bescheid über unsere Flugzeugträger.«

Der Adjutant kratzte sich am Hinterkopf, aber der Name fiel ihm gerade nicht ein.

»Der Typ lud mich zu einer Bergtour in die Schweiz ein.«

Bradson öffnete eine Schublade, wühlte kopfschüttelnd darin herum.

Plötzlich hellte sich sein Gesicht strahlend auf.

»Hier, sehen Sie, Chuck, hier habe ich seine Geschäftskarte. Alles ist hier. Zermatt war das. Da, der Name. *Custer.*«

Der Adjutant griff sich an die Stirn, dann riet er davon ab, den Viertausender zu besteigen. Bradson flatterte die Linke gelassen auf Augenhöhe.

»Ach so? Warum nicht? Ich hörte, der Matterhorngipfel sei gut zu machen. Sollte mir eigentlich auch gelingen.«

Chuck grinste breit und zog sich zurück, während Bradson bereits eine E-Mail an Ken Custer verfasste.

Er las die Nachricht sorgfältig durch, bevor er sie zufrieden nickend abschickte. Custer würde bestimmt die Dringlichkeit der sibyllinisch verfassten Message mitbekommen, sicher rasch zurückmailen. Eine Frauenstimme, die der einer heiseren Lara Croft ähnelte, bestätigte, dass die elektronische Post abgegangen war.

67

Der Adjutant kam zurück, legte seinem Chef zwei topographische Karten auf den Tisch.

»Raum Zürich bis Luzern, Sir. Deckt den Abschnitt ab.«

Bradson breitete die Kartenblätter knisternd auf dem Konferenztisch aus.

»Okay, Chuck, schauen wir mal. Verdammt viel Wasser«, knurrte er.

Er erhob sich, schob die Karten beiseite. Es konnte Zufall sein, dass diese Männer einen Kartenausschnitt von schweizerischem Gebiet mit sich trugen.

Vielleicht planten sie ja auch eine Bergtour, sinnierte er, wobei ihn das arrogante Verhalten dieses Captain Scully zunehmend wurmte.

»Chuck, läuft das Forschungsprojekt ›Schweiz‹ eigentlich noch?«

Es ging darum, unter Leitung des anatomischen Instituts der Universität Bern die Leistungsfähigkeit von US-Soldaten in verschiedenen Höhenlagen und in dünner Luft zu erforschen.

Der Adjutant meinte, er würde der Frage nachgehen.

Könnte es gar sein, dass diese Typen in den Schweizer Bergen heimlich für den Mazedonien-Einsatz trainieren wollten? Hatte es da nicht kürzlich einen diplomatischen Zwischenfall gegeben, als der Schweizer Verteidigungsminister erst aus der Boulevardpresse erfahren musste, dass britische SAS-Spezialisten in den Alpen ein Camp eingerichtet hatten, um realistisch auf Fels und Eis zu trainieren? Eine Peinlichkeit dieser Art wollte Bradson seiner Kommandostelle lieber ersparen.

»Werde der Sache nachgehen«, verkündete er und drehte sich nach seinem Adjutanten um, der sich allerdings bereits diskret zurückgezogen hatte.

»Alpha-Team«, murmelte Bradson. Plötzlich sehnte er sich schmerzend nach Elsa. Warum hatte er die hübsche Gelegenheit nicht gleich beim Schopf gepackt?

68

Unterwegs zum Flughafen erreichte Custer die E-Mail von Brigadegeneral Bradson. Das kleine Display seines Handys flimmerte grün hinter den Großbuchstaben, die sich zu ein paar Zeilen zusammenfügten, denen Ken zunächst keinen Sinn abgewinnen konnte.

Er erinnerte sich noch gut an den Besuch in Stuttgart. Am zweiten Tag waren sie in einer langen Wagenkolonne zum Lunch in einer der populären Weinstuben der Stadt ausgerückt. Da saßen die Generäle und Obersten in voller Ausgangsuniform mitten unter Arbeitern, Geschäftsleuten, Damenkränzchen und Rentnern, die die Militärs freilich keines Blickes würdigten. Entweder waren die Einheimischen das martialische Bild gewohnt, oder sie hielten die Uniformen für Angehörige einer Dorfmusikkapelle.

Plötzlich begriff Custer, was ihm Bradson, dem stets ein verschmitztes Lächeln im Gesicht stand, sagen wollte.

Gab es wirklich keine Zufälle? Die Reise in die Schweiz machte mehr Sinn denn je. Das Unvorhergesehene macht das Leben spannend, fiel ihm der Satz ein. Oder hatte er einfach Glück, dass seine Entscheidungen immer in die Richtung zeigten, die früher oder später die richtige sein sollte?

Ken tippte die spezielle Nummer ein. Verlangte USEUCOM. Wartete.

Sein Taxi raste auf der links äußeren der vier Spuren dem Reagan International Airport entgegen. Ein wolkenloser Himmel versprach gutes Flugwetter. Als die ersten farbigen Hinweistafeln mit der Terminalinformation vorbeizogen, meldete sich Stuttgart. Sekunden später Bradsons jugendliche Stimme.

»Ken Custer? *Hey!* Das ist ’ne Überraschung!«

Auf die herzliche Begrüßung folgte rasch der militärisch sachliche Ton, als Ken seine knappen Fragen formulierte.

Bradson rief nach jemandem, Papier raschelte, ein polterndes Geräusch schien die Verbindung zu kappen.

»Custer? Noch dran? Mein Apparat fiel auf den Fußboden. Sorry! Ich stehe jetzt vor dem Kartentisch. Also, der Einsatzraum des Alpha-Teams ist begrenzt durch folgende Orte. Bereit?«

Custer klemmte das Handy mit der linken Schulter ans Ohr, notierte die Daten auf eine weiße Fläche der Titelseite von *Nature.*

»Bitte faxen Sie mir eine Kopie des Kartenausschnitts nach Zürich«, bat er, während das Taxi vor der Abflughalle einparkte. Er steckte dem Fahrer zwei Scheine zu, ließ sich sein Handgepäck reichen. Nachdem er mit Bradson übereingekommen war, nach seiner Ankunft in Zürich Pläne für eine gemeinsame Bergtour zu machen, verabschiedete er sich von dem General.

Eine Stunde später hob die Maschine donnernd gen Nordwesten ab. Zufrieden nahm Ken *Nature* zur Hand, blätterte in der Zeitschrift und versuchte, sich in den Artikel über Mikrobenforschung zu vertiefen.

Doch seine Gedanken schweiften ab. Er sehnte sich nach einer anmutigen Begegnung und blickte versonnen zur Hostess auf, als sie ihm warm lächelnd den kühlen Drink reichte. Er klappte die Zeitschrift zu und entzifferte seine Notiz, die er auf der Titelseite ins Weiß der Laborschürze einer attraktiven Forscherin gekritzelt hatte. Die Frau könnte Ruth Ross sein! Er bemühte sich, die geographischen Daten, die ihm Bradson mitgeteilt hatte, in die reale Landschaft der Schweiz zu setzen.

Das *Flight Magazine* in der Sitztasche enthielt eine viel zu kleine Karte der Schweiz, um sich zu orientieren, doch der Spur nach wusste Ken ungefähr, wo der angebliche Einsatzraum des Alpha-Teams lag. Er döste dahin, verzichtete auf das Essen, legte sich zurück, um zu schlafen. Der Jetlag würde ihn umbringen, wenn er nicht jede Minute nutzte, um sich auszuruhen!

69

Nach seiner Ankunft in Zürich fand SPHINX-Scherge John Ash zwei Straßen westlich vom Bahnhof ein kleines Hotel, zahlte eine Nacht im Voraus.

Er zog die Fotografie, die ihm Blunt zugesteckt hatte, aus der Tasche. Die großformatige Aufnahme zeigte eine junge Frau. Die Kamera hatte sie mitten im Lauf beim Überqueren der Straße festgehalten. Aus den grünen Augen leuchtete eine wache, nervöse Klugheit, die Ash irritierte. Sie hatte den Kopf leicht abgewandt, luchste direkt zu ihm – ihr offener Blick drang in seine Magengrube. Er spürte dieses mulmige Gefühl immer, wenn Anmut sich mit intellektueller Schärfe paarte. Die Frau hatte echt einen drauf, das stand für ihn in dieser Sekunde fest. Er atmete tief aus.

Am Bahnhof bestieg er ein Taxi, ließ sich den Berg hoch in die Straße fahren, wo ihre Wohnung lag.

Der Eingang war seitlich um die Ecke. Zu Ashs Erstaunen ließ sich die Haustür ohne weiteres öffnen. Die Pförtnerloge schien verlassen.

Er nahm den Lift zum vierten Stock, trat vorsichtig auf den Flur hinaus. Leicht nach vorn gebeugt lauschte er. Durch ein hoch gelegenes, vergittertes Fenster drang ein schwacher Lichtschein.

Alles blieb still, außer einem entfernten Türenklacken, sonst nichts. Da wagte er endlich Ruth Ross' Wohnungstür zu untersuchen. Der Schlosszylinder war von einer Metallkappe geschützt. Oben in der Ecke hing eine winzige Kamera.

Ash wandte sich ab, als die Tür aufging. Die Frau, die auf der Schwelle stand, ihn misstrauisch musterte, trug leichte Trainingsbekleidung. Sie sah nicht aus wie die Frau auf dem Foto.

Was er hier zu suchen habe, fragte sie unwirsch.

Er habe sich im Stock geirrt, antwortete er höflich und schritt die Treppe hinunter. Sie glaubte ihm nicht. Ash nahm an, dass sie ans Telefon rannte, um den Pförtner zu alarmieren.

Er federte die Treppe hinunter, schaffte den Ausgang, gerade bevor der Pförtner in der Tür seiner Loge auftauchte.

Das war nicht das hellwache Gesicht der Frau auf dem Foto gewesen.

Aber Ash hatte sich das Haus und die Zugänge sehr gut gemerkt. Sorgfältig überlegte er den nächsten Schritt.

Der Plan schien ihm einfach. Um zur Wetterstation in die Berge zu gelangen, musste er mit dieser Ruth Ross irgendwie in Berührung kommen. *Eigentlich leichtes Spiel,* entschied er. *Eine verträumte Wissenschaftlerin, die in Sachen Liebe vermutlich nach einem Abenteuer lechzt.*

Und das Blondchen von eben? Eine Zugabe für das Alpha-Team. Damit könnte er sich bei den Burschen gerade richtig einführen. Außerdem wusste man ja nie, vielleicht würde er schon bald persönlich feststellen können, ob sie eine waschechte Blondine war. Diese Möglichkeit noch hämisch begrinsend, spurtete Ash plötzlich kraftvoll, zwängte sich im letztmöglichen Augenblick durch die Tür des hintersten Wagens der abfahrenden Straßenbahn.

70

Kurz vor halb acht, als Ruth Ross das STARBUCKS an der Zürcher Bahnhofstraße betrat, hatte sich vor dem Tresen bereits eine lange Kaffeeschlange gebildet. Sie schlug die Zeitung auf und wartete dann ruhig, bis sie an der Reihe war.

Auf der Titelseite schüttelte der US-Präsident seinem polnischen Amtskollegen die Hand, was Ruth Ross weniger interessierte als der zweispaltige Bericht über die bevorstehende Nahost-Konferenz in Evian-les-Bains.

Während sie den Text überflog, kam ihr auch das weiße Hotelgebäude vor Augen, inmitten buschiger Bäume, umgeben von gelben und braunroten Tupfern der Ziegeldächer, dahinter eine dunkle Bergkette. Es war der elegante, altehrwürdige Bau, in dem Gustav Hentschmann ausnahmslos jedes Jahr seine Kur absolvierte.

Das beste Bad gegen Rheuma weit und breit, versuchte er allen, auch denen, die es nicht wissen wollten, klar zu machen. Ruth vermutete allerdings, dass es ihn weniger wegen des Sprudelwassers in den mondänen Badeort zog, als in eleganter Gesellschaft mit wunderbarer Aussicht auf den Lac Léman Golf zu spielen.

Eigenartigerweise hatte er sie nie nach Evian eingeladen, obschon es die Spatzen von den Dächern pfiffen, dass er die zwei Wochen seiner Kur stets in charmantester weiblicher Begleitung verbrachte.

Sie bestellte sich einen Cappuccino, schaute sich nach einem freien Tisch um. Da saß er in seiner ganzen Größe – Professor Wernher Düriger! Der bekannte Ameisenforscher thronte auf einer Couch und blickte durch seine wuchtige, unmodisch gerahmte Hornbrille auf einen Stapel Papiere, während er sein Espressotässchen balancierte.

»Darf ich mich zu Ihnen setzen?«

Alles lief völlig ungezwungen ab. Der Gelehrte – im dunklen Anzug mit einer grellroten, von gelben und grünen Ameisen übersäten Krawatte – schenkte ihr nicht nur ein ermunterndes Lächeln. Sichtlich ihre Gesellschaft genießend, legte er die Papiere beiseite. Nach den neidisch schielenden Blicken anderer Männer zu schließen, machten die zwei einen attraktiven Blickfang.

Ruth freute sich über den Zufall dieser spannenden Begegnung. Sie erinnerte Düriger an seine gelungene Party anlässlich der Feier zur Verleihung eines hoch dotierten, prestigeträchtigen Preises.

»Wie geht es der Cataglyphis?«, fragte sie, auf seine bahnbrechenden Experimente mit der nach polarisiertem Licht navigierenden Wüstenameise anspielend.

»Wie fast jedes attraktive weibliche Wesen ist sie faszinierend unberechenbar«, flachste er amüsiert mit funkelnden Augen.

Die Ross kam dann schnell zum Punkt. Sie brauche Ameisen, eröffnete sie ihm. Ohne großes Erstaunen über ihre offenbar nicht zufällige Geselligkeit zu zeigen, wollte er wissen, wie viele. Eine Kolonie, eine Million etwa, lächelte sie verschwörerisch. Wo sie sie herkriege, ob er helfen könne?

Der Professor war Feuer und Flamme, wollte aber zunächst ein paar Einzelheiten wissen.

»Was sollen die Ameisen leisten?«

»Mikroben transportieren. Ich kann mich doch auf Ihre Verschwiegenheit verlassen?«

Düriger rollte komisch, wie enttäuscht die Augen.

»Wir sind beide Wissenschaftler. Also? In welchem Umfeld sollen die Tierchen arbeiten?«

Sie erklärte es ihm vage, aber soweit es nötig war. Er meinte, in hiesigen Breitengraden eigne sich die Art Ameisen, mit denen sein Institut zur Zeit auch experimentiere.

»Monomorium pharaonis. Die Pharao-Ameise. Eine winzige, etwa zwei Millimeter lange Spezies, nistet sich in Häusern und Spitälern ein, wandert Heizungsleitungen entlang. Eine unsterbliche Kolonie, da sie ständig neue Königinnen produziert. Ideal für Ihren Versuch.«

Der Professor war offenbar hell begeistert. Er sah plötzlich aus wie ein nicht mehr ganz junger Huckleberry Finn.

»Also, wir studieren doch auch den Transport von Parasiten«, meinte er, äußerst enthusiasmiert. »Dann wäre ich natürlich höchst erfreut, von Ihnen Feedback zu bekommen.«

»Das versteht sich, Herr Professor – wenn's klappt. Wie schaffen Sie's übrigens, dass die Parasiten tragenden Ameisen sozusagen auf eigene Faust … ha, ich meine natürlich auf eigene *Fühler* … mit den Parasiten an den von Ihnen gewünschten Ort navigieren?«

Düriger grimassierte höchst geschmeichelt.

»Ach, meine Liebe, das ist einfach. Sie legen einfach eine Duftspur. Wissen Sie was, kommen Sie doch morgen vorbei, ja? Ich stelle ein paar Büchsen Ameisen parat und gebe Ihnen den passenden Duftspray.« Er warf einen raschen Blick auf sein Ungetüm von Armbanduhr. »Passt Ihnen das?«

»Natürlich. Vielen Dank, Herr Professor.«

»Warum so formell? Wir sind Kollegen, sagen Sie doch Wernher zu mir, ja?« Er erhob sich, reichte ihr galant die Hand, wobei er ihr, so gut es durch die Monsteraugengläser ging, tief in die Augen schaute. »Die Pflicht ruft. Leider.«

»Ameisen?«

»Darauf können Sie Gift nehmen«, antwortete er, mit einem für seine Verhältnisse geradezu lasziven Grinsen, schritt dann würdevoll zum Ausgang.

»*Yesss!*«

Ruth Ross schlug eine Faust mit triumphierendem Lachen in die Luft. Produzierte dann rasch eine mädchenhaft verlegene Miene für die fasziniert starrende STARBUCKS-Kundschaft, ganz als habe es sich bei diesem Gefühlsausbruch um äußerst private Empfindungen gehandelt, die zur Schau zu stellen sie zutiefst bedauerte. Dabei durchflutete sie eine geradezu brennende Exaltation.

Diese sollte allerdings nicht von langer Dauer sein.

71

Der Plan funktioniert«, beschied Anthony Blunt in Washington seinem einzigen Gesprächspartner.

»Der Teppich im kleinen Bankettsaal ›Charles de Gaulle‹ genau über dem Grande Salle, wo die Konferenz stattfindet, ist zuverlässig verlegt worden. Zwei unserer Agenten haben die Sprengstoffmatte aus Raspenburg über praktisch die gesamte Fläche gebreitet. Die Miniaturzünder, wie sie in Airbags verwendet werden, sind installiert. Eine Fernsehkamera von der Größe eines Hosenknopfs reagiert auf Bewegungen und schaltet automatisch ein. Wir können von einem externen Standort überprüfen, ob der Raum inspiziert oder verändert wird.«

Weder der Vizepräsident noch der frühere CIA-Direktor nahmen an diesem exklusiven Briefing teil. SPHINX-Chef Blunt fühlte sich in seinem Element. Wenn's darum ging, seinen Gebietern, den Weisen, die ihm vorkamen, als säßen sie neben Gott, sich im besten Licht zu zeigen, war er einsame Klasse. Keiner, der ihm dreinredete; niemand, der zu viel wusste, dämpfte seinen Überschwang. Mit einem devoten Blick auf das verschwommene Gesicht der mysteriösen Nummer 2 auf dem Jumbobildschirm fuhr er ungehemmt fort.

»Den Sprengstoff haben wir in Raspenburg ausprobiert, Sir. Die Matte ist vergleichbar mit dem Luft-Benzin-Gemisch des Gänseblümchenköpfers ›Daisy Cutter‹, wo sich die flüchtige Substanz zunächst wie ein Schleier über die zu zerstörende Fläche ausdehnt, bevor sie hochgeht. Der Explosivteppich besteht im Gegensatz dazu aus sesshafter Substanz, die, mit nanotechnologischen Mitteln hergestellt, kaum von gewöhnlichen Fasern zu unterscheiden ist. Die X2-Matte, die in Evian erstmals zum Einsatz kommt, hat eine verheerende Wirkung, Sir.«

»Na und?«, plärrte die Stimme von Nummer 2. »Der Boden bricht ein und verschüttet die Konferenzteilnehmer, die ersticken also, oder?«

Blunt furchte unsicher die Stirn.

»Die Leute werden den Schutt auf ihren Häuptern schon nicht mehr spüren, Sir. Nein, Sir, die Explosion saugt den Sauerstoff ab, und der Druck ist so enorm, dass vom Hôtel Royal nur ein Trümmerhaufen übrig bleibt.«

»Wie wollen Sie der Welt plausibel machen, dass al-Qaida über diese fortgeschrittene Sprengtechnologie verfügt? Wer hat übrigens an diesem Bombenteppich gebastelt? Etwa der verschwundene Jack Frosh?«

Der Gedanke an Frosh irritierte Blunt, aber er schüttelte die stichelnde Bemerkung ab.

»Okay, Sir. Wir haben Frosh unter Kontrolle. Was den Sprengstoffanschlag betrifft, wird zunächst kein Mensch die Urheberschaft der al-Qaida-Terroristen hinterfragen. Vor dem 11. September hätte denen ja auch niemand die Zerstörung der Türme zugetraut.«

»War es denn al-Qaida?«

Die in hämischem Tonfall gestellte Frage schien rein rhetorisch.

»Wecken wir die schlafenden Hunde lieber nicht, Sir«, wich Blunt elegant aus. »Die beiden jemenitischen Studenten werden gestehen, dass Teheran die Ware in Shanghai beschafft hat. China ist mächtig und technologisch an der Schwelle zur Weltspitze.«

»Danke für die Neuigkeit«, quittierte Nummer 2 sardonisch. »Also al-Qaida oder Sympathisanten aus den Taliban Camps, die in alle Welt zerstreut wurden.«

Blunt nickte sich selbst aufmunternd zu.

»Wir werden geltend machen, dass die Mullahs in Iran sie finanziert, ausgebildet und nach Evian geschickt haben. Und die Welt wird die Geschichte schlucken.«

Der Weise Nummer 2 grinste selbstgefällig.

»Wie vor dem Irakkrieg die Angstmache mit den Massenvernichtungswaffen?«

Der SPHINX-Chef nickte – weidete sich in geradezu anstößiger Weise an der Vision des neuen Kriegs gegen den Rest des Islams.

Der Machtmensch auf dem Bildschirm allerdings schien unbeeindruckt.

»Angenommen, der Präsident verlässt aus irgendeinem Grund seinen Platz und kommt heil davon?«

Anthony Blunt zuckte lässig die Schultern. Welch einmalige Gelegenheit, mit historischem Know-how zu brillieren!

»Sie meinen wie damals im Zweiten Weltkrieg, in der Wolfsschanze? Nun, seit Hitler und Stauffenberg haben wir im Bereich der Sprengmittel doch einige Fortschritte gemacht, Sir. Die Zielperson müsste sich schon irgendwo auf dem Golfplatz tummeln, um lebend davonzukommen.«

72

Nach dem Mittagessen fuhr die Ross mit dem Lift in die Tiefgarage, tat die paar Schritte an ihr Jaguar Coupé, das sprungbereit wie eine Tigerkatze auf Beute lauerte. Sie fasste nach dem Türgriff, fühlte im selben Augenblick den Druck eines spitzen Gegenstands tief im Rücken.

»Schön langsam einsteigen!«, befahl die Männerstimme. Bevor sie reagieren konnte, packte sie jemand hart am Arm. Die schwere Pistole stand ihr direkt ins Gesicht.

»Wir machen jetzt eine kleine Rundfahrt«, meinte der Mann. Er dirigierte sie, das Gepäck zu verstauen, dann auf der Fahrerseite einzusteigen.

Ruth Ross ärgerte sich. *Nichts einfacher, als einen Kerl zu überwältigen, der so töricht war, den Pistolenlauf in ihren Rücken zu drücken. Warum hatte sie nicht reagiert, den Burschen an seinen Eiern an die Türklinke gehängt?*

Zähneknirschend stieg sie ein, drehte den Zündschlüssel, drückte gleichzeitig mit dem Mittelfinger auf die gut getarnte Taste, die im Kofferraum über den eingebauten Miniatursender der Alarmzentrale ihren Notruf übermittelte. Sie hatte Mutter belächelt, als sie damals darauf beharrte, dass dieser Entführungsschutz, wie sie ihn nannte, in den Jaguar eingebaut wird.

Wenn ich dir den Wagen schenke, damit du deiner Herkunft entsprechend motorisiert bist, tue ich das von Herzen gern. Natürlich will ich keine Gegenleistung, außer dein Versprechen, dass du diese Katze am Schnurren hältst und diesen niedlichen Sicherheitsgag einbauen lässt. Typisch Mutter, deren Leidenschaft für schnelle Wagen ihre Vorliebe für abenteuerliche Männer knapp übertraf.

Ruth legte den Gang ein, fuhr langsam aus der Garage die Rampe hoch zur Straße.

»Wer sind Sie, was wollen Sie?«

»John Ash.«

Er hielt die Pistole wie ein Baby auf dem Schoß, den Lauf auf ihre Brust gerichtet. Sie bedachte ihn mit einem verächtlichen Blick.

»Mr. Ash, unter Ihrem Sitz befindet sich eine zum Bersten gespannte Krummklinge von der Größe eines Eispickels. Mit einem leichten Druck auf eine Taste kann ich Ihren Wanst mittschiffs aufgeschlitzt hoch schnellen lassen.«

Er grinste blöd, tastete aber doch mit der freien Hand die Unterseite des Sitzes ab.

Ruths Freude, den Typen mit dem Alarm auszutricksen, währte nicht lange. Kaum waren sie eine halbe Stunde unterwegs, als Ash sie anwies, von der Autobahn auf einen Parkplatz abzubiegen.

Was hatte er vor? Wollte er sie vergewaltigen?

Er zeigte auf einen recht lädierten Kastenwagen, der am Ende des Platzes neben einem Wohnmobil stand.

»Wir wechseln in meine Karre.«

Ruth kochte vor Wut. Das wäre es dann gewesen mit Mamas Anti-Kidnapping-Ding! Trotz innerer Aufruhr hatte sie immerhin die Geistesgegenwart, ihre Umhängetasche im Kofferraum zurückzulassen und nur den Rollkoffer herauszuzerren. Als sie auf die Fahrbahn zurückrollten, warf sie ihm einen feindseligen Blick zu.

»Amerikaner? Geheimdienst?«

Beleuchtete Warnzeichen kündigten eine Baustelle an. Ash verlangsamte, wechselte lächelnd die Spur.

»Keine Angst, Ihnen geschieht nichts, wenn Sie mitmachen. Ich arbeite für die amerikanische Regierung. Uns geht es darum, die geheime Biowaffen-Produktion Ihres Instituts aufzudecken. Wir wollen verhindern, dass die Waffen in die Hände von Terroristen fallen.«

»Puh.« Die Ross stieß verächtlich Luft aus. »Da rudern Sie im falschen Boot, Sie Wichswicht. Wir machen nichts dergleichen.«

Scheinbar unbeeindruckt beschleunigte Ash, überholte zwei Langlaster. Er verzog den Mund zu einem hämischen Grinsen.

»Leider sprechen unsere Recherchen eine andere Sprache, Miss.«

Ross deutete nach vorn, wo sich Bergflanken auftürmten.

»Was haben Sie vor?«

»Na wir schauen uns mal in der Wetterstation um. Vielleicht messen Sie dort ja wirklich nur die Niederschläge.«

Er lachte kurz auf, tastete nach der Pistole, die er griffbereit ins Türfach gesteckt hatte, um die fauchende Katze notfalls auf Distanz zu halten. Die Ross verhielt sich ruhig, überlegte rasend.

Bluffte Ash? Warum erzählte er ihr das alles? Dann sank die Monstrosität des Plans allmählich ein. Ihr Busen begann zu wogen. Die Hände verkrallten sich im Stoff ihrer Hosenbeine. Vielleicht … es war einen Versuch wert!

»Okay, wir fahren nach oben und verhandeln. Was zahlen Sie?«

Der Mann lachte abschätzig. Er verlangsamte, um die Autobahnausfahrt zu nehmen.

»Wir wissen, Sie haben einsatzbereite Mikroben auf Lager. Ob die funktionieren, ist eine andere Frage. Die Staumauer wird entscheiden, wie viel wir bezahlen.«

»Soll das ein Witz sein?«

Ash schüttelte den Kopf, fuhr langsam in die Ausfahrt, die in eine Kurve auslief. Er bremste fluchend, als ein Streifenwagen die Weiterfahrt blockierte. Zwei Polizisten mit umgehängten Schusswaffen kamen auf sie zu. Ross fühlte, wie sich ihr Körper versteifte.

»Keine Dummheiten«, zischte Ash. Er griff nach der Pistole, raunte ihr zu: »Ein Wort von Ihnen und Blutbad ist nur der Vorname.«

73

Der bullige Polizist trat an die Fahrertür, musterte Ash mürrischen Blicks.

»Weiterfahren. Wir kontrollieren die Autobahnzulassung.«

Ein dicker Finger wackelte in Richtung Windschutzscheibe, wo die gelbe Mautmarke angebracht war.

»Also fahren Sie schon!«

»Freundliche Polizei hierzulande«, griente Ash, als sie die Hauptstraße aufwärts dem Bergtal entgegenfuhren.

Lange wechselten die beiden kein Wort. Ross prägte sich die Position des Türgriffs ein. Ash duckte sich, schaute durch die Scheibe nach oben. Er stieß einen Ruf der Bewunderung aus. Ross konnte sich die höhnische Bemerkung nicht verkneifen.

»Noch nie Berge gesehen?«

Ash warf ihr einen hellen Blick zu.

»Die Schweiz ist einfach phantastisch. Sie haben es gut, Miss. Berge, Seen, wundervolle Landschaften, alles in Griffnähe der Städte.«

»Mensch, werden Sie mir bloß nicht sentimental.«

Ash änderte schlagartig den Ton.

»Sie und der Professor sind augenblicklich erledigt, sollten wir das Institut als heimliche Produktionsstätte von B-Waffen enttarnen.«

Ross feuerte scharf zurück.

»Glauben Sie wirklich, irgendjemand wird einem hergelaufenen Strolch wie Ihnen auch nur den geringsten Glauben schenken?«

»Sachte, sachte, Miss, sind Sie etwa Gott? Ich mache nur meinen Job. Alles weitere überlasse ich meiner Regierung.«

Als die Straße enger wurde, fuhr Ash langsamer. Schließlich hielt er den zerbeulten Kastenwagen an.

»Was ist?«, spöttelte Ross. »Sie haben sich doch nicht etwa *verfahren*?«

Sie beugte sich vor. Tief unten lag der kleine See. Von ihrem

Standort aus sahen sie nur ein tiefblaues Dreieck zwischen dunkelgrünen Tannenwipfeln. Ash schaute auf sein Kartenblatt.

»Wir sind richtig. Die Straße führt zum See hinunter.« Ruth blieb stumm. Vorsichtig legte sie die Hand auf den Türgriff. Ashs Finger trommelten nervös auf dem Lenkrad. Er legte den Gang ein, fuhr ruppig los.

Sie saß wie auf Kohlen, angespannt wie eine Sprungfeder. Trotzdem gelang ihr ein schnippischer Tonfall.

»Wenn Sie weiter so bolzen, Mr. Kidnapper, verpassen wir die Abzweigung.«

Er hielt ihr den Kartenausschnitt unter die Nase, auf dem der Weg eingezeichnet war.

»Dann können Sie mir ja sagen, wo's langgeht«, spottete er.

Gleich darauf schlitterte er so scharf in die Kurve, dass der Schotter wegspritzte. Ross blickte völlig entgeistert zu ihm hinüber, rutschte näher zur Tür. Weiter vorn kippte die Straße steil ab. Endlich schaltete Ash einen Gang tiefer. Trotzdem schien es ihr, als verliere er langsam die Kontrolle über den schweren Kastenwagen.

»Ganz schön steil«, krächzte er, die nächste Kurve nur knapp meisternd.

Die Schotterstraße schlängelte sich jetzt in abenteuerlich engen Windungen an Schründen entlang bergabwärts. Links fiel der Hang senkrecht zum See ab. Ein geller Schrei entfuhr ihr.

»Passen Sie doch auf, Sie Arsch!«

»Schiss, was? Sie sollten mal die Pisten in den Rockies sehen, die ich schon abgefahren habe. Das hier? Das soll mich beeindrucken?« Das Kinn vorgestreckt, hopste er wild auf dem Sitz herum. »Einfach majestätisch diese Bergwelt!«

Die Räder streiften Randsteine. Blöde grinsend riss er das Lenkrad herum. Dann wurde ihm eine steile Außenkurve doch zum Verhängnis. Die Straße schlängelte sich um eine Felsnase herum. Eine knorrige, bizarr verdrehte Föhre ragte von einer schmalen Felsplatte über den Abgrund hinaus.

Ash trat voll auf die Bremse, die Räder blockierten, der Wagen rutschte geradeaus über den Straßenrand, hinaus ins Bodenlose. Ruth öffnete blitzschnell die Tür, ließ sich geistesgegenwärtig ins Leere fallen.

Abrollen, abrollen, war ihr einziger Gedanke, doch der Aufprall war hart, raubte ihr die Orientierung, wirbelte sie weg.

Ihre Arme suchten verzweifelt nach Halt, als sie hart gegen den Föhrenstamm schlug. Glücklicherweise in waagrechter Lage und der Länge nach, mit der Brust voran, sodass ihr Körper zunächst den Stamm umschlang, was den Sturz abdämpfte. Sie schrie, Staub füllte ihre Lunge. Während sie langsam zum Abgrund wegrutschte, sog sie den kräftigen Duft der Baumrinde ein – wie ein letzter Gruß der Natur, erschien er ihr.

Doch die Reflexe funktionierten, die Hände krallten nach Halt, fanden Wurzelstränge. Verzweifelt hielt sie sich fest, im letzten Moment, als ihr Körper wegfiel. Sie hing über dem Abgrund. Verbissen hangelte sie sich zu einem besseren Halt hoch, aber ihre Füße suchten vergeblich nach einem Punkt, auf dem sie Tritt fassen konnten.

Ihr entsetzter Blick fiel steil hinunter zum Ufer, wo die Straße neben einem niedrigen Gebäude endete. Sie spürte ihre Kräfte nachlassen und begann aus Leibeskräften, um ihr Leben zu schreien.

74

Das Haus unten am See war eingezäunt, ein Schild warnte vor unbefugtem Zutritt. Custer stieg aus seinem Japaner, dessen Allradantrieb ihn sicher über die Bergstraße geführt hatte. Er stand da, reckte sich. Streckte voll durch. Der Tasche, die er im Wagen zurückließ, entnahm er die Landeskarte der Schweiz, an die noch die Visitenkarte von Brigadegeneral Bradson angeheftet war.

»Eine Klettertour aufs Matterhorn«, schmunzelte Custer. »Schön wär's.«

Er schaute zu den Felsnasen hoch, um sich zu orientieren. Der Einsatzort von Captain Scully und seinem Alpha-Team war auf der Karte mit einem roten Kreis markiert. Ken maß grob die Entfernung und schätzte die Marschzeit ab.

Er streckte sich noch ein Mal, rollte die Schultern, um die Schwere zu vertreiben, die ihm der Jetlag in die Knochen gelegt hatte.

»Jetzt erst mal was essen.« Er stellte sich in Pose, formte die Hände zum Megafon. »*Yodelü-dü-hü!*«

Er tat ein paar Schritte, setzte sich auf den Bootssteg, enttäuscht, dass kein Echo antwortete.

Eine Hinweistafel orientierte ihn, dass der Wasserspiegel des Stausees ohne Vorwarnung ansteigen könne. Darunter eine Liste der verbotenen Aktivitäten: Windsurfen, Motorbootfahren, Kanufahrten, Schwimmen, Baden, Kampieren, Feuermachen.

Steht da was von pinkeln?, flachste Custer mit sich selber. Er trat an den Rand des Stegs, präsentierte dann einen schönen weiten Strahl über das stille, tiefe Wasser hinaus.

Sein Gefährt lag im Blickfeld – darüber die sich als weißes Band steil bis zu einer knorrigen Föhre empor windende Straße. Er zog den Reißverschluss seines Hosenschlitzes hoch, als ihn ein scharfes Scharren, als rutschte jemand auf Kies aus, erneut hochblicken ließ.

Da! Ein Auto flog durch die Luft. Ein grauer Kastenwagen.

Der Anblick war atemberaubend. Das Fahrzeug schoss an der Föhre vorbei in den Abgrund, segelte ein Stück weit schier schwerelos, kippte langsam nach vorne ab, sauste Schnauze voran senkrecht in die Tiefe.

Metall prallte auf Wasser. Ein leicht verzögerter Knall fragmentierte die Stille. Eine Tür flog auf, ein Rad wirbelte durch die Luft. Dann verdeckte weiß sprühende Gischt die Sicht. Als sich der Schauer gelegt hatte, verschwand das Heck gurgelnd im aufgewühlten See.

Custer hatte reflexartig einen Riesensatz nach vorn getan.

Fluchend stemmte er die Fäuste in die Seiten. *Himmelarsch und gottverdammte Schweinerei!*

Da sah er die Gestalt über dem Abgrund hängen, hörte ihr Schreien.

Custer handelte instinktiv. Später erinnerte er sich nur vage, wie alles abgelaufen war. Unaufhörlich hupend jagte er den Wagen durch die Kurven, um der Frau – war es eine Frau? – rasche Hilfe zu signalisieren.

75

Wie lange hält ein Mensch durch, der an seinen Armen hängt? Meine Hände sind Schraubstöcke. Mein Leben hängt daran. Besser als an Seilen. Unsinnige Gedanken marterten Ruths Gehirn. Bilder blitzten auf – wie sie sich als Mädchen an der Reckstange nach oben zog, das Kinn hoch gereckt wie ein Haken. *Versuch es. Zieh dich hoch. Dort die kleine Felskante. Du schaffst's.*

Ihre Muskeln gehorchten, vom Kampfsport gestählt. Langsam ging es aufwärts. Ein letzter Ruck, das Kinn schob sich über den scharfen Grat. *Wie damals an der Reckstange. Das Kinn hält dich fest!* Sie stöhnte, verspannte den Nacken. Fühlte, wie der Zug auf die Arme nachließ.

Was jetzt?

Sie schielte zur Seite. *Dort, die Wurzel, die in einem Bogen in der Spalte verschwindet. Wenn du sie mit rechts erreichst, kannst du dich hinüberschwingen. Den kleinen Absatz, vielleicht zwei Meter weg, schaffst du dann!*

Rasend überlegte Ruth, das Kinn gefühllos. *Jetzt.* Sie ließ die rechte Hand los, schnellte hinüber, traf den kräftigen Strang, hatte festen Griff.

Gott sei Dank! Nur nicht schwach werden jetzt. Eins, zwei, drei – Banana! Das muss gehen.

Sie zählte laut: »Eins, zwei, drei – *lo-os*!«

Der linke Arm sauste über ihren Kopf, hakte im Wurzelbogen ein. Rasch zog sie sich rechts hoch, hing nun an beiden Ellbogen. Erleichterung durchwogte sie. Dann begann sie rhythmisch zu schwingen, wie ein Pendel, den Blick auf den kleinen Felsvorsprung geheftet.

Das Hupen kam näher. Motorengeräusch. Ruth konzentrierte sich. Sie hatte keine Wahl. Sie musste den Schwung schaffen. Wieder zählte sie: »Eins, zwei, drei … *jetzt*!«

Sie flog, verfehlte. Nein – traf haargenau die Platte, landete, duckte sich. Bewegungslos, keuchend, verharrte sie in Kauerstellung.

Langsam tasteten ihre Hände hoch, den Fels entlang, fanden Halt. Erschöpft stieß sie die Luft aus.

Da bröckelte es knirschend unter ihren Füßen weg. Sie schrie auf. Flachte sich gegen die Felswand. Sie war blockiert, gefangen auf einem winzigen Stückchen Fels, das jeden Augenblick mit ihr in die Tiefe krachen könnte. Und die geringste Bewegung hieß die Balance verlieren.

Mama, ich will nicht sterben!

Custer sprintete zu der windflüchtigen Föhre. Ihm stockte der Atem. Die Frau war weg, zu Tode gestürzt! Oder … was … ein Wimmern. Ihr Wimmern! Auf dem Bauch schob er sich an die Kante vor, peilte verkniffen nach unten.

»Die Hand!«, schrie er. »Geben Sie mir verdammt noch mal eine Hand!«

»Kann nicht loslassen.«

Er rannte zurück zum Wagen, öffnete den Kofferraum, wühlte wild unter der Abdeckung des Reserverads. Nichts. Kein Abschleppseil. Frustriert schlug er die Faust gegen die Rückwand der hinteren Sitze. Sie gab nach. Er rannte ums Heck herum, riss die Tür auf, hievte die hintere Sitzbank hoch.

Da lagen sie – die beiden Batteriekabel. Rot und schwarz, mit Klemmen an den Enden. Hastig knotete er sie fest zusammen – »Durchhalten«, schrie er. »Ich komme.« – hastete zum Felsvorsprung zurück.

Vorsichtig kroch er an den Rand, senkte das Kabel hinunter. Mit beherrschter Stimme gab er ihr Anweisungen.

Keuchend schlang Ruth das Kabel um die Fäuste.

»Was jetzt?«

Er hieß sie, sich langsam aufzurichten, während er das Kabel straffte. Sein Fuß stemmte sich gegen die Spalte, die das Wurzelwerk der Föhre in den Fels gesprengt hatte.

»Ich ziehe Sie jetzt hoch. Bereit? Verdammt, sind Sie *bereit*?«

Ruth schrie entsetzt auf, als das schmale Felsband unter ihren Füßen vollends abbrach. Nur das Startkabel hielt sie im Leeren. Ken hatte den Ruck erwartet, fing ihren Fall auf. Mit kräftigen Armen zog er die Frau Dezimeter um Dezimeter hoch, bis sie ein Knie über die Kante schieben konnte. Im selben Augenblick packte er sie an beiden Armen, warf sich schnaufend rückwärts. Einen Augenblick lagen die beiden schwer atmend am Boden, ihre Körper dicht aufeinander, Wange an Wange. Für einen winzigen Moment genoss Custer die Nähe der Frau, fühlte ihr Haar, fing ihren Duft ein. Dann war es vorbei. Sie kamen auf die Knie, standen auf. Ruth zitterte am ganzen Körper. Wie in Trance streckte sie ihm einen Arm hin.

»Lebe ich? Sind Sie echt? Hier, zwicken Sie mich.«

Er küsste sie auf den Mund.

»Das ist besser«, grinste er. »Ja, Sie sind lebendig. Alles ist gut. Menschenskind, wie haben Sie das geschafft! Ich sah Sie über dem Abgrund hängen, dachte, da komm' ich nie rechtzeitig hin.«

Sie stieß einen langen Seufzer aus, folgte ihm ans Auto, dessen Motor im Leerlauf brummelte.

»Wohin fahren Sie?«

»An einen sicheren Ort.«

Etwas in ihr sträubte sich. War es die Art, wie er *sicheren Ort* betonte, oder der prüfende Blick aus diesen berechnenden Augen. Irgendwas stimmte hier nicht! *Was heißt denn schon sicher? Dass er ihr das Leben gerettet hatte, bedeutete noch lange nicht, dass sie ihm vertrauen konnte.*

Ihr Bedarf an Abenteuer war gedeckt. Sie blieb zögernd stehen. Custer warf ihr einen raschen Blick zu.

»Was ist?«

Sie lächelte gezwungen, hielt den bloßen Fuß hoch.

»Ach, irgendwo liegt noch mein anderer Schuh.«

So hilfsbereit wie ahnungslos ging ihr Retter an den Rand der Klippe zurück. Da warf sie sich hinter das Lenkrad, legte den Gang ein, ließ die Kupplung hoch schnellen. Der Wagen ruckte vorwärts, blieb mit abgewürgtem Motor stehen. Custer riss wütend den Schlag auf.

»Wenn Sie einen Wagen klauen wollen, Miss, sollten Sie verdammt noch mal wenigstens fahren können!«

Er zeigte auf den Hebel unterm Lenkrad, der die Handbremse löste. Sie machte eine abschätzige Gebärde.

»Scheiße kommt von selbst.«

Plötzlich tastete sie an ihren Hosen herum. Custer hielt ihr das lange Stilett hin.

»Suchen Sie das hier? Das lag neben Ihrem Schuh, da vorn, am Rand.«

Innerlich vor Wut schäumend, wortlos, nahm sie die Waffe entgegen. Custer bedachte sie mit einem langen, prüfenden Blick.

»Okay, Miss. Ich fahre Sie zur Wetterstation.«

Sein Blick haftete immer noch auf ihrem Gesicht. Ein flaches Lächeln begann seine Mundwinkel zu glätten. Sie immer noch eindringlich musternd, legte er den Kopf etwas auf die Seite.

»Nennen Sie mich einen Narren, Miss. Was weiß ich – vielleicht hätten Sie lieber das Fliegen gelernt.«

76

Das Wasser war eiskalt. Graue Beklemmnis umschlang Ash, als er die Augen aufriss. Die Sicht war praktisch null. Aussichtslos. Es hämmerte in seiner Brust. Stoff schabte gegen sein Gesicht. Das Luftkissen! Er lag auf dem Airbag!

Er grabschte wild umher. Schließlich riss er sich den Hosengurt vom Leib, versuchte, mit dem Dorn der Schnalle ein Loch in den Luftsack zu reißen – der zähe Kunststoff gab nicht nach.

Panisch tastete er nach der Türklinke, fand sie nicht. Er verhedderte sich im Stoffwulst, spürte plötzlich seine Waffe hart gegen den Oberschenkel drücken. Die Brust wollte ihm zersprengen.

Mit letzter Anstrengung zog er die Pistole, drückte sie von unten in den Luftsack, zog den Abzug durch. Der stechende Schmerz im Ohr raubte ihm fast die Besinnung, als der Schuss losging. Die Hände fummelten hektisch nach dem Loch, fanden es.

Luft gurgelte heraus. Gierig drückte er die Lippen darauf, zog den rettenden Sauerstoff ein. Je länger er durchatmete, desto klarer arbeitete sein Verstand. Er sondierte hastig seine Lage, tastete die Tür ab, fand die Klinke wieder nicht. Dann sah er, dass die Windschutzscheibe geborsten war.

Er zwängte sich durch den Rahmen der zertrümmerten Frontscheibe, fasste mit beiden Händen nach dem Airbag des Beifahrersitzes, stemmte seine Füße gegen die Dachkante. Mit einem gewaltigen Ruck riss er den Airbag aus der Patrone.

Er war raus. Wie ein Ballon zog der Airbag ihn nach oben. Mit den Füßen stampfend gelangte er nach wenigen Sekunden an die Oberfläche.

Schnaufend, hustend nach Atem ringend drehte er den Kopf nach allen Seiten. Am Bootssteg regte sich nichts, auch sonst war kein Mensch zu sehen. Keuchend kraulte er auf eine flache Stelle am Ufer zu, getragen von dem Triumph, überlebt zu haben. Was konnte ihm jetzt noch passieren?

Vor dem kleinen, mit einem Wellblechdach notdürftig bedeckten Bootshaus dümpelte ein großes schwarzes Schlauchboot. Ash turnte um den Gitterzaun herum und gelangte auf dem schmalen Laufsteg am Boot vorbei zur Haustür, die er ohne große Mühe aufwuchtete.

Wenig später trocknete er sich an der Feuerstelle in der

Wohnküche, trocknete die nassen Sachen und hielt erfolglos nach einem Telefonapparat Ausschau. Rittlings auf einem Stuhl in die knisternden Flammen starrend, versuchte er, den Hergang des Unfalls zu rekonstruieren. Mit dem Schädel musste er gegen das Wagendach geprellt sein. Er tupfte die Wunde mit einem Handtuch ab, legte im Kamin Holz nach. Dann wickelte er sich in eine Decke und suchte nach der Bar. Er brauchte endlich einen starken Drink. Hinter einer leeren Zigarrenschachtel entdeckte er eine Flasche Whiskey, darunter in der Schublade Werkzeug und Geländekarten.

Die verwaisten Stiefel neben dem Pritschenbett im Schlafzimmer passten ihm. Auch ein dicker, schwarzer Pullover hing achtlos über einem wackeligen Stuhl. Die Hoffnung, einen Ersatz für seine verlorene Schusswaffe aufzustöbern, gab Ash bald missmutig auf.

Zurück im Aufenthaltsraum schlug er ein Kartenblatt auf und bestimmte seine Position. Dann aktivierte er das Notsignal – das kleine Blinkzeichen auf dem Ziffernblatt seiner Spezialuhr bestätigte, dass der Sender funktionierte und seinen genauen Aufenthaltsort übermittelte.

Zwei Stunden nach dem Sturz in den See stapfte Ash die Straße zum kleinen Plateau hoch, wo er den Helikopterlandeplatz vorgesehen hatte. Die Straße führte daran vorbei, nach oben zur Wetterstation. Schon verschwand die Sonne hinter dem Felsbuckel mit der knorrigen Föhre. Urplötzlich zog ein kalter Wind auf, der einen düsteren Schleier über den See zog. Ash starrte einem ungewissen Ziel entgegen. Er schüttelte sich. Es fröstelte ihn wie selten zuvor.

77

Das krieg' ich nicht zusammen.« Custer schüttelte den Kopf, nahm sorgfältig die nächste enge Kurve, die in einen schmalen, unbeleuchteten Tunnel mit glitschig nassen Wänden führte.

»Doch. Die Wetterstation eignet sich aus zwei Gründen für meine Forschung. Die Gegend hier oben ist voller Flechten. Aus Langeweile begann ich eines Tages, damit Nährböden zu gießen.«

Dunkelheit umhüllte sie. Custer aktivierte die Scheinwerfer.

»Und dann schufen Sie die neuartigen Mikroben. Einfach so?«

Sie nickte. Beide schwiegen eine Weile. Wasser tropfte auf die Windschutzscheibe. Am Ende des Tunnels tat sich ein überwältigender Blick in den Talkessel auf. Sie zeigte stumm nach vorn, als erkläre die Naturschönheit ihren Forschungserfolg.

»Der Schöpfer sei gerecht, glauben die Verblendeten. Sie verleugnen die krassen Unterschiede im diesseitigen Dasein zwischen Arm und Reich, Mächtigen und Unterdrückten, Studierten und Analphabeten. In Wirtschaft und Politik blüht die Vetternwirtschaft, in den Konzernen die Raffgier, überall herrscht Ungleichheit. Doch nach dem Tod soll eine höhere Macht endlich für Gleichbehandlung sorgen.«

»Also doch ein Schöpfer?«

»Nein … oder vielleicht doch, in etwa – schöpferische *Mikroben*. Diese wunderbaren Kleinstlebewesen zersetzen alle Körper unabhängig von Stand und Geburt, machen alle zu Staub und Asche. Über das Erdreich gelangen alle wieder in Pflanzen, in das Fleisch der Tiere, ins Wasser. Schließlich endet der Kreislauf in Leib und Gehirn neuer menschlicher Körper. Seit Jahrtausenden.«

»Klingt nicht gerade nach Descartes«, warf Custer überrascht dazwischen, doch die Frau fuhr unbeirrt fort.

»Die Religionen freilich halten an den verkrusteten Machtstrukturen fest. Sie verleugnen die egalisierende Macht der Mikroben. Die Bibel gaukelt uns das Paradies vor und droht mit dem Fegefeuer. Das Kastensystem nach dem Gesetz von Manu bringt es erst recht nicht. Die Reinkarnationslehre der Hindus ist reinster Hokuspokus. Je nachdem, wie sich der

Mensch zu Lebzeiten aufgeführt hat, erwacht er dereinst in einem edlen Pferd oder einer nichtigen Küchenschabe oder wieder auch als Unberührbarer zu neuem Leben. Die Ungleichheit setzt sich mit andern Worten fröhlich im Jenseits fort. Niemand nimmt daran Anstoß.«

»Der Glaube macht selig«, spöttelte Custer.

»Der denkende Mensch verändert die Welt, doch die Mikroben machen uns alle vollkommen gleich. Unsere Seelen zerfallen nach dem Tod in Mikroorganismen. Sie wandern in andere Lebewesen, finden sich im Kosmos wieder, gelangen, wenn sie Glück haben, in einen andern Menschen und bestimmen sein Handeln, die Gefühle, seine Intelligenz von neuem. Es braucht keine höhere Macht. Ich allein bestimme, ob ich gut lebe, Erfolg habe und wer mir im Weg steht.«

»Destruktiver Nihilismus in Reinkultur«, krächzte Custer, nicht unbedingt kreuzfidel.

»Wenn ich als Wissenschaftlerin Organismen, die töten, aus der Retorte hebe, mache ich nichts anderes, als die Gleichheit wiederherstellen. Ich lasse nämlich den Mikroben freien Lauf, setze an die Stelle der Ungerechtigkeit die Gleichheit. Dieser Prozess der Zersetzung und Neubelebung läuft seit ewiger Zeit unbeeinflusst, dem Zufall überlassen. Mir ist aber gelungen, in diesen schöpferischen Prozess einzugreifen, indem ich diese großartigen Kleinstgeschöpfe genetisch so verändere, dass die Welt in Zukunft besser wird. Vorläufig verfüge ich über zwei Arten von Mikroben – die sanften und die militanten.«

Custer war plötzlich hellwach.

»Moment«, meinte er begeistert, »das klingt wirklich total innovativ.«

»Na klar. Die militante Sorte zum Beispiel versetzt den Menschen in einen Dauerzustand der Aggression. Der perfekte Verbrecher, der skrupellose Krieger entsteht. Dominieren die militanten Mikroben, gehen die Menschen aufeinander los, vernichten sich gegenseitig. Die militanten

Gamas sind die genialen Waffen, um ganze Völkerstämme in einen blutigen Krieg zu treiben und auf diese Weise auszurotten.«

»Nehmen wir an, was Sie mir da erzählen, stimmt. Glauben Sie im Ernst, die Welt wird zuschauen, wie Sie oder Ihre Organisation alles kaputtmachen?«

Sie nickte triumphierend.

»Vorläufig schon! Wobei das Chaos hilft.«

»Chaos?«

»Staatschefs sterben durch Mörderhand, die Konfliktherde explodieren, daraus entsteht das perfekte destruktive Umfeld für den Einsatz der militanten Mikroben.«

»Und wer gewinnt?«

»Wer sich die neue Ordnung rechtzeitig zunutze macht.«

»Ich nehme an, *Sie* werden zu dieser privilegierten Gruppe gehören?«

Sie schaute ihn abschätzend an und meinte, darauf könne er Gift nehmen.

Er fragte sie, für wen sie arbeite, aber heftiges Knattern von Hubschraubern würgte jedes weitere Gespräch ab. Custer hielt im Schutz einer mächtigen Bergtanne an. Angespannt suchten sie den Himmel ab. Nur für einen Augenblick huschte ein dunkler Umriss durch die Sichtschneisen des Geästes.

Custer stieg aus.

»Kommen Sie, hier lang, zur Kuppe!«

Ross folgte Custer hastig über Stock und Stein, nach oben auf die Weide, die sich über den sanften Hügel zog. Hinter einem gigantischen Felsbrocken, den der Berg vor Urzeiten hingeworfen hatte, kauerten sie nieder.

»Das Chaos nimmt seinen Lauf«, keuchte er sarkastisch, während er sich der Länge nach hinlegte. Zusammen spähten sie angespannt nach unten auf die Gebäude im flachen Teil des Kessels, wo gerade ein Hubschrauber zur Landung ansetzte.

78

Unsere Wetterstation«, erklärte Ruth Ross mit unverhohlenem Stolz in der Stimme.

Der Helikopter setzte auf einem quadratischen mit H markierten Betonplatz auf, die Rotoren liefen aus. Nichts weiter geschah.

Außer dass Ruth in diesem Moment wie beiläufig ein Knie über Kens Hintern schob.

»Für wen arbeiten Sie eigentlich? Sie haben …«

»*Was* habe ich?«

Lächelnd verstärkte sie den Druck des Knies.

»Okay, Custer, Sie haben sinnliche Lippen.«

Er gab ihr einen Schubs mit dem Ellenbogen, meinte, *sie* habe gefährliche Augen, dabei durchfuhr ihn ein Strom heißer Erregung. Ihr Annäherungsversuch weckte Erinnerungen …

Ken dachte in dieser Sekunde an die von ihm selbst definierte Weisheit, dass nur in der ersten halben Stunde Frauen zu allem bereit sind, sie darauf warten, dahinschmelzen zu können. Auf die Frage, warum diese Willigkeit nach kurzer Zeit rasch nachlässt, hatte er längst die Antwort gefunden: Frauen sind neugierige Geschöpfe, wollen entdeckt werden. Hält sich der Gentleman zurück, plant umsichtig die nächsten Schritte, hat er bereits verloren. Die weibliche Psyche will im Augenblick der Umwerbung nur eins – empfangen.

Erpicht, sich von der besten Seite zu zeigen, will Venus ohne Verzug berührt, geküsst, umarmt, verschlungen werden. Die meisten Helden bringen dann den Mut nicht auf, die reife Frucht gleich zu pflücken. Sind sie schließlich bereit, ihrem Umwerben die leidenschaftliche Fortsetzung zu verleihen, wehrt die Frau ab, vom Zepter der Rationalität dirigiert, während am Tag zuvor noch der Instinkt allen Hemmungen den Garaus gemacht hatte.

Mit diesen prickelnden Gedanken, blassen Erinnerungen und verdrängten Frustrationen im Kopf nahm Ken Custer die

Zeichen diesmal ernst. Er wusste, diese Frau wollte alles, jetzt und hier.

Er packte sie wild, küsste sie auf die halb offenen Lippen, sie küsste leidenschaftlich zurück, wühlte mit ihrer Zunge durch seinen Mund. Den Schock vom nur knapp überlebten Absturz noch in den Gliedern lechzte Ruth nach hemmungsloser Lust, ließ sich gehen. Gierig suchten ihre Hände nach dem kräftigen Wulst unter seiner Hose, drückten darauf herum, kneteten das harte Glied. Die spontane Hingabe wirkte wunderbar befreiend, weg war das Grauen der ausgestandenen Todesangst, wonniges Vergessen strich wie Balsam über ihre gemarterte Seele. Heiß überkam es Ken, leidenschaftlich umschlang er sie, schob seine Hand in ihren Slip, massierte mit zwei Fingern zuerst feinfühlig, dann kräftiger ihre sich feucht öffnende Spalte …

»Komm«, hauchte sie, legte sich ganz auf den Rücken, streifte hektisch die Hosen ab, spreizte die Beine weit.

Sie liebten sich auf dem saftigen Gras der Weide, abgeschirmt vom großen Felsbrocken, die reine Natur summte um sie herum.

Liebevoll gab sich Ruth ihrem Retter hin, als wollte sie ihn belohnen, stieg nicht auf ihn, um triumphierend auf den Unterliegenden zu blicken, nein, sie war weich, gefügig, dankbar zu leben, lebendig zu sein … Nach einer Viertelstunde lagen sie erschöpft nebeneinander, die Augen geschlossen. Wie sollte es weitergehen?

Einem plötzlichen Einfall folgend, wandte er sich ihr zu, klang todernst.

»Ich arbeite für Frosh.«

Einen Moment machte sie große Augen. Die Überraschung war gelungen.

»Frosh?«, wiederholte sie matt lächelnd.

Während weiter unten die Männer des Einsatzkommandos das Gebäude umstellten, aus einem zweiten Hubschrauber ein mit schwarzem Pullover zivil gekleideter Mann kletterte, raunte Custer, mit den Lippen ihre Wangen streifend:

»Ich meine Jack Frosh, Harvard. Er ist in Schwierigkeiten.«

Sie räkelte sich, knöpfte die Hose zu, stieß einen kehligen Laut der Erleichterung aus, wollte dann wissen, warum er ihr nachreise. Um ihr von Jack Frosh zu erzählen? Wie er sie überhaupt gefunden habe?

»Mikroben«, lächelte Custer cool, stopfte das Hemd in die Hosen und schnallte den Gurt fest.

»Jack Frosh bedroht die Menschheit offenbar mit denselben Killerviren wie Sie – in Raspenburg.« Er zauberte einen Feldstecher aus seiner Jacke.

»*Gamas*, Mister Custer. Gamas sind keine Killerviren, zum einen, zum andern sagt mir Raspenburg rein nichts. Das letzte Lebenszeichen von Jack Frosh erhielt ich aus einem Nest an der kanadischen Grenze im Norden Montanas.«

Das anmutige Bild einer molligen Billie Sue stieg in ihm auf.

»Missoula etwa?«

»Kann sein …«

Sie nahm Ken den Feldstecher aus der Hand, richtete ihn auf die Wetterstation.

Die Männer des Einsatzkommandos gingen vor, als hätten sie alles gründlich eingeübt. Der zweite Helikopter hob ab, folgte im Tiefflug der Bergstraße in Richtung Tal. Der Mann im schwarzen Pullover lief zügig zur Wetterstation hoch.

Der Ross entfuhr ein Ausruf des Erstaunens, als sie sein Gesicht heranzoomte.

Sie stand auf, gab Ken einen flüchtigen Kuss, sagte, sie sei gleich zurück.

Plötzlich erschütterte eine Explosion das Tal. Hinter der Biegung qualmte schwarzer Rauch hoch.

»Die haben den Kessel dichtgemacht«, presste Custer mit verbissenem Gesicht hervor.

»Glauben Sie, der Tunnel ist verschüttet?«

Custer nickte, die Augen verkniffen.

»Ziemlich sicher. Damit ist uns der Rückweg abgeschnitten. Was schlagen Sie vor?«

Sie schaute ihn an, als hätte er eine indiskrete Frage über ihr Intimleben gestellt. Ihre Stimme klang scharf abweisend, als wäre zwischen ihnen nichts gewesen.

»Wir treffen uns oben in der Alphütte.«

Einigermaßen frustriert suchte Custer das Gelände gründlich mit dem Feldstecher ab. Abgeschirmt von kahlen Bergflanken lag die Wetterstation im rechten Abschnitt. Auf 2243 Meter wuchsen keine Bäume mehr. Ein wilder Bach schlängelte sich schäumend durch ein breites Kiesbett, trennte den umzäunten Platz mit den drei geduckten Gebäuden von der Alp auf der andern Talseite. Das mächtige, mit Schieferplatten gedeckte Walmdach zog sich schützend wie eine Kappe über die Ohren der Alphütte. Auf einem braunen Erdplatz vor den Stallungen stand ein Geländefahrzeuge mit Milchkannen auf der Ladepritsche.

Die rechteckigen Gebäude der Wetterstation bildeten ein Dreieck, ohne freilich zusammengebaut zu sein. Mitten in dieser Konstellation ragten Antennenmasten mit zahlreichen feinen Verästelungen in den sich mit Wolkenfetzen überziehenden Himmel. Von einer Stange nahe am Wasser flatterte ein Windsack.

»Für wen arbeiten Sie sonst noch«, fragte Custer, »außer für Hentschmann?«

Die Ross verharrte in halb aufrechter Stellung.

»Für das Gute, Ken. Ich bringe der Menschheit eine Botschaft der Hoffnung. *Das* ist meine Mission.«

»Aha, und das tun Sie, indem Sie die Welt mit diesen aggressiven, Krieg treibenden Mikroben beglücken?« Custer schüttelte angewidert den Kopf. »Ist ja wirklich wunderbar.«

Sie blickte ihn erstaunt an.

»*Davon* habe ich nichts gesagt.«

»Doch, Sie hielten mir eben diesen Vortrag«, protestierte Custer, aber sie unterbrach ihn scharf. »Vielleicht hören Sie mal gut zu und lassen mich ausreden, Mister Custer. Die andere Sorte Mikroben, die *sanfte* Art, die ich auch erwähnte, scheint Sie ja gar nicht zu interessieren. Typisch Macho. Immer nur Action, Gewalt ...«

Sie brach ab, als Schüsse krachten, im Talkessel widerhallten. Sie rappelte sich hoch, rannte den Abhang hinunter. *Direkt ins Verderben,* dachte Custer. Was tun? Die Alphütte? Okay!

Die Straße zur Hütte zweigte ungefähr 500 Meter vor der Wetterstation ab, schlängelte sich hinter einer Kuppe nach oben. Dadurch war sie von den Gebäuden, auf die die Ruth nun im Laufschritt zuhielt, kaum einsehbar.

79

Das Einsatzkommando aus Stuttgart hatte das Überraschungsmoment auf seiner Seite.

Noch bevor der Lärm der Rotoren im engen Talkessel verhallt war, stürmten die Angreifer die Grasböschung hoch. Aus der Glaskuppel des Cockpits beobachtete Captain Scully den Sturmlauf des Kommandos, angeführt von einem Machete schwingenden Feldwebel aus Puerto Rico.

Das halbe Dutzend Wissenschaftler hatte sich um fünf Uhr nachmittags bereits auf den Feierabend eingestellt. Sie wurden unsanft aufgeschreckt, als grimmige Typen in voller Kampfausrüstung ihnen Gewehrläufe in die entsetzten Gesichter streckten. Innerhalb von zehn Minuten war alles vorbei. Gewaltanwendung hielt sich im Rahmen. Der junge Betriebsleiter hatte einem Angreifer, der breitbeinig in sein Zimmer gesprungen war, eine Gewichtshantel an den Kopf geschleudert, ihm die Waffe entrissen, war in den Korridor hinausgestürmt. Der Sergeant dort war auf der Hut. Mit einem einzige Hieb spaltete er dem armen Kerl von hinten den Schädel. Der Widerstand war im Keim erstickt.

SPHINX-Handlanger John Ash machte es sich im Wetterbüro bequem. Er wartete, bis sich das elende Häufchen der Stationsbesatzung versammelt hatte. Die Leute duckten sich stumm. Das Entsetzen über den brutalen Tod ihres Kollegen, der den Mut gehabt hatte, sich zu wehren, stand tief in ihre Gesichter geschrieben.

Ash fackelte nicht lange. Die Kontrolle über die Station liege in seiner Hand, erklärte er mit steinerner Miene. Die Anordnungen von Dr. Hans Magun seien ohne Murren zu befolgen.

Magun, dem die feindseligen Blicke nicht entgingen, trat vor. Mit verächtlich geschürzten Lippen verkündete er, wie es mit dem Betrieb weitergehe.

»Ihr alle wisst, dass wir unter dem Deckmantel der Wetterstation genetisch veränderte Mikroben von höchster Aggressivität herstellen.«

Die Männer starrten entgeistert auf den Feldwebel, der seine Machete nicht losließ.

»Wir müssen die restliche Ware verkapseln und für den Abtransport bereitmachen. Wir arbeiten ab sofort im 24-Stunden-Betrieb.«

Doktor Magun blickte scharf in die Runde. Alle hätten gewusst, auf was sie sich einließen, als sie heraufkamen, um in diesem gottverlassenen Talkessel die Mikroben zu einsatzfähigen B-Waffen zu verarbeiten. Zum Aussteigen sei es zu spät. Jeder solle seinen Arbeitsplatz einnehmen, die Sache strikt nach Anweisungen zu Ende führen. Es sei keine Zeit zu verlieren.

Ein Ruck ging durch die Reihen, als die Forscher wegtraten, mit weit geöffneten Augen auf Magun starrend, den eingeschleusten Verräter – vor wenigen Minuten noch einer ihrer umgänglichen Kollegen.

Ash nickte anerkennend, als die Männer als verängstigtes Rudel hastig den Raum verlassen hatten. Er wies Magun an, ihn nun durch die Anlage zu führen.

»Die Luft auf dieser Höhe ist trockener als in der Stadt«, erklärte Magun, als er die Sicherheitstür zum Laboratorium öffnete. »Wir arbeiten auch mit Flechten.«

Obschon Ash kein großes Interesse zeigte, dozierte Magun weiter: Gesteinsflechten seien aus Algen und Pilzen zusammengesetzte Organismen, die in Symbiose leben. Da diese Pflanzen zu ihrem Gedeihen saubere Luft benötigen, gelte ihr Vorkommen heute als Indikator für gute Luftqualität.

Er wolle ihm doch nicht weismachen, wandte Ash ein, dass er hier den Grad der Luftverschmutzung ermittle, tief sog er die prickelnde Bergluft ein.

Magun lachte schallend.

»Diese Mess-Station ist echt, Mann. Niederschlagsmengen, Temperatur, Luftfeuchtigkeit. Ein Teil dieser Daten sind für die Nährböden wichtig. Hier sind wir völlig abgeschieden und können in aller Ruhe arbeiten.«

»Was macht denn der Bauer dort drüben?«

Doktor Magun grinste abschätzig.

»Das sind zwei Hirten, die uns Milch und Käse liefern. Unsere Leute arbeiten hart und brauchen viel Eiweiß. Auf der Alp, da isst man Käs' und Butter …«

Ash war an die Trennwand aus Glas herangetreten. Er schaute direkt in das Labor hinein.

»Hier brüten die wohl das miese Wetter aus«, meinte er gut gelaunt, als Magun zu ihm aufschloss.

Durch den Hinterausgang gelangten sie in einen Lagerraum, der bis unter die Decke mit verschiedenfarbigen Behältern in der Größe von Benzinkanistern voll gestapelt war. Es sehe aus, als sei hier sehr produktiv gearbeitet worden, meinte Ash. Magun zündete eine Handlampe an. Er streifte mit dem starken Strahl über die Stapel, ortete einen Durchgang.

Als sie sich durch die enge Passage zwängten, las Ash die Beschriftungen. Er kam sich vor wie in dem Weinkeller, den er mal besucht, sich darin durch Reihen gestapelter Holzkisten mit den Jahrgängen bester Lagen gezwängt hatte. »Sehr kryptisch, diese Bezeichnungen«, murmelte er.

Magun stoppte, öffnete eine weitere Tür. Gestank von Chemikalien schlug ihnen entgegen. Ashs Hand fuhr an die Nase. Magun plauderte unbeeindruckt weiter.

»Wir haben die Produktion ausgelagert. Im Patumbah Institut generieren wir die Komponenten aufgrund der von Hentschmann und Ross entdeckten Formeln. Hier oben können wir in aller Ruhe produzieren, allerdings sind wir mit der Kapazität ans Limit gelangt.«

Zur Zeit würden in der Wetterstation deshalb lediglich die E-18C hergestellt – so heißen die aggressiven Betonvernichter, fuhr Magun fort, wogegen die Massenproduktion sukzessive in das neue Werk in Israel ausgelagert worden sei. Ash hatte eine Frage.

»Die L-18 werden sesshaft eingesetzt?«

Magun nickte begeistert. Die Kapseln seien die geniale Erfindung des Professors. Damit ließen sich die Mikroben überhaupt ins Ziel bringen. Die Kapseln regnen auf eine Reaktorkuppel nieder, bersten und übersäen den Beton mit Milliarden Mikroben L-18C. Da die Kapseln schwerer als Wasser seien, würden sie auf der Wasserseite einer Staumauer geräuschlos absinken, bevor der Wasserstoff den Kapselmantel aufweiche. Die entweichenden Mikrobenschwärme werden, dem Druck des Stauwassers folgend, gegen die Mauer geschwemmt. Innerhalb von Stunden sei die Mauerstruktur dem Untergang geweiht.

»Wir werden ja sehen«, knurrte Ash. Seine Skepsis produzierte Falten auf Maguns Stirn.

»Eh – 'tschuldigung – hab' ich etwas übersehen?«

»Nein, wir haben zum Glück alle unsere Wissenslücken«, flachste Ash, checkte seine Armbanduhr, auf der die eingestellte Zeit ablief. *Noch 185 Minuten!*

Er war auf dem Weg zurück ins Wetterbüro, als zwei Männer in Kampfanzügen eine fauchende, sich heftig wehrende Ruth Ross hereinzerrten.

80

Die Dunkelheit war längst eingebrochen. Custer wartete immer noch in der Alphütte. Allmählich wunderte er sich, ob die Frau ihn verschaukelt hatte. Der Anruf von Cliff Montgomery aus dem FBI-Zentrum in Quantico riss ihn aus seiner dumpfen Grübelei. Mit dem Handy am Ohr trat er vor die Hütte, atmete tief die würzige Luft ein, lauschte Montgomerys Rapport.

»Unsere gute Ross war in Israel, als der Außenminister im David Citadel Hotel umgebracht wurde. Sie war offensichtlich auch in Danbury, wo sie die Bank überfiel. Dort kontrollierte der Sheriff ihren Ausweis, der auf den Namen Ruth Ross ausgestellt war. Nur einige Tage später starb Ted Jones. Das alles ist sehr belastend, Ken. Jetzt stehen wir unter gewaltigem Druck, eine Verhaftung bekannt geben zu können.«

Was sollte er darauf antworten?

»Schön, Cliff, danke. Ich bin nahe dran. Meine 48 Stunden sind noch nicht abgelaufen.«

Er klickte die Verbindung weg, ging in die Küche zurück.

Die Fensterläden erzitterten, als ein Helikopter gegen Mitternacht abhob und über die Hütte donnerte. Die zwei Bauern, die am langen Holztisch Kaffee tranken, schienen kaum Kenntnis davon zu nehmen. Normalerweise kümmerten sie sich wenig darum, was nebenan vor sich ging. Nachbarliche Verhältnisse in dieser Einsamkeit waren selten von Empfindlichkeiten geprägt. Außerdem profitierten sie vom Flugverkehr der Wetterstation, wenn es darum ging, schweres Gerät, wie den neuen Melkroboter hinten im umgebauten Stall, von unten aus dem Tal herauf zu holen.

Doch seit heute Nachmittag schien alles ein bissel anders.

Auf den braun gegerbten Gesichtern der beiden Sennen lag meistens ein verhaltener Schalk, vor allem wenn sie mit dieser Frau Ross redeten. Doch heute blickten sie ernst drein.

»Schluss mit lustig«, hatte Sepp mit dem eckigen Gesicht auf butterweichen Kinnladen geflucht, sein Gewehr hervorgeholt. Offenbar machten sie Custer für die Tunnelsprengung verantwortlich, merkten aber schnell, dass er nicht zu den Typen gehörte, die aus den Hubschraubern gestürmt waren.

Die Idee, die Polizei anzurufen, verwarfen sie mit der Begründung, sie wollten abwarten, was Frau Ross meine, denn sie sei für die Wetterstation zuständig.

Also blieb es beim Kaffeetrinken, dem Fachsimpeln über das Käsen und dem Klagen über die harte Zeit im Herbst, sollte der Schnee zu früh kommen.

Hätte Ken Custer die Maschine mit seinem Infrarot-Feldstecher erfasst, wäre ihm möglicherweise die ungewöhnliche, zwischen dem Fahrgestell angehängte Vorrichtung aufgefallen. Er hätte zwei lange schwarze Behälter bemerkt, sich vermutlich gefragt, was das dachtraufenähnliche Rohr, das schräg nach unten verlief, für einen Zweck hatte. Indessen hätte er kaum etwas mit seiner Beobachtung anfangen oder gar den verhängnisvollen Handlungsverlauf stoppen können, der in diesen Minuten unabwendbar begonnen hatte. So spielt es für die weiteren Ereignisse keine entscheidende Rolle, dass CIA-Agent Custer in der Alphütte nur leicht die Stirn runzelte, als er den Helikopter tief über die Hütte knattern hörte.

81

Es war einem natürlichen Bedürfnis oder vielleicht einfach den antrainierten Überlebensreflexen von Ken Custer zuzuschreiben, dass er und die beiden Sennen in den nächsten Minuten mit dem Leben davonkamen. Jedenfalls stand er plötzlich auf.

»Muss mal raus, Gentlemen.«

»Hinten links, oder einfach am Misthaufen«, grinste der namens Sepp, schob die Pfeife in den andern Mundwinkel.

Custer war gerade fertig, wohlig durchströmt vom Gedanken an den leidenschaftlichen Quickie, als er knirschende Geräusche hörte. Geistesgegenwärtig federte er die paar Meter in den Schatten des Dachs, zog seine Glock.

Er zählte fünf Gestalten, die auftauchten, die Köpfe zusammensteckten, sich plötzlich trennten. Drei liefen nach hinten, wo die Ställe und das Melklabor neben dem Kühlraum lagen, zwei gingen auf die Tür zu, die in die Küche der Hirten führte.

Kein Wort fiel.

Ken fand Deckung hinter den großen Käselaibtüchern, die zum Trocknen neben dem Eingang hingen. Wartete leicht geduckt ab.

Es war das aufbegehrende Zischen, das die Ross verriet. Sie schien sich dagegen zu sträuben, voran zu gehen. Unterdrückt fluchend schubste sie der Bursche vor sich her, öffnete mit einer Hand die Tür.

Das war der Moment für Ken. Er griff die Pistole fest am Lauf, schlich sich heran, holte aus.

Als der Typ die Frau über die Schwelle zwang, traf ihn der Schlag im Genick. Lautlos brach er zusammen. Die Ross wirbelte herum.

»Was ist passiert?«, raunte Custer.

Sie schleppten den Bewusstlosen in die Küche, fesselten ihn mit Hilfe der beiden aufgeschreckten Alpmenschen.

»Wir dürfen keine Zeit verlieren«, keuchte Ross. »Die sind hinter meinen Behältern her, hinten im Kühlraum.«

Sie warf den Hirten einen vielsagenden Blick zu. Die verstanden, offenbar eingeweiht.

Kein Zweifel, sie mochten die Ross. Nicht nur hatte die Frau einen scharfen Verstand – sie sah auch scharf aus.

Toni, der Bärtige, drückte den krummen Raucherstumpen aus, nahm dann die Axt neben der Feuerstelle vom Haken. Sepp lud seine Schrotflinte durch. Ross blickte fragend in die Runde.

Hatte denn keiner dieser Helden einen Plan?

Den Sennen traute sie alles zu. Vielleicht war es nur Mangel an Gelegenheit, dass sie mit diesen Naturburschen noch keine kleine Affäre gehabt hatte, sinnierte sie. Custer meldete sich.

»Die sind drei, wir sind vier. Zunächst müssen wir herausfinden, wo sie sich verstecken.«

Alle fanden den Plan gut, doch was half's – draußen hörten sie Schritte, Wortfetzen. Die Elitesoldaten gruppierten sich zum Angriff.

82

Der Helikopterpilot hatte den Talkessel samt Wetterstation und Alphütte hinter sich gelassen, brachte die Maschine auf den berechneten Kurs. Stetig gewann er Höhe. Es war wichtig, nicht zu tief ins Tal einzufliegen, wo Kabel von Seilbahnen und Starkstromleitungen heimtückische Fallen stellten.

Im spärlichen Mondschein leuchtete eine Straße wie ein heller Faden auf. Der Pilot bediente sich der automatischen Orientierungshilfe, um seine Position zu überprüfen. Von keiner Menschenseele wahrgenommen, glitt der schwere Helikopter als schwarzer Schatten die dunklen Hänge entlang. Die geheime Anflugroute lag außerhalb der Radarüberwachung der zivilen Luftraumüberwachung *Skyguide*, die normalerweise vom Flughafen Zürich aus alle Flugbewegungen registrierte. Möglich, wusste der Pilot, dass der militärische Radar der Schweizer Luftwaffe den Flug ortete. Doch sie hatten während der minutiösen Planung das Szenario einer Radarerfassung durchgearbeitet, waren zum Schluss gekommen, dass ein Eingreifen seitens der militärischen Überwachungsorgane zu viel Zeit in Anspruch nehmen würde. Nichts könnte sie hindern, das Material am Ziel abzuwerfen, sich dann sicher abzusetzen.

Zudem vertraute der Pilot auf seine Erfahrung – in diesem engen Talgang, wo weder Luftwaffenstützpunkte noch Radarstationen stationiert waren, dürfte der Angriff völlig unbemerkt durchgehen.

83

In der Alphütte reagierte Ken mit professioneller Kürze, gab flüsternd Anweisungen. Rasch und geräuschlos bezogen alle ihre Positionen.

Während die Angreifer vor der Tür Halt machten, herrschte einen Augenblick lang unheimliche Stille. Offenbar trauten sie der Ruhe im Innern nicht.

Die Tür wurde geöffnet. Der Anführer rief: »Bobby, alles in Ordnung?«

Sekundenlang blieb es still. Seine Männer wechselten Blicke. Ruth schrie auf:

»Nimm deine dreckigen Pfoten weg, du Schwein!«

Ein Geschirr zersplitterte. Der Anführer lachte hämisch.

»Okay, Bobby, du Grabscher, hast du gehört?«

Erleichtert trat er in den Vorraum. Hinter ihm trugen seine Männer mit beiden Armen zwei große, hermetisch verschlossene Kübel herein. Die handgeschriebenen Legenden – L-18/H-plus und L-18/H-minus – auf den Etiketten bedeutete ihnen rein nichts. Ein Serum sei es, hatte Ash sie informiert, das separat von der Wetterstation aufbewahrt werde.

Als der Anführer in die Küche trat, schwante ihm sein Fehler. Er blieb wie versteinert stehen.

Die Axt des bärtigen Sennen sauste nieder. Präzise traf die scharfe Klinge den Scheitel, spaltete des Anführers Schädel, als sei er ein Klotz Fichtenholz.

Blut schoss hoch, klatschte dem Mann, der sich hinter dem Anführer duckte, ins Gesicht.

Die Kübel polterten auf den Fußboden, als die zwei Uniformierten reaktionsschnell zu den Waffen griffen. Sie waren chancenlos. Aus dem Dunkel des Vorraums brüllte Custer mit Stentorstimme:

»Keine Bewegung, ihr Scheißer!«

Licht blitzte auf. Über den Strahl der Stablampe starrten die völlig Überrumpelten in ein grimmig verbissenes, schattenhaftes Gesicht. Ein Gewehrlauf hob sich bedrohlich nahe.

»Hinlegen!«, befahl Sepp.

Einer der Eindringlinge machte den Fehler, den Sennen zu unterschätzen. Er tat, als lege er sich gefügig hin, wirbelte herum, die Waffe in der Hand.

Ein Schuss krachte. Trotz kugelsicherer Weste riss die schwere Schrotladung, aus nächster Nähe geliefert, dem SWAT-Mann den ganzen Leib auf.

Dem Dritten und Letzten drückte Custer die Waffe an den Kopf, während der bärtige Toni ihn fesselte – bedächtig, als schnüre er ein Holzbündel. Ruth hob warnend die Hand.

»Der Schuss hat uns verraten.«

Wie auf Kommando knisterte das Funkgerät am Gürtel des toten Anführers.

»Alpha Uno, alles okay? Kommen!«

Hastig brachen sie auf.

»Alpha Uno, meldet euch!«, krächzte der Apparat.

84

Ruth Ross versicherte sich, dass die Ladung hinten im Jeep ordentlich festgezurrt war. Die human orientierten Mikrobenimpfstoffe L-18/H-plus und L-18/H-minus, die das menschliche Bewusstsein in entgegengesetzten Richtungen verändern konnten, hatten zur Zeit ungefähr die gleiche Brisanz wie eine tragbare Kernwaffe.

Unten vor der Wetterstation flammten Scheinwerfer auf. Nochmals studierten die vier die Karte.

»Der Weg ist schmal, steinig und fast vertikal steil«, meinte Toni. »Weiter unten kommen wir mit dem Jeep nicht mehr durch.«

»Da ist bereits vorgesorgt«, verkündete Ruth. »Ich werde auf der andern Seite des Grabens erwartet.«

Dort komme niemand durch, wandte Sepp ein. Er trommelte mit seinen breiten Fingern auf dem Kartenblatt herum, während der Jeep vorwärts ruckelte.

»Zwei Wagen verfolgen uns«, meldete Toni, der die Blutspritzer notdürftig vom Hemd gewaschen hatte.

»Die kommen nicht weit«, versprach Ruth.

Sepp prognostizierte fachmännisch: »Wir auch nicht, gleich sitzen wir fest.«

Custer trieb den Jeep brutal über die enge, steil abfallende Dreckpiste.

»Julia wartet auf uns«, keuchte die Ross. »Sie kennt den Weg. Sie hat das *Creek Walking* erfunden.«

»*Was* hat sie?«, schrie Custer über die Schulter, wuchtete in den kleinsten Geländegang runter.

»Der neue Freizeit-Lifestyle. *Bachgraben-Wandern.*«

»Soll das ein Witz sein?«

»Nein, der letzte Schrei im Wellness-Business. Du wandelst auf weichem Kies durch romantische Schluchten, im Schatten grüner Bäume, die Luft ist rein, Freiheit weht um dich. Du gewinnst neue Sichtweisen, die Seele weidet sich. Creek Walking heißt, Baumrinden anfassen. Du schließt die Augen, berührst den Baum, fühlst die Kraft aus der Borke einströmen.«

Sie dachte, Custer höre sowieso nicht zu. Mitternacht war vorbei. Der blasse Mond vermochte die schwarze Nacht etwas aufzubrechen. Der Viehweg fiel nun steil gegen Norden ab. Die Scheinwerfer des Jeeps verloren sich im dunklen Nichts. Vom Rücksitz her meldete sich Sepps sanfter Bass.

»Und was noch?«

»Füße im Bachbett waschen, die Beine auf alte Steine legen, durch die Wipfel ins tiefe Blau des Himmels blicken, frei ins Grüne pinkeln. Was gibt es Lustvolleres, als in freier Natur die Beine spreizen.«

Kens Kopf fuhr herum. Er grinste breit.

»Aber im Ernst. Creek Walking ist das total neue Gefühl.«

Ross brach ab, klammerte sich mit Händen und Füßen fest, als der Jeep einen Satz machte, dann heftig aufschlug.

»Verdammt ruppig«, fluchte Custer. »Und wo liegt da der Unterschied zum Jogging?«, schrie er über den Lärm des heulenden Motors.

»Ein himmelweiter Unterschied. Jogging ist Zwang. Du rennst mit einem Leistungsziel im Rudel verbissener Fanatiker stur herum. Creek Walking bewegt die Seele, befreit den Geist, vereint dich mit der Natur.«

»Und wie verdienst du damit Geld?«, wollte Sepp wissen.

»Julia hat einen Creek-Führer herausgegeben, verkauft das neue Lebensmuster über Internet. Der Aufstieg vom kleinen Bergdorf da unten über diese Seite hoch zu unserer Alp ist eine der neuen Routen. Daher weiß sie Bescheid.«

Custer stoppte, starrte nach vorn.

»Aber warum ausgerechnet ein Bachgraben?«

»Im Creek bündeln sich die Elemente Erde, Wasser, Luft und Feuer. Verstehst du?«

»Ehrlich gesagt nein, aber je verrückter, desto besser.«

Er zog die Handbremse fest und kletterte aus dem schief hängenden Wagen. Ein Sturzbach toste aus der Finsternis. Seine Stimme verriet, wie genervt er war.

»*Wunderbar!* Da *haben* wir Ihren beschissenen Creek!«

An ein Weiterkommen war nicht zu denken. Sie saßen zweifellos fest.

85

Der Helikopterpilot erschrak, als die riesige Mauer abrupt auftauchte. Der Kamm der elegant geschwungenen Bogenstaumauer legte sich als weißliches Band über das drohende Dunkel des Wassers. Jetzt führte der Pilot ein Manöver aus, das ihn tiefer und näher an die Mauer brachte. Auf dem Nebensitz peilte John Ash abschätzend nach vorne.

»Mann, der See ist randvoll!«

Der Pilot flog jetzt die Staumauer langsam auf der Wasserseite entlang, sorgfältig auf den Instrumenten Höhe und Geschwindigkeit prüfend.

Am Ende der Mauer schwenkte er sachte weg, führte die Maschine in einer langen Kurve zurück zum Ausgangspunkt auf der andern Seite. Bei seinem nächsten Pass machte der Pilot Ernst. Wieder flog er an die Mauer heran, betätigte, als er die präzise konfigurierte Position erreicht hatte, den Hebel mit dem knallgelben Griff.

Eine winzige Kamera, die auf der Unterseite des Helikopters die zwei schwarzen Behälter erfasste, lieferte gestochen scharfe Bilder auf den grün schimmernden Monitor in der Pilotenkanzel.

Fasziniert blickte Ash auf den feinen Sprühregen, der sich in diesem Augenblick im gebündelten Lichtkegel des Scheinwerfers aus dem Rohr ergoss. Ein breiter weißer Schweif breitete sich aus, als hunderttausende von glänzenden Minikapseln aus den Containern auf die Wasseroberfläche niederregneten.

Es dauerte genau 33 Sekunden, bis der Pilot das gegenüberliegende Ufer erreichte, wo die elegant geschwungene, 185 Meter hohe Bogenstaumauer fest im steilen, düsteren Granitfelsen verankert war.

»Das dürfte reichen«, meinte Ash.

Der Pilot blieb still. Konzentriert hob er die Maschine an, schwang sie herum. Der Helikopter schwebte knapp über dem Mauerkamm. Jetzt drückte der Pilot die Schnauze des Gefährts nach unten. Ash schnappte nach Luft, legte die Hand gegen die Magengrube.

Der Pilot fing das kontrollierte Absacken auf, drehte endlich ab. Im matten Mondschein sahen sie die gewaltige Mauer in ihrer ganzen Höhe. Tief unten leuchteten gemütlich die Lichter des kleinen Dorfes. In der Ferne flimmerte das Lichtermeer der ahnungslosen Stadt Zürich.

Unter Wasser springen jetzt die Kapseln auf. Milliarden von Gamas aus dem Patumbah Institut strömen aus, beginnen unermüdlich ihr Zerstörungswerk. Sie finden Fugen, einen langen Haarriss, poröse Oberflächen. In unaufhaltsamem Zersetzungsprozess durchdringen sie das stolze Bauwerk der mächtigen Stauanlage. Still und tödlich arbeiten sie. Die ganze Nacht lang, in den Morgen, als die Sonne aufgeht, bis tief in den Tag hinein. Von niemandem bemerkt.

Die Vögel haben aufgehört zu zwitschern. Dumpf von den Höfen hallt seltsam schauriges Jaulen und Gewinsel der Hunde. Gegen Mittag stürmen am westlichen Ende der Staumauer durchgebrannte Pferde einer Reitschule zum Schrecken der Bewohner in wilder Stampede die Dorfstraße hinunter. Drückend liegt die Luft den Menschen auf der Brust. Die Alte, die mit dem weißen, blinden Auge, bekreuzigt sich …

86

»Wir müssen zu Fuß weiter«, brüllte Custer, um das donnernde Tosen des Wassers zu übertönen.

Rund zwanzig Meter weiter brach der Weg ab. Wie aus einer Gruft dröhnte das Rauschen des Wassers. Und oberhalb der Gruppe brachen die gebündelten Strahlen von Scheinwerfern durch die Baumwipfel.

Sepp riegelte aufgeregt an seiner Schrotflinte.

»Die holen uns ein, was machen wir jetzt?«

Nun entdeckte Ruth auf der andern Seite des Grabens das Blinkzeichen. Julia, die gute Seele, war am Treffpunkt eingetroffen!

Genugtuung schwang in ihrer Stimme.

»Jetzt machen wir Creek Walking!«

Sepp und Toni schnallten die Behälter auf die Gestelle, die sie sonst für den Transport von Käse benutzten. Custer warf einen prüfenden Blick in den Abgrund.

Über die flache Stelle oberhalb des Wasserfalls spannte sich der Überrest eines bedenklich baufälligen Stegs, unter dem der reißende Bach ruhig und dick wie Öl über die breite Platte strömte, bevor er sich, zu weißem Gischt und Schaum verwandelt, in die Tiefe stürzte.

»Helft mir«, rief Custer.

Die Sennen begriffen sofort, worum es ging. Das Motorengeräusch kam näher.

Ken schaltete das Getriebe auf Leerlauf und löste die Handbremse. Gleichzeitig drehte er das Lenkrad, während Toni und Sepp das Fahrzeug aus der Piste wuchteten, bis die Vorderräder über dem Abgrund hingen. Das Chassis hatte sich im steinigen Grund verkeilt.

»Jetzt!«, schrie Custer.

Mit vereinten Kräften gelang es ihnen, dem Jeep den Rest zu geben. Fast lautlos verschwand er im Dunkel. Keuchend blickten sie in die Tiefe, als der Feuerschein der Explosion den Graben hell erleuchtete. Dumpf dröhnte der Knall nach oben.

Custer nahm den morschen Steg als Letzter in Angriff. Mit verkniffenen Augen blickte er zurück, wo das Fahrzeug der Verfolger jeden Augenblick aus der Biegung auftauchen würde.

Ken hatte den Übergang fast geschafft, trat unkonzentriert ab. Ein loses Holz brach unter seinem Gewicht. Der Länge nach schlug er auf die glitschige Felsplatte, die gnadenlos zum Wasserfall abfiel.

Wehrlos schlitterte, glitt er, krampfhaft nach Halt suchend. Als seine Beine ins Leere fielen, hörte er den Schrei, sah das helle Seil durch die Luft schlingern. Im letzten Augenblick fasste er die Rettungsleine, die ihm Sepp zugeworfen hatte. Er schlang sie um beide Fäuste, baumelte im tosenden Wasser, spürte den saugenden Zug. Langsam hievten sie ihn hoch.

Als er schnaufend, triefend nass auf sicherem Grund stand, holperte auf der anderen Seite das Fahrzeug der Verfolger heran.

»Nichts wie weg!«, rief Ruth.

Bevor sie der Lichtkegel erfassen konnte, waren sie im Dickicht verschwunden, begannen wortlos den steilen Abstieg. Nach langem Schweigen sprach Custer zuerst.

»Sag mal, Sepp, wo hattest du eigentlich das Seil her?«

»Julia hatte es dabei«, antwortete Ruth. »Sie meinte, wir müssten uns vielleicht anseilen. Frauen denken eben an alles.«

Toni kam nach vorne.

»Wir haben's geschafft. Nehmen wir 'nen Schluck?«

Er reichte den Flachmann herum. Custer nahm einen reellen Schwall, fuhr sich mit der Hand über die Lippen.

»An dies werden wir uns erinnern.«

Ruth klopfte sich auf die Brust, wo der Schnaps brannte.

»Wir müssen so rasch wie möglich in die Stadt«, keuchte sie.

Die Frauen wandten sich wortlos um, stiegen weiter ab, jede in ihre eigenen Gedanken vertieft. Julia flößte allen Vertrauen ein, führte sie doch sicher über Stock und Stein nach unten. Ruth verlangsamte ihr Tempo etwas, sprach über die Schulter hinweg zu Custer, der die Männer anführte.

»Ken? Gibt es was in Ihrem Leben, an das Sie sich gerne erinnern?«

»Sicher, da gab es diese Alp, ohne Sünd' …«

»Psst!« Ruth schüttelte mit gefurchten Brauen den Kopf.

»Ach so, nun, es gibt diesen Aufstieg zum Gipfel«, wich Ken aus, »diesen Sonnenaufgang, den gewonnenen Kampf, Leidenschaften. Erinnerungen verleihen Kraft. Ich hoffe, die bleiben. Und Sie?«

»Doch, ja. Ich kann mich sehr weit zurückerinnern. Also, ich liege in der Wiege, habe Durst, will Milch, da kommt mir in den Sinn, dass ich noch gar nicht reden kann.«

Die Männer gaben sich Mühe, höflich zu lachen.

»Wirklich. Ich hatte eine Schwester, die machte sich schon früh einen Sport daraus, mich nachzuäffen.« Ruth schien eine Spur ernster geworden. »Als wir älter waren, wurde der Spleen, sich als meine Person auszugeben, zur Besessenheit. Da sind unschöne Dinge passiert.«

»Und du, Julia?«, fragte Sepp.

»Mein Onkel war Bauer. Er hat beim Melken das Euter auf mich gerichtet und – *zisch* – hatte ich einen Strahl im Gesicht. Oder sonst wo.«

»Seid ihr Zwillinge?«, fragte Toni laut, über Sepp und Custer hinweg. Über Ruths Gesicht huschten Mondlicht und Schatten.

»Nein. Wir sahen uns aber sehr ähnlich. Sie trug meine Klamotten, schnitt sich die Haare wie ich. In der Freizeit tat sie alles, was ich auch machte. Sie machte dieselben Sportarten, auch Fliegen. Sogar meine Eigenheiten ahmte sie nach. Ich weiß nicht, ob du dir das vorstellen kannst – sie nutzte eben unser gleiches Aussehen aus. Geriet *sie* in Schwierigkeiten, musste *ich* den Kopf herhalten. Hatte ich wo Erfolg, heimste das Biest die Lorbeeren ein. Sie lebte sich völlig in die Rolle, ich zu sein, ein.«

»Das doppelte Lottchen«, lachte Toni.

»Nein, ein himmelweiter Unterschied. Sie nutzte mich perfid und bösartig aus. Wer weiß, ob sie's auch heute noch tut.«

Als sie endlich auf die Waldstraße hinaustraten, sahen sie die Lichter. Das Dorf lag noch gut zweihundert Meter weiter unten. Julia schritt rasch voran. Die Schritte der Gruppe knirschten auf dem Schotter der gut ausgebauten Erschließungsstraße. Julias Van stand hinter der Biegung auf einem dunklen Platz, wo Holz lagerte.

Julia nahm die engen Kurven schnell, routiniert. Nach einer halben Stunde erreichten sie die Ebene zwischen den Seen. Julia warf der Freundin einen ermunternden Blick zu.

»Ruth, willst du nicht die Ameisengeschichte erzählen?«

Ruth war nicht in Erzähllaune, aber die Männer ließen nicht locker.

»Komm, erzähl schon!«, drängte Julia.

»Na gut«, begann Ruth ihre Geschichte. »Das war drüben in den Staaten. Wir waren damals zwei ziemlich aufgekratzte Forscher, die sich im Land der unbegrenzten Möglichkeiten austobten. In Atlanta, wo wir im Labor arbeiteten, heckten wir eines Abends in einer feuchtfröhlichen Runde einen Streich aus. Es war eigentlich nur eine verrückte Idee von Jack Frosh. Wir hatten großes Glück, nicht erwischt zu werden …«

… Das fingerdicke Loch im Holzrahmen des vergitterten Fensters im Erdgeschoss der Federal Reserve Bank von Atlanta wäre wohl noch eine Zeit lang unbemerkt geblieben, hätte der fünfzehnjährige Ben nicht seinen Ball versehentlich in das umzäunte Gelände geworfen.

Die hohe Einfriedung aus parallel angeordneten dunkelgrünen Metallstäben bildete für den Jungen kein ernsthaftes Hindernis. Er wollte seinen Ball zurück haben. Also kletterte er an den Stäben hoch, schob sich vorsichtig über die spitzen Enden, landete schließlich federnd auf dem schmalen Rasenstück zwischen Zaun und Gebäude.

Der Ball lag an der Mauer des Gebäudes auf einer Reihe schmaler Steinplatten. Ben bückte sich, als es unter seinem Schuh knirschte. Überrascht zog er den Fuß weg. Angewidert blickte er auf das zertretene, braune Insekt, aus dessen zerquetschtem Hinterteil ein gelblicher Brei quoll.

Er schaute näher hin, sah plötzlich alle – Riesenameisen. Die Viecher kamen aus dem Gras, rasten über die Steinplatten, kletterten in einer Fuge der Fassade hoch zur Fensterbrüstung, wo der gespenstische Zug aus dem Blickwinkel des Jungen verschwand.

Ben pfiff leise durch die Zähne. Bei genauerem Hinsehen entdeckte er die Röhre, die von Grasbüscheln bedeckt zum knorrigen alten Baum hinüberführte, wo die Ameisen im Wurzelwerk vermutlich ihr Nest gebaut hatten.

In einem offenbar organisierten Konvoi strebten die fetten Biester unaufhaltsam die Gebäudemauer hinauf und hinunter, auf zwei Fahrbahnen, wie auf einer Autostraße.

Vergeblich sprang Ben ein paar Mal in die Luft, um über die Brüstung zu spähen. Er schätzte die Situation ab, setzte ein paar Schritte zurück, nahm Anlauf, sprang die Mauer an. Er stemmte sich behände hoch, hakte das Kinn an der harten Kante der Brüstung ein, während seine Blicke blitzschnell hin und her schweiften, am Loch im Fensterrahmen haften blieben.

Da heulte ein Motor auf. Wenig später ratterte am Ende des Gebäudes ein Rasenmähertraktor um die Ecke. Ben packte den Ball, machte schnellstens Fliege. Doch die Wächter schnappten sich den Jungen, der sie dann zur Ameisenspur führte …

»Das Peinliche an der Geschichte war, dass wir das Gebäude verwechselt hatten«, setzte Ruth zur Pointe an. »Als wir nämlich in tiefer Nacht die Krabbeltiere aussetzten und mit den Mikroben aus dem Gentechlabor beluden, glaubten wir, das Gebäude der Steuerverwaltung vor uns zu haben. Wir ergötzten uns schon an der Vorstellung, wie die aggressiven Mikroben unzählige Steuerakten geplagter Untertanen zerfraßen. Den Ameisen zum Fraß wurden freilich, wie ihr euch denken könnt, unzählige Geldscheine der Schatzbank. Wenn man Gerüchten glauben kann, zerfielen Hunderttausende Dollars zu Staub und Krümeln.«

»Kam das denn nie raus?«, fragten Sepp und Julia unisono.

»Na ja, das FBI fragte herum, kam sogar in unser Labor, stellte mir und Jack ein paar Fragen, dann schien es, als verliefe die Sache im Sand. Später rückten ein paar Typen von der Armee auf, die sich lange mit Jack unterhielten.«

»Unglaublich! Geld vernichtende Mikroben!«

Resolut spielte Ruth die Sache herunter.

»Keine große Sache im Zeitalter der Gentechnologie. Der Erler-Virus brachte uns übrigens auf die Idee. Rainer Erler schuf in Australien einen Virus, der angeblich Papier in Zucker verwandelte und die gesamte Bürokratie lahm legte.«

Als sie die Vororte von Zürich erreicht hatten, war die Stimmung sichtlich gelockert. Custer war übereingekommen, mit seinem Bekannten, Marcel Dulliker, Chef der Bundespolizei, ein Gespräch über Ruth Ross zu führen. Wer weiß, was die Schweizer alles wussten. Zunächst aber brauchte er eine Bleibe. Wie wäre es mit der Wohnung seines Freundes aus alten Zeiten, Solon?

Als sich Ruth auf dem Münsterplatz von ihm verabschieden wollte, hielt Custer sie zurück. »Damals in Atlanta, erinnern Sie sich noch, als die Spezialisten der US-Army Jack Frosh aufsuchten? Haben Sie zufällig einen Namen behalten?«

Sie verneinte völlig desinteressiert, es sei lange her, das Einzige, was sie noch wisse, weil es sie genervt habe, sei diese Frau gewesen, die von Jack Besitz ergreifen wollte. Ein gar nicht so dummes Blondchen von der Regierung. Auf die sei Jack voll abgefahren. Mehr wolle sie nicht dazu sagen.

»Also, Ruth, bitte, Sie haben sich in Atlanta einfach in Jack verliebt. In der blonden Tussi sahen Sie eine Rivalin? Stimmt's oder hab' ich Recht?«

»Ich mag starke Männer mit femininen Zügen und gutem Geschmack«, erklärte Ruth ziemlich von oben herab. »Die sind narzisstisch veranlagt und stehen gerne im Mittelpunkt. Weil diese heterosexuellen Typen vor allem in den Städten vorkommen, nenne ich sie Metrosexuelle.«

Ken setzte ein Stirnrunzeln zwischen Belustigung und Verärgerung auf. Meinte sie ihn oder Jack Frosh?

»Bin ich der Narziss, sind Sie der Goldmund«, blaffte er. »Wo kann ich Sie erreichen, falls ich etwas über Frosh erfahre?«

Sie gab ihm die Adresse. Ken verspürte seit langem wieder das beunruhigende, nicht ganz harmlose Gefühl heiß aufsteigender Eifersucht. Sie schritt schon davon, sodass er ihr ein paar Schritte nacheilen musste.

»Augenblick, Ruth! Haben Sie noch Kontakt mir Ihrem schwesterlichen Ebenbild?«

Sie wirbelte buchstäblich herum.

»Ich spüre oft ihre Präsenz, als käme sie gleich um die Ecke. Manchmal weiß ich selber nicht mehr, wer ich bin. Die will einfach *ich* sein. Es gibt Momente, Situationen, da möchte ich in ihrer Haut stecken … *nein*!«

Sie schlug die Hand vor den Mund, als sei ihr etwas Dummes herausgerutscht.

»Sie kann doch nicht im Ernst Ihr Double als Wissenschaftlerin sein!«

»Es ist schlimmer. Sie beschützt mich, wie ihr Kerl zynisch vorgibt. Sie hat mich wegen einer alten Geschichte in der Hand.«

»Sie zahlen ihr eine Art Schutzgeld?«

Ruth schüttelte den Kopf.

»Es ist komplizierter, aber wir reden ein anderes Mal darüber. Okay? Übrigens, da fällt es mir wieder ein, diese Blonde von der Regierung, die Jack in Atlanta nachsetzte, war genau so, wie sie hieß – *Faithless!* Treulos, amoralisch. Durch und durch verderbt.«

Ohne zu lächeln schritt sie davon.

87

Ken hatte Glück – Solon nahm nach dem zweiten Läuten ab. Die Begrüßung der alten Kämpen fiel überaus herzlich aus. Überschwängliche Worte sausten hin und her, bevor das Praktische die Überhand gewann. Solon gab Anweisungen, wie er zu finden sei, legte auf. Dann beeilte er sich, das Gästezimmer einigermaßen in Ordnung zu bringen.

Bevor er Solon anrief, hatte Custer sich noch mit dem Stationsleiter in Paris in Verbindung gesetzt, um ausfindig zu machen, ob die CIA ein Dossier Zürich führte. Rutherford, mit dem Custer vor Jahren im Irak eine waghalsige Geheimoperation durchgezogen hatte, war jovial wie immer, wenn Ken anrief. Er wollte gehört haben, dass die Kollegen vom FBI einem illegalen Handel mit B-Kampfstoffen auf der Spur seien.

Mit dieser Info im Kopf gelangte Custer auf der engen Gasse mit Kopfsteinpflaster an Solons Haus.

Das renovierte Patrizierhaus lag nahe am Wasser, nicht weit

von der Stelle, wo die Römer im alten Turicum ihr Kastell errichtet hatten. Bevor er die Klingel zur Wohnung im Dachgeschoss betätigte, verharrte Custer einen Augenblick ehrfürchtig im Schatten der Antike. Dann nahm er den Lift nach oben, wo die Wohnungstür weit offen stand. Ein verführerischer Geruch von gutem Essen schlug ihm entgegen.

Sie begrüßten sich kumpelhaft, boxten sich gegenseitig die Faust auf die Brust, kommentierten des anderen Aussehen.

»Hast dich überhaupt nicht verändert«, staunte Custer.

»Leben und leben lassen«, schmunzelte Solon, der Freund vieler Jahre, der eigentlich Theo von Wyl hieß.

»Setz dich, bin gleich so weit.«

Solon verschwand in der Küche.

Die Junggesellenwohnung war schick möbliert, über den Boden zog sich in langen Riemen ein dunkles, altes Parkett. An den blendend weißen Wänden hingen ein paar große, abstrakte, sehr farbintensive Bilder. Der Tisch mit einer Platte aus feinem Rauchglas war attraktiv leger gedeckt. Custer notierte die Flasche Rotwein auf der Anrichte.

Der verschrammte Schreibtisch, die Schale mit den Büroklammern und die Bogenlampe aus Messing mit grünem Schirm stammten von seinem Onkel, erläuterte Solon. Jetzt stand das Erbstück im Mondschein, der durch die Äste der Espe, dann durch das Fenster auf den alten Tisch fiel und dem Wirrwarr aus Pfeifenreinigern, Teetasse, unordentlichen Papierstößen, Büchern, einem Teleskop, gläsernem Aschenbecher, Bogenpfeife mit dem Kopf nach unten und auch dem schnurlosen Telefon matten Glanz verlieh.

88

Erst gegen Abend hatte der Ingenieur vom Dienst auf den Kontrollbildschirmen der Kraftwerkzentrale ein unregelmäßiges Muster in der Mauerstruktur bemerkt. Da war es bereits zu spät.

Eine dunkle Wolkenwand hatte sich vor die Sonne geschoben, als um sechs Uhr nachmittags Ingenieur Matzinger wie betäubt auf die Anzeigen starrte.

»Ich fass' es nicht!«, flüsterte er erschrocken. »Das ist … *unglaublich.*«

Sein Verstand weigerte sich, das Unvorstellbare zu begreifen. Wie in einem bösen Traum stand er gelähmt da. Mit einer ungeheuren Willensanstrengung brachte er den Körper schließlich in Bewegung, stürzte zum roten Alarmknopf auf dem Kommandopult. Er angelte sich den Hörer, wählte mit zitternder Hand. Am andern Ende nahm keiner ab. Entnervend verhallte der Rufton ungehört, endlos. Die Alarmglocke schepperte.

»Wir haben ein Problem!«, keuchte Matzinger ins Telefon, als er endlich eine Stimme hörte. »Die Fugen. Alarm! Wasser dringt ein. Die Struktur.«

»Moment, ich verbinde«, sagte die Stimme unbeeindruckt.

»Herrgott! Bleiben Sie doch dran!«

Matzinger ergriff intuitiv den zweiten Hörer, der die Verbindung zur Nationalen Alarmzentrale herstellte.

Was sollte er tun? Träumte er? Wo blieben die andern?

»Undichte Fugen«, prustete er los, als sich endlich der Chef meldete. »Ganze Betonbrocken bröckeln ab und purzeln unter Fontänen in die Quergänge. Bodenmann ist abgeschnitten.«

»Hallo, Matzinger?«, kam die sonore Stimme. »Matzinger! Bleiben Sie mal auf dem Boden. Was genau ist passiert?«

»Absenken, das Wasser muss abfließen«, stammelte Matzinger hilflos. »Evakuieren. Gott, wir sind verloren. Ernstfall! Ein … ein … *GAU*!«

»Da hat einer durchgedreht«, kam es entfernt aus dem Hörer.

Eine halbe Stunde später hatten sich die Verantwortlichen ein erstes Bild von der Störung gemacht. Außer Matzinger glaubte noch keiner an die Katastrophe des Jahrhunderts.

Man versuchte, der Lage mit besonnenem Vorgehen Herr zu werden. *Nur keine Panik*, so stand es im Handbuch für die Behebung von Störungen.

Doch Matzinger taumelte im Auge des Orkans, ließ sich nicht abwimmeln. Jetzt berichtete er gefasster.

»Zwei meiner Ingenieure sind in den Quergängen blockiert. Es ist, als ob die Mauer sich auflöst. Zumindest im Scheitel des Bogens, wo der Druck am stärksten ist.«

»Wer sind die Ingenieure?«

»Bodenmann und Hämmerle. Familienväter. Die Gänge sind verschüttet. Wir kommen nicht mehr hinein.«

Weitere zwei Stunden waren verflossen, als die Spezialisten einflogen. Das Bild, das sich ihnen aus der Luft bot, verschlug ihnen buchstäblich die Sprache. Sie konnten nichts mehr ausrichten. Ein Wasserfall stürzte tosend aus dem Bauch der Mauer. Fontänen spritzten scharf an beliebigen Stellen. Dann barst die gewaltige Bogenstaumauer, brach einfach auseinander.

Der enorme Luftdruck riss den Helikopter der Kraftwerkgesellschaft in die Tiefe der tobenden Strudel. Die herunterstürzenden Wassermassen erschütterten die Erde so stark, dass der betagte Bau der Zentrale einstürzte und Matzinger unter den Trümmern begrub.

89

SPHINX-Mann John Ash sah von der Anhöhe über dem Tal durch sein Infrarotfernglas die Flutwelle heranrollen. Der Atem stockte ihm. Wie eine schwarze Wetterwand donnerten die gigantischen Wassermassen auf die ahnungslose Stadt zu. In seinem Kopf hallte dozierend die Stimme seines Bosses, Anthony Blunt: Wir werden die Gnomen ersäufen. Die Schweizer untergraben die Stabilität des Dollars.

Ash betätigte die spezielle Direktwahltaste. Blunts Nummer perlte elektronisch ab.

In Washington war der Chef von SPHINX gerade von einem opulenten Lunch mit Borowitz zurückgekommen, als er den erfolgreichen Monumentalbruch der Staumauer mit einem befriedigten, rülpsenden Grunzen zur Kenntnis nahm. Alles lief nach Plan. Die Betonkiller dieses dreisten Professors, der ihnen die Gamas vorenthalten wollte, funktionierten! Jetzt war der Weg ungehindert frei nach Busher, der geheimen im Reaktor verborgenen Atomwaffenschmiede an der iranischen Südwestküste des Golfs!

Erst am nächsten Tag sollte das Weiße Haus von der Staudammkatastrophe bei Zürich erfahren. Der Stabschef würde ein in innigem Stil verfasstes Beileidstelegramm an den Schweizerischen Bundespräsidenten redigieren, es dem Präsidenten zum Signieren bringen. *Die Schweiz? Zürich? Katastrophe? Na und?*

90

Es gehe um Frosh, brachte Ken nach einer Weile das Gespräch auf den Punkt, nachdem er vorher ausgiebig Solons Kochkünste gelobt hatte.

»Allein deine Tortellini lohnten die Reise nach Zürich«, lobte Ken schmatzend und hob das Glas mit dem Roten.

»Auch Heuchler müssen sterben«, grinste Solon und erwiderte den Zutrunk.

Unser lieber Frosh erhielt eine Einladung nach Harvard, berichtete Solon, wo es weltweit die größte Ameisensammlung gibt. Er schrieb mir noch, dass er dort seine Habilitation zum Professor machen konnte. Seine Universität in Zürich hatte ein paar gute Referenzen nach Harvard geschickt, nicht ganz selbstlos natürlich – jede Uni lebt von ihren Stars, jungen Forschern, die Furore machen, publizieren und von allen großen Universitäten der Welt Einladungen erhalten. Und wer weiß, eines Tages könnte ein Nobelpreis herausschauen.

In Harvard wollte er angeblich einer Idee nachgehen, die ihren Ursprung in Zürich hatte. Von seinem Lehrer Düriger erfuhr er die Geheimnisse der Cataglyphis.

Was das für eine Kreatur sei, fragte Custer interessiert nach.

Eine Ameise, erklärte Solon, die in der Wüste täglich Distanzen von hunderten Metern in verschiedenen Richtungen überwinde, um Futter zu sammeln, und immer wieder in ihr Nest zurückfinde. In Zürich hätten sie das Navigationssystem dieser Ameisenart entdeckt. Absolut verblüffend. Die Tiere mit ihren Miniaturgehirnen orientierten sich am polarisierten Licht und ermittelten mit dieser Navigationshilfe fortlaufend den Vektor für die Rückreise. Dabei nutzten sie nur einen Teil ihres winzigen Gehirns für diese anspruchsvolle Aufgabe.

Solon brannte sorgfältig den Kopf seiner Havanna an, blies sachte auf die Glut, zog den Rauch ein, ließ ihn genüsslich zur Decke kringeln.

»Du befasst dich immer noch mit Zoologie?«, staunte Custer.

»Ach, ein altes Steckenpferd. Vielleicht hat mich Frosh angesteckt. Warum interessiert euch Frosh?« Solon blickte seinen Freund leicht spöttisch von unten herauf an.

»Eine rein private Ermittlung, alter Knabe. Wo sitzt Frosh ein?«

In Zürich. Die Nachricht habe ihn wie ein Blitz aus heiterem Himmel getroffen, berichtete Solon. Frosh sei ja immerhin eine Koryphäe auf seinem Gebiet. Die Nachrichten aus Harvard seien irgendwann abgebrochen. Er habe noch mitbekommen, dass Frosh großen Ärger kriegte. Das FBI sei ihm mit dem Vorwurf des Geheimnisverrats auf die Bude gerückt. Irgend so ein Schwachsinn von wissenschaftlicher Spionage zum Schaden der nationalen Sicherheit, meinte Solon und verwarf in einer ärgerlichen Geste die Arme.

Es sei die Zeit nach dem 11. September gewesen. Null Toleranz habe auch in Harvard für intellektuelle Unterdrückung gesorgt. Frosh habe immer noch als Ausländer gegolten, obwohl sie drüben nicht warten konnten, den hoffnungsvollen Forscher einzubürgern. Es habe übrigens auch Amerikaner erwischt, wusste Solon. Zum Beispiel hätten sie einen Geschichtsprofessor in Harvard gefeuert, weil er eine abweichende Meinung über den Krieg in Afghanistan vertrat. Sie hätten eben kurzen Prozess gemacht. Frosh habe es am eigenen Leib erfahren und sei plötzlich gänzlich von der Bildfläche verschwunden.

Custer blieb stumm. Solon las die Frage seinen Augen ab.

»Starr mich nicht so an«, begehrte er auf. »Ich hörte keinen Ton mehr, bis mich eine Anwältin anrief. Seine Pflichtverteidigerin.«

»Wir müssen etwas unternehmen«, drängte Ken.

»So wie ich dich kenne, denkst du an eine Gefangenenbefreiung«, schmunzelte Solon, plötzlich Feuer und Flamme für eine verrückte Aktion.

»Warum nicht?«

Schweigen senkte sich über die Tischrunde. Vom andern Flussufer drang dumpfer Verkehrslärm durchs offene Fenster. Eine Kirchturmuhr schlug ein Viertel nach.

»Ich mache Kaffee«, schlug Solon vor und machte sich zur Küche auf.

Sie kamen nicht mehr dazu, die schwarze Brühe zu trinken. Solon merkte als Erster, dass etwas in der Luft lag. Irgendein Unheil dräute.

Die Luft! Es war der faule Geruch, der in Wellen eindrang. Wie vor einem Wetterwechsel, nur viel stärker und modriger, wie abgestandene Schlacke. Dann bebte die Erde.

Custer fuhr hoch. Seine Augen funkelten, sein Gesicht arbeitete, suchte nach der rationalen Erklärung.

»Erdbeben, halt dich fest«, konstatierte er, irgendwie leicht belustigt.

Solon griff nach der Tischkante. Jetzt erzitterte das Haus. Er erhob sich würdevoll, schritt besonnenen Ganges durch die

Stube, riss die Balkontür auf. Wieder bebte die Erde. Länger diesmal. Gleichzeitig erfüllte ein Dröhnen und orkanartiges Pfeifen die Luft. Dann rumpelte es gespenstisch.

Sie traten auf die Terrasse. Der Sturm tobte im Westen. Zuerst sahen sie den Schaum wie Sprühregen über die Dächer emporschießen, dann merkten sie, dass der ganze Stadtteil im Dunkeln lag. In diesem Moment erloschen auch die Lichter in der Wohnung. Es war stockdunkel.

Solon stand wie angewurzelt auf der Terrasse. Nicht nur seine Wohnung, das Haus, sondern das ganze Quartier rundherum war in Finsternis gehüllt! Das tosende Rauschen schwoll an, wollte kein Ende nehmen. Aber auch Schreie drangen nach oben zu den beiden Männern. Solon stand, fassungslos flüsternd.

»Das Wasser kommt.«

Die Sirenen fingen an zu heulen. Ununterbrochen. Ein durchdringender, scharfer, nervenaufreibender Ton. Auf einmal fiel bei Solon der Groschen. *Die geben Wasseralarm!*

»Wasser? Von wo zum Teufel?«, fragte Custer im Lichtschein einer Kerze, die er auf der Anrichte gefunden hatte.

»Vom Stausee.«

»Seit wann gibt es in Zürich einen Stausee?«

»Es gibt ihn. Oben in den Bergen. Jedes Kind kennt ihn. Der Fluss, der aus dem Stausee abfließt, heißt Sihl, wie englisch *Seal.* Ich befürchte, die Sihl überflutet die Stadt.«

Solon fand zunächst die Stablampe, dann das Transistorradio, fummelte an der Stationstaste herum, bis er eine ernste Männerstimme einfing.

… Bitte bleiben Sie im Gebäude. Suchen Sie die oberen Stockwerke auf. Das Zentrum sowie das westliche und nördliche Stadtgebiet ist für jeden Verkehr gesperrt. Wir wiederholen: Wasseralarm infolge des hochgehenden Flusses. Rote Alarmzonen sind der Hauptbahnhof und das ganze Gebiet westlich der Limmat. Paradeplatz, Bahnhofstraße und der Bezirk Aussersihl stehen unter Wasser.

Solons Haus befand sich auf einem Moränenhügel in Sicherheit, bot von seiner Wohnung unter dem Dach einen freien Ausblick über den Westteil der Stadt. Custer überbrüllte das ohrenbetäubende Sirenengeheul.

»Wo liegt das verfickte Gefängnis?«

Wie entgeistert starrte Solon den Kumpel an. Er kannte ihn als zivilisierten Menschen, der nur in äußerst extremen Situation zu derben Worten griff. Ergo war dies eine äußerst extreme Situation. Solon nickte echauffiert mit dem Kopf. *Als ob das nicht auf der Hand lag!*

91

Ein greller Schein blitzte auf, gefolgt von einer dumpfen Detonation. Custer riss das Teleskop vom Schreibtisch, rannte wieder auf die Terrasse hinaus.

Die Yacht brannte lichterloh, eingezwängt zwischen der Quaimauer und einem vertäuten Floß mit einer Zapfsäule zur Versorgung der Motorboote mit Treibstoff. Das große Schiff lag von der Flutwelle hingeworfen schief auf der Seite. Als Custer sein Teleskop fokussierte, sah er die Gestalt vorne am Bug. »Komm!«, schrie er, rannte an einem verdutzten Solon vorbei zur Tür und hinaus zu den Treppen. Die Stufen nahm er im Flug.

Das Boot brannte. Die Flammen züngelten gefährlich an der Zapfsäule hoch, griffen rasch nach vorne zum Bug.

Custer rannte durch Pfützen, stolperte über Trümmer, fing sich auf. Der Bug lag ungefähr drei Meter von der Quaimauer entfernt. Jetzt sah er deutlich, was er vermutet hatte – es war eine Frau, die Augen vor Schrecken geweitet, das Gesicht verzerrt.

Hinter ihm schrie Solon Unverständliches. Custer schwang sich über das Geländer, setzte zum Sprung an. Es dünkte ihn, er schwebe eine Ewigkeit in der Luft. Auf einem Rettungsring stand in fetten Lettern BELLE DE JOUR. Er fasste danach, schaffte es nicht. Mit den Beinen knallte er gegen die metallene Reling, schlug der Länge nach hin. Benommen rappelte er sich hoch und kroch auf allen vieren auf die Frau zu. Das Feuer knisterte, Blasen bildeten sich im Kunststoff des Vorderdecks, die Hitze war unerträglich.

Sie war bei Bewusstsein, starrte voller Entsetzen ins Feuer, unfähig, sich zu regen. Custer schrie sie an, schüttelte sie. Umsonst. Er riss sie an den Schultern hoch, umfasste sie. Die Flammen leckten an der Zapfsäule, eine Stichflamme zischte weg. Er brüllte die vom Schock völlig Gelähmte an.

»Los, wir müssen raus, helfen Sie mir doch!«

Mit aller Kraft schleppte er sie am Gürtel zur Reling hoch, als Solon mit seinem Wuschelkopf über der Bordwand auftauchte, sich an der Reling hochzog, aufs Deck schwang.

»Bist du verrückt«, keuchte er. »Gleich fliegen wir hier hoch!«

Sie kippten die Frau über die Reling, klatschten Hals über Kopf mit ihr ins Wasser. Mit hektischen Schlägen kraulten sie weg von der sengenden Hitze. Die Strömung des Flusses ergriff sie – rasch gewannen sie Abstand von der brennenden Yacht. Nach Luft schnappend versuchten sie, den schwarzen Umriss einer Treppe zu erreichen. Eine gewaltige Explosion erschütterte die Luft. Ein giftig oranger Feuerschein schoss in den Nachthimmel. Es regnete Trümmer. Solon stöhnte. Mit vereinten Kräften schoben sie die Frau auf die Stufen, kletterten hinauf.

Alles brannte lichterloh. Die Yacht war verschwunden. Überreste des Floßes trieben rot glühend gespenstisch den Fluss hinunter.

»Die Benzinstation …«, stammelte Solon, »… ging in die Luft!«

Er griff sich an den schmerzenden Rücken.

Custer schnallte den Gürtel der Frau auf, riss ihn weg. Ein kleiner Beutel hing daran. Er steckte ihn in den Hosenbund, begann keuchend Wiederbelebungsversuche an ihr zu praktizieren.

»Wir brauchen einen Arzt!«

»Sagen Sie doch was«, schrie Solon. »Wie heißen Sie?«

Er klapste ihr unzimperlich mehrmals ins Gesicht. *Da!* Die Frau bewegte die Lippen.

Custer beugte sein Gesicht dicht an ihres und wiederholte die Frage.

»Yael«, stöhnte die Frau.

»Yael? Okay, steh auf, Yael. Du bist in Sicherheit.«

Ihr gelang nur heiseres Flüstern.

»Feuer. Löscht endlich das Feuer!«

Die Männer wechselten einen Blick. Eine halbe Stunde später hatten sie die Frau in Solons Wohnung auf die Couch gelegt, Kerzen angezündet, eine Gaslampe auf den Tisch gestellt. Als Solon ihr Tee brachte, schien sie sich einigermaßen vom Schock erholt zu haben. Sie trank und sank ins Kissen zurück.

Custer fühlte den Beutel unter seinem Gürtel. Er zog ihn hervor, wog ihn unschlüssig in den Händen. Solon ermunterte ihn leise.

»Schau schon nach. Vielleicht findest du eine Adresse.«

Custer wandte sich ab, riss den Haftverschluss auf, schaute hinein – ein Telefon, Lippenstift, ein Pass. Vorsichtig schüttelte er den Inhalt auf den Tisch.

Es waren *zwei* Pässe. Der eine lautete auf Ruth Ross. Custer starrte verblüfft auf das Passbild, dann zur Couch hinüber. Wieder in den Pass.

»Was ist?«, fragte Solon.

»Mann, ich werde verrückt. Diese Frau sieht genau aus wie Ruth Ross!«

Missbilligend die Stirn furchend legte Solon den Finger auf den Pass.

»Was ist daran so komisch? Die *heißt* doch Ruth Ross.«

Custer schlug wortlos den anderen Pass auf, als die Frau auf der Couch sich regte.

»Yael Matar heißt sie *auch* noch«, konstatierte Custer tonlos.

Er steckte die Dokumente in den Beutel zurück, legte ihn samt Gürtel neben die Frau auf die Couch.

»Ruth Ross alias Yael Matar«, raunte er sich selber zu.

Die Frau schlug die Augen auf. Sie blickte hellwach um sich, Alarm im Gesicht.

»Wo bin ich? Wer seid ihr?«

Die Männer sprachen ihr zu. Es dauerte eine gute Weile, bis sie begriffen hatte, was geschehen war. Langsam kam die Erinnerung zurück – mit ihr schlich sich ein Zug Verschlagenheit über das schöne Gesicht, das Ken Custer nur allzu vertraut erschien.

»Wir essen eine Kleinigkeit, dann schauen wir weiter«, schlug Solon vor, fügte bei: »Ich bin Solon. Ihr Retter hier heißt Custer. Ken Custer.«

Yael Matar alias Ruth Ross setzte sich abrupt auf, starrte in das Gesicht ihres Retters, das sie von zahlreichen Fotos nur zu gut kannte. *Ken Custer! Ihr nächster Job! 300 000 Dollar Kopfgeld!*

»Was ist?«, fragte Custer vorsichtig.

»Das Feuer, Sir. Feuer … es war furchtbar!«

Ihr verängstigter Blick schien sich an der gegenüberliegenden Wand festzusetzen. Sie sah dort plötzlich die Schreckensbilder aus ihrer Kindheit aufscheinen, die Feuerwalze, die Mörder ihres Vaters. Sie machte eine offenbar alles erklären sollende Handbewegung.

»Es war vor vielen Jahren in Bethlehem, als ich beinahe lebendigen Leibes verbrannte.«

Dann verschlang sie gierig das Käsebrot, das ihr Solon zubereitet hatte.

Custer nippte an einem Glas Scotch und studierte die Frau mit halb zugekniffenen Augen. Sollte es ein Zufall sein, dass es eine zweite Ruth Ross gab, das haargenaue Abbild der Ersten, die so brachial in seine Welt eingefallen war? Er musste an Sam Schwartz denken. Sam glaubte nicht an Zufälle.

Die Matar fühlte Wärme durch ihren Körper strömen. Die Ursache kann kaum das Käsebrot sein, sagte sie sich, halb belustigt. Dieser Custer gefiel ihr. Der Mann hatte Ausstrahlung. Zum ersten Mal packte sie Zweifel, ob sie diesen Job ausführen sollte. Ihren Lebensretter umbringen? *Komm, Mädchen, die Zweifel haben nichts mit Ideologie oder Motiven zu tun, jedoch mit deinen innersten Gefühlen.*

Liebe? Unmöglich. Nie und nimmer! Sie stampfte mit dem Fuß auf das Parkett, stand auf. Ihr Entschluss stand fest. Dieser Custer hatte einen Aufschub verdient. Wie lange? Sie wusste es nicht. Doch eins war ihr sonnenklar – sie könnte die ahnungslosen Männer hier und jetzt erledigen. Erst Custer, dann Solon. Aber sie wollte nicht.

Zum ersten Mal in ihrer professionellen Karriere als berüchtigte Auftragskillerin stand sie hilflos vor einer schwierigen Situation. Sollte sie Uri einweihen, Blunt was vorgaukeln? Solon kam mit Kaffee aus der Küche zurück.

»Sie bleiben über Nacht hier«, beschied er, verschwand dann, um das Gastzimmer für sie zu richten.

Als Matar sich zurückgezogen hatte, setzte sich der Hausherr mit seinem Freund auf die Terrasse. Aus dem Transistorradio strömten ununterbrochen Nachrichten über die Flutkatastrophe. Ken Custer dachte an Ruth – die Richtige, die Forscherin, die er – *war es die Möglichkeit!* Er schlug sich die Hand vor die Stirn – die er ja *auch* gerettet hatte. Ging das noch mit rechten Dingen zu?!

Mitternacht war vorbei, als sich Ken vor Solons altertümlichen Computer setzte und sich einloggte.

Seit zwei Tagen lag eine E-Mail von Sam Schwartz im Briefkasten.

Ken, wenn du mich fragst, aber du fragst mich ja nicht, schlummert das nächste Unheil in Evian (liegt das Nest eigentlich in Frankreich oder Italien?).

Wende deine Vorstellungskraft an, bleib deinen Prinzipien treu, schlüpf in die Haut der Verschwörer! Alle, die den Nahostvulkanausbruch noch verhindern können, treffen sich in Evian –

die Israelis, die Araber, Palästinenser, sogar die Russen werden dort sein. Und natürlich unser missionarisch codierter Präsident. Fehlt nur noch die Killerin! Wo ist sie? Evian wäre doch ihr logischer Höhepunkt. Ruth Ross hat das Hotel Royal schon vor Wochen gebucht. Du wolltest es nicht zur Kenntnis nehmen. Bestimmt geht sie nicht zum Baden nach Evian. Apropos Raspenburg – verzwickte Sache. Du hast meine Nummer. Sam

Washington, D.C. lag sechs Stunden zurück. Dort herrschte jetzt Vorabendstimmung – vermutlich stand Sam mit breitem Grinsen hinter seinem Glastresen, um den Feierabendkunden seine Colts, Brownings und Jagdflinten anzudrehen. Schmunzelnd aktivierte Custer den automatischen Nummerwähler. Prompt nach dem zweiten Rufzeichen nahm Sam ab.

»Furchtbar, was da in Zürich abgeht. Die Leute hängen sich vor die Glotze, statt zu kaufen. Bist du in Sicherheit?«

Custer war nicht danach, groß zu palavern. Er knurrte ein *Yeah, sure* durch das Rauschen der Leitung, fragte nach Raspenburg.

»Doris und ich sind hingefahren. Vor dem Gelände trafen wir auf Camper, die ein Transparent aufgepflanzt hatten. Darauf stand: ›*Wo ist Robert Thoma?*‹ Dieser Thoma ist dort oben der Manager, jetzt scheinbar spurlos verschwunden.«

»Hast du was über Jack Frosh in Erfahrung gebracht? Oder Billie Sue?«

»Negativ, Sir, aber inzwischen ist dort oben in Montana der Teufel los«, berichtete Sam mit seiner schweren Karamellstimme. »Ein Abgeordneter hat sich der Sache der Angehörigen angenommen und bohrt in dieser mysteriösen Anlage herum.«

»Haben Sie ihn reingelassen?«

»Nee, Truppen haben die Zufahrten abgeriegelt, aber der Congressman beharrt auf einer Untersuchung. Der frühere CIA-Direktor Kelly hat die Affäre in einem Interview heruntergespielt. Der Typ hat Dreck am Stecken. Die nationale

Sicherheit, du kennst den Scheiß. Du weißt, dass Billie Sue in Boston ums Leben kam? Eine Jennifer Faithless hatte sich in die Ermittlungen des FBI eingeschaltet. Angeblich Homeland Security.«

Custer seufzte.

»Die Bande macht, was sie will. Man ist nirgends mehr sicher. Hör gut zu, Sam, kannst du mal alle Register ziehen?«

»Schieß los!«

»Yael Matar heißt die Frau. Ich vermute Israel, Mossad.«

»Weiter?«

»Besorg dir das Fahndungsfoto von Ruth Ross, dann weißt du, wie Yael Matar aussieht. Eigleich.«

Sam Schwartz pfiff hörbar durch die Zähne. »Gehst du nach Evian?«

»Nerv mich nicht mit diesem doofen Kurort, Sam. Wir haben hier alle Hände voll zu tun.«

Wenig später brachen sie ab. Custer kraulte sich versonnen den Hinterkopf, schaute gelangweilt zur Decke auf, zählte die Ritzen. Da kroch der Gedanke hervor – *Muss sich um eine Verwechslung handeln.*

»Hast du einen Plan?«, fragte Solon, die Hände zwischen die Schenkel gepresst, mit den Füßen wippend.

»Verwechslung«, nuschelte er vor sich hin. Als Solon ihn weiterhin anstarrte, erklärte er ihm seine Theorie.

»Sie nutzt ihre Schwester aus. Das läuft genau wie früher in der Schule in Tel Aviv. Ruth gerät in die Schusslinie, während Yael in aller Ruhe den nächsten Coup plant.«

Solon verstand nur Bahnhof.

»Sam könnte Recht haben. Evian, Evian … aber wie und wo passt Jack Frosh da rein?«

Solon stand auf, ging in die Küche, um Kaffee zu machen.

»Die Mikroben sind das Verbindende«, setzte Custer die Unterhaltung als Selbstgespräch fort. »Von Atlanta über Raspenburg zum Patumbah Institut und hinauf zur Wetterstation führt die Blutspur … Morgen früh mache ich mit dieser Yael die große Zerlegung«, entschied er grimmig. »Werde sie nach Noten und Kanten ausquetschen!«

Solon kam zurück. Er deutete mit dem Kaffeekrug in der Hand ins Wohnungsinnere.

»Dürfte zu spät sein.«

Custer sprang auf, fand die Tür offen, das Gastzimmer leer. Yael Matar war verschwunden.

92

Jack Frosh schlief unruhig. Er wälzte sich auf seiner Pritsche in einem quälenden Stadium zwischen Traum und Aufwachen, gemartert von immer derselben unlösbaren Aufgabe, gejagt von Bildern, die er nicht greifen konnte.

Die Erinnerung lag in Griffweite, aber jedes Mal, wenn er sie zu packen suchte, entschwand sie in der Gestalt der Frau. Sein Gehirn arbeitete fieberhaft, fahndete nach Spuren, die sich gleich wieder verwischten.

Frosh litt. Seine Beine schmerzten, in der Brust sengte ihn ein leises, unaufhörliches Wehen, eine aufkeimende Vernichtungsangst, die ihm den Atem raubte. Plötzlich dröhnte sein Schädel. Wo befand er sich?

Er schnellte empor, rang nach Atem. Das Dröhnen blieb. Es kam von draußen. Sirenengeheul. Panik keimte in ihm auf. Die Luft roch verwest. Der Wind blies den Gestank durch das vergitterte Fenster seiner Zelle im Bezirksgefängnis der Stadt Zürich.

Da nahm er den Lärm wahr. Ein unheimliches Donnern und Zischen erfüllte den engen Raum seiner kargen Zelle im ersten Stock auf der Westseite des Untersuchungsgefängnisses. Zunächst glaubte er durchzudrehen. Er hämmerte mit den Fäusten gegen die Schläfen, beugte sich über das Becken, schlug sich Wasser ins Gesicht. *Wasser!*

Das war's! Wasser kommt. Das Bild einer gewaltigen Stromschnelle des Sambesi blitzte in seiner Erinnerung auf. Das

Schlauchboot kippte nach hinten, Frosh wirbelte raus, versank in den tobenden Fluten. *Wasser!*

Er schluckte, keuchte. Er träumte nicht. Das Wasser schoss heran. Ungeheure Mengen, signalisierte ihm sein rasender Verstand. Da schäumte das Wasser auch schon gegen das Gebäude, erschütterte das alte Gemäuer. Mit Krachen und Ächzen von Metall und Stein fiel das Wasser ein – mit Hochdruck wie aus einer Feuerspritze. Es erwischte ihn, schmetterte ihn gegen die Zellentür.

Halb von Sinnen rappelte er sich hoch, rüttelte an der Tür, schrie. Umsonst. Im Lärm der entfesselten Fluten hörte ihn kein Mensch.

Frosh sprang auf das Bett, starrte ungläubig, fassungslos zum Fenster. Unaufhaltsam ergoss sich ein Sturzbach in seine enge Behausung. Das Wasser stieg, umspülte gurgelnd die Füße.

Frosh überkam eine unheimliche Ruhe. Den Ertrinkungstod vor Augen sah er alles mit schneidender Schärfe – die Tür ging nach innen auf, gegen die Wassermassen. Es war völlig ausgeschlossen, dass sie unter dem Gegendruck aus den Angeln gehoben aufsprang und den rettenden Fluchtweg in den langen Korridor freigab. Die Gitterstäbe hielten stand. Frosh verharrte reglos. Sprudelnd erreichte das kalte Wasser seine Brust, etwas Hartes stieß schmerzhaft gegen sein Knie. Er tauchte ab, suchte danach, fand ein Holzstück. Verzweifelt hielt er es vors Gesicht, ruderte damit zum Fenster, zwängte es zwischen die Stäbe. Nutzlos. Es zerbrach, als er versuchte, es als Hebelbaum gegen das Gitter einzusetzen. Das Wasser schnürte seinen Hals zu. Kalt und stinkig.

Er begann, hastig zu schwimmen. Schaute verzweifelt zur Decke. Das ist das Ende. Auf einmal die Erinnerung. Er hat Billie Sue glasklar vor Augen, sieht sie den Sheriff fertigmachen, der Bungalow im lieblichen Garten in Boston leuchtet auf, die Formeln auf seinem Laptop purzeln durch sein Gehirn. Plötzlich ergreifen ihn die Agenten vom Nationalen Sicherheitsamt, der F-Trakt in Raspenburg blitzt auf, dahinter Land und Berge, die Holzfäller beim Stämme Flößen.

Frosh nahm einen letzten, tiefen Atemzug, bevor das kalte Nass über seinem an die Decke gepressten Kopf zusammenschlug. Die Augen weit offen, starrte er gegen das Zellenfenster – ein schwacher Lichtschimmer in der Dunkelheit, der plötzlich verschwand. Ein Beben. Plötzlich begriff Frosh, was geschieht. Etwas hatte das Gitter gerammt. Jetzt sah er es verschwommen. Ein schwarzer Klotz hatte die Stäbe durchbrochen, ragte zur Hälfte in die Zelle hinein. Ein Baumstamm? Ein Autowrack?

Mit letzter Kraft arbeitete sich Frosh vor, suchte Halt. Seine Hand fand einen der Stäbe, er zieht sich heran, findet das Loch. Der angeschwemmte Rammbock hat das massive Gitter aus der Verankerung gerissen.

Frosh zwängte sich mit letzter Anstrengung durch die schmale Bresche, fühlte das raue Holz seinen Körper aufschrammen. Ein Balken! Seine Rettung!

Er spürte Luft, konnte wieder atmen, japste wild. Er ist da raus! Einen Augenblick lang ließ er sich treiben. Glückselig. Erleichtert. Dann packte ihn neue Angst. Wo ist er? Die Flut schwemmte ihn weg, vorbei an dräuend schwarzen Umrissen. Ein Fuß berührte Boden, er glitt weg. Der Arm schmerzte teuflisch.

Frosh konnte sich nur mühsam über Wasser halten, als sich etwas Spitzes in seinen Rücken bohrt. Er schrie auf, tastete nach hinten – ein Boot, das kielaufwärts treibt. Mit letzter Kraft klammerte sich Frosh an die Wanne, kroch keuchend hinauf. Die Strömung trieb ihn irgendwohin. Egal. Adrenalin statt Schock. Während er noch nach Atem rang, sammelten sich frische Kräfte.

93

Spät an diesem Abend stieg Ruth Ross am Zürcher Hauptbahnhof aus dem Taxi, schritt durch die große, von Menschen wimmelnde Halle zu den Rolltreppen. Sie war hin und her gerissen. Evian bot sich ihr als die große Chance an. Nicht nur das Treffen mit dem US-Präsidenten, der womöglich kaum fünf Minuten Zeit für sie haben würde, belebte ihre Phantasie. Vielmehr war es eine absolut verlockende, höchst aufregende Aussicht, die ihren Puls rasen ließ, als sie sich ausmalte, wie sie, über Nacht berühmt, die ganze Welt verblüffen würde. Ein paar Tage im Zentrum der Macht. Na ja, was war das schon im Vergleich zu ihrem, in aller Heimlichkeit vorbereiteten, lang ersehnten Experiment? Evian war die einmalige, die nie wiederkommende Gelegenheit!

Andererseits bedrängte sie ihr Chef, sich einem ärztlichen Check-up zu unterziehen, dafür sage und schreibe drei Tage zu opfern. War Gustav denn noch bei Trost? Das seien Routineuntersuchungen, hatte er sich gerechtfertigt – *ha!* War denn der psychiatrische Test dieser Ärztin, wahrscheinlich eine seiner Busen- und Bettfreundinnen, etwa auch Routine? Wollte Gustav Hentschmann sie am Ende gar loswerden, indem er sie zur Spinnerin deklarierte?

Gustav hatte sehr geheimnisvoll getan. Ruth plagte plötzlich eine unerklärliche Beklemmung. War sie wirklich normal? Ach, Blödsinn.

Unschlüssig stand sie am breiten Treppenportal, mitten im Strom mürrischer Pendler, als sie sich entschloss, Custer anzurufen, aber vergeblich nach ihrem Handy fummelte.

Die modernen Metallbogen der Swisscom Telefonstationen in der Mitte der Bahnhofshalle sprangen ihr rettend in die Augen. Mit neuem Elan schritt sie darauf zu.

Sirenen heulten los.

Sie blieb stehen. Ihr ganzer Körper war in den letzten Stunden zu einem einzigen Katastrophensensor mutiert.

Die Leute um sie herum dagegen scherten sich keinen Deut um den schrillen Warnton, der nicht abbrach. Unbeirrt gingen sie ihrer Wege.

Sie trat vor das rote, von einem metallenen Bogen umfasste Telefon, bearbeitete mit dem Zeigefinger das Display, um Solon ausfindig zu machen. *Von Wyl*, den richtigen Namen von Custers Freund und Gastgeber, hatte sie sich leicht gemerkt.

Der durchdringende Sirenenton irritierte sie zunehmend. Warum hörte er nicht auf? Jetzt sah sie mit einem Auge Bewegung in der Bahnhofshalle. Blau uniformierte Kantonspolizei hetzte herum, dirigierte uneinsichtige Reisende, schrie Anweisungen.

Waren die Warnsignale der Sirenen nicht in jedem Telefonbuch erläutert?

Doch Telefonbücher lagen längst nicht mehr auf. Impulsiv tippte sie die Gratisnummer 117 ein. Aus der Notrufzentrale antwortete kurz gebunden eine genervte Stimme.

»Wasseralarm.«

Wasser! Ruth Ross' Gedanken flogen zu ihren Experimenten im Stausee. Die Mikroben!

Sie kannte die Stadt gut genug, um zu wissen, dass sich der Fluss vom Sihlsee her unter dem Bahnhof durchzwängte, dann weiter unten in die Limmat mündete.

Ein Stich fuhr ihr ins Herz. Sie rannte los. Wohin um Gottes willen? Sie machte kehrt, um den nahen Ausgang zu erreichen, kollidierte mit Kindern, die sich vor der Rolltreppe versammelten.

»Nein, nicht da runter. *Nein!*«

Die Ross stand breitbeinig vor der Schulklasse, versperrte ihr den Weg in die Tiefe.

»Was soll das?«, empörte sich der junge Lehrer. »Lassen Sie uns durch!«

»*Wasseralarm.* Der Bahnhof kann überflutet werden. Sie dürfen nicht hinunter.«

»Ist doch bloß Probealarm«, lachte er. Zu den Kindern gewandt: »Los, kommt schon, hört nicht auf diese hysterische Frau!«

Kinder sind gute Beobachter. Den ungefähr Elfjährigen entging die Veränderung im Bahnhof nicht. Leute liefen rascher. Polizei fuchtelte, kommandierte herum. Aus Lautsprechern scholl Unverständliches.

Die Kinder bewegten sich nicht von der Stelle. »Kommt, beeilt euch. Mir nach«, schrie Ruth und marschierte voran. Einige Kinder liefen ihr nach.

»Wir müssen raus hier, raus«, schrie sie unentwegt.

Andere schrille Schreie schallten durch die Halle.

»Wasser! Wasser kommt.«

Viele Leute blieben apathisch stehen. Der Lehrer war aufgerückt.

»Wo wollen Sie hin?«, fragte er gehässig.

»Zum Fluss, über die Brücke!«

»*Ausgerechnet*«, protestierte der Lehrer. »Los, auf die andere Seite!«

»Nein, zur Brücke!«

»*Stupid*, von dort kommt das Wasser, wenn es kommt.«

Langsam verstanden die Leute, dass etwas Furchtbares passiert war. Die Sirenen heulten unablässig weiter.

»Atomalarm, Atomalarm«, schrie einer von der Bahn. »Runter! Runter in die Tunnel!«

Ein Strom Menschen machte kehrt, wich zurück an die Treppen.

Ruth hetzte über den Platz. Sie hatte die Brücke erreicht, als sie die Schwallwelle kommen sah. Auf den Kamm getürmt ritten gespenstisch balancierend weiße Schiffsrümpfe. Es sprühte und toste. Mit vor Schreck geweiteten Augen, aufgerissenem Mund brüllte sie wie noch nie zuvor in ihrem Leben.

»Los! Mein Gott, rennt! Wir schaffen es … rennt … rennt …!«

Ruth Ross hielt die Kinder so gut wie möglich zusammen, trieb sie anfeuernd über die Brücke. Mit letzter Kraft erreichten sie keuchend das andere Ende, wo die Straße steil anstieg und eine Treppe zu einem höher gelegenen Durchgang zwischen zwei Gebäuden führte. Verzweifelt trieb sie ihre Schützlinge darauf zu, als ein Junge zusammenbrach. Sie schrie ihn an.

»Aufstehen, los!«

Aber der Junge wand sich vor Schmerzen am Boden. Sie rannte zurück, sah die blutende Wunde an seinem Bein. Ein Trümmerteil musste ihn getroffen haben!

Mit letzter Anstrengung wuchtete sie den Jungen hoch auf ihre Schultern, schleppte ihn zur rettenden Treppe.

Es reichte nicht. Unter fürchterlichem Tosen kamen die Fluten rasend schnell näher, wuchteten mit entfesselter Kraft gegen die Brücke.

Das Letzte, was Ruth Ross sah, waren die Kinder, die der gewaltige Luftdruck buchstäblich die rettenden Stufen hochwirbelte.

Gott sei Dank, sie haben's geschafft!

Dann schlug das Wasser über ihr zusammen, etwas Hartes traf sie im Gesäß, ihr wurde schwindlig, sie verlor die Orientierung.

Es war wie damals, als sie unter einen gewaltigen Brecher geriet ... *Ich ertrinke! Damals vor Jahren im Atlantik vor Biarritz. Und dann rollte aus dem Nichts eine noch viel größere Welle heran ... gepackt, zurückgeschleudert, begraben unter der Wucht von grünem Wasser und brandender Stille ... wie von Geisterhand herumgewirbelt ... schluckte Wasser ... kam wieder auf die Beine, das zurückflutende Wasser sog sie unter den nächsten Brecher ... es gab kein Entkommen ...*

Als ihre Lungen zu platzen schienen, spürte sie Luft. Begierig saugend atmete sie ein, ließ sich treiben. Merkte plötzlich, dass etwas an ihrem Körper hing. *Der Junge!*

Die beiden waren ineinander verkrallt – sie hatte große Mühe, sich über Wasser zu halten. Der Junge tauchte immer wieder ab, obschon sie in Rückenlage versuchte, ihn an sich zu ziehen. Im gespenstischen Gegenlicht von Suchscheinwerfern und fahlem Mondschein sah sie einen Brückenteil in den hellen Nachthimmel aufschießen, als wäre es eine Stück Pappkarton, dann kippte er weg.

Die Fluten rissen an ihr, zogen sie fort, irgendwohin. Spärliche Lichter deuteten das Ufer an, doch Ruth fehlte die Kraft, sich wie eine Fähre schräg zur Strömung zu legen und schwimmend Ufernähe zu gewinnen.

Immer wieder trieben undefinierbare Leiber und Trümmer an ihr vorbei wie jetzt! Den Umrissen nach ein gekentertes Boot.

Es kam geradewegs auf sie zu. Ruth Ross wappnete sich, da sah sie einen Menschen rittlings darauf liegen. Sie schrie ihm zu. Er blieb reglos liegen. Sein nackter Oberkörper glänzte.

Ruth gelang es, ein treibendes Tau, das zum Boot gehörte, zu erwischen, zog sich daran näher, fasste schließlich einen Griff am Heck des Bootes. Für den Bruchteil einer Sekunde sah sie das Gesicht. Ein Mann. Völlig verdreckt, schwarz von Schlamm. Nein! Gott, *das ist Blut!* Sie klammerte sich an der Kante fest. Der Junge hatte sich von ihr gelöst, klebte mit beiden Armen an der Bootswand.

»Hilfe!«, schrie sie verzweifelt. »Helfen Sie uns!«

Der Mann war vermutlich bewusstlos. Er umklammerte regungslos verkrampft den Schiffsrumpf, kam Ruth wie ein Reiter vor, der verzweifelt am Hals seines durchgebrannten Pferdes hing.

Sie hatte keine Ahnung, wie lange sie im kalten Wasser trieben. Ihre Kräfte erlahmten, der Junge regte sich nicht.

Ein Schlauchboot schoss aus dem Nichts heran. Eine starke Lampe flammte auf. Eine Männerstimme rief ihr etwas zu. Dann legte das Schlauchboot längsseits des Wracks an. Hände fassten den Jungen, dann sie. Erschöpft purzelte sie ins Rettungsboot. Zuletzt holten sie den Mann herunter.

»Ist er tot?«, fragte der Bootsführer.

»Nein«, keuchte Ruth, »er hat eine Kopfverletzung. Blutverlust. Wir brauchen sofort einen Arzt.«

»Ich bin Arzt«, sagte der Bootsführer ruhig, während er wendete und mit Vollgas auf das Ufer zu preschte.

Ruth Ross fiel in einen Zustand völliger Erschöpfung. Sie sah die Kinder, wie durch ein Wunder vom Wasser verschont, ihr zulächeln. Umrisse von menschlichen Körpern flogen durch den dampfenden Nachthimmel. Der Lehrer winkte ihr traurig von der Brücke herab zu, die es in weitem Bogen über den Bahnhof warf, bevor die Gischt von riesigen Wasserfontänen alles verschluckte. Durch Sirenengeheul drang stürmisches Glockengeläute an ihr Ohr. Es war die Apokalypse, jetzt und hier! Sie sank zu Boden. Übelkeit wühlte ihr Inneres auf.

Sie schlug die Augen auf, im Kopf drehte sich ein fremdes, düsteres Zimmer, neben ihr das Bett. *Wer war der Mann, der darin lag? Ihr ersehnter Held? Hatte sie ihn nach Hause gebracht?*

»Wo bin ich?«, fragte sie. Der Arzt beugte sich über sie. »In meinem Haus, schlafen Sie weiter.«

»Mir ist übel. Der Junge?«

»Der Junge lebt. Hat ein paar Knochenbrüche, Gehirnerschütterung.«

»Der Mann, wer ist der Mann vom Boot?«

»Er schafft es. Ein zäher Bursche. Wir bringen ihn morgen ins Universitätsspital. Wie sagten Sie, dass er heißt?«

»Nein, nein, den kenne ich nicht. Was ist eigentlich passiert? Wo kommt das Wasser her?«

»Ruhen Sie sich aus. Etwas, das alle für unmöglich hielten, ist passiert. Eine Staumauer ist gebrochen …«

94

Wegen Plünderungsgefahr standen an allen trockenen Straßenecken Polizisten und Soldaten, automatische Waffen schussbereit im Arm.

»Wir müssen aufpassen«, flüsterte Frosh. »Ich werde gesucht.« Er fiel zurück.

Es begann zu regnen. Ruth griff Frosh beim Arm.

»Nur nicht schlappmachen. Ich schaff' das schon.«

Sie näherten sich der Sperre.

Eine Hinweistafel verkündete: ZENTRUM GESPERRT.

Die zwei Polizisten machten keine Anstalten, den Durchgang zu öffnen.

»Ich bin Ärztin«, sagte Ruth. Sie zog ihren Ausweis aus der Geldtasche, die, an ihrem Gürtel festgeschnallt, das nächtliche Desaster wie ein Wunder unbeschadet überstanden hatte.

Der Ältere der Polizisten, ein derber Typ mit Schnurrbart, prüfte das Dokument. Er wandte sich Frosh zu.

»Und wer sind Sie?«

»Zingg. Rudolf Zingg.«

»Ausweis?«

Frosh verzog das Gesicht zu einer schmerzhaften Fratze, griff sich stöhnend an die Brust.

»Alles verloren, Geld, Kreditkarten, aber zum Glück lebe ich.«

»Er braucht dringend Pflege«, hakte Ruth nach.

Eine von Grünspan befallene und Taubendreck verschmierte Statue blickte düster auf sie herunter. Nach der grämlichen Miene zu schließen, war es Zwingli. Der Regen fiel in Strömen.

»Gut, Sie können durch«, entschied der Schnurrbart. Er reichte der Ärztin einen grünen Schein von der Größe einer Ansichtskarte. »Damit kommen Sie überall durch. Schreiben Sie Ihren Namen drauf, Frau Doktor.«

Frosh und Ross troffen vor Nässe, als sie eine halbe Stunde später endlich an das Haus gelangten. Das höher gelegene Quartier des Zürichbergs lag in völliger Dunkelheit. Sie tasteten sich die Treppe hoch. Erleichtert drückte Ruth die Klinke zu ihrem ersehnten Refugium ihrer Wohnung, doch die Tür gab keinen Zentimeter nach.

Julia hatte die Eingangstür ihrer Wohnung mit der Couch verbarrikadiert. Zögernd öffnete sie zunächst nur einen Spalt breit. Im Schein einer Kerze erkannte sie das Gesicht ihrer Freundin.

»*Ruth!* Endlich! Entschuldige, aber du selbst hast mir doch eingeschärft, niemanden hereinzulassen.«

Erschöpft traten die beiden ein.

Ein starker Kaffee weckte rasch die Lebensgeister. Julia holte Verbandszeug und kümmerte sich um die Schrammen und Beulen. Ruth stand halb nackt in der Küche. Jack inhalierte eine Zigarette, genoss die Geborgenheit – sowie die Nähe der hübschen jungen Frauen.

Ruth setzte sich neben ihn. Sie hielten einander sanft umschlungen.

95

Im knapp vierhundert Meter entfernten Grand Hotel Dolder starrte Marcel Dulliker, Chef der Bundespolizei, auf das im Licht der Gaslampen verschwommene Bild von Ruth Ross. Mit wachsendem Unglauben las er den Fahndungsbericht des FBI, der ihm erst vor wenigen Minuten von einem Expresskurier überbracht worden war.

Der Assistent tippte mit dem Finger auf dem Stadtplan herum.

»Die wohnt nicht weit von hier.«

»Haben wir Neuigkeiten von Ken Custer?«, fragte Dulliker. Als niemand antwortete, meinte er seufzend: »Dann bleibt uns wohl nichts anderes übrig. Das FBI insistiert, dass diese Ross die gesuchte Serienkillerin ist … Cliff Montgomery, Deputy Director der Antiterrorabteilung des FBI, trifft noch heute Nacht aus Genf ein. Er erwartet, dass wir die Schlinge zuziehen.«

»Das Einsatzkommando der Kantonspolizei Zürich steht nicht zur Verfügung«, informierte Bärlocher, der Assistent.

»Ich weiß«, nickte Dulliker. »Kein Wunder in diesem Chaos.«

Dann erklärte er, die Sondereinheit *Luchs* der zentralschweizerischen Polizei mit Sitz in Luzern werde einspringen.

»Wegen der Evian-Konferenz verstärken die Zürcher die Genfer Polizei am dortigen Flughafen«, präzisierte Bärlocher.

Dullikers Handy vibrierte. Er drückte die Taste, machte grinsend eine vielsagende Handbewegung.

»Spricht man vom Teufel, schon streckt er die Hörner.«

»Die Welt schaut auf Zürich«, meinte Sybille Ludwig, Kommandantin der *Luchs*.

Blieb nur noch, sich zu einer Einsatzbesprechung zu verabreden. Beim ersten Büchsenlicht sollte die Falle zuschnappen. Es galt, Ruth Ross zu fassen – *tot oder lebendig!*

96

Yael Matar watete durch knietiefes, schwarzes Wasser. Die Füße ertasteten einen gepflasterten Gehsteig. Langsam ging es aufwärts, das Wasser blieb hinter ihr. Sie fühlte einen schmalen Durchgang, stolperte gegen Stufen, hastete die Treppe hoch, einem schmalen Spalt matten Lichts entgegen. Oben leuchteten Fackeln spärlich einen Hinterhof aus, die Umrisse eines Torbogens deuteten den Ausgang an. Yael erreichte eine breite Gasse, eilte wenn immer möglich geradeaus, dem Sinn nach parallel zum Wasser. Ab und zu leuchtete ein Autoscheinwerfer auf, die Lichtkegel gespenstisch über dunkle Fassaden streifend.

Von weitem sah sie die Lichterkette von Heckleuchten. Der Verkehr staute sich auf der großen Brücke, die sich intakt über das Seebecken spannte – weit genug vom tosenden Hochwasser, um als wohl einziger sicherer Übergang zum andern Stadtteil Zürichs zu dienen.

Yael beschleunigte den Schritt, hielt auf das gut sichtbare Ziel zu. Leichtfüßig überquerte sie endlich die Brücke, zwängte sich auf der andern Seite durch eine aufgebrachte Menschenmenge.

Die Autos standen Stoßstange an Stoßstange, periodisch ging wütendes Hupen los. Die Flucht aus der gefluteten Stadt erstickte im chaotischen Verkehr.

Matar schwang sich auf ein Fahrrad, das herrenlos an einem Baumstamm lehnte. Sie schlängelte sich um die Autos herum, gelangte weiter vorne auf dem Trottoir zügig vorwärts.

Instinktiv hielt sie die Richtung. Die breite Ausfallstraße führte das Seeufer entlang. Als sie ein Ortsschild mit dem Namen *Zollikon* passierte, schwenkte sie auf den Radstreifen ab, trat jetzt kräftig in die Pedale. Nach einer halben Stunde etwa hielt sie an einer Kreuzung an, wo die Straßenlampen wieder brannten, studierte sorgfältig die Wegweiser.

Da sah sie das Hotel. Offenbar funktionierte die Stromversorgung in den Vororten. Jedenfalls lag der Vorplatz mit den geparkten Wagen hell erleuchtet vor ihr. Sie schritt das leichte Gefälle zum Hoteleingang hinunter, blieb stehen.

Leute standen in Gruppen am Seeufer vor dem Hotel, in der Halle drängten sich andere um den Fernseher.

Sie schaute nachdenklich über den Wagenpark – alles teure Modelle.

»Dreimal in der Woche ejakulieren«, dröhnte eine tiefe Stimme hinter ihr, »ist die beste Prophylaxe gegen Prostata.«

Zwei Männer traten aus der Halle. Einer – im Hemd, den Bauch über den Gürtel gehängt, eine Zigarre paffend – winkte mit einem weißen Zettel.

»Gehen Sie ja nicht in die Stadt, hübsche Frau«, riet er. »Alles unter Wasser!«

Ein Parkwart eilte gestresst heran, nahm den Zettel, verschwand gegenüber vom Eingang in einem Schuppen, dessen eine Flügeltür offen stand. Er tauchte wieder auf, trabte zu einem Wagen abseits des Eingangs, vorne neben dem Schiffsanlegeplatz. Als der Wagen vorfuhr, meinte der andere: »Weißt du, Bruno, vor ein paar Monaten schon stand in der

Zeitung, dass die Ingenieure in der Staumauer Haarrisse beobachtet hatten.«

Der mit der Zigarre blieb stumm, drückte dem Parkwächter ein Trinkgeld in die Hand.

Yael wartete, bis sich der Parkwart entfernt hatte, dann rannte sie über den Platz zu seinem Schuppen. Trat ein, schaute sich um. Eine Lampe brannte über einem alten Holzpult. Dort lagen, auf weißen, nummerierten Etiketten mit dem Hotelsymbol der Sonne, die Autoschlüssel. Yael griff nach der schwarzen elektronischen Schlüsselkarte mit dem silbernen Stern, spähte zur Tür hinaus. Lief locker los.

Zwei Wagen auf dem Parkplatz kamen infrage. Der erste, ein Zweisitzer, blieb stumm, als Yael die Klinke berührte. Sie eilte zum nächsten, oben an der Straße. Sie drückte auf den Klinkenknopf, die Schlüsselkarte in der andern Hand gegen das Schloss richtend. Da blinkten die Lichter auf, die Tür entriegelte, Yale saß im Nu im Fahrersitz und betätigte den Anlasser.

Sie rollte die teure Limousine langsam aus dem Hotelparkplatz auf die Straße zur Kreuzung, wo sie das Fahrrad abgestellt hatte. Dort zweigte sie ab.

Sie war längst aus dem Blickfeld verschwunden, als der Parkwächter in seinen Schuppen zurückkehrte, sich tief ausatmend auf die Bank setzte. Er zog eine Flasche Bier hervor und lehnte sich behaglich zurück.

Die Route führte aufwärts, was Yael behagte. Sie drückte aufs Gas, der starke Motor brummte verlässlich, zog sie sicher durch die Kurven den Berg hoch. Als sie die letzten Häuser hinter sich gelassen hatte, aktivierte sie das Navigationssystem, gab die Stadt Genf im Westen als Zielort ein. Eine freundlich monotone weibliche Computerstimme informierte, die Route sei berechnet. Da sah Yael auch schon einen Wegweiser zur Autobahn aufleuchten. Sie schob ihr Becken tiefer in den körperfreundlichen Sitz, spürte den sanften Druck des Polsters gegen die Hüften, den Po. Die Augen zu

Schlitzen verengt, genoss sie ihre Fahrt in die grenzenlose Freiheit der Zukunft.

97

Die Katze bäumte sich vor dem Fenster auf und klopfte mit den Vorderpfoten an die Scheibe. Julia wälzte sich im Bett auf die andere Seite. Ihre Glieder waren schwer wie Blei. Sie dachte nicht im Traum daran aufzustehen.

Doch Katzen sind eigensinnig. Einmal mehr musste Julia erfahren, dass ihr Getigerter sie nur als Büchsenöffner betrachtete. Wollte er fressen, war jeder Widerstand zwecklos.

Schon wieder trommelte der Störenfried unerbittlich ans Fensterglas. Mühsam rollte Julia aus dem Bett, tapste gähnend zum Vorhang, schob ihn beiseite, machte dem Kater mit einem geseufzten Tadel auf.

Er sprang herein, tatzte unbekümmert in die Küche.

Als Julia das Fenster zudrückte, sah sie unten die Männer. Sie rieb sich die Augen, blickte ein zweites Mal hin.

Da rannten Bewaffnete rum! *Nein* – sie gingen in Stellung. Rund ums Haus. *Ihr* Haus.

Ihre Armbanduhr wies ›6‹. Eben war die Dämmerung angebrochen.

Eine halbe Minute später standen sie alle drei im Wohnzimmer, hielten Kriegsrat.

»Die kommen *mich* holen«, meinte Frosh verbissen. »Am besten, ich stelle mich.«

Ruth schüttelte energisch den Kopf. Ihre Augen funkelten.

»Kommt überhaupt nicht in Frage. Ich hab' nichts verbrochen, Jack auch nicht. Gegen ihn läuft eine unglaubliche Intrige. Das da unten sieht nicht gut aus, aber mich kann nichts aufhalten. Ich gehe nach Evian. Jack, unser Projekt darf nicht scheitern. Der Präsident wird was von mir hören, darauf könnt ihr euch verlassen!«

Dann gab sie in knappem Befehlston Anweisungen.

Unten auf der Straße bewegte sich nichts – Ruhe vor dem Sturm.

Als alle sich angezogen und mit Handgepäck versehen in der Küche versammelt hatten, klaubte Ruth einen Schlüssel aus der Schublade. Sie hielt ihn hoch, instruierte ernsten Tons.

»Wir nehmen die Bahn.«

Diese Anweisung erntete verständnisloses Kopfschütteln.

»Los, kommt schon«, befahl sie, wie selbstverständlich die Führung übernehmend.

Im Abstellraum neben der Küche türmten sich reihenweise Müsli, Weizenflocken, Haferkleie neben Kaffeevorräten und Katzenfutter.

Die Ross schob das Gestell ruppig zur Seite. Eine Tür kam zum Vorschein, die sie mit dem Schlüssel öffnete.

»Sowie wir oben sind, trennen wir uns«, befahl sie und knipste Licht an. »Julia, du bringst Jack in Hentschmanns Villa, dort ist er sicher.«

Die drei hasteten eine kurze, finstere Treppe hoch und gelangten zur Station.

Von dem fensterlosen Gewölbe her schlug ihnen modriger Geruch entgegen.

Die Bahn bestand aus einer viereckigen, gläsernen Seilbahnkabine mit grünem Dach. Sie bot vier Personen Platz. Die Schienen liefen durch einen Tunnel steil nach oben.

»Das Haus ist mit der oberen Liegenschaft durch diese Seilbahn verbunden«, erklärte Ruth beim Einsteigen. »Früher gehörte alles dem gleichen Besitzer.«

Julia staunte ihre Freundin unverhohlen an. Frosh fragte: »Wer wohnt oben?«

»Büros«, schnappte Ruth.

Die Kabine begann aufwärts zu gleiten.

»Ich verstecke mich lieber bei Solon«, gab Frosh bekannt. »Wenn die Polizei mich sucht, statten sie früher oder später Hentschmann einen Besuch ab.«

Ruth nickte zögernd.

»Wir werden ja sehen.«

Als sie aus dem oberen Gebäude traten, standen sie in einem kleinen, umzäunten, mit Hecken verwachsenen Park, den ein altes Gittertor zur Straße abschloss.

Die Sicht hinunter auf das Haus, das sie gerade so fluchtartig verlassen hatten, war ihnen verbaut.

Bevor sie sich trennten, zog Frosh einen Zettel mit Solons Adresse und Telefonnummer hervor, drückte ihn Ruth in die Hand. Gerade gewann sie ihren Atem wieder.

»Jack, ich brauche dich in Evian.«

»Und was kann *ich* tun?«, fragte Julia.

Ruth Ross schaute sie mit geweiteten Augen an. Beinahe hätte sie das Wichtigste vergessen.

»Du bist wirklich großartig, Julia! Ja, hör zu, geh mit Jack zu Solon. In seinem Haus wohnt Ken Custer, mein – eh – *Retter?* Du kennst ihn ja vom Creek Walking.« Sie lachte scheinbar unmotiviert auf. »Jack muss ihn unbedingt treffen.«

Vorsichtig öffneten sie das Tor.

»Ich werde später zu euch stoßen!«

Ruth spähte in beide Richtungen, lief dann los.

Um die Rückseite des angegriffenen Objekts zu kontrollieren, hatte die Kommandantin der Sondereinheit Luchs sechs Männer auf die Anhöhe geschickt. Die Jungs keuchten in ihrer schweren Kampfmontur die enge Seitenstraße hoch. Als sie dann zielstrebig auf das Gebäude mit dem wuchernden Park vorstießen, sahen sie die Frau.

98

Drei Stunden, dreihundert Kilometer und einen, der prallen Echtleder-Sitzwölbung abgewonnenen Orgasmus später rollte Yael Matar mit dem schnittigen silbergrauen Coupé über den Seeboulevard der Rhonestadt Genf und glitt in eine öffentliche Parkgarage hinunter.

Die Münzen, die sie im Mittelfach entdeckte, stopfte sie in ihre Gürteltasche, trat ins Freie. Ein Kirchturm schlug, es war sechs Uhr früh in Genf. Yael spazierte den See entlang, studierte den Schiffsfahrplan nach Evian, trank einen Cappuccino, zahlte mit den Münzen. Dann begann sie auf einer Parkbank, die Zeit totzuschlagen.

Um neun Uhr betrat sie wie vorgesehen das *Hôtel des Bergues*.

Der Empfangschef sah sie von weitem, eilte mit einem Umschlag in der Hand heran, blickte fassungslos an ihr herunter.

»Pas de bagages«, erklärte die Matar mit einem Achselzucken. »Air France hat mein Gepäck verloren.«

»Ach, das kennen wir. Pas de problèmes, Madame. Wir können alles arrangieren. Was brauchen Sie?«

»Ein Zimmer mit Dusche«, lächelte sie und nahm den gewölbten, weißblauen Umschlag des Kurierdienstes entgegen.

Sie fand alles wie abgesprochen im Umschlag vor – Kreditkarte, Bargeld, die Ausweise. Eins musste sie den Typen in der Zentrale lassen – organisieren, das konnten die.

Sie hieß jetzt Sophie Truman. Ein solider Name. Sie schlug den amerikanischen Pass auf, studierte ihr Konterfei, nickte zufrieden, checkte dann den Zutrittsausweis.

SOPHIE TRUMAN, Konferenz-Psychologin
SONDERSTAB WEISSES HAUS
Höchste Zutrittsberechtigung
Kategorie: 3 x Grün
Unterzeichnet: Richard Chambers, Vizepräsident der Vereinigten Staaten von Amerika

»Okay, okay«, murmelte Yael.

Allein auf ihrem geschmackvoll eingerichteten Zimmer mit Blick auf den See notierte sie kritzelnd auf dem Notizblock neben dem Telefon die paar Sachen, die sie benötigte, um als attraktive Konferenz-Psychologin Sophie Truman eine effektive Figur zu machen. Sie riss sich die Kleider vom Leibe, stellte sich eine Viertelstunde unter die Dusche. Warmes, kontrolliertes, ungefährliches Wasser – *welche Wonne!*

Etwas später räkelte die Wilde sich splitternackt auf dem Bett – allmählich, sachte, mit der Linken zwischen die Schenkel tastend. Doch der Körper wollte anders – halbwegs zum erwünschten, wild bockenden Höhepunkt verlangsamte sich das rhythmische Zupfen und Zwirbeln an ihrer Klitoris. Erst erschlafften die Hände, dann der ganze Körper. Schließlich ruhte die böse Matar, unerlöst, doch ruhig und tief atmend in Morpheus Armen.

Am nächsten Morgen schlenderte sie zum Anlegeplatz, wo die Raddampfer neben schnittigen Motoryachten vertäut auf ihre Abfahrtszeiten warteten. Das Kursschiff nach Evian-les-Bains lag etwas abseits an einem Pier, dessen Zugang von Beret und Handfeuerwaffen tragenden Soldaten abgesperrt war.

Yael spazierte am Kontrollposten, der die Zutrittsberechtigungen prüfte, vorbei. Sie beobachtete das Geschehen unauffällig, als sie weiter vorne, in der Nähe des Wahrzeichens der Stadt, der gewaltig in den Himmel sprühenden Fontäne, die schreiende Anzeige auf einer roten Tafel sah – BOAT TAXI.

Schickt sich doch besser für Sophie Truman alias Yael Matar! Strammen Schritts marschierte die Wilde auf den Steg zu. Ein kräftiger Mann, das Gesicht braun gegerbt, stand in blendend weißer Uniform, mit blauer Schirmmütze, Pfeife rauchend am Laufsteg der schnittigen Motoryacht. Liebevoll knurrend striegelte er einen grauen, zottigen Hund, groß wie ein junges Kalb.

Das Boot sah aus wie eine Mondrakete – ein Radarbalken drehte sich über der stromlinienförmigen Kabine mit Fenstern wie Schießscharten. Musik plärrte aus einer Box. Tiefes Brabbeln und Gurgeln der im Leerlauf arbeitenden Motoren drang aus dem breiten Rumpf, machte das rot-weiße Fahnentuch am Heck im Takt erzittern. Die Matar setzte ihr Sonntagslächeln auf.

»Fahren Sie mich nach Evian?«

Der Seebär legte den Striegel auf den weiß gemalten, gusseisernen Vertäuungspfosten, rückte seine Kapitänsmütze zurecht, nahm die Pfeife aus dem Mund, die attraktive Kundin mit einem Blick begutachtend, der den Kenner verriet.

»Selbstverständlich. Sofort, Madame.«

Mit charmanter Geste, das Gesicht ein einziges Strahlen, die Pranke mit nautischer Eleganz anbietend, half er der Passagierin, die nicht mal nach dem Preis fragte, beflissen an Bord.

99

An ihrer Seite baumelte die schwarze Schultertasche mit dem robusten Laptop.

Ruth Ross wählte die Abkürzung. Der Himmel über Zürich war von Nebel verhangen, feuchte Luft schlug ihr ins Gesicht. Sie musste das Labor unbedingt vor der Polizei erreichen.

In einer Art Trance sah sie sich von weit oben aus ätherischen Gefilden als Gejagte, die ihr Lebenswerk vor einer Horde Banausen in Sicherheit bringen musste.

Ihre gentechnologisch veränderten Mikroben würden künftig Erdölrückstände wie von Zauberhand biologisch zersetzen. Die Menschen an Küstengebieten würden aufatmen können. Die Geißel der Ölpest würde schon bald der Vergangenheit angehören. Vielleicht gelang es ihr sogar, mit ihrem Verfahren biologische Kampfstoffe zu neutralisieren.

Das Evian-Experiment hingegen war noch nicht ausgereift. Doch mit Hilfe von Jack könnte der Streich gelingen. Sie hatte den Namen schon ausgeheckt: Das Evian-Syndrom! Der Menschheit zu helfen, dünkte sie das höchste Ziel der Wissenschaft, ergo durfte sie nichts unversucht lassen. Selbst wenn das Experiment nicht vollständig gelänge, würde sie die Lacher auf ihrer Seite haben. Vorerst allerdings brauchte sie Jacks Kristall und die andern Sachen, die dummerweise noch im Institut lagen.

Fröstelnd zog sie die Lederjacke über der Brust zusammen. *Das schlechte Gewissen!* Wieder plagte es sie, rüttelte sie gleichzeitig wach. *Du musst deinen Weg gehen, nur jetzt nicht klein beigeben. Es gibt keine Umkehr, du bist bereits zu weit gegangen – Dror Eran, Slotzky, Mitch, die andern …!*

Sie schauderte.

Sie hörte Rufe – *die Verfolger!* – rannte weiter die Stufen hinunter, so schnell es ging.

Sie kannte diesen Treppenweg mit dem kunstvoll geschmiedeten Geländer und den ehernen Laternenpfählen. Er mündete unten in einen normalerweise beleuchteten Vorplatz. An diesem Morgen jedoch blieb alles düster und öde.

Im Dämmerlicht tauchte die dunkle Fassade des Instituts auf.

Auf dessen Rückseite öffnete sich ein schmaler Hof, der von einer hohen Mauer eingeschlossen war, die einerseits dem Druck des Abhangs trotzte, andererseits durch ein Gittertor Zugang zum Gebäude gestattete. Überraschend stand das Tor offen. Die Ross hetzte über den Innenhof ins schützende Innere.

Kein Mensch. Sie atmete durch, hastete durch den Flur, fuhr im Aufzug zu ihrem Labor hoch.

Alles sah vertraut aus. Unberührt. Sogar der aufgerissene Pack Biskuit lag noch auf dem Tisch neben Kondos Gehege.

Der Kristall? Wo war der Kristall? Ihr Herz sank. Da begriff sie, dass sie Opfer der eigenen Täuschung geworden war. Sie fasste nach der Kleenex-Schachtel, die sie zur Tarnung über den Kristall gestülpt hatte, spürte mit Erleichterung die harten Kanten von Jack Froshs mysteriösem Stein, den ihr eines schönen Tages vor Wochen ein Fedex-Kurier zugestellt hatte. Sie war aus allen Wolken gefallen, hatte die Verpackung aufbewahrt, den Versandort noch am gleichen Tag im Atlas aufgespürt – ein kleiner Ort im Bundesstaat Montana, nahe der kanadischen Grenze.

Ein Geräusch schreckte sie auf. Schritte schlurften näher. Sirenengeheul schwoll an. Angespannt lauschte sie auf die Tritte, die immer lauter, näher kamen.

Der Hausmeister streckte den Kopf herein und zwinkerte ihr ein »Guten Morgen« zu. Geistesgegenwärtig zwinkerte Ruth zurück.

»Lassen Sie bis acht Uhr niemanden ins Haus. Und füttern Sie bitte Kondo, ich bin schrecklich in Eile.«

Sie warf die Tasche über die Schulter, marschierte hinaus.

»Furchtbar, diese Katastrophe«, hörte sie ihn noch murren. Ein paar Augenblicke später verließ sie das Institut durch den Hinterausgang.

Am Tor stieß sie voll mit einem Uniformierten zusammen. Ihr Kopf prallte schmerzhaft gegen seinen Helm. Der junge Kantonspolizist war allein, wollte sich wohl im abgeschiedenen Innenhof die Füße vertreten. Verlegen stammelte er eine Entschuldigung. Anstatt leger zu nicken, wich Ruth nervös zurück, spähte nach dem Fluchtweg, setzte an zum befreienden Sprung. Der Mann trat ihr misstrauisch in den Weg.

»Moment. Wer sind Sie?«

Er griff nach dem Funkgerät.

Jetzt oder nie!, durchschoss es sie. Sie fasste nach dem Henkelgriff ihres Computers, zog daran, wusste nicht mehr genau, was sie eigentlich tat. Sie spürte bloß einen gewaltigen Energieschub ihren Körper durchrauschen. Adrenalin? Kochende Wut? Das harte Aluminiumgehäuse des Laptops, der praktische Handgriff, alles wurde zur Faust, zu einer blindwütigen Schmetterhand. Sie legte den ganzen Körper in den Schwung des Rundschlags – genau wie sie es im Kickboxen gelernt hatte. Irgendwie zielte ihr Auge, koordinierte das Stammhirn den Befreiungsschlag. Sie traf, traf präzise. Heftig knallte das harte Gerät dem Polizisten gegen den Kopf, hätte ihn vermutlich schwer verletzt, wäre da nicht der Helm gewesen. Aber die Wucht genügte immer noch. Der Polizist stöhnte wankend auf, hielt sich mit beiden Händen den Kopf.

Bevor er das Gleichgewicht wiedergewonnen hatte, spurtete Ruth los – rannte um ihr Leben.

Sie hatte die Biegung fast erreicht, als die Kugel an ihrem Kopf vorbei pfiff, der Knall sie fast zum Stürzen brachte. Sie fing sich reflexmäßig auf, sah das Taxi unten auf der Straße, vor dem hoch über der Stadt gelegenen Hotel. Schwindlig, keuchend, hetzte sie darauf zu, hörte schwere Stiefeltritte hinter sich.

»Stehen bleiben! Polizei!«

Wieder krachte ein Schuss.

Jetzt, wo sie in Todesgefahr schwebte, fasste sie neuen Mut aus der glücklichen Zeit ihrer Jugend, wo sie Selbstvertrauen und einen unglaublichen Leistungswillen getankt hatte.

Nein, heute ist nicht alles zu Ende. Mit denen wirst du fertig, wer immer sie sind!

Sie rannte über die Straße, gelangte nach Atem ringend zum Taxi. Zwei Japaner in Geschäftsanzügen kamen nickend aus der Hotelhalle, der Portier einen Schritt voraus, um die Wagentür zu öffnen.

»Taxi!«, stieß sie hervor. »Notfall!«

Sie schulterte den Türsteher zur Seite, hechtete ins Wageninnere. Rappelte sich auf den hinteren Sitzen hoch. Schrie den Chauffeur an.

»Los, fahren Sie, schnell!«

Der bärtige Fahrer schien unschlüssig. Der Portier gestikulierte reklamierend, schrie lauthals nach Polizei. Dabei klammerte er sich an die offene Wagentür, als könnte er somit die unglaubliche Demütigung seiner fernöstlichen Gäste wieder gutmachen.

»Sie spinnen wohl, was …«, begann der Taxifahrer, sich gemütlich umdrehend. Ihr wilder Blick ließ ihn verstummen. Er legte den Gang ein. Wieder knallte es. Glas splitterte. Der Türsteher sank schreiend zu Boden.

Das Taxi schoss vorwärts. Der Fahrer duckte sich, abwechselnd Fäkalien fluchend und Gnade von seiner Schutzheiligen erflehend, die steif und gleichgültig unterm Rückspiegel hin und her pendelte. Das Taxi schlitterte die Straße hinunter. Ein penetranter Geruch breitete sich im Inneren aus.

»Nach oben, den Zürichberg hoch«, schrie Ruth. Vergeblich. Der Fahrer führte seinen demütigen Monolog weiter.

»Hören Sie doch zu, Sie Hosenpisser.« Hoffnungslos! Sie spähte nach hinten. Jeden Moment mussten die Polizeifahrzeuge auftauchen. Sie trommelte mit den Fäusten auf die Rücklehne.

»Gas, Sie Sack, geben Sie Gas!«

Das Taxi preschte halsbrecherisch über die Kreuzung, bog scharf ab. Ruth hielt sich krampfhaft fest. Der Wagen schlingerte unkontrolliert, rutschte schleudernd in eine enge Seitenstraße der oberen Altstadt. Der Fahrer gab verzweifelt Gegensteuer, trat im falschen Moment auf die Bremse, erfasste den großen, prall gefüllten Marktstand mit voller Wucht. Es regnete Tomaten, Peperoni, Gurken …

Ruth war's egal. Die Hintertür flog auf – halb flog, halb sprang sie hinaus … hinein ins Chaos. Leute schrien durcheinander. Ein Hund jaulte auf. Männer eilten aufgebracht zu Hilfe.

Der Marktwagen des Fischhändlers war umgekippt, hatte die Straße total verbarrikadiert. Geschuppte Fische, aufgerissene Schachteln, Crevetten, haufenweise Eis lagen über das Pflaster verstreut. Ruth stieg hastig darüber hinweg, kramte nach dem Telefon.

Polizeisirenen kamen näher. Sie duckte sich in einen Hauseingang, als der Streifenwagen heranbrauste – drückte die Kurzwahltaste.

»Mama, Gott sei Dank, du bist da! Du musst mir helfen.«

»Um Himmels willen, was ist passiert?«

»Hör einfach zu«, schnaufte sie. »Wo bist du?«

»In Davos.«

»Gut, nimm den Wagen und fahre Richtung Zürich.«

Sie spähte angestrengt in beide Richtungen, während ihre Mutter mit besorgter Stimme antwortete.

»Mache ich, aber was hast du denn angestellt?«

»Du kennst den Rasthof, wo wir immer Halt machten.« Sie sprach immer eindringlicher. »Erinnerst du dich? Das ist wirklich wichtig!«

»Ja, mein Schatz, ich weiß genau, wo. Auf welcher Seite der Autobahn?«

»Bergseite. Wir treffen uns dort. Ich komme schon irgendwie hin.«

»Ich fahre gleich los. Soll ich die Polizei benachrichtigen?«

»Nein. Und komm allein – das ist wichtig, ja? *Allein!*«

»Sicher, aber was ist denn passiert?«

»Später, Mama, später!«

Mit einem Klicken war sie weg. Unvermutet stand sie vor einer Boutique. Ein Accessoire! Sie öffnete die Ladentür, schaute sich um.

»Diesen, bitte!«

Sie zog den Schal so an einem Zipfel hoch, dass er sich weich entfaltete, das feine Muster preisgab.

»Schwarz steht Ihnen gut«, lächelte die Verkäuferin. »Reine Seide. Aus China.«

Ruth zahlte wortlos. Vor dem Wandspiegel schwang sie sich das Foulard über den Kopf, knotete es unterm Kinn fest. Nase rümpfend meinte die Verkäuferin, um den Hals gelegt würde es der Dame besser stehen.

Zweihundert Meter weiter erreichte sie einen Taxistand, blieb jedoch in einiger Entfernung stehen. Im südlichen Stadtteil, wo sie gestrandet war, funktionierte der Verkehr dem Anschein nach wieder. Sie beobachtete die Reihe der wartenden Wagen, die alle ein unterschiedliches Äußeres boten. An den zwei ersten prangte Werbung für einen Lokalsender, die folgenden trugen allesamt das Taxi-Leuchtschild auf dem Dach. Einzig der Hinterste sah unverfänglich aus.

Entschlossen ging Ruth auf den Fahrer zu, der an der Wagenseite lehnte und eine Zeitung las.

»Taxi«, sagte sie barsch, »ich bin in Eile.«

Der Kerl hängte sein Bäuchlein ungeniert heraus, senkte nicht einmal die Zeitung.

»Dort vorne!«

Wut stieg auf in ihr.

»Könnte dir so passen«, zischte sie und presste ihm die Tasche mit dem harten roten Granat im Außenfach tief in den Wanst. Ihre Stimme war eiskalt.

»Das ist meine Kanone, Bürschchen! Steigst du nicht augenblicklich ein, mache ich *gerne* Rühreier aus deinem Sack ...«

Der Mann ließ die Zeitung fallen, hob beschwichtigend die Hände. Eine halbe Minute später manövrierte er die Limousine nervös aus der Parkbucht, fügte sich in den Verkehr ein. Mit ängstlichem Blick starrte er in den Rückspiegel.

Nach zwanzig Minuten hatten sie auf Umleitungen die Autobahn erreicht. Ein Blick auf den großen, länglich geformten Zürichsee tat sich auf. In der Ferne schimmerten im Morgenlicht schneebedeckte Gipfel. Der Nebel war weggeblasen. Im Osten kämpften rötlich graue Wolkenfetzen gegen einen warmen Südwestwind, der stetig den stahlblauen Himmel entschleierte.

100

Der Präsident der Vereinigten Staaten saß entspannt im bequemen Sessel hinter dem Schreibtisch seines Studios im vorderen Teil von Air Force One. Die Maschine hatte Halifax überflogen, nahm jetzt auf 35 000 Fuß Marschflughöhe Kurs auf London.

»Der Frieden liegt zum Greifen nahe, Paul«, rief er begeistert aus. »Wir stehen vor einem historischen Moment.«

Der persönliche Stabschef nickte zustimmend. Er pochte mit dem Zeigefinger auf die Landkarte.

»Morgen treffen Sie diese Forscherin aus Zürich, Sir.«

»Ja, gut. Ich will Sie herumkriegen, für uns zu arbeiten. *Exklusiv!*«

»Beim Golfspiel lässt sich allerhand bereden«, antwortete der Stabschef mit einer Binsenwahrheit. Er kratzte sich am Hinterkopf, was dem Präsidenten kein gutes Zeichen schien. Seine Stimme gewann merkbar an Volumen.

»Sagen Sie mir bloß nicht, der Vizepräsident und seine Scharfmacher sind im Bild?«

»Wir sind auf Alarmstufe Orange, Sir – erhöhte Gefahr. Die Israelis sind nervös.«

Der Präsident hob überrascht die Brauen. Sein Stabschef nickte bekräftigend.

»Ja, sie befürchten Schlimmes, können es aber nicht konkret fassen. Ken Custer vom CIA wird morgen eintreffen. Vielleicht hat er konkrete Nachrichten.«

»Okay, okay«, wehrte der Präsident ab.

Mit Spekulationen wusste er wenig anzufangen. Er entließ den Stabschef mit einer Kopfbewegung. Nachdem Paul gegangen war, stand er auf und goss sich einen Kentucky Bourbon ein. Als das kräftige Getränk auf seinem Gaumen brannte und dabei ein paar Mikroben in seinen Hirnzellen aufscheuchte, fiel ihm ein – ihm fehlte so ein Hofnarr, einer wie die, die vor langen Zeiten an mittelalterlichen Fürstenhöfen ungestraft reden durften. Einer, der mit unbequemen Wahrheiten zu spaßen wusste. Mit dem man über die ganze Scheiße lachen konnte.

Was war denn wirklich mit dem Vizepräsidenten? Dem bescheuerten Borowitz? Dem grinsenden Tomahawk? Scharfmacher nur? Was wusste Ted Jones, bevor er auf der Autobahn starb?

Sollte er am Ende die Reise abbrechen, in St. Moritz Schweizer Bergluft schnuppern? Was würde so ein Hofnarr raten? Und Custer?

Der Präsident fühlte sich einsam. Er schenkte nach, nahm einen kräftigen Schluck. In seiner geräumigen Schlafkabine zog er sich aus, sank unbekleidet ins Bett. Tauchte blitzartig – wie es seiner Natur entsprach – in tiefen, traumlosen Schlaf.

101

In Evian-les-Bains herrschte hektische Betriebsamkeit. Der Ort, schon 1962 durch die französisch-algerischen Waffenstillstandsverhandlungen berühmt geworden, befand sich in verhaltenem Ausnahmezustand, wie eine Kampfarena vor dem Einmarsch der Gladiatoren. Sicherheitsleute in schwarzen Kampfanzügen dominierten das Straßenbild, die verdutzten Einwohner trugen spezielle Ausweise bei sich, um ungehindert ihre Heimatstadt, die eigene Wohnung betreten zu können.

Grimmige, kussecht tarngeschminkte Kampfschwimmer schützten die Seebucht vor Unterwasserangriffen unbefugter Boote; Soldaten einer Gebirgsbrigade hielten auf den Kuppen des Chablais hoch über dem See nach Gleitfallschirmen Ausschau. Selbstverständlich sperrten Abfangjäger den Luftraum – keine Funkfrequenz, die nicht abgehört wurde. Aus dem verschlafenen Nest war eine Festung geworden.

Als vor vierzig Jahren im gleichen Hôtel Royal die Front Libération Nationale FNL um die Unabhängigkeit Algeriens rang, genügte noch ein Polizeikordon, um erzürnte französische Fallschirmjägeroffiziere davon abzuhalten, Erzfeind Ben Bella, Unteroffizier in der französischen Armee und Chef der FNL, statt zum ersten Ministerpräsidenten Algeriens in die ewigen Jagdgründe zu befördern.

Aus dem Geschichtsunterricht hätte sich Ross noch vage an Charles de Gaulle, den Staatsmann erinnert, der das französische Kolonialreich aufgelöst und dem algerischen Unabhängigkeitskrieg mutig ein Ende gesetzt hatte. Die anderen Figuren, die 1962 im Royal die Demütigung der Grande Armée vollendeten, waren längst in der weit zurückliegenden Vergangenheit verblasst, genauso wie in ein paar Jahrzehnten kaum noch einer die Namen der Mächtigen würde aufsagen können, die in diesen dramatischen Tagen in Evian-les-Bains die Welt in Atem hielten. *Sic transit gloria mundi!*

Aber wer weiß, wenn ihr Streich gelänge, mit ein paar Millionen Mikroben die Konferenz in ein Tollhaus zu verwandeln, würde vielleicht das Ruth-Ross-Experiment noch Jahrhunderte später als List von Evian wie das trojanische Pferd des sagenhaften Königs Agamemnon zukünftigen, sich fasziniert an der Mikrobenlegende ergötzenden Schülerscharen überliefert …

Ruth hatte sich im mondänen Montreux auf der Schweizer Nordseite des Lac Léman mit dem amerikanischen Polizeicoach verabredet. Ein Polizeicoach hat die Funktion, autorisierte Personen sicher und rasch durch die zahlreichen Sicherheitsschranken rund um Staatsbesuche oder Konferenzen ins Zentrum des Geschehens zu lotsen.

Ihre Mutter hatte Ruth nach der Flucht aus dem chaotischen Zürich an den Genfer See begleitet, war dann noch in der gleichen Nacht nach Zürich zurückgefahren. Am nächsten Morgen brachte sie Ruth einen lieben Gruß von Gustav Hentschmann – und die beiden ersehnten, unerlässlich wichtigen Behälter. Einer von denen aus der Alphütte befand sich darunter, mit der Aufschrift L-18/H-plus, sowie ein zweiter, den ihr die Mutter wie angewidert zuschob: »Hatte die ganze Zeit die Angst im Nacken, dass die Ameisen sich durch die Kistenwand beißen und mich lebendig auffressen. Gustav meinte noch, es sei eine gefährliche Spezies. Pharaoameisen!«

Sie lachte befreiend. Ruth schaute verwundert auf.

»Gustav? Seit wann sagst du Gustav zu meinem Chef?«

Sie prüfte die Behälter, aber Mutter meinte, das sei zwischen ihr und Hentschmann nichts Neues.

Die beiden nahmen noch gemeinsam das Frühstück auf der Sonnenterrasse des Seehotels ein.

»Furchtbar das Chaos in Zürich – überall Polizei, auch im Labor«, berichtete Frau Ross-Kramer gähnend. »Gustav war ziemlich böse, aber du sollst dir keine Sorgen machen.« Sie hatte darauf bestanden, dass Ruth mit ihrem Aston Martin nach Evian reise. »Nimm meinen Wagen. Du musst anständig vorfahren«, entschied sie. Ruth wusste, Widerrede wäre sinnlos gewesen.

Statt mit dem Zug zurückzureisen, mietete die Mutter einen schnellen roten Zweisitzer. Typisch. Sie umarmten einander zum Abschied.

»Fahr vorsichtig und schnall dich an«, mahnte Ruth, wohl wissend, dass ihre Mutter es mit den Vorschriften nicht so genau nahm.

Der Polizeicoach, den ihr der Präsident persönlich aus seinem Sicherheitsstab im Weißen Haus in Washington, D.C. zugeteilt hatte, erwies sich als energische, junge Frau mit kurz geschnittenem, kastanienbraunem Haar. Sie ging professionell ans Werk, prüfte Ruths Identität gründlich, stellte eine Menge Fragen und willigte schließlich nicht ungern ein, im Beifahrersitz des wie ein Panther sprungbereiten Aston Martins Platz zu nehmen. Ihre zwei Dienstfahrzeuge, ein grauer Chevy Van und ein ganz schwarzer Jeep mit Blaulichtvorrichtung (womöglich noch mit eingebauter Schnellfeuerkanone!) folgten dicht aufgeschlossen. Sie würden imperativ kein anderes Fahrzeug dazwischen kommen lassen.

So näherte sich die Kolonne dem Grenzposten im idyllischen St. Gingolph am südöstlichen Seeufer. Die schweizerischen Grenzbeamten studierten, wie wenig später ihre französischen Kollegen, ehrfürchtig die präsidiale Sondergenehmigung, die ihnen der Coach bereitwillig zeigte, winkten den kleinen Tross erleichtert durch.

Die gleiche Prozedur wiederholte sich an einem halben Dutzend Absperrposten, wo Spezialisten der französischen Sicherheitspolizei den schnittigen, türkisgrünen Aston Martin mehr aus Neugier denn aus Argwohn scharf inspizierten. Dank dem entschlossen auftretenden, nicht unattraktiven Polizeicoach interessierte sich kein Mensch um die Identität einer gewissen Ruth Ross, schon eher warfen sie der Frau heimlich bewundernde Blicke zu.

Das Hôtel Royal Parc liegt abseits vom Rummel in einem weitläufigen Park, durch den der Aston Martin sittsam brummelte, bevor Ruth vor der Hoteleinfahrt anhielt und ausstieg.

Während der Gepäckträger damit beschäftigt war, ihre Taschen und den Golfsack – alles noch hastig in Montreux zusammengekauft – auszuladen, dann auf ihr Zimmer zu schaffen, kam ihr strahlend der Direktor-Stellvertreter entgegen.

»Freut mich, freut mich, Madame Ross«, schwärmte Monsieur Tobias. »Wie geht es dem Herrn Professor? Wir haben für Sie wie gewünscht die Lieblingssuite von Monsieur Hentschmann reserviert.«

Während er sie durch die breite Eingangshalle in den lichten Teesalon geleitete, verriet er ihr mit wichtiger Miene, dass das Hotel überhaupt keine Reservationen mehr annähme.

»Ah, cette conférence«, stöhnte er. Aber weil der Professor ein gern gesehener Stammgast sei, habe er mit Bewilligung der Regierung eine Ausnahme gemacht. »C'est dommage, dass Sie nicht länger bleiben.« Er verwarf seine Lippen zu schmollendem Bedauern.

»Unter Ihnen, einen Stock tiefer, wird der Président schlafen«, verriet er flüsternd, lud sie dann sogleich auf einen Rundgang durchs Hotel ein.

Ob sie noch Wünsche habe, erkundigte er sich, als er ihr galant die Tür zu dem langen Saal öffnete, wo sich die Staatschefs zur Konferenz versammeln würden. Ruths Schultern undulierten anmutig.

»Ach, Monsieur, mir fehlen noch ein paar Sachen. Ich schaue mich nachher in der Boutique um.«

Worauf er stolz die enorme Auswahl gerade der Hotel-Boutique pries.

Es wimmelte von Technikern und Handwerkern, von Männern mit Sprechgarnituren am Kopf und Funkgeräten in der Hand. Kabelstränge zogen sich durch die Korridore. Alle, sogar der Barmann, trugen eine Identitätsplakette mit Foto.

Ruth bestellte einen Sherry. Der Empfangschef erschien mit einer Digitalkamera, fotografierte sie ein paar Mal aus allen möglichen Winkeln, zog dann mit Monsieur Tobias eilig davon, um die Besucherplakette in Plast zu stanzen.

Alles lief völlig nach Plan. Madame Ross zog sich um. Sie ließ sich von einem Amerikaner, der sich so wichtigtuerisch wie indiskret als CIA-Mann ausgab, zum Clubhaus fahren. Allein spielte sie anschließend neun einsame Löcher Golf.

Das Nachtessen im eleganten Speisesaal aus der Belle Époque richtete sie so ein, dass sie mit ein paar frisch in Schale geworfenen Technikern rechtzeitig an der Bar stand, ihnen auch gleich burschikos einen ausgab. Sie luden die hübsche Frau gerne und prompt an ihren Tisch, wo Ruth mehr Einzelheiten über die Sicherheit im Gebäude erfuhr, als sie zu wagen gehofft hatte.

Den nächsten Tag begann sie nach dem leichten Frühstück mit Golf, um anschließend ein Kurbad zu nehmen. Die Massage sagte sie wieder ab, als sie in die lüstern glänzenden Augen des Franzosen geblickt hatte, seinen provokativ zur Schau getragenen Hosenwulst mit heimlichem Auge erahnte. Der geile Affe hatte schon einen Hammer, bevor er überhaupt mit ihr anfing, was Ruth im Augenblick so erregend fand wie einen kalten Schuhlöffel.

Sie gab sich als Wissenschaftlerin aus, die mit Ameisen forschte. Das brachte ihr Sympathie ein, teils weil einige sie bewunderten, teils weil diese exotische Disziplin, scheinbar ohne praktischen Wert für die Menschheit, in Außenstehenden oft eine an Mitleid grenzende Anteilnahme erweckte.

Jedenfalls galt Ross als harmlos, charmant und liebenswürdig. Im Hôtel Royal standen ihr die Türen offen – manch einer machte ihr Avancen.

Sie hatte gelernt, eine Anmache nicht gleich zurückzuweisen, sich zu zieren, auch zu bedanken für das Interesse, aber die Verzweifelten auf später zu vertrösten. Keine schlechten Gefühle erzeugen, lautete ihre viel bewährte Devise.

Mit dieser feinfühligen Taktik gelang es ihr recht leicht, den Oberingenieur für das Elektrische zu umgarnen. Sie begleitete den vierzigjährigen Junggesellen aus Aix-en-Provence schäkernd auf seinen Rundgängen, prägte sich dabei die Verteilerkästen und Unterstationen genau ein, während er unverdrossen versuchte, sie auf sein Zimmer einzuladen.

Mit der kühnen und nicht ganz unwahren Behauptung, eine bestimmte Ameisenart und anderes Ungeziefer niste sich oft in den engen Schächten ein und könne unliebsame Bakterien verschleppen, bewog sie den Ingenieur gar, ihr die Installationspläne auszuleihen. Monsieur Tobias erklärte ihr bereitwillig den Fotokopierer für Vorlagen im Großformat. Am Abend brütete sie dann stundenlang über den kopierten Elektro- und Lüftungsplänen.

Nicht nur im prachtvollen Konferenzsaal, durch den sich ein langer schwerer Tisch aus massivem Kirschbaum erstreckte, sondern auch oben in der zweiten Etage der VIP-Zimmer erklärte der von ihr hingerissene Ingenieur System und Funktionsweise der Klimaanlage, die durch die zahleichen Kabelstränge der internen Übermittlungsanlagen beeinträchtigt würde.

Ruth verstand den Zusammenhang nicht, fragte, um was für Kabel es sich denn handele.

»Sehen Sie, da oben am Fensterrahmen, das Bohrloch. Hier führen wir die Stränge für die Sensoren in den Saal durch. Es ist verrückt. Alles wird überwacht. Sobald eine chemische Substanz, sagen wir ein Nervengas, in den Raum dringt, lösen die Sensoren Alarm aus.«

Madame Ross gab sich beeindruckt.

»Wahnsinn, was Sie da alles zusammenbasteln müssen. Sicher werden auch die Gästezimmer speziell überwacht?«

Die Frage war berechtigt. Der Oberingenieur informierte ohne Zögern.

»Ja. Ein separater Stromkreis und ein unabhängiges Lüftungssystem versorgen die VIP-Zimmer. Ich zeig's Ihnen.«

Zum Abschluss bewunderte sie noch die schönen Gipsstuckaturen an der Decke.

»Also, François, dann sehen wir uns später an der Bar?«

102

General George G. Pontiac beeindruckte nicht nur wegen der imposanten Namenrekognanz, sondern allein schon durch seine imposante, bärenstarke Gestalt – von der perfekt sitzenden Uniform, den funkelnden vier Silbersternen auf den Epauletten, dem farbigen Orden an der gewölbten Brust ganz zu schweigen. Wie ein Straßenkreuzer aus den Sechzigern zerteilte er strammen Schritts vor dem Hoteleingang die Schar Arrivés, die neben ihren chaotisch geparkten Wagen blasiert nach Türöffner und Gepäckträger Ausschau hielten.

Monsieur Tobias, der junge energische Hoteldirektor-Stellvertreter mit dem blonden Kurzhaarschnitt, stand in der Tür seines Büros und starrte schlecht gelaunt in die Halle hinaus. Er schäumte immer noch. Die Israeli hatten verlangt, dass ihrem Premierminister, diesem Bauernarschgesicht, eine andere Suite zugewiesen werde. Die Exposition der Zimmerfenster nach Osten mit dem Waldrand in dreihundert Metern Entfernung sei aus Sicherheitsgründen nicht akzeptabel. Die arroganten Hunde rissen ihm die Belegungsliste aus der Hand und bestimmten die neue Unterkunft gerade selber, als wäre das Royal eine ihrer Scheißkasernen.

»Gut, vierter Stock, Suite 444«, hatte er völlig entnervt eingelenkt. Dann wies er die Rezeption an, den amerikanischen Viersternegeneral Pontiac nach 222, in die VIP-Etage, wo der israelische Premierminister vorgesehen war, zu verlegen.

Und nun sah er ihn.

General Pontiac trug seine zwei Taschen eigenhändig in die Halle hinein, hatte es nicht nötig, sich Aufmerksamkeit zu verschaffen. Seine imposante Statur, der schneidend scharfe

Blick, die abschätzig verzogene Mundpartie, der Millimeterbürstenhaarschnitt taten ihre Wirkung. Augenblicklich.

Monsieur Tobias fuhr wie von einem Kommissstiefel getreten aus seiner Lethargie hoch, kickte einem fasziniert verharrenden Gepäckboy in den Hintern, schnauzte die Rezeptionsequipe an, schubste eine palavernde, langhaarige, schrecklich gekleidete Amerikanerin unsanft zur Seite und wies den General elegant-unterwürfig an den Tresen des Empfangschefs.

Wenige Minuten später wälzte General Pontiac seine Fleisch gewordene Kommandogewalt hinter dem Direktor-Stellvertreter über die blau-gelb gemusterten, neu riechenden Teppiche den Korridor hinunter zu Suite 222. Dort wiegelte er Monsieur Tobias erfolglos ab, stellte die Taschen im Zimmer schön ausgerichtet auf den Gepäckhalter und nahm den Telefonhörer ab.

Als der Hoteldirektor-Stellvertreter nach weiteren Erklärungen zum hoch stehenden Bedienungskomfort des besten Zimmers im ganzen Hotel das Feld endlich geräumt hatte, wählte der General seine Basis in Florida an.

Seit dem Golfkrieg von 1991 stand das jetzt von General Pontiac geführte Central Command mit Hauptquartier auf der MacDill Air Base in Florida im Rampenlicht. Im Gegensatz zum USEUCOM in Stuttgart, wo Brigadegeneral Bradson für ein eher ruhiges, weit über Europa hinaus reichendes Gebiet zuständig war, stand General Pontiac unter erheblichem Druck wegen des aufkeimenden Widerstands gegen seine Truppen in Nahost.

»General Pontiac hier. Gebe Ihnen meinen neuen Standort bekannt«, sagte er ohne Floskeln.

Es folgten knappe Anweisungen, Telefonnummern, vermutlich ein Lagekurzbericht vom Stützpunkt; denn der General hörte zu, knurrte ein paar Mal Zustimmung. Plötzlich richtete er sich auf, brüllte in die Leitung.

»Friede? Friede hat nur, wer zum Krieg bereit ist, John. Si vis pax, para bellum. Nein, keine Sorge, wir rücken keine Haaresbreite von unseren Positionen ab. Im Gegenteil, Sie wissen, dass ich eine Verdoppelung der Streitkräfte im Central Command verlange. Mister Secretary of Defense Ronaldson steht auf meiner Seite. Syrien muss fallen, wie seinerzeit Karthago, das sage ich Ihnen. Die Truppenverstärkungen sollten zum Jahresende abgeschlossen sein.«

Er streifte mit den Füßen umständlich seine Stiefel ab, bückte sich, stellte sie mit auf Linie ausgerichteten Absätzen in die Ecke.

»Gut, John, schick mir den Einsatzplan verschlüsselt. Wir müssen endlich dort unten ordentlich aufräumen.«

Er legte auf, stellte die Air Condition auf *High,* warf sich der Länge nach aufs Bett.

Die rote Digitalanzeige am Videogerät unter dem Fernseher zeigte 19:55.

103

Fünf vor acht«, stellte drei Etagen tiefer Ruth Ross im Untergeschoss fest. In einer halben Stunde würde sie die Ameisen rauslassen – was Custer nicht unbedingt zu wissen brauchte. »Wir treffen uns dann um neun zum Diner.«

Sie hatte alle Hände voll zu tun. Die Abertausenden winzigen, rötlichen Pharaoameisen brauchten nach ihrer Schätzung ungefähr drei Stunden, um das Material durch die Elektrikröhre und die Lüftungskanäle in die VIP-Zimmer zu transportieren. Dort würden sich die Kampfmikroben dann selbständig machen und auf Beute warten. Ruth wollte nochmals gründlich die vorbereiteten Leitungen überprüfen.

Während sie die aus dünnen grauen Röhrchen bestehenden Kabelführungen sorgfältig verbog und die Verbindungen der einzelnen Stränge kontrollierte, saß Ken Custer neben ihr wie auf Kohlen.

»Die Stärke der Ameisen liegt darin, dass sie mit ihrem winzigen Gehirn fähig sind, komplexe Sozialstrukturen aufzubauen und untereinander enge Bande zu knüpfen. Sie erreichen dies, indem sie ihr Verhalten auf eine beschränkte Anzahl sehr spezifischer Reize abstimmen – sie legen eine Duftspur, die zur Beute führt, sie trillern mit den Mundpartien, was bedeutet, dass sie um Futter betteln. Eine Ameise kommt mit einem Dutzend solcher Signale täglich über die Runden. Die Organisation des Superorganismus einer Ameisenkolonie funktioniert durch die Verkettung einfacher Signale. Das ist das Fundament ihrer Stärke, zugleich aber auch ihre größte Schwachstelle. Andere Organismen können den Code brechen und ihre sozialen Bande ausnutzen, indem sie einfach einen oder mehrere Schlüsselreize nachahmen. Genau das machen wir heute. Jede Ameise ist etwa mit tausend Mikroben beladen. Ich habe das Signal vorne in die Lüftungskanäle gelegt und den Weg dahin mit Duft markiert.«

Der Elektroverteiler nahm einen eigenen Raum ein. Ken kauerte eng neben Ruth, beobachtete, wie sie einen Kupplungstrichter an einer der Hauptleitungen befestigte.

»Die Ameisen kommen von drüben, wo wir gleich hingehen, und verteilen sich hier«, erläuterte sie. »Das ist gewissermaßen das Stellwerk des Zentralbahnhofs.«

Leichte Bewunderung schwang in Custers Stimme.

»Sie machen diesen Job, als täten Sie nichts anderes, als Ameisen auf die Jagd schicken.«

»Stimmt, ich habe ein paar Versuche hinter mir.«

»Und was passiert jetzt?«

Ruth hatte die Frage missverstanden, geriet in Fahrt.

»Dank den Mikroben wird die Identität des Gehirns greifbar. Der Geist, das Ich, ist körperlich. Wir schreiben das Protokoll der Seele, stellen die individuelle Befindlichkeit fest, zeichnen die Landkarte und können das Verhalten eines Menschen voraussagen. Die Versuchspersonen sind junge Menschen, gesunde und kranke, geistig zurückgebliebene und hellwache, gescheite. Wir verdrahten ihnen den Kopf und können das Superhirn programmieren.«

Custer hustete nicht ganz spontan.
»Was geschieht jetzt hier im Hotel?«
Die Ross überhörte die Frage, ereiferte sich. »Warum soll ich mich mit Philosophie abrackern, dem Kant'schen Begriff der Unsterblichkeit, die Frage nach Gott und den Drang zur Freiheit herumwälzen, wenn die Antworten in der Struktur des Gehirns und der Arbeitsweise der Gene verborgen sind?«
Custer hob ungeduldig die Hand zum Einspruch. Doch die Forscherin war nicht aufzuhalten:
»Es ist eine Frage der Zeit, bis die Neurowissenschaft über die Bild gebende Gehirndarstellung den eigentlichen physischen Mechanismus enthüllt, der diese geistigen Produkte, die philosophischen Schöpfungen und alle anderen Illusionen fabriziert. Bis es so weit ist, begnügen wir uns mit ein paar praktischen Anwendungen zur Sichtbarmachung des Gehirns. Dank der genialen PET-Reporting-Technik wissen wir mit ziemlicher Genauigkeit, wo sich das Willenszentrum befindet. Die Bildung des freien Willens können wir mit der gezielten Zugabe veränderter Gene dauerhaft unterbinden. *Nachhaltig* … um eine Modewort zu gebrauchen.«
»Wenn ich richtig verstehe«, zwinkerte Custer, offenbar die Unschuld selbst, »sollen Ihre gentechnisch modifizierten Mikroben ähnlich wie in Atlanta die Rückstände und Ablagerungen in den Lüftungskanälen zermürben und dem Hotel teure Unterhaltsreinigungen ersparen?«
Ruth Ross blickte ihn mit einem Blick von einer anderen Welt an, schüttelte verwirrt den Kopf.
»Wie? Ach so, ja, natürlich, wenn alles klappt, werden Sie morgen früh Ihr blaues Wunder erleben, denn die Mikroben funktionieren wie selbständige Gene, die sich in den Gehirnen ihrer Opfer einnisten.«
»Seien Sie vorsichtig, Sie dürfen nicht auffallen. Seit heute früh sind Detektive des FBI im Haus«, informierte Custer, baute sich vor ihr auf. »Sie wissen, dass der Präsident Ihnen vertraut. Nur dank ihm sind Sie hier unbehelligt hereinge-

kommen, während mittlerweile draußen in allen Polizeistationen Haftbefehle gegen Sie hängen. Sie müssen sich absolut unauffällig verhalten, sonst kann ich Ihr freies Geleit nicht mehr garantieren. Übrigens, wo ist Jack Frosh?«

Ruth löste sich von seinem langen, ihr etwas zu treuherzigen Blick.

»In der Wäscherei. Kommen Sie. Wir besprechen die Sache mit ihm, bevor Sie Dummheiten machen, die Sie später bereuen könnten.«

Sie schritt durch den engen Gang voran, öffnete eine unscheinbare Nebentür.

Dumpfes Licht drang ihnen entgegen, als sie den Raum betraten. Es roch nach Bleiche. Ein Wärmeschwall umfing sie. An Gleitschienen ruckten Bündel mit Bettwäsche langsam vorwärts, verschwanden hinter einer galvanisierten Verschalung aus dem Blickfeld. Eine hellgrün gestrichene Nische kam hinter Handwagen voller Frottiertücher zum Vorschein. An einem kleinen Metalltisch saß Jack Frosh über einen Stapel Papiere gebeugt.

»Um diese Zeit ist die Wäscherei praktisch leer«, flüsterte Ruth, bahnte sich einen Weg zwischen schlaff hängenden Netzen hindurch, die aus der Gegenrichtung vorbeizogen. »Wie haben Sie Jack überhaupt nach Evian geschleust?«

»Nun, zunächst mussten wir raus aus Zürich, versteht sich.«

Sie nickte, steuerte um einen weißen Trockenkasten herum. Custer redete mit gedämpfter Stimme weiter.

»In meinem Wagen war er sicher. Und dann kenne ich Paul.«

»Einer Ihrer Kumpel aus dem Spukgeschäft?«

»Nein. Paul Baker, der persönliche Stabschef des Präsidenten. Er schuldet mir einen Gefallen, habe ich ihm damals doch den Tipp gegeben, dass seine PR-Verantwortliche Schmiergelder von einer Fernsehstation entgegennahm. Bevor es zum Skandal kam, konnte er die Sache diskret und effektiv bereinigen.«

»Und jetzt öffnet er Ihnen alle Türen?«

»Ungefähr so, aber Jack ist eine harte Nuss …«

104

Schon in Solons Wohnung, aber vor allem auf der Fahrt nach Evian hatte Ken den verrückten Wissenschaftler in die Mangel genommen. Frosh verhielt sich widerborstig, versuchte mit einem behaglichen Tonfall, Ken aus dem Rhythmus des Verhörs zu werfen. Ken bekam Froshs tiefes Misstrauen zu spüren. Kein Wunder, dass der Gejagte, der sich vorkam, als sei er eben der Hölle entronnen, grundsätzlich an der Vertrauenswürdigkeit jeder Person zweifelte, vor allem aber an einem Vertreter einer der US-Dienststellen, die in den letzten Monaten alles versucht hatten, ihn zu ruinieren. Nur langsam war er aufgetaut.

Kurz vor Evian trat Ken mit voller Kraft auf die Bremse, brachte den Wagen schlitternd zum Stillstand.

»Hören Sie gut zu, Jack. Sie sind mir auf die Bude gerückt. Niemand anders als Sie haben mir Billie Sue auf den Hals gehetzt. Also, wenn ich Sie rausboxen soll, rücken Sie jetzt mit der ganzen Wahrheit raus. Lückenlos. Sonst liefere ich Sie da vorne an den Posten ab – und ab geht's, zurück in den Knast!«

Der Checkpoint in dreihundert Meter Entfernung, wo schwarze Gestalten der französischen Nationalgarde mit umgehängten Waffen die Straße sperrten, verfehlte seine Wirkung nicht.

»Gut«, lenkte Frosh ein, bereit, seine Pandorabüchse zu öffnen. »Aber erst, wenn wir sicher angekommen sind.«

Custer schüttelte energisch den Kopf.

»Kommt nicht infrage, Mann. Reißen Sie sich doch zusammen!«

Einer der Posten wurde auf den haltenden Wagen aufmerksam, winkte einem Kollegen. Langsam kamen sie näher. Custer hielt eine Straßenkarte vors Gesicht.

»Okay«, knirschte Frosh, »Raspenburg ist die geheime Waffenschmiede der Zukunft. Lautlos, subversiv, endgültig. Die biologischen Waffen der dritten Generation sind dazu bestimmt, die Staaten der Achse des Bösen zu zermürben.«

Custer legte den Gang ein.

»Zermürben? Wie soll das vor sich gehen?«

Einer der beiden Posten winkte sie lässig weiter.

Frosh gelang es nicht, seine Nervosität zu verbergen.

»Die strategischen Anlagen, die Waffenkammern, Prestigebauten, Vorzeigeindustrien, alle zerfallen, und niemand weiß, warum. Panik greift um sich. Die Moral sinkt unter den Nullpunkt. Die Regimes wanken. Leichte Beute für den Gnadenstoß. Fahren wir nicht?«

Endlich, unendlich langsam, setzte Custer den Wagen in Bewegung.

»Und welches Gruselkabinett inszeniert dieses Horrorstück?«

»Die Regierung. Besser gesagt, die *neue* Regierung. Des Präsidenten Tage sind gezählt, wenn Sie mich fragen, Ken. Ich bin ausgerissen, um zu warnen. Ich bin Ihr Kronzeuge.«

An der Schranke des Kontrollpostens wies Custer seinen Spezialausweis vor. Die Straßenkarte hochhaltend, fragte er nach dem kürzesten Weg zum Royal. Der Wachtmeister der Gendarmerie Nationale salutierte beeindruckt und entfernte eine Schranke, die eine Abkürzung zum Hotel öffnete. Wenig später pferchte sie ein verhalten lächelnder Monsieur Tobias in die letzten freien Dachkammern auf der Nordseite …

… Custer hielt in seinem halb erzählten, halb im Geist Revue passierten Bericht inne.

»Sie müssen harte Beweise liefern, Ruth. Sonst sehe ich morgen nämlich verdammt alt aus, wenn ich dem Präsidenten plausibel machen will, dass er einem Komplott zum Opfer fallen soll.«

Ruth nickte zustimmend.

»So, hier wären wir!«

Frosh legte seine Lesehornbrille ab. Er stand räuspernd auf, um Custer die Hand zu schütteln.

»Willkommen in meinem bescheidenen Feldlabor, Sir.«

Custer setzte sich auf einen wackligen Schemel.

»Also«, begann er, »Atlanta, Weißes Haus, Raspenburg … Was läuft da eigentlich?«

Froshs Stimme hatte jegliche Klangfärbung verloren.

»Noch heute Nacht setzen wir B-Kampstoffe ein, Ken.«

Custer sprang wie von der Tarantel gestochen vom Schemel.

»Mensch, sind Sie total meschugge?«

»In diesem Irrenhaus sind alle verrückt. Wir werden denen mal so richtig einheizen!«

»Sie haben wohl den Teufel im Leib, Jack? B-Kampfstoffe! Ein Terroranschlag? Für wen halten Sie mich eigentlich?«

Urplötzlich hielt Custer die Glock in der Faust, richtete den Lauf auf Froshs Kopf, die Miene verbissen.

»Sie sind verhaftet, Mister«, zischte er. »Retour in den Knast, wo Sie hingehören. Miss Ross wird Ihnen im feuchten Loch Gesellschaft leisten. Die französischen Gefängnisse haben den Ruf, dass sie dort die Genfer Menschenrechtskonventionen zum Arschwischen benutzen. Los, Bewegung – marsch, marsch!«

»Sie tun gar nichts, Ken«, heischte die ruhige Stimme hinter Custer.

Geräuschlos war die Ross hinzugetreten. Custer fuhr herum, starrte sie an.

»Und warum nicht? Ihr seid wohl beide lebensmüde? Da reiß' ich mir den Arsch auf, euch aus dem mit Scheiße garnierten Schlamassel herauszupauken, bringe euch unter die Obhut des Präsidenten, damit ihr eure Geschichte an den Mann bringt, die Welt von einer diffusen Verschwörung erretten könnt, und was macht ihr, ihr …«

Er kam nicht weiter.

Ruth packte blitzschnell seinen Arm, wirbelte um die eigene Achse. Custer verlor das Gleichgewicht, die Waffe fiel auf den harten Beton – er strauchelte rückwärts in ein daher gleitendes Wäschebündel, das ihn wie ein Puffer zurück in Ruths

Arme warf. Sie hielt ihn einen Augenblick fest, Gesicht an Gesicht, spürte seinen Atem, seine harten Schenkel, stieß ihn heftig weg.

»Erklär es ihm, Jack«, keuchte sie.

Sie bückte sich nach der Glock, während Custer Tritt fasste, sich verlegen durch die Haare fuhr.

Ruth Ross hielt die Glock mit beiden Händen umklammert, lehnte sich an die Wand und richtete die Mündung der Pistole direkt auf seinen Schritt.

Frosh schien es die Sprache verschlagen zu haben. Auch Ruth keuchte.

»Eigentlich sind das gar keine Kampfstoffe.«

Custer schnaubte wütend.

»Sagen Sie nur noch, Sie sind Zahnärztin und das ist Lachgas.«

»Es geht nicht um Kampf, Mister, sondern um Waffenstillstand«, zischte sie. »Jetzt gehen wir schön ruhig nach unten in die technischen Räume.«

Sie machte eine energische Bewegung mit der Waffe in Richtung Ausgang. Frosh ging voran, Custer folgte widerwillig, Ross machte verbissen das Schlusslicht.

Sie verließen die Wäscherei, traten durch ein düsteres Untergeschoss in ein Labyrinth von engen Gängen, durchsetzt von Nischen mit verkleideten Apparaturen. Schwarze Leitungen und galvanisierte, rechteckige Kanäle verliefen an der rohen Betondecke. Abgestandene Luft schlug ihnen entgegen. Es roch nach einer Mischung aus Zement, Maschinenöl, Elektrosmog.

»Der B-Kampfstoff ist ein *Friedens*virus«, verkündete die Frau.

Frosh blieb stehen.

»Als wir die Ameisen in die Küche des Weißes Hauses infiltrierten, dachten wir nicht im Traum, dass irgendetwas passieren würde.«

»Wir glaubten an einen Jux«, ergänzte Ross.

»Dann kam Atlanta, und wir begriffen, dass unsere Mikroben eine gefährliche Wirkung entfalteten«, fuhr Frosh fort. Er setzte sich wieder in Bewegung. »Die Mikroben im Weißen Haus gehörten zur gleichen militanten Sorte. Wir versuchten herauszufinden, was im Weißen Haus geschehen war. Offensichtlich hatte es den Vizepräsidenten und andere, vor allem auch Tomahawk erwischt.«

Custer produzierte ein gequältes Lächeln.

»Und wie wollen Sie das erfahren haben?«

»Verstopfung«, sagte Ross lakonisch. »Alle, fast alle im Weißen Haus hatten plötzlich Verstopfung.«

Frosh lachte auf.

»Der schlaksige Harry, der die Ameisen aussetzte, hatte einen stark entwickelten Hang zum Küchenpersonal. Der brachte einiges in Erfahrung. Es scheint, die militanten Mikroben halten das Böse im Körper fest, verstopfen den Darm, zerstören den Charakter. Schlechte Eigenschaften wie Bösartigkeit, herrisches Gehabe, Machtsucht, Destruktivität bauen sich auf. Vermutlich steckte der Vizepräsident dann Borowitz und weitere Scharfmacher an. Das Resultat kennen Sie, Ken. Nun versuchen wir, das Rad zurückzudrehen. Wenn Sie uns nicht helfen, wird alles noch viel schlimmer.«

Custer blieb mitten auf dem Treppenabsatz stehen. Er schüttelte entnervt den Kopf.

»Seid ihr etwa durchgeknallt? Habt ihr noch alle Tassen im …«

Ruckartig warf er den Kopf zurück, traf Ruth mit dem Schädel hart in die Stirn. Sie stöhnte auf, die Waffe entfiel ihr. Custer wirbelte herum, griff sie beim Handgelenk, drehte ihr den Arm so wuchtig auf den Rücken, dass sie vor Schmerz aufschrie. Mit der Fußspitze kickte er die Glock weg, bevor sich Frosh danach bücken konnte. Sein Atem kam stoßhaft.

»Der Präsident, die Konferenzteilnehmer, sie alle sind in höchster Lebensgefahr.« Er ließ Ruth los. »Ich muss Alarm schlagen.«

»Machen Sie keine Dummheiten, Ken«, rief Ruth, »Sie selber sind infiziert.«

Halb gebückt nach der Waffe greifend, verharrte Ken wie versteinert. Ganz langsam richtete er sich auf, Ungläubigkeit im stechenden Blick aus blauen Augen.

»*Was* bin ich?«

»Ihr Gehirn wird von meinen Gamas attackiert. Zwar nicht von den militanten, wie im Weißen Haus, sondern von der sanften Art. Die L-18 werden Sie in einen Softie verwandeln, Ken, einen Schlappschwanz. Es sei denn, Sie machen genau, was wir Ihnen sagen.«

»Das fehlt mir gerade noch – Erpressung!«

»Na und? Jack kann Sie immunisieren, den zermürbenden Prozess abblocken, nicht wahr, Jack?«

Frosh nickte, als sei er sich der Sache nicht ganz sicher. Sie gingen weiter an zwei oder drei Türen vorbei ans Ende des kahlen Flurs mit grün eingefärbtem Betonboden.

Ross wandte sich im Gehen halb um.

»Es ist alles meine Schuld, Ken. Ich hätte Sie längst aufklären sollen. Aber es geht um unser epochales Experiment. Um die Friedensviren. Sie dürfen dieser Chance nicht im Weg stehen. Wenn Sie Alarm schlagen, wird die Bude evakuiert, die Spinner bleiben am Werk. Unsere mühsamen Vorbereitungen sind dann völlig für die Katz gewesen. Deswegen muss alles normal weiterlaufen.«

Frosh zog einen Vierkantschlüssel aus der Tasche, öffnete eine kleine Wandtür. Ein Wirrwarr von Röhren kam zum Vorschein. Am Boden stand ein viereckiger Behälter aus geschwärztem Glas, daneben eine schwarze Tasche.

»Geht nicht«, lehnte Custer scharf ab. »Unmöglich. Ich will evakuieren.«

Frosh schüttelte bedauernd den Kopf.

»Dann, fürchte ich, sind Sie verloren.«

Ross warf Custer einen fast bettelnden Blick zu.

»Wenn Jack Sie jetzt nicht immunisiert, wachen Sie morgen

als menschliches Wrack auf. Viel Zeit bleibt ihm nicht mehr, nicht wahr, Jack?«

Frosh nickte mehrmals. Ken rieb sich mit den Händen besorgt die Schläfen, als spüre er bereits Wirkung.

»Verrückt«, raunte er zerknirscht. »Total verrückt seid ihr!«

Sie kauerten in dem länglichen, niedrigen, luftlosen Raum. Ein schwacher Lichtschein kam durch ein hoch gelegenes vergittertes Fenster.

Frosh klaubte eine Einkaufstüte aus der Tasche, öffnete sie, zauberte eine Hand voll weißer Knollen hervor.

Ken traute seinen Augen nicht. *Sollte hier etwa ein Picknick stattfinden?*

»Knoblauch«, erläuterte der Forscher unbeirrt. »Eine alte Gewürz- und Heilpflanze, in Asien beheimatet, wird bei uns in Südeuropa angebaut. Es gibt Redewendungen wie ›Er stinkt nach Knoblauch‹, nicht wahr?«

Custer blies Luft durch verächtlich geschürzte Lippen.

»Was soll der Blödsinn?«, murrte er ärgerlich. »Als Nächstes packen Sie wohl Bohnen aus? Das hier ist doch dümmer als Bohnenstroh!«

Froshs Lächeln verriet keinerlei Wirkung.

»Und Sie, Ken, Sie haben nicht die Bohne verstanden. Knoblauch wird aufgrund seines Gehaltes an Alliin durch ein spezifisches Ferment zum antibakteriell wirksamen Allizin abgebaut. Allizin wirkt keimtötend. Damit nähert sich die Knoblauchzehe den Antibiotika. Sie enthält wahrscheinlich Grundbaustoffe anderer Gene. Eine kühne These, völlig verrückt. Ich hatte zwar schon früher mit einer GM-Knoblauchzwiebel experimentiert …«

»Was heißt GM?«

»Genetisch modifiziert. Viel Rätselhaftes steckt hinter dieser Sache. Aber Tatsache ist, dass diese verflixte, hundsgemeine Knoblauchzehe die Gene aus der L-18-Familie in Schach hält, wenigstens für eine Weile.«

»L-18?«, unterbrach Ken.

»Die Gamas, die Stoffe zermürben und gerade langsam in Ihr Hirn eindringen«, beeilte sich Ruth zu erklären.

Frosh fuhr stirnefurchend fort.

»Der Knoblauch neutralisiert die L-18. Wir werden der Sache eines Tages auf den Grund gehen. Ein Durchbruch in der Wissenschaft knüpft ja oft an scheinbar belanglose Ereignisse an.«

»Oder ist das Ergebnis eines Zufalls«, meinte Ruth leichthin, als gäbe sie eine Lektion im biologischen Seminar.

Ken presste seine Lippen zu einem schmalen Strich zusammen.

»Sind Sie sich vollkommen sicher, Jack?« Skeptisch beäugte er die gräuliche, knollenartige Zwiebel mit den ausragenden Zehen.

»Ja, schon, zu 60 Prozent. Ich habe ein paar Selbstversuche gemacht, rein empirisch, noch in Raspenburg, dann der Rückschlag. Sie wissen, meine Flucht, die Verhaftung, der Knast. Sie verstehen. Die letzten Tage nahm ich den Faden wieder auf.«

Wie zur Demonstration des Gesagten, doch unabsichtlich, palte er eine Knoblauchzehe, die er nicht aus der Hand gelassen hatte, entfädete sie.

»*Ich* bin es, der ihn zum Mikrobenversuch überredet hat«, lenkte Ruth ein.

Frosh nickte zustimmend.

»Sie glaubt, wir hätten die einmalige Chance, den Weltfrieden zu retten, na was soll's! Mir ist Politik schnuppe, ich mache aus rein wissenschaftlicher Neugier mit. Eh, was wollte ich noch sagen?«

Die Ross deutete wortlos auf die dünnen, weißen Schalen der Knoblauchzehe zwischen seinen Fingern.

»Ach ja, ich kam jedenfalls zum eklatant verblüffenden Schluss, dass Knoblauch mich gegen die L-18-Familie immunisiert. Warum, ist mir noch schleierhaft, aber was zählt, ist das Resultat, oder?«

Er nahm eine Hand voll Knoblauchknollen aus der Plastiktüte vom Supermarkt, wiegte sie auf seiner Hand, verfiel in einen Monolog.

»Allerdings habe ich keine große Ahnung, wie lange der Schutz wirkt. Das Alliin im Knoblauch ist eine Aminosäure, wird durch ein Enzym in Allizin umgewandelt. Allizin wirkt in unserem Fall augenfällig regulierend auf die L-18.«

Das habe er schon gesagt, unterbrach ihn Ruth.

»Gut, nehmen Sie 'ne Hand voll, Ken. Stecken Sie ein paar in die Hemdentasche und klemmen Sie unbedingt eine hinters Ohr, so! Die Suizidbakterien strömen über den Gehörgang rascher ins Stammhirn.«

»Suizid … was?«

»Die Anti-Gamas nennen wir Suizidmikroben. Sie eliminieren die Wirkung der aggressiven Kampfmikroben in einem bestimmten Umkreis, damit wird es möglich, die Gamas, zum Beispiel Betonkiller, entweder auszuschalten oder das Einsatzgebiet räumlich einzugrenzen. Für die human wirkenden Gamas gilt dasselbe, die Suizidmikroben wirken wie Antibiotika.«

Frosh zeigte, wie es ging. Wie den Radiergummi eines Bürohengstes aus dem vorletzten Jahrhundert drückte er eine weiße Knoblauchzehe hinter sein Ohr und grinste breit.

»Geht es auch, wenn ich die fresse?«, grinste Ken sarkastisch zurück.

Ruth verneinte kopfschüttelnd.

»Wir glauben, der Verdauungstrakt ist kein genfreundliches Umfeld. Kopfnähe ist gefragt. Halten Sie stets eine Zehe am Kopf.«

Sie zeigte auf sein Ohr, während sich Jack Frosh niederkniete und das geschwärzte Glasgefäß begutachtete.

»Kauen geht auch«, empfahl er. »Nur nicht schlucken.«

»So strömt der Wirkstoff über die Mundspeicheldrüse direkt ins Gehirn«, ergänzte Ruth.

»Ihr seid wirklich alle total meschugge!«

Custer drückte eine längliche, gebogene Zehe zwischen Schädel und Ohrmuschel, vergewisserte sich, dass sie hielt, klemmte eine zweite wie eine Süßholzraspel zwischen die Zähne und stopfte die restlichen in die Brusttasche, als wären es Patronen einer Jagdflinte.

»Das soll einer glauben!«

Ruth rieb sich mit einer Grimasse das schmerzende Handgelenk.

»Es wirkt, Ken.«

»Ich geh' in den Birkenwald, denn die Pillen wirken bald«, knirschte er zurück und hauchte in die hohle Hand, um den Geruch seiner Atemluft zu testen.

Frosh zeigte sich jetzt ganz in seinem Element.

»Sehen Sie, hier in diesen grauen Röhren laufen die Elektroleitungen weg. Und da drüben hören Sie das Summen des Lüftungsgenerators. Wir lassen die Ameisen in der Nacht laufen. Sie krabbeln durch die Lüftung und die Elektroröhren in die Zimmer.«

»Warum gleich über zwei Systeme?«

»Doppelt genäht hält besser.«

»Die Duftspur weist ihnen den Weg in die VIP-Suiten der zweiten Etage.«

»Jemand wird das Ungeziefer entdecken und den Kammerjäger rufen.«

»Nein«, widersprach Frosh entschieden. Er befestigte ein längliches, wie eine Bierflasche geformtes Kupplungsteil an den Schnappverschluss des Gefäßes und dockte es an ein gebogenes Rohr, das im Kabelsalat des Unterverteilers verschwand.

»Ich habe die Zimmer ausgekundschaftet«, erklärte Ross. »Der Hausingenieur zeigte mir bereitwillig die Lüftungskanäle und Elektroverteiler, überließ mir sogar die Pläne, in der Meinung, ich arbeite für den Sicherheitsdienst.«

»Wir haben den Ablauf völlig im Griff«, bestätigte Frosh. »Die Ameisen rasen stur hin und her. Genau wie in Atlanta.

Sie laden die Fracht ab und eilen zurück. Keine Zeit zu Ausschweifungen oder Spritztouren. Die Tiere haben etwas, das den meisten von uns abgeht – Disziplin.«

»Und was genau liefern die ab?«

»Eben eine Variante der L-18. Also, einfach ausgedrückt, human orientierte gentechnologisch veränderte Mikroben, L-18/H-plus, winzige Bakterien, die menschliche Gene im Gehirn umwandeln. H-plus steht für human-positiv.«

Ruth machte eine erklärende Geste.

»Den Behälter, den wir aus der Alphütte gerettet haben.«

»Gehirnwäsche?«

Sie lachte ganz natürlich, was Custer endlich etwas erleichterte.

»Nein, nein, nicht medikamentös. Lithium, das war einmal. Wir impfen im Prinzip neuartige Gene ins Nervensystem.«

»Warum überrascht mich das nicht!«

»Sie sind wohl ein schneller Lerner. Geben Sie zu, Sie finden das alles wenigstens ein *bisschen* faszinierend. Die Evian-Mikroben, wie wir sie nennen, sollen die Gemüter beruhigen.«

»Beruhigungsmittel? Wie Valium, Xanax?«

»Wieder falsch. *Emotion Control.* Gefühlskontrolle. Das befallene Gehirn reanimiert sich. Es verschafft den positiven Genen die Oberhand.«

»Sagt mir keine Bohne«, röchelte Ken erschöpft.

Frosh schaute auf die Uhr, nickte befriedigt.

»Warten Sie doch mal ab, Custer. Vielleicht erweist sich Ruths Idee ja als totaler Flop. Wenn nicht, werden Sie sicher verstehen, was wir Ihnen seit einer halben Stunde beizubringen versuchen. Zu Ihrem eigenen Besten.«

105

Ungefähr zur gleichen Zeit, kein Mond stand in Zürich am Himmel, beendete Professor Hentschmann sein Telefongespräch.

»Also, richte dich mal gemütlich ein, schließ die Türen gut ab und nimm keine Anrufe entgegen.«

»Typisch Steinbock. Immer andere herumkommandieren«, motzte die Frau belustigt durch den Äther. Sie räkelte sich wohlig nackt auf der weißen Liege am großen, grün schimmernden Swimmingpool im Untergeschoss der vornehmen Villa. Sie hatte die breiten Fensterschiebetüren geöffnet, zog genüsslich den leicht fauligen Algenduft ein, schaute über eine Flucht von weiten, mit Ziersträuchern elegant umrandeten Rasenterrassen hinunter auf den See. Die freie Hand drückte auf ihren Venushügel, ließ die Finger spielen.

»Wer glaubt schon an den Käse mit den Sternzeichen?«, schallte es nicht minder gut gelaunt zurück.

Die Frau ließ den Blick über das Wasser zum französischen Ufer des Lac Léman schweifen. Die Sonne war längst untergegangen. Im Zwielicht der Dämmerung hoben sich die Konturen der Hügel und der Bergflanke schwarz vom grauroten Himmel ab. Aus der Schwimmhalle plätscherte einschläfernd der Whirlpool.

»Ich kann die Lichter von Evian sehen«, meinte sie, ein Gähnen unterdrückend.

»Übrigens, ginge es nach dem Aberglauben der Astrologen, wären Steinböcke anal fixierte Sammlertypen«, blaffte Hentschmann. »Leute, die behalten, zusammenraffen, nichts wirklich schaffen.«

»Kann unmöglich sein«, schoss sie zurück. »Du bist ein Macher. Dann müsstest du einen sauberen, schönen Aszendenten haben.«

Wobei sie mit der Hand durch ihren zu einem spitzen Dreieck rasierten Busch strich.

»Ich habe schon etwas Sauberes und Schönes«, übertönte der Professor ihr Kichern, »wusste nur nicht, dass man das den Aszendenten nennt!«

»Volltreffer!«

Wieder das mädchenhafte Kichern.

Morgen habe sie Gelegenheit, den Aszendenten näher zu betrachten, erklärte Hentschmann, er wolle gegen Abend eintreffen. Sie schien den Vorschlag zu bedenken. Jedenfalls blieb die Verbindung ein paar Sekunden stumm – er stellte sich ihre verschmitzt gespitzten Lippen vor.

»Also, was meint die Expertin für seelische Verirrungen«, hakte er nach. »Geht morgen?«

»Ja, morgen. Gut. Du weißt aber, dass ich normalerweise den Aszendenten nicht behandle, ich hebe die Hufe nur hoch, wenn …«

Hentschmann erlaubte sich ein ungehemmt lüsternes Wiehern.

»Nie zu spät, bekehrt zu werden, meine Liebe. Und die wahre Lust des Lebens zu erspüren.«

»Unverbesserlicher Charmeur. Deine Unbändigkeit ist grenzenlos.«

Der Professor parierte nahtlos.

»Ich halt' mich an Herrn Goethe – *bin zu alt, um nur zu spielen, zu jung, um ohne Wunsch zu sein.*«

Sie schien unbeeindruckt, gab trotzdem ein erregendes Katzensummen von sich. Hentschmann änderte plötzlich Takt und Ton. »Wie gesagt, bleib im Haus. Ein gewisser Siegart wird aufkreuzen. Ein drahtiger, cleverer Bursche, Chef der Spezialkräfte der Schweizer Armee, Zweisternegeneral. Einer, der Seelenklempner wie dich frustriert, weil er völlig normal mit kerngesunder Psyche Probleme löst oder verdrängt. Es kann etwas Bewegung geben rund ums Haus.«

»Ich mag Verdränger«, antwortete Dr. Freud. »Wer verdrängt, gewinnt Spielraum, Freiheit, sich dem wirklich Wahrhaftigen und Wichtigen im Leben zu widmen. Verdrängen heißt, Ballast abwerfen.«

»Wenn das typisch ist für Steinböcke, bin ich gerne einer von denen. Sie haben bekanntlich lange, große …«

»Geweihe, mein Lieber«, stahl sie ihm lachend die Pointe, ließ ihn das Gespräch beenden, klappte das Miniaturtelefon zusammen, schritt dann in der lauen Sommernachtsluft wie Gott sie erschaffen hatte hinunter zum privaten Strand der Villa. Vor dem Bootshaus brannte eine Laterne.

Die Ärztin watete umsichtig ins Wasser, der grobe Kies massierte angenehm ihre Fußsohlen, dann schritt sie zurück zu dem kleinen Lustpavillon, der auf der Plattform aus Carrara-Marmor über dem Bootshaus stand und auch um diese Tageszeit noch eine prachtvolle Rundsicht über den weiten See bot.

Eine paar Herzschläge lang blinzelte die Ärztin über das graue, mit orangefarbenen Schimmern durchzogene Wasser – vielleicht um einen Gedanken aus der Erinnerung abzurufen – trabte dann, einer Eingebung folgend, über den Rasen zum Haus zurück, wo sie mit dem weiß lackierten Fingernagel des Zeigefingers präzis die richtige Taste des Minitelefons traf. Die Verbindung kam nicht zustande. Auch der nächste Versuch eines Anrufs blieb erfolglos. Keine der Patientinnen nahm ab. *Vielleicht besser so*, erinnerte sie sich an Hentschmanns Ermahnung – jeder Anruf konnte von mindestens zwei Abhörorganisationen erfasst und abgehört werden, hatte er erklärt, auch, und vor allem, von den Schweizern, die ihre Lauschangriffe neuestens mit modernsten Computersystemen führten.

106

Wo ist Ruth hingegangen?«, rief Custer bestürzt im Kellerraum des Royal. »Wollte sie nicht die Versuche überwachen?«

»Tut sie, Ken. Auf ihre Art. Nur keine Panik. Dies hier ist keine Geheimdienstoperation mit Uhren gleichstellen, Munition fassen, Gesichter schwärzen. Wir führen ein wissenschaftliches Experiment durch. Ruth überprüft die letzten Vorbereitungen auf der VIP-Etage, Zimmer 212 bis 232.«

Custer traute der Sache ungefähr so weit, wie er sie werfen konnte. War er eigentlich noch bei Trost? Diese Forscher lebten doch in einer anderen Welt, ohne einen blassen Dunst von

Sicherheitsmanagement und Terrorabwehr. Er durfte dieses Vabanque-Spiel nun wirklich nicht zulassen. Auf Gott vertrauen, dass dieses stupide Experiment keine tödlichen Auswirkungen hat?

Das hieße, alle seine Prinzipien, den Instinkt, die Erfahrung, ja, sich selber verleugnen. Er war doch nicht etwa schon soft geworden? Wieder rieb er sich gedankenvoll die Schläfen. Fasste den Entschluss. Verließ auf leisen Sohlen den Raum.

Frosh murmelte, er komme gleich nach, als Ken davonschlich, oben an der Treppe die Metalltür sorgfältig zuzog und nach dem Weg zu den Aufzügen Ausschau hielt.

An der Rezeption lief er geradewegs in die Ross hinein.

Der Direktor-Stellvertreter stand neben ihr, ein Häufchen Elend, völlig zerknirscht. Ruth legte ihm die Hand auf die Schulter. Er machte ein Gesicht, als hätte der Lebensmittelinspektor eben die Hotelküche geschlossen. Eine Stimme hinter Custers Rücken rief: »Bonsoir Monsieur Tobias!« *Jack Frosh.*

Griesgrämiges Nicken von Seiten Monsieur Tobias.

»Ich muss mit Ihnen sprechen«, raunte Custer Ruth zu, zog sie sanft am Arm von Monsieur Tobias weg, der seine blauen Augen erschrocken auf Custers Ohr heftete, wo ein zwiebelartiges Gemüse baumelte, dann zur Hemdtasche schielte, aus der Spitzen von Knoblauchzehen ragten. *Was soll's*, sagte er sich, *ein Gesundheitsfanatiker*. Er wich instinktiv zurück, die Luft schnuppernd. *Hier spinnen doch alle!* Gott sei Dank war er allerhand Verrücktes gewöhnt.

»Was hat der?«, raunte Frosh, auf den Direktor-Stellvertreter schielend. »Hast du ihn böse gemacht?«

Ross bewegte beschwichtigend die Schultern.

»Der ist stinksauer. Seine Chefin macht ihm die Hölle heiß. Wegen einer Lappalie. Angeblich ist der Teppich im Bankettraum von der falschen Firma verlegt worden – was weiß ich. Alle sind am Rande eines Nervenzusammenbruchs, völlig gestresst.«

»Ich muss mit Ihnen reden«, drängte Custer wieder.

»Nicht hier. In Ihrem Zimmer.«

Sie wandte sich um, schritt voran. Frosh gestikulierte, als wolle er sie zurückhalten.

»Moment, hast du Teppiche gesagt?«

»Ja, wieso?«

»Teppiche, die im Hotel verlegt worden sind?«

»Ja, was denn jetzt?«

»Vor kurzer Zeit, einige Wochen zurück?«

»Kann sein, seit wann interessierst du dich für Bodenbeläge?«

»*Moment!* Und das mit der falschen Firma? Bist du sicher, er hat *falsche Firma* gesagt?«

»Hör mal, Jack, was soll der Quatsch mit den Teppichen? Natürlich hat er mir das gesagt. Irgendwas ist schief gelaufen, nun soll er's ausbaden. Begreiflich, dass er sauer …«

Frosh stierte wie entgeistert.

»Der *Bombenteppich*!«

Custer hatte keinen Bock auf großes Palavern. Sichtlich genervt winkte er ab.

»Kommen Sie, Ruth. Können wir das Teppichthema abhaken?«

Frosh hielt stammelnd dagegen.

»Wenn ich Bo … Bombenteppich sage, meine ich Bombenteppich. In diesem Hotel, irgendwo über unsern Köpfen, liegt ein Bomben… ein *Sprengstoff*teppich. Hochexplosiv. Jetzt ist mir alles klar!«

Custer stand bereits im Aufzug, sein auf Frosh gerichteter Blick war eine Mischung aus Verärgerung und Belustigung. Der Forscher stand verdattert, zu keiner Bewegung fähig in der Halle, die Hände halb in der Luft, wie vom Blitz getroffen, als sei er bereit, jeden Moment zu einem Häufchen Asche zu zerkrümeln. Ross trat endlich zu ihm in den Lift, die Tür schob sich zu und er setzte sich aufwärts in Bewegung.

»Wovon quasselt der?«

Sie zuckte mit den Schultern.

»Teppiche.«

»*Bomben*teppiche!«

Wieder bewegte sie die Schultern.

»Teppiche, Bombenteppiche, meinetwegen *Fliegende* Teppiche – wen schert's?«

Custer biss sich auf die Lippen. Harte Dame, diese!

Kaum hatte er die Tür der Dachkammer hinter sich geschlossen, polterte er jedoch los.

»So geht's nicht, Ruth. Die Verantwortung für die Sicherheit der Konferenz, das alte Gebäude, Millionenwerte stehen auf dem Spiel ...«

»Wir haben eine Abmachung, Ken.«

»Ich weiß, ich kann aber nicht anders. Das mit dem Stinkknoblauch ist doch purer Blödsinn.«

Er riss das krumme Ding vom Ohr, schmiss es wütend auf den Teppich, schritt zum Fenster. Sein Blick fiel über das schräge Dach hinüber zur Dependance – ein gelbliches Gebäude aus Kalkstein, das aus Sicherheitsgründen geräumt und abgesperrt worden war.

Es war das Letzte, was Ken an diesem Abend sehen sollte. Der Gegenstand traf ihn hart – genau an der empfindlichsten Stelle am Hals, zwischen Kopf und Schulter. Stechender Schmerz lähmte den Körper, brach urplötzlich ab. Ein schwarzes, tiefes Meer umschloss ihn.

Ruth stellte die Lampe mit dem schweren runden Metallfuß zurück auf den Nachttisch, zerrte den Bewusstlosen zum Bett, hievte ihn hinauf, riss dann keuchend das Telefonkabel aus dem Apparat. Sie schritt schon zur Tür, hielt inne. Bückte sich rasch, klaubte die Knoblauchzehe vom Boden auf, tat die zwei Schritte zurück ans Bett, legte Custer das krumme, weißliche, kräftig duftende Ding liebevoll auf die Stirn. Ein Seufzer entrang sich ihrer wohlgeformten, jetzt um die Spitzen von süßem Kribbeln durchzogenen Brust.

»Werd mir bloß kein Softie, schöner Mann!«

Sie schritt hinaus, schloss sorgfältig die Tür ab.

Bildete sie sich's nur ein, oder waren ihre Schenkel, der Bauch, die Hüften, das Becken, der Hintern, war das alles plötzlich irgendwie kompakter, strammer, schwerer geworden?

107

Auch der schneidige Franzose am Posten vor dem Hoteleingang, der Letzte nach einer Reihe Zugangskontrollen, seit Yael Matar alias Sophie Truman alias Ruth Ross mit dem Schnellboot-Taxi neben dem Casino angelandet war, zeigte sich beeindruckt. Mehr von ihrer derben, wilden Schönheit als von den Papieren aus dem Weißen Haus.

»Genießen Sie Evian, Madame«, wünschte der Sicherheitsmann, sie mit einem prüfend schwelgenden Blick musternd, der weniger irgendwelchen verdächtigen Ausbuchtungen als ihren heimlichen Waffen galt, die sie aufreizend unter dem perfekt anliegenden, frechen Deux-pièces verbarg. Seine Augen fragten dabei nichts anderes als *Willst du mit mir?*

Immer das Gleiche. Männer! Genau wie in Jerusalem, dachte Yael, als die Hotellimousine vor dem geschwungenen, gläsernen Portal ausrollte. *Nichts ist einfacher, als an Männer zu kommen*, und betrat die Hotelhalle. Vielleicht sollte sie wieder anfangen, Männer zu ihren eigenen Bedingungen ins Bett zu bekommen. Machten sie es ihr mit Hand oder Mund, kam sie rasch. Das leider immer noch übliche Penetrieren mit dem primären maskulinen Organ dagegen ließ ihr Lustzentrum kalt wie tiefgefrorene Austern. Auch im Alleingang mit Zahnbürste, Duschkopf oder Vibrator schaffte sie den Höhepunkt mit links. Nicht zu reden von den einfühlsamen, prickelnden Massagen ihrer Liebhaberinnen. Einzig als blutiges Opfer war der Mann ein gewaltiger und verlässlicher Orgasmusspender. Im Moment, wo sie die blanke Klinge tief in seinen Leib stieß, seine Augen vom Tod umflort erloschen, kam sie groß – und nass. Es war so pervers wie unübertrefflich.

Das Einchecken im Royal verlief reibungslos. Die junge, sommersprossige, am straffen Busen Schwarz auf Gold mit *Anna* etikettierte Rezeptionistin geleitete sie auf das Zimmer im zweiten Stock. Sie pries alle Vorzüge des Hotels, erklärte Yael das Air Conditioning, verriet, wo der Präsident seine Suite hatte, schwärmte von New York, wo sie im Herbst hin wollte – das *Four Seasons* an der 57. Straße hatte sie nämlich als Rezeptionsunterassistentin engagiert. Das Mädchen schaute den attraktiven Gast lange an, signalisierte unmissverständlich ihre Zu-allem-Bereitschaft.

Doch die Wilde hatte heute, am Vorabend ihres großen Auftritts, andere Prioritäten.

Allein im Zimmer, breitete sie ihre Sachen sorgfältig aus.

Das Bild ihrer Schwester klemmte sie behutsam an den Spiegelrand, packte die kosmetischen Utensilien aus, die sie auf ihrer Shopping Tour in Genf zusammengeramscht hatte.

Auf dem Schreibtisch fand sie den Konferenzplan. Sogar der Tagesablauf des Präsidenten für den nächsten Tag war dabei. Alles, was eine Konferenz-Psychologin brauchte, hatten ihr irgendwelche Stabsfritzen aufs Zimmer gesandt. Und da stand es schwarz auf weiß: *07:00 Uhr, Golf mit Miss RR.*

Yael schnalzte befriedigt mit der Zunge, zog sich nackt aus und verschwand unter die Dusche. Das lauwarme Wasser strömte kräftig aus dem Massageduschkopf auf ihre Schenkel. Langsam richtete sie den Strahl aufwärts, bis es zu prickeln anfing und ihr Lustknopf nach wenigen Sekunden schon den ersten Lustschwall auslöste.

Obschon oder gerade weil Yael von Kopf bis Fuß sexuell erschauerte, dachte sie an einen Mann. Auch als sie im Bett lag, quälte sie der Gedanke an ihn. Er lag ihr wie ein Felsbrocken auf der Brust. Wieder hämmerte das kleine Männchen an ihrer Gehirnrinde herum, marterte sie die Erinnerung an die Flammen, die Hitze, den rettenden Handgriff, die Umklammerung. Feuer, ausgerechnet wieder Feuer, hatte sie in Zürich aus dem Konzept geworfen.

Du hast einen Fehler gemacht. Du hättest diesen Ken Custer an jenem Abend der Flutkatastrophe töten müssen. Ein ganz scharfer Typ. Irgendwo treibt der sich herum, kann auch dir gefährlich werden. Darum will SPHINX *ihn erledigen.*

Sie drehte sich auf die Seite, zog ein Knie hoch. Schon halb im Schlaf verzog sich ihr Mund.

Du holst es nach!

108

Abertausende von Ameisen krabbelten seit Stunden ungestört in den Leitungen und Lüftungsrohren im Untergeschoss des Hôtel Royal hin und her. Unaufhörlich. Die ganze Nacht. Seit Stunden. Milliarden von Mikroben des genetisch veränderten Typs L-18/H-plus setzten sich in den VIP-Zimmern der zweiten Etage frei, fanden Haut, Poren, Atemwege … impften unfreiwillig zielbewusst und unerbittlich ihren Opfern das Evian-Syndrom ein …

Ken Custer schaute voller Entsetzen in das riesige rote Auge der gewaltigen Ameise, die über seine Brust kroch, die Fangkiefer wie Beißzangen so schaurig auf und zu klappend, dass ihm schier das Blut in den Adern zu gefrieren drohte …

… das Auge war, beim Eid, kein gewöhnliches Ameisenauge. Es war der sagenhafte rote Granat, dieses geheimnisvolle Kristall, an dem noch das Blut des erschossenen Sheriffs klebte, das ihn feindselig, höhnisch anglitzerte, während die klebrigen Greifer nach seinen Ohren schnappten, wo eine penisförmige Knoblauchzehe Wurzeln im Haarboden geschlagen hatte …

… Billie Sue schlug mit dem flachen, grauen Computer unaufhörlich auf des Biests Rücken, doch der harte Panzer ließ das Gerät zerschellen. Den Daunen eines zerrissenen Kissens gleich stäubten kleine gelbe Spiralen in die Luft. »Die Daten, die Daten. Rettet die Daten«, schrie Custer ohnmächtig, während Billie Sue geschickt die Daunen einfing, damit ihre entblößten, üppigen Brüste bedeckte …

… jemand brach in raues, schallendes Gelächter aus. Jack Frosh beugte sich, einen Krummdolch schwenkend, grinsend über Ken, stach der gentechnisch zu einem fetttriefenden Monster modifizierten Ameise ins Auge, kratzte mit der Klinge die Augenhöhle aus, worauf ein schwarzer Riesenschwarm Mikroben lautlos in Keilformation entwich. Frosh brach ein Haar vom Fühler ab, klemmte es hinters Ohr, streckte das rote Kristall triumphierend in die Lüfte …

In Schweiß gebadet schlug Custer die Augen auf, sah eine vergilbte, abblätternde Decke – Wo zum Teufel befand er sich? Sein Schädel brummte wie eine viermotorige Dakota aus dem Zweiten Weltkrieg, im Nebel, vor der Notwasserung. Langsam tröpfelte Erinnerung ins dumpfe Bewusstsein. In Evian, im Royal. Die Konferenz, um Himmels willen!

Er fuhr hoch, blickte direkt in ein Gesicht – Frosh! Dessen Atem nach Knoblauch roch.

»Sie haben wie im Fieber phantasiert«, berichtete der Forscher freundlich. »Vom Granat.«

Custer richtete sich energisch auf, setzte sich auf die Bettkante.

»Nicht vergessen – *garlic*«, mahnte Frosh, reichte ihm lächelnd die von der Stirn gerutschte Knoblauchzehe.

Es war lange nach Mitternacht. Draußen summte ein Kühlgenerator. Frosh sprach sanft, wie eine Amme, die ein verstörtes Kind beruhigt.

»Ruth hat den Kristall, von dem Sie geschwafelt haben.«

Custer konnte seine Wut kaum zügeln.

»Was befand sich auf dem Computer, den Billie Sue in Boston aufstöbern sollte? War doch eine total blödsinnig Idee, eine Amateurin wie Billie Sue sinnlos und unnötig Gefahren auszusetzen!«

Der Forscher senkte den Blick.

»Tut mir Leid. Sie war eine tolle Frau. Ja, das war sie.«

»Toll wie ihr alle, das meinen Sie wohl. Was war denn so verdammt wichtig an diesem Schrottcomputer? Noch nie etwas von Back-up über Internet gehört?«

Frosh nickte betrübt.

»Die Beweise meiner Unschuld sind weg. Von wegen Backup … dazu bin ich leider nicht mehr gekommen.«

Custer schien die Tragweite der Information abzuwägen.

»Mensch, Sie wissen doch, man hängt Ihnen den Mord an dem Sheriff da oben in Montana an. Da helfen die Computerdaten wohl rein gar nichts.«

Froshs Gesicht versank in düstere Kümmernis.

»Ich hab' ihn nicht umgebracht.« Plötzlich hob er wie mahnend den Zeigefinger. »Immerhin, ein Großteil der Formeln und Sequenzen habe ich auf eine Minidisk gespeichert.«

Custers sarkastisches Lachen signalisierte null Geduld.

»Die Sie vermutlich auch unter einer Bodendiele vergraben haben.«

»Nein, ich speicherte alles, noch bevor wir aus Raspenburg abhauten. Auf die Minidisk von der Größe meines kleinen Fingers, 256 Megabytes Kapazität. Der *Stick*, wie ich ihn nenne, fand sein sicheres Versteck im Kristall …«

»*Genial!* Also, was haben Sie jetzt vor?«

»Nun, alle Daten über die Suizidmikroben, die Betonkiller oder TNT-Gamas unschädlich machen, sind einstweilen in Sicherheit. Aber was nützt das, wenn hier alles in die Luft fliegt …«

Endlich fiel hinter Custers gerunzelter Stirn der Groschen.

»Gestern Abend … was redeten Sie da für komisches Zeugs zusammen? Ihr Gejammer über Bombenteppiche? Was sollte der Quatsch?«

Frosh rückte resigniert seine Knoblauchzehe über dem Ohr zurecht, zupfte an einer Haarsträhne.

»Nun, ich hatte in Raspenburg mit einer neuartigen Sprengstoffmatte zu tun. Die Herstellung dieses Unikats fiel aus dem Rahmen. Ich war von Anfang an misstrauisch. Dr. Thoma wollte uns weismachen, die Versuchsmatte sei ein Prototyp, um in Zukunft die geächteten Personenminen zu ersetzen. Dann eines Tages schnappte ich Wortfetzen in der Kantine auf.«

Custer war hellhörig geworden. Er packte Frosh bei den Schultern, schüttelte ihn. Ein paar Mal. Im Ernst.

»Warum erzählen Sie das erst jetzt, Sie verdammter Spaßvogel!«

Er wollte ja nicht zuhören gestern in der Halle, wehrte sich Frosh mit schmerzverzerrter Miene. Custer lockerte den Griff, ließ ihn weiterreden.

Ein paar Wochen vor ihrer Flucht aus der geheimen Forschungsanlage habe er sich in der Cafeteria zu Billie Sue Powell gesetzt. Am Nebentisch hätten drei Kerle in grauen Jacken gehockt, einer habe einen Kopfhörerknopf im Ohr gehabt, wie ein Bodyguard, was ihn stutzig gemacht habe. Sie hätten auch nicht wie Mechaniker oder Wartungsspezialisten ausgesehen, eher wie … nun, wie harte Burschen für das Grobe.«

»Schurken?«

»Ja. Auf einmal schnappte ich *Evian* auf.«

Billie Sue und er hätten dem Gespräch am Nebentisch unauffällig zugehört. Eine Machoprahlerei sei es gewesen – über Weiber, eine Masseurin aus dem Luxusschuppen, die nie genug bekommen konnte, schärfer gewesen sei als dieser verdammte Teppich …

»Und so weiter«, schloss Frosh, offenbar erleichtert. »Ich konnte mir damals keinen Reim drauf machen.«

»Sonderbar«, murmelte Ken, »schärfer als der Teppich?«

»Bis gestern, als mir klar wurde, dass hier offenbar mit Teppichen gemauschelt wurde. Monsieur Tobias …«

Custers scharfe Handkante spaltete ungeduldig Luft.

»Ich weiß.«

»Ich hatte mich stets gefragt, wo verlegt man so eine Sprengstoffmatte? Es ist ja eine höchst perfide Waffe, schlimmer als Minen. Warum das umständliche Verfahren, den hoch explosiven Sprengstoff in eine Matte zu verpacken? Ich erinnere mich noch an die Ausmaße des verrückten Dings und kombinierte ... Nach meiner Meinung könnten die Angeber aus der Cafeteria den Bombenteppich hier im Hôtel Royal verlegt haben.«

Custer fuhr auf, als wäre der Sprengsatz gerade hochgegangen.

»Sind die Räume offen? Können wir da reinkommen?«

Die Frage war rhetorisch. Er las die Zeit von seiner Armbanduhr ab – *zwei Uhr morgens schon vorbei!*

Frosh wies prompt darauf hin, dass das Betreten der abgeschlossenen Konferenzräume um diese Zeit ganz sicher einen Höllenaufruhr verursachen würde.

Er hatte vielleicht Recht. Zunächst musste der Sicherheitsdienst überzeugt werden. Umsicht war am Platz. Wer weiß, ob die Attentäter, wenn es solche gab, nicht einen Informanten eingeschleust oder gar eine Sprengfalle eingerichtet hatten. Custer beschloss, um sechs Uhr eine erste, vorsichtige Inspektion vorzunehmen.

Und diese Ross? Nun, die Dame würde einiges zu erklären haben.

Ihm bewusst schmeichelnd wandte er sich an Frosh.

»Überlegen wir uns mal gründlich die Situation. Sie sind der Experte. Was können wir unternehmen?«

Auch wenn es etwas dick aufgetragen war, sprang der Forscher drauf an wie ein Bugatti. Sie verbrachten die Zeit bis zum Morgengrauen damit, sich aufgrund verschiedener Ausgangsmöglichkeiten einen Plan zurechtzulegen.

Um drei Uhr rief Frosh bei Professor Hentschmann an. Der Rufton ging ins Leere. Wenig später telefonierte Custer mit Marcel Dulliker, Chef der Schweizer Bundespolizei. Um halb vier schon rief Hentschmann dann zurück. Seine Stimme klang frustriert, genervt, wie sie nur von einem Mann stammen konnte, dem die polizeiliche Intervention an der Haustür gerade einen Coitus interruptus verursacht hatte.

»Besser, Sie haben einen triftigen Grund, Kollege Frosh«, knirschte er kiesig, »mir mitten in der Nacht die Bullen auf den Hals zu hetzen.«

Custer schaltete sich in das Gespräch ein, gab die Wunschliste durch. Der Professor grunzte verärgert, doch sein Interesse war geweckt.

»Jetzt, um acht Uhr spätestens muss die Ware hier sein«, kommandierte Custer.

Er werde es versuchen, versprach Hentschmann, obschon etwas widerwillig. Zum Glück seien Vorräte vorhanden, und mit den Formeln von Frosh könne er wohl etwas anfangen. Er schnaufte abschließend.

»Muss sich um eine verdammt wichtige Sache handeln.«

»Es geht um Leben oder Tod«, intonierte Custer ernst. »Vergessen Sie alles andere. Bringen Sie das Zeugs pünktlich her.«

»Sonst machen wir Ihnen den ganzen Laden dicht, Herr Professor«, dröhnte Marcel Dulliker in die Leitung.

Custer legte auf. Jetzt konnte's nur noch schief gehen!

Die fleißigen Pharaoameisen arbeiteten emsig – der Duftspur folgend, getreulich die Mikrobenladungen verschiebend, hin und her eilend, von den ominösen Behältern im Untergeschoss zu den noch ominöseren Zimmern der Mächtigen und Einflussreichen. Keiner, der sie aufhalten konnte …

109

Ruth war ganz aus dem Häuschen, wie ein Teenager vor dem ersten Rendezvous – der Präsident der Vereinigten Staaten hatte sie zu einer Runde Golf eingeladen.

Sie hatte einen Weckruf bestellt, doch schon eine halbe Stunde vor der gewünschten Zeit schreckte sie hoch aus unruhigem Schlaf, starrte entsetzt auf die Leuchtziffern ihrer Armbanduhr. Hatte sie verschlafen?

Verwirrt stand sie auf, rieb sich die Augen, taumelte unter die Dusche. Der heiße Wasserstrahl liebkoste ihren Körper herrlich, langsam löste sich ihre Verkrampfung. Was sollte sie anziehen? Spätestens um die Mittagszeit musste sie zurück sein, um die fleißigen Ameisen auf ihrer Duftspur zu überwachen. Ein erregendes Krabbeln rieselte durch ihren Körper. Ein großer Tag!

Während sie ihr Gesicht im Spiegel dem Morgencheck unterwarf, läutete das Telefon.

Es war der Concierge, der ihr schonend mitteilte, es sei Punkt halb sechs. Sie bedankte sich, schlüpfte in beige Slacks, zog ein blaues T-Shirt mit weißem Kragen über. Sie trat vor den Spiegel. Das Resultat gefiel ihr. Sie kämmte sich, fixierte eine widerspenstige Locke mit etwas Spray.

Sie war viel zu früh fertig. Aus dem Golfsack zog sie einen Schläger, stellte sich vor dem Bett auf, übte ein paar Schwünge. Sie fühlte sich gut drauf.

Es klopfte.

»Wer ist da?«

Eine Frauenstimme kam militärisch barsch durch die Tür.

»Eine Message vom Präsidenten.«

Ihr Herz sank. Etwa kein Golf heute?

Den Schläger in der Hand, öffnete sie.

Ihr Ebenbild stand im Türrahmen. Yael Matar, eiskalt – wie bei jedem Einsatz.

Ruth starrte die Besucherin mit offenem Mund an. Bevor sie auch nur einen Mucks von sich geben konnte, traf sie der heftige Kick in die Magengrube.

Stöhnend torkelte sie rückwärts, prallte gegen den großen Wandspiegel, der klirrend barst. Mit einem Satz stand die Angreiferin neben der benommen Schwankenden, drehte ihren Arm mit brutal heftigem Schwung auf den Rücken. Die nächsten Handgriffe folgten schnell und präzis. Ruth hatte nicht die geringste Chance zur Gegenwehr. Sie spürte noch den schmerzenden Stich des Knies im Rücken, den Würgegriff um die Kehle, schnappte noch einmal vergeblich nach Luft, dann tauchte sie in ein trübes Meer düster wabernden Schweigens.

Die Wilde drückte mit aller Kraft, bis der zuckende Körper erschlaffte, dann ließ sie von der Schwester ab. Sie zog die Ohnmächtige aus, legte sie aufs Bett, fesselte ihre Hände und Füße mit Plastikhandschellen, klebte ihr einen breiten Streifen Isolierband über den Mund.

Die Matar sah sich prüfend um, ortete den Ausgang zur Terrasse. Sie zerrte ihre Schwester vom Bett, legte sie draußen auf die Liege, schloss die Balkontür, zog die Vorhänge zu. Dann machte sie sich das Haar zurecht, steckte sich Ruths Identitätsplakette an, schulterte den Golfsack, ging hinaus. Sie schloss die Tür leise, hängte das rote *Do Not Disturb*-Schildchen an den Messingknauf, nahm die Treppen hinunter in die Halle.

Der Concierge wünschte Frau Ross mit freundlichem Lächeln ein gutes Spiel, vertiefte sich gleich wieder geschäftig in seine Listen.

Auf dem Parkplatz öffnete die Wilde den Kofferraum, tauschte den Golfsack ihrer Schwester gegen ihren eigenen aus. Sie prüfte den Putter, indem sie leicht am schwarzen Handgriff drehte. Dann klappte sie den zweirädrigen Handcart auf, zurrte die Riemen fest um den Golfsack und zuckelte gemächlich an den Limousinen vorbei, dem Wegweiser in Richtung Clubhaus folgend.

110

Der jugendliche britische Premierminister bemerkte als Erster die Veränderung, als er um halb sechs aufstand und im Halbdunkel nach seinem Turnzeug suchte.

Erschrocken blieb sein Blick auf dem Kopfkissen haften. Ein wirrer Haufen Haare lag dort. Wer zum Donnerwetter hat diese Schweinerei veranstaltet? Hat das Kissen etwa ein Loch? Das muss es sein. Die Daunenfedern haben sich selbständig gemacht. Verlegen kraulte sich der Premierminister das Haar. Was für Haar? *Da war kein Haar!* Ein Stich fuhr ihm ins Herz! Beide Hände griffen zum Scheitel. Völlig kahl. Billardglatze!

Innerhalb weniger Sekunden liefen die Schreckenszenarien vor seinem inneren Auge ab – Haarausfall ... Krebs ... unheilbar krank. Panik ergriff ihn. Er rannte ins Badezimmer, betrachtete sich im grellen Licht des Spiegels. Kein Zweifel! Über Nacht hatte er die gesamte, wellige Haarpracht verloren. Er senkte die vor Schrecken geweiteten Augen nach unten, betrachtete atemlos seine totale Nacktheit. *Die Schamhaare! Weg!* Eigentlich ganz sexy, durchfuhr ihn der sinnlose Gedanke. Er stolperte ans Telefon, wählte hastig. Seine Frau sollte als Erste hören, was ihm, dem *Golden Boy* englischer Politik, widerfahren war. Dem *ehemaligen* Golden Boy, sinnierte er grimmig.

111

Der Caddymaster polierte die Golfcarts auf Hochglanz, während zwei Secret-Service-Leute sie auf verborgene Sprengsätze untersuchten.

Es war sieben in der Früh, ein leichter Wind blies durch die Kronen der Akazien, die Sonne lugte zeitweise zwischen den Wolken durch. Das Licht- und Schattenspiel nahm ein Ende, als der Präsident vorfuhr und ausstieg, als hätte er sich mit Petrus abgesprochen – die Wolkendecke war aufgerissen, ein blassblauer Himmel spannte sich freundlich über das sanft hügelig geformte Gelände des Royal-Golfplatzes in Evian-les-Bains.

Der Präsident kam strahlend auf Yael Matar zu, gab der Miss Ross die Hand. Mit professionellem Gespür durchfühlte sie den präsidialen Händedruck, um die Kraft des mächtigen Mannes abzuschätzen. Die Aussicht, ihn in der nächsten halben Stunde zu töten, jagte ihr einen heißen Schauer durch den Leib, er zuckte wollüstig bis in die Knochen. Auf der Suche nach Warnzeichen erfasste sie prüfend des Mannes Blick – die blauen Augen funkelten gutmütig, verrieten nichts. Der Präsident baute sich gut gelaunt zum ersten Abschlag auf, wobei er seinen Driver zur Übung ein paar Mal durch die Luft sausen ließ.

Wieder hatte die Wilde dieses mulmige Gefühl in der Magengrube. Sie durfte sich nicht mit miserablem Spiel blamieren. Wenn dem Präsidenten nur der erste Schlag missglücken möge, hoffte sie. Doch der Mann zog perfekt durch. Der Ball stieg in schönem Bogen hoch, drehte leicht ab, landete beachtlich weit entfernt auf der rechten Seite des Fairway.

Matar spähte nach den Leuten vom Secret Service, setzte den Ball auf. Sie schwang locker, glaubte, alles verpfuscht zu haben, als der Schläger niedersauste. Doch ihr Abschlag glückte, trieb den Ball schnurgerade in imponierende Flughöhe.

»Guter Schlag«, lobte der Präsident und setzte sich ans Steuer des Golfcarts. Matars Ball rollte weit vorne in der Mitte des Fairway aus, sogar noch ein paar Schritte weiter als der Schlag des Präsidenten.

Sie fuhren los. Hinter ihnen folgte in angemessenem Abstand der Secret Service. Der Golfplatz lag hermetisch abgeschirmt auf einer leichten Anhöhe. Ein Helikopter hing in der Luft. Der Präsident nickte ihr freundlich zu.

»Miss Ross, ich möchte, dass Sie die Einladung nach Texas annehmen.«

Die Matar hatte keine Ahnung, wovon er sprach.

»In Texas ist alles so groß, Sir. Ich bewundere das.«

Der Präsident grinste, hielt auf die Stelle zu, wo er seinen Ball matt glänzen sah.

»Ich bin von Ihrer Forschung absolut fasziniert und möchte, dass Sie in unserem Team mitmachen.«

Er hielt an, stieg aus. Die Distanz mit verkniffenen Augen abschätzend, zog er ein Eisen aus dem Sack. Energisch, das Kinn vorgestreckt, ging er an den Ball.

Die Wilde beobachtete seine Bewegungen aufmerksam. Hatte der Mann etwa ein Rückenleiden?

Ihre Lieblingswaffe war gut versteckt – das Stilett steckte im Putter. Es war nur eine Frage der Zeit, wann sie den Griff mit der Klinge abschrauben würde. Sie schätzte, es könnte am Loch 3 geschehen, das mit 140 Metern zu den kürzesten zählte, somit die Möglichkeit bot, wenn der Präsident über das Green hinaus schlagen würde.

Sie waren die Einzigen auf dem Platz. Die Secret-Service-Leute folgten im Abstand von etwa zweihundert Metern. Außer dem Helikopter konnte Matar keine anderen Sicherheitskräfte ausfindig machen. Sie hatten sie im Clubhaus routinemäßig nach Waffen gecheckt, auch einen Blick in die Taschen des Golfsacks geworfen.

Ein dritter Security-Mann wäre als Caddy des Präsidenten vorgesehen gewesen – eine vernünftige Maßnahme, mit der Matar eigentlich gerechnet hatte, denn was hinderte sie daran, dem Oberbefehlshaber aller Streitkräfte einen Schläger über den Schädel zu ziehen? Doch der Präsident hatte den dritten Mann ins Clubhaus geschickt, hatte allein sein wollen mit dieser jungen Forscherin.

112

In der Hotellobby zückte Custer seinen CIA-Ausweis, der ihm auf Lebenszeit zustand. Er verlangte eine Verbindung zum Zimmer von Madame Ross.

Madame Ross sei zum Golfspielen gegangen, informierte der Concierge, ihm den Hörer hinhaltend.

»Ein Ferngespräch für Sie, Sir!«

Custer rieb sich verärgert die Stirn, ergriff den Hörer. Bundespolizeichef Dulliker war dran.

Zischte halblaut zum Concierge: »Rufen Sie bitte Mister Frosh. Er soll mich hier treffen – jetzt gleich!«

Der Concierge nickte, murmelte ein »Selbstverständlich« und brachte die hohle Hand wie üblich unterm Bauch in Position, um das Trinkgeld diskret in Empfang zu nehmen. Custer dachte nicht dran.

»Ja, Marcel!«, sprach Ken hinter vorgehaltener Hand. »Was ist passiert?«

Jack Frosh war bereits wach, als ihm der Concierge Mister Custers Wunsch beflissen durchgab. Der Forscher schaute durchs Fenster auf die Terrassen im dritten Stock. Er rieb sich die Augen, schaute nochmals hin, ging kopfschüttelnd hinaus in Richtung Lifts und Lobby.

Custer war immer noch in das Gespräch mit Dulliker vertieft.

»Und wer ist Siegart?«

Die Antwort erhellte sein Gesicht.

»Solche Typen können wir brauchen«, meinte er. »Sind selten gesät. Wir haben auch ein paar davon.«

»Hat in Fort Leavenworth, in Kansas, den *Eisenhower Award* als bester ausländischer Offizier erhalten«, ergänzte Dulliker. »Seine Spezialkräfte überwachen das Ufer auf der Schweizer Seite, auch den Bootsverkehr auf und unter Wasser. Ich gebe dir seine direkte Nummer für alle Fälle.«

Custer winkte dem Concierge, machte wilde Gesten, die der andere richtig interpretierte, Schreibblock und Bleistift herüberreichte. Er notierte die Nummer von Commander Siegart, dankte dem Freund und reichte den Hörer an den Concierge zurück.

»Hat Frau Ross heute Morgen nichts für mich hinterlassen?«

Der Mann ließ beide Hände bedauernd flattern.

»Nein, nichts. Aber wenn Sie mich so fragen, es ist sonderbar …«

»*Was* ist sonderbar?«

»Nur nicht so hastig, Sir. Sie hat nicht einmal den Schlüssel abgegeben. Sonst kommt sie immer vorbei, wie zu einem kleinen Schwatz, bevor sie ausgeht. Aber, wissen Sie, heute Morgen spielt sie mit dem *Präsidenten* Golf. Da hat unsereiner halt keine Chance mehr.«

Er lachte und nahm das Telefon ab, gerade als Frosh aus dem Lift trat und auf Custer zuhielt, der ihm ein paar Schritte entgegenkam. Frosh hob fragend die Augenbrauen.

»Kommt Ruth später?«

»Offenbar spielt sie gerade eine Runde Golf.«

Frosh ging an den Biedermeiertisch, nahm eine Henkeltasse, stellte sie unter den silbernen Kaffeekrug. Er betätigte den Hahn, dabei Custer einen Erklärung heischenden Blick zuwerfend.

»Sie muss uns doch assistieren …«

»Der Kaffee!«, mahnte Ken, als die schwarze Brühe über den Rand der Tasse platschte.

»Ich sah ihre Füße.«

»*Waaas?*«

Frosh stellte die Tasse ab, wischte die Hand an einer Serviette ab.

»Eben sah ich ihre Füße, es sei denn, es war das Zimmermädchen, das …«

»Verdammt, Frosh – *wo* haben Sie *wen* gesehen?«

»Auf der Terrasse, unter unserem Zimmer. Ich schaute zufällig da hinunter, könnte schwören, sie lag auf der Liege.«

»*In aller Herrgottsfrühe?* Der Teufel soll … *los, kommen Sie!*«

Sie nahmen den Lift, sprinteten zu Froshs Kammer. Keuchend lehnten sie über den kurzen Dachvorsprung, spähten hinunter auf den unter ihnen liegenden Balkon.

Da sah Custer dasselbe wie Frosh – und nicht nur die Füße, die *gesamte* Ruth. An den Fußgelenken gefesselt! Er lehnte sich weit über die Balustrade, rief laut ihren Namen. Umsonst. Keine Regung.

Nichts Gutes ahnend stürzten die beiden Männer wieder hinaus auf den Flur, nahmen die Treppe im Flug. Ein verschrecktes Zimmermädchen öffnete ihnen die Tür zur Suite 301.

Custer erschrak, als er die Würgespuren an der leblosen Gestalt erblickte.

»Rufen Sie den Hausarzt, Frosh!«

Er beugte sich über Ruth, die blass, mit geschlossenen Augen dalag. *Gott sei Dank* – der Puls schlug. Sorgfältig entfernte er das Isolierband, legte seinen Mund über ihre niedliche Nase, blies in kräftigen, rhythmischen Schüben Luft in ihre Lungen.

Keuchend berichtete Frosh, der Arzt komme sofort.

Da öffnete Ruth die Augen. Sie kämpfte sich durch einen Hustenanfall, bevor sie ein paar Worte hervorbrachte.

»Die Ameisen? Sind *die Ameisen* noch da?«

Custer sprang auf, warf Frosh sein Schweizer Universalmesser zu.

»Schneiden Sie die Fesseln auf!«

Er rannte los. Eine fürchterliche Ahnung hatte sich rasend schnell zu schrecklicher Gewissheit verdichtet.

»Was ist denn?«, hörte er Frosh noch rufen.

Keine Zeit für Erklärungen – er konnte sich an *einem* Finger abzählen, wer die Ross überfallen hatte. Wie hatte er doch immer gesagt, als ihn Ted Jones um Rat bezüglich Terrorismus bat? *Wir müssen in die Haut der Terroristen schlüpfen.*

Genau das hat sie gemacht! Sie ist in ihre Haut geschlüpft! Die Terroristin Yael Matar gibt sich als die harmlose Wissenschaftlerin Ruth Ross aus. Ein absolut perfekter Coup!

Wer sich um sieben Uhr morgens mit dem Präsidenten zum Golfspiel getroffen hatte, war keine Frage mehr.

»SPHINX!«, zischte Custer durch die Zähne, als er am verblüfften Concierge vorbei durch die Lobby stürmte, Herumstehende ruppig zur Seite boxte, endlich durch die glänzende, messingbeschlagene Drehtür das Freie gewann.

113

Doch kein Mensch vom Secret Service war in Sicht. Der breitschultrige, behelmte Polizist der Gendarmerie Nationale, der in diesem Augenblick auf seiner schweren BMW langsam heranbrummelte, um neben dem grandiosen Eingangsportal zu parken, wusste nicht, wie ihm geschah. Plötzlich krümmte er sich fluchend am Boden. Seine Maschine fuhr allein weiter – *nein!* – der Typ hat sich drauf geschwungen, prescht gerade über die Terrasse.

Ein Verrückter! Tische fielen um, Scherben klirrten, Gäste schreckten schreiend auf, suchten panisch das Weite.

»Les terroristes«, schrie eine hysterisch zuckelnde gepflegte Dame älteren Jahrgangs. Custer donnerte das Schwimmbad entlang, wendete sich blitzschnell um die eigene Achse, sah die schmale, ansteigende Rampe, über die ein Kellner sorgfältig einen Servierwagen hinunterschob. *Der Ausgang zum Park!* Dahinter liegt der Golfplatz.

Custer drehte voll auf. Der Kellner sprang im letzten Moment zur Seite. Das Vorderrad erfasste den Servierboy, schleuderte ihn in hohem Bogen ins unschuldig blaue Wasser des luxuriösen Pools. Silbernes Geschirr funkelte in der Luft, Brötchen und Eier spritzten wie Geschosse nach allen Seiten. Am Ende der Rampe nahm die BMW einen Satz, zerschnitt wie ein Buschmesser die Hecken, landete krachend auf dem Rasen. Custer brachte die ausbrechende Maschine wieder auf Kurs, das Hinterrad griff tief in den weichen Grund, schleuderte Erde hoch. Drei Sekunden später kurvte er schlitternd in den Kiesweg, der zum Clubhaus hinaufführte.

Im Hotel war die Hölle los. Verdatterte Gäste suchten Schutz in der Lobby, aus der Secret-Service-Leute sich einen Weg nach draußen bahnten. Köpfe kollidierten, Frauen sanken zu Boden. Monsieur Tobias stand wie gelähmt neben dem Concierge, der entgeistert auf das Chaos starrte.

Matar die Wilde schritt auf das Green von Loch 3 zu. Ihr Ball lag knapp drei Schritte neben dem schlaff hängenden roten Wimpel. Der Präsident stand abseits, neben seinem zu kurz geratenen Ball, schätzte die Distanz zur Fahne.

Nach einem Probeschwung hielt er inne.

»Wissen Sie, Miss Ross, mir liegt sehr viel daran, dass Amerika Ihr Verfahren zur Beseitigung der Erdölrückstande auswerten kann. Die University of Texas wird Ihnen unbeschränkte Mittel zur Verfügung stellen. Also, wie sehen *Sie* das?«

Er chippte, aber führte den Schlag unkonzentriert. Der Ball flog viel zu weit, über das Green hinaus, kullerte auf der andern Seite in die Büsche.

Genau wie sie gehofft hatte!

»Unser Angebot ist doch attraktiv, nicht war, Miss Ross?«

Die Wilde warf dem mächtigen Mann ein gewollt zahmes Lächeln zu.

»Kann ich dem amerikanischen Präsidenten überhaupt einen Korb geben?«

Sie schritt mit ihm zum niedrigen Buschwerk hinüber, hinter dem ein paar dicke Platanenstämme mit ihren mächtigen Kronen Schatten auf die Golfbahn warfen. Der Präsident drehte sich langsam in der Taille, nach seinem Ball spähend.

»Für Sie persönlich wird es bestimmt zu einem lukrativen Geschäft, das Sie nie bereuen werden.«

Die Matar schraubte am Griff ihres Putters.

»*Da!* Dort. Ihr Ball, Sir!«

Sie deutete auf eine Stelle, wo Brombeerstauden wucherten.

Yael Matar hörte, wie das stete Brummen des Helikopters zu hellem Knattern wurde. Als sie hochschaute, sah sie, wie der Schrauber, die Nase senkend, in Richtung Clubhaus abtauchte.

Der Sicherheitsapparat des Präsidenten brauchte seine Zeit, um auf ein Chaos zu reagieren, dessen Epizentrum zunächst im Hotel zu liegen schien.

Eine Gegenaktion kann man erst auslösen, wenn feststeht, um was es eigentlich geht. Das wusste auch der Chef des Secret Service. Er hatte gerade seine Gewichte im Fitnessraum auf der andern Seite des Hotels gestemmt, als die Kacke in den Ventilator flog und seine Assistentin atemlos herein gerannt kam, über ein ausgestrecktes Bein strauchelte, sich gerade noch auffangen konnte, bevor sie Kopf voran eine Kraftmaschine rammte.

Die beiden Secret-Service-Leute im Golfcart hinter dem Präsidenten wussten nicht, was vorne auf der Hotelterrasse geschehen war. Mit dem Hubschrauber standen sie nicht in direkter Funkverbindung, sondern nur mit ihrem Backup im Clubhaus.

Schließlich war es der Hubschrauberpilot, der dem Chef des Secret Service den Standort des Präsidenten durchgab, ihm die Fahrt des gefährlichen Motorrads quer über den Golfplatz beschrieb.

Erst jetzt setzte sich die Walze der Abwehrtruppen in Bewegung. Allerdings entsprach auch diese vermurkste Situation dem Normalfall, da, wie üblich, niemand mit dem Unvorhergesehenen gerechnet hatte.

Das Gebiet um Hotel und Golfplatz war durch einen dreifachen Verteidigungsgürtel abgeschirmt. Die Sicherheitsvorkehrungen legten das Schwergewicht auf Angriffe terroristischer Natur von außen – Flieger, die im Sturzflug auf das Hotel fielen, Gleitschirmflieger mit Sprengstoffgürteln am Leib, Autobomben, versteckt in den Kastenwagen der Lieferanten. Dagegen und gegen Ähnliches war der Secret Service hervorragend gerüstet.

Eine Wissenschaftlerin freilich, die auf Einladung des Präsidenten Golf spielte und seit Tagen zu den umworbenen Gästen des vibrierenden Luxushotels zählte, verursachte kein Kopfzerbrechen. Sie war im Gegenteil ein Lichtblick im stressigen Tohuwabohu der Machtkonferenz, ein gern gesehenes charmantes Gesicht, dem auch die grimmigsten Bodyguards noch zulächelten.

Es war auch nicht atypisch, dass der Secret Service aus der urplötzlich entstandenen Krise die falschen Schlüsse zog. Logischerweise hielten sie den tollkühnen Kradfahrer einfach für einen Selbstmordattentäter. Alle hörten jetzt die Stimme des entnervten Security-Chefs.

»Abschießen ohne Vorwarnung!«

Weit vorne erkannte Custer den weißen Golfcart. Die Spieler waren auf diese Distanz knapp auszumachen. Sie bewegten sich langsam zu ihren Bällen. Ein Schläger blitzte im Sonnenlicht auf.

Custer hielt ein paar Herzschläge lang an. Überlegte. Eine schmale, dichte Waldzunge grenzte die Golfbahn, wo der Präsident spielte, von einer anderen ab, die parallel zum Gehölz verlief. Ein schmaler Asphaltweg führte um die Waldspitze herum.

Er drehte wieder auf, schwenkte ab. Hielt auf die Waldzunge zu.

Da sah er den Helikopter tief einfliegen. Geschickt nutzte Custer eine heranschießende Heckenreihe als Tarnung. Der Hubschrauber entschwand vorübergehend seinem Blickfeld.

Im Schutz der grünen Stauden gelangte er zurück auf die Piste. Sein Gesicht verzog sich zu einer harten, grimmigen Fratze. Er fühlte, wie Adrenalin in ihm aufschäumte, ihm förmlich Flügel verlieh. Entlang einer Baumgruppe raste er auf eine Stelle gegenüber Loch 3 zu, wo er den Präsidenten vermutete.

Die Masche müsste eigentlich laufen!

Da sah er im Rückspiegel den Helikopter tief einfallen. Wie ein wütend summendes Insekt, knapp über dem Boden fliegend, holte der Apache rasch auf.

Ein Weiher lag im Schatten, daneben ein hölzerner Unterstand, und hundert Meter weiter flatterte die Fahne auf dem verlassenen Green, das eine sanfte Kuppe krönte.

Custer drehte abrupt ab, machte mit gequält aufheulendem Motor eine Kehrtwendung, ließ die Maschine hinter dem

Unterstand fallen. Er sprang rechtzeitig ab, hechtete zu Boden, biss in üppigen Wacholder, der einen seltsam friedlichen Duft verströmte. Da zersplitterten Geschossgarben laut krachend den Holzbau, die Detonationen schmerzten im Trommelfell, der Helikopter knatterte ohrenbetäubend weiter, kam näher, so weit es die ausladenden Äste der Bäume erlaubten.

Custer ruckte hoch, rannte geduckt im toten Winkel der Helikopterkanonen über die Piste hinein ins schützende niedere Buschwerk. Orientierte sich atemlos, ortete das Ziel, hetzte mit letzter Energie zum Loch 3 hinüber.

Der Präsident der Vereinigten Staaten hatte gerade den Ball aus den Brombeerstauden geborgen, ihn auf spielbaren Grund gelegt, als ihn das wie ein gewaltiger Donnerschlag einsetzende Geknatter erstarren ließ.

»Holy Shit …«, er brach entsetzt ab.

Die Matar zog die schmale lange Klinge aus dem Putterhandgriff, sprang zwei Schritte vor. Mit wild blitzenden Augen trennte sie jetzt nur noch eine Armlänge von dem mächtigsten Mann der Welt, der sie mit halb offenem Mund verwundert anschaute – zitternd den Kopf schüttelnd, nach Worten ringend.

Es war wie im Aufzug in Jerusalem. Die Wilde fühlte eine unbändige Kraft durch ihren Körper strömen. Eine unheimliche Ruhe bemächtigte sich ihrer, blockte wie eine Rüstung die Hysterie der Umgebung ab.

Die perfekte Ausgangslage für den Kill.

Ihr Unterbewusstsein registrierte in Bruchteilen von Sekunden automatisch, was um sie herum ablief. Aus dem Augenwinkel sah sie die Secret-Service-Männer im Golfcart heranpreschen, hörte laute Schreie, dann brauste der Hubschrauber dröhnend über die Baumwipfel, drehte wie empört knatternd ab.

Es war eine wunderbare dramatische Kulisse.

Wie in Trance holte sie aus …

… da brach die Gestalt wie ein Bär aus dem Unterholz.

Einen winzigen Augenblick lang erstarrte die Matar. Lächelte abschätzig. Holte erneut schwungvoll aus …

Custer hechtete mit unbändiger Kraft, wie er sie nie zuvor verspürt hatte, nach vorn. Sein Arm streckte sich präzis, die Finger formten eine scharfe Kralle.

Wie in Zeitlupe, schien ihm, stießen die geschmeidigen Körper aufeinander.

Sein Auge sah nur die blitzende, tödliche Klinge.

Endlich bewegte sich der Präsident. Er wich zurück – es wäre zu spät gewesen.

Custers Faust prallte hart auf das Handgelenk der Frau, stoppte den Schwung abrupt, fasste nach. Matars Klinge traf nicht.

Er fällt weiter. Lässt ihren Arm nicht los. Sein Körper verschlang sich mit dem der Frau, die reflexartig zu Boden gegangen war.

Ihre Überlegenheit ließ sie rasch festen Stand gewinnen, sie kickte ihn brutal in den Unterleib. Custer krümmte sich, der Schmerz machte ihn fast blind. Berechnend torkelte er rückwärts, ging zu Boden, das Gesicht der Profikillerin keinen Augenblick aus den Augen lassend. Und wieder stach sie zu. Das scharfe Stilett, ihr wütender Blick zielten genau auf seinen Hals.

Reaktionsschnell riss Custer den Arm hoch, traf ihre Faust hart, wehrte so den Stich ab, aber die scharfe Klinge streifte seinen Arm, schlitzte Haut auf. Blut spritzte. Der sengende Schmerz stachelte Custer auf. Wieder holte die verfluchte Mörderin aus. Zum Gnadenstoß. Custers Arm war wie gelähmt. Diesmal wird sie ihn erwischen.

Er sah ihr von Hass verzerrtes, wildes Gesicht, den Triumph in ihren Augen aufblitzen, als sie wieder angriff. Er kickte gegen ihr Knie. Sie wich mit einem Sprung aus und stieß zu, gegen seine Brust, von der Seite, wo ihn der lädierte Arm behinderte. Kens Abwehr kam zu spät …

… da sauste der Golfschläger nieder. Perfekt geführt, traf

der Schlag wuchtig Yael Matars Arm mit der Mordwaffe. Knochen knackten. Der Aufschrei – ihr Stilett wirbelte weg ins Gras.

Doch die zähe Wilde gab nicht auf. Mit Todesverachtung hechtete sie nach der Klinge, findet sie, packt sie mit der Faust.

Doch jetzt war Custer schneller. Die Handkante seines unverletzten rechten Arms zischte wie ein Schwert auf sie nieder, gegen ihren Hals – blindwütig präzis gegen die empfindlichste Stelle. Die Matar zuckte kurz auf, blieb reglos liegen. Endlich kamen die Secret-Service-Leute, führten die Widerspenstige ohne Federlesen ab.

Der Präsident hatte sich mühsam gefasst. Keuchend reichte er Custer seine Hand, nach Atem ringend, stammelnd.

»Danke … danke …«

»Ken Custer, CIA«, stellte Custer sich vor, während ihm ein Secret-Service-Mann notdürftig den Arm mit einem Handtuch aus dem Golfsack des Präsidenten verband.

»Ich wollte ihr so richtig einen über den Schädel hauen«, grinste der Präsident mit knallrotem Gesicht. »Fürchte, ich habe verzogen.«

Custer stand stramm, so gut es unter den Umständen ging.

»Das war Klasse, Sir.«

Dabei erinnerte er sich vage, dass dem Präsidenten Störungen in der Bewegungskoordination nachgesagt wurden.

Um Loch 3 herum tummelten sich mittlerweile gut fünfzig Leute mit Funkgeräten, in Kampfanzügen, mit Waffen im Anschlag. Der Kampfhubschrauber stand wie eine lahme Libelle auf dem Fairway. Gut zwanzig furchterregend schwarze Fahrzeuge waren herangerast. Das typische Bild.

»Wir gehen zurück«, befahl der Präsident. »Custer, Sie gehen mit mir!«

Er schritt entschlossen zu seinem Golfcart – wobei er es sich nicht nehmen ließ, Herumstehenden mit gezwungen locker erhobenem Kopf zuzugrüßen.

114

Kurz vor acht Uhr saß Yael Matar hilflos, mit verbundenem Arm auf einer länglichen Bank im Fitnessraum, der in aller Eile notdürftig zu einem Untersuchungsraum umgestaltet worden war. Alles wirkte antiseptisch, lieblos, wie eine Verwahranstalt, eignete sich aber nicht schlecht für seinen jetzigen Zweck. Nur ein einziger Ausgang führte nach unten in einen Korridor, oben warfen eine Reihe schmaler Kippfenster Lichtschrägen auf den grünen Filzteppich.

Sie hatten die Wilde mit glänzenden Metallhandschellen an Händen und Füßen gefesselt, die Arme auf den Rücken gezwängt.

Auf ein Zeichen von Custer kam Ruth Ross herein.

Ein Mann vom Secret Service schloss die Tür hinter ihr, stellte sich wieder mit unbeweglicher Miene daneben an der Wand auf. Die Waffe unter seiner grauen Jacke formte einen recht eindeutigen Wulst. Draußen im Gang knirschten auf dem rauen Beton ungeduldig Stiefeltritte. Am liebsten wären die Kerle vom Secret Service in ihren kriegerischen Monturen hineingestürmt, um die Attentäterin auf ihre unzimperliche Weise unschädlich zu machen.

Ruth trat zögernd vor, setzte sich schließlich gegenüber ihrer Schwester auf einen gelben Medizinball. Sie begann leise, die Augen halb niedergeschlagen:

»Yael? Wie geht's?«

Die Angesprochene blieb stumm. Keine Spur von der abgrundtiefen Verachtung, mit der sie Custer bedacht hatte. Ross wandte sich an Custer.

»Was geschieht mit ihr?«

Cliff Montgomery trat hinter Kraftgeräten hervor. Yael werde nach Washington überführt, knurrte er ungehalten. Das FBI habe Anklage wegen mehrfachen Mordes erhoben.

»Diese Frau wollte auch Sie umbringen, Miss Ross.«

Custer schätzte, dass die aus Paris eingeflogene, in der US-Botschaft stationierte Sondereinheit des FBI, ungefähr zehn Mann, darunter Spezialisten für forensische Chemie und erfahrene Ermittlungsbeamte, in einer Stunde eintreffen dürften. Bis dahin galt es, die brisante Situation unter Kontrolle zu halten.

Er wusste, dass die Begegnung der beiden Frauen gelinde gesagt äußerst heikel sein würde, aber was sich jetzt abspielen sollte, damit hätte er selbst in seinen kühnsten Träumen nie rechnen können. Es kam ihm vor, als schaue er einer Bauernposse auf der Dorfbühne zu.

Ross: »Ich ahnte, dass Yael in der obersten Vernichtungsliga spielte. Ich wollte ihr zuvorkommen. Die Sanften sollten gewinnen.«

Matar: »Mir war sonnenklar, Ruth würde die Rollen nie freiwillig vertauschen. Also blieb mir nichts übrig, als Gewalt anzuwenden. Ein Kompromiss lag nicht drin. Ich musste dich außer Gefecht setzen. Tut mir echt Leid.«

Ross: »Leichenfeld erpresste mich. Entweder ich drückte beide Augen zu, oder die Sache mit Dror Eran würde auffliegen.«

Matar: »Meine Schwester war meine perfekte Tarnung. Das geniale Ablenkungsmanöver.«

Ross: »Sie sagte mir, sie würde Jarek Slotzky ausschalten. Wir beide waren eine Art geheime Gesellschaft geworden. Ich versuchte mich dagegen zu stemmen, sah nur einen Ausweg – eben meine Mikroben, die das Gute im Menschen entfalten. Das Unheil war sonst ein Faktum.«

Die Ross stand auf, ging auf den Ausgang zu.

»Ich habe hier nichts verloren«, warf sie hin.

Custer sprang alarmiert hoch. Doch er kam zu spät.

Als sie an dem Secret-Service-Agenten vorbeischritt, riss Ross eine Pistole aus der Handtasche, richtete sie auf den wehrlos Verblüfften.

»Ihre Waffe!«

Montgomery wollte aufspringen, die Arme in Bereitschaftsstellung leicht angewinkelt.

»Keine Bewegung«, warnte die Ross eisig, die Ruhe selbst.

Sie zielte dem Sicherheitsmann mitten ins Gesicht.

Der gehorchte widerwillig, legte erst die Waffe, dann das Funkgerät sachte auf den Fußboden.

»Jetzt öffnen Sie Yaels Fesseln!«

Innerhalb weniger Minuten hatten die Schwestern die drei Männer unter Kontrolle. Sie fesselten beide Arme von Montgomery an das Gestänge eines Laufbands, setzten es mit mittlerer Geschwindigkeit in Bewegung. Der FBI-Mann begann zu strampeln. Den Bodyguard ketteten sie an eine 50-Kilogramm-Hantel. Ross wandte sich an Custer:

»Sie kommen mit!«

»Wohin?«

Die Matar hatte plötzlich eine Waffe in der Hand, deutete damit wortlos auf die schmale Tür. Ihre Augen blitzten gefährlich.

Ruth kannte ja nun die Niederungen des Royal. Hinter der rückwärtigen Tür führte eine Treppe nach unten in den Verbindungsgang.

Jäh flog die Eingangstür auf. Drei Männer standen bedrohlich geduckt im Raum, Waffen im Anschlag, zögerten einen Augenblick, die Lage sondierend.

Matar feuerte sofort. Sie war perfekt im Schnellfeuerschießen. Die Schüsse fielen rasch, trafen gezielt. Ihre Hände umklammerten die schwarze Pistole wie einen Schraubstock, hielten die Waffe schnurgerade vor ihrem Gesicht. Die Männer fielen. »Raus hier!«, schrie die Matar, rückwärts schreitend, die Eingangstür sichernd.

Sie verließ den Raum als Letzte, feuerte nochmals gezielt Schüsse in den Flur, wo Gestalten wie Schatten hin und her huschten.

»Mr. Custer ist eine tote Geisel, wenn ihr Schweine uns verfolgt!«, brüllte sie, knallte die Tür zu.

Sie hetzten Ken durch die Fluchten technischer Räume.

»Da lang!«, kommandierte die Ross. Sie duckten sich durch einen dunklen engen Gang an Röhren und Leitungen vorbei. Ein Duft chlorierten Wassers stieg auf.

»Die Bäder«, stellte Ken sachlich fest.

Ross öffnete eine Tür, die in einen Gang mit einem samtweichen Teppich führte.

»Wir gehen in die Dépendance. Sie ist leer geräumt. Dort sind wir sicher.«

Geräuschlos hastete die Gruppe weiter ans Ende, wo sich eine Wendeltreppe hochschlängelte.

»Warum tun Sie das alles?«, keuchte Custer.

Ross' Ton war scharf, kalt.

»Yael ist meine Schwester. Glauben Sie im Ernst, ich lasse sie im Stich, lasse zu, dass sie mit einem Sack überm Kopf nach Guantanamo verschleppt wird, wo sie ein militärisches Sondergericht im Schnellverfahren exekutieren lässt?«

Yael lachte wie ein schnaubendes Pferd, doch Custer blieb hartnäckig.

»Dann wissen Sie, für wen die Mörderin arbeitet?«

Die Ross grinste unbekümmert.

»Für die Amerikaner, eine gute Adresse, oder nicht?«

Ken versuchte, rational zu wirken.

»Geben Sie auf, Ruth. Es hat keinen Sinn. Mitgefangen, mitgehangen. Sie verspielen alles!«

Ruth blieb vor der Wendeltreppe stehen.

»Washington hat in Erfahrung gebracht, dass wir die brisanten Gamas gegen Beton, meine ureigene Erfindung, in der Wetterstation versteckt hielten. Sie kamen und stahlen sie. Töteten einen unserer besten Männer.«

»Das sind nicht unsere Leute, Ruth«, warf Ken ein.

Sie zuckte mit den Schultern.

»Was kümmert uns eure Organisation. Washington ist Washington.«

»Nicht in diesem Fall. SPHINX ist eine Verbrecherbande.«

»Möglich. Wie jede Regierung. Sie haben diesen dummen Kerl John Ash, angeblich CIA, geschickt und unsere Wetterstation geplündert. Und jetzt soll Yael als Sündenbock herhalten.«

Sie stieß ihm die Pistole in die Seite.

»Los, da rauf!«

Oben betraten sie ein bescheiden ausstaffiertes Zimmer.

Custer, den Arm in einer Schlinge, musste sich in die Ecke auf einen wackligen Stuhl setzen.

Matar blickte prüfend durchs Fenster.

»Ruth brauchte sehr viel Kapital, um ihre Projekte voranzutreiben. Ich griff ihr unter die Arme.«

»Mit dem Geld aus den Bankjobs?«

Die Wilde lächelte süffisant.

»Auch. Ja.«

Custer beugte sich vor. Die Lippen zusammengepresst wartete er ab. *Wieso geschieht nichts? Nicht einmal das Haus umzingeln sie. Kein Telefonanruf, nichts. Hoffen die etwa, ich befreie mich selber?*

Er schielte auf seine Armbanduhr. Acht Uhr vorbei. In zwei Stunden begann drüben im Hotel die Konferenz. Er fröstelte, Gänsehaut kräuselte den Nacken.

»Ich zieh' dann Fäden«, sagte die Matar plötzlich.

Hatte er richtig gehört?

Auf der altmodischen Kommode des Personalzimmers lag ein blauer, kleiner, prall gefüllter Rucksack. Die Ross angelte ihn herüber – Blick und Waffe stetig auf Custer gerichtet.

»Alles, was du brauchst, Yael. Die Tür in den Schutzraum findest du leicht. Wenn du ans andere Ende des Bunkers gehst, siehst du den Notausgang. Du öffnest die schwere Betontür, indem du die langen Griffe herunterkippst. Den Deckel des Ausstiegs im Wald kannst du mühelos aufstoßen. Hals- und Beinbruch.«

Matars Augen füllten sich mit feuchtem Glanz. Sie legte eine Hand auf die Schulter ihrer Schwester. Drehte abrupt ab. Ging wortlos hinaus.

»Sie spinnen doch, Ruth«, schnaubte Custer.

Er stand auf, nur um gleich wieder rückwärts auf den Stuhl zu krachen. Sie stieß die Waffe drohend gegen sein Gesicht.

»Keine Dummheiten, Ken.«

»Was, haben Sie etwa noch einen Trumpf im Strumpf?«

»Nein«, gestand sie, fast reuevoll. »Ich halte Sie einfach fest, bis Yael in Sicherheit ist.«

»Und Ihr epochales Experiment? Das geniale Evian-Syndrom?« Er stieß es voller Sarkasmus hervor. »Die noble Rettung der Welt vor dem Untergang? Was ist damit?«

»Keine Angst, das läuft.«

»Aha. Und wenn ich Ihnen sage, dass in zwei Stunden das schöne Hôtel Royal in die Luft fliegt? Um zehn Uhr ungefähr, nachdem die Konferenz der Staatschefs, mit dem US-Präsidenten an der Spitze, gerade schön begonnen hat?«

Ross blickte ihn ausdruckslos an.

»Machen Sie keine blöden Witze!«

Custer schaute wie gelangweilt zur Decke. Mit einem Achselzucken bemerkte er: »Im Konferenzsaal oder irgendwo in der Nähe schlummert ein Bombenteppich als millimeterdünne Unterlage, mit zahlreichen Minizündern versehen. Wenn das hübsche kleine Machwerk in zwei Stunden losgegangen ist, der giftige Qualm sich verflüchtigt hat, genießen Sie von diesem Zimmer aus prächtige Seesicht, Miss Ross. Dann sind auch Ihre Ameisen mitsamt der wunderbaren, friedenstiftenden Mikroben völlig karbonisiert.«

Einen Augenblick herrschte Stille. Langsam dämmerte der Ross die Monstrosität des Geschilderten. Es arbeitete in ihrem Gesicht.

»Sie lügen!«

»Ihr fabelhaftes Projekt geht in Rauch auf, Sie erleiden totalen Schiffbruch. Man wird Sie nach Guantanamo in Isolationshaft verfrachten, wo Sie langsam einsam verrotten werden – geistig und psychisch ein erbärmliches Wrack.«

Der Schock saß tief. Custer sah es. Etwas musste geschehen.

Erregt stand er auf, trat ans Fenster. Sie ließ ihn gewähren. Dann geschah es – die Ross begann zu schluchzen.

Ken tastete verdutzt seine Hosentasche ab, schob mit wegen der Fesseln verrenkten Händen mühsam die Finger hinein. Zog die Knoblauchzehe heraus, steckte sie in den Mund.

Aus der Ferne schlug ein Kirchturm schwermütig die halbe Stunde. Acht Uhr dreißig. Ken stockte der Atem.

»Meine Schwester und ich sind nie gleicher Meinung gewesen«, brachte Ross lahm hervor. Sie schluchzte auf. »Sie vertritt die Gewalt, ich die Gewaltlosigkeit. Heute muss sich entscheiden, wer auf dem rechten Weg ist.«

115

Die Welt lag ihm zu Füßen. An Bord der Air-Force-Maschine dachte Vizepräsident Dick Chambers an seinen triumphalen Einzug in Evian-les-Bains, das um einiges bequemer erreichbar war als das öde Aqaba am Roten Meer.

Alles verlief nach Plan.

Die Maschine begann den Sinkflug auf den Flughafen Genf Cointrin, der nur eine Fahrstunde von Evian-les-Bains entfernt auf schweizerischem Gebiet lag.

Dick Chambers saß gebannt vor dem flachen Großbildschirm im fliegenden Briefing Room, kaute nervös an einem Bleistiftstummel, schaute zum x-ten Mal auf die Bilder.

Sie kamen gestochen scharf herein, vor ein paar Stunden im Morgengrauen von einer auf zwanzigtausend Fuß über dem persischen Golf kreisenden AWACS-Maschine aufgenommen – dem Vergrößerungsglas, wie die Navy ihr Aufklärungs- und Überwachungsflugzeug liebevoll nannte.

In Dreieckformation flogen drei schwarze Helikopter tief über der Wasseroberfläche, pfeilgerade auf die iranische Stadt Busher zu. Friedlich schlummerte sie an der Südwestküste des Golfs einem neuen Tag entgegen.

Sechs Kampfjets vom Typ F/A-18 eskortierten die Apache-Kampfhubschrauber.

Er betätigte den Schnellvorlauf, Bilder flimmerten, erstarrten, zeigten eine bräunlich weiße gewaltige Kuppel – die Reaktoranlage von Busher!

Er schaute auf seine Uhr. 08.30. Jetzt müsste es so weit sein, die Reaktorkuppel müsste einstürzen, dachte er erregt. Er versuchte, einen Nachrichtensender einzuschalten. Doch während des Sinkflugs funktionierte das unterhaltungselektronische Bordsystem nicht so recht. Chambers konnte seine Ungeduld kaum zügeln.

Die schwarzen Helikopter kreisten abwechselnd über dem Reaktor, Funkverkehr war zu hören, der Vizepräsident nickte zufrieden, spulte weiter vor, die Nahaufnahme aus einem Helikopter, ein Rohr, aus dem ein fein glitzernder Schwarm, wie auf Sonnenstrahlen tanzende Staubteilchen, in die Tiefe regnete. Der Ausschnitt war beeindruckend. In der Vergrößerung glänzten Wasserbecken, hellgrüne Felder, goldbraune Äcker, rechteckige Gebäude – dann die als Halbmond im ersten Sonnenlicht glänzende Kuppel.

Der diskrete Gama-Angriff auf die iranische Atomreaktoranlage von Busher war ein voller Erfolg. Der Vizepräsident streckte sich zufrieden, gurtete sich fester, lehnte sich zurück, zog die Hosen straff, dass es den Schritt angenehm spannte.

»Kinderspiel«, grinste er hämisch. »Wir werden denen einen verdammten Atomreaktor nach dem andern zermürben. Ha!«

Er weidete sich an seiner Karriere, die ab heute wie eine Rakete gleißend steil in den Himmel schießen würde …

Es muss fürchterlich aussehen. Das Hotel in Schutt und Asche, all die Toten, die überforderten Sicherheitskräfte, Chaos.

In einer gepanzerten Limousine wurde er nach der Landung am südlichen Ufer des Lac Léman in Richtung Evian chauffiert.

Nochmals prägte sich der Vizepräsident die Sätze ein, die er angesichts des Grauens an eine erschütterte Öffentlichkeit richten würde.

»Unser tapferer Präsident ist heroisch im Kampf gegen den Terrorismus gefallen – gegen einen teuflischen Feind, der zu feige ist, sein Gesicht zu zeigen …«

Der Chauffeur deutete in die Höhe.

»Dort oben, Sir, das Hotel.«

»Wir gehen ins Royal Hotel«, korrigierte Chambers ärgerlich, begann im Geist erneut den Satz: »Unser tapferer Präsident …«

»Das ist das berühmte Royal Parc, wo die Konferenz stattfindet, Monsieur«, beharrte der Fahrer. Er zweigte ab, die Anhöhe hochzufahren.

Als sie den ersten Checkpoint passierten, rieb sich der Vizepräsident gedankenvoll das Kinn. Hatte dieser John Ash womöglich alles verpatzt? Er drückte die Kurzwahltaste des hastig hervorgeklaubten Handys, um seinen SPHINX-Handlanger auf dem Boot zu erreichen.

116

In majestätischer Eleganz sprang eine gewaltige Hirschkuh, vom Fluchttrieb gehetzt, mit gestrecktem Leib über den Wildzaun auf die Fahrbahn. Die Ermittlungen der Polizei ergaben, dass das Tier mit der gebündelten Kraft aus Masse und Bewegung auf die Motorhaube des mit hoher Geschwindigkeit dahin brausenden Wagens aufgeschlagen war. Der schwere Körper des Tiers hatte das Blech zusammengestaucht, die Windschutzscheibe zertrümmert, den Wagen zu einer breiigen Masse verquetscht. Mit den Hufen hatte es das Dach aufgerissen, bevor die Gegenkräfte des Aufpralls das sterbende Wild auf die Fahrbahn zurückschleuderten.

Der Schock der traurigen Nachricht traf die Ross nur wenige Minuten später. Professor Hentschmann erreichte sie in der Dépendence über ihr Mobiltelefon.

Frau Kramer-Ross war nicht angegurtet gewesen. Die heftige Kollision hatte ihr das Genick gebrochen. Sie war auf der Stelle tot.

Wie ein Häufchen Elend saß Ruth Ross weinend im Personalzimmer der Dépendance. Ahnend, dass ihr Tragisches widerfahren war, ging Custer behutsam vor, näherte sich ihr vorsichtig. In Tränen aufgelöst, entrückt, gab sie ihm die Schlüssel der Handschellen, ließ ihn teilnahmslos gewähren. Rasch öffnete er die Fesseln, streckte sich, riss dann die Armschlinge weg. Er nahm ihr die Waffe ab, schritt zur Tür. Ross machte einen vollkommen verstörten Eindruck.

»Hier, Ken, nehmen Sie.«

Sie zog Custers Glock unter einer Decke hervor, reichte sie ihm, den Blick beschämt gesenkt. Ein kaum merkliches Mienenspiel, eine leicht erhobene Hand, ein halbes Abwenden.

Noch blieben knappe anderthalb Stunden bis zu der sorgfältig geplanten Katastrophe. Custer hetzte hinaus.

Am Ende des Gangs fiel grelles Licht durch ein hohes Fenster. Eine Tür. Wohin führte sie? Ken rannte auf sie zu, riss sie auf, stand auf der Feuerleiter. Zwei Stockwerke tiefer glänzte der feuchte Waldboden. Behände kletterte er, so gut es sein lädierter Arm zuließ, die Eisentreppen hinunter. Sprang. Federte auf dem weichen Grund ab.

Sein Blick schweifte angespannt durch das lichte Gehölz. Da entdeckte er die leichte, überwachsene Erhebung, rannte darauf zu. Atemlos. Der Notausstieg aus dem Schutzbunker lag ungefähr dreißig Meter vom Gebäude der Dépendance entfernt. Kaum wahrnehmbar. Er bestand aus einem quadratischen, niederen Betonsockel, darauf ein kuppelförmiger Aufbau wie die Luke eines Panzers. Reglos verharrte er davor. War er zu spät gekommen?

Er hörte Knirschen. Dann ein dumpfes Schlagen. Die Luke bewegte sich. Langsam. Custer sprang auf die Rückseite, die Pistole im Anschlag. Der Deckel hob sich, Erde bröckelte ab, verfaultes Laub glitt von der verrosteten Oberfläche. Jetzt flog die Luke ganz auf, Matar stemmte sich mit dem gesunden Arm keuchend hoch, schob das Knie auf die Kante, war draußen. Sie richtete sich auf, drehte sich um, blickte direkt in Custers eisige Augen.

»Keine Bewegung, keine Bewegung, auf den Boden ...«, befahl Custer und richtete den Pistolenlauf auf ihren Kopf.

Die Wilde dachte nicht im Traum daran, sich zu ergeben.

Krav Maga ist ihre Stärke, die Überraschung ihre einzige Chance. Sie stieß einen wilden, kehligen Urlaut aus, ihr Fuß schnellte blitzschnell hoch, traf präzis, schmerzend, Custers Hand. Die Waffe entglitt ihm. Peinlich! Er torkelte rückwärts, fiel auf eine seltsam weiche Unterlage, die wie ein Kissen den harten Fall dämpfte.

Ein Kampf der Einarmigen.

Die Matar sprang ihn wie eine Raubkatze an, stürzte sich wild auf ihn, griff nach seiner Kehle. Custer fasste in das Weiche, Krabbelnde des Waldbodens, was immer es auch war, warf eine Hand voll, es schien Sand zu sein, der Angreiferin ins Gesicht, blendete sie einen Augenblick. Die Wurfmasse klebte in Matars Gesicht, jetzt erst begriff Custer das Unfassbare: Ameisen! Er war in einem Ameisenhaufen gelandet. Er nutzte einen Sekundenbruchteil von Matars Unsicherheit, riss sie an den Haaren zu sich, drehte ihren Kopf um, wuchtete ihn kräftig nach hinten, stemmte sein Knie brutal in ihren Nacken. Keuchend: »Geben Sie auf! Es ist vorbei.«

Sie versuchte, sich mit einem Ruck zu befreien, versetzte Custer mit dem Ellenbogen einen brutalen Hieb in den Magen. Beinahe wäre sie freigekommen. Doch diesmal packte Custer fester zu. Riss ihren Kopf wütend nach hinten. Zu schnell, zu hart! Ihr Genick bricht. Es knackte, als breche auf dem Waldboden ein dürrer, knorriger Ast. Schlaff entglitt sie ihm. Reglos blieb die Wilde liegen, gezähmt für immer, die Augen geschlossen, das Gesicht über und über von aufgeregt nach einem Fluchtweg suchenden Ameisen übersät ...

117

Der Präsident erwachte mit einem Gefühl tiefer Dankbarkeit, setzte sich auf den Bettrand. Er faltete die Hände zum Gebet und pries den Schöpfer – zweifellos ein Wesen mit amerikanischem Pass –, ihm die Verantwortung für diese Welt übertragen zu haben.

Als er den Herren wie üblich darum bat, das wahrhaft Gute zu fügen und im Kampf gegen die bösen Mächte des Islam zu triumphieren, stockten seine Gedanken. Er war nicht fähig, dem Herrgott seine Feinde zu nennen. Sanftmut überwältigte ihn. Energisch sprang er hoch, setzte die mit gezacktem Goldrand, Lorbeer und Präsidentensiegel dekorierte Baseballmütze auf. Er trat auf den Balkon hinaus, salutierte zackig den Sicherheitsleuten unten auf dem Rasen. Das martialische Gehabe nützte nichts. Vor seinem inneren Auge tauchte plötzlich Gandhi auf. Was zum Teufel – Gandhi? Die große Friedensseele nickte dem Präsidenten ermunternd zu.

Gandhi? Habe letzte Nacht doch bloß zwei Scotch getrunken, murmelte der Präsident verwirrt. Er ging ins Zimmer zurück, zog sich an.

Seit er mit dem Kampfjet auf dem Flugzeugträger gelandet war, fühlte er sich stark und ausgesprochen männlich. Heute allerdings fehlte ihm der Ansatz der sonst doch immer so verlässlichen Guten-Morgen-Erektion. Leicht besorgt befingerte er sein jämmerliches, schrumpliges Würstchen in den schlaff hängenden Boxershorts.

Eine Viertelstunde später stand der mächtigste Mann der Welt im großen Salon Rouge, den sein Stab als Briefing Room eingerichtet hatte. Es galt, nochmals den amerikanischen Standpunkt mit seinem Stab abzustimmen. Farbfreudig strahlten die Monitore den Präsidenten an, Geräte summten monoton, Personal in Marineuniformen tippte auf Tastaturen herum.

Er zog die Schirmmütze unsicher in die Stirn.

»Tag«, wollte er morgenmunter rufen. Stattdessen brachte er nur ein mildes »Alle gut drauf?« hervor. Die Männer sprangen hoch, grüßten schneidig.

Paul, der Stabschef, reichte ihm zum täglichen Bericht über Nordkorea eine Tasse Kaffee.

»Die kämpfende Truppe wird Ihren Feldhaarschnitt schätzen«, schmeichelte er.

Der Präsident begriff die Anspielung nicht, wies den Bericht mit mildem Lächeln zurück.

»Lassen wir die Nordkoreaner doch in Frieden«, meinte er versöhnlich, was den Stabschef überraschte.

»Sir, Maßnahmen gegen Nordkorea stehen heute auf der Tagesordnung der Konferenz.«

Der Präsident lächelte nochmals unerwartet milde.

»Paul, wir ändern unsere Politik. Gandhi. Schon von Gandhi gehört?«

Paul starrte verwirrt. Der Präsident nahm die Mütze ab, schaute freundlich – ja, fast jovial – in die Runde.

»Das Konzept der Gewaltlosigkeit wird den Rest meiner Amtszeit prägen.«

Dann, die verdutzten Blicke der Männer bemerkend.

»Was ist? Habe ich mich nicht klar ausgedrückt?«

Paul machte eine verlegene Gebärde hin zu seinem Scheitel. »Sir, Ihre Frisur.«

Die Aufregung, die einsetzte, war nicht geringer, als sei gerade eine Bombe im Untergeschoss explodiert.

Der Oberbefehlshaber aller Streitkräfte hatte Stunden vor Konferenzbeginn alle Haare verloren. Kahl und verletzlich wie eine frisch geschälte Rübe wirkte er.

Sicherheitsleute stürmten herein, drängten den Präsidenten aus dem Raum, durch die Gänge in das geschützte Untergeschoss.

Der Leibarzt und seine Assistentin wurden aus frühem Beischlaf aufgeschreckt. Eilends alarmierte FBI-Agenten durchsuchten die Küche und das Lebensmittellager nach Anzeichen geheimer Substanzen. Aus aller Munde war das Schlüsselwort Sabotage zu hören.

Der Präsident trägt Glatze, verbreitete sich das Wort in Windeseile. Einer ausgefuchsten Reporterin gelang geistesgegenwärtig ein Schnappschuss des kahlen präsidialen Hauptes, der Minuten später über alle Bildagenturen in die Welt verbreitet wurde.

Ist der Präsident schwer erkrankt?, fragten besorgte Kommentatoren in Washington nur Stunden später. Andere spekulierten frischfröhlich, ob die martialische Marotte dieser Kahlrasur ein Zeichen sei, der Präsident habe sein Urteilsvermögen eingebüßt.

118

Die Konferenz wurde auf zwölf Uhr verschoben«, bellte John Ash in den Wind. Er hielt sich krampfhaft an der Reling fest, als das schwarze, flach gebaute Schnellboot im plötzlichen Wellengang heftig schaukelte.

»Halten Sie die Verbindung offen. Wir geben Ihnen die X-Zeit bekannt«, schnauzte der Vizepräsident, beugte sich nach vorn zum Chauffeur.

»Ins Clubhaus.«

Chambers stieg aus, schaute sich unschlüssig um, ging dann hastig zur Terrasse, wo ihm eine aufgeregte Stabs-Assistentin entgegenkam, sogleich losprustete.

»Der Präsident, heute Morgen, Sir, es war furchtbar …«

Der Vizepräsident musterte sie wortlos. In Evian verlief offenbar vieles an diesem Tag nicht nach Plan. Noch nicht! Er beschloss, völlig normal, sich wie ein Neuankömmling zu verhalten, sein VIP-Zimmer im zweiten Stock zu beziehen. Er checkte mit leicht mulmigem Gefühl ein, ließ sich von Monsieur Tobias zur Suite führen.

Nachdem er den redseligen Dienstmenschen barsch entlassen hatte, warf Chambers sich aufs Bett. Mit jedem Atemzug sog er tausende von Mikroben ein, die sich auf seine Korpulenz stürzten wie Schmeißfliegen auf einen Misthaufen. Kurz vor Mittag raffte er sich auf, verließ wie über glühenden Kohlen schreitend das Hotel, das seinem Verhängnis entgegentickte …

Auf der »Flèche« betrat Ash die gedeckte, hochmodern ausgerüstete Kommandobrücke der schnittigen Motoryacht. Mit kennerisch verkniffenen Augen prüfte er den Radar, setzte sich, entdeckte am Boden neben dem roten Feuerlöscher den grünen, abgegriffenen Pass. Er hob ihn auf.

»Gehört der Jemenitin«, grunzte der finster dreinblickende, mit übergroßer Sonnenbrille abgeschirmte Typ am Steuer.

»Idioten«, fluchte Ash.

Wütend zerriss er das Dokument, schmiss die Fetzen durchs Kabinenfenster in die Fluten des Sees.

Sorgfältig griff er nach dem schwarzen, handlichen Gerät, welches den fatalen Zündbefehl ins Royal übermitteln würde. Von Bord der »Flèche« war das Hotel gut auszumachen. Er aktivierte den Sender – ein orangefarbenes Kontrolllicht bestätigte blinkend die Verbindung. Die rote Taste daneben würde den Countdown zur Hölle auslösen. Alles war bereit.

»Macht denn hier kein Schwein ’nen anständigen Kaffee«, brüllte Ash.

Auch Siegarts Männer vom berüchtigten Kommando der Spezialkräfte waren bereit.

Sie hatten die »Flèche« – die außerhalb der Sperrzone dümpelte, ab und zu aus dem Blickfeld verschwand, wieder auftauchte – heimlich beobachtet.

»Noch eine Stunde bis zum Konferenzbeginn«, murmelte Kommandant Siegart. Zeit, das schwarze Boot an den Enterhaken zu nehmen.

119

Die Uhren standen bereits auf zehn Uhr, als Professor Hentschmann in Evian, einen Behälter fest an die Brust gedrückt, unter den sich noch drehenden Rotorblättern auf den dunkelblauen Mannschaftswagen der Gendarmerie Nationale zu taumelte. Die weiße Haarsträhne wirbelte im Luftzug hoch, flatterte tapfer, wie ein Fähnlein der Aufrechten.

Gustav Hentschmann kam reichlich verspätet, hustete ungefragt eine Erklärung, doch Custer schnitt ihm das Wort ab.

»Stimmt wenigstens der Inhalt im Behälter, Professor?«

Frosh hatte das rundliche Gefäß von der Form eines Bierfässchens bereits ergriffen, zog den verwirrt wirkenden Professor in den Wagen, knallte die Schiebetüre zu, als der Wagen bereits in Richtung Royal losfuhr.

»TNT-vernichtende Suizidmikroben. Wenn der TNT-Sprengstoff, wie Sie mir erklärten, faserig verlegt ist, nicht in Klötzen wie herkömmliche Sprengmittel, rechne ich mit einer Abbauzeit von weniger als einer Stunde. Es ist phänomenal. Dank Miss Ross konnte ich das Präparat in aller Eile aufbereiten, allerdings habe ich mich in der Zeit verrechnet …«

»Schon gut. Wir müssen vorsichtig vorgehen«, meinte Custer angespannt.

»Wo ist sie?«

»Ruth?

Der Professor nickte. »Sie muss einen Schock erlitten haben, das arme Kind.«

Ken schwieg. Kochte innerlich. *Das arme Kind!*

Frosh wählte einen geschäftsmäßigen Ton.

»Haben Sie sich an meine Vorgaben gehalten?«

Der Wagen kam knirschend vor dem Eingangsportal zum Stehen. Die Schiebetür flog zur Seite. Die Männer stiegen hastig aus.

»Bratt, der Security Chief, ist eingeweiht. Sonst niemand.

Und Sie, Professor, Sie halten die Klappe«, schnauzte Ken und marschierte voran.

»Die Umsetzung Ihrer Formeln hätte Tage gebraucht«, raunte Hentschmann Frosh zu, als sie durch die Halle, die Monsieur Tobias auf Anweisung der Security gesperrt hatte, zu den Treppen hasteten.

»Aber die Rekombinationen von Ross beruhten auf den gleichen Sequenzen, und davon hatten wir noch eine größere Menge an Experimentiermasse. Hoffentlich funktioniert's.«

Frosh starrte Hentschmann wie entgeistert an.

Oben im ersten Stock blieb Custer vor der Tür zum Bankettsaal stehen, während Frosh das Präparat aus Hentschmanns Behälter in seine dicke, unterarmlange Sprühdose presste.

Leise flüsternd informierte Ken: »Genau unter uns liegt der Konferenzraum. In« – ein Blick auf die Uhr – »in neunzig Minuten fangen sie an.«

Hentschmanns Stimme drohte in Heiserkeit zu ersticken. »Warum wird die Konferenz nicht verschoben, abgesagt, evakuiert?«

»Die Konferenz muss stattfinden, Professor. Alles rauscht programmgemäß über die Bühne. Nur im äußersten Notfall, wenn Ihr Wundermittel versagt, halten wir uns die Option Evakuation offen. Klar?«

Als alle nickten, fuhr er fort: »Der Bankettraum wird von einer Kamera überwacht, die in einen alten Meister an der Wand eingebaut ist. Wir haben eine Flip-Wand davor gestellt, so, als fände ein Briefing statt. Wenn wir jetzt hineingehen, reden Sie kein Wort, halten sich an meine Anweisungen. Bratt ist im Bild, wie alles abläuft.«

Der Security-Boss schob verbissen den Kiefer nach links, nickte. Die andern nickten ebenfalls.

10.35 Uhr.

Da hörten sie das Getrampel. Stiefelschritte. Frosh hielt die Sprühflasche wie ein Baby zärtlich auf dem Arm. Den Kopf eingezogen, nach vorn gebeugt, kam ihnen Cliff Montgomery mit vor Zorn rot gefärbtem Gesicht entgegen. Die Mundwinkel standen auf zwanzig nach acht. Seine Adlernase zwischen den kühn geschwungenen Augenbrauen wirkten furchterregend. Noch nie hatte Custer den Freund so aufgebracht, so entrüstet gesehen. Hinter ihm stapften zwei baumlange Marinesoldaten mit Pistolen am Gürtel, dazwischen ein bohnenstangendünner Polizeioffizier der Gendarmerie Nationale, das Käppi auf Durst nach hinten geschoben, das Kinn Autorität heischend vorgerückt.

Montgomery hielt seinen Stoßtrupp mit einem Handzeichen an, stieß knapp verständlich zwischen zusammengebissenen Zähnen hervor: »Du Schweinehund hast mich verschaukelt, Ken. Ich brech' dir dein verdammtes Kreuz. Wo zum Teufel sind die Frauen?«

Custers Achselzucken trieb den FBI-Mann zur Weißglut.

»Du hast sie verdammt noch mal laufen gelassen«, schrie er.

Custer gab sich so ruhig wie unter den Umständen möglich, präsentierte mit einer Handbewegung seine Begleiter.

»Cliff, die Frauen sind Nebensache. Meine Männer hier ... Wir sind bis an die Kiemen gestresst. In einer guten Stunde fliegt das ganze schöne Schloss hier in die Luft. Mach keinen Scheiß, Cliff. Wir haben die Verschwörer endlich an der Gurgel. Raspenburg, ich hab' dich gewarnt ... Anthony Blunt bestellte die Morde ... Der Vizepräsident, sein Mentor ... Es ist kolossal! Das Rätsel ist gelöst.«

Die Marinesoldaten – höhere Unteroffiziere, wie Custer ihre Rangabzeichen las – taten einen Schritt vor. Montgomery schäumte vor Wut.

»Die Mörderin verschwunden, die Beweislage zerstört, das wirst du büßen. Komm mir bloß nicht mit deinen stinkfaulen Ausreden. Festnehmen!«

»Allez!«, rief der Franzose und trat aus der Schusslinie.

Custer konnte nicht glauben, was er sah, griff verzweifelt nach der Glock.

»Cliff, hör doch!«

»Hände hoch, rüber an die Wand«, schrie einer der Baumlangen, mit der schweren Waffe wedelnd.

Frosh, der Unscheinbare, der verrückte Wissenschaftler mit dem ulkigen Haarschopf, bewies als Einziger Geistesgegenwart. Aus seiner Sprühflasche zischte jäh ein feiner kräftiger Sprühregen, direkt ins Gesicht des befehlenden Marineunteroffiziers. Dann schwenkte der Strahl.

»Kampfstoff, Pockenviren, hahaha!«, rief er, wieder und wieder. Tanzte umher, sprühte wie wild. »Haha, Pocken, Pocken!«

Entsetzen im Gesicht riss der Unteroffizier die Schutzmaske heraus, der andere ging zu Boden. Montgomery tat einen Satz zurück, stieß den Franzosen um, der sich, die Hosen offenbar voll, hoch rappelte und wegrannte. Der Wirrwarr war perfekt. Custer lauerte, bereit.

Die bewährte Glock im Anschlag, geduckt, die Stimme wie aus tiefer Grabesgruft.

»Keine Bewegung, Gentlemen, sonst knallt's!«

Der Security Chief, ein erfahrener, loyaler Haudegen namens Bratt Coffin, riss den Kerlen auf ein Zeichen Custers die Waffen aus den Holstern, nahm ihnen die Handschellen weg, die an ihren Gürteln baumelten. Gemeinsam, unter Custers bedrohlich schwenkendem Pistolenlauf, fesselten sie die Männer. Frosh öffnete die Tür eines Zimmers, Custer drängte den völlig verstörten Stoßtrupp hinein.

»Puh«, ließ Frosh die Luft aus, als die Tür zuknallte.

Noch 65 Minuten!

Frosh demonstrierte weiterhin praktische Veranlagung.

»Rasch, füllen wir nach!«

Minuten später traten sie in den Bankettraum. Ken drückte eine Taste des Tonbandgeräts, das betriebsbereit auf dem kleinen Schachtisch lag, dem einzigen Möbelstück im Raum. Verdutzt hörten die Männer plötzlich echt klingende Stimmen, schauten sich unwillkürlich nach den Leuten um, die eine Diskussion begannen – unsichtbar, doch zum Hören nahe …

Auf der »Flèche« checkte John Ash derweil ein weiteres Mal den Monitor, der das Fernschbild aus dem Bankettraum übertragen sollte. Nichts als die bescheuerte Rückwand eines Gestells tauchte auf, versperrte jede Sicht. Fluchend wollte er ausschalten, als er Wortfetzen aufschnappte. Er trat näher, lauschte angespannt.

Ohne Zweifel war eine Besprechung im Gang. Eine Frauenstimme begehrte gerade auf, gefolgt von brummenden Männerlauten. Achselzuckend wandte er sich ab. »Denen wird's bald die Sprache verschlagen«, grunzte er hämisch.

Unter geschickter Regie des Security Chief rissen Custer und Hentschmann den Teppich sorgfältig an der Wand auf, die der versteckten Kamera gegenüberlag. Der Professor berührte schweigend die Lippen mit dem Zeigefinger, hob fragend eine Braue. Frosh schüttelte verschmitzt grinsend den Kopf. Keine Pocken, unschädlich für Menschen, flüsterte er kaum hörbar, besprühte rund zwei Drittel der Unterlage gründlich, gab dann still Zeichen – es genüge so. Sie gingen hinaus. Das Gerede der Tonkonserve lief in optimaler Tonqualität realistisch weiter.

Frosh atmete auf, als die Tür hinter ihnen geräuschlos ins Schloss gefallen war.

»Das ist haargenau die Matte aus Raspenburg – verrückt! Ich habe noch selber dran gebastelt. Völlig ahnungslos. Aber die Suizidmikroben verbreiten sich blitzschnell. Das klappt.«

Der Security Chief, ein untersetzter, bulliger Endvierziger mit glatt rasiertem Schädel, räusperte sich.

»Und die Zünder?«

Alle Augen richteten sich auf den Forscher, dessen Haare wirr zu Berge standen. Frosh grinste zuversichtlich.

»Es wird ein bisschen, stoßweise, dumpf knallen und etwas rauchen. Ein paar kleine Rülpser.«

»Kann sein, dass es uns gelingt, die Fernsteuerung ausfindig zu machen und auszuschalten«, flüsterte Custer, dem der Sinn plötzlich unheimlich nach einem starken Drink stand.

Sie schritten den Flur hinunter. Auf die Frage von Bratt Coffin, was er eben gemeint habe, winkte Custer ab, er würde es noch früh genug erfahren, wenn alles geklappt hat.

11.05 Uhr.

120

Schlimm erwischt hatte es General George G. Pontiac, den Befehlshaber des Central Command. Mit offenem Khakihemd schlenderte er am späten Morgen um den Pool, das Centre de Beauté suchend. Den üblichen Anruf nach Florida hatte er ausgelassen, stattdessen üppig gefrühstückt, auch eine Menge französischer Croissants, die er früher anlässlich der französischen Irak-Haltung prinzipiell boykottiert hatte. Überhaupt fand er an der legeren Lebensart der Franzosen plötzlich Gefallen.

Ein älterer Reporter von *Reuters* unterbrach seinen Gedankengang, trat überraschend vor den General, streckte ihm das Mikrofon hin.

Ohne die Frage abzuwarten, zog General George C. Pontiac vom Leder.

»Wir ziehen unsere Truppen von überall auf dem Erdball zurück. Phasenweise, versteht sich. Halten uns raus. Die USA werden künftig neutral bleiben, sich nicht einmischen, wie … Ja, wie die Schweiz es früher pflegte. Ich werde dem Präsidenten und dem Generalstab die nötigen Vorschläge unterbreiten. Bin der Meinung, wir sollten aufhören, den Weltpolizisten zu spielen. Soll sich doch die Köpfe zerschlagen, wer will. Die Araber fallen uns ja nicht um den Hals, sie fallen uns in den Rücken. Die Welt kommt auch ohne unsere Rechtsauffassung aus, die wir allen unilateral aufzwingen wollen. Jawoll, der Frieden des 21. Jahrhunderts nimmt jetzt und hier seinen Anfang, in Eviäng, an dieser Konferenz. Sir, wenn Sie gestatten, ich habe einen wichtigen Termin.«

»Mit dem Präsidenten, General?«

Der General glättete mit den Fingerspitzen ein paar imaginäre Falten auf seiner hohen Stirn.

»Nein, Schönheitspflege.«

Als der verdutzte Reporter dem hohen Tier kopfschüttelnd nachstarrte, meinte der zerzauste Kameramann, der das historische Statement gefilmt hatte: »Charly, du bist dem Typen glatt auf den Leim gegangen. War doch gar nicht Pontiac. Ein Double, das sich durchblufft, du weißt, nach dem Motto: Ich bin immer dabei, trallala …«

121

Kurz vor Mittag: Gischt spritzte über den Bug, als das bewaffnete Patrouillenboot der Spezialkräfte, die »Wilhelm Tell«, rasch näher kam.

John Ash sah es zuerst auf dem Radar, beorderte die drei Männer seiner Besatzung an die designierten Positionen.

Auf Deck der »Wilhelm Tell« standen schattenhaft Figuren – Ash zählte ein Dutzend. Krasse Überlegenheit. Was sollte er tun?

Noch fünf Minuten bis zum Konferenzbeginn. Er blickte ans französische Ufer, wo das stolze Hotel inmitten buntgrüner Baumkronen milchig im Dunst schimmerte. Noch stand der Kasten. *Nicht mehr lange.*

Das heranschießende Boot war jetzt deutlicher zu erkennen. Küstenwache, fünfzehn Meter Länge, Bordkanonen … Ein gelbes Blinklicht begann zu rotieren, die Sirene heulte auf.

Das Boot verlangsamte, der Bug sackte runter, es drehte backbord bei, kam längsseits. Eine Lautsprecherstimme schallte herüber.

»Polizei! Anhalten!«

Die Figuren an Bord waren stämmige Typen in Spezialkampfanzügen, Schutzwesten und Maschinenpistolen im Anschlag. Ein paar Kampfschwimmer, ein Taucher kauerten im Heck. Ash fluchte ungehemmt.

»Verficktes Glück!« Er bellte den Befehl: »Handgranaten!«

Commander Siegart stand gebeugt auf der Brücke, beobachtete scharf durch die windschnittige Frontscheibe, den Daumen druckbereit auf dem roten Auslöser für die Schutzvorrichtung.

Da sah er die befürchtete Bewegung. Der Kerl an der Reling, halb verdeckt durch den grauen Materialkasten, machte die Reißbewegung, drehte sich halb ab …

»Feuer!«, brüllte Siegart, drückte den Daumen nieder.

Auf der »Flèche« schrie Ash etwas, seine Männer warfen die eierförmigen Handgranaten in flachem Bogen, die Distanz sorgfältig im Schwung berechnet.

Backbord der »Wilhelm Tell« schnellten drei millimeterdünne Stahlwände ganze zwei Meter in die Höhe.

Die Handgranaten prallten ab, fielen ins Wasser, explodierten dort dumpf. Blasse Fischleiber stiegen aus der Tiefe auf, mehr und mehr schimmerten an der Oberfläche.

Die aufgefahrenen Schutzschilde ließen Zwischenräume als Schießscharten offen, hinter denen Siegarts Männer blitzschnell in geduckte Stellung gingen und die Gegner auf der »Flèche« mit massivem Sperrfeuer niederhielten.

Die nächsten Würfe von der »Flèche« kamen in höherem Bogen. Zwei Granaten überflogen den Schutzwall, eine explodierte vor der Windschutzscheibe der Brücke, die andere im Heck.

Zwei Männer der Spezialkräfte krümmten sich auf Deck.

Da schossen die Unterwasserankerhaken weg, fanden den Rumpf, saugten, hafteten am Metall. Zwei Kampfschwimmer tauchten weg.

Ash rannte auf die Brücke.

11.58 Uhr.

In Evian-les-Bains füllte sich der Konferenzraum langsam.

Die Nachricht, dass der Präsident unter radikalem Haarausfall litt, hatte sich in Windeseile verbreitet. Auch andere

Staatschefs schienen vom Syndrom des Haarausfalls befallen. Und die Virilität ist auch weg, setzte eine junge Frau das beängstigende Gerücht in Umlauf. Fügte dann maliziös hinzu: Soweit sie je da war.

Frosh war einer von denen, die sich vergnügt ins Fäustchen lachten. Er wusste haargenau, was da gespielt worden war. Er kannte die Handschrift. *Gut gemacht, Ruth.*

Der Präsident der Vereinigten Staaten blieb seinem Image als unerschütterlicher Optimist treu.

Seine neuerdings sonderbar aufgeräumte Stimme war von weitem zu hören, als er, eine Meute Reporter im Schlepptau, auf die breite Flügeltür des Konferenzsaals zuschritt.

»Peace is at hand!«

Er salutierte bescheiden, die Hand am Mützenrand.

»Der Frieden steht vor der Tür«, übersetzte live die langhaarige, brünette ZDF-Reporterin mit auffällig viel Rouge auf den breiten Lippen. Ihr Kameramann richtete das Objektiv mit vollem Zoom auf den enthaarten präsidialen Nacken, die kahlen Schläfen, das Kinn, glatt wie ein Babypopo.

Für den Spott war gesorgt. Das schallende Gelächter aus Arabien hallte in der ganzen Welt wider. Die heißen Freudentänze der Afrikaner rissen nicht mehr ab. In Europa griff Panik um sich. Männer überschwemmten die Kliniken. Ein Virus, schlimmer als Sars, sei im Umlauf. Die blaue Potenzpille feierte neue Triumphe. Die Gesundheitsämter verhängten Einreisesperren, und in den Pharmakonzernen mobilisierten die Bosse ihre Forscherteams, die sich dran machten, dem Evian-Syndrom einen Impfstoff entgegenzusetzen.

Auf halbem Weg nach unten in die Lobby des Royal wirbelte Custer plötzlich um die eigene Achse.

»Was ist?«, zischte Frosh alarmiert.

»Die Zünder! Wir müssen nochmals zurück!«

Sein heiseres Flüstern vermischte sich mit aufschwellenden Stimmen aus der Halle.

»Schwierig«, wandte Frosh leise ein, rückte seine Brille zurecht. »Sie brauchen ein Vergrößerungsglas. Die Dinger sind in den Sprengteppich eingestanzt.«

Ken packte Bratt Coffin am Arm, raunte ihm etwas zu, rannte dann den Flur, den sie hinunter gekommen waren, zurück. Frosh eilte ihm nach, begriff, was Custer im Sinn hatte, holte ihn ein, streckte ihm die Mineralwasserflasche hin, die er einem verblüfften Kellner weggeschnappt hatte.

»Versuchen Sie's damit.«

Einen Moment starrte Custer belustigt zurück. Mit *Evian* Evian retten. Er packte die Flasche am Hals, schlug sie gegen den Türpfosten des Bankettraums. Jetzt hielt er eine scharfe Glasklinge in der Faust, duckte sich, ging auf die Knie, suchte angestrengt die Teppichmatte nach den Zündern ab. Hentschmann war aufgerückt, rieb sich nervös das Kinn.

Ken traute dem Mikrobengemisch aus Froshs Retorte nicht hundertprozentig, auch nicht fünfzig. Die Zünder mussten weg.

Die Sprengmatte war zu gut vier Fünfteln entblößt, weil sie vorhin den Teppich mit den gelben Lilienmustern gegen die Wand zurückgerollt hatten.

Custer untersuchte angestrengt die Fasern. Aus sprengtechnischer Sicht vermutete er die Zünder in der Mitte oder doch gleichmäßig auf alle vier Ecken verteilt, um optimale Wirkung zu erzeugen.

Doch er täuschte sich. Die Zünder waren wahllos verstreut. Gut ein Dutzend; denn in diesem Moment begannen sie zu leuchten wie herzige Glühwürmchen. Sie blinkten schwach gelb auf.

Auf der »Flèche« nahm John Ash mechanisch den Sender in die Hand, starrte apathisch auf die Monitore, als ahne er sein Verhängnis.

Siegarts Plan basierte auf dem Überraschungselement.

Der Kampfhubschrauber der Schweizer Spezialkräfte brauste Zentimeter über der Wasserfläche heran. Auf dem Radarschirm der »Flèche« war davon kein Schimmer zu sehen.

Der plötzliche Lärm der apokalyptisch dröhnenden Rotoren, der finstere Schatten des Rumpfs über der »Flèche«, die langen Seile, die drei daran geschmeidig nach unten auf Deck gleitenden Spezialkämpfer, das anhaltend nervende Sperrfeuer von der Küstenwache – das Inferno brach augenblicklich los, zertrümmerte die Psyche selbst der Stärksten wie brüchiges Eis.

Ash kauerte im Schutz der Bordwand und starrte versteinert auf den Monitor. Von seinen Männern hörte er keinen Laut. Waren sie tot?

Er tastete nach dem schwarzen Kästchen mit dem Zündbefehl, drückte die rote Taste, als ihn die Kugel in den Hinterkopf traf.

Das Gerät flog ihm aus der erschlafften Hand, der Countdown lief – 10 – 9 – 8 …

Der Schütze der Spezialkräfte fiel ein, landete neben Ash. Er schaute sich um, sah den Sender nicht.

… 6 – 5 – 4 …

Commander Siegart preschte auf die Brücke. Sofort sah er, was er suchte. Seine Hand griff nach dem Sender, riss ihn vors Gesicht:

… 2 – 1 …

Siegart drückte auf *Stopp*. Zu spät. Grünes Blinklicht zeigte die erfolgreiche Zündung an. Siegart rannte an die Reling, starrte hinüber aufs französische Ufer. Suchte fieberhaft, fand das weiße Gebäude des Royal …

Im Hotel ließ Custer die geköpfte Flasche, die er als Schneidegerät verwenden wollte, fallen. Rannte los. Zu spät.

Die Explosion des noch intakten TNT hatte immer noch die Stärke einer Handgranate. Der Druck war verheerend. Die

Fensterscheiben barsten. Glassplitter trafen Custer im Nacken. Die Druckwelle des Restsprengstoffs, der in der kurzen Zeit noch nicht der Zermürbung durch die Mikroben zum Opfer gefallen war, richteten Ken übel zu. Kopf voran schleuderte es ihn gegen die harte Zimmerwand. Benommen blieb er liegen. Er fühlte, wie ihn Arme fassten, hoch hievten. Als er an die schmerzende Stelle am Hinterkopf fasste, dann seine Hand anschaute, erschrak er – Blut! Er blutete stark, ununterbrochen. Seine Gedanken rasten. *Nicht auszudenken, was passiert wäre, wenn der ganze, verdammte Sprengteppich noch intakt gewesen wäre … Er wäre hier ganz einfach, wie man so schön in solchen Situationen von der Sau am Schlachthaken sagt, ausgeblutet!*

122

Von der Dépendance blickte Ruth versonnen zum Hotel hinüber. Sie sah direkt durch die Fenster des Bankettsaals, nahm apathisch das Fernglas, das Yael zurückgelassen hatte, hielt es vor die Augen. Lustig, sie sah auf die andere Seite des Bankettsaals hinaus, auf einen Ausschnitt des Sees, entdeckte gar ein, nein zwei Boote …

Rauchende Fontänen schossen hoch. Eine Stichflamme, wie ein müder Blitz, ein Knall. Im Saal. Sie schwenkte das Glas hin und her. Kein Zweifel. Weißer Qualm. Ein paar Fensterscheiben gingen in die Brüche, grauer Nebel quoll heraus …

Die Tür hinter ihr flog auf.

»Kommen Sie, rasch!«

Ein Mann zerrte sie am Arm hinaus, zur Wendeltreppe. Sie eilten durch den vertrauten Gang. Ruth begehrte nicht auf, blieb stumm.

In der Wäscherei drängte er sie hinter den Trockner, wo Netze mit Wäschebündeln sich an der Gleitschiene langsam vorwärts bewegten. Er warf der Frau ein paar Fetzen zu, die er aus dem Netz gerissen hatte.

»Ziehn Sie das an!«

Sie zögerte, schaute sich nach einer Umkleidekabine um. Der Mann drängte. Da riss sie sich die Kleider vom Leib, stand da in der Unterwäsche, athletisch kompakt, ebenmäßig geformt. Die Anmut selbst – mit blitzenden Augen.

»Drehen Sie sich gefälligst um!«

Die Uniform saß einigermaßen. Bratt Coffin schätzte sie mit einem prüfenden Blick ab. In der hellgrünen Bluse und der schwarzen Hose ging die Frau klar als Kellnerin durch. Ruth packte ihre Sachen in die Tasche, strich sich durch die Haare.

»Was jetzt?«

»Zurück in die Schweiz, der Professor erwartet Sie«, informierte der Mann. »Kopf hoch, Miss. Lächeln, aufrecht gehen, Sicherheit ausstrahlen, dann schaffen wir's zum Wagen.«

»Der Bankettraum«, entsetzte sich Ruth, »die Bombe ist losgegangen!«

Ihr Begleiter schüttelte den Kopf.

»Zum Glück nicht«, meinte er knapp. »Es scheint, dass nur noch ein kleiner Sprengstoffrückstand hochging. Die Suizidmikroben hatten die explosive Matte fast vollständig zermürbt, vernichtet. Zum Glück.«

Er stieß erleichtert und geschafft den Atem aus.

Feuerwehrleute in schweren Monturen hasteten ihnen entgegen. Ruth fiel nicht auf. Sie war eine von vielen, die in grünschwarzen Uniformen herumstanden, gafften, tuschelten. Problemlos schafften sie es zum Wagen. Unten am Steg der Gendarmerie Nationale wartete das Boot.

»Wo ist Mr. Custer?«, fragte Ruth.

Bratt Coffin deutete wortlos auf das Boot.

123

Dass des Vizepräsidenten Haupt keine Haare mehr schmückten, war allen seit langem vertraut. So fiel es zunächst niemandem auf, dass Chambers ebenfalls vom Evian-Syndrom befallen war. Ihm selbst hingegen blieb es nicht verborgen. Als das Chaos im Hôtel Royal an diesem historischen Tag einsetzte, spürte er bereits ein Jucken zwischen den Beinen, das er nicht erklären konnte. Kratzen half nicht viel, so beschloss er, sich gründlich zu duschen. Vielleicht war es ja nur die aufregende Erwartung, bald zum nächsten Präsidenten der Vereinigten Staaten vereidigt zu werden, die ihn zappeln ließ, die juckte. Aber warum ausgerechnet dort unten an der mindest salonfähigen aller Stellen?

Der Schlag des Verstehens traf ihn unerwartet. Als er in der Garderobe des Golfclubs, in sicherem Abstand des zum Untergang verdammten Hotels, die Kleider abstreifte, zur Dusche wankte, blieb er erschrocken vor dem hohen Spiegel stehen. Zunächst löste der Anblick seiner selbst in ihm Abscheu aus. Seine Schultern hingen ungleichmäßig schräg, der Wanst eines Bauches drückte ihn nach unten, die Beine schienen ihm wulstig und viel zu kurz. *Der Schneider wird Abhilfe schaffen,* tröstete er sich. *Höhere Absätze müssen's auch sein, und vielleicht solltest du wieder Gymnastik machen.*

Anders als sonst, versetzte ihn sein Abbild im Spiegel nicht in eine gehässige, aggressive Stimmung. Nur das schrumplige kleine Ding, das erbärmlich zwischen den Beinen hing und fast nicht auszumachen war, verletzte zutiefst seinen Stolz. Er rieb daran, aber nichts geschah.

Erst jetzt bemerkte er den Haarausfall über seinem Geschlecht, der ganzen Gegend, auch den Hoden.

Der Jähzorn, der ihn meistens packte, wenn etwas nicht rund lief, blieb freilich aus. Er duschte sich, sank der Länge nach gedankenschwer auf die Ruheliege im Vorraum.

Wollte er überhaupt Präsident werden? Widerstreitende Gefühle durchströmten ihn. Er dachte an den verblendeten Blunt, der in Washington auf den großen Knall wartete. Er sah die angeheuerte Killerin vor seinen Augen, die ihr Stilett zückte. Urplötzlich kam Dick Chambers sich ungemein schlecht vor. Hundemies fand er sein Werk, das er in Gang gesetzt hatte. Töten, vernichten, die Macht ergreifen, all das verkam ihm zu leeren Worthülsen. Eine Welle von Friedlichkeit überwältigte ihn. Mit dem Ausfall seiner Haare, so begriff er, ging eine Läuterung seines Innenlebens einher. Das war sicher ein Zeichen. Noch war's nicht zu spät.

In gänzlich gutherziger Stimmung kleidete er sich wieder an. Er hatte sich mit sich versöhnt. Was war eigentlich geschehen? Er strich sich über die Glatze. *Die ist original*, scherzte er zu sich selber, begab sich dann nach unten, wo die Medienmeute darauf wartete, dass irgendjemand aus diesem Chaos hervortrat und eine Erklärung abgab. Vizepräsident Chambers war locker bereit, das zu tun.

Er bahnte sich den Weg durch die unvermeidlichen Trauben von Kameras und kreischenden Reportern.

»Das Evian-Wasser hat mich geläutert, Leute«, begann er jovial und erntete fassungslose Blicke der aufgepeitschten Medienmeute.

»Ich fühle mich wie verwandelt, habe mich entschlossen, ohne Wenn und Aber zu meinen Verfehlungen zu stehen.«

Er musste seine Hände hochhalten, schließlich auf einen Stuhl klettern, bis sich das Getöse der Medienhaufens legte. Dann gestand er. Die Verschwörung der SPHINX. Die grässlichen Morde am Secretary of State, dem deutschen Bundeskanzler. Er wirkte völlig ungeniert, als hätte er bloß geniest. Seine Stimme zitterte erst, als er die Urheberschaft des Attentats auf den CIA-Direktor gestand. Die Schlichtheit und Souveränität seines Geständnisses waren atemberaubend. Dann, als er sich zum Versuch bekannte, seinen Präsidenten kaltblütig ermorden zu lassen, die Konferenz in die Luft zu sprengen, ging seine Stimme im gewaltigen Getöse des Aufruhrs unter …

124

Hätte ganz Evian-les-Bains gebrannt, das Chaos wäre kaum fürchterlicher ausgefallen. Mit Windeseile verbreitete sich das Gerücht vom heimtückischen Evian-Virus. Die meisten der 6000 Einwohner, nicht zu reden von den Hunderten von Gästen, packten panisch ihre Sachen. Mit weißen Schutzmasken auf den Gesichtern verstopften sie die Ausfallstraßen. Im Nu war in der ganzen Gegend keine einzige Knoblauchzehe mehr aufzutreiben, die Regale in den Lebensmittelgeschäften längst geplündert, nachdem sich die angebliche Wirkung des im Knoblauch enthaltenen Allizin-Impfstoffs herumgesprochen hatte. Der Aufruhr schlug in wüste Ausschreitungen um, als die verängstigten Menschen versuchten, die stark bewachten Schranken zu durchbrechen, die der genervte Préfet des Departments Haute-Savoie zur Abgrenzung des eilig dekretierten Quarantänegebiets angeordnet hatte.

Die Killerin Matar und ihr Double Ruth Ross waren spurlos verschwunden. Die im Hotel blockierten Medienleute rochen Blut. Die böse Ahnung, dass die Verschwörer noch am Werk waren, die Flucht der Killerin organisiert hatten, fand immer mehr Stimmen. Dass die Matar sich auf freiem Fuß befand, den nächsten Schlag plante, schien allen klar. Das gleichzeitige Verschwinden von CIA-Agent Custer trug nichts zur Beruhigung der panisch aufgepeitschten Gemüter bei, sondern trieb im Gegenteil die wildesten Spekulationen in geradezu schwindelnde Höhen.

Jack Frosh stützte Custer, dessen blutiger Verband am Hinterkopf die aufgebrachte Menge wohl milde stimmte, sie davon abhielt, die als Ausländer erkannten Männer gleich am nächsten Laternenpfahl zu lynchen. Sie gelangten zum Hafen, wo Hentschmann wie ein ruhender Pol wartete, die weiße Haarsträhne im Wind flatternd.

Das Boot der Schweizer Küstenwache löste sich vom Landungssteg, nahm Kurs auf den schräg gegenüberliegenden Flecken Dully, auf Schweizer Seite des Lac Léman. Frosh stand im Heck, blickte über den doppelten weißen Schweif, den die kräftigen Jets aufwarfen, zurück zum schwindenden Ufer, dabei ins Handy sprechend.

»Die Frauen? Sie fragen, ob wir schon die Wirkung auf die weiblichen Zellen kennen? Die Antwort ist Nein. Die Wirkung ist absolut null. Die X-Chromosomen erweisen sich als resistent. Frauen dürften allerdings von der Reflexwirkung des Evian-Syndroms profitieren.«

Die Person am andern Ende der Verbindung schien etwas nachzufragen. Frosh wiegte den Kopf.

»Tja, wenn die Männer zu Softies werden, was passiert dann wohl auf der Seite des schwachen Geschlechts? Die Schwachen sind stärker, weil die Schwächen der Starken der Schwachen Stärken sind. Oder ähnlich.«

»Kommen Sie«, brüllte Custer in den Wind, streckte eine Hand aus.

Ruth tat einen zögernden Schritt. Custer griff nach ihrem Arm.

»Sie werden sich mal richtig ausruhen.«

Der Motor brummte kräftig, Ruths Lippen bewegten sich, als wollte sie sagen, ausruhen habe *er* wohl nötiger, doch ihre Stimme ging im Rauschen unter. Sie steckte die Hände in die Jackentasche, war oben warm, nur um die Beine peitschte ein kalter Wind.

»In der Villa Hammergut, drüben in der Schweiz, sind Sie in Sicherheit.«

»Die werden mich finden ... und ...«

Custer schüttelte mit einem Vertrauen erweckenden Lächeln den Kopf.

»Die Schweizer Armee riegelt die Villa ab. Schauen Sie nur, sind doch tolle Kerle, nicht?«

Commander Siegart drückte sich an ihnen vorbei, nickte zustimmend, als wüsste er, worum es gerade ging. Custer packte ihn an den Schultern.

»Uli, Miss Ross wird ein paar Tage in der Villa Hammergut ausspannen.«

Siegart schenkte ihr ein charmantes Lächeln.

»Always ready to serve, Madam! Wenn Sie irgendeinen

Wunsch haben, ich bin in der Nähe. Wir lassen keinen Menschen auch nur auf Sichtweite an Sie heran. Hier ist meine Telefonnummer.«

Anmutig lächelnd nahm Ruth die Karte des Zweisternegenerals entgegen, steckte sie in ihre Tasche. Custer blickte dem Commander, der elegant zur Brücke federte, bewundernd nach.

»Ein guter Typ. Auch Frau Dr. Freud wird sich um Sie kümmern. Seien Sie ganz unbesorgt.«

Sie ließ die Schultern hängen, um zu sagen, *ich bin am Ende, was soll das Ganze noch*. In ihren Augen flackerte aber immer noch ein Rest von Rebellion.

»Hat Hentschmann den Seelenklempner organisiert? Wollt ihr mich etwa umkrempeln?«

Custer zuckte mit den Achseln, die Hintergründe seien ihm nicht bekannt.

Das Boot näherte sich dem schweizerischen Ufer. Ruth hielt sich mit beiden Händen an der Reling fest.

»Wo gehen Sie hin, Ken? Bleiben Sie in meiner Nähe, bitte!«

Custer wandte überrascht den Kopf, schaute in ihre von Verzweiflung verdunkelten Augen.

»Ich komme so rasch wie möglich zurück. Wir haben noch ein paar lose Enden zu knüpfen. Treffe mich mit der Schweizer Bundespolizei, dem FBI. Sollte nicht allzu lange dauern.«

Ruth hob matt eine Hand, deutete zurück auf das französische Ufer, wo Evian nur noch als Ansammlung grauer Punkte in einem sattgrünen Abhang zerschmolz. Sie sprach mit leiser, müder Stimme.

»Hoffentlich wirkt wenigstens mein Evian-Syndrom, dann wären all die Opfer nicht ganz umsonst gewesen.«

Der Wind trug die Worte fort, Custer hörte nur Bruchstücke.

»Dr. Freud wird ...«

Sie unterbrach ihn, die Stimme jetzt fester.

»Kennen Sie diese Dr. Freud?«

Er schüttelte nur den Kopf.

»Gustav, typisch Gustav«, murmelte Ruth.

Custer legte einen Arm sanft auf ihre Schulter.

»Professor Hentschmann hat mir erzählt, wie alles gekommen ist. Dr. Freud hat vor einiger Zeit Kontakt mit ihm aufgenommen. Scheinbar hat sie auch Yael behandelt.«

Ruth blieb stumm, blickte auf das näher kommende Ufer. Große, unbebaute Flächen Gras, mit Bäumen durchsetzt, wie ein weiter Park, schmiegten sich leicht abfallend ans flache Gestade. Stattliche Häuser standen, Reichtum signalisierend, leicht erhöht inmitten riesiger Grundstücke.

Die »Wilhelm Tell« hielt auf eine weiße, von alten Bäumen umfasste Villa zu, an der die Schweizer Fahne in der leichten Seebrise flatterte. Ein Bootshaus und ein Gazebo ragten unten am See aus dem terrassierten, säuberlich gepflegten Garten.

Custer machte eine erklärende Handbewegung.

»Die Villa Hammergut.«

Plötzlich sehnte er sich danach, Ruth in die Arme zu schließen. Als er einen unbemerkten Schritt auf sie zu tat, löste sie sich ruckartig von der Reling, wankte nach hinten ins Heck. Custer blieb hilflos lächelnd zurück. Sein Nacken schmerzte wieder stärker.

125

Der Gegenschlag begann nur vierundzwanzig Stunden später im Westen Israels. Um fünf Uhr morgens rückte die Spezialbrigade Ben Gurion des israelischen Verteidigungsministers vor dem weißen Haus in Jaffa auf. Die Umzingelung der Gebäude verlief blitzschnell. Vier Männer brachen die Tür auf, stürmten durch den Wohnraum ins Schlafzimmer.

Leichenfeld war noch früher erwacht – sein sechster Sinn hatte ihn gewarnt. Er war durchs offene Fenster in den Garten gerannt, den Orangenhain hinauf. Er kam allerdings nicht weit. Drei Männer traten ihm in den Weg. Leichenfeld stieß brutal mit beiden Füßen kurz nacheinander zu. Den Näheren traf er in die Kehle, den andern in die Leistengegend. Sie gingen nieder. Da trat ein Hüne auf ihn zu, wehrte seine Schläge ab, als wären es Insekten, umklammerte ihn von vorne und drückte ihm den Brustkasten ein, dass es krachte.

»Gute alte Methode«, raunte er, als er den Bewusstlosen ins Gras fallen ließ.

Das Team durchsuchte das Haus nach Waffen, ließ anschließend den ganzen Hausrat von einem Laster abtransportieren.

In Zürich stand Hauptkommissar Berger hinter seinem unauffälligen grauen Personenwagen. Er beobachtete, wie die Spezialkräfte des Sondereinsatzkommandos *Luchs* sich an das Haus heranschlichen. Die Seitenstraßen waren abgeriegelt. Ein Jogger, der sich nicht um die Sperre scherte, rechthaberisch bergauf keuchte, wurde ohne Federlesens in einen Hauseingang geschoben und mit einem Schlagstock unter der Nase zu einem zitternden Häufchen Elend degradiert.

05:11 drangen die Männer der Sondereinheit in die Villa. Betäubungsgranaten detonierten, Schüsse krachten, im Obergeschoss barst eine Scheibenfront. Mit der Wolke von Scherben kam ein Körper herausgeflogen, blieb betäubt am Balkongeländer hängen.

»Wir haben ihn«, erfuhr Berger über Funk.

»Wer hat geschossen?«

»Wir mussten ihn abtun.«

»Was zum Henker soll das heißen, Burri?«

»Ein verdammt rüder Dobermann, ausgehungert und abgerichtet. Loosli hat es am Bein erwischt.«

Beruhigt entspannte sich Berger.

»Bringt die Leute runter, bevor die Horde Paparazzi aufkreuzt.«

Wie üblich dauerte alles länger, als die Chefs es sich vorstellten. Die Männer des Einsatzkommandos durchsuchten das Haus von Dach zu Keller – Routine. Den Festgenommenen führten sie in einen separaten Raum, verhörten ihn nach ihren eigenen unzimperlichen Methoden, nutzten die Abwesenheit von Untersuchungsrichter oder Verteidiger. Ein alter Trick der Branche.

Schließlich kam die Gruppe aus dem Haus, den Gefangenen in ihrer Mitte. Prompt hatte ein Fernsehreporter auf dem Balkon des Nachbarhauses gegenüber dem Gittertor eine Kamera in Stellung gebracht.

Er zielte auf den rundlichen, untersetzten Mann in Handschellen, erfasste das unrasierte, verschrammte Gesicht. Dr. Hans Magun hielt den Blick gesenkt. Hinter ihm schritt die schöne Schwarzhaarige, Carmela, den Kopf hoch, die ungeschminkten Lippen zu gezwungenem Lächeln verzogen. Ihre rabenschwarze Hochfrisur stach wie eine riesige Garnspule ins Auge.

»Nimm die Geisel ins Bild«, zischte der Reporter zum Kameramann, während der *Luchs*-Einsatzleiter die Geiselbefreiung und Verhaftung des Täters per Funk übermittelte.

In Washington standen die Zeiger der Bahnhofsuhr der Union Station auf 23:00, als die sechs Detektive in Zivil Anthony Blunt aufgriffen, der gerade im Begriff war, den Metroliner nach New York zu besteigen.

Er ließ sich wortlos und widerstandslos festnehmen, brach erst vor dem fensterlosen Gefängniswagen, der am Bahnhofseingang bereitstand, sein Schweigen.

»Ich wünsche mit Detective Bork zu sprechen. Steve Bork.«

Die Männer lachten.

»Grosny Bork? Den meint er? Haste gehört?«

»Ich bin ein Vertreter der Regierung mit Vollmachten. Ich verlange, meinen Anwalt zu sprechen.«

»Da haben Sie noch lange Zeit. Einstweilen buchten wir Sie ein. Vielleicht sehen Sie dann ja Freundchen Bork. Ihr habt euch sicher einiges zu erzählen, oder?«

»Was meinen Sie?«

Der Einsatzleiter trat nahe an Blunt heran, zischte ihm ins Gesicht: »Sie sind des Teufels, Blunt, ein verdammtes Stück Scheiße – Hochverrat, Anstiftung zum Meuchelmord. Ted Jones war ein guter Kerl.«

Blunt wurde aschfahl.

Der Einsatzleiter stülpte ihm unsanft eine graue Stoffkapuze über den Kopf: »Damit sich das Schwein daran gewöhnt, wenn er in Guantanamo aufgehängt wird.« Er versetzte ihm einen brutalen Stoß vor die Brust, dass er hart gegen die scharfe Kante des offenen Laderaums prallte, der Länge nach auf den Metallboden krachte. Die Tür knallte zu.

Die Männer knurrten grimmig Zustimmung, einer meinte: »Sie nannten ihn des Teufels Botschafter.«

Ein Kommando der Marines führte die Leute vom FBI in die Räume des Weißen Hauses. Borowitz war spurlos verschwunden, Tom Ronaldson nicht auffindbar.

Erst im Verlauf des Tages fanden die Ermittler ihre Leichen.

Tomahawk hatte am frühen Morgen wie immer »Good Morning America« eingeschaltet, fassungslos auf den Bildschirm gestarrt. Die Erklärung von Evian traf ihn wie ein Hammerschlag. Unglaublich! Ausgerechnet der braunzüngige, unterwürfige Pontiac, den er persönlich zum Viersternegeneral befördert hatte, kündigte vor der versammelten Weltpresse den weltweiten Truppenrückzug an. Wie tausend glühende Nadeln raste eine kochende, teuflische Wut in seinen Schädel, brachte ihn halb von Sinnen.

Ronaldson stürzte hinunter zum Arbeitszimmer seiner Maisonette, um schleunigst über sein Direkttelefon das Pentagon zu erreichen. Sein Geist verschwommen, riss seine fahrige Hand ihm die Brille vom rot angelaufenen Gesicht. Unbeherrscht tobend stolperte er auf der zweiten Stufe, fiel, wirbelte verrenkt herum, schlug rücklings hart mit dem Kopf auf, krachte purzelnd die Edelholztreppe hinunter, prallte erbarmungslos gegen eine matt glänzende Figur auf den Steinfliesen der unteren Etage.

Der FBI-Mannschaft bot sich Stunden später ein erbärmliches Bild: Der mächtige Secretary of Defense lag mit völlig verdrehtem Kopf in seinem eigenen Blut neben einer massiven, umgestürzten Statue.

»Tot«, stellte der leitende Beamte lakonisch fest. Er starrte lange auf die bronzene Plastik, die einen Löwenkörper mit den Brüsten und Händen einer Frau darstellte, wobei ihm schien, als hätten ihre Hände nach der Kehle des Toten gegriffen.

Endlich löste sich der Beamte aus der Erstarrung, klaubte sein Telefon aus der Rocktasche, murmelte: »Das ist SPHINX, die Würgerin«, wählte dann die Nummer der Einsatzzentrale.

Joe J. Borowitz wurde von der Wasserpolizei gegen Abend unterhalb des Hafens tot aus dem Potomac gefischt. Wie es den Anschein machte, war der Mann von Bord seiner Yacht gefallen. Äußere Zeichen von Gewaltanwendung waren am aufgedunsenen Körper nicht feststellbar. Doch der forensische Befund ließ nicht lange auf sich warten – Selbstmord durch Vergiftung.

Reina und Said wurden noch am selben Tag auf freien Fuß gesetzt. Aufgebrachte Bürgerinnen eröffneten spontan einen Fonds, um den jemenitischen Studenten das Studium an der Yale University zu ermöglichen. Ein Hollywood-Produzent, nicht unbedingt besten Rufs, bot den beiden für ihre Geschichte eine halbe Million Dollar sowie Nebenrollen im Film an.

126

In der Villa Hammergut am Schweizer Ufer des Genfer Sees, in Sichtweite des unter Quarantäne gestellten Kurorts Evian, schwamm Ruth zügig zum Rand der künstlichen Lagune.

»Sie haben mich verpfiffen«, giftete sie Dr. Freud zu.

Die Psychiaterin kraulte heran, schmiegte die Schulter an Ruths Rücken.

»Ich kam wider Willen zu Ihnen«, fauchte die Ross. »Einzig Gustav zuliebe, und Sie verpetzen mich einfach? Verletzen die ärztliche Schweigepflicht, he? Das wird ein hässliches Nachspiel haben, glauben Sie mir.«

»Nun, meine Liebe, war ich denn nicht verpflichtet, Ihre Geschichten zu verifizieren? Die Motive für den Mord am Piloten aufzuspüren, wie hieß der noch …?«

»Mitch, Sie wissen's doch haargenau!«

»… Ja genau, Mitch. Wie auch die Exekution von Dr. Jarek Slotzky und seiner Geliebten im Licht Ihrer Zurechnungsfähigkeit zu untersuchen? Es ging mir um die Frage, ob Sie zum Zeitpunkt des Verbrechens fähig waren, das Unrecht Ihrer Tat einzusehen, wie Kriminalisten so schön sagen.«

Ruth verzog die Lippen geringschätzig, winkte ab.

»Ist doch ein völlig normaler Ablauf«, beharrte Dr. Freud. »Ich musste dann Gustav Hentschmann ins Bild setzen, weil Sie mir …«

Ruth warf den Kopf herum.

»Was? Was habe ich?«

»Nun ja, Sie haben mir doch einen Bären aufgebunden.«

»Sie glauben mir nicht?«, protestierte Ruth. »Ich habe Mitch, dem armen Kerl, im Flugzeug das Messer in den Rücken gerammt …«

»War es nicht die Kehle?«

»Ist doch egal, ja, das habe ich, bin dann mit dem Fallschirm abgesprungen …«

»Die Pilotenkanzel kann bei Mitchs Maschine gar nicht geöffnet werden, meine Liebe …«

»… ach was, bin abgesprungen, um Jarek Slotzky in seinem Wohnmobil zu erledigen, ja, ich habe ihn gegen die Motorhaube geworfen und kaltblütig erwürgt …«

»Erwürgt? Nicht erschossen? Auch seine Freundin?«

»Freundin? Was soll der Quatsch?« Ruths Blick verdüsterte sich. »Jedenfalls bereue ich es keinen Augenblick!«

Sie stemmte sich am Beckenrand hoch, rannte nackt zur Liege, begann sich mit dem großen weißen Tuch abzufrottieren.

Dr. Freud machte ein paar Züge, hielt sich an den Chromstangen der Badeleiter fest.

»Kriminalisten billigen Ihnen ein kaltschnäuziges und intelligentes Vorgehen zu. Sie haben in Zürich alle Profis ausgetrickst. Kompliment! Nur, ich habe eine klitzekleines Problem – es gibt nämlich überhaupt keine Leichen. Ihre Opfer haben sich entweder in Mikroben aufgelöst oder leben noch. Ich bin eher für letztere Version. Nicht zu reden davon, dass Sie mir von Mal zu Mal eine leicht andere Version Ihrer Gräueltaten auftischen.«

Die Therapeutin strahlte förmlich bei diesen Worten. Ruth hätte ihr das schmeichlerische Grinsen am liebsten tief in die Fratze geschlagen.

»Ist doch Blödsinn, alles Mist. Ich bin eine Killerin und bereit, mich der Polizei zu stellen.«

Dr. Freud stieg langsam aus dem warmen Wasser, wickelte sich in ein Frottiertuch.

»Ich will Sie nicht verlieren!«

Sie kniete vor Ruth nieder, das Gesicht an Ruths Bauch gepresst. Ruth runzelte die Stirn.

»Hören Sie doch auf! Ich will wissen, was mit mir los ist.«

»Okay!« Dr. Freud stand auf. »Ich dachte, es Ihnen in Raten beizubringen. Sind Sie wirklich bereit?«

Ruth nickte, schlüpfte in ihre Shorts, den Blick bewundernd auf den wohlgeformten Körper der Ärztin geheftet, die zur Bar hinüberschlenderte und sich mit Gläsern zu schaffen machte.

Sie setzten sich in die bequemen Korbstühle mit den geblümten Kissen. Ruth entfernte das türkisgrüne Faltschirmchen vom Drink, nahm einen kräftigen Schluck.

»Tequila?«

Die Psychiaterin nickte schmunzelnd.

»Mein eigener Mix!«

Sie legte sich einen hellblauen Sarong um, ließ aber den üppigen, festen Busen entblößt.

»Ruth, Sie leiden an schizophrener Paranoia. Ihre Einbildungskraft ist unerhört stark. Ihre Fähigkeit, eine anspruchsvolle wissenschaftliche Forschungsarbeit zu leiten, selber Experimente durchzuführen und gleichzeitig durch eine unglaublich bunte Phantasiewelt zu reisen, ist erstaunlich und wissenschaftlich natürlich hoch interessant.«

»Und Slotzky? Was ist mit Jarek?«

»Dr. Jarek Slotzky lebt und leibt wie eh und je. Sie waren keine Sekunde in seinem Ferienhaus. Alles starke, realistisch verankerte Phantasmen Ihrer gewaltigen Einbildungskraft. Sie haben ihn nicht gewürgt, schon gar nicht meuchlings ermordet. Er hätte es auch nicht verdient. Immerhin war es Slotzky, der dem Verräter Magun zum Schluss auf die Spur gekommen ist. Er hat nämlich das Material, das Sie belasten soll, bei Magun gefunden und vernichtet.«

»Vernichtet? Moment, ich bin mit Mitch geflogen. Ist das etwa auch schizophrene Paranoia?«

Dr. Freud schüttelte den rassigen Kopf mit den intelligent glitzernden Augen. Sie lächelte warm.

»Sie sind mit ihm geflogen, wieder gelandet, aber kein zweites Mal aufgestiegen, wie Ihre blühende Phantasie Sie glauben ließ. Mitch ist nicht am Berg zerschellt. Er hat uns alles erzählt, wie Sie ihm sonderbar entrückt vorkamen, er tobt sich weiter in den Lüften aus.«

Ruths Züge verdüsterten sich. Sie starrte über die grünen Rasenterrassen zum Seeufer, sah die verhasste, körperlose Fratze.

Leichenfeld stand dort, den Hut tief ins Gesicht gezogen. Er nickte aufmunternd, fuhr sich mit der Handkante über die Kehle. *Bring sie um, sie hat uns verraten!*

Was los sei, fragte Dr. Freud besorgt, doch Ruth stand auf,

ging leichtfüßig ins Fitnesszimmer, wo sie ihre Sachen zurückgelassen hatte. Im Nu fand sie das Stilett, verbarg es unter einem Frottiertuch, das sie um die Hand schlang. Gerade wollte sie auf die Terrasse zurück, da tauchte Leichenfelds Fratze am offenen Fenster auf.

»Sie arbeitet für den Feind, Ruth. Meine Organisation weiß, dass sie das FBI angerufen hat. Töte sie, bevor sie redet. Sie ist eine getarnte Agentin, töte sie!«

»Sie sagt, ich sehe nur Phantombilder.«

Leichenfeld lächelte mitleidig.

»Siehst du mich oder nicht? Nun, mach schon – die Freud ist ein Staatsfeind.«

Grimmig nickend, schritt Ruth entschlossen hinaus auf die Terrasse. Die Psychiaterin lag bäuchlings auf dem Liegestuhl, die Beine leicht gespreizt. Der Sarong war weggerutscht, entblößte und akzentuierte die schöne Wölbung ihres Rückens.

Ruth ging langsam auf sie zu, die Hand zur Faust geballt – darin, wie im Schraubstock verkeilt, das schmale scharfe Stilett.

Ich hab' doch immer zwei Stiletts gehabt. Eins hat mir Yael geklaut, wie fast alles, was mal mir gehörte …

»Jemand zu Hause?«

Ruth schreckte zurück, blieb wie angewurzelt stehen. Dr. Freud hob lethargisch den Kopf, schaute verwundert in die Richtung, wo sie den Mann vermutete, der gerufen hatte. *Was machte ein Fremder in ihrem Haus? Warum hat ihn Charly nicht gemeldet?* Alarmiert zog sie den Sarong über ihre Blöße, nahm eine sitzende Stellung ein.

Ken Custer kam mit vergnügter Miene über die Terrasse geschritten, nahm die Sonnenbrille ab, um die Frauen zu begrüßen. Hinter ihm redete ein aufgebrachter schwarzer Butler auf einen großen Mann ein, der ihm auf die Schulter klopfte und nicht aufhörte, seine Hand zu schütteln. Professor Hentschmann winkte von weitem, schritt beschwingt hinter Custer her

– nahm, wie Custer, die Sonnenbrille ab. Charly, der Butler, griff sich geistesgegenwärtig ein Tablett mit Gläsern und Eiskübel, darin eine klirrende Flasche, schenkte hastig ein.

Hentschmann nahm ungeduldig ein Glas, erhob es.

»Ende gut, alles gut!«

Ruth schaute verdutzt drein.

»Ihr kennt euch?«

»Noch nicht lange, Miss Ross«, grinste Custer. »Erst seit ich vermutete, Sie führen ein Doppelleben.«

Er trat mit ihr an den Rand des tiefblauen Pools; sie redeten angeregt miteinander, dabei leicht die Gläser schwenkend.

Dr. Freud hatte sich ebenfalls erhoben, redete leise mit Professor Hentschmann, der eine besorgte Miene zur Schau trug.

»Sehen Sie, Kollegin«, setzte er zum gelehrten Vortrag an: »Es ist Pflicht alter Männer, den jungen etwas vorzuschwindeln. Die sollen nur schön ihre Enttäuschungen erleben, ein paar Illusionen verlieren. Solange wir jung sind, stärken wir unsere Seelen mit Hoffnung. Zuversicht macht stark. Später können wir mit der Stärke, die wir so erwerben, Verzweiflung ertragen. Darum verdammen Sie uns Männer nicht gleich, wenn wir ab und zu etwas schwindeln.«

»Warum sagen Sie mir das?«

Leichte Musik begann die Lüfte zu durchrieseln, der Butler schenkte nach, das weiße Tuch jetzt korrekt über den Arm geworfen. Zwischen den Hecken am Rand des weitläufigen Gartens tauchte ein behelmter Kopf auf, verschwand. Die Spezialkräfte der Schweizer Armee hielten ein wachsames Auge auf die illustre Gesellschaft …

»Ruth ist noch jung. Sie glaubt an die Allmacht der Wissenschaft. Sie sehen übrigens reizend aus«, antwortete Hentschmann der Psychiaterin, die sich in ein rotes, luftiges Kleid mit tiefem Ausschnitt geworfen hatte.

»Ist das etwa auch geschwindelt?« Sie hob verspielt das Glas, nippte daran und sinnierte leicht wehmütig, warum sie nicht früher an attraktive Männer wie Hentschmann gelangt war.

Ruth allerdings war nicht zum Feiern zu Mute.

Unvermittelt ging sie auf Custer los, packte ihn bei den Schultern. »Du hast mich verladen! Du hast mich im Stich gelassen!«

Er verlor den festen Stand, rettete sich in einen Liegestuhl. Die Ross fiel auf ihn, über ihn, schlug ihm die Fäuste auf die Brust: »Du hast mich verladen! Du hast ... mich ... mmhmmm ...«

Dr. Freud und Hentschmann, die zuerst beunruhigt auf das Paar zugegangen waren, um die Streithähne auseinander zu bringen, hielten im Schritt inne, ihre strengen Gesichter zerflossen zu einem von Sympathie und Erleichterung erhellten Mienenspiel.

Ruth löste sich aus der Umarmung. Sie stand auf, strich sich verlegen die Haare aus dem Gesicht.

»Was soll der Klamauk hier? Ich sitze in der Patsche, und Sie tun alle, als feierten wir den Unabhängigkeitstag.«

Custer fasste sich als Erster.

»Gestatten Sie alle mir einen Toast auf unsere Miss Ross.«

»Miss Ross«, äffte diese kaum hörbar nach.

Er rang sich mühsam aus dem Stuhl hoch, fand das halb volle Glas, hielt es in die Luft.

»Sie hat fertig gebracht, wovon die gesamten Vereinigten Geheimdienste der Vereinigten Staaten nur träumen konnten. Die Schattenregierung und illegale Geheimorganisation SPHINX ist zerschlagen. Die Nation ist Ruth Ross zu ewigem Dank verpflichtet.«

Irgendwie klang es hohl, geradezu pathetisch. Niemand entgegnete etwas darauf. Aus Höflichkeit hoben sie alle die Gläser. Ruth wand sich unbehaglich.

»Ich habe bloß ein Experiment gemacht, hätte auch schief gehen können. Jack Frosh kommt das große Verdienst zu.«

Professor Hentschmann stellte als gewiefter Pragmatiker die erlösende Frage.

»Ken, wie und wann wussten Sie, dass Ruth es auf die Konferenz von Evian abgesehen hatte?«

»Ich erfuhr es von Frosh, dann führten meine Nachforschungen zu Doktor Freud.«

Die Psychiaterin schien alarmiert.

»Und wie kam das?«

»Ich habe meine Quellen«, wich Ken aus, ohne Sam Schwartz zu verraten.

»Die entscheidenden Informationen über die geheime Giftküche der Armee in Raspenburg gab mir Jack Frosh über Billie Sue, die mir, ganz wörtlich, auf den Leib gerückt war. Sie setzte alle Hebel in Bewegung, damit ich aus meiner Lethargie aufwachte, um die Welt zu retten, die Gute! Bald ahnte ich, wohin die Fährte führte, erhielt mit der Zeit die beklemmende Gewissheit, wo und wie die ruchlosen Verschwörer skrupellos operierten, auch wie diese monströsen Verräter hießen. Der reuige, hirnrissige arme Trottel eines umgestülpten Vizepräsidenten hat sie ja dann höchstpersönlich in Evian den Medien aufgezählt.«

Ruth reagierte scharf.

»Also bitte, Ken, das sind doch nur die Vordermänner. Die führenden Köpfe, die Drahtzieher bleiben im Hintergrund.«

»Warum?«, fragten alle fast gleichzeitig.

»Das ist doch immer so. Die Kleinen hängt man, die Großen lässt man laufen. Wie in der Natur auch. Nehmen Sie die Ameisen. Die senden Späher aus, bevor die Krieger ausrücken. Die Ameisenköniginnen bleiben sicher bewacht in der Festung zurück, genau wie die Bienenköniginnen in ihren Palästen.«

»Mmm«, brummte Custer, »interessant.«

»Und die Mikroben verhalten sich genauso.«

Custers stechender Blick weitete Ruths Pupillen.

»Wer sind denn Ihrer Meinung nach die führenden Köpfe?«

Sie zuckte nur die Schultern.

»Im Grunde genommen ist das doch vollkommen egal. Es wird sie immer wieder geben – Drahtzieher, Puppenspieler. Die bleiben unsichtbar, das ist ihre Natur. Apropos unsichtbar – wo ist meine Schwester?«

Custer zögerte, strich sich verlegen durch die Haare.

»Yael Matar tötete im Auftrag von SPHINX, genauer von Anthony Blunt. Ihr Manager, Leichenfeld, hatte sie dem Mossad vermittelt, der sie vermutlich an Blunt weitergab.«

Wo Yael sei, wiederholte Ruth kurz.

Custer zögerte nur zwei Herzschläge lang.

»Ich zweifle, dass sie jemals lebendig gefasst wird.«

Schön langsam, psychologische Verarbeitung traumatischer Bitterkeit, nennt sich das wohl. Ist sicher 'n bisschen wie Debriefing, aber irgendwann wird sie die harte Wahrheit erfahren, redete sich Custer zu – erleichtert, als Ruth ihren aggressiven Tonfall änderte, verträumt murmelte:

»Wir waren zwei Frauen, aber im Grunde nur eine Persönlichkeit. Wir denken sehr zielstrebig, sind skrupellos auf Erfolg getrimmt, gehen über Leichen, um zu reüssieren. Yael hatte das Pech, als junges Mädchen traumatisiert zu werden – ich das Glück, eine der besten Mütter zu haben, eine Frau, die mich zum Olymp führte.«

Hentschmann brach gelassen das beklemmende Schweigen.

»Hauptsache, SPHINX ist zerschlagen.«

»Ende gut, alles gut. Feiern wir doch ein bisschen«, tröstete Custer. »Amerika ist gestärkt aus der haarscharf abgewendeten Katastrophe hervorgegangen. Man sagt übrigens«, fügte er verschmitzt hinzu, »dem Präsident wachse schon wieder der Busch ... Dank Jack Frosh. Übrigens, wo ist eigentlich das Genie?«

Alle Augen richteten sich fragend auf Ruth, die bescheiden die Augen niederschlug.

»Berufsgeheimnis, liebe Freunde. Es gehört nun mal zum Wesen des Froschs, dass er untertaucht. Jack hält sich aus Sicherheitsgründen vom Rummel fern. Selbstverständlich wissen wir, wo er abgetaucht ist.«

Diese letzten Worte hatte sie mit unverhohlenem Stolz ausgesprochen.

Custer hob die linke Augenbraue so weit es ging in Richtung seines zum Glück unvermindert dichten Haaransatzes.

»Und wer ist wir?«

Das Motorengeräusch in der Vorfahrt ließ die Frage unbeantwortet. Dr. Freud erhob sich beschwingt, schaute auf die Uhr, ging ins Haus. Der Butler trug einen braunen Zigarrenbehälter heran. Custer wählte eine dicke Havanna.

»Kommt noch wer?«

Dr. Freud kam bereits zurück, einen attraktiven Mann zur Seite. Er hielt Hentschmann aufmunternd nickend einen Umschlag hin.

»Gutes Timing!«, lobte Hentschmann, stellte dann den Besucher vor.

»Urs, Anwalt der Familie.«

Die Augen glühend auf Ruth geheftet, ging der Anwalt forsch auf sie zu, unter erstauntem Murmeln der Versammelten schloss er sie sanft in die Arme, drückte sie leicht an sich. Was er ihr zuflüsterte, verstand nur Ruth allein.

Sie wich erschrocken zurück, würgte einen Laut hervor, der den verblüfften Zuschauern wie das Knurren einer verletzten Löwin durch Mark und Bein drang.

Alle starrten sie an. Custer hielt die Zigarre reglos auf Augenhöhe. Seine Muskeln spannten sich sprungbereit, um die jeden Augenblick in Ohnmacht zu fallen drohende Frau aufzufangen.

Doch Ruth wankte nicht, stammelte bloß: »Gu- Gustav?! Seit wann? Warum erst heute? Mutter sprach nie darüber, obwohl ich ahnte … dass sie … mit dir mal was hatte.«

Jetzt huschte ein Lächeln über ihr angespanntes Gesicht.

Dr. Freud legte eine Hand auf Ruths Schulter.

»Sie haben viel durchgemacht!«

Ruth zuckte zusammen. Das liebliche Antlitz ihrer Mutter erschien ihr.

»Deine Mutter hat das Geheimnis bis zu ihrem Tod wie ihren Augapfel gehütet«, gestand Hentschmann.

»Dann ist Yael gar nicht meine …« Sie setzte sich. »Nur meine Halbschwester! Darum hat Mama immer so zärtlich von dir gesprochen, Gustav! Immer wieder plädierte sie, dass ich bei dir im Institut ausharre. Und jetzt ist mir auch klar, warum du ewiger Charmeur nie versucht hast, mich anzumachen. Habe mich die ganze Zeit gefragt, ob ich wirklich so ein hässliches Entlein bin, so uninteressant für dich.«

Endlich stieß sie ein befreiendes, ansteckendes Lachen aus.

»Slotzky hat versucht, dich anzubaggern und mich ganz rasend gemacht vor Eifersucht«, gestand Hentschmann lachend, aber Ruth blieb ernst.

»Und wer sagt mir, dass all das stimmt?«

Das angeregte Gemurmel brach jäh ab. Fast hätte Custer die Zigarre fallen lassen.

Der Anwalt hatte eine Hand erhoben, erklärte dann, im Testament habe Frau Ross-Kramer die Vaterschaft von Professor Hentschmann enthüllt und mit einem DNA-Gutachten des Rechtsmedizinischen Instituts nachgewiesen.

»Frau Ross, Sie sind wirklich die Tochter von Professor Hentschmann. Gratuliere!«

»Ich erinnere mich noch, als du gezeugt wurdest, Ruth. Ich war zufällig dabei«, grinste Hentschmann.

Ein Knall ließ alle hochfahren.

Der Butler hatte ein Flasche Champagner entkorkt.

Ruth stand nicht auf.

»Gustav«, rief sie. »Gustav, was geschieht mit unseren L-18 und den restlichen Gamas?«

Hentschmann wäre nicht Hentschmann gewesen, hätte er diese Situation nicht rechtzeitig unter Kontrolle gebracht. Seiner Tochter wollte er im Übrigen in nichts nachstehen, gab sich dementsprechend ultracool.

»Ich hatte vorgesorgt, meine Liebe.«

»Okay?«

Ruth wusste um den Aufruhr, den Evian in den USA ausgelöst hatte. Raspenburg war dichtgemacht worden, andere Anlagen im Land folgten. Hearings im Kongress standen bevor, das FBI nahm laufend Verhaftungen vor, Köpfe rollten unerbittlich. Die Gamas verschwanden von der Bildfläche. Inspektoren der Konferenz zur Überprüfung der B-Waffenkonvention fielen über unzählige Forschungsstätten in verschiedene Bundesstaaten her. Die US Army kam schlecht weg. Die ganze B-Waffenproduktion lag am Boden.

»Wir produzieren die L-18 exklusiv für die ganze Welt in Zürich und im Werk in Israel«, fuhr Hentschmann fort. »Die Aufträge purzeln nur so rein. Zufällig auch vom Pentagon.«

»Was sagst du? Wieder die Amis?«

»Normal, völlig normal«, beschwichtigte Ken. »Schließlich sind wir Zürich einiges schuldig, denke ich.«

»Aber den Evian-Virus, den mussten wir bestimmt ...«

Der Professor wehrte ab – jetzt unverhohlen väterlich.

»Keine Rede davon. Wir haben mit Frosh ein Abkommen. Wir fahren mit der Herstellung der genetisch veränderten Evian-Mikroben fort, er produziert im Gegenzug die Selbstmörderviren, das Anti-Evian, die unsere Gamas neutralisieren können. Das Geschäft bleibt somit hoffentlich in der Familie.«

»Familie?«, fragte Ruth. »Ist Jack etwa auch noch dein Sohn! Du Heimlichfeister!«

Sie drohte ihm schelmisch mit dem Finger. Der Professor verneinte lachend.

»Nicht wie du denkst. Ich dachte bloß, vielleicht werde ich eines Tages ...«

Sie unterbrach ihn scharf. »Gustav, ich mache dich nicht so rasch zum Großvater. Das passt nun wirklich nicht zu dir.«

Die Bemerkung löste Beifall aus, der gleich ihn Komplimente ausuferte, als der Butler die Platten und Schalen mit dem kalten Essen auftrug.

Custer zog eine vergessene Knoblauchknolle aus der Tasche, drehte sie in den Fingern. Alle starrten ihn plötzlich ratlos an, leicht belustigte Züge auf den Gesichtern.

»Es hat nichts genützt«, meinte er kopfschüttelnd. »Ich bin völlig weich geworden. Es ist Zeit, dass ich das Spukgeschäft an den berühmten Nagel hänge.«

Epilog

An der Südküste des Jemen ging ein heißer Tag zur Neige. Angenehm strich die aufkommende Brise kühlend über die Stirn des Mannes, der mit glühenden Augen dem einmotorigen Flugzeug folgte, das in einem waghalsigen Manöver zum zweiten Mal steil gegen die Düne hinunterstach, im letzten Augenblick hochzog.

»Das Weib ist verrückt«, verkündete Abdul al-Hada, der Zaim, mit sanfter Stimme seinem Begleiter. Die gelbe Maschine mit Kennzeichen des Sultanats von Oman hatte draußen abgedreht, dort wo der Himmel mit dem Blau des Meeres verschmolz, schoss jetzt ganz knapp über dem gekräuselten Wasser heran. Noch war kaum mehr als ein Punkt auszumachen.

Der Zaim klopfte sich bedächtig den Sand aus den khakifarbenen Cordhosen. Plötzlich schwoll der Motorenlärm wieder an, die Männer duckten sich unweigerlich. Das Knattern verebbte, verdichtete sich jäh zu einem brausenden Heulen, als die Maschine einen Gewehrschuss entfernt mit dem Fahrgestell ruppig auf die Autostraße setzte, kontrolliert ausrollte. Der gedrosselte Motor protestierte winselnd, während sich der Zaim zu voller Größe aufrichtete, der Maschine mit ungläubigem Staunen entgegenblickte.

Die Pilotin bremste rechtzeitig, hielt die Maschine neben den beiden Männern an. Der Propeller lief aus, stand zuckend still.

Behände kletterte sie aus der Kanzel, schwang sich auf den Flügel, federte elegant auf dem Asphalt ab. Forschen Schritts, eine Hand ausgestreckt, ging sie keck auf die Männer zu.

»Es ist vollbracht«, schnaufte sie auf.

Der Zaim blickte skeptisch, blieb stumm.

»Ja, drei Flüge über die Stellen, die Sie mir bezeichnet haben. Drei gezielte Abwürfe Beton zersetzender Kampfmikroben«, setzte Ruth mit entwaffnendem Lächeln nach. Sie schob die Schutzbrille hoch.

»Mein Freund in Washington wird sich freuen«, erwiderte der Zaim. »Er sagt immer: ›Alles beginnt im Jemen‹.«

Ruth schmunzelte. In ihrer Stimme schwang etwas Träumerisches mit.

»Die L-18 Gamas zermürben den Stützpunkt des Bösen. Der Jemen wird aufblühen.«

Die andere junge Frau, rund hundert Kilometer nördlich, war bildhübsch. Sie schob den bunt gemusterten Schleier aus der Stirn, schaute mit ihren schönen schwarzen Augen in die Runde der feurig dreinblickenden Männer. Sie lehnte lässig gegen die Steinwand des unterirdischen Bunkers am Fuß des über 3000 Meter hohen Jabal Sabir.

Der zweithöchste Berg Jemens wachte mächtig über die im Dunst flirrende Meerenge und bot von seinem weither erkennbaren Gipfel einen gewaltigen Rundblick auf das Rote Meer im Westen, hinunter zur Hauptstadt im Süden und hinaus über den tiefblauen Golf von Aden.

Tief verborgen in den langen Kavernen hinter ihrem Rücken lag das bestgehütete Geheimnis, für dessen Lüftung die Geheimdienste der Welt ein Vermögen bezahlt hätten – Mittelstreckenraketen, B- und C-Kampfstoffe, Anthrax-Vorräte, Sprengstoff, Maschinenpistolen, Raketenwerfer, ganze Arsenale lagerten im südlichen Ausläufer der jemenitischen Gebirgskette – keine 100 Kilometer von der CIA-Station in Aden entfernt.

Die junge Frau blickte plötzlich alarmiert nach oben, als hätte sie einen Wink des Himmels erhalten. In die Reihe der Männer, die stramm stehend auf ihre Befehle warteten, kam

Bewegung. Verdutzt schauten sie prüfend zur hohen Betondecke, wo das Knacken herkam.

Der Boden bebte. Ein Grollen, wie fernes Donnerwetter, ließ sie näher zusammenrücken. »Was geht hier ab?«, stand auf ihren jungen, bärtigen Gesichtern.

Wieder knackte der Fels, ein lautes Poltern schreckte sie auf. Die Frau schrie. Dann erschütterte ein heftiges Beben die unterirdische Anlage, als die erste Kaverne einbrach, während Milliarden und Abermilliarden von hungrigen Mikroben das Mauerwerk der Munitionslager, die Silos der Abschussvorrichtungen unaufhaltsam weiter zermürbten.

Die Frau rannte zum Ausgang, die Männer hinterher. Da barst die Decke mit einem furchtbaren, ohrenbetäubenden Knall. Die Gruppe hatte keine Chance, ins rettende Freie zu gelangen. Nur wenige von ihnen wussten, wie ihnen geschah, als die Gesteinsmassen in Sekundenbruchteilen auf sie niederstürzten, sie für immer begruben. Die Anlage im Jabal Sabir war in sich zusammengebrochen, endgültig. Niemand fand eine Erklärung. Außer Ruth natürlich. Sowie auch der Zaim, stolzer Sponsor der Milliarden von Beton zermürbenden Mikroben. Gamas genannt.

Ein Begriff, den inzwischen jedes Kind kennt.

Am nächsten Tag flog die gelbe Propellermaschine die weite, weiße Küste entlang, schwenkte schließlich über das Festland ein.

»Da, der Gaza-Streifen«, schrie Ruth nach hinten, wo Custer sich über den Hebel beugte, der den Sprühvorgang auslöste.

Ruhiger sprach sie jetzt in den Bordfunk.

»Alles reduziert sich auf den Streit der Orthodoxie mit den Säkularen. Die Westbank, das ist noch verständlich, es handelt sich um das Gelobte Land, aber Siedlungen im Gaza-Streifen – hier fehlt es an historischer Ideologie – weder Stammvater Abraham noch sein Weib Sarah lebten dort. Die Kinder Israels sind nach ihrem Auszug aus Ägypten auch nicht dort vorbeigelatscht. Jede Rechtfertigung fehlt. Es sind ein paar Bekloppte, die dort siedeln und sich von der israelischen Armee verteidigen lassen. Das macht die Säkularen, die ihre Kinder nach Gaza schicken, um ein paar sture Böcke zu schützen, rasend vor Wut.«

Custer nickte – die Stirn gerunzelt, die Augenlider geschlitzt.

»Das werden wir jetzt ändern«, meinte Ruth entschlossen und stach auf die Siedlungen hinunter, die aus weißen Containern und im Bau befindlichen Gebäuden bestanden. Sie flog ein paar Mal im Tiefflug darüber hinweg, bis Frauen, Männer und Kinder aus den Behausungen geströmt kamen. Dann warf Ken die Flugblätter ab, löste den Spray aus.

Die Millionen von Mikrokapseln waren kaum wahrnehmbar. Sie sanken nieder auf das Land wie ein matt schimmernder Flor, ein nebliges Nichts. Die Leute hetzten den Flugblättern nach, lasen: SHALOM – PEACE. Und hatten die sanften Mikroben schon eingeatmet, bevor sie mit der Lektüre fertig waren.

Ruth und Ken wiederholten die Berieselung, kehrten dann auf das Flugfeld bei Bethlehem zurück.

»Ist es nicht wunderbar, mal was richtig Gutes zu tun?«, schmunzelte Ruth, als die Räder holpernd aufsetzten.

Vierundzwanzig Stunden später blickte Ruth Ross vom Cockpit der gelben Propellermaschine auf die Siedlung hinunter, die sie gestern besprüht hatten.

»Siehst du was im Dunst? Sind das nicht Araber?«

»Schwer zu sagen.«

»Ich sehe gescheckte Kopftücher. Dort, die Fahne!«

»Ja, ich seh's, Ruth, es sind Palästinenser.«

Der bunte Haufen rannte Arme schwenkend neben drei Staub aufwirbelnden Pick-ups her. Immer näher kamen sie der Siedlung, wo die Frauen, Männer und Kinder zur Pforte drängten.

Jetzt trennte sie nur noch der hohe Gitterzaun voneinander.

Ruth drückte die Nase der Maschine nach unten, verlor absichtlich an Höhe, hielt auf das Geschehen unten auf der Erde zu.

»Siehst du, das Zaungatter ist offen, die strömen hinein ... Jetzt kann ich es deutlich sehen. Juden und Araber. Hoffentlich passiert nichts.«

Ken lehnte sich hinaus, schaute zurück, als die Maschine über die Menschentraube brauste: »He, nicht zu glauben«, schrie er. »Die umarmen sich!«

»Mir ist auch danach zumute.«

»Geh noch mal ran!«

Ruth legte die Maschine in die Kurve, näherte sich der Wiedervereinigung von der andern Seite. Die Leute winkten zu ihnen hoch.

»Tatsächlich, schau, da werden Tische aufgestellt ... Hoppla, wir müssen zurück, der Sprit geht zur Neige.«

Über das monotone Brummen der Maschine rief Ken nach einer Weile in den Bordfunk: »Wenn das nun mal ein Anfang wäre, Ruth, was meinst du?«

»Anfang?«

»Ja, diese Siedler eben, eine Art Versöhnung. Dank deiner Mikroben. Stell dir vor, diese Friedensmache steckt an ...«

Ruth schaltete auf den Reservetank, schüttelte den Kopf:

»Vergiss eins nicht, Ken. Da unten findet seit Jahrzehnten, nein, seit Jahrhunderten, sogar Jahrtausenden, ein Kampf um Lebensraum statt – schon die Ägypter, die Assyrier, die Babylonier ... wie sie alle hießen ... riesige Armeen, große Schlachten, Gemetzel ... seit Menschengedenken. Nein, unsere Mikroben sind nur eine Episode, etwas Licht ins Dunkel, mehr nicht.«

»Pessimistin!«

»Überhaupt nicht. Vergiss unsere Konkurrenz nicht. Die werden über kurz oder lang unsere Gamas imitieren. Jemand wird ein Interesse haben, die aggressive Art, die wir damals als

Prototyp ins Weiße Haus geschleust hatten, hier unten zu verteilen, damit das Böse nicht ausstirbt … Lauf der Welt, nehm' ich an.«

»Siehst du nicht ein bisschen zu schwarz?«

»Nein, aber jetzt ist der Sprit alle.«

Der Motor begann zu stottern, setzte nach einer Weile aus. In die rauschenden, pfeifenden Windgeräusche schrie Ken:

»Was jetzt?«

»Wir gehen runter, was sonst«, lachte Ruth. Sie spähte nach vorne, zog leicht nach Backbord.

»Eines Tages wird die Gehirnforschung in der Lage sein, Menschen friedlicher zu machen«, schrie sie. »Unser Experiment steht vermutlich am Anfang einer hoffnungsvollen Entwicklung der Menschheit. Halt dich fest.«

Der schmale weiße Streifen Strand kam rasend schnell auf sie zu, Ruth setzte die Maschine flach auf den Bauch. Knirschen, Rumpeln. Sand stob hoch, plötzlich Wasser, die Maschine bohrte sich mit der Nase in den Grund, kippte vornüber …

… Sie lagen klatschnass auf dem weißen Sand, eng umschlungen, ein Brecher umspülte weiß schäumend ihre Füße.

Sie küssten sich, wälzten sich leidenschaftlich im Sand. Als Ken sanft in sie eindrang, zerschmolz ihr Gesicht in Glückseligkeit.

Die Welt um sie war vergessen. Eine Ewigkeit lagen sie dort.

»Wie geht's?«, brach Ken den Bann, strich zärtlich über ihre Lippen.

»Wunderbar. Einfach schön«, hauchte Ruth. »Bleibst du bei mir?«

Er nickte lächelnd, um ihr reizendes Antlitz gleich mit Küssen zu überschütten.

Namen und Personen

Gamas	Genetisch manipulierte Keime, die Stoffe zerstören (Genetically Engineered Anti-Material Agents)
L-18	Gamas, die Ölrückstände zersetzen, aber auch Beton zermürben
L-18/H-plus und L-18/H-minus	Gamas, die das Gehirn des Menschen positiv (Sanftmut) oder negativ (Bösartigkeit) verändern
SPHINX	Geheime Schattenregierung in Washington, D.C.
Krav Maga	Nahverteidigungstechnik
Raspenburg	Ort in Montana, geheime US-Forschungsstätte für B-Waffen
Creek Walking	Bachgraben-Wandern, neuer Trend im Wellness-Geschäft
Sunshine-Projekt	Anti-B-Waffen-Organisation
Patumbah	privates Forschungsinstitut in Zürich
MI6	Britischer Nachrichtendienst
USEUCOM	Hauptquartier der US-Streitkräfte für Europa in Stuttgart-Vaihingen
SWAT	Special Weapons and Attack Team
Ken Custer	CIA Special Agent
Ruth Ross	Molekularbiologin
Yael Matar	Profikillerin

Jack Frosh	Molekularbiologe, Ameisenforscher
Billie Sue Powell	Weggefährtin von Jack Frosh
Anthony Blunt	Chef von SPHINX
James Kelly	Ex-CIA- Direktor, jetzt bei SPHINX
John Ash	Special Agent, arbeitet für SPHINX
Dr. Robert Thoma	Forschungsleiter in der geheimen Anlage von Raspenburg
Gustav Hentschmann	Professor, Chef des Patumbah Forschungsinstituts
Dr. Jarek Slotzky und Dr. Hans Magun	Zwei Forscher im Patumbah Institut
US-Präsident	
Britischer Premierminister	
Deutscher Bundeskanzler	
Paul Baker	persönlicher Stabschef des US-Präsidenten
U.S. Secretary of State	US-Außenminister
Dick Chambers	US-Vizepräsident
Tom Ronaldson »Tomahawk«	US-Verteidigungsminister
Joe J. Borowitz	Stellvertreter des Verteidigungsministers
Jennifer Faithless	Nachrichtenanalystin von Borowitz
Ted Jones	amtierender CIA-Direktor
Walter Theodore Jones IV.	sein Vater, Geheimdienstlegende, auch der »Unsichtbare«
Steve Bork	Detektiv im Washington, D.C. Police Department
Uri Leichenfeld	Israeli, Nahkampftrainer
Stefanie Kramer-Ross	Mutter von Ruth Ross
Julia	Freundin von Ruth Ross
Mitch	Pilot

Sam Schwartz	Inhaber eines Waffengeschäfts in Washington, D.C.
Abdul al-Hada, der Zaim	Araberfürst in Aden, Jemen
Theo von Wyl alias Solon	Custers Freund in Zürich
Marcel Dulliker	Chef der Schweizer Bundespolizei
Wernher Düriger	Professor, Ameisenforscher an der Universität Zürich
Cliff Montgomery	FBI Special Agent
Uli Siegart	General, Chef der Schweizer Spezialkräfte
George C. Pontiac	US-Viersternegeneral, Kommandant Central Command
Bradson	US-General, Stellvertretender Kommandant USEUCOM
Captain Scully	Kommandant einer SWAT-Einheit
Dr. Freud	Psychiaterin, Washington, D.C.
Luca Lunazzi	abgesetzter Chef eines Schweizer Bankenkonzerns
Reina und Said	jemenitische Studenten
Kondo	japanische Rotgesichtsmakake (Versuchsaffe)
Paul Corraccio	Polizist in Danbury, N.Y.
Monsieur Tobias	Direktor-Stellvertreter Hôtel Royal Parc, Evian-les-Bains
Sepp und Toni	Zwei Sennen